名家讲名著

三国演义

郑铁生 著

民主与建设出版社

·北京·

图书在版编目（CIP）数据

三国演义 / 郑铁生著 . -- 北京 : 民主与建设出版社 , 2024. 8. -- (名家讲名著). -- ISBN 978-7-5139-4687-2

Ⅰ. I207.413

中国国家版本馆 CIP 数据核字第 2024EZ2624 号

名家讲名著：三国演义

MINGJIA JIANG MINGZHU　SANGUO YANYI

著　　者　郑铁生
责任编辑　刘　芳
封面设计　宋双成
出版发行　民主与建设出版社有限责任公司
电　　话　（010）59417749　59419776
社　　址　北京市朝阳区东湖街道宏泰东街远洋万和南区伍号公馆 4 层
邮　　编　100102
印　　刷　三河市冠宏印刷装订有限公司
版　　次　2024 年 8 月第 1 版
印　　次　2025 年 4 月第 1 次印刷
开　　本　787 毫米 ×1092 毫米　1/16
印　　张　29
字　　数　294 千字
书　　号　ISBN 978-7-5139-4687-2
定　　价　59.80 元

注：如有印、装质量问题，请与出版社联系。

目录

第一章

罗贯中开创历史演义小说的先河——《三国演义》

《三国演义》是我国文学史上第一部章回体的长篇小说，也是长篇历史演义小说的开山之作。其审美价值、文化底蕴和历史地位在中外文学史上都是不可比拟的，是中华民族的瑰宝。它既忠实于三国历史宏观发展的进程，又具有极高的艺术审美价值，富有传统文化的民族风格，享誉不衰。《三国演义》问世六百余年以来，吸引着一代又一代的无以计数的读者，雅俗共赏的审美情趣把一部历史著作《三国志》按鉴演义[①]，生动地反映了三国时代龙腾虎跃的历史画卷、刀光剑影腥风血雨的战争风云以及叱咤天地横扫天下的英雄风貌，并把以天下为己任的情怀、感天地泣鬼神的智慧、大无畏的英雄气概，融入了中国人的精神生活里，形成了三国文化。

《三国演义》的作者是罗贯中，是一位生活于元末明初的伟大作家。或者说，他是一位属于十四世纪的伟大作家。其代表作是《三国演义》，除此之外的小说作品有《隋唐两朝志传》《残唐五代史演义传》《三遂平妖传》和合著《水浒传》等。杂剧作品《宋太祖龙虎风云会》《忠正孝子连环谏》《三平章死哭蜚虎子》。1931 年发现的元末明初贾仲明的《录鬼簿续编》，因其记载："罗贯中，太原人，号湖海散人。" 从此罗贯中故里"太原说"得到学术界普遍的认定，鲁迅在《小说旧闻钞·再版序言》中说："自《续录鬼簿》出，则罗贯中之谜，为昔所聚讼者，遂亦冰解，此岂前人凭心逞臆之所能至哉！"直到二十世纪八十年代又出现了新说，

---

① 按鉴演义，即依据史实进行创作。

有学者根据《三国演义》版本的题属“后学东平罗贯中”，考证出罗贯中是山东东平人，至今“太原说”与“东平说”并存，有待深入考论。

罗贯中同明清时代的许多小说戏曲家一样，生前被封建统治阶级所贱视，在正统的史书中没有记载，致使今天对他的生平知道得很少。只能概略地知道他生活在元末明初新旧王朝交替大动荡的时代，民族矛盾和阶级矛盾十分尖锐，农民起义风起云涌。他曾经从事过反元的活动，是一位“有志图王者”，据传说他充当过农民起义领袖张士诚的幕客。待到明王朝统一天下后，他便隐居在某个地方，凭着深广的阅历和惊人的才力，专门从事戏曲小说等通俗文学的创作。

三国故事流播千百年，大体在史传文学系统和俗文学系统交叉演进的轨迹中可以清楚地看到这样一个事实，民间话语对这一部名著划时代的贡献是为罗贯中《三国演义》最后创造成功提供了汩汩的源流。罗贯中并不是简单地汲取三国戏、三国话本等前代的成果，而是呕心沥血地天才地创造。一位哲人曾经说过：最有天赋的诗人能在自己的创作上成为天才，只有当他们接触到人民的创作并且从这个源泉中去进行发掘的时候，否则就不会有天才的人物。罗贯中正是这样一位两脚深深地扎在民间创作中，汲取民间话语和文人话语的精华和养分而成长起来的天才的小说家。

虽然我们不能详知罗贯中这位伟大的小说家的一生，但从文学史可以知道：往往一个时期的人才辈出、群星汇聚，都和时代、社会的巨大的动荡、变革和分化密切地关联着。苏联早期的马克思主义文艺理论家卢那察尔斯基在纪念高尔基创作四十周年时说：“伟大的文学现象和重要的作家个人多半是、也许纯粹是社会大变动或社会大灾难的结果。文学杰作就标志着这些变动和灾难。”[①]是的，正是由于罗贯中生活于元末明初这个悲剧时代，才能写出我们民族的雄壮的历史悲剧。

古人讲“国家不幸诗家幸”，或曰“诗穷而后工”“诗人多厄”，乃

① ［苏］卢那察尔斯基著，蒋路译：《卢那察尔斯基论文学》，人民文学出版社 1978 年版，第 317 页。

至“天恐文人未尽才，常使零落在蒿莱”的感叹，意味着只有经历心灵的痛苦和巨大的悲伤，才能激发作家巨大的创作心理的动能，发愤著书。理想和现实之间长期无法解决的矛盾冲突给作家带来的内心冲突，化作了巨大的精神追求，为艺术创造而努力，这是作家个人的原因。但创作心理是在历史的、民族的、文化的积淀的土壤上生长起来的意识之花。这些“集体无意识”从一开始便决定着每一个作家创作心理活动的底色。

《三国演义》所描写的是一部民族的悲剧。“因为，历史并不是个人的历史，以刘备、诸葛亮等人为标记的那个时代乃是特定时期整个民族的历史。这些悲剧人物正是我们民族的最雄伟的历史典型，他们都是作为民族的代表、民族力量的承担者、民族传统道德的象征、民族精神的反射镜、民族命运的注释者而出现于作品之中。他们的性格是经过了几个世纪的积累由全民族共同创造出来的，他们的自我完全消溶在民族的自我里面……作家写出他们的崇高品质，或者揭示他们致命的弱点，既不仅仅为了赞扬，也不单纯为了谴责，而是为了在里面探索自己民族的存在、使命和苦难的秘密。”[①] 罗贯中正是民族苦难时代造就的一代天才，其才学，其胆识，其魄力是一位“有志图王者”所应具有的优秀素质。他曾参加过元末风起云涌的农民起义斗争，直接在腥风血雨中耳闻目睹过当时一些重大的军事斗争，这为他的创作实践奠定了坚实的生活根底。试想在他的笔下，无论是时间旷久、地域广阔、斗争复杂的官渡之战、赤壁之战、吴蜀夷陵之战，还是斗智斗武、立分胜负、过关斩将、偷袭诈取的战略战术，如果缺乏丰富的实战经历，即使熟读诸家兵书，又何以驾驭这宏大的题材！如果缺乏泉涌井喷般的文思，即使万卷素材在手，又何以高擎如椽巨笔的创造！

《三国演义》成书过程是一个开放的过程，是一个接受的过程，受到当时的政治、经济、民俗、文化、宗教以及社会思潮的影响。对这一动态

① 黄钧：《我们民族的雄伟的历史悲剧》，见《社会科学研究丛刊》编辑部、四川省社会科学院文学研究所：《〈三国演义〉研究集》，四川省社会科学院出版社 1983 年版，第 44 页。

的演进过程的大体描述，集中在罗贯中总其成这部伟大的著作上。作为历史演义小说审美创造过程的里程碑，到罗氏已经定型化。尽管我们现在还没有发现罗氏原本，但从最接近罗氏原创作的版本去考察它的总体特征和风貌，还是可能的，也是应该的。只能从作品的本身去探求《三国演义》艺术创造的总体特征。到了罗贯中手里，文人话语和民间话语的三国故事才真正交叉和融合。他对已经酝酿成熟的故事情节和人物形象进行理性的调整，纳入整体的宏大的审美机制中再创作，把叙事成分的各个要素整合到统一的叙事结构中，使情节与人物更典型化，完成了审美生命形式经典化的创造。

《三国演义》艺术创造的总体特征，是指它在中国文学史上独特的贡献。就其荦荦大者，概括为三：

（1）尊刘贬曹的民意情绪化形成作品的情感动力结构。这是《三国演义》文本信息产生强大冲击力的动因，是六百年来艺术魅力不衰的内在因素，仅此一点就与林林总总的历史演义小说分出了精粗与高下。

（2）结构方式的史体化标志历史演义小说模式的确立。从中国小说叙事学的发展来考察，小说“章回体”无疑是《三国演义》建树的里程碑。

（3）群体人物性格熔铸在一部巨著里，在中国小说发展史上也是独步文坛的创举，从此开创了长篇小说的先河。

简言之，这三个方面已涵盖了《三国演义》文本价值、文化价值和审美价值。从这个意义评价罗贯中《三国演义》艺术创造的总体特征，是恰如其分的。

尊刘贬曹的民意形成《三国演义》的情感动力结构

《三国演义》悲壮的历史情绪、尊刘贬曹的民意和情感，形成强烈的感情冲击波，震撼着历代不同阶层、不同民族、不同文化的读者的心灵。

这不朽的艺术魅力，首先来自小说潜在的情感动力结构。其形成之因有文本、文化、民族、地域等多种因素，并在《三国演义》成书与经典化中长期渗透和浸润，是古代民本思想的继承，行仁政、恤百姓，高扬民惟邦本、反对暴政的思想。而罗贯中总其成就是将历史真实的生命体验，最终凝结为《三国演义》的情感动力结构，这是小说创造的根本特征。

史传文学与民间文学尊刘还是尊曹思想情感的异同

沿着史传延展的轨迹去检索，尊曹魏为正统还是尊刘蜀为正统，历代的史学家一直是争论相左，曹、刘易位。西晋继魏，西晋史学家陈寿奉敕编纂正史《魏书》《吴书》《蜀书》，后人将三书合为《三国志》，尊魏为正统。毋庸置疑，这种倾向代表了西晋王朝统治者的政治倾向，还形成传统观念，称这段历史为“汉魏六朝”“魏晋南北朝”。非魏为正统的，如《三国志辨疑·自序》批评它：“多详魏而略吴，华曹而陋蜀。”迄中国北部被“五胡”先后占据，东晋偏安于江左，处境与蜀汉相类似，东晋史学家习凿齿撰《汉晋春秋》，就改蜀汉为正统，以魏为逆，此书开启关于蜀、魏孰为正统之争。隋唐时期大一统的局面，令许多统治者都崇拜曹操，像唐太宗评价曹操“以雄武之姿，当艰难之运，栋梁之任，同乎曩时，匡世之功，异于往代”。[①]赵宋王朝取得天下的经过与曹操相似，北宋史学家司马光编撰《资治通鉴》，便沿陈寿先例尊魏。他说：“据汉传于魏而晋受之，晋传于宋以至于陈而隋取之，唐传于梁以至于周而大宋承之，故不得不取魏、宋、齐、梁、陈、后梁、后唐、后晋、后汉、后周年号，以纪诸国之事，非尊此而卑彼，有正闰之辨也。”[②]但到金人铁骑南下，南宋偏安后，南宋史学家朱熹作《通鉴纲目》，又一反司马光的看法，延续习凿齿的观念尊蜀汉为正统。这些史学家争来争去，不过都是为统治阶级的

① 李世民：《祭魏太祖文》（《全唐文》卷十），中华书局1982年影印本，第131页。

② 司马光编著，胡三省音注：《资治通鉴》卷六十九，中华书局1956年版，第2188页。

现实政治利益服务。

从民间话语的角度来看，据民间文学研究专家在搜集整理大量民间传说的基础上分析：

> 从已知的三国传说看，关于蜀汉的要占一半以上；涉及的人物不仅是诸葛亮和刘、关、张，还有赵云、姜维、周仓、刘封、甘夫人、糜夫人、黄夫人以及蒲元、关索、关三小姐等；流传的范围不止是蜀汉故地，而是几乎及于全国；而且绝大多数是对他们说好话的。相形之下，关于魏、吴的传说就少多了，而且是局限在极少的几个主要人物身上，限于跟他们关系特别密切的一些地方。他们或者被作为反面形象，或者是有褒有贬。安徽亳县即三国时的谯郡，是曹操的故乡……较多的则是有褒有贬，或者贬多于褒，甚至连他的姓氏“曹”字也成了贬义词。当地骂某某人“奸”，也可以代之某某人“曹”。可见他在人们心目中是个什么样的形象了，《三国演义》的影响多么大啊！①

一位小说家的创作观念的产生，是植根在历史的、民族的、文化积淀的土壤上的。千百年来在三国故事酝酿和创作过程中所形成的尊刘贬曹的思想倾向，鲜明而强烈，表达了人民的意愿。苏轼《东坡志林》卷一记载：“涂巷中小儿薄劣，其家所厌苦，辄与钱令聚坐听说古话，至说三国事，闻刘玄德败，颦蹙有出涕者；闻曹操败，即喜唱快。以是知君子小人之泽，百世不斩。”②“说三国”能把顽皮的小孩吸引住，还能使他们的爱憎之情随着说话中人物的兴败而忧喜，可见尊刘贬曹的思想倾向在宋代就已深入民心。再如张耒《明道杂志》说：“京师有富家子……而此子甚好看弄影戏，

① 江云、韩致中：《三国外传》，上海文艺出版社 1986 年版，第 21 页。

② 苏轼：《东坡志林》，见朱一玄、刘毓忱编：《三国演义资料汇编》，百花文艺出版社 1983 年版，第 123 页。

每弄至斩关羽辄为之泣下，嘱弄者且缓之。”① 这些历史记载所表达的好恶倾向是千百年来在民间话语中积淀的，有着巨大的情感力量，感染世人。

元杂剧亦是如此，围绕刘蜀集团的主要人物刘、关、张和诸葛亮，编演了许多群众喜闻乐见的戏文，如：桃园结义、三战吕布、过关斩将、古城聚义、襄阳赴会、三顾茅庐、博望烧屯、诸葛祭风、刘备娶亲、三气周瑜、单刀赴会、关张托梦、石伏陆逊、先主托孤、秋风五丈原等。明清时期《三国演义》出版、传播过程不断地播扬和润化“尊刘贬曹”的民情民意，因为它不是某个人的一时一地的情感表达，而是一种反映民意的情结，是历史涌动的潮流。民众的情绪就像气流，不断地凝聚，又不断地变幻。一旦持久，便具有深沉而珍贵的历史内涵，是一个特定时代政治生活的折光，是人们心理和情感方式的表现。

元杂剧三国戏塑造了不少英雄形象，其中最突出最丰满的就是张飞。早在唐诗中，张飞的外貌已基本定型，李商隐有诗：“或谑张飞胡，或笑邓艾吃。”所谓“张飞胡”，颔部特别大，下巴的垂肉连后颈都包住了，在上面长着虎须，黑风风的，委实触目。暴怒起来，不是“圆睁环眼”便是“倒竖虎须”，一副凶猛的样子。张飞的典型性格的塑造就很有代表性，整部书中他的活动贯穿八十个章回，而罗贯中对他的外貌描写却少得可怜，常常围绕“身长八尺，豹头环眼，燕颔虎须”这几句话，反反复复地突出他的面部特征。张飞深受欢迎是因为他的形象蕴藏着惩恶扬善的道德力量。

俗文学中的三国戏、话本所表达的“尊刘贬曹”的思想倾向在《水浒传》第一百一十回中也有一段精彩的描述：

上元节至，东京年例，大张灯火，庆赏元宵，诸路尽做灯火，于各衙门点放。……两个手厮挽着，正投桑家瓦来。来到瓦子前，听的勾栏内锣响，李逵定要入去，燕青只得和他挨在人丛里，听

① 张耒：《明道杂志》，见朱一玄、刘毓忱编：《三国演义资料汇编》，百花文艺出版社 1983 年版，第 127 页。

得上面说平话，正说《三国志》，说到关云长刮骨疗毒。当时有云长左臂中箭，箭毒入骨。医人华佗道："若要此疾毒消，可立一铜柱，上置铁环，将臂膊穿将过去，用索拴牢，割开皮肉，去骨三分，除却箭毒，却用油线缝拢，外用敷药贴了，内用长托之剂，不过半月，可以平复如初。因此极难治疗。"关公大笑道："大丈夫死生不惧，何况只手？不用铜柱铁环，只此便割何妨！"随即叫取棋盘，与客弈棋，伸起左臂，命华佗刮骨取毒，面不改色，对客谈笑自若。正说到这里，李逵在人丛中高叫道："这个正是好男子！"众人失惊，都看李逵，燕青慌忙拦道："李大哥，你怎地好村！勾栏瓦舍，如何使得大惊小怪这等叫！"李逵道："说到这里，不由人喝采！"燕青拖了李逵便走。①

小说家从现实生活中发现了人们在专制社会渴求仁政，反对暴政。"尊刘贬曹"就是人性最基本的诉求的一种凝聚情绪，将它表现在文学作品中，是引起读者心灵颤动的要素。情绪表现是小说打动人心，获得艺术感染力的一个内在因素。自宋代以降"尊刘贬曹"已形成民情民意，刘备集团，特别是诸葛亮和关羽被越来越美化，曹操的脸上被涂上厚厚的白粉。由于关羽、诸葛亮形象在长期的历史流传过程中承载了民族文化的丰富内涵，他们不仅仅是一个个体，而是民族精神、民族智慧积淀而成的民族理想的化身。

"尊刘贬曹"是《三国演义》形象表达的民意和民情

"尊刘贬曹"是《三国演义》形象表达的民意和民情，所产生的不朽的艺术魅力，形成之因有文本、文化、民族、地域等多种因素，并在《三国演义》成书与经典化的长期过程中渗透和浸润。罗贯中将历史真实的生

① 施耐庵、罗贯中：《水浒全传》，上海人民出版社 1975 年版，第 1307 页。

命体验，最终凝结到《三国演义》的文本之中。

概括地说，尊刘，尊的是刘备的仁慈爱民，其实质是提倡仁政；贬曹，贬的是曹操的奸诈害民，其实质是反对暴政。人民群众把施仁政的君主称为仁君，把推行仁政的臣僚称为贤臣。而以刘备、诸葛亮为代表的蜀汉君臣正是历史上人们称道的仁君、贤臣，特别是罗贯中按照自己的政治思想将他们塑造为理想人格，就更为国人所憧憬和顶礼。反之，曹操这个人物形象的身上，则集中了封建时代一切奸臣权相的恶德，被人们憎恶和唾弃。这正是罗贯中在《三国演义》中表达、张扬、提倡“尊刘贬曹”思想倾向的具体内涵。春秋时期，孔子提倡仁，并明确仁的最深刻、最精辟的内涵是“爱人”。孟子继承孔子的思想，进而提出仁政主张，其中贯穿着一条重要原则：以民为本。汉武帝采纳了董仲舒“罢黜百家，独尊儒术”的主张，使民本思想进一步得以弘扬。在董仲舒看来，天意也是民意，君主要维护自己的统治，要顺从天意，体察民情，以民为政权的根基。刘备深谙此道，他所说的“举大事者必以人为本”，便是儒家民本思想的体现。从千百年来国人心目中对刘备与曹操的好恶，可以清楚地看到中国惩恶扬善的传统文化心理。

罗贯中在三国历史基本轮廓和进程走向下，淡化了历史演进的实际过程，浓墨重彩写他情感所偏重的刘备、关羽、张飞以及诸葛亮等仁君贤臣，不遗余力地刻画桃园三义士英勇盖世、忠义不移、坚强不屈的美德。从赤壁大战到夺取西川不到十年的时间里，刘备从无基本到鼎足天下三分的事业，究竟靠的是什么？从外部来看，孙刘联盟是刘备成就西蜀事业的政治前提；从其自身来看，刘备经过几十年政治军事斗争生涯的锻打，练就了一套独特的本领，这就是把伦理道德和政治手段巧妙地结合在一起，聚揽人才，构成集团的核心层，如关羽、张飞这些不世之才，不管刘备处在什么境遇下，都铁定跟随，不折不挠，从讨黄巾，到战赤壁，刘备先后投奔了几个山头，虽毫无立足之地，但依靠核心层坚定不移地发展事业，给人们留下了宽容礼让、有情有义、肝胆相照的印象。

刘备的仁心表现是多方面的，“三让徐州”的礼让，“接纳吕布”的宽容，“借兵相救”的信义，“不夺荆州”的仁德，“携民渡江”的爱民等。如“借兵相救”，当曹操为父报仇杀往徐州时，孔融代陶谦向刘备求救，刘备答应借兵相救。孔融叮嘱：“公切勿失信。”刘备回答：“圣人云：‘自古皆有死，人无信不立。’刘备借得军或借不得军，必然亲至。”再如“携民渡江”，众将劝说刘备：“似此几时得至江陵？倘曹兵到，如何迎敌？不如暂弃百姓，先行为上。”刘备哭着说：“举大事者必以人为本。今人归我，奈何弃之？”刘备曾得意地对庞统说：“今与吾水火相敌者，曹操也。操以急，吾以宽；操以暴，吾以仁；操以谲，吾以忠；每与操相反，事乃可成。若以小利而失信于天下，吾不忍也。”（第六十回）这正是刘备典型性格的内核，尽管外部表现在不同的境遇中、不同的场合下，有所侧重，变幻不一，但实质无不浸透着仁义的精神。《三国演义》把刘备集团作为仁义之师来寄托自己的道德理想，而把曹操集团作为恶德的渊薮，于是两种伦理道德观念、两种人格力量的冲突与对抗，形成了鲜明的悲剧冲突，激起了后人对人物命运多么强烈的沉思啊！这正是小说家视野、情感和认识的所在，不单是在写历史，而是在写悲剧，渲染历史悲剧的情绪，倾泻仁君贤臣身上所寄寓的民情、民意！正是这些使《三国演义》获得了艺术生命力，焕发出无穷的艺术魅力。

罗贯中在创作《三国演义》时，不仅刻画了刘蜀集团核心人物矢志忠义、生死不渝的品格，使人为之荡气回肠，而且将刘蜀集团之外符合仁义的人物也加以赞美。如尽君臣之义的董承、王子服、吉平；尽主臣之义的审配、陈宫、严颜、张任；尽感恩之义的黄忠、甘宁、太史慈等。这就进一步说明罗贯中“尊”的不仅仅是刘蜀集团，而是刘蜀集团为代表的以“仁义”为中心的政治伦理观念，其人物形象正是罗贯中理想的政治伦理观念的体现者。正是在这个意义上，可以说自《三国演义》一问世，千百年来在民间形成的尊刘贬曹的思想倾向就进一步深入人心。无论谁翻案，曹操的白色脸谱的政治象征意义也难以从人们的心目中抹去。

情感作为人们对客观事物的一种主观态度和体验，是以人与对象之间的价值关系为基础的。价值关系是衡量人对客观事物需求的满足程度和主观评价的最根本的尺度。因此，小说中的情感是小说家对生活的把握和感情的积累的倾注和表现。这正是罗贯中在《三国演义》中表达、张扬、提倡尊刘贬曹思想倾向的具体内涵，是分析《三国演义》情感动力结构的基本前提。因为它不是某个人的一时一地的情感表达，而是一种反映民意的情结，是历史涌动的潮流。因此，小说家的思想情感不仅借小说人物之口表达，而且蕴含在小说的形象体系之中，体现在叙事结构框架的设置上，流贯在人物性格具体刻画上。从内容到形式的各个因素，无不体现出小说家的情感、情绪。可见，《三国演义》整个结构单元的延展，都离不开情感动力的作用。这就意味着《三国演义》创造了小说的审美生命形式，与客观世界相区别，使人们感受到一个无所不在又难以捕捉的艺术世界，充满了情感的奔涌、情绪的弥漫、欲望的冲动、命运的占卜、生死的祈祷……这一切不是小说家将情感渗透到客观物象之中，而是小说家虚构的那个艺术世界获得了生命形式。作为情感、情绪与未知、潜在的东西相联系的某种生命表征，深深地扎根于人们的精神意识之中，表达了人们对命运的探讨、欲望的追求、价值的解释，灵与肉的拷问……虽然这些常常被视而不见，然而它们却实实在在是人的生命的内在需求，是人的潜在意识，像空气、阳光笼罩着人们，无处不在，无处不有。小说家情感的爆发，或是情感的潜流，都是小说情节、叙事结构发展的内在动力。罗贯中正是以尊刘贬曹为内核，凝结而成这样一部体大精深的文学巨著的情感结构。

三国人物群像表达的两极对立的情感

《三国演义》描写了近百年历史时期的人物，形形色色，异彩纷呈，因而各种人物所表达的情感也是多极、多色调、多侧面、多层次的，但给人印象最深刻最突出的则是两极对立的情感。刘备被塑造为宽厚仁爱的典型性格。小说家尽情地在刘备的行迹举止上泼洒仁义色彩的笔墨。与刘备形成鲜明对比的是曹操的残酷暴戾，被塑造为残暴奸诈的典型性格，是极为对立的形象。曹操为报父仇，令但得城池，将城中百姓，尽行屠戮，以雪父仇。“大军所到之处，杀戮人民，发掘坟墓”（第十回），令人发指。当他冤杀了吕伯奢一家八口后，已发觉是误杀，但为防止吕伯奢本人去报官，仍将其挥剑砍倒在驴下，竟公然宣称：“宁教我负天下人，休教天下人负我。”（第四回）小说家极尽笔墨刻画他的忘恩负义，心狠手辣，残暴狡诈。因此，尊刘贬曹的思想情感潜流就这样渗透到方方面面，汇成小说叙事结构的内驱力，形成文本形态、语言、风格的基因。

历史上的现实生活投影到小说之中的，曲折而复杂，甚至包括超现实的虽然不直接对应或重叠现实所发生的，但其事实上隐含着历史真实，能以启示般的力量不断被读者感觉到。如从志怪小说《搜神记》取材的传说和故事，带有怪异的成分，奇诡曲折，完全不顾事物本来的逻辑，虚构了一个个并不存在却被人理智地接受的故事，甚至其寄托的情感和理想还震撼人心。《搜神记》中左慈、管辂、于吉、糜竺的故事就是属于这一类型。《三国演义》吸收了《搜神记》文化遗产，并内化在自己的作品中，如第六十八回“左慈掷杯戏曹操”就是典型的例证。

《搜神记》载：

> 左兹，字元放，庐江人也。少有神通。尝在曹公座，公笑顾众宾曰：“今日高会，珍羞略备。所少者，吴松江鲈鱼为脍。”放云：“此易得耳。”因求铜盘贮水，以竹竿饵钓于盘中，须臾，引一鲈鱼出。公大拊掌，会者皆惊。公曰：“一鱼不周坐客，得两为佳。”放乃复饵钓之。须臾，引出，皆三尺余，生鲜可爱。公便自前脍之，周赐座席。公曰：“今既得鲈，恨无蜀中生姜耳。”放曰：“亦可得也。”公恐其近道买，因曰：“吾昔使人至蜀买锦，可敕人告吾使，使增市二端。”人去，须臾还，得生

姜。又云："于锦肆下见公使，已敕增市二端。"后经岁余，公使还，果增二端。问之，云："昔某月某日，见人于肆下，以公敕敕之。"后公出近郊，士人从者百数，放乃赍酒一罂，脯一片，手自倾罂，行酒百官，百官莫不醉饱。公怪，使寻其故。行视沽酒家，昨悉亡其酒脯矣。公怒，阴欲杀放。放在公座，将收之，却入壁中，霍然不见。乃募取之。或见于市，欲捕之，而市人皆放同形，莫知谁是。后人遇放于阳城山头，因复逐之。遂走入羊群。公知不可得，乃令就羊中告之曰："曹公不复相杀，本试君术耳。今既验，但欲与相见。"忽有一老羝，屈前两膝，人立而言曰："遽如许。"人即云："此羊是。"竞往赴之。而群羊数百，皆变为羝，并屈前膝，人立云："遽如许。"于是遂莫知所取焉。①

这则故事记叙左慈是神道，有隐变幻形之术。《三国演义》借用并发挥了这一点，把他能变幻出鲈鱼和蜀姜，改写为将曹操的柑子变成无肉的空壳，从而由单纯的变幻提升为有意的戏弄。同时，还倾力添加了强烈的政治色彩，左慈力劝曹操要隐退修行，自己便教授他种种神奇的本领。而曹操却推说自己隐退之后，朝廷无人代之。左慈便说："益州刘玄德乃帝室之胄，何不让此位与之？不然，贫道当飞剑取汝之头也。"曹操闻之大怒，派铁甲骑兵追逐擒拿左慈，而铁骑却如何拼命奔驰也赶不上穿木屐慢行的左慈。曹操命画影图形，捉拿左慈。可三日之内，与左慈一般模样者，竟有三四百个。曹操又命围住斩杀，"人人颈腔内各起一道青光，到上天聚成一处，化成一个左慈"，拍手笑骂曹操。施展变幻，尽情戏弄，直至将曹操惊吓成疾，方肯罢休。这段改写后的情节是在特定的政治背景下展现的，曹操被封为魏王后，"出警入跸""赞拜不名""入朝不趋""剑

① 朱一玄、刘毓忱编：《三国演义资料汇编》，百花文艺出版社 1983 年版，第 22 页。

履上殿”，恣意妄为，气焰冲天，天下恨之。小说家借左慈这个神道形象极尽嬉笑怒骂之能事，大大地奚落和嘲讽了奸雄曹操。假神仙以伸张正义，借鬼怪来惩治奸邪，托幻化来宣泄情感，就实事而论似谵妄，就隐喻的功能而论，却是人性、人情的真实写照。

在两极对立的情感动力结构模式中，产生的张力效应，其振幅越大，则冲击力越强。上自皇帝、朝臣、后妃、武将、谋士……下至隐士、农民、神医、巫师等；大到政治集团、家族豪强……小到兵丁、歌妓、村民，都在不同程度、不同层次上，呈现出社会需求与本能欲望、道德情感与审美情感、个人情欲与伦理规范构成的情感对立形态，悲与喜、雅与俗、爱与憎、兴奋与抑郁、颂扬与讽刺、愤慨与渴望的相互对立、矛盾和斗争。特别是刘蜀集团的主要人物代表了小说家的理想的政治伦理道德观念，而这些历史人物偏偏是审美意义上的悲剧人物。越是这样的悲剧人物越是显示了小说家对美的肯定，对丑的否定，对民族传统美德沦丧不存的深沉思考。

这种道德价值观念和审美观念的融合显示了传统文化的心理结构的特征。鲁德才先生在《研究古代小说艺术传统的思考》一文中指出：“由于古代小说家们的审美意识与封建伦理观念紧密地结合在一起，审美情趣里沉积着伦理观念和道德要求，传统的义务本位精神强烈影响作家的审美情感，这就使得小说家在创造每个典型人物时，都经过理性主义染色板的调制，美与丑、善与恶都要非常明晰和确定，以强烈的理智形态呈现出来。”[①] 很明显，《三国演义》尊刘贬曹的情感是道德价值观念和审美观念的融合，也是罗贯中创作思想在《三国演义》情感动力结构中显现出的审美形态，是具有普遍意义的，是这部伟大作品的独特贡献。

① 鲁德才：《研究古代小说艺术传统的思考》，载《文学遗产》1987年第1期。

开创了中国历史演义小说的史体结构形式

中国古代小说从短篇到长篇发生质的飞跃，始自罗贯中的《三国演义》，而且成功之处首先表现在小说的长篇叙事结构上。

尽管陈寿的《三国志》及裴松之的注、司马光的《资治通鉴》、袁枢的《通鉴纪事本末》等为小说家提供了可以借鉴的丰富的历史资料；尽管隋、唐、宋、元的民间文学创作成果为小说家提供了可以借鉴的许许多多的活生生的艺术形象，但当罗贯中要创作一部长篇历史小说，舒展从汉末到晋初百年的历史画卷时，仍旧面临着长篇小说的首要问题，即框架结构的巨大的艺术创造。长篇小说的生命机制关键在于叙事结构的创立，这是中国古典小说史上亘古未有的创造性伟大工程。如今，我们已无法知道罗贯中在构架这座艺术之宫时是如何匠心独运、惨淡经营的。然而有一点很明白，在中国文学发展史上没有任何一位小说家能够给他提供可以借鉴的长篇叙事结构模式。那么，他向哪里去借鉴呢？

我们解剖《三国演义》叙事结构之后，才烛照到他的路径——传承中国史传文学的叙事结构和编纂手段，开创了中国历史演义小说的史体结构形式。

中国古典长篇小说叙事方法的史传渊源

中国小说的产生是史乘[①]分流的结果。

《新唐书·艺文志》云：“传记、小说，外暨方言、地理、职官、氏族，皆出于史官之流也。”[②]虽然此“小说”的概念与今日不同，但直到明清时期的小说评点家，都毫无例外地指出中国小说的一个源头是史传文学。

---

① 史乘，泛指史书。

② 欧阳修、宋祁等：《新唐书》卷五十七，中华书局1975年版，第1421页。

国外学者也关注这方面的研究，如“日本学者冈崎由美曾对志怪小说把握世界形象的叙事模式做过深入的研究，她把志怪小说对事件进行记述的叙事方式，归纳为‘解释性的叙述’、‘地理博物志体的叙述’、‘五行志体的叙述’、‘纪传体的叙述’和‘故事性的叙述’等，并指出，除了‘故事性的叙述’之外，其他的记叙模式都导源于历史著作，‘是历代知识阶层通过撰史的传统而一直继承下来并牢固掌握的叙事模式’”。[①] 这是从叙事学视角论述了史传文学与小说的关系。

明代出现真正辉煌的中国古典长篇小说《三国演义》《水浒传》，也正是这时从长篇小说中体现出的叙事思想，才更充分地展示出与史传文学的血缘关系。毛宗岗看到了罗贯中从史传文学汲取的智慧，他说：

> 《三国》叙事之佳，直与《史记》仿佛，而其叙事之难则有倍难于《史记》者。《史记》各国分书，各人分载，于是有本纪、世家、列传之别。今《三国》则不然，殆合本纪、世家、列传而总成一篇。（《读三国志法》）[②]

这段评点讲了三层意思：第一，《三国演义》叙事方式之佳，与《史记》是等量齐观的；第二，《史记》是由众多的纪传总合而成，而《三国演义》总成一篇，是一个整体结构；第三，《三国演义》整体结构叙事方式的难度则大于《史记》分载而形成的本纪、世家、列传的叙事方式。

清代评点家金圣叹也指出古典长篇小说从史传文学汲取的艺术手法，他说：“《水浒传》方法，都从《史记》出来，却有许多胜似《史记》处。若《史记》妙处，《水浒》已是件件有。”（《读〈第五才子书〉法》）[③]

① 宁宗一：《中国小说学通论》，安徽教育出版社 1995 年版，第 545 页。

② 沈伯俊：毛本《三国演义》整理本，中州古籍出版社 1992 年版，第 14 页。

③ 陈曦钟、侯忠义、鲁玉川：《水浒传会评本》，北京大学出版社 1981 年版，第 16 页。

张竹坡在评点中也处处将《金瓶梅》与《史记》相比附。可见史传文学的叙事方式对中国古典小说的影响之深。那么，回到《史记》的叙事文本，分析其结构及特征，进而研究史传文学这一叙事方法对中国长篇小说叙事结构有什么样的贡献和局限。

《史记》以记叙历史人物为主体形式的本纪、世家、列传，形成了级差似的人物社会关系网络和层次。

（1）本纪所叙述的对象都是时势的主宰者。当历史上的帝王叱咤风云、统御天下的时候，这个主宰者就是帝王；而当皇权旁落、帝室衰微之时，那么谁在掌天下之舵，谁就是政治风云的主导者，谁就可以被列入本纪。如秦亡之后，项羽为诸侯长，政由羽出，所以司马迁立《项羽本纪》；还有以整个政权为篇的，如《夏本纪》《殷本纪》《周本纪》。

（2）司马迁将凡能拱辰共毂，为社稷之臣，效辅弼之任者，都列入世家这一体裁之中。其叙事方式可分为两类：一类是自《吴太伯世家》至《田敬仲完世家》是春秋战国时代的列国诸侯，采用编年纪事。另一类是人物传记，叙事方式上近同列传，只是人物所处的历史地位比列传中的人物高一个层次。如《陈涉世家》《萧相国世家》《留侯世家》。

（3）列传除却几篇类传外，基本上是为人物立传。按照人物的历史地位又有专传、合传、附传等多种叙事方式。

十表与十二本纪是相配合的。十表依据自黄帝至汉武帝时期历史的发展变化，将整个历史划分为五个阶段，即春秋之前、春秋、战国、秦楚之际和汉代，并评述了各个历史阶段的不同的历史特点。

这样，十二本纪、三十世家、七十列传的不同等级的人物按历史的顺序排列，与表的历史阶段划分基本保持一致。从中可见，司马迁对《史记》结构整体性的追求，“稽其成败兴坏之理”，是他撰著通史的基本指导原则和主要目的，并贯穿和体现在五种结构形式中，时时处处、方方面面都是以“通古今之变”之理，总结历史发展演变之规。司马迁开创的纪传体编纂史书的叙事方式影响深远，自《史记》而下《汉书》《后汉书》《三国志》《晋书》……直至宋代司马光发扬编年体编纂史书的叙事方式出现之前，都一直沿袭纪传体的叙事方式。

但毕竟因“各国分书，各人分载”的独立性，出现不同程度的割裂现象，于是他在形式上不得不采取某种办法。互见法是司马迁使用极普遍的一种方法。有时在文中注明，“其事在《商君》语中”（《秦本纪》），“语在《晋》事中”（《赵世家》），“语在《淮阴侯》事中”（《萧相国世家》），“语在《田完世家》中”（《滑稽列传》），等等。有时不标出，而实际上在运用。例如，项羽政治上军事上的错误没有在《项羽本纪》中叙述，却在《淮阴侯列传》和《高祖本纪》中作了披露。在《高祖本纪》中对刘邦没有过多的微词，但在《项羽本纪》中再现了刘邦无赖、冷酷的嘴脸，在《张丞相列传》中栩栩如生地再现了他是个酒色之徒。对汉武帝亦是如此，对他的揭露和讽刺，在《封禅书》《平准书》《酷吏列传》中都分别作了细致的描述。刘勰在《文心雕龙·史传》中曾指出：“或有同归一事，而数人分功；两记则失于复重，偏举则病于不周，此又铨配之未易也。”[①] 假如从小说叙事结构方式来审视，那正如明清评点家所言，小说是总成一篇，而《史记》则“各国分书，各人分载”。

史传文学另一位开拓者司马光针对纪传体通史的局限，开创了历史编纂的又一形式，即编年体通史叙事。打破了本纪、列传、书、表各体分离的束缚，而以时序为经，将纵横时空的历史事件和历史人物进行编织，有助于人们从整体上把握历史事件的内在联系和历史人物的相互关系，强化了历史宏观感。这对编纂史书是创造性的，其叙事结构在纵的方向，即时间上提供了复式线索，能够在平行或交叉的线索中穿插大大小小的事件，设置形形色色的人物，互相牵制，转换自如；在横的方向，即空间由于内容浩博，人物众多，虽不能像司马迁的史笔那样随意驰骋地展示历史人物微观的感情、素质和思想，强化人物性格，但它却为表现人物的性格呈现

① 周振甫：《文心雕龙今译》，中华书局 1986 年版，第 149 页。

出开放的历史背景。这种编年体通史的特点，特别是对于宏大的文学结构创造大有裨益。

对赤壁之战这一历史事件，我们以编年体《资治通鉴》和纪传体《三国志》的叙事对比，可以看到：同一个历史事件，在编年体中是一篇完整的历史故事。记叙在《资治通鉴》卷六十五，建安十三年。在这个结构单元之中，凡是在同一个历史事件中出现的历史人物都共处在一个有机体之中，每个人在其间的事迹和行为都一体同叙，不必分载。而编年体优势并不能包含纪传体的长处。因为同样的素材被组织到不同的结构中，其位置、顺序等结构关系所生成的审美意义是不同的。编年体分别从纪传体个人本传中择取赤壁之战这组素材，当组合到一起，虽不完全排除素材中原本就显示的性格因素，但更多的是记叙了历史事件的发展和演化。

赤壁之战在纪传体《三国志》中，分载在《吴主传》《周瑜传》《鲁肃传》《先主传》《诸葛亮传》，以及裴松之注等处。显然纪传体缺乏历史进程整体风貌的描绘，但表现人物与事件的细节却优于编年体。在纪传体各个本传之中，能够刻画每个传主性格的因素，长在传主性格结构之中，显示传主性格的演变和多面性。综上所述，对于同样的素材，可以用不同的叙事结构方式去组织，叙事结构方式不同，其审美效果也就不同。

编年体与纪传体各有优劣，难分高下。作为历史著作，因用途不同，可以各择其长。因此，自司马光发扬“编年体”之后，历代正史依然采用纪传体，而编年体之作也续然有之，没有厚此非彼。小说不同于历史著作，罗贯中借鉴了编年体和纪传体各自之长。如何撷取编年体和纪传体各自的长处，突破彼此之短，找到二者的结合点？长篇小说如何创建一种叙事结构方式，既不脱离历史进程的整体风貌，又表现了人物与事件之间的转换？这就是自《三国演义》而始的长篇小说的最基本的叙事方式——章回。

《三国演义》章回体的开创

章回这一具有一定长度的结构单元的开创，在中国古典小说史上是一次里程碑式的转折。它既表现了文学叙事脱胎于历史叙事的血缘关系，又开拓了文学叙事自己的发展道路。关于这一点，美国学者浦安迪由于与我们所处的文化背景不同，视觉更敏感。他就中国明清小说源起，指出：

> 我认为，明清奇书文体作为一种16世纪的新兴虚构性叙事文体，与“史”的传统（特别是野史和外史）有着特别深厚而复杂的渊源。理由是多方面的。首先，明清长篇章回小说中有很大的一部分是所谓“演义”体历史小说（historical novel）……可见中国旧称小说为“稗史”并非无根之谈，它一语道破了“历史叙述”（historical narrative）和虚构叙事（fictional narrative）之间的密切关联。①

这段话明确两点：第一，明清章回小说源起史传文学。第二，存在着两种不同的叙事方式，即历史叙事和虚构叙事。并在这一认识之上，又提出了《史记》为中国“历史叙述”和“虚构叙述”都提供了一个“惯用叙事单元”。即史书上常用的“列传”结构形式，类同于明清小说中的“章回”。第三，由于章回是组成长篇叙事的最基本的“惯用叙事单元”，因而他得出结论：“这种定型的叙事单元（或topos）不仅是历史书，而且也是全部中国叙事文学的惯用单位。”

明清小说源起于史书，并非新见。明代李卓吾及小说评点家金圣叹、毛宗岗、张竹坡等都直接或间接讲到这个问题，但大都是点到而止，没有像浦安迪如此明确地从叙事结构角度提出在历史叙述和虚构叙述中都存在着

① ［美］浦安迪讲演，陈珏整理：《中国叙事学》，北京大学出版社1996年版，第29页。

“惯用叙事单元”。但这一“惯用叙事单元”在历史叙事和文学叙事中有什么不同，他没有深入下去。章回这一“惯用叙事单元”在长篇叙事结构中的作用，可以概括为：

首先，史传文学的列传和明清小说的章回虽然都是最基本的“惯用叙事单元”，但列传是史传文学“各国分书，各人分载”的叙事方式，具有相对独立性。而章回是长篇小说叙事“总成一篇”有机的一个环节，虽然在形式上具有相对独立的特征，但内在却受到整个叙事结构所具有的原则的制约，体现出整体性、转换性和自身调节性的统一。

其次，古典小说是以时空框架为主体建构自己的叙事结构。尽管有的作品开头或结尾为浓厚的神秘的虚空感所笼罩，但改变不了其主体特征。而章回恰恰是时空框架分割出的最基本的叙事形态，突出了时间艺术以空间结构为中心的特征。按照三国形成、鼎立和瓦解的历史进程的阶段性，而展现的主要历史人物和历史事件为核心，《三国演义》划分为一百二十个章回，将《三国演义》文本提纲挈领地展示出来。与明清小说评点家使用的“大起大落”“大照应”“大关锁”“极大章法”解析文本的认识是一致的，只不过我们是以现代文论剖析文本，认识章回这种叙事结构罢了。

最后，列传在《史记》这部通史当中，与表、本纪所展示的历史时代更迭的发展进程，互为呼应，体现了历史的整体感，但并不改变历史真实的年轮。而章回按照叙事顺序组合为一部长篇小说，可以鲜明地感知叙事主体对历史时空的控制和调节。《三国演义》第二十五回到第八十五回（公元200—222年），只有二十三年的历史，因为反映了三国鼎立和发展的阶段，是小说的主体部分，因此描写了六十个章回。而外的叙事虽然长达七十四年的历史，也只占了六十个章回。由此可见，小说家审美认知的历史时空可以拉长，可以浓缩。史传文学则不同，是力图描述、记录、恢复历史时空的真实面目，而章回小说则是建造审美的时空结构，创造、叙述、再现历史进程中人物的命运和情感，实现艺术的真实。

罗贯中创建《三国演义》史体结构的酝酿过程究竟是多少年，虽然不能具体描述，可创建这一系统工程的紧张、细密、执着是可以想象的。他的天才创造就是完美地找到了纪传体和通鉴体二者之间的结合点，即在通鉴体叙事结构横的方向呈现出开放式的空间，挥洒笔墨编织纪传体的人物，从而使二者之长都雪藏在历史小说的叙事框架之中。关于这一点，毛宗岗已意识到了，他将《三国演义》与《史记》相比附最突出之处，是着眼于艺术结构的整体性。不仅强调结构内部的“关系”，而且看重结构中不同位置而具有的“功能”。他对创造《三国演义》的叙事结构的具体手段概括为“十五之妙”。其中涉及了人物塑造、情节描写的问题，但大部分则是谈结构问题，而且还是从欣赏者的审美心理的视觉出发来谈叙事结构的内在形式，这就不单使我们看到罗氏的叙事方式，而且看到了整体叙事结构产生的审美效应。

史传文学与明清小说在叙事方式上的血缘关系，主要表现在叙事结构单元上。这一点美国学者浦安迪在研究中国叙事学时，看得十分清楚：

> 如果我们把《史记》各个列传中的许多片段节取下来，就会发现，它们与虚构文学有许多相似的地方。列传往往以“某某者某郡人也”开端，然后继之以传主的经历。再在“危机”、“大功”、“大败”等一系列既定的美学外形中过滤，组成一种定型的模式。这种定型的叙事单元（或 topos）不仅是历史书，而且也是全部中国叙事文学的惯用单位。[①]

这种“惯用叙事单元”在历史叙事和文学叙事中是有很大的不同的。这一“惯用叙事单元”表现在《三国演义》就是章回。“章回”是古典小说时空框架分割出的最基本的叙事形态，突出了时间艺术以空间结构为中心的特征，是长篇小说叙事“总成一篇”有机的一个环节。虽然在形式上

① ［美］浦安迪讲演，陈钰整理：《中国叙事学》，北京大学出版社 1996 年版，第 60 页。

具有相对独立的特征，但内在却受到长篇小说整个叙事结构所具有的原则制约，体现出整体性、转换性和自身调节性的统一。这一过程涉及了小说叙事主体的安排和设计，使“章回”如何为展现人物性格而开拓最大的空间领域，承载一个人物性格闪光之处，或者一个故事生动的一环。使不同级别的人物组合到一起，构成一个群体性格，人物与人物之间的社会联系产生“关系出性格”的整体审美效应，体现所谓“纪传体”之长。叙事主体把同一时空相对独立的人物和事件按照时空切割为结构单元，章回与章回之间的划分与转换都在一条历史的链条上，之间转换和组合而富有整体性，显现所谓“通鉴体”之长。所谓“通鉴体”和“纪传体”之长的结合点，就是小说家驰骋自己创造天才的天地，将历史的现实时空形态调节和切换为叙事时空形态，表现在艺术世界里，重新给人一个历史的真实。时间艺术空间化是“章回体”最重要的艺术特征。

“章回体”归根到底是一个长篇小说叙事机制问题。小说家的创作天才，最主要表现在“章回体”叙事结构方式上，把历史现实世界的各部分加以改变、替换、缩小、扩大，由此创造一个自己的艺术世界。罗贯中的天才贡献，是对《三国演义》叙事结构“章回体”的开创。其具体方式：在时空交叉的历史坐标上，叙事主体对叙事结构控制的机制。

首先表现在截取相对短的时间单位，而展开相对大的空间范围，集中表现矛盾线索复杂、人物出场众多、活动地域广阔的历史事件中的一环，形成的一个独立的章回是长在历史的链条上，自然地在空间的转换、演进。赤壁之战是由八个章回组成，第四十三回“舌战群儒”、第四十四回“智激周瑜”是第一个阶段：战略的形成，战前实现孙刘联盟，关键在孙吴方面是战还是降？这两回以诸葛亮、周瑜、鲁肃为代表的主战派促成孙权决计抗曹。曹操隔江对峙，几十万大军，如何战胜？第四十五回“蒋干中计”，第四十六回“孔明借箭”“黄盖苦肉计”，第四十七回“阚泽诈降”“庞统连环计”，这一系列的故事都是为了第二个阶段：战术的确定——火攻。曹军战船连环锁定后，谋士程昱对曹操说：“船皆连锁，固是平稳，但彼若用火攻，难以回避，不可不防。”而曹操大笑说：“程仲德虽有远虑，却还有见不到处。”当时在旁的荀攸说：“仲德之言甚是。丞相何故笑之？”曹操大笑曰：“凡用火攻，必藉风力。方今隆冬之际，但有西风北风，安有东风南风耶？吾居于西北之上，彼兵皆在南岸，彼若用火，是烧自己之兵也，吾何惧哉？若是十月小春之时，吾早已提备矣。”众将皆服。（第四十八回）战术确定，就进入战争。也就是第三阶段。火攻前提条件有二，一是黄盖诈降船只接近曹军战船放火，二是借东风。第四十九回“孔明借东风”，第五十回“曹操败走华容道”。整个赤壁之战的全过程，是按人物与故事划分章回的，而且一环套一环，历史进程的逻辑性极其严密，魏、蜀、吴几乎所有的人物都卷进赤壁之战过程的各个阶段，自如地转换。叙事主体充分发挥调节功能，切割赤壁战争时空为八个章回，无论是章回长度的大小，还是空间的延长和缩小，都十分到位。

章回的时空结构展示“纪传体”之长，为人物性格的刻画提供了空间。以官渡之战为例，第一，它是曹操战胜北方群雄中最后也是最有代表性的一位大士族军阀的战争，这不但是曹操奠定曹魏基业的关键，而且也为三分天下提供了历史的大前提。在这历史进程的大转折时期，也是曹操奸雄典型性格成熟时期，小说家有机地把二者融为一体，塑造了曹操的圆形形象。这是整体上的大“关目”。第二，展现了整体与部分间联系的“关目”。刻画了曹操的对立面袁绍、审配、田丰、沮授，以及后来离去的荀彧、郭嘉、许攸等人物群像。由此又展现了袁绍集团的“关目”。第三，“关系出性格”，由于袁绍不能用才，致使他的文臣武将分崩离析，荀彧、郭嘉、许攸弃袁投曹；田丰、沮授忠言良策未被采纳，还遭杀身之祸；奸臣郭图迎合袁绍，诬陷忠良，逼得张郃、高览不得不离去；审配兵败被杀。加之袁绍废长立幼，引起袁氏三兄弟为争夺权位而互相残杀，曹操乘机一一消灭。曾几何时，谋士如云，战将林立，北方势力最大的军阀集团就这样惨败在曹操之手。

总之，官渡之战、赤壁之战、夷陵之战都是横跨数州、纵横千里，形成大大小小不同层次的战争场面和活动空间。虽然叙事内容丰富、人物众多、事件复杂、头绪纷繁、时间漫长，但章回的处理眉目清楚，事件井然有序，人物鲜活生动。因为这三次战役，从时间上能体现三国历史发展的客观进程，表现三足鼎立局面的兴衰；从空间上能为典型人物展示典型环境，铺排曲折多变、生动有趣的情节发展。官渡之战持续一年多的时间，而小说从第二十五回“关羽斩颜良诛文丑”，为曹操解围开始，至第三十三回“郭嘉遗计定辽东”，计有九章回。夷陵之战也只有一年多的时间，从第八十一回“张飞遇害”至第八十五回“白帝城先主托孤”，写有五个章回。三次战役共计三年的时间，在《三国演义》近百年的历史中是相对很短的，而小说却描写了三十三节，几乎占全书总情节的七分之一，是全书最集中最完整的重心部分。由于它们是有机的统一体，彼此间相互依存，又相互支持和转化，从而充分显示叙事主体的能动性，创建叙事结构的有机性，发挥着整体与部分、部分与部分的缩结功能。

这说明罗贯中创造的叙事结构内形式——章回，既能反映历史发展的客观规律，又能成为文学形象的载体。《三国演义》叙事结构内形式的成功，在中国叙事学上意义十分重大。小说家罗贯中终于完成了三国故事在史传文学系统与俗文学系统汇合的艺术使命，开创了中国长篇小说创造的新纪元。过去文学研究只注意对文学作品内容，即主题思想、人物形象等要素的分析，而忽视对叙事结构的独特性的考察。这样就不可避免地对《三国演义》文学价值的评价有所失重。叙事结构的内形式是联系作品诸要素功能和作品整体功能的中介，如果我们忽视这一点，势必会造成分析叙事系统内的诸要素与整体结构相互脱节的现象，割裂生气灌注的艺术整体，失去应有的艺术魅力。

《三国演义》“按鉴演义”的指导思想

《三国演义》章回体史体结构的外形式

所谓章回体史体结构的外形式，主要是增添史体标志。

纪年是历史年代的标志，是历史著作经常出现的必不可少的重要的术语。罗贯中在《三国演义》的文本的结构形式上增加了史书体例的标记——纪元。

据统计，嘉靖本《三国演义》二十四卷上标明纪元朝号共计六十多处。分为两种情况：大事体纪元和编年体纪元。从东汉建宁二年（169）到兴平二年（195）的二十七年间，这一期间是以大事体纪元标记，大跨度地标明了几件历史大事：刘关张结义、黄巾军造反、十常侍擅权、董卓之乱、曹操与吕布大战等。从建安元年（196）至西晋泰始元年（265），即七十年的历史，除却蜀汉建兴十二年（234），诸葛亮病逝到吴神凤元年（252）孙权之死，这十九年虚略而过，其余五十多年的历史几乎是按编年体形式呈现的，只有少数地方隔断一两年。所以说基本上是以大事体和编年体的形式相结合，而且以编年体形式为主。

在小说的情节中，加入了史书上对人物的“论”“赞”“评”。据粗略统计，《三国演义》全书有四十五位人物在命运的关键之处出现“论”“赞”“评”，这些纯议论性的文字全部取自《三国志》《后汉书》上史官的“盖棺论定”，代表了史评的基本倾向。

这一切表明罗贯中的创作指导思想是“按鉴演义”，追求历史真实，即小说中出现的重大历史事件和重要的历史人物都是真实的，不仅有明确的历史纪年的记载，而且不违背历史人物史评的基本倾向。毛宗岗对历史小说这一特征作了说明：“观天地古今自然之文，可以悟作文者结构之云矣。”（第九十二回总批）[①]“《三国》一书，所以纪人事，非以纪鬼神。惟有一番筹度，一番诱敌，乃见相臣之劳心，诸将之用命，不似《西游》《水浒》等书，原非正史，可以任意结构也。”（第九十四回总批）[②]大体与史实相符，这就是建构历史小说叙事框架的基本原则，是构成历史小说史体结构的基础。

“按鉴演义”为原则补充缺失的历史内容

罗贯中创建《三国演义》整体叙事结构遵从“按鉴演义”，对民间叙事缺失的历史内容，或者不平衡的叙事肌理也进行了大刀阔斧的补充和调整。

从《三国志平话》和《三国演义》结构异同，我们可以清楚地看到《三国志话本》以刘、关、张结义的故事开篇，一直沿着刘蜀借荆州、取西川、夺汉中这条建国路线写下去。中间略去的重要的历史内容有：曹操扫荡群雄，平定北方；孙权凭借国险而民附，占据江东。对此《三国演义》不仅作了大量的补充，而且有精致的描写，其中特别是描写官渡之战的章回，已形成《三国演义》叙事结构的高峰之一。

此外，对话本中缺少的两条重要线索，即其叙魏国，则以黄初改元为一起，而以司马受禅为一结；其叙东吴，则以孙坚匿玺为一起，而以孙皓衔璧为一结，《三国演义》也都作了补写。这样有关曹魏、孙吴的叙事内容大大增加，二者在全书的叙事结构中所占的比重，几乎接近刘蜀的叙事部分的分量。

罗贯中是在“按鉴演义”，控制和调节叙事的时序、节奏，进行叙事内容的强化、扩展和浓缩、淡化，使整个《三国演义》的框架结构大体上按照诸葛亮《隆中对》分析的历史格局展开叙事的，这样避免了《三国志平话》单线以刘蜀为中心的叙事内容向前发展和推进，努力使艺术的真实

① 沈伯俊：毛本《三国演义》整理本，中州古籍出版社 1992 年版，第 933 页。
② 沈伯俊：毛本《三国演义》整理本，中州古籍出版社 1992 年版，第 952 页。

逼近历史的真实。

以“按鉴演义”为原则删节民间话语紊乱的情节

罗贯中“按鉴演义”创建史体结构，并根据整体叙事的要求和制约，大刀阔斧地将民间话语中“紊乱《通鉴纲目》之非”的情节和内容砍去。如删掉《三国志平话》中民间传说荒诞离奇的故事。

> 最大的刊落便是将司马仲相断狱的一大段入话及孙秀才发见天书的故事完全删去了。这颇使我们的眼界为之一清。本来历史小说以因果报应为起结实是太幼稚、太可笑的。罗贯中氏毅然舍弃了这些“入话”，而单刀直入的即以“后汉桓帝崩，灵帝即位时，年十二岁”开始，诚是很有眼光、很有胆识的。张飞殴打常侍段珪让；刘备太行山落草，国舅董成劝汉帝杀了十常侍，以他们的首级去招安刘备；张飞大叫一声，如雷灌耳，桥梁皆断；关公守住滑荣路，曹操因天空生了尘雾，得脱他手；张飞持剑杀庞统，不料杀的却是一只狗；庞统鼓动沿江四郡叛刘备；曹操逼献帝禅位于他的儿子曹丕；刘渊为汉帝外孙，后立汉国，灭了晋朝，为汉复仇等等，俱是离开史实太远，太觉荒唐可笑的。①

以上是郑振铎先生列举的“紊乱《通鉴纲目》之非”的情节和内容，罗贯中全部删除了。这说明他“据正史，采小说”，建造历史小说的史体叙事框架时，有一个基本的方向，既要以展现三国重大历史事件和重要历史人物为“纲”，又力求在长轴画卷上呈现出史体结构形式纪元朝号的“目”。既发挥小说家创造主体意志，调节叙事结构审美形态与历史上现实形态的时空差，又不失史体结构的外在形式特征，不为编年体形式所限

① 郑振铎：《〈三国演义〉的演化》，见郑振铎：《郑振铎文集（第五卷）》，人民文学出版社1988年版，第181页。

制，从而构成罗氏《三国演义》叙事结构史体化的特色。

群体人物形象在中国小说发展史上的意义

当小说家用自己建构的叙事方式组接艺术形象各个要素的时候，就进入了全方位的创造阶段。可以想象，罗贯中像一切伟大的作家一样，充满激情，如醉如痴，若迷若狂，笔走龙蛇，奔进突袭，完全沉浸在艺术创造的精神世界中。概括地说，此时他最突出、最基本的思维机制是形象运动。那些已烂熟于胸的故事、情节和人物冲破记忆的闸门，奔涌而出，经过他的筛选、粘接、陶冶，变粗俗为精巧，化平庸为神奇，一切都在升华。歌德说得好："艺术要通过一种完整体向世界说话。但这种完整体不是他在自然中所能找到的，而是他自己的心智的果实，或者说，是一种丰产的神圣的精神灌注生气的结果。"[①] 罗贯中就是靠着自己的审美理想创造出了光彩照人的艺术形象。

《三国演义》长篇小说成功的特征之一，是与宏大的叙事结构、博大的思想内容而相匹配的群体人物形象，这构成了一个时期的人物画廊。小说家正是通过这一群体人物表现了三国时期特定的历史生活风貌和巨大的思想内涵。没有人物美，小说的魅力也就无从谈起。这就是它的审美价值。

为了清楚地认识《三国演义》人物美这个问题，我们将探索的目光投向三个方面：《三国演义》群体人物形态是类型化还是性格化；群体人物形态的构成；群体人物性格形态的历史意义。

---

① ［德］爱克曼辑录，朱光潜译：《歌德谈话录》，人民文学出版社 1978 年版，第 137 页。

《三国演义》群体人物形态是类型化还是性格化

关于《三国演义》群体人物的构成形态及理论界定，是《三国演义》学术研究进入深层次的一个理论问题。它不仅关系到如何评价《三国演义》这部名著的价值，而且也是深入研究中国小说发展史的问题。其中不可回避的一个理论问题，便是《三国演义》群体人物形态是类型化还是性格化？这是界定《三国演义》在中国小说发展史上地位的大问题。

《三国演义》的典型人物是类型化观点，是在1983年全国首届《三国演义》学会上由傅继馥先生提出的。他发表《类型化艺术典型的光辉范本——论〈三国演义〉的人物描写》一文①，明确指出："《三国志通俗演义》中的重要人物形象，是古代文学中类型化艺术典型的光辉高峰和不朽的范本。研究它，既可以总结类型化艺术典型的特点和经验，又可以从这一范例考察中国古典小说中艺术典型所经历的发展过程，证明由类型化典型到性格化典型是普遍的规律，中国小说的发展历史并没有例外。"将《三国演义》重要人物形态概括为类型化，进而界定其在中国小说发展史上的地位。其理论视野打破了长期以来围绕一两个人物而谈的微观研究的局面，把理性的笔触伸向宏观研究的领域，导引我们从中国小说发展史的高度深层次地研究问题。

随后，他列出了《三国演义》重要人物形态是类型化的理据：

第一，类型化典型的艺术特征：一是"重要形象都有一个主要特征，它表现得非常突出，并在形象内部诸因素中占有决定性的位置。这一个突出的主要特征，就足以支撑起整个的形象……例如，曹操的奸、诸葛亮的忠贞、关羽的义、刘备的仁、董卓的残暴、赵云的勇、周瑜的量窄……"。二是"人物的主要特征及其他因素基本上稳定不变，缺少纵横诸方面的发

① 《社会科学研究丛刊》编辑部、四川省社会科学院文学研究所：《三国演义研究集》，四川省社会科学院出版社1983年版，第101—118页。

展变化”。三是“形象回避了性格的复杂性”。

第二，在欧洲，亚里士多德的“类型说”流行于整个封建时代。“在十八世纪以前，把重点放在共性上；到十八世纪以后，才强调个性，形成了性格化艺术典型的理论。”“产生类型化典型的这些条件，无论在欧洲，还是在中国，都是相同的，同时，又有各自的特殊性。”

第三，从类型化的创作方法和其体现古代审美意识的特点上来看，如同鲁迅先生的评价：《三国演义》的人物“描写过实。写好的人，简直一点坏处都没有；而写不好的人，又是一点好处都没有。其实这在事实上是不对的，因为一个人不能事事全好，也不能事事全坏”。说明这是类型化典型的局限。

针对类型化的论点，石昌渝先生发表了《论〈三国志演义〉人物形象的非类型化》[①]一文，提出了自己的见解：

第一，“‘类型化典型’以‘类型化’修饰和限制典型，意指它是典型的一种形态。我则认为既然是典型就不能是类型化，因而‘类型化典型’的提法是不科学的。”“欧洲的艺术典型理论有一个从‘类型说’发展到‘性格说’的历史过程，但这并不意味着欧洲的艺术的发展也同等的是从类型化到性格化，并不意味着欧洲十八世纪以前全是类型化艺术，艺术理论的历史不能等同于艺术实践的历史，二者有密切联系，但毕竟是两码事。把欧洲艺术理论发展的公式套在欧洲艺术实践的历史上已经就不尽妥当了，如果还要拿它来规范中国艺术实践的历史，我看就更值得怀疑了。”

第二，《三国演义》人物形态存在“性格结构的多样统一”，如“人们用‘奸雄’二字来概括曹操的性格，我认为是极为准确的。奸雄就是对立性格因素的统一”。“人物在同一行为中包含着对立的性格因素，同一时间同一空间的同一行为，既包含着善，又包含着恶，善和恶、美和丑融汇在一起，说不得善，说不得美，说不得丑，这应该是性格结构的更高一

① 《三国演义学刊》编辑部、四川省社会科学院文学研究所：《三国演义学刊》，四川省社会科学院出版社 1985 年版，第 158—167 页。

级的形态，是一种更真实更典型的性格。贬之为类型化实在是不公的。”

第三，《三国演义》典型人物“性格与环境的辩证统一”。“翻开小说，处处都是这样，环境在强制着人物的性格和行为，人物的性格和行为又在不断地改变着环境。人物的关系错综复杂，因此人物的行动要受到各种关系的制约……”“这就完全不同于类型性格的那种单一性和直露性特点。”

石先生的论点显然是有感而发，他说：“我不怀疑古代和当代的某种类型化的存在，只是怀疑‘从类型化到性格化’的公式。”这引发我们进一步的思考。类型说和性格说是西方学者对小说人物形态的一种抽象概括。正如朱光潜先生所指出的：“总的说来，十八世纪以前西方学者都把典型的重点摆在普遍性（一般）上面，十八世纪以后则典型的重点逐渐移到个性特征（特殊）上面。所以十八世纪以前，‘典型’几乎与‘普遍性’成为同义词，十八世纪以后，‘典型’几乎与‘特征’成为同义词。这个转变主要由于资产阶级个人主义思想的发展。”[①] 西方学者对人物形态从类型化到性格化的界定，是美学发展史上的理论问题。如同在流淌的江河中取样似的，在不同的河流中取到不同的水样，并分别析出不同的结构成分，其江河丰富而动荡的性格原貌被抽象化了，得出了几条定义性的东西。

二十一世纪西方文艺理论界普遍采用“圆形人物”“扁形人物”这样的概念。扁形人物，即类型化人物。英国著名小说家、评论家福斯特描述了其基本特征：“他们是最单纯的形式，就是按照一个简单的意念或特性而被创造出来。如果这些人物再增多一个因素，我们开始画的弧线即趋于圆形。”[②] 圆形人物性格最突出的特征是多面性和复杂性。“扁形人物”与“圆形人物”是从性格结构不同形态加以区分的，脱离了哲学的概念，而进入审美形态。我国学者在此基础上又提出“尖形人物”：“如果用一句

① 朱光潜：《西方美学史》，人民文学出版社 1979 年版，第 701 页。

② ［英］爱·摩·福斯特著，苏炳文译：《小说面面观》，花城出版社 1984 年版，第 59 页。

话或一个词语概括的并非人物的全部特征，而只是其最突出的特征；如果这种特征的强度不仅远远超过这个人物的其他特征，而且明显地超过生活中人的同类特征。换句话说，这种特征不是一般的‘突出’，而具有某种超常性，因而带有不同程度的漫画化色彩和类型性特点，那么，这种人物就是尖形人物。尖形人物不是平面人物，而是立体人物。他们就像几何图形中的各种锥体，都有一个引人注目的高高的尖顶——尖端特征。”[①]对人物形态的概括无论是两种还是三种说法，都是一种对群体人物形态的理性概括。

长期以来，人们说到《三国演义》的人物，都习惯用一两个字概括某个人物的性格特征，如曹操的奸、刘备的仁、关羽的义、张飞的猛等等。傅继馥先生便据此说明《三国演义》的人物是类型化。

福斯特认为真正的扁平人物可以用一个句子表达出来。即指类型化人物。有趣的是，有的学者却以此得出相反的结论，我国著名文艺理论家何其芳先生说性格化的典型人物，如阿Q、诸葛亮、堂吉诃德都是不朽的典型，而“这一类典型有这样一个标志：他们性格上的最突出的特点常常有很深刻的思想意义，这种思想意义可以用一句话或一个短语来概括”[②]，这就是何其芳先生提出的“典型共名说”。上面所举的这两种截然不同的认识，说明用一两个字或一句话概括文学形象的性格特征，并不能成为判定人物形态是类型化还是性格化，是“圆形人物”还是“扁形人物”的根据。它只能说明人物形象本身的内涵与文学欣赏所带来的指向有关。一般来说，人物单纯而清晰，容易使欣赏者简化为某一个指代，如《西厢记》中的丫鬟红娘，公案戏中的包公，《水浒传》中的武大郎，鲁迅小说中的孔乙己、祥林嫂等。因此，在某种程度上“尖形人物”比其他类型的人物“共名”效果更显著、更强烈、更广泛。这是因为它既有尖端特征的单纯性，

---

① 马振方：《小说艺术论》，北京大学出版社1999年版，第35页。

② 何其芳：《文学艺术的春天·序》，见何其芳：《何其芳文集》第六卷，人民文学出版社1984年版，第398页。

又有血肉丰满的生动性。人物形象自身的性格结构既单纯又丰富，既清晰又模糊，既复杂又统一，依据人物形态可以划分为各种类型，但能不能被欣赏者用一两句话加以概括，那就看其形象内涵给人们提供的欣赏角度、方向和层面能否被简化或被浓缩了。所以说，这是一个欣赏者再创造的问题，不能作为判断哪一种类型人物的根据。

对于一位小说家的创作来说，会不会出现追求塑造性格化的典型人物，就排斥刻画类型化的人物呢？塑造“圆形人物”就不要“扁形人物”呢？事实上，那些伟大的小说家在自己的巨著中，常常根据艺术处理上的需要，在人物群体组合中，让性格化人物和类型化人物并存，让“圆形人物”与“扁形人物”共处。福斯特说：“通常一本构思复杂的小说不仅需要有扁平人物，也要有圆形人物。他们之间冲突的结果反而使生活显得比道格拉斯先生所说的更为真实。狄更斯就是一个突出的例子……不过我们必须承认，在成效方面，扁平人物是不如圆形人物的。但要取得喜剧效果时，扁平人物就大有用场了。”① 扁平人物与圆形人物，在不同的题材，不同的人物组合结构中，都有各自不同的艺术功能。也就是说，小说家塑造的人物群体中不同的形象，有不同的性格特征、层次和深度，从而展现了人和人之间复杂的社会联系。其审美效应就更逼近生活的真实。因为艺术真实与生活真实的一致性，并不表现为固定的这一人物的刻画是为另一人物性格服务的呆板关系，倒是人物的性格在特定的时空里互相联系和冲突中得到共时的表现。

《三国演义》群体人物形态的构成

上面对是类型化还是性格化的问题从理论上廓清了以后，就进入对实质性问题的探讨——《三国演义》人物性格形态的构成。对这一问题的认识

① ［英］爱·摩·福斯特著，苏炳文译：《小说面面观》，花城出版社 1984 年版，第 62—63 页。

上，长期存在着模糊的不同的见解。即使像鲁迅先生这样伟大的学者对《三国演义》人物形态的评价也难免存在偏颇。他说《三国演义》人物“描写过实。写好的人，简直一点坏处都没有；而写不好的人，又是一点好处都没有。”被许多人引以为据，来证明自己的观点。说实在的，鲁迅先生那段话有欠妥之处，不完全符合《三国演义》群体人物形态，下面将具体地分析。

探讨《三国演义》人物形态的构成，不能离开小说形态的发展过程，也不能简单地用类型化、性格化，或扁形人物、圆形人物这些框架去套。长篇小说不像短篇小说就一两个主要人物。鸿篇巨制的复杂形态决定它的群体人物形态复杂多样，但大体遵循的审美原则正如黑格尔所说：“能把个人的性格、思想和目的最清楚地表现出来的是动作，人的最深刻的方面只有通过动作才见诸现实。”① 黑格尔的话可以从人物性格动力性去理解，动作是人物性格动力性的外部表现，透过动作反映了人物性格的各种组合因素。我们先从人物性格内部结构因素的组合谈起。

《三国演义》人物性格结构的组合大体分为四种形态，即单纯型、向心型、递进型和矛盾型。

单纯型

人物性格结构中的单纯型指的是只突出一两个主导性格因素，并且性格运动的轨迹只是这单纯的性格因素的或多或少、或强或弱的表现，而其他性格素质则被弱化了。《三国演义》武将性格大都属于这一类型，如董卓、黄盖、夏侯惇等。董卓在历史上是一位雄韬武略、冠绝一时的人物，从行伍到将军，无论是用兵打仗，还是玩弄权术，都有一套。但《三国演义》只突出了他性格结构中的凶残这一特征。废少帝，杀朝臣，横行京都，称霸朝野，作恶多端。他命人以鸩酒毒害废帝母后；他放纵军士淫人妻女，

① ［德］黑格尔著，朱光潜译：《美学（第一卷）》，商务印书馆 1979 年版，第 278 页。

夺人粮食，恣意横行，伤天害理；他教人发掘皇帝陵寝、公卿冢墓，搜罗珍宝，令人发指；他挟帝而迁，火烧洛阳，巍峨宫阙顿时变成一片瓦砾场；他驱使百姓入关中，将房屋烧光，鸡犬杀尽，白骨蔽平原；如此等等。凶残成为董卓最突出的性格特征。

夏侯惇是与曹操戎马一生、患难与共的首义之臣，作战勇猛，屡立战功。小说中处处突出他刚烈的性格特点。一个典型的细节是，曹操出兵助刘备与吕布大战，夏侯惇不幸被吕布部将曹性一箭射中左眼。“惇大叫一声，急用手拔箭，不想连眼珠拔出，乃大呼曰：‘父精母血，不可弃也！’遂纳于口内啖之，仍复挺枪纵马，直取曹性。性不及提防，早被一枪搠透面门，死于马下。两边军士见者，无不骇然。”（第十八回）

向心型

围绕着人物的主导性格因素，多侧面多层次地丰富和深化主导性格，形成一种向心力的运转。例如张飞、关羽、诸葛亮、鲁肃等。

张飞是《三国演义》中塑造得十分成功的典型人物，其勇猛是在刀光剑影、你死我活的拼杀中表现出来的，大战长坂桥把张飞勇猛的性格刻画得极其动人。一边是张飞单枪匹马，一边是曹军兵多将广；一边是张飞气势逼人，一边是曹军仓皇失措；一边是张飞横刀立马，一边是曹军裹足不前；一边是张飞厉声大喝，一边是曹军闻声丧胆。在如此强烈的对比下，越发显得张飞勇猛过人。张飞的性格特征在民间广为流传，人们虽然常用“猛张飞”来形容或概括其人其事，但却喜欢他性格的活泼可爱。这是因他的性格不是单一的，围绕“勇猛”这一主导性格核心，展示了其性格结构外延的多侧面、多色彩，从而使人物性格更加丰满而又有活力。

由于人在生活环境中同时保持多种社会联系，在不同的人际关系和境遇下，主导性格的成分也会渗透进一些不同的素质，从而折射出的光彩也会发生一些变化。在日常的场合下，围绕张飞的勇猛更多地表现为憨直、粗犷和暴躁。三请诸葛亮主要是刘备的意向，而关羽和张飞两人当时既不理解刘备的深意，又不佩服诸葛亮。所以当诸葛亮第一次在布置博望战役发号施令时，关羽、张飞皆不服气，“张飞大笑曰：‘我们都去厮杀，你却在家里坐地，好自在！’孔明曰：‘剑印在此，违令者斩！’……张飞冷笑而去”。等到博望烧屯，大获全胜而归，“关、张二人相谓曰：‘孔明真英杰也！’”（第三十九回）这里更多地表现张飞的憨直，胸无宿物，直率坦白。“怒鞭督邮”，张飞“睁圆环眼，咬碎钢牙，滚鞍下马，径入馆驿，把门人那里阻挡得住。直奔后堂，见督邮正坐厅上，将县吏绑倒在地。飞大喝：‘害民贼！认得我么？’督邮未及开言，早被张飞揪住头发，扯出馆驿……”，（第二回）这里把张飞粗犷正直的性格写得力透纸背，甚至他的阶级出身、社会地位和文化教养等因素也都渗透出来了。急于为关羽报仇，张飞暴怒无比，不容下人，招致杀身之祸，则集中地表现了他的暴躁、粗鲁、寡恩。无论是憨直、粗犷或是暴躁，都从不同的层面与“猛”这一主导性格相关联，并且丰富和深化了“猛”的性格内涵。也许正是在这个意义上，向心型的典型人物要比单纯型的典型人物更受人们欢迎。

递进型

人物性格结构中的递进型指的是性格结构的变化着重表现在流动上，其性格发展的轨迹逐步演进推移，不仅形成阶段性，而且主导性格素质在不同的阶段或涂抹或显露。如司马懿、孙权等。

司马懿“深明韬略、善晓兵机、素有大志”的主导性格特征是逐步被展现出来的，大致可以分为三个阶段：曹操当权时期，没有受到重用。可每每遇到一些重大问题的决策时，他总是以超群出众的见识，在雄才大略的人主和谋士如云的同僚面前，显示他的韬略、智慧和战略眼光。曹丕和曹叡当权的时候，他得到机遇，充分展示胸有韬略和老练的政治手腕，成为魏国后期一言九鼎的人物。其性格因素演进的一个鲜明特征，既雄才大略又阴险老辣。他的权力和威望在魏国已经达到无人能与他匹敌的地步，他的谋略和军事才能只有诸葛亮能与他相抗衡。曹芳当政的时候，司马懿和大将军曹爽共同辅政，已成为权倾内外的决策人物了。司马懿为了铲除曹爽的势力，老谋深算的他演奏了政变三部曲。先是以佯聋装病，麻痹对方，窥测时机；接着乘曹爽随曹芳出城畋猎之机，果断地占据曹爽的兵营，屯兵洛河，守住浮桥，封锁城门。一面乘势向魏主曹芳上疏，指控曹爽的罪行，一面又派人劝促曹爽投降，交出兵权；直至大权在握，左右局势，并取得曹爽“篡逆”的供词的时候，才把曹爽等主犯、要犯“皆斩于市曹，灭其三族”。在这场政变中，司马懿把权谋玩弄得不露声色，干净利落，将曹魏政权完全掌握在自己手中，为其子篡魏扫平了一切障碍。以晋易魏，势在必然。司马懿的性格特征在每一阶段都深化一步，而且从他深层心理折射出来的，都是现象与本质趋于统一的深度的表现，只不过做“数层出落”而已。

矛盾型

矛盾型的人物性格结构始终是对立的素质互相咬合着，伴随与环境的交互作用和碰撞，时而这一方突出，时而那一方明显，总是在确定与不确定、清晰与模糊的统一中向前发展。如曹操、刘备、周瑜等。

人们习惯称曹操的典型性格为奸雄，其奸主要体现为封建官僚权奸的品质，其雄主要表现为高能核心人才的素质，而且两者对立地组合在一起，很难分清什么地方是奸，什么地方是雄，是雄中有奸，奸中有雄。但在不同的境遇中由于心理机制的作用，时而雄的一面突出，时而奸的一方上升，奸和雄总是互相咬合着向前推进，构成了曹操矛盾型的性格结构。刘备是仁义与功利相矛盾的性格结构，他一生以仁义取信于人，赢得人心。在这种道德的弘扬下，他广揽人才，攻城夺地，不知不觉地开拓进取，以实现其功利的目的。但这些只能在一段时间和一定范围内可以统一，从根本上来说，功利的目的、权谋手段与宽仁信义的道德伦理是矛盾的。因此，不仅形成刘备性格内在的冲突，而且这矛盾性一直是刘备性格结构中的悲剧因素。特别是刘备的晚年，为关羽之死雪恨，发动夷陵大战，兵败白帝城，他性格中的悲剧因素就更为明显。只不过人们对曹操矛盾型的性格结构一般都看得很清楚，而对刘备矛盾型性格结构则不易看清楚，甚至有人认为刘备是以仁义为核心的单一型性格，形象是苍白的。这个现象说明有些读者尚未理解和发现刘备性格的复杂内涵，而不能归结为作品中刘备典型性格缺乏复杂性。

上面概略地将《三国演义》人物的性格结构分为四种形态，即单纯型、向心型、递进型和矛盾型。这些人物之所以能分为种种不同形态，是因为群体性格结构是由一系列的性格因素组成的，并且组合的方式很不相同。但都是在各自的共生的思维意识张力场内实现的，完全受一个由意识、潜意识、感觉、情绪、情感、认识和意志所构成的合力的左右，具有内在性和整一性。性格的个性就是由性格的内在性和整一性决定的。朱光潜先生在《变态心理学》中写道："意识所感受的经验原来是一盘散沙，因为'自我'把它们综合起来，它们才联贯成一个完整人格。综合作用必须有心力去维持。如果心力先天便已亏弱或是在后天因情感撼动而疲竭，则综合作用薄弱而意识便呈分裂的现象。分裂开来的意识成为'固定观念'；固定观念就是'受伤记忆'，是潜意识的结核，也是精神病的原因。"①朱先生在这里讲的变态心理和常态心理的区别和联系，其实与人物性格组合是相同的道理。塑造人物性格必须是一个完整的人格，否则便成为性格色块的拼接。无论《三国演义》的哪一种性格结构形态，都遵循了人物创造的整体性原则。这是《三国演义》人物创造所取得成功的因素。

群体人物形象在中国小说发展史上的意义

从唐宋传奇两三个人物形象的短篇小说，粗具人物性格特征的元平话、三国戏，到一跃创造出包容几百个具有英雄本色和悲壮色彩的性格人物的长篇巨著，而且这些性格人物都是依据一定的社会关系而组合在一起

① 朱光潜：《朱光潜美学文集（第一卷）》，上海文艺出版社1982年版，第379—380页。

的，表现出人物关系的复杂性。而且人与人之间矛盾关系是互相影响的，构成了一个社会化人物群体结构。

《三国演义》群体人物形象的审美效应开辟了中国小说史新纪元

群体人物形象的艺术成就和审美价值并不是由人物性格结构的形态这一种因素决定的，而是多种因素作用的结果，比如人物性格类别的审美效应，人物思想性格内涵的深度和广度等。

人物类别系列，是指在整部书中全部人物形象的性格创造中具有类似的审美规定性。虽然他们个性不同，但个性中所包含的社会本质和历史内涵是相同的。同时出现在一部作品中的群体，虽有时是包容、交叉；有时是因果、递进；有时是矛盾、对立，但都与每一人物性格在整部书中的地位，以及与小说家对叙事结构的设置和安排的需要息息相关。其所产生的共生的审美效应，在中国小说发展史上具有重大的意义，是长篇历史小说取得的最高的艺术价值。

《三国演义》人物类别系列最基本的是人主系列、谋臣系列和武将系列。人主系列始终处于政治军事生活中名义的或实质的主宰地位，他们的存在一般情况下制约着、驾驭着文臣武将。如懦弱无能的汉献帝，奸雄一世的曹操，宽仁厚德的刘备，豁达大度的孙权，阴险狠毒的曹丕，庸碌迂腐的刘禅，酷虐残暴的孙皓，骄狂横霸的司马炎等。谋臣系列和武将系列则处于从属地位，有的尽君臣之义，有的各为其主，有的朝秦暮楚，有的择善而从，总之，是执行型或协调型的人物系列。谋臣系列，作为封建地主阶级知识分子，他们永远是统治者的附庸，虽然有“呼吸通帝坐”的权势，但命运始终把握在人主的手中，得势时权倾内外，失宠时明哲保身，弄不好便有“因嫌纱帽小，致使枷锁扛”的危险。如鞠躬尽瘁的诸葛亮，老谋深算的司马懿，深谋有余、策略不足的王允，明智而敦厚的鲁肃，文武兼备而气度狭小的周瑜，有智谋有气节的陈宫，聪明外露的杨修，言过其实的马谡，聪颖而粗心的张松，狂狷而无权谋的祢衡等。武将系列如英雄盖世而傲气十足的关羽，暴烈鲁莽而刚直不阿的张飞，智勇双全、忠心耿耿的赵云，大将风度的程普，刚烈勇武的夏侯惇，猛将之雄张辽，精通兵法的张郃等。而其中的一些人凭着个人的武艺高强和手中的军事实力，或割地称霸，或拉杆子为王，或争人主之位。如野心勃勃而凶残横暴的董卓，勇武绝伦而反复无常的吕布，武艺高强而称雄一时的马超等。这三个系列是对"三国"人物的总概括，而他们的性格及在历史舞台上的表演却是各具鲜明的个性，形成了灿烂的人物画廊。

特别是那些充满英雄魅力、智慧超人的传奇色彩的人物形象，已在长期的俗文学中定型，其人物特征抽象成一个词或一句话，达到了简化的审美效应。品质的纯粹，信念的坚定和意志的超群，是理想、阳刚、正义、勇武等优秀因素的集中、强化和提纯，摈弃了普通人的弱点，大大地高于现实的生活。在他们身上闪现出的光辉的亮点，尽管同现实中的人有一定的距离，但理念的象征和精神的鼓励，却导引读者的方向，震撼读者的情感。诸葛亮的智谋、关羽的忠义、张飞的威猛、赵云的智勇、黄忠的宝刀不老、吕布的武艺高超，等等，这些富有英雄传奇色彩的人物脍炙人口，形成广大群众喜闻乐见的审美心理。这是历史演义小说通俗性和娱乐性的特征，甚至那些畅销的武侠小说也具有这样的性质。小说家在塑造人物时必然会受到这种审美效应的制约和拉动，在人物定型的基础上去深化和补充，而不能违背人物的突出特征。

群体人物性格结构反映社会关系的复杂性、反映历史内涵的深度是历史小说最高的品质。"关系出性格"的艺术原则与史传文学叙事结构方式是怎样的内在联系？所谓"结构"就是把各个部分、各个层次联系和组合成一个整体，"关系"在整体性结构中具有极为重要的功能作用。按照这个逻辑去审视，历史就是一部人际关系史。由于史传文学实录历史上的人际关系，因而它不仅反映了不同阶层的人的性格是在错综复杂的人际关系中形成的，而且也反映了每一性格的特点、层次和深度，并且在人和人的关系中表现出来。这就是结构中"关系"的功能作用。中国古典小说叙事结构正是汲取了史传文学的优长，逐步发展起来的，也深深懂得“关系出性格”的艺术规律，它不同于史传文学之处，就是小说家不是实录历史，而是创造。这就意味着任何小说的叙事结构都是超现实的，它既要“剪裁”现实，哪些要写，哪些不写；哪些要详，哪些要略；又要“丰富”现实，依靠想象，补充现实可能有的。文学形象的艺术生命之所在，主要在于这些性格特征能否把“历史的真实和历史内蕴揭示出来”。把封建社会中的权力之争，渗透到人物性格和人物关系当中，并从历史内蕴的深度，揭示出封建统治阶级的代表人物作为权力人格化的社会本质。《三国演义》人物艺术成就之所以高于司空见惯的历史演义小说或武侠小说，就在于它将人物性格社会化，同时展示出一个时期较完整的历史面貌和发展轨迹。

《三国演义》人物系统结构层次多、交叉多。按照三国历史的进程，先后出现过六大集团系列：东汉王朝君臣系列、东汉末军阀集团系列、曹魏集团系列、刘蜀集团系列、孙吴集团系列和司马氏集团系列。这些集团系列不是并行的，而是在不同的历史时期分为不同的几个层次展现的。假如以刘蜀集团系列为轴心，与孙吴、曹魏两个集团系列的矛盾和斗争形成中心层次；围绕中心层次的斗争，还展示了中心层次而外的多层次的斗争。在每一个集团系列之中，还可以分为核心层、内层次、外层次等子系列人物。这样划分虽然不尽准确，但是可以帮助我们认识人物系列结构的层次，以及各层次人物之间在彼此性格冲突、认识分歧、内外矛盾交叉中的互相咬合，从而构成了特定的历史背景下的具体社会环境。罗贯中总是择取细节设置在一定的历史背景下，为其创造的人物性格服务，使其活跃在多层次、多交叉的时空领域中，既能显现历史人物各自不同的基本性格特征，同时又能使形象的内涵在广度和深度的结合上反映出历史风貌。

东汉末年军阀豪强都在讨伐黄巾军中捞了一把，转过脸便扩大实力，抢夺地盘，互相厮杀，战事纷起。穷凶极恶的董卓，顽悍乐杀的公孙瓒，贪利赖宠的陶谦，倏彼倏此而横的吕布，狂愚逞势的袁术，雍容论道的刘表，昏暗懦弱的刘璋，志大略疏的袁绍，文武兼备的曹操，弘毅宽厚的刘备，任才尚计的孙权，都在群雄角逐中，争为雄长，妄图称霸。“天下大局遂由农民战争一变而为豪族混战了。豪族混战的局面以灵帝中平六年（189）爆发的董卓之乱为开场第一幕。直至献帝建安二十五年（220）才以魏、蜀、吴三国鼎立局面之形成，告一结束。三国鼎立的局面之形成，正是豪族在混战中彼此吞灭到最后、再也不能吞灭之结果。”[①] 可为什么天下三分了呢？这个“历史的内蕴”不是上述历史人物的个性特征所能完全揭示的，但将他们在一个特定的历史背景下组成人物系列，历史的律动就会生动地体现出来。东汉豪强地主集团为士族和庶族两个阶层。士族地主集团多谋士，庶族地主集团多武将。士族地主军阀如袁绍、袁术、刘表、刘璋等排斥庶族地主，又以世资自矜，所以他们手下不是缺乏能征惯战之将和超群的智士，而是亲亲疏贤，迫使杰出的人才择木而栖，择主而事。人才的流失，导致战略上的失误，军队战斗力下降。表面气势汹汹，而实际在混战中易被消灭。至于赳赳武夫董卓、公孙瓒、吕布、韩遂之流，排斥士族，专逞武力，更易被消灭。曹操、刘备、孙权三家是庶族地主集团，虽初期势微力薄，然都有统一天下之志，任人有方，驭才有术，各有一套招揽人才的办法。既多庶族战将，又广延智士。不仅得到地主集团两个阶层的支持，而且形成了人才均势，所以在角逐混战中越战越强，乃至形成鼎足之势。

我们再以曹操崛起，统一北方为视角，进一步探析。建安元年（196），当时全国各地割据的豪强集团有十二家：曹操据兖、豫二州；袁绍据冀、青、并三州；公孙瓒据幽州；吕布据徐州；袁术据淮南；张绣据南阳；刘表据荆州；孙策据江东；刘焉据益州；张鲁据汉中；韩遂、马腾据凉州；公孙度据辽东。豪强彼此厮杀，不过三年，北方的豪强除东北的公孙度、西北的韩遂和马腾之外，曹操杀吕布、降张绣、败袁术；袁绍灭公孙瓒，于是只剩下袁、曹两大集团了。而且就地广、兵多、粮足各方面而论，袁绍

① 翦伯赞：《董卓之乱与三国鼎立局面之序幕》，载《北京大学学报（哲学社会科学版）》1988 年第 2 期。

都胜过曹操数倍，然而建安五年（200）官渡之战却是以曹操胜利而一统北方告结。在豪族混战中，究竟谁能吞灭谁，拼的是实力。而决定双方实力消长的重要因素是豪强集团主人的素质。曹操降张绣便是典型的写照。

《三国演义》第十六、第十八回：张绣在南阳，与刘表联合，成为曹操的心腹之患。建安二年（197）曹操南下亲征张绣。张绣身边的谋士贾诩具有王佐之才，善于审时度势，随机应变。他劝张绣：“‘操兵势大，不可与敌。不如举众投降。’张绣从之。”贪淫好色的曹操见张绣的叔婶邹氏貌美，便取到军中，“唤典韦就中军帐房外宿卫。他人非奉呼唤，不许辄入。因此，内外不通。操每日与邹氏取乐，不想归期”。此事激怒了张绣：“操贼辱我太甚！”便与贾诩谋划偷袭曹营，杀得曹操惨败而归。典韦为曹操死守辕门，被乱箭射杀；侄儿曹安民、长子曹昂为掩护曹操，死于乱军之中；曹操本人伤了右臂，险些丧命。第二年，曹操再次起兵征伐张绣。两军交战正难舍难分之际，闻袁绍兴兵犯许都，曹操急忙退兵。张绣用贾诩之计，二次追杀，大获全胜。

《三国演义》第二十三回：建安四年（199）袁绍发动官渡之战，遣使招安张绣，贾诩“当面扯碎书，叱退来使”，杜绝了张绣投袁的去路，并说绣归曹。绣曰：“吾先与操有仇，安得相容？”诩曰：“从操其便有三：夫曹公奉天子明诏，征伐天下，其宜从一也；绍强盛，我以少从之，必不以我为重，操虽弱，得我必喜，其宜从二也；曹公王霸之志，必释私怨，以明德于四海，其宜从三也。愿将军无疑焉。”绣从其言……即同贾诩等赴许都投降。绣见操，拜于阶下。操忙扶起，执其手曰：“有小过失，勿记于心。”遂封绣为扬武将军，封贾诩为执金吾使。整整三年的曹操与张绣的拉锯战至此结束。

张绣与贾诩明知在前两年降而复叛，杀操一子一侄，而偏偏弃袁而投曹。这就显出曹操高于诸豪强的不寻常之处，具有招揽人才的号召力，令人才主动趋附之。也是曹操能够战胜袁绍，统一北方的重要原因。曹操在统一北方的战争中，始终为削减反对力量，壮大自己的阵营，而努力罗致人才，所谓“文武并用，英雄毕力”。曹操对张绣再次投降，仍能弃仇重用。这博大的胸怀与其战略的眼光是分不开的。第一，袁曹官渡之战前夕，曹操割据地周围的心腹之患，只剩下张绣。对曹操来说，张绣降不仅仅是增加了实力，更重要的是解除了后顾之忧。第二，张绣曾与刘表联合对付曹操，如今张绣降，并致书刘表，劝其也归附曹操。即使达不到这一目的，至少会使刘表作“壁上观”。第三，张绣、贾诩被曹操弃仇重用，给敌对阵营的将士和谋臣一个信息，起到了“千金买马骨”的效应。何况，张绣手下的谋臣贾诩本身就是一流的人才。曹操深知这一点，二次亲征张绣未果，其中重要的原因是张绣对贾诩言听计从，每每受益。官渡之战中袁绍的文臣武将阵前倒戈，极大地加速了彼此力量的消长。降张绣只是曹操统一北方中的一例，但历史内蕴的深刻性便从曹操与张绣、贾诩之间的人物关系，以及各自的性格中展示出来了。人物的命运渗透到人物的性格和把握机遇之中，这是《三国演义》刻画人物思想性格深度和广度之所在。

“略貌取神”，中国传统意象叙事最成功的拓展

意象叙事功能的发挥最终取决于意象的表现力。简化是意象内在含量的表现力得到强化、扩大的基本规律。由于简化，意象已不再是巨细无遗、毫发毕现的物象，而是一种整体的简化和部分的强化，这样它才具有凝聚意义、凝聚精神的功能；简化又是一种叙事手段，它理顺了意象关系，才使文脉贯通，肌理顺畅。简化使叙事世界的情感内涵得到了极大的拓展，提供了更多的审美信息。

小说家很懂得这一点，往往采取“略貌取神”的方法，以极其省俭的笔墨勾勒人物的形貌，即抓住人物外在的典型特征，去追求人物的神态。这神态便是蕴含在人物心理深层的意识、情感的外射和升华。它不是对人物心理的直接描写，而是间接描写，即通过人物的语言、表情和动作的中介来曲折地表现。描写虽是寥寥几笔，然而一旦和小说情节整体氛围及人物性格的内在意蕴相结合，就会产生以形传神、离形得似的艺术效果。张

飞的典型性格的塑造就很有代表性，整部书中他的活动贯穿八十个章回，而罗贯中对他的外貌描写却少得可怜，常常围绕“身长八尺，豹头环眼，燕颔虎须”这几句话，反反复复地突出他的面部特征：颔部特别大，下巴的垂肉连后颈都包住了，在上面长着虎须，黑风风的，委实触目。暴怒起来，不是“圆睁环眼”便是“倒竖虎须”，一副凶猛的样子。

《三国演义》第四十二回：张飞大闹长坂坡，仅仅描写了“声如巨雷”的三声大喝，其威武勇猛的性格特征便形神毕现了。曹军“追赵云至长坂桥，只见张飞倒竖虎须，圆睁环眼，手绰蛇矛，立马桥上；又见桥东树林之后，尘头大起，疑有伏兵，便勒住马，不敢近前。”张飞第一声大喝：“我乃燕人张翼德也！谁敢与我决一死战？”曹兵闻之竟吓得两腿打战，曹操赶紧下令去其伞盖，以免显眼；张飞第二声大喝，曹操就打算退军，而曹操后军的阵脚先自开始移动了；张飞第三声大喝，曹操身边的大将夏侯杰“惊得肝胆碎裂，倒撞于马下”。曹操赶快回马奔跑，忙乱中帽子掉了，簪子脱了，披头散发，好不狼狈。曹军“一齐望西奔走”，一时弃枪落盔者，不计其数。这段描写着意在“形”——“倒竖虎须，圆睁环眼”的特征上，刻画人物自身的言语和行动——“声如巨雷”似的三声大喝，展现张飞的“神”——威猛。而且这一性格特征被反复烘托和渲染，形成他的核心性格。张飞大闹长坂坡之前，关羽斩颜良，已使曹操佩服得五体投地，称赞：“将军真神人也！”而当时关羽却回答：“某何足道哉！吾弟张翼德于百万军中取上将之首，如探囊取物耳。”“操大惊，回顾左右曰：‘今合如遇张翼德，不可轻敌。’令写于衣袍襟底以记之。”（第二十五回）张飞的勇猛早已千里伏线，侧面烘托了。

“略貌取神”是中国史传文学刻画人物的一种传统的艺术手法。讲究刻画历史人物形象用墨省俭，而能摄人魂魄，因此，常常把人物速写放到雄阔的历史情节中去。

以《左传》襄公二十八年齐人杀庆舍的故事为例。齐国的庆舍当政时，荒淫无度，民怨沸腾。子雅、子尾、陈氏、鲍氏暗中串联，准备政变，杀死庆舍。庆舍听到风声以后，仍不以为意，赴大公庙参加祭祀，还释甲束马，边饮酒，边看戏，结果不知不觉落入圈套。“子尾抽桷击扉三，卢蒲癸自后刺子之，王何以戈击之，解其左肩，犹援庙桷动于甍，以俎壶投杀人而后死。”子尾在门上敲了三下，用暗号通知在庆舍身旁的刺客——卢蒲癸和王何，一齐动手，刺中庆舍，砍下他半个膀子。庆舍居然还能拉住庙堂的椽子，使屋梁为之摇动，并用祭祀酒壶投杀刺客，奋力拼搏而死。这里既有惊险场面的描写，又有庆舍奋力拼杀的速写，同政变前后的历史背景结合，凸显故事的艺术魅力。

这段描写同《三国演义》第十六回中的典韦之死对照，简直有异曲同工之妙：

> 韦方醉卧，睡梦中听得金鼓喊杀之声，便跳起身来，却寻不见了双戟。时敌兵已到辕门，韦急掣步卒腰刀在手。只见门首无数军马，各挺长枪，抢入寨来。韦奋力向前，砍死二十馀人。马军方退，步军又到，两边枪如苇列。韦身无片甲，上下被数十枪，兀自死战。刀砍缺不堪用，韦即弃刀，双手提着两个军人迎敌，击死者八九人。群贼不敢近，只远远以箭射之，箭如骤雨。韦犹死拒寨门。争奈寨后贼军已入，韦背上又中一枪，乃大叫数声，血流满地而死。

《三国演义》继承并发展了这一传统艺术手法，使它成为中国古典小说刻画人物的艺术手法。从渊源关系上看，刻画人物形象一开始就强调以形传神，突出人物的性格特征，把场面的描写、人物的速写与历史的氛围三位一体地构成整体的艺术形象。

提炼细节，开掘人物性格的精度和强度是长篇小说艺术追求

罗贯中塑造《三国演义》中的人物性格，特别善于择取一两个，甚至

一组细节刻画人物思想性格的深刻性。

细节是性格和人物关系的片段，其包孕性是否丰富、深刻，不仅仅在于本身的内涵，而更重要的则是将其设置在相应的历史背景下，使其融入整个艺术生命的形式之中。那一鳞一爪的细节在小说情节中，顿时产生神光四溢、破壁而出的艺术效果。

史传文学刻画人物的写意素材，被《三国演义》吸收很多。如刻画曹操的有“借首释怨”“许攸问粮”“梦中杀人”等，这都与人物性格发展脉络水乳交融，以形传神。还有些细节，是直接取自古小说的，如杨修解“曹娥碑”、曹操的望梅止渴、曹植七步诗、邓艾的“凤兮”之对、刘禅的“乐不思蜀”等等。李商隐有两句诗“或谑张飞胡，或笑邓艾吃”，就是根据笔记小说中人物形象的特征概括的。“胡”形容张飞下巴颏肥大，那垂肉将后脖都包住了，上面再生上虎须，一副粗豪的面孔。邓艾虽然有口吃的毛病，但聪明敏捷，当有人嘲笑他，能应声反击。《三国演义》第一百零七回就引用这个细节：“艾为人口吃，每奏事必称‘艾……艾……’。懿戏谓曰：‘卿称艾艾，当有几艾？’艾应声曰：‘凤兮凤兮，故是一凤。’其资性敏捷，大抵如此。”

“乐不思蜀”这一细节，直接取自《三国志·蜀书·后主传》裴注：

> 司马文王与禅宴，为之作故蜀技，旁人皆为之感怆，而禅喜笑自若。王谓贾充曰：“人之无情，乃可至于是乎！虽使诸葛亮在，不能辅之久全，而况姜维邪？”充曰：“不如是，殿下何由并之？”他日，王问禅曰：“颇思蜀否？”禅曰：“此间乐，不思蜀。”郤正闻之，求见禅曰：“若王后问，宜泣而答曰：‘先人坟墓远在陇、蜀，乃心西悲，无日不思’，因闭其目。”会王复问，对如前，王曰：“何乃似郤正语邪！”禅惊视曰：“诚如尊命。”左右皆笑。

《三国演义》将“乐不思蜀”的细节，融进了小说的情节中，对刻画刘禅这个窝囊废没骨气的人物很传神。刘禅是三国君王之中在位最长的一位，从公元223年到263年，长达四十一年，即使在中国历史上也是不多的。但他实在庸碌无为，没有什么值得写的。小说情节涉及他的有三处：一是第四十一回“赵子龙单骑救主”；二是第六十一回“赵云截江夺阿斗”；三是第一百一十五回“诏班师后主信谗”。除后面一个章回刻画他几笔而外，前面都是以事出有因的背景人物而出现的。可见，从文学形象上讲，是个小人物。不能不写，又不能笔墨太多。罗贯中选取“乐不思蜀”这一细节，寥寥数语，入木三分，很具匠心。因而却产生了“共名”，“阿斗”成为废物、蠢材的代名词。

亡国之君，以泪洗面者常见，而嬉笑自若者少有。可刘禅便是其中之一，足见其昏庸到什么地步。刘禅即位，诸葛亮辅佐，举凡内政、外交、军事诸方面，无所不问，事无巨细，必定亲躬，唯恐别人不如自己尽心，以负刘备的托孤。于是这位从小养在深宫的人，只知享乐。诸葛亮呕心沥血扶持刘禅十二年，死后又安排蒋琬、费祎、姜维等辅助。这些人的才智心力虽不如诸葛亮，但也尽了全力。刘禅就像在保护伞下面，毫不用心。待其出降，迁往洛阳，跟随的蜀臣郤正，仍旧辅助他，“相导宜适，举动无阙”。可见，刘禅按郤正教的回答司马昭的问话，与前不一，不是装相，而是听之惯了。这才是刘禅真实的性格。

昏庸之主成事不足，败事有余。刘禅昏庸误国则导致蜀汉的亡国。董允是诸葛亮选拔出做侍中的，辅助刘禅掌宫中事，历二十年之久。其间，刘禅既要选民间美女，充实后宫，又宠信宦官黄皓。董允对上极力匡正，对下多次斥责黄皓，使其不敢为非作歹。直到董允死后，侍中陈祗与黄皓相勾结，从而使黄皓干政，种下了蜀汉亡国的根由。刘禅听信黄皓谗言误国，最典型的事莫过姜维八伐中原，旗开得胜。魏军主帅邓艾与将军司马望商议退兵之策，司马望说：“近日蜀主刘禅，宠幸中贵黄皓，日夜以酒色为乐。可用反间计召回姜维，此危可解。”邓艾采纳此言，派人到成都结连黄皓，散布姜维不久投魏的谣言。刘禅闻之，下令姜维班师。（第一百一十三回）“且说姜维至成都，入见后主，问召回之故。后主曰：‘朕为卿在边庭，久不还师，恐劳军士，故诏卿回朝，别无他意。’维曰：‘臣已得祁山之寨，正欲收功，不期半途而废。此必中邓艾反间之计矣。’后主默默不语。”（第一百一十四回）姜维九伐中原，刘禅又一次听信黄皓谗言，下诏班师，使姜维无功而返。回到成都，“后主一连十日不朝”。一天，姜维闻“后主与黄皓在后园宴饮，维引数人径入。早有人报知黄皓，皓急避于湖山之侧。维至亭下，拜了后主，泣奏曰：‘臣困邓艾于祁山，陛下连降三诏，召臣回朝，未审圣意为何？’后主默默不语。维又奏曰：‘黄皓奸巧专权，乃灵帝时十常侍也。’”（第一百一十五回）因而当司马昭见到亡国之君刘禅那副样子，十分感慨：“虽使诸葛亮在，不能辅之久全，而况姜维耶？”一语涵盖了蜀亡之因。

我国民族文学人物性格的理论是从传统的形神论发展而来的，即使像魏晋志人小说刻画人物只是速写，也以勾勒人物最富有表现力的形象特征和神态，追求以形传神的小说审美传统。至金圣叹评点《水浒传》，就已在理论上明确地提出了塑造性格化的人物，他说《水浒传》独到之处是写出了众多的人物性格：“《水浒传》写一百八个人性格，真是一百八样。”所以，中国古典小说在塑造人物性格上，走的完全是民族化的道路。它有自己的民族文学传统的理论，有自己塑造人物性格的艺术手法，有自己的文学发展道路，沿着从形似到神似的创作规律去塑造性格化的典型人物。《三国演义》正是在中国民族化的理论和实践的发展道路上，树起的一座丰碑，以塑造了一批形神兼备的人物性格，受到广大人民群众的喜闻乐见而著称于世。

第二章

毛宗岗本《三国演义》独秀天下

《三国演义》风行六百多年，是一部饮誉海内外的古典小说名著，早期以稿本和传抄本的形式流播。庸愚子序说："书成，士君子之好事者，争相誊录，以便观览。"大约明中叶刊本问世，我们现在看到的最早的刻本，是明代嘉靖元年（1522）皇宫内的司礼监首次刊出二十四卷二百四十则的《三国志通俗演义》的翻刻本。其后，民间书坊纷纷翻刻，一时之间，"坊间所梓《三国》，何止数十家矣"。

《三国演义》流传三百多年间，出现三十多种版本，基本分为两大类，"演义"系列和"志传"系列。其中"演义"系列有嘉靖元年本、周曰校本、李卓吾评本、李渔本、毛宗岗评本等。"志传"系列有叶逢春本、余象斗本、朱鼎臣本等。清代初年，毛宗岗父子修订《三国演义》，并加以评点。遂替代了罗贯中原书及其他明代诸刊本，成为三百年来唯一流行的《三国演义》的最佳版本。

毛本《三国演义》为何能独秀天下？

简而概之，如果说在《三国演义》成书经典化的过程中，罗贯中以如椽的大笔，横空出世，完成一部大书，是中国文学史上的一座里程碑。那么，毛宗岗则是对罗贯中本经典化的推进，使其艺术臻于完美，独秀天下，是版本史和批评史上的一座丰碑。中华人民共和国成立后国家十分重视中国古典小说四大名著的全民阅读，《三国演义》就是根据毛本整理和修订后再版的，至今又七十多年。

毛宗岗是清代的文学家、评点家

毛宗岗是清初杰出的文学家、评点家，他对《三国演义》的修定、评改是中国古典小说研究的宝贵遗产，对三国文化的开创和扬厉，功不可没。然而和古代社会所有的潦倒文人一样，毛宗岗名不见经传，读者乃至学术界迄今对其所知甚少。

毛宗岗字序始，号孑庵。长洲（今江苏苏州）人。当代学者陈翔华先生对毛宗岗的生卒年进行深入的考证，可知他生于明崇祯五年（1632），卒于清康熙四十八年（1709）的春后或其后不久，寿年至少七十八岁。[①] 此说被学者普遍认同。

十七世纪是明清鼎革的时代，毛宗岗少年时，他生长的江南饱受战乱，给江南百姓的心灵留下了难以磨灭的记忆。其父毛纶同明清之际的思想家黄宗羲、顾炎武，文学家李渔、金圣叹是同一辈人。尽管他们学识有别，研究范畴不同，但有一点是共同的，即入清不仕。这些前辈的言行，影响了毛宗岗那一代的文人学士的思想和情操，具有强烈的民族意识与民本思想。苏州是吴文化的中心，是养育、培植和塑造人才的热土，那里人才辈出，精英荟萃。北宋政治家、军事家、文学家范仲淹，为后世中国人所敬仰；顾炎武是清初三大思想家之一，是清代朴学之开山鼻祖；还有开启传统俗文化走向近代里程的李渔、金圣叹，都对毛宗岗一生的学术思想有着深刻的潜移默化的影响。

---

① 陈翔华：《毛宗岗的生平与〈三国志演义〉毛评本的金圣叹序问题》，《文献》1989年第3期。

家学深厚

毛宗岗出身于一个贫穷的儒家知识分子家庭，从小深受父亲毛纶的熏陶和铸塑，一生受益。其父毛纶字德音，失明后更号声山。他生年在明万历四十年（1612）左右，卒年不详。其学识宏富，余暇吟诗作赋，评点名著，颇具盛名。多与诗书礼仪之家、名门乡贤之流往来。与毛纶交厚的彭珑，曾举进士，是当地的人望。他十分推崇毛纶，称许"其锦心绣肠，久为文坛推重"（《毛声山评第七才子书琵琶记》浮云客子序）。毛纶长期被"吴中望族"蒋府聘请，坐馆课徒，弟子众多，形成一个以地理文化为特征的人才圈子。毛纶中年不幸双目失视后，以史学家左丘明晚年著《国语》为人生的样板，评点《三国演义》与《琵琶记》，著书自娱，不甘沉沦。同辈深惜之学富家贫，感叹其"两字饥寒一腐儒，空将万卷付嗟吁……"（褚人获《坚瓠补集》卷二）。文学家尤侗说，"毛子以斐然之才，不得志于时，又不幸以目疾废，仅乃阖门著书"，"寓笔削于传奇之末"（《毛声山评第七才子书琵琶记》尤侗序）。毛纶是一位坚持民族气节的学者，一生不仕。这一切在无形中为毛宗岗的成长营造了一个深厚的家学环境。

人才的成长离不开家学的文化积淀，而且家学积淀愈厚，育才愈佳。毛纶对儿子言传身教，他是毛宗岗第一任老师。他倾心教诲儿子跟着自己鉴赏名著，指点文字，在实践中得到真知。毛纶"口授儿曹，使从旁笔记之，更使稍加参较"（《毛声山评第七才子书琵琶记》自序）。毛宗岗为盲父笔录评点高则诚《琵琶记》的口述，还对其父之评点发表自己的见解。此外，他还自撰《参论》五千言，附于《毛声山评第七才子书琵琶记》之"前贤评语"后。毛宗岗始终参与毛纶评点名著的工作，为他其后修订、评点《三国演义》奠定了学术上的基础。康熙五年（1666）毛纶五十五岁在《毛声山评第七才子书琵琶记·总论》说："昔罗贯中先生作《通俗三国志》……前岁得读其原本，因为校正。复不揣愚陋，为之条分节解，而每卷之前，又各缀以总评数段，且许儿辈亦得参附末论，共赞其成。”可见，其父很早就重视毛宗岗在文学实践中的培养和锻炼。因此，毛宗岗的成才首先得力于家学。

毛纶和彭珑同是才子，又为文友，互慕声名，彼此推重。毛纶特意把毛宗岗交给彭珑，从师授业。彭珑说：“其郎君序始从予游，予喜其能读父书，以为有子若此，尊人虽失视，可无憾焉。”（《毛声山评第七才子书琵琶记》浮云客子序）。彭珑对学生毛宗岗的赞誉发于心，情真意切。“从予游”是古人收徒讲学的一种方式，师徒一起，教学相长，琢磨学问。毛宗岗曾参加过科试，顺治八年（1651）录取长洲县诸生四十人，毛宗岗列于第三名。

交往名流

清代以地理文化为特征的人才圈子，是当时文学、学术繁荣的土壤，也是考察人才勃发的一个视角，毛宗岗正是在这样的文化圈子中走出来的一代文学家、小说评点家。

当时许多名师益友与毛氏父子交往，对毛宗岗的人品和学问产生过较为重要的影响。“乐安”乃苏州蒋氏之郡望，毛氏父子与蒋氏家族是世交。毛宗岗在蒋府担当过西宾，是“乐安佳士”理学家蒋深的老师。蒋深精于诗、书、画，参与纂修《书画谱》等，官至朔州知州。著有《绣谷诗钞》等，沈德潜《清诗别裁集》卷二十五收其诗五首，评曰：“诗亦时露警句，名场中交重之。”[①]“乐安佳士”与毛宗岗情投意合，诗文往来，学问切磋，相互补益，彼此相长。

而外，毛宗岗还和当时许多名流都有交往，如《古文汇钞》编纂者蒋铭，历史小说《隋唐演义》及《坚瓠集》作者褚人获，清代小说家、戏剧理论家李渔，著名文学批评家金圣叹。金圣叹虽长毛宗岗二十多岁，但对

① 沈德潜：《清诗别裁集》，上海古籍出版社 1984 年版，第 1001 页。

他学术思想影响至深。康熙三十五年（1696），清代文学家廖燕撰《金圣叹先生传》说："先生殁，效先生所评书，如长洲毛序始、徐而庵、武进吴见思、许庶庵为最著，至今学者称焉。"[①] 毛氏父子追随金圣叹的批注理念，形成自己独特的批评话语，毛宗岗刊行而风传于世的《四大奇书第一种》，颇受读者的追捧。康熙十八年（1679）李渔为《四大奇书第一种》作序说：

观其笔墨之快，心思之灵，堪与圣叹《水浒》相颉颃，极钛心抉髓之谈，而更无靡漫沓拖之病，则又似过之，因称快者再。

站在前辈学者的肩膀上铸就一座丰碑

毛宗岗评改《三国演义》，自己标榜依据的是"古本"，其实是个虚名。他不是完全在罗贯中原本上进行的，而主要是在《李卓吾先生批评三国志》版本上展开的。

当代著名学者叶朗、黄霖、陈翔华、沈伯俊等明确指出《李卓吾先生批评三国志》的作者不是李贽，而是叶昼借李贽评点派大家之名，行其个人评点之实。叶朗先生说："叶昼是一个长期被埋没的人物。埋没的主要原因是他所写的评点和其他著作，出版时都没有署他自己的名字，而是署别人的名字，多数是署李贽的名字。例如前面说的容与堂刊一百回本《水浒传》的评点、吴观明刊《三国志演义》的评点以及《四书评》，就都是署李贽的名字，而《樗斋漫录》则是署许自昌的名字。因此在一般的中国文学史或中国文学批评史上都没有他的地位。学者们偶尔提到他，也只是简单地把他作为一个'作伪者'来对待。这是很不公平的。因为叶昼作为明代的一位大评点家，无论在文学批评史上或在小说美学的发展史上都是

① 金圣叹著，陆林辑校整理：《金圣叹全集（第五卷）》，凤凰出版社2008年版，第158页。

有很大贡献的。”[①] 叶昼批评《三国演义》，当在李贽逝世的明万历三十年（1602）至明建阳《李卓吾先生批评三国志》吴观明刻本行世的万历四十一年（1613）之间。

毛宗岗完成对《三国演义》的修订、整理和评点，并于康熙十八年（1679）刊刻《四大奇书第一种》，距叶昼“批评”《三国演义》，已有约七十年了。毛宗岗是站在前辈学者的肩膀上，铸就了一座丰碑。那么叶昼本《三国演义》给了毛宗岗什么新的生长因素、动力和启迪呢？

《李卓吾先生批评三国志》在明清小说学术史上，是嘉靖本、周曰校本与毛宗岗本、李渔本之间承上启下的一个重要的过渡版本，概略地讲，其开创之功有三：第一，将嘉靖本《三国演义》二百四十则合并为一百二十回，回目由单句转变为对偶形式，使《三国演义》史体结构定型。毛宗岗所谓“修定”，其实就是在李卓吾评本的基础上，从外在形式如“删改文辞”“修饰回目”，内在形式如“增删诗文”“增补细节”，进行大刀阔斧的工作。第二，将演义系列版本的大部分历史性注释删去了，保留了极少量的地名注，表现出其“去历史化”，为毛宗岗本清除历史文献中的论赞、史评、书信、奏议等非情节的文字，向文学化、经典化开拓铺垫了正确的道路。第三，开评点《三国演义》之先河。李卓吾评本已经有了明确的“通俗演义非正史”的观念，认为虚构恰是演义区别于正史的特征。毛宗岗的评点文学自觉的意识更为明确，他同金圣叹一起建构了明清小说叙事的理论。

毛宗岗在叶昼本《三国演义》基础上对《三国演义》的评改，概括地说是两大工程。一是修订《三国演义》文本。主要是：（1）删改文辞；（2）清除论赞；（3）修饰回目；（4）增删诗文；（5）增补细节。他对《三国演义》文本叙事肌理的增删和修饰，提升了文本的艺术品相，极大地增强了小说的可读性。二是增添了评点。对小说框架结构、人物形象、思

① 叶朗：《中国小说美学》，北京大学出版社 1982 年版，第 26 页。

想内容、叙事肌理等发表自己的独到见解。同时在作品精彩处画上圈点，瞩目关注，引发深思。好的评点文字虽少，但释读功效却能画龙点睛。毛宗岗评改《三国演义》取得了巨大的成就，站在前辈文学家叶昼的肩膀上，将《三国演义》文学经典化的程度推进到了完美的境地。从此，毛宗岗本《三国演义》成为古典小说“四大奇书”之一的定本。

毛宗岗大刀阔斧地割除《三国演义》文本的赘瘤

毛氏父子为最后形成《三国演义》流行的定本而做出的杰出的贡献，主要体现在《三国演义》文本叙事肌理的修订，提升了文本的艺术价值，极大地提高了小说的可读性。从此，毛氏本《三国演义》独尊天下。

罗贯中开创了长篇历史小说史体结构，完成了长篇小说的生命关键机制的创立，这是一项巨大的创造过程。其中形式上在小说的情节中加入了大量的史书中的诏令、书信等文字，穿插史书对四十五位历史人物的《论》《赞》《评》，这些纯议论性的文字全部取自《三国志》《后汉书》等史书，代表了史评的基本倾向。但这些穿插在小说机体中的史料并不能有机地融入，不但有张冠李戴的错误，而且形成一个巨大的赘瘤。它们与大量的诗歌交错在一起，叠床架屋，内容重复，致使非情节的因素太多，在一定程度上破坏了叙事艺术的完整性。毛宗岗针对这种情况，仔细斟酌，去粗取精，首要任务就是“砍”去文本中的赘瘤。这项工程并不是在情节局部修修补补，而是从艺术的整体观出发，大刀阔斧地把非情节的因素删除，使叙事的气场更为流畅，增强《三国演义》生命体的完整性，使之臻于完美。

叙事批评的统筹整合

《三国演义》版本存在的非情节的因素，一则是史书的史评和诗赞；另一则是论赞诗。这两类形式虽不同，但在小说文本中充当的却是共同的角色，即历史小说的叙事批评。毛氏本《三国演义》之前出现的史评和叠床垒架的论赞诗不仅交错，还常常是观点重合。由于非情节的因素太多，在一定程度上破坏了叙事艺术的完整性和审美性。毛宗岗恰恰从叙事功能上看到了这些，而将其统一进行艺术处理。所谓统一，是在整体叙事框架下进行的，这就意味着并不仅仅是从史评的有无、诗词数量上增删，而是倾注他的思想情感和审美趣味，去建构和追寻一种富有审美形式的叙事批评。

重新审视关键人物的史评和论赞诗

曹操是《三国演义》中轴心式的人物。第七十八回曹操之死，文中插有陈寿《三国志·魏书·武帝纪》史评一篇：赞颂了曹操谋略超群，才能卓著，善于用人，讲求策略，能完成建国大业，是“非常之人，超世之杰”。《曹操形状》一篇与史评基本一致。论赞诗有四首，褒贬各半。在这么多议论性文字之后才接上叙事情节：“却说曹操身亡，文武百官尽皆举哀……”除却议论冗长，松散了小说的叙事结构外，其史评欠通俗，论赞诗的笔墨分散、分量不足。为此，毛宗岗将上述文字全部删节，另新增一首排律《邺中歌》，以高度凝练的笔墨概括了曹操的一生：气质、性格、才能和功业，尤其是“功首罪魁非两人，遗臭流芳本一身”这一联诗，既与小说中曹操的复杂性格相照应，又涵盖了史评和论赞诗中褒贬各半的内容。虽然叙事批评的表达形式只采用了一首论赞诗，而发挥的叙事功能却大大地优于过去，既使叙事结构凝练，又增强了审美意味。

刘备是《三国演义》中轴心式的人物。第八十五回刘备之死，文中插有陈寿《三国志·蜀书·先主传》史评一篇：颂扬他的弘毅宽厚，知人待士，举国托孤于诸葛亮，世代称颂，具有“高祖之风，英雄之气”。但他的机权干略，不如曹操。《历年图曰》一篇也对他委任贤相大加赞许。论赞诗有五首，多是褒扬。毛宗岗同样将刘备的史评和论赞诗这些文字全部删节，新增一首杜甫的诗，因为其他论赞诗的艺术性远不如杜诗。杜诗含蓄，对刘备兵败夷陵一事没有评论，只用了“蜀主窥吴向三峡，崩年亦在永安宫”一联诗，把伐吴的起因与兵败的结局对比在一起，兴兵在奉节，败军也在奉节。隐含的遗憾之情，讽刺之意，同小说家的感情是暗合的。可见，毛宗岗选取的这首诗是很有艺术眼力的。

第一百零四回诸葛亮之死，文中插有陈寿《三国志·诸葛亮传》的史评一篇：一代贤相，明于法度，推行公道，赏罚分明，大公无私，“邦域之内，咸畏而爱之”。习凿齿、朱黼的史评三篇，李兴碑文一篇，论赞诗十一首，都是对他一生功业的歌颂。这在《三国演义》章回中是诗词最多的一回，因为诸葛亮在《三国演义》叙事结构中占据半壁河山的地位，所以设置的论赞诗的分量比曹操和刘备还要多。这些论赞诗相比之下，唐朝诗人白居易、元微之的两首赞颂诸葛亮的诗是最好的。因此，毛宗岗将诸葛亮的史评和多数论赞诗都删节，只留取白居易、元微之的两首诗，又增补杜甫诗一首。这三首从不同侧面对诸葛亮评价的诗很有代表性，不仅能够涵盖史评和论赞诗的内容，而且也足以显示诸葛亮的性格、功业以及在叙事结构中的地位。可见，毛宗岗修订《三国演义》，并不是简单地将史评删节，而是将史评的叙事批评内容融合到论赞诗之中，以论赞诗的形式表达叙事主体原有的思想倾向。从上述修订可见其依据这一原则，对类似情况都做了这样的处理。

为重大历史事件和历史人物增补论赞诗

第十三回“董卓之乱”这一结构单元没有安插论赞诗，而毛宗岗却增补了一首《咏史》诗。以叙事者的身份，叙说了董卓之乱前后发生的历史事件：桓灵昏庸，宦官专政。何进无谋，引狼入室。董卓暴虐，王允除奸。李郭叛乱，上下涂炭。有意识地点明董卓之乱开启了豪强割据的局面，为《三国演义》叙事的第一个历史时期做了阶段性的概括。

第三十八回增补一首论赞诗："隆中决策"，突出了"三顾茅庐"这一叙事单元深层的蕴意。如果从整部小说的叙事结构着眼，"隆中决策"是驾驭和展现三国历史的聚焦，艺术地再现了从"赤壁之战"这一叙事单元到"夷陵之战"这一结构单元的描写。"欲识他年分鼎处，先生笑指画图中"点明了小说家构建三国历史叙事框架的视野焦点。

第一百一十三回增补一首论赞诗："孙綝废主"。孙吴集团在《三国演义》叙事结构中呈衰败时期是孙权的晚年，这一时期叙事线索的特点是时间跨度大，空间范围小，不仅没有独立的结构单元，而且从第八十六回至一百零八回中间跳跃了二十多个章回，没有叙述孙吴集团。从第一百零八回孙权之死到第一百三十回孙吴灭亡，近三十年的历史只在四个章回中简单地断断续续地展现。因而，在孙吴这条似断似连的叙事线索中，孙綝废主就成为孙吴君主更替，朝政混乱的转折点。为此，增补了一首论赞诗。

讲求一部大书叙事结构的首尾呼应

毛本着眼《三国演义》总体结构，首尾诗词呼应，加强叙事结构的完整性。毛宗岗选取明代杨慎《临江仙》作为卷首词：

> 滚滚长江东逝水，浪花淘尽英雄。是非成败转头空。青山依旧在，几度夕阳红。白发渔樵江渚上，惯看秋月春风。一壶浊酒喜相逢。古今多少事，都付笑谈中。

体现了一种清空的意境，英雄、事业、是非、成败，尽付东流。李卓吾评本在结尾处原有一首概述三国事的古风，最后两句是：

鼎足三分已成梦，一统乾坤归晋朝。

毛宗岗将其改为：

鼎足三分已成梦，后人凭吊空牢骚。

与卷首词遥相呼应，首尾诗词格调一致。正如毛宗岗自己评点时所说："此一篇古风，将全部事迹隐括其中，而末二语以一'梦'字、一'空'字结之，正与卷首词中之意相合。一部大书以词起，以诗收，绝妙笔法。"可见，毛宗岗从整体叙事结构着眼增补论赞诗的意识多么明确。

论赞诗与情节高度契合

精简史评与论赞诗

第三回董卓进京，大将军何进不听众人劝告，下诏宣董卓进京，清除霸凌朝政的宦官十常侍。叙事情节中插入一段诏书文字，不过是更加冠冕堂皇地宣讲董卓进京的目的，与前面何进和众人议论宣召董卓进京叙事内容几乎重复。毛宗岗本《三国演义》将其删掉，不仅文字更精练，叙事也更简明而通透。因为叙事被这些史书文字隔三岔五地阻隔，文气不流畅，影响了可读性。同理，下面还精简了董卓向朝廷的进表，为的是强化叙事的通透，提升可读性。

何进之死还穿插了《后汉书·窦何列传》史评："窦武、何进藉元舅之资，据辅政之权，内倚太后临朝之威，外迎群英乘风之势，卒而事败阉竖，身死功颓，为世所悲，岂智不足权有余乎？《传》曰：'天之废商久矣，君将兴之。'斯宋襄公所以败于泓也。"这段史评是针对窦武、何进两人所说的，而小说中作为对何进一人的史评，显然是不合适的。因此毛宗岗将这段史评和诗赞都删节了，只保留原诗一首："汉室倾危天数终，无谋何进作三公。几番不听忠臣谏，难免宫中受剑锋。"此诗与情节内容很相符。

第九回王允之死，引《后汉书·陈王列传》的史评和诗赞，其中诗赞是针对两人的，小说只放在王允一人这里表达，显然是不恰当的，毛宗岗将史评和诗赞删节后，从原有两首论赞诗中，只保留其中一首。

第十九回吕布之死，引《后汉书·刘焉袁术吕布列传》的诗赞，而诗赞是针对三个人的评论，小说中放在吕布一人这里表达，显然是不恰当的。毛宗岗将诗赞和一首论赞诗删节，只保留原诗两首。

第二十一回袁术之死，引《后汉书·刘焉袁术吕布列传》对袁术的史评，与论赞诗的内容大致相同，毛宗岗将史评删节，保留了原诗一首。

第二十三回祢衡之死，引《后汉书·文苑列传》对祢衡诗赞，毛宗岗将其删节，只保留原诗一首。

第二十七回关羽千里独行，安插裴松之注和五首论赞诗，毛宗岗只保留了原诗一首，歌颂了他挂印封金的义，千里寻兄的忠，过关斩将的勇。其余的论赞诗和裴松之注全部删节。

第二十九回孙策之死，引《三国志·吴书·孙破虏讨逆传》史评，毛宗岗除保留一首能够概括孙策一生的五言诗外，将史评和其余论赞诗删节。

第三十一回田丰之死，引裴松之注及诗赞，毛宗岗将其删节，保留原诗一首。

第三十二回袁绍之死，引《后汉书·袁绍刘表列传》史评，因史评是针对两个人的，小说中放在袁绍一人这里表达，显然是不合适的。毛宗岗将其删节，并从两首论赞诗中选取一首对袁绍一生盖棺论定的七律。

第四十回孔融之死，引《后汉书·郑孔荀列传》对孔融的史评两则，毛宗岗将其删节。保留原诗一首，对他一生的地位、性格、人品和才气都作了概括。

第四十一回刘备携民渡江，有十首论赞诗，毛宗岗只保留了对刘备、糜夫人、赵云论赞诗四首，将其余六首论赞诗和《三国志·蜀书·先主传》

中裴松之注全部删节。

第四十二回大战长坂桥，毛宗岗只保留了“刘备摔子”和“张飞威震长坂坡” 两首论赞诗，将其余的论赞诗、《据水断桥赋》以及裴松之注都删节。

第六十一回荀彧之死，引《后汉书·郑孔荀列传》对荀彧的史评和论赞两则。毛宗岗将其删节，只从两首论赞诗中选取一首。

第八十一回张飞之死，引《三国志·蜀书·关张马黄赵传》史评，另有论赞诗五首。毛宗岗从论赞诗中选取一首，概括了张飞英雄的一生，表达了对张飞之死的哀婉，其余都删节了。

第一百零八回孙权之死，引《三国志·吴书·吴主传》史评，毛宗岗将其删节。保留原诗一首：“二十四年兴大业，龙盘虎踞在江东。”很准确地点明“孙权屈身忍辱”权变的性格特征。他执掌江东近三十年才称帝，比魏、蜀称帝晚近十年。孙权夺取荆州后，为了抵御蜀国的进攻，被迫向魏国称臣。这样既避免了吴魏交战，又争取了时间，直至败蜀拒魏，收功江南，鼎足而立才称帝。这是孙权在战略上的高明之举。史评和论赞诗的观点是一致的，论赞诗完全能够替代史评。

第一百一十八回刘禅亡国，引《三国志·蜀书·后主传》史评，还有论赞诗三首。毛宗岗除保留一首论赞诗，其余都删节了。

第一百一十九回钟会、邓艾之死，引《三国志·魏书·王毌丘诸葛邓钟传》史评，这段史评是针对五个人而发的，小说中放在钟会和邓艾的名下是不合适的，毛宗岗将其删节，保留钟会和邓艾每人各一首论赞诗。

适当修改原有论赞诗

第三十回官渡之战，引用唐朝胡曾《官渡》一诗：“本初屈指定中华，官渡相持勒虎牙。若使许攸财用足，山河争得属曹家。”毛宗岗注意到了此诗与叙事情节的描写不够丝丝入扣，将前三句的词句略作改动。袁绍和曹操对峙于官渡之时，袁绍虽占据四州之土，人多粮足，兵力数倍于曹军，处于明显优势，但最终败在了曹操手下，因而，将“本初屈指定中华”改为“本初豪气盖中华”，更为准确。“官渡相持勒虎牙”主语不明确，而改为“官渡相持枉叹嗟”以后，主语不仅明确为袁绍，而且与首句贯通，表现战局正在转化，袁绍已无回天之力。第三句“若使许攸财用足”改为“若使许攸谋见用”，一个“谋”字，切中叙事情节的重心，烘托出许攸谋略在这场战争中的关键作用。

第四十回刘表之死，引《三国志·魏书·董二袁刘传》史评，是针对四个人所说的，毛宗岗将史评删节。又在原七律的基础上将其改写为一首七绝。其中前两句取自原诗，后两句“绍因谭尚须倾国，表为琦琮立丧邦”点化而成“总为牝晨致家累，可怜不久尽销亡”，既点明废长立幼的原因——夫人干政，又指出其后果——家中生祸，尤其“总为”两字，承上启下，文气流畅，语意递进，诗句更凝练，诗味更浓厚。

第六十九回赞左慈，引《后汉书·方术列传》史评，毛宗岗将其删节，并从两首论赞诗中选取一首七律，凝缩为七绝。

删节次要人物的史评与论赞诗

第七回孙坚之死，引《三国志·吴书·孙破虏讨逆传》史评，毛宗岗将其删节。

第二十一回公孙瓒之死，引《后汉书·刘虞公孙瓒陶谦列传》的史评，插在刘备和曹操的对话情节中，是多余的笔墨，毛宗岗将其删节。

第七十七回吕蒙之死，引《三国志·吴书·周瑜鲁肃吕蒙传》史评，是针对三个人的，小说中放在吕蒙一个人这里显然是不合适的，毛宗岗将其删节。

第九十一回曹丕之死，引《三国志·魏书·文帝纪》史评和裴松之注，毛宗岗将其删节。

第一百零一回李严被谪，引裴松之注、习凿齿的评语，毛宗岗将其都删节了。

第一百零六回曹叡之死，引《三国志·魏书·明帝纪》史评和裴松之注，毛宗岗将其删节。

第一百零八回诸葛恪之死，引《三国志·吴书·诸葛滕二孙濮阳传》史评和论赞诗两首，毛宗岗将其全部删节。

第一百一十九回曹奂禅位，引《三国志·魏书·三少帝纪》史评被删节。

总之，从修订的效果来看，将史评的内容融入诗歌的形式之中，论赞诗与小说情节所形成的语境相一致，是其审美的追求；删掉非情节的因素在叙事结构中造成的累赘，增强了小说的可读性；选取通俗易懂的诗歌，提高了小说传播的审美效应。这三点是毛宗岗修订《三国演义》叙事肌理的成功之处。毛氏本《三国演义》一问世，便以其文字的可读性赢得了世人的喜爱。

在删改中强化《三国演义》尊刘贬曹的政治倾向

一位小说家的创作观念的产生，是植根在历史的、民族的、文化积淀的土壤上的。千百年来在三国故事酝酿和创作过程中所形成的尊刘贬曹的思想倾向，烙印在《三国演义》中，所以说罗贯中在《三国演义》中表达、张扬、提倡尊刘贬曹思想倾向，它不是某个人的一时一地的情感表达，而是一种反映民意的情结，是历史涌动的潮流。

毛宗岗强化刘备为正统的史学观念

毛宗岗在《读三国志法》一开篇便教导人们如何尊崇正统。他说：

> 读《三国志》者，当知有正统、闰运、僭国之别。正统者何？蜀汉是也。僭国者何？吴、魏是也。闰运者何？晋是也。魏之不得为正统者何也？论地则以中原为主，论理则以刘氏为主，论地不若论理，故以正统予魏者，司马光《通鉴》之误也。以正统予蜀者，紫阳《纲目》之所以为正也。

这是毛氏站在封建正统的立场上对人们如何阅读《三国演义》的说教，与罗贯中在《三国演义》中所表达的思想情感是有距离的。罗贯中多处提出刘备是“汉景帝中山靖王之后，应继汉统”，不排除他利用传统观念的“合法性”为刘备张目。但在这块招牌下遮掩着他真正的思想是“有德者居天下”，体现了儒家民本的思想、感情、愿望和要求。否则，论正统莫过于桓、灵二帝和汉献帝，而这些真正的龙子龙孙在小说家的笔下，不是“禁锢善类”“崇信宦官”，造成朝政日非，天下大乱，便是软弱无能之辈。至于汉室宗亲刘表、刘璋，更是“虚名无实”“守户之犬”。即使被推崇的刘备之子，也因其无能无德，被斥为庸才。那么，为什么偏偏尊崇这位汉室远亲且曾编织草鞋的刘备呢？

嘉靖本和李卓吾评本《三国演义》“张永年反难杨修”一节有刘备与张松的对话：

> 玄德曰：“二公休言。吾有何德，岂敢望居高位而守城池乎？”松曰：“不然。‘天下者，非一人之天下，乃天下人之天下也，惟有德者居之。’何况明公乃汉室宗亲，仁义充塞乎四海。休道占据州郡，便代正统而即帝位，亦不分外。”

这里刘备假意谦让，高扬“天下者，非一人之天下，乃天下人之天下也，惟有德者居之”这句话，其实早在诸葛亮嘴中就多次出现。如“周瑜南郡战曹仁”中，周瑜、孔明、刘备关于“取南郡”有一段对话：

> 瑜曰：“待吾取不得南郡，从公取之。”玄德曰：“子敬、孔明在此为证，都督却休反悔。”瑜曰：“大丈夫一言既出，驷马难追，何悔之有！”孔明曰：“都督此言极是公论。古人云：‘天下者，非一人之天下，乃天下人之天下也。’先尽东吴去取；若

不下，主公取之是也，有何不可哉！”

再如“周瑜定计取荆州”，鲁肃向刘备讨荆州时：

玄德未及开言，孔明变色言曰：“子敬公好不通礼！我主人相待，直须要说到根前？自三皇五帝开天立极以来，‘天下者，非一人之天下，乃天下人之天下也。’……”

此外，罗贯中还借小说中的人物之口，多次明示“天下者，非一人之天下，乃天下人之天下也，惟有德者居之”，现在嘉靖本和李卓吾评本《三国演义》还保留这句话，在多处出现。毛宗岗修订《三国演义》时，却将这些文字一笔勾销。他们都是尊刘贬曹的，而实质上尊刘贬曹的具体内涵是不相同的，毛宗岗的目的是树立刘备为正统的史学观念。

回目的遣词用字上浓重了“尊刘贬曹”的感情色彩

毛宗岗修订《三国演义》突出了叙事的主体性，进一步强化“尊刘贬曹”的情感结构。尽管回目这一领地发挥的余地不大，但他还是通过遣词用字浓重感情色彩，表现出强烈的思想倾向。

《三国演义》嘉靖本二百四十则中写到曹操共有三十四处，即：

第八则	曹孟德谋杀董卓
第九则	曹操起兵伐董卓
第二十则	曹操兴兵报父仇
第二十四则	曹操定陶破吕布
第二十七则	迁銮舆曹操秉政
第三十二则	曹操兴兵击张绣
第三十四则	曹操会兵击袁术

第三十八则	白门曹操斩吕布
第三十九则	曹孟德许田射鹿
第四十三则	曹公分兵拒袁绍
第四十五则	祢衡裸体骂曹操
第四十六则	曹孟德三勘吉平
第四十七则	曹操勒死董贵妃
第五十九则	曹操官渡战袁绍
第六十则	曹操乌巢烧粮草
第六十一则	曹操仓亭破袁绍
第六十四则	曹操决水淹冀州
第六十五则	曹操引兵取壶关
第八十八则	周瑜定计破曹操
第八十九则	周瑜三江破曹操
第九十二则	黄盖献计破曹操
第九十五则	曹孟德横槊赋诗
第九十六则	曹操三江调水军
第九十九则	曹操败走华容道
第一百则	关云长义释曹操
第一百一十一则	曹操大宴铜雀台
第一百二十二则	曹操兴兵下江南
第一百三十二则	曹操杖杀伏皇后
第一百三十三则	曹操汉中破张鲁
第一百三十六则	魏王宫左慈掷杯
第一百三十七则	曹操试神卜管辂
第一百三十八则	耿纪韦晃讨曹操
第一百四十四则	曹孟德忌杀杨修
第一百五十五则	曹操杀神医华佗

为避开与名字的字眼的重复，除了称呼“曹操”“曹孟德”外，还使用 “魏王”，甚至“曹公”的尊称。毛宗岗修订时根据曹操在三国历史进程的内容，分别采用三种方法在回目上表示出爱憎分明的情感。

保留嘉靖本《三国演义》“曹操”“曹孟德”的称呼。如卷八、卷十九、卷二十四、卷二十七、卷三十二、卷三十四、卷三十八、卷四十三、卷五十九、卷六十、卷六十一、卷八十九、卷九十五、卷一百、卷一百一十一 、卷一百三十三、卷一百三十六，总计十七个回目。

回目上去掉“曹操”等字样，另辟蹊径，创立新题。共计八个回目。

将第三十九则“曹孟德许田射鹿”，毛本第二十回改为“曹阿瞒许田打围”；将第四十五则 “祢衡裸体骂曹操”，毛本第二十三回改为“祢正平裸衣骂贼”；将第四十七则 “曹操勒死董贵妃”，毛本第二十四回改为“国贼行凶杀贵妃”；将第一百二十二则“曹操兴兵下江南”，毛本改为“曹阿瞒割须弃袍”；将第一百三十八则“耿纪韦晃讨曹操”改为“讨汉贼五臣死节”；将第一百四十四则“曹孟德忌杀杨修”，毛本第七十二回改为“曹阿瞒兵退斜谷”；将第一百五十五则“曹操杀神医华佗”，毛本改为“传遗命奸雄数终”，共计七个章回。用“曹阿瞒”“老瞒”“贼”“国贼”“汉贼”等字眼对曹操欺君暴虐的行为进行了贬斥，直到曹操命终才用“奸雄”盖棺论定。这都是毛本之前的诸本没有出现过的。

嘉靖本第九则“曹操起兵伐董卓”不仅平铺直叙，而且没有突出曹操高举义旗号召各地诸侯共讨董卓的壮举，毛本回目则恢复了历史的真实，第五回改为“发矫诏诸镇应曹公”。这是毛本用“曹公”称呼的唯一的一次。

总之，毛宗岗对嘉靖本回目外形式的修订，在艺术上取得了极高的审美价值，使小说的文本更加趋于完美。自毛氏本问世，《三国演义》回目便定型了。

毛本《三国演义》论赞诗强化了尊刘贬曹的政治倾向

《三国演义》中刘蜀集团的人物和事件的诗词有八十四首，其数目之多，与《三国演义》叙事结构的设置和政治思想的倾向是分不开的。除了对后主这位亡国之君的昏庸无能有两首讽刺诗之外，其余都是赞美之词。以刘备和曹操的论赞诗作对比分析。嘉靖本和李卓吾评本中仅有一首对刘备有贬义的诗。如第十六回写袁术派大将纪灵起兵进攻刘备，在袁军压境下，刘备修书向吕布求援。吕布搞了一个“辕门射戟”的把戏，劝和两家罢兵，为刘备解了难。而第十九回当白门楼吕布成为曹操的阶下囚，他希冀座上客刘备为他向曹操求情，刘备不但不应，反而提醒曹操他是“三姓家奴”，反复无常，将其杀掉。因而小说在第十六回插入了一首议论诗：

吕布当年解备危，万军谁敢效公威？
早知“大耳”全无信，悔向辕门射戟时。

这首讽刺“大耳”刘备无信义的诗，毛宗岗大概认为有损刘备的形象，将其删掉了。相反，嘉靖本和李卓吾评本也只有一首对曹操赞扬的诗，如第三十回官渡一战，曹操败袁绍，搜得一批自己部属私通袁绍的书信。他不但不追查，反而当众全部烧毁。这是政治家曹操为稳定军心，加强自己内部的凝聚力，集中力量，最后消灭袁绍残余势力的英明之举。有诗为赞：

尽把私书火内焚，宽洪大度播恩深。
曹公原有高光志，赢得山河付子孙。

毛宗岗不但将这首诗删除了，而且还在回批中说这是曹操的奸雄之术：“光武焚书以安反侧，是恕之于人心既定之后；曹操焚书以靖众疑，是忍之于人心未定之时。一则有度量，一则有权谋。其事同，而其所以用心不同也。帝王有帝王气象，奸雄有奸雄心事，真是好看。”经他修订后的毛本《三国演义》的论赞诗，更加强化了尊刘贬曹的政治倾向。

毛本含有贬斥曹操的诗十一首，其中有三首是李卓吾评本增加的，毛宗岗全部保留了。从内容上看，主要表现为：

（1）凶残。伏皇后传递汉献帝讨贼诏书败露后，曹操将伏氏宗族皆斩于市。此诗叹曰：

曹瞒凶残世所无，伏完忠义欲何如。
可怜帝后分离处，不及民间妇与夫！

（2）奸诈。对曹操“割发代首”一事的贬斥。

十万貔貅十万心，一人号令众难禁。
拔刀割发权为首，方见曹瞒诈术深。

（3）报应。曹操挟天子于股掌，常怀篡位之心，但未敢僭位。司马氏步曹操的后尘，有过之无不及。有诗曰：

昔日曹瞒相汉时，欺他寡妇与孤儿。
谁知四十馀年后，寡妇孤儿亦被欺。

毛宗岗从整体美学观审视和修订《三国演义》回目

回目是中国章回体长篇小说独有的艺术形式，有单句、偶句两种。其中偶句中又有对仗工整与不工整的区别。但无论如何，都必须具备回目标题。这是章回体小说有别于现当代长篇小说的一个重要的形式标志。回目对偶标题是伴随着长篇小说的章回体形式逐步经典化而基本定型的。

“回”的形式最早是指宋元“说话”，说书人每讲一次叫一“回”，这是“回”的最早含义。“讲史”连续分若干“回”讲说，每一“回”有一个标题，开头由“话说……”引起，最后由“且听下回分解”结束。但这仅是“说话”人采用的一种习惯套话，因为话本是说话人的底本，不是供阅读用的，所以“回”的意义和作用，与以后演进为章回体的艺术形式，还有很大的区别。《三国演义》是我国古代长篇小说开山之作，在此之前的小说只分卷不分回。

《三国演义》叙事结构分回有目的艺术形式

现存《三国演义》最早的版本是嘉靖本，分为二十四卷二百四十则，“则”是回目的早期形式，回目的单句形式第一次出现了，因而说章回体是从《三国演义》开始定型的，回目才真正演化成为案头阅读的艺术形式。

（1）嘉靖本《三国演义》“卷”与“则”同时出现，这是章回体早期的特有现象。“卷”是史传形制在小说影响下的残存，而“则”更多地含有以时间划分叙事单元的意味。随着章回体向前演进，“卷”的形制也逐渐消失。其意义不仅仅在形式上，而更重要的是当“回”的术语出现以后，“卷”的意义就逐渐淡化了。这正是小说叙事体制的成熟。从此以后，人们提起长篇小说都说它有多少“回”，而不大注意它有多少“卷”了。

（2）分回有目标志着诉诸视觉的书面文学式样，因而小说家对章回回目的艺术性就十分讲究。现存嘉靖本《三国演义》在每则前都有一个单句的题目，且都是七字句，形式十分整齐。下面与《三国志平话》段落题目相对照：

《平话》	《演义》
桃园结义	祭天地桃园结义
张飞鞭督邮	安喜张飞鞭督邮
董卓弄权	废汉君董卓弄权

显而易见，在叙事内容基本不变的情况下，嘉靖本《三国演义》把题目统一为七字句，是有意而为之。有意味的是罗贯中为什么都选用七字句。“七”这个数字从汉代就弥漫着一股浓郁的书香气，涌现一批名篇。有枚乘的《七发》、张衡的《七辩》、曹植的《七启》、王粲的《七释》，《昭明文选》列“七”为一门。文学集团有建安七子、竹林七贤；古代宗法制度，天子有“七庙”；佛教中有“七宝”“七级浮屠”；道教中设坛诵经“做七”。总之，“七”是一个有深厚文化意味的数字，代表精巧、智慧和吉祥。

（3）李卓吾评本《三国演义》去掉“卷”，把二百四十则合成一百二十回。这样每一回目就由单句组成双句，拼合成对称的形式了，上下虽然都是七字句，但大都不对仗。一百二十回的回目中只有七个章回的回目基本属于对偶句，有的也不太严格，对偶的回目只占全部回目的百分之五。即：

第三回　董卓议立陈留王　吕布刺杀丁建阳

第十一回　刘玄德北海解围　吕温侯濮阳大战

第四十七回　阚泽密献诈降书　庞统进献连环计

第六十一回　赵云截江夺幼主　曹操兴兵下江南

第六十四回　孔明定计捉张任　杨阜借兵破马超

第七十二回　刘玄德智取汉中　曹孟德忌杀杨修

第八十六回　难张温秦宓论天　泛龙舟魏主伐吴

上述可以使人清楚地看到，分回有目的创立，以及回目由单句向对偶句过渡渐成趋势。但毛氏本《三国演义》之前版本的回目留下了一个很大的纰漏，即回目要全部达到对偶，需要大手笔对回目逐一进行修订。清代小说评点家毛宗岗父子完成了这一使命。毛宗岗说：“俗本题纲，参差不对，杂乱无章，又于一回之中，分上下两截。今悉体作者之意而联贯之，每回必以二语对偶为题，务取精工，以快阅者之目。”从此毛氏本《三国演义》回目对偶，语词精湛，富有文采，遂成中国长篇章回小说一大特色。

回目对偶很值得我们在理论上探究。唐朝日本高僧弘法大师编著的《文镜秘府论》，在“论对属”篇曾论述过对偶出现的必然因素、基本类型和要求：

> 凡为文章，皆须对属；诚以事不孤立，必有配匹而成。至若上与下，尊与卑，有与无，同与异，去与来，虚与实，出与入，是与非，贤与愚，悲与乐，明与暗，浊与清，存与亡，进与退：如此等状，名为反对者也。除此以外，并须以类对之：一二三四，数之类也；东西南北，方之类也；青赤玄黄，色之类也；风雪霜露，气之类也；鸟兽草木，物之类也；耳目手足，形之类也；道德仁义，行之类也；唐、虞、夏、商，世之类也；王侯公卿，位之类也。及于偶语重言，双音叠韵，事类甚众，不可备叙。①

上述所论强调了两类对偶：一是“反对”，即用相反的词义或对立的事物来配对；二是“类对”，即用同类概念或相同词性构成的事实来匹配。这两类对偶形式尽管不同，但都以达到“理殊趣合”为最好。刘勰说的“理殊”就是不同类的事物的差异，而“趣合”则是它们找到了一种和谐的方式，结合到一起了。这是形式美“平衡”原理的体现。黑格尔也曾说：“要有平衡对称，就须有大小、地位、形状、颜色、音调之类定性方面的差异，这些差异还要以一致的方式结合起来。只有这种把彼此不一致的定性结合为一致的形式，才能产生平衡对称。”②这段话包含两层意思：第一，平衡的因素要有对立性或对比性，要有同等的价值，好像天平上称物，要轻重

① ［日］弘法大师撰，王利器校注：《文镜秘府论校注》，中国社会科学院出版社1983年版，第486页。

② ［德］黑格尔著，朱光潜译：《美学（第一卷）》，商务印书馆1979年版，第174页。

相当才好，否则一重一轻就不平衡。第二，这两种因素各自孤立的时候，并不能产生美的效应。只有当它们组合在一起，相反相成，达到平衡时才能产生美的效应。嘉靖本《三国演义》是单题的回目，当二百四十则合并成一百二十回后，缺少的正是这种形式对称美的平衡，因此给后代小说评点家留下了修正的必要。毛宗岗父子修改《三国演义》回目时，正是从前人总结出的对偶艺术形式的要求出发，做了可贵的努力。修订后的毛氏本《三国演义》回目对偶工秀，明快精当，重心突出，生动传神，满纸生辉，对全书的艺术功能发挥了画龙点睛的作用。

回目是《三国演义》叙事结构外在形式美的表征

艺术形式按美学原理可以分为内形式和外形式两种。就回目而言，概括本章回的内容，组合意象和深化情感，构成了它的内形式；而句法、文字、词性以及构成对偶艺术形式美要素的组合规律，则是它的外形式。下面就从这两方面审视毛氏本《三国演义》回目的演化和总体趋向。

外形式的修订主要体现在以下三方面。

力求多样统一，修订类同内容的单一化回目

“诸葛亮七擒孟获”的叙事内容的回目在李卓吾评本《三国演义》是：

第八十七回　孔明兴兵征孟获　诸葛亮一擒孟获

第八十八回　诸葛亮二擒孟获　诸葛亮三擒孟获

第八十九回　诸葛亮四擒孟获　诸葛亮五擒孟获

第九十回　诸葛亮六擒孟获　诸葛亮七擒孟获

这些七字句词性和语法结构几乎都一样，它违反了对偶形式必须遵循的多样统一的原则，显然构不成对偶句。毛宗岗从整体美学观审视后，将

其改为：

第八十七回　征南寇丞相大兴师　抗天兵蛮王初受执
第八十八回　渡泸水再缚番王　识诈降三擒孟获
第八十九回　武乡侯四番用计　南蛮王五次遭擒
第九十回　驱巨兽六破蛮兵　烧藤甲七擒孟获

毛本的回目，一是调动叙事角度。刘勰在《文心雕龙·丽辞》篇中说："反对为优，正对为劣。"如果修改为"反对"形式，其形状、颜色、线条、旋律、结构等易于表现出对立统一，变化多样。毛宗岗把第八十七回、第八十九回的"正对"改为"反对"。过去的回目是诸葛亮的单向主体行为，改变后的回目为双向对应的行为，上句写诸葛亮"大兴师""用计"；下句就写孟获"初受执""遭擒"，对立的双方构成"反对"。二是利用每次擒孟获战役的不同特点，写出"正对"在内容上的具体环境下的风貌。如第八十八回的"渡泸水""识诈降"；第九十回的"驱巨兽""烧藤甲"，用战争形式的异同，构成"事对"。三是交错使用同义词或采用暗示的手法。用"初受执"代"一擒"；用"再缚"代"二擒"；以"四番用计"和"六破蛮兵"暗示"四擒"和"六擒"，给人留下悬念。

类似上述的回目，还有第二十六回至第二十八回"云长延津诛文丑　关云长封金挂印""关云长千里独行　关云长五关斩将""云长擂鼓斩蔡阳　刘玄德古城聚义"；第三十回至第三十三回，第三十四回至第三十五回等二十多个章回的回目，毛宗岗都进行了修订，艺术效果很好。

力求价值均等，修订回目对称不平衡的现象

对偶的另一原则，双方必须价值均等，才能构成平衡的关系。嘉靖本《三国演义》回目单句合并为双句以后，有的形式虽构成了对偶，但出现了一些对举双方的价值不均等的现象。如：

第七十二回　刘玄德智取汉中　曹孟德忌杀杨修

从形式上看已符合对偶形式的标准，为什么毛宗岗还要改为：

第七十二回　诸葛亮智取汉中　曹阿瞒兵退斜谷

道理就在于“取汉中”和“杀杨修”这两个对举事件在价值上不均等，“杀杨修”只是刘备和曹操在争夺汉中这场大战中发生的一个小插曲，不足以和“取汉中”这一整体事件相匹敌。而毛宗岗将“忌杀杨修”改为“兵退斜谷”以后，在价值上就与“智取汉中”相匹配了，而且铺垫了因果效应。其匠心不凡正在这里。

力求句子结构对应，修订非对偶形式的回目

对偶句的基本要求：（1）对应的词组结构相同；（2）对应的词语词性相同；（3）对应位置上不应重复用字。例如：

第三十五回　刘玄德遇司马徽　玄德新野遇徐庶

毛本改为：

第三十五回　玄德南漳逢隐沦　单福新野遇英主

成了对仗工秀的偶句回目了，人名“玄德”对“单福”，避免了同一回目中刘备的名字两次出现；地名“南漳”对“新野”；动宾词组“逢隐沦”对“遇英主”。这一改动不但摒弃了文字重复、结构不一的现象，而且文辞优美、富有节奏感。类似的例子很多，因其道理显见易明，就不多举了。

毛宗岗对《三国演义》回目内形式的修订

回目艺术外形式美是艺术内容及内形式的物化形态，不能脱离作品的内容而独立存在。内形式是内容与形式之间的一种必然联系，受制于叙事内容和人物形象。毛宗岗父子修订回目总的指导思想还是从章回的叙事内容和人物形象的需要出发。具体表现为：

要提纲挈领地涵盖每一章回的叙事内容

称回目为叙事结构的眉目，就因其是章回内容的浓缩和提炼，不但要概括力强，而且要准确醒目。如：

第四十六回　诸葛亮计伏周瑜　黄盖献计破曹操

毛本改为：

第四十六回　用奇谋孔明借箭　献密计黄盖受刑

赤壁大战中孙刘统一战线内部存在着矛盾和斗争，突出表现在诸葛亮和周瑜的身上。周瑜忌诸葛亮之才不能为东吴所用，又妒诸葛亮之智胜己一筹，便萌生了杀诸葛亮之心。他曾三次设计杀害诸葛亮。其中第二次加害诸葛亮的险恶用心，令诸葛亮三日之内造箭十万支。诸葛亮对此看得十分清楚，为维护孙刘联盟的大局，他凭借自己的智慧，趁漫江大雾之时，从曹操处“借得”十万支箭，巧妙地化解了矛盾冲突，“草船借箭”确是奇谋。当周瑜得知真相，“大惊，慨然叹曰：‘孔明神机妙算，吾不如也！’”（第四十六回）其奇有三：凭一江之雾，去曹营“借箭”，“是借于人又借于天也”。此一奇。借箭既削弱了敌方曹操战备，又巧妙地防止了周瑜加害自己。此二奇。老谋深算的曹操，智勇双全的周瑜，在诸葛亮面前都大为逊色，烘托了诸葛亮的宽宏大度、稳操胜券、不动声色、雄才大略。此三奇。李卓吾评本回目“诸葛亮计伏周瑜”，只用一个“计”字，泛泛空洞，没能准确而形象地概括出叙事内容的特点。而毛本点明了“草船借箭”这一家喻户晓的故事，醒目又具体，“用奇谋”表现了诸葛亮在敌我人物关系中的主体地位，大智大勇的盖世英才。这是诸葛亮第一次最显赫的亮相。“黄盖献计破曹操”只说了事情的起由，内涵很小。而“献密计”则点破了黄盖和周瑜的计谋是诈降，“黄盖受刑”又把“苦肉计”这一情节动态地展示了。这两处修改，极为准确地涵盖了本章回的叙事内容。

要形象地突出人物性格的神采

回目虽字简句约，但炼字炼句后，便能在表情状貌上摄魂取神，增强意象的表现力。如：

第九十四回　孔明大破铁车兵　司马懿智擒孟达

毛本改为：

第九十四回　诸葛亮乘雪破羌兵　司马懿克日擒孟达

毛本回目下联去掉一个“智”字，增添“克日”两字，便豁然突出了司马懿的决断与妙算，十分传神。这一章回写诸葛亮兵出祁山，连战连捷，所向披靡，魏主震惊，不得不又一次起用司马懿，令其会集长安，一同抗蜀。闲居宛城的司马懿，接到诏书，正准备调集本部兵马去长安，突然得知孟达策划谋反的信息。时任新城太守的原蜀军降将孟达，又准备举兵谋反，直取洛阳，归顺蜀汉。司马懿立刻意识到，孟达反叛关系到两京的安危。在这危急时刻，他当机立断，不去长安而日夜兼程赶赴新城，剿灭孟达。于是传令“一日要行二日之路，如迟立斩”；同时派人星夜赶赴新城，“教孟达等准备征进，使其不疑”。还假造司马懿率军已“离宛城，望长安去了”的情报，然后大军出其不意地包围了新城，一举消灭了孟达。孟达失算了，他认为“若司马懿闻达举事，须表奏魏主”，从宛城到洛阳，然后抵达新城，这两千余里的行程，至少需要“往复一月间”。而司马懿以非凡的战略眼光，掌握作战的主动权，从宛城直至新城，每日行两天的路程，一千二百余里只八天就到达了。这次胜利贵在用兵神速，用“克日”二字，画龙点睛。

再如：

第八十一回　范疆张达刺张飞　刘先主兴兵伐吴

毛本改为：

第八十一回　急兄仇张飞遇害　雪弟恨先主兴兵

毛本回目改得好，好在张飞和刘备义重如山的强烈感情奔突在字里行间。一个“急”字生动地点染了张飞暴躁的性格特征和报仇心切的心理。刘备准备为关羽复仇，大举伐吴之举，经多人劝阻后，尤其“见孔明苦谏，心中稍回”，正在这时，张飞到来，“至演武厅拜伏于地，抱先主足而哭。先主亦哭”。张飞的“急兄仇”又重新掀起了刘备伐吴的决心。待张飞回到军中，“次日，帐下两名末将范疆、张达入帐告曰：‘白旗白甲，一时无措，须宽限方可。’飞大怒曰：‘吾急欲报仇，恨不得明日便到逆贼之境……’”张飞的“急兄仇”逼迫苛求部下过甚，反惹出了杀身之祸。可见，“急兄仇”三个字，妙笔传神。李卓吾评本“范疆张达刺张飞”，差就差在没有突出张飞的暴躁性格和急切感情，引发张飞遇害的缘由，承接“雪弟恨先主兴兵”情节发展的动因。毛本“急兄仇张飞遇害”与“雪弟恨先主兴兵”，自然接榫。准确地揭示了事物发展的内在逻辑，急转直下，一语到底。这一回目如古人讲的“流水对”，一气呵成。

要体现回目与回目之间内在的必然联系

小说是时间的艺术，在整体叙事结构当中，每一章回依次向前发展，前因后果，连锁演进，从而展现《三国演义》整部作品历史发展的内在逻辑力量。因此，每一回目向下一回目演进时都应从内容的内在的必然的联系上，考虑到每一回目在审美价值上的递增。毛宗岗在《读三国志法》中说，“自首至尾读之，无一处可断”，于回评中又说：“文如常山蛇然，击首则尾应，击尾则首应，击中则首尾皆应。”（第九十四回），“通观全部，虽人与事纷纷，而伏应之妙，则一篇如一句”（第五十三回）。这些评点透露出毛宗岗重视叙事结构整体美的艺术见解，而且在修订回目艺术实践中，又自觉地依照艺术规律去做了。我们从两个版本赤壁大战这一系列叙事单元结构的回目比较中，就可以看出艺术水准的高下。

第四十三回

李卓吾评本　诸葛亮舌战群儒　诸葛亮智激孙权

毛本　诸葛亮舌战群儒　鲁子敬力排众议

第四十四回

李卓吾评本　诸葛亮智说周瑜　周瑜定计破曹操

毛本　孔明用智激周瑜　孙权决计破曹操

从赤壁之战前三方矛盾的冲突和各自的利益来看，当时矛盾的焦点集中在“孙权决计”上，而促成“孙权决计”，吴蜀联盟，共同抗曹，是三个人物起了决定性的作用：诸葛亮的“舌战群儒”“智激周瑜”“劝说孙权”；周瑜的力主抗战；鲁肃为孙刘联盟的奔走和斡旋。毛氏本第四十三回回目“诸葛亮舌战群儒　鲁子敬力排众议”；第四十四回“孔明用智激周瑜　孙权决计破曹操”，重点突出，层层递进地展示了这些人物的主要活动和矛盾冲突。可谓言简意赅，提纲挈领。相比之下，李卓吾评本回目没有提到鲁肃是一大缺陷。鲁肃是孙刘联盟决策中不可缺少的人物，倘若没有鲁肃过江和刘备疏通，请诸葛亮赴东吴，劝说孙权，恐怕孙刘联盟很困难；假如没有鲁肃在江东“力排众议”，与周瑜相呼应，孙权抗战的决心也难以坚定；如果不是鲁肃始终以联盟大事为重，处处掩护诸葛亮，那么诸葛亮在周瑜的屡次加害下，也不会“虽居虎口，安如泰山”。可见，鲁肃是孙吴政治军事集团重要的人物。李卓吾评本回目将其遗漏，显得脉络不清，人物关系不明，其文字粗陋未能确切地揭示赤壁之战的内在联系。

第四十五回		
李卓吾评本	周瑜三江战曹操	群英会瑜智蒋干
毛本	三江口曹操折兵	群英会蒋干中计
第四十六回		
李卓吾评本	诸葛亮计伏周瑜	黄盖献计破曹操
毛本	用奇谋孔明借箭	献密计黄盖受刑
第四十七回		
李卓吾评本	阚泽密献诈降书	庞统进献连环计
毛本	阚泽密献诈降书	庞统巧授连环计
第四十八回		
李卓吾评本	曹孟德横槊赋诗	曹操三江调水军
毛本	宴长江曹操赋诗	锁战船北军用武
第四十九回		
李卓吾评本	七星坛诸葛祭风	周公瑾赤壁鏖兵
毛本	七星坛诸葛祭风	三江口周瑜纵火

战争过程围绕着敌我双方实力的消长而展开，即互相施展计谋，削弱彼方，以增强自己的实力。曹操连连失误，除却蒋干中计，误杀水军将领蔡瑁、张允，丧失了加强水军的优势外，另一是“草船借箭”，白白地丢

了十万支箭，反倒给周瑜增添了装备。再者孙刘双方决定火攻曹军，为实现这一战略目标，演出了一系列连环故事：苦肉计、诈降计、连环计，而且计计相因，环环紧扣。毛本第四十七回“庞统巧授连环计”与第四十八回“锁战船北军用武”，因果相连。没有“连环计”之因，何出“锁战船”之果。毛本用“锁战船北军用武”替代李卓吾评本“曹操三江调水军”是十分有道理的。“调水军”不如“锁战船”明确具体，不能透视出“巧授连环计”之因。“万事俱备，只欠东风”，没有风，就无法“纵火”，整个赤壁之战的全盘战略部署都会落空。因此毛本回目将“诸葛祭风”与“周瑜纵火”相对标出，足见赤壁火攻的特色。

毛本第四十九回将李卓吾评本“周公瑾赤壁鏖兵”改为“三江口周瑜纵火”，顺理成章。“赤壁鏖兵”没有点明赤壁大战的特色，这个“火”字不是可点可不点的，是赤壁大战整个回目的“文眼”，使前前后后一系列事件彼此观照，因果有序又波澜起伏，环环紧扣又一气呵成。

上面，我们条分缕析地将李卓吾评本和毛本《三国演义》的回目对照后，可以得出这样的认识：李卓吾评本《三国演义》为中国古典小说回目形式有开创之功，毛本《三国演义》回目全部对偶的艺术形式美，标志着中国古典章回小说的回目形式定型了。

毛宗岗从整体观出发整理《三国演义》诗词

嘉靖本《三国演义》穿插的近三百四十四首诗。李卓吾评本又增添了六十八首咏史诗，其中有六十二首是周静轩的，共计四百一十二首诗。在小说情节中大量地插入诗词，虽说不完全游离于叙事结构之外，但和小说的叙事结构不能形成十分紧密的有机联系，给人以庞杂累赘的感觉，有形式化的俗套之嫌。毛宗岗认为“叙事之中，夹带诗词，本是文章极妙处。而俗本每至‘后人有诗叹曰’，便处处是周静轩先生，而其诗又甚俚鄙可笑，今此编悉取唐宋名人作以实之，与俗本大不相同”。他既肯定了诗词在小说中的作用，又指出了存在的问题。于是大刀阔斧地将李卓吾评本五分之三的诗都砍掉了。仅保留原有诗词一百六十八首，又增添了三十七首，共有二百零五首，形成定本。

毛宗岗对明清小说理论上的一个独特贡献，就是第一次把小说的结构作为一个独立的概念提出，并体现在他对《三国演义》的评点和修订的整个过程，当然，对诗词的增删也处处从叙事结构着眼，作为加强小说情节有机化程度的一种必要手段。

消除《三国演义》机体中的赘瘤——多余的诗词

毛宗岗删掉诗词的三种情况：

首先，对于在情节中无关宏旨的一些诗词全部删除。

《三国演义》重要人物生死关键之处常常出现赞叹诗，而有些人物没有重大的历史意义，无须史评，毛宗岗将其全部删除。

如：第十一回赞典韦赞叹诗一首；

第十六回叹典韦赞叹诗二首；

第二十五回斩颜良赞叹诗三首；

第八十四回赞程畿、冯习赞叹诗二首。

经过这样删除，《三国演义》李卓吾评本原有诗词的十五个章回——第九、十一、十二、十六、十八、二十六、四十四、五十九、七十六、八十二、九十一、九十四、一百、一百零六、一百一十一回，现在《三国演义》毛本已没有了，可谓大刀阔斧。这已不是一般的修订，而是化为一种对文本的再创造，将凡是不合乎整体美学观需要的东西，毫不可惜地砍去。忘记了哪一位艺术家曾说过：雕塑家创造美，就是把一切多余的部分砍去。其实何尝是雕塑，一切文学艺术都是如此。

其次，对于同一情节中同一意义的多首诗词，删繁就简，避免重复。

毛宗岗有时从同一人物或同一事件中并列的诸多诗词中选择一首概括

力强、文字精练的留下，其余的删除。如：

第九回董卓被杀，原有诗七律、七绝四首，现只保留七绝诗一首；

第十九回陈宫就刑，原有诗五律、七绝三首，现只保留五律诗一首；

第三十八回诸葛亮出山，原有五言诗、七言诗、古风共八首，现只保留七绝诗和古风各一首；

第五十七回周瑜之死，原有五言诗、七言诗共五首，现只保留五律诗一首；

第一百零四回孔明病死五丈原，赞叹诗多达十三首，现只保留四首诗。

最后，对叠床架屋的重复诗词全部删除，修订或者新增一首而代之。

李卓吾评本第二十五回关羽斩颜良的论赞诗有七言诗四首，毛宗岗全部删除后，又新增一首七绝代之，其史评的意义未变。只是诗词数量少，文字更凝练。李卓吾评本一个章回中含有五首诗词以上的有三十五个章回，而毛本对叠床架屋的重复诗词进行了删减，三十个章回新增一首诗词而代之。

所谓新增的诗词并不是全部推倒重来，而是经过炼意炼字，能用七绝诗表达的，就不再用七律诗。如第二十八回古城聚义、第三十九回博望烧屯、第四十回火烧新野、第四十六回草船借箭、第四十七回连环计、第四十九回借东风、第五十七回孔明吊孝、第六十八回左慈戏曹、第七十四回水淹七军、第七十五回刮骨疗毒、第九十回七擒孟获、第九十二回一出祁山、第一百零七回司马篡位等论赞诗，都由七律改为七绝，言简意赅，蕴意更深。

嘉靖本《三国演义》引用原有的论赞诗，有时与叙事情节不甚吻合，毛宗岗将其诗句做适当修改，从而使论赞诗与叙事情节和谐统一。

最后，从中国诗歌发展史上审视，三国时期并未出现七言律诗，而《三国演义》是明代的创作，描写三国人物写七言律诗不合情理，毛宗岗进行了修改。如他所言："七言律诗，起于唐人，若汉则未闻有七言律也。俗本往往捏造古人诗句，如钟繇、王朗颂铜雀台，蔡瑁题馆驿屋壁，皆伪作七言律体，殊为识者所笑。今悉依古本削去，以存其真。”[①] 毛宗岗讲的这种情况，虽是个别的现象，但也是他改换诗文的内容。

总之，从修订的效果来看，将史评的内容融入诗歌的形式之中，论赞诗与小说情节所形成的语境相一致，是其审美的追求；删掉非情节的因素在叙事结构中造成的累赘，增强了小说的可读性；选取通俗易懂的诗歌，提高了小说传播的审美效应。这是毛宗岗修订《三国演义》叙事肌理的成功之处，毛本《三国演义》一问世，便以其文字的可读性赢得了世人的喜爱。

毛本《三国演义》修订诗词的审美原则

毛氏本对诗词的留、删、增，大有可圈可点之处。《三国演义》叙事结构是由诸要素有机联系和相互作用的内在结构，其诸要素、诸层次的排列组合的任何变化，对内在结构都会产生或小或大的影响。《三国演义》诗词作为小说的情节因素，始终存在着一个与整体艺术形象有机结合的方式和程度的问题，有一个发挥艺术功能大小强弱的问题。这些从毛氏本诗词增删改换的演化过程中就能体察到。李卓吾评本含有诗词四百零九首，只有少部分是情节的有机因素，或是人物的心理活动，或是人物外在行为，但绝大部分却是小说家以叙事人的评述、议论、批评出现的，而且有相当数量的诗词堆砌在情节之间，有损于情节结构的有机性。针对这种瑕瑜互见的情况，毛宗岗去粗取精，删繁就简，保留了原有诗词一百六十八首，又增添了三十七首。这些变化，显然不单纯是一个数量的增减，因为它引起了《三国演义》叙事肌理的改变。具体地说，一是诗词与小说艺术形象有机结合的程度得到了加强；二是诗词的系统质的功能得到了加强。

从小说发展史上可以看到：古典小说运用诗词作为创作手段的艺术规律，从魏晋笔记小说开始，经历了唐传奇小说、宋话本小说、明清小说几个不同的发展阶段。尽管不同时期各自都呈现出阶段性的艺术特征，但作

① 沈伯俊整理：毛本《三国演义》“凡例”第九，中州古籍出版社 1992 年版。

为一个艺术规律的形成和发展，它具有一个共同的趋势，即诗词作为非情节因素的成分在小说中出现得越来越少，相反，作为小说艺术形象的有机成分出现得越来越多。诗词虽然是一种独立的文学形式，但当它作为一种因素结合到小说完整的艺术形象之中，这时，已失去原来的独立意义，而是按照小说人物性格发展的内在逻辑，按照小说情节发展的线索展示出来，和小说的艺术形象熔铸成一个整体，给予人们的美感已不是独立的诗词所具有的意义，而是小说叙事系统不可分离的一部分。这也就是《三国演义》诗词发挥艺术功能的基本走向。李卓吾评本含有诗词比嘉靖本多出六十五首，其中二十八首被毛氏本所选取，即：

第四回董贼潜怀；

第九回蔡邕之死；

第十回曹操奸雄；

第十三回《咏史》（一）；

第十七回割发代首；

第二十四回张飞劫寨；

第二十五回威倾三国；

第二十九回许客三人；

第三十回独夫袁绍少机谋；

第四十五回蒋干中计；

第五十回东风有意便周郎；

第五十五回吴蜀成婚此水浔；

第五十六回周瑜决策取荆州；

第五十七回苗泽遭斩；

第六十一回荀彧之死；

第六十七回杨松卖主；

第七十八回曹瞒空有奸雄略；

第八十回祖弼之死；

第八十五回叹黄权；

第九十九回张苞之死；

第一百零二回关兴之死；

第一百零九回妙算姜维不等闲　司马废主；

第一百一十五回夏侯霸之死；

第一百一十六回诸葛显灵；

第一百一十八回后主出降；

第一百一十九回方知后主是庸才　魏吞汉室晋吞曹[①]。

毛宗岗将李卓吾评本四百零九首诗砍掉大多半，只保留五分之二。而从整个叙事结构审视时，发现该有诗词表达叙事批评的地方却没有，毛宗岗又不得不增添三十七首诗词。足见这块领地给毛宗岗的批评鉴赏和文本增饰提供了一个很大的空间，充分展示了小说评点家的主体批评意识和审美倾向。

我们找到那些情节化了的《三国演义》诗词在李卓吾评本中有二十多首，毛氏本全部保留下来了。如：

第四回少帝咏《双燕诗》一首；少帝作诀别歌一首，唐妃和歌一首；

第三十四回蔡瑁题反诗一首；

第三十五回民谣一首；单福唱歌词一首；

第三十七回隆中农夫的唱歌、孔明好友石广元和孟公威的对歌、孔明弟诸葛均的咏歌、孔明岳父黄承彦的吟诗，共五首；

第三十八回孔明吟诗一首；

第四十四回孔明诵《铜雀台赋》；

第四十五回周瑜作歌一首；

第四十八回曹操咏《短歌行》一首；

第六十三回童谣一首；

---

① 二十八首诗的诗题均录自郑铁生：《三国演义诗词鉴赏》，北京出版社 1995 年版。

第七十九回《七步诗》二首；

第一百一十四回曹髦作《潜龙诗》。

这些诗词都在不同的程度上，以其意象叙事强化了小说中的人物形象。诗词意境与小说人物形象融合的程度越高，说明叙事的有机化的程度越高。小说中出现了诗词，就意味着诗词的意境融进小说的形象之中有一个重构的问题。一般讲，中国古典小说对性格的刻画主要是通过人物的行为和社会活动，而内在的心理、情感和意念又都是通过人物的行为和社会活动折射出来的。而诗词进入小说中形成意象叙事，有时是用诗词作为人物心理和情感的言语表露，有时是诗词的意象和情感对小说的氛围和环境的渗透，有时是对小说潜在结构和意蕴的昭示。无论意象叙事的表现形态怎样，都是由诗词本身的艺术特点所决定的。诗词所产生的深刻个性化的意境，浓重了小说的意象叙事。古典诗词蕴含的异常丰富的生活经验和思想感情，对展示小说人物内在的精神世界，无疑有着不可比拟的优长。

小说叙事发挥诗词的艺术功能有一个度的问题，即小说中人物和情节的安排。毛宗岗改换诗文时说："叙事之中，夹带诗词，本是文章极妙处。"叶朗在谈到《红楼梦》意象叙事说："我们可以说，性格是意境的组成部分。我们也可以说，意境是性格的组成部分。在一定意义上，我们甚至可以说，性格是作家创造意境的手段，而意境则是作家塑造性格的手段。""这种艺术意境和艺术典型互相交融的美学特色，……是同我们民族独特的文化传统和独特的审美心理相联系的，很值得我们重视和研究。"①

毛本对《三国演义》细节的修改和增添

毛氏本对《三国演义》叙事肌理的修订，一是对细节的增饰，二是增补带有历史光亮的细节，三是梳理叙事肌理。毛纶在《毛声山评第七才子

① 叶朗：《中国小说美学》，北京大学出版社 1982 年版，第 233 页。

书琵琶记·总论》中谈到评改《三国志演义》的动因说：

昔罗贯中先生作《通俗三国志》一百二十卷，其记事之妙，不让史迁，却被村学究改坏，予甚惜之。前岁得读其原本，因为校正。复不揣愚陋，为之条分节解……

这里指出了毛氏父子所看到的不满意的版本一些细节，并作了修订。

细节的增饰

（1）闻雷失箸

操以手先指玄德，后指自己，曰："方今天下，惟使君与操耳。"言未毕，玄德以手中匙箸尽落于地。霹雳雷声，大雨骤至。操见玄德失箸，便问曰："为何失箸？"玄德答曰："圣人云'迅雷风烈必变'。一震之威，乃至于此。"操曰："雷乃天地阴阳击搏之声，何为惊怕？"玄德曰："备自幼惧雷声，恨无地而可避。"操乃冷笑，以玄德为无用之人也。曹操虽奸雄，又被玄德瞒过。（李卓吾评本第二十二回）

这个细节志传本系列同嘉靖本相同，李卓吾评本亦是如此。毛氏父子不满意这些俗本的描写："玄德曰：'备自幼惧雷声，恨无地而可避。'操乃冷笑，以玄德为无用之人也。"他们认为大有"学小儿掩耳缩颈之态"，后改为：

操以手指玄德，后自指，曰："今天下英雄，惟使君与操耳！"玄德闻言，吃了一惊，手中所执匙箸，不觉落于地下。时正值天雨将至，雷声大作，玄德乃从容俯首拾箸曰："一震之威，乃至于此。"操笑曰："丈夫亦畏雷乎？"玄德曰："圣人迅雷风烈必变，安得不畏？"将闻言失箸缘故，轻轻掩饰过了。操遂不疑玄德。（毛本第二十一回）

则认为"'一震之威，乃至于此'只淡淡一语，轻轻混过，妙在有意无意之间"才好。

（2）曹后骂曹丕

嘉靖本卷十六《废献帝曹丕篡汉》：

次日，官僚又集于大殿，令宦官入请献帝。帝怯惧，不敢出。曹皇后曰："今百官请陛下设朝问政，何相推也？"帝泣曰："汝兄欲篡汉室，故令百官相逼，朕故不出。"曹氏大怒曰："汝言吾兄为篡国之贼，汝高祖只是丰沛一嗜酒匹夫，无籍小辈，尚且劫夺秦朝天下。吾父扫清海内，吾兄累有大功，有何不可为帝？汝即位三十余年，若不得吾父兄，汝为齑粉矣！"言讫，便要上车出外。帝大惊，慌更衣出前殿。

李卓吾评本也同嘉靖本，毛氏认为这个细节不符合历史真实，根据《后汉书·皇后纪第十下》载："及伏皇后被弑，明年，立节为皇后。魏受禅，遣使求玺绶，后怒不与。如此数辈，后乃呼使者入，亲数让之，以玺抵轩下，因涕泣横流曰：'天不祚尔！'左右皆莫能仰视。"[①] 从曹后骂献帝改为曹后骂曹丕。并评点："曹后深明大义，不是女生外向。"

毛氏本《三国演义》第八十回《曹丕废帝篡炎刘》：

① 《后汉书·皇后纪第十下》，中华书局1973年版，第455页。

次日，官僚又集于大殿，令宦官入请献帝。帝忧惧不敢出。曹后曰："百官请陛下设朝，陛下何故推阻？"帝泣曰："汝兄欲篡位，令百官相逼，朕故不出。"曹后大怒曰："吾兄奈何为此乱逆之事耶！"言未已，只见曹洪、曹休带剑而入，请帝出殿。曹后大骂曰："俱是汝等乱贼，希图富贵，共造逆谋！吾父功盖寰区，威震天下，然且不敢篡窃神器。今吾兄嗣位未几，辄思篡汉，皇天必不祚尔！"

增补带有光亮的历史细节

毛宗岗在嘉靖本、李卓吾评本的叙事中增补带有光亮的历史细节，提升情节的趣味，增强文本的可读性。像"关公秉烛达旦""郑玄家婢诵诗""陈琳《讨曹操檄》""孔融《荐祢衡表》""管宁割席分履""曹操分香卖履""于禁陵庙见画""钟会不汗之答与邓艾凤兮之对""杜预《左传》之癖"等。

（1）郑玄家婢诵诗

毛氏本《三国演义》第二十二回《袁曹各起马步三军》：

玄家中侍婢俱通《毛诗》。一婢尝忤玄意，玄命长跪阶前。一婢戏谓之曰："'胡为乎泥中？'"此婢应声曰："'薄言往诉，逢彼之怒。'"

嘉靖本《三国演义》与志传本俱无这一细节，毛氏根据《世说新语·文学》"郑玄家奴婢皆读书。尝使一婢，不称旨，将挞之，方自陈说，玄怒，使人曳著泥中。须臾，复有一婢来，问曰：'胡为乎泥中？'答曰：'薄言往愬，逢彼之怒'。"

（2）陈琳《讨曹操檄》

毛氏本《三国演义》第二十二回《袁曹各起马步三军》：

琳字孔璋，素有才名。灵帝时为主簿，因谏何进不听，复遭董卓之乱，避难冀州，绍用为记室。当下领命草檄，援笔立就。其文曰："盖闻明主图危以制变，忠臣虑难以立权。是以有非常之人，然后有非常之事；有非常之事，然后立非常之功。……"

绍览檄大喜，即命使将此檄遍行州郡，并于各处关津隘口张挂。檄文传至许都，时曹操方患头风，卧病在床。左右将此檄传进，操见之，毛骨悚然，出了一身冷汗，不觉头风顿愈，从床上一跃而起，顾谓曹洪曰："此檄何人所作？"洪曰："闻是陈琳之笔。"

嘉靖本《三国演义》与志传本俱无此文，毛氏增加这一文章，根据是《昭明文选》陈琳《讨曹操檄》。[①]

（3）孔融《荐祢衡表》

毛氏本《三国演义》第二十三回《祢正平裸衣骂贼》：

融曰："吾友祢衡，字正平，其才十倍于我。此人宜在帝左右，不但可备行人而已。我当荐之天子。"于是遂上表奏帝。其文曰："臣闻洪水横流，帝思俾义，旁求四方，以招贤俊。……"帝览表，以付曹操。操遂使人召衡至。

嘉靖本《三国演义》与志传本俱无此文，毛氏增加这一文章，根据是《昭明文选》孔融《荐祢衡表》。[②]

（4）关公秉烛达旦

毛氏本《三国演义》第二十五回《屯土山关公约三事》：

---

① 《昭明文选》，中华书局 1977 年版，第 616 页。

② 《昭明文选》，中华书局 1977 年版，第 515 页。

关公收拾车仗，请二嫂上车，亲自护车而行。于路安歇馆驿，操欲乱其君臣之礼，使关公与二嫂共处一室。关公乃秉烛立于户外，自夜达旦，毫无倦色。操见公如此，愈加敬服。既到许昌，操拨一府与关公居住。关公分一宅为两院，内门拨老军十人把守，关公自居外宅。

毛氏增添"关公秉烛达旦"这一细节，并评点："观云长秉烛达旦一事，操欲乱其上下内外之礼，设心亦甚恶矣。忌玄德，仇玄德，故欲以此辱玄德；爱关公，敬关公，而又欲以此试关公。奸雄之奸，真是如鬼如蜮。"

而嘉靖本第四十九则《张辽义说关云长》、李卓吾评本第二十五回《张辽义说关云长》都没有这一细节：

云长收拾车仗，请二嫂嫂上车，亲自引军护送而行。操使人供送用物饮食。已到许昌，军马各还营寨。操拨一府，另与云长居住。云长分一宅为两院，内门外拨老军十人以守之，关公自居外宅。操引关公朝汉献帝，帝命操加官，操封关公为偏将军。公谢恩归宅。

（5）管宁割席分履

毛氏本《三国演义》第六十六回《伏皇后为国捐生》：

原来华歆素有才名，向与邴原、管宁相友善，时人称三人为一龙：华歆为龙头，邴原为龙腹，管宁为龙尾。一日，宁与歆共种园蔬，锄地见金。宁挥锄不顾，歆拾而视之，然后掷下。又一日，宁与歆同坐观书，闻户外传呼之声，有贵人乘轩而过。宁端坐不动，歆弃书往观。宁自此鄙歆之为人，遂割席分坐，不复与之为友。后来管宁避居辽东，常戴白帽，坐卧一楼，足不履地，终身不肯仕魏。而歆乃先事孙权，后归曹操，至此乃有收捕伏皇后一事。

毛氏从尊刘贬曹出发，对华歆助纣为虐很鄙视，说："以名士如华歆，而助操为恶至于如此之甚，原其初不过为荣利之心未忘耳。拾金而观之，利未忘也；见乘轩者而视之，荣未忘也。止此贪荣慕利之心，遂成其党恶助虐之心。管幼安之割席分坐，殆逆料其后欤？"

而嘉靖本、李卓吾评本和志传本系列都没有"锄地见金""割席分坐"的细节，毛氏本是根据《世说新语·德行》的记载："管宁、华歆共园中锄菜，见地有片金，管挥锄与瓦石不异，华捉而掷去之。又尝同席读书，有乘轩冕过门者，宁读如故，歆废书出看。宁割席分坐，曰：'子非吾友也！'"而增补了两个细节。

（6）曹操分香卖履

毛氏本《三国演义》第七十八回《传遗命奸雄数终》：

操令近侍取平日所藏名香，分赐诸侍妾。且嘱曰："吾死之后，汝等须勤习女工，多造丝履，卖之可以得钱自给。"

而嘉靖本和志传本系列都没有这个细节，毛氏根据曹操《遗令》记载："余香可分与诸夫人，不命祭。诸舍中无所为，可学作组履卖也。"增加了这个细节，并阐述了道理："或见曹操分香卖履之令，以为平生奸伪，死见真性。不知此非曹操之真，仍是曹操之伪也。非至死而见真，乃至死而犹伪也。临终遗命，有大于禅代者乎？乃家人婢妾无不处置详尽，而独无一语及禅代之事，是欲使天下后世，信其无篡国之心；于是子孙蒙其恶名，而己则避之，即自比周文之意耳。其意欲欺尽天下后世之人，而天下后世之无识者，乃遂为其所欺。操真奸雄之尤哉！"

（7）于禁陵庙见画

毛氏本《三国演义》第七十九回《兄逼弟曹植赋诗》：

谥曹操曰武王，葬于邺郡高陵，令于禁董治陵事。禁奉命到彼，只见陵屋中白粉壁上，图画关云长水淹七军擒获于禁之事。画云长俨然上坐，庞德愤怒不屈，于禁拜伏于地，哀求乞命之状。原来曹丕以于禁兵败被擒，不能死节，既降敌而复归，心鄙其为人，故先令人图画陵屋粉壁，故意使之往见以愧之。当下于禁见此画像，又羞又恼，气愤成病，不久而死。

毛氏根据《三国志·于禁传》“文帝践阼，权称藩，遣禁还。帝引见禁，须发皓白，形容憔瘁，泣涕顿首。帝慰谕以荀林父、孟明视故事，拜为安远将军。欲遣使吴，先令北诣邺谒高陵。帝使豫于陵屋画关羽战克、庞德愤怒、禁降服之状。禁见，惭恚发病薨”。增加这个细节，以此彰明于禁：“三十年来说旧交，可怜临难不忠曹。”同时，也刻画出曹丕为人心理的阴暗。

（8）钟会不汗之答与邓艾凤兮之对

毛氏本《三国演义》第一百零七回《姜维兵败牛头山》：

一人现为秘书郎，乃颍川长社人，姓钟，名会，字士季，太傅钟繇之子，幼有胆智。繇尝率二子见文帝，会时年七岁，其兄毓年八岁。毓见帝惶惧，汗流满面。帝问毓曰：“卿何以汗？”毓对曰：“战战惶惶，汗出如浆。”帝问会曰：“卿何以不汗？”会对曰：“战战栗栗，汗不敢出。”帝独奇之。及稍长，喜读兵书，深明韬略，司马懿与蒋济皆奇其才。一人现为掾吏，乃义阳人也，姓邓，名艾，字士载，幼年失父，素有大志，但见高山大泽，辄窥度指画，何处可以屯兵，何处可以积粮，何处可以埋伏。人皆笑之，独司马懿奇其才，遂令参赞军机。艾为人口吃，每奏事必称“艾……艾……”。懿戏谓曰：“卿称艾艾，当有几艾？”

艾应声曰："凤兮凤兮，故是一凤。"其资性敏捷，大抵如此。

嘉靖本《三国演义》与志传本俱无这一细节，毛氏根据《世说新语·言语》："钟毓、钟会少有令誉，年十三，魏文帝闻之，语其父钟繇曰：'可令二子来。'于是敕见。毓面有汗，帝曰：'卿面何以汗？'毓对曰：'战战惶惶，汗出如浆。'复问会：'卿何以不汗？'对曰：'战战栗栗，汗不敢出。'""邓艾口吃，语称'艾艾'。晋文王戏之曰：'卿云"艾艾"，定是几艾？'对曰：'"凤兮凤兮，故是一凤。"'"增补这一细节。

（9）杜预《左传》之癖

毛氏本《三国演义》第一百二十回《荐杜预老将献新谋》：

杜预为人，老成练达，好学不倦，最喜读左丘明《春秋传》，坐卧常自携，每出入必使人持《左传》于马前，时人谓之"左传癖"。

嘉靖本《三国演义》与志传本俱无这一细节，毛氏增加这一细节的根据是，西晋出现一部《左传》学巨著《春秋左传集解》，是一部最早也是最好的一个注本，学术价值极高。在字词训诂、文章大义、名物制度，特别是对地理的训诂方面精审，为后人所称道。杜预虽为官一生，但独喜研究《左传》，成为嗜好，被当时人称为《左传》癖。

毛宗岗把嘉靖本《三国演义》中大部分奏章、檄文等都删掉了，唯独在嘉靖本《三国演义》没有，而他却在第二十二回加上一个细节，"郭图进曰：'以明公大义伐操，必须数操之恶，驰檄各郡，声罪致讨，然后名正言顺。'绍从之，遂令书记陈琳草檄"。袁曹大战时，袁绍令书记陈琳起草的一篇长达一千六百多字的声讨曹操的檄文，是袁绍征讨曹操的宣言，分为四个部分：

征讨曹操的政治意义，这是关系朝廷命运之大事。

曹操的身世和罪恶，赘阉遗丑，逆臣之后，好乱无德，劫持天子，残害忠良，专擅朝政。从曹操的祖父、中常侍曹腾骂起，说曹腾是一个太监，与同伙“并作妖孽，饕餮放横，伤化虐民”；又说曹操的父亲曹嵩，本是一个乞丐，也就是叫花子。曹嵩做了曹腾养子以后，对权门巴结，买了一个三公级的官位（太尉）。曹操本人是一个“奸阉”，“好乱乐祸”。

将袁曹在实力上加以对比，说明袁氏灭曹，将一鼓而下。高扬袁绍之威：“幕府（袁绍）奉汉威灵，折冲宇宙；长戟百万，胡骑千群；奋中黄、育、获之士，骋良弓劲弩之势”，还有子弟之雄：“并州（袁绍外甥）越太行，青州（袁绍儿子）涉济、漯；大军泛黄河而角其前”，形成合力。另外，还有联盟：“荆州（刘表）下宛叶而掎其后”。讨伐曹操假天子之名，而行私货：“方今汉室陵迟，纲维弛绝……又操持部曲精兵七百，围守宫阙，外托宿卫，内实拘执。惧其篡逆之萌。”

颁发了讨曹奖赏令，得曹操首者封五千户侯，赏钱五千万，凡降者不问罪。

这篇檄文张贴遍及州郡及各处关津隘口，文辞锋锐利害，气势逼人。这篇檄文，陈琳的文笔极有力量。结尾警拔而雄健，表明作檄文的目的：“惧其篡逆之萌，因斯而作，此乃忠臣肝脑涂地之秋，烈士立功之会，可不勖哉！”无怪乎曹操“见之，毛骨悚然，出了一身冷汗，不觉头风顿愈，从床上一跃而起”。

这篇字字掷地有声的檄文，像闪电一样，猛然一亮，随着官渡之战曹操胜利的步伐很快就消失了。正如曹操指出的：“有文事者，必须以武略济之。陈琳文事虽佳，其如袁绍武略之不足何！”曹操看透了这个问题，说明政治舆论对争取民心是有不可忽视的作用，但不能只靠政治舆论，最终还得依赖军事实力。

梳理叙事肌理

毛宗岗在嘉靖本、李卓吾评本的叙事基础上梳理叙事肌理，使原本的细节的内在逻辑更趋合理，如“关羽受封汉寿亭侯”“马腾遇害”“孙夫人投江”等。

（1）关羽受封汉寿亭侯

嘉靖本卷六《云长延津诛文丑》：

却说曹操为云长斩了颜良，倍加钦敬，表奏朝廷，封云长为寿亭侯，铸印送与关公。印文曰：“寿亭侯印”，使张辽赍去。关公看了，推辞不受。辽曰：“据兄之功，封侯何多？”公曰：“功微，不堪领此名爵。”再三辞却。辽赍印回见曹公，说云长推辞不受。操曰：“曾看印否？”辽曰：“云长见印来。”操曰：“吾失计较也。”遂教销印匠销去字，别铸印文六字“汉寿亭侯之印”，再使张辽送去。公视之，笑曰：“丞相知吾意也。”遂拜受之。

毛氏认为：“汉寿地名，亭侯爵名。俗本此处多讹，今依古本削去。”嘉靖本写曹操堂堂一个大国的丞相连刻印的名称都搞错，而且关羽对此斤斤计较，三辞不受，有损关羽的人格。因此，毛氏本将此删除。第二十六回只写到“且说曹操见云长斩了颜良，倍加钦敬，表奏朝廷，封云长为汉寿亭侯，铸印送关公”。与《关云长挂印封金》情节相对应。

（2）马腾遇害

早有人报到许昌，言刘备有诸葛亮、庞统为谋士，招军买马，集草屯粮，连结东吴，早晚必兴兵北伐。曹操闻之，遂问计于众谋士。荀攸曰：“不必动京师之兵，可差人往西凉州取马腾，就领兵南征，可得诸侯之心也。”操然之，遂差人往西凉州宣马腾。入京后，汉献帝召见马腾，示意清君侧。后黄奎结连马腾，欲诛曹操。被黄奎小妾的情夫苗泽告密。曹操将马腾和黄奎两家三百多人，斩于市曹。

这个细节《三国演义》志传本系列同嘉靖本相同，曹操召马腾是为了打刘备。而汉献帝与马腾同登麒麟阁，指出刘备乃汉室宗亲，曹操才是汉贼之后，马腾醒悟，才与黄奎结党，预谋曹操。毛氏父子不满意这些俗本的描写，说："董承等七人同立义状，至此已隔三十余回矣。独马腾一人去西凉，杳无动静，令读者意甚悬悬。今忽于此回中照应出来，并与赤壁以前庞统教徐庶之语，暗相关合。如此叙事，真有一篇如一句者。不似今人之作稗官，如理词谱而见杂曲，如观演戏而点杂剧，逐段皆断，更不联络也。"于是，修订为：

当日奉诏，乃与长子马超商议曰："吾自与董承受衣带诏以来，与刘玄德约共讨贼，不幸董承已死，玄德屡败。我又僻处西凉，未能协助玄德。今闻玄德已得荆州，我正欲展昔日之志，而曹操反来召我，当是如何？"马超曰："操奉天子之命以召父亲，今若不往，彼必以'逆命'责我矣。当乘其来召，竟往京师，于中取事，则昔日之志可展也。"马腾兄子马岱谏曰："曹操心怀叵测，叔父若往，恐遭其害。"超曰："儿愿尽起西凉之兵，随父亲杀入许昌，为天下除害，有何不可？"腾曰："汝自统羌兵保守西凉，只教次子马休、马铁并侄马岱随我同往。曹操见有汝在西凉，又有韩遂相助，谅不敢加害于我也。"超曰："父亲欲往，切不可轻入京师。当随机应变，观其动静。"腾曰："吾自有处，不必多虑。"于是马腾乃引西凉兵五千，先教马休、马铁为前部，留马岱在后接应，迤逦望许昌而来。离许昌二十里屯住军马。

修订后，这段曹操与马腾的仇杀起因，早于第二十回《董国舅内阁受召》就种下了，又与第四十八回接榫，庞统在赤壁大战前，教徐庶脱身之计。徐庶在曹营中散布“军中传言西凉州韩遂、马腾谋反，杀奔许都来”，曹操大惊，派徐庶去防。因此，曹操亲欲南征，为解后顾之忧，有意诱骗马腾入京除掉。毛本的修改合情合理，瓜熟落地，水到渠成。

（3）孙夫人投江

嘉靖本卷十三《赵云截江夺幼主》：

> 遂与孙夫人曰：“俺哥哥大汉皇叔，也不辱没嫂嫂。今日相别，若思哥哥恩义，早早回来。”两人辞别毕，张飞抱阿斗自与赵云回船，放孙夫人五只船去了。
>
> ……
>
> 却说孙夫人回见母亲，说张飞、赵云杀了周善，截江夺了阿斗。孙权大怒曰：“今吾妹已归，与彼不亲，杀周善之仇，如何不报！”

嘉靖本《三国演义》自孙夫人回东吴探母之后，孙吴和刘蜀关系紧张，从此小说中孙夫人再也没出现。毛氏认为这样处理不近情理，所以在夷陵之战后讹传刘备已死，又增补了一个孙夫人投江殉夫的细节：

> 时孙夫人在吴，闻猇亭兵败，讹传先主死于军中，遂驱车至江边，望西遥哭，投江而死。后人立庙江滨，号曰枭姬祠。尚论者作诗叹之曰：
>
> 先主兵归白帝城，夫人闻难独捐生。
> 至今江畔遗碑在，犹著千秋烈女名。

这样不仅塑造了孙夫人完整的形象，而且以她殉夫烘托了刘备的人格。

第三章

《三国演义》经典化过程

《三国演义》问世六百余年以来，还没有一部古典小说能够像它那样吸引着一代又一代的读者群，甚至比《红楼梦》的读者群更宽广。作家鲍昌曾说：

> 出国访问时，一位德国汉学家对我说：“中国的几部古典小说早都译介到欧洲了。据我所知，《三国演义》和《水浒传》的读者比《红楼梦》的要多。因为《红楼梦》里的生活内容对欧洲读者比较陌生，而《三国演义》、《水浒传》的人物情节都能抓住读者。”……细一想来，国内的情况也是这样。在广大读者特别是工农群众当中，对《三国演义》、《水浒传》熟悉的程度，终比《红楼梦》略胜一筹。[①]

可以说，它已深深地扎根于我们民族生活的每个角落，对我们民族精神及文化生活，产生了深远而广泛的影响。在浩如烟海的传统历史文化中，三国时代或许不是历史长河最辉煌的岁月，但是，其流传之深广、普及之广泛、衍生之丰富，却可以说是其他历史阶段的文化形态不可比拟的。我国历史文化史上，还没有任何一部断代史像三国有这样丰富的内涵，说到底离不开《三国演义》无限的艺术魅力。正如恩格斯在提及浮士德、阿加

① 江云、韩致中：《三国外传》，上海文艺出版社 1986 年版，第 13 页。

斯菲尔等民间诗篇时所说的："这些作品是取之不尽的宝藏；每一个时代都能领会它们，而并不歪曲它们的本质……"①

我们知道，《三国演义》成书过程的实质，就是经典化，就是艺术创造终于达到了反映历史生活整体真实所需要的个性和共性的审美形象的统一。这是艺术创造的基本规律，也是我们认识问题总的出发点。从三国题材的来源和创造者的参与层面来看，不难发现，它始终都是在两个系统内进行，一个是史传文学系统，即文人叙事。另一个是俗文学系统，即民间叙事。这两个系统的素材在小说审美意象建造和艺术形象统一的过程中，首先遇到的一个核心问题，便是史实与虚构的关系。历史小说不同于历史著作的根本点在于艺术虚构。虽然历史著作的事件和人物，以及所显示的规律，能够为历史小说提供一个骨架和想象的空间，但要使作品真正有血有肉，要设置引人入胜的故事情节、塑造栩栩如生的艺术形象，就必须突破史料的束缚与限制，吸收民间文艺创作的营养，开拓艺术想象的天地，进行小说艺术的虚构，这是罗贯中《三国演义》写定本获得成功的根本原因。

关于《三国演义》史实与虚构的关系，无论是古代还是当今的学者们都有许多论述，不管他们的见解如何相左，分歧如何之大，但都自觉不自觉地看到处理史实与虚构的关系，这是历史小说创作的一个基本美学问题。

《三国演义》经典化研究的基本话题：史实与虚构

百年来《三国演义》经典化研究的一个基本话题，就是史实与虚构。

美国汉学家夏志清曾说，直至明清时期，"作者与读者对小说里的事实都比对小说本身更感兴趣"。可见，无论是学界还是百姓一提到《三国演义》叙事成分，就首先涉及史实与虚构这一话题。史实不仅是史学家高擎的一面旗帜，而且也是对小说叙事产生了深远影响的重要因素。中国历史演义

① 《马克思恩格斯论艺术（第四卷）》，人民文学出版社 1966 年版，第 406 页。

小说与史传典籍几乎是等量齐观，因而，衡量历史为题材的叙事成分是否与史实相符，也就成了小说是否成功与否的一个重要标准。清代学者章学诚批评说：

> 惟《三国演义》，则七分实事，三分虚构，以致观者，往往为所惑乱。[①]

《三国演义》问世就出现虚实之争

最早论及历史真实与艺术真实这一话题，是伴随《三国演义》问世而出现的虚实之争。今存《三国演义》最早刊本嘉靖壬午本，卷首附有蒋大器的《三国志通俗演义序》，是中国文学史上第一篇历史通俗小说专论。

蒋大器，根据有关史料推算生卒年为公元1455—1530年。明代中叶成化十一年（1475）始任大名府浚县主簿。任职期间，在浚县民间发现了《三国演义》最早的手抄本《三国志通俗义》，他不但珍藏和反复研读，还在弘治七年（1494）精雕细琢写了《三国志通俗演义序》，末属“弘治甲寅仲春几望庸愚子拜书”，落款有印章两枚，曰“金华蒋氏”，“大器”，由此我们得知庸愚子即蒋大器。同时，他还为《三国志通俗演义序》的刻印出版四处奔波，筹集经费，终于使《三国志通俗演义序》在明嘉靖元年刻印出版。《三国志通俗演义序》是中国文学史上第一篇通俗小说专论，对历史小说、通俗小说创作提出了很有见地的理论，促进了小说理论的发展，在小说理论史上产生了深远的影响。

他在《三国志通俗演义序》中提出的基本观点：

> 若东原罗贯中，以平阳陈寿传，考诸国史，自汉灵帝中平元年，终于晋太康元年之事，留心损益，目之曰《三国志通俗演

① 朱一玄、刘毓忱编：《三国演义资料汇编》，百花文艺出版社1983年版，第692页。

义》，文不甚深，言不甚俗，事纪其实，亦庶几乎史。……书成，士君子之好事者，争相誊录，以便观览，则三国之盛衰治乱，人物之出处臧否，一开卷，千百载之事，豁然于心胸矣。其间亦未免一二过与不及，俯而就之，欲观者有所进益焉。①

此序是小说史第一次评论《三国演义》，既没有前贤说法的前导，也谈不上功利的目的，有好说好，有坏说坏，只是倾吐自己的见识，自然而然地揭示了历史演义小说的叙事特征。其观点：

一、关于历史演义小说的历史真实，是与《三国志》相比对而认定的。他说《三国演义》"以平阳陈寿传，考诸国史"，"事纪其实"，"庶几乎史"。以欣赏的口吻称颂："一开卷，千百载之事，豁然于心胸"，又指明了其文学特征。它既不同于历史著作失之通俗，"理微义奥"，"往往舍而不之顾者，由其不通乎众人"；又不同于野史平话失之荒诞，"言辞鄙谬又失之于野，士君子多厌之"。

二、第一次点明了历史演义小说虚构的艺术特征。他对小说中存在的"未免一二过与不及"十分理解和宽容，虽没有明确地说明"过与不及"的内涵是什么，但我们能够意会到大体指与史实不尽相同之处，或史实增损，或人物铺张，或虚构过分，凡此为的是大众化的需求，"俯而就之，欲观者有所进益焉"。

三、第一次概括了《三国演义》语言和文体的特征："文不甚深，言不甚俗"，首肯了历史演义小说文体应该具备的叙事模式。他用"文不甚深，言不甚俗"八个字对《三国演义》所作的基本评价简括而公允，影响深远，常被人们作为经典评语引用。

在蒋大器《序》后面，还有张尚德所作的《三国志通俗演义引》，其观点却比蒋大器要偏执。他虽然同样肯定了《三国演义》"以俗近语，檃括

① 朱一玄、刘毓忱编：《三国演义资料汇编》，百花文艺出版社 1983 年版，第 269—270 页。

成编”的通俗的艺术特征，不同于史传“事详而文古，义微而旨深，非通儒夙学，展卷间，鲜不便思困睡”。但更崇尚“羽翼信史”，其所称道的仅仅是历史演义对史书文字通俗的转化，表达得更晓畅，因为“简帙浩瀚，善本甚艰”。而“羽翼信史而不违”，则不允许虚构和想象。

同一书中一《序》一《引》，都试图划清历史演义小说与史传文学的同和异，也都看到历史演义小说的优长在于通俗。但是，对历史演义小说创作能否有艺术虚构却出现了潜在的分歧。从此，开启了围绕这一问题长达数百年的争论。因而人们习惯将它与正史相比附，其中三百多年来影响最大的说法是清代章学诚的“七分实事，三分虚构”，以至被简化为“七实三虚”。

现代《三国演义》研究中的虚实之争（二十世纪二十年代至四十年代）

现代学术界关于《三国演义》研究的虚实之争，已不同于传统学术研究。他们注重《三国演义》的作者和版本的考证，采用实证的方法。大体分为三个时期，前期是二十世纪二十年代至四十年代末，一批曾留学国外的学者，站在中西观点结合的视角研究《三国演义》史实与虚构。其中最早研究这个问题的学者是鲁迅。他在1923年出版了《中国小说史略》，是“五四”以来为中国小说写史的第一人，改变了“中国之小说自来无史”的局面，结束了小说批评的“语录体”的散漫状态，使之成为中国小说史研究的奠基之作。他对《三国演义》看法不是总体评价，未作全面性的肯定：

> 然据旧史即难于抒写，杂虚辞复易滋混淆，故明谢肇淛（《五杂组》十五）既以为“太实则近腐”，清章学诚（《丙辰札记》）又病其“七实三虚惑乱观者”也。至于写人，亦颇有失，以致欲显刘备之长厚而似伪，状诸葛之多智而近妖；唯于关羽，特多好语，义勇之慨，时时如见矣。①

① 《鲁迅全集（第九卷）》，人民文学出版社1987年版，第129页。

1924年年底，鲁迅先生应邀去陕西西北大学讲学，形成了他的《中国小说的历史变迁》，其基本内容是《史略》的压缩。其中对《三国演义》史实虚构的成功是肯定的，他说：

> 后来做历史小说的很多，如《开辟演义》，《东西汉演义》，《东西晋演义》，《前后唐演义》，《南北宋演义》，《清史演义》……都没有一种跟得住《三国演义》。所以人都喜欢看它，将来也仍旧能保留其相当价值的。

还指出《三国演义》成书的客观原因："因为三国底事情，不象五代那样纷乱；又不象楚汉那样简单；恰是不简不繁，适于作小说。"他对《三国演义》的虚实叙事的缺点也作了明确的批评："若论其书之优劣，则论者以为其缺点有三：（一）容易招人误会。因为中间所叙的事情，有七分是实的，三分是虚的；惟其实多虚少，所以人们或不免并信虚者为真。如王渔洋是有名的诗人，也是学者，而他有一首诗的题目叫'落凤坡吊庞士元'，这'落凤坡'只有《三国演义》上有，别无根据，王渔洋却被它闹昏了……"[①] 鲁迅对此问题的认识，难以令人信服地接受。因《三国演义》虚实闹昏的何止一个王渔洋，问题的实质是如何认识历史小说的审美特性。怎么能由分辨不清历史史实和演义小说的区别而怪罪作品的本身？这是两个不同性质问题，又如何能放到一块，来推理出《三国演义》的缺点？

胡适1922年作《三国志演义序》，特意注明曾参考过鲁迅的《小说史讲义》稿本，可能是《中国小说史略》出版前用于教学的讲义。他说：

> 《三国演义》拘守历史的故事太严，而想像力太少，创造力

---

① 《鲁迅全集（第九卷）》，人民文学出版社1987年版，第328页。

太薄弱。此书中最精采、最有趣味的部分在于赤壁之战的前后，从诸葛亮舌战群儒起，到三气周瑜为止。三国的人才都会聚在这一块，“三分”的局面也定于这一个短时期，所以演义家尽力使用他们的想像力与创造力，打破历史事实的束缚，故能把这个时期写的很热闹。我们看元人的《隔江斗智》与此书中三气周瑜的不同，便可以推想演义家运用想像力的自由。因为想像力不受历史的拘束，所以这一大段能见精采。但全书的大部分都是严守传说的历史，至多不过能在穿插琐事上表现一点小聪明，不敢尽量想像创造，所以只能成一部通俗历史，而没有文学的价值。①

胡适对《三国演义》“不敢尽量想像创造”的批评，是很有见地的，引发我们进一步的思考。他凭着直觉的审美感受，已意识到史传文学系统和俗文学系统所形成的两种不同的想象力，给罗贯中写定本《三国演义》叙事形态带来的艺术不平衡性。“最精采、最有趣味的部分”，正是赤壁之战至汉中之战，是三国鼎立的历史时期，无论是文人叙事，还是民间叙事都留存了精华的篇章，为罗贯中的创作提供了极丰富的素材。“拘守历史的故事太严，而想像力太少，创造力太薄弱”的部分，如夷陵之战，差不多正是俗文学系统缺少的那部分，民间叙事不能为罗贯中的创作提供丰富的素材，主要是依照史传文学的内容补充，因此，想象的张力场受到制约和限制。胡适的艺术直觉力是很强的，可惜他的发现并没有引起学者的重视。

二十年代末到三十年代初，《三国演义》新资料的发现，对《三国演义》史实与虚构研究的深入有重大意义。元代《至治新刊全相平话三国志》、明代嘉靖本《三国演义》的出现，弥补了《三国演义》成书过程中演进链条的缺失。元末明初贾仲明《录鬼簿续编》明确记载“罗贯中太原人”。此说影响甚大，鲁迅说：“自《续录鬼簿》出，则罗贯中之谜，为昔所聚讼者，遂亦冰解，此岂前人凭心逞臆之所能至哉！”给探寻《三国

① 胡适：《中国章回小说考证》，上海书店1979年版，第389页。

演义》带来了前所未有的惊喜，当时投入精力最大、贡献最多的是著名的文史专家郑振铎先生。他的贡献主要在以下几个方面：

一、第一次从《三国演义》版本与成书的视角，肯定了《三国志平话》作为俗文学的素材来源，也就是虚构的成分对《三国演义》形成的作用。他说："她虽是原始的《三国志通俗演义》，虽是后来的《三国志通俗演义》的一个骨架子，然后来的《三国志通俗演义》的内容却也已完全包括于此了。"① 民间话语文本的发现，虚构对《三国演义》的成书的作用，渐渐进入学者的视野，对于揭示罗贯中如何在史料的基础上，融进俗文学成果，踏出一条实者虚之、虚者实之的经典化的创作道路有着重要意义。

二、第一次明确提出《三国演义》的基本创作方法是"按鉴演义"。他说："取了陈寿的《三国志》来，与这种通俗传说的《三国志平话》之类的书来对照，加入许多陈志所有的材料，去了许多陈志所无而太觉谬诞的传说。但对于俗本传说，有描写动人的地方，也颇有所采取。结果，便成了第一部的'按''鉴'重编的历史小说《三国志通俗演义》。"②《三国演义》叙事结构的框架与史传所记载的历史纪年和主要人物、重大历史事件基本相符，也就是小说家"按鉴演义"的主体思维。

三、第一次勾勒了《三国演义》成书过程中几大关键链环，从元代《至治新刊全相平话三国志》到罗贯中的嘉靖本《三国演义》，再到毛宗岗修订的《三国演义》，基本显示了《三国演义》经典化的成书过程。

当代《三国演义》研究中的虚实之争（二十世纪五六十年代）

当代《三国演义》研究曲折复杂，有前进，也有倒退。《三国演义》从问世起，六百年间始终贯穿着对实与虚的认知之争。无论是传统研究还是现代学术研究，都自觉或不自觉地把《三国演义》叙事成分的来源，史

① 《郑振铎全集（第四卷）》，花山文艺出版社1998年版，第174页。

② 《郑振铎全集（第四卷）》，花山文艺出版社1998年版，第173页。

实还是虚构，看作历史小说创作的一个基本美学问题。

二十世纪五十年代中期，显示《三国演义》实绩的是董每戡。1957 年他出版的《三国演义试论》，尽管也受到当时极“左”思潮的影响，但仍然不失为一部独立思考的学术著作。其中重头内容“通过主要人物形象看三国”，涉及曹操、刘备、关羽、张飞、赵云、孙权、周瑜、诸葛亮，从“按鉴演义”谈虚实的处理，论述中肯，比如对当时敏感的人物曹操，评价道：“罗贯中就根据‘子治世之能臣，乱世之奸雄’二语，尤其抓住其中‘奸雄’两字来生发，既极力摹写他的‘奸’，也不忘他的‘雄’，所以我认为罗贯中没有违反历史真实，就在能活画出一个奸臣曹操，也活画出一个英雄曹操，同时又捏合为一个典型。”[①] 这种观点应当说很中肯，并触及人性问题——奸雄。董每戡先生的《三国演义试论》是当时的代表作，后来他被错误地划为右派，遭受不公的待遇，仍矢志不渝地做学问，修订了一部新的《三国演义试论》，收入他逝世后出版的《董每戡文集》中。

二十世纪五十年代中期极“左”的政治气候浸润到学术领域，尤其是哲学、社会科学领域，对《三国演义》的研究影响最大的是 1959 年史学界为曹操翻案的风潮。郭沫若、翦伯赞是其中的代表。《三国演义》的研究在虚实论争上出现了理论的“倒退”，抹杀了历史与文学的界限。他们离开小说人物形象的审美形态及其赖以生存的叙事结构，孤立地从叙事成分，即取材这一视点，议论实多虚少，还是实少虚多，仍旧不能正确地认识《三国演义》叙事形态与历史真实的统一。简单回顾一下这段走过的路，也许有更新的启迪。

1959 年春，郭沫若新编历史剧《蔡文姬》和新编京剧《赤壁之战》公演以后，1 月 25 日郭沫若在《光明日报》发表《谈蔡文姬的〈胡笳十八拍〉》一文，指出：曹操是民族英雄，而《三国演义》把他当成白脸奸臣。3 月 23 日郭沫若又在《人民日报》发表《替曹操翻案》的文章，指责罗贯

① 董每戡：《三国演义试论》，古典文学出版社 1956 年版，第 48 页。

中“所见到的历史真实性成了问题，因而《三国演义》的艺术真实性也就失掉了基础”。2月19日翦伯赞在《光明日报》发表《应该替曹操恢复名誉——从〈赤壁之战〉说到曹操》一文，他说：“在否定曹操的过程中《三国志演义》的作者可以说尽了文学的能事。《三国志演义》简直是曹操的谤书。”由此掀起了一场大辩论。李希凡、逯钦立、刘知渐、袁世硕、苏兴等一批学者不同意郭沫若、翦伯赞的观点。论争的焦点是历史真实与艺术真实的区别，李希凡在《〈三国演义〉和为曹操翻案》一文中说：

> 对于替历史人物曹操翻案，我没有什么意见。作为一个杰出的封建统治者，曹操在三国时代确实起到了历史上的进步作用，应该使人们认清曹操在历史上的真面目。但是，对于把作为文学形象的曹操和历史人物的曹操径直地等同起来，以至扩展到全盘否定《三国演义》，作为一个《三国演义》的爱好者，我是不能同意的。[①]

逯钦立在《曹操与〈三国演义〉》一文中论述了历史上的曹操：“总上所述，曹操的确是建安时代一个起到进步的作用的政治家、军事家和杰出的诗人，对祖国过去的经济文化都是有贡献的，应当给予充分的估价。”同时又论述了《三国演义》中曹操形象及其意义，他说：“《三国演义》所塑造的曹操形象是成功的。曹操的形象以及其他人物形象都有它们的历史传统、群众基础和社会原因的。不能简单论定这部书是在宣传封建正统思想。我们承认这部书思想内容的复杂性，但我们尤其要指出这部书的基本倾向是进步的。曹操的形象也达到典型的塑造。不应该执着历史人物一定要否定这个艺术形象。”[②]李希凡、逯钦立等学者的意见很有代表性，不仅正确评价地划清了历史人物曹操与文学人物曹操的区别，而且也促进了《三国演义》成书、素材来源等问题的研究。由于为曹操翻案的风潮带有极“左”政

---

① 李希凡：《〈三国演义〉和为曹操翻案》，《文艺报》1959年第9期。

② 逯钦立：《曹操与〈三国演义〉》，《文艺报》1959年第4期。

治背景，无形中给当时古典文学的研究也带来阴影，这场辩论过后，使得《三国演义》研究一度沉寂近二十年，其间只有零星的论文出现。

新时期关于《三国演义》的虚实之争

二十世纪七十年代末期八十年代初期的改革开放，解放思想，大胆探索。为学者研究《三国演义》提供了历史的机遇，特别是借鉴西方的文艺理论和文艺批评，改变了传统的思维方式，开阔了学术视野，从而形成井喷式的学术大发展，取得了二十一世纪从未达到的可喜局面。其中包括对史实与虚构问题的探讨，努力概括虚实统一的具体艺术手法：

一、《三国演义》遵循一条叙事原则，对历史的现实进行具体的审美把握，用审美理想之虚驾驭史籍材料之实，经过艺术的想象和概括去创作。

二、着眼于《三国演义》的酝酿和成书的历史过程，去分析叙事成分中史实与虚构的关系。

三、概括了虚实统一的具体艺术手法，如移花接木、张冠李戴；生发点染、出神入化；捕风捉影、神秘莫测等等。

这些可贵的研讨，对把握虚实关系的审美原则作出了努力，但遗憾的是都没能提到形象体系和整体叙事结构的原则高度，来深入探讨问题。当代学者叶朗比较早地从理论的高度作过精要的概述：

> 我认为，这里的根本问题还在于对小说的性质如何认识。小说是一种语言艺术，它与历史著作不同。金圣叹对它们作了区别，指出小说是“因文生事”，而历史著作则是“以文运事”。这个区别，也应该适用于历史小说。历史小说也仍然是小说，而不是历史著作。因此历史小说同样也应该着眼于艺术形象，同样应该是“因文生事”，而不应该是“以文运事”。历史小说当然要求真实性，但这种真实性，同反映现实生活的小说一样，并不是“实有其

事”、“真而可考”的真实性，而是合情合理，符合历史的逻辑，即符合历史上某一时期社会生活的本质和规律的那种真实性。根据这样一种真实性的要求，历史小说当然应该容许虚构。谢肇浙所谓“虚实相半”、“亦要情景造极而止”，袁于令所谓“传奇者贵幻”，就其强调历史小说要着眼于审美意象以及要容许虚构这两点来说，应该说都是正确的。毛宗岗生活的年代比谢肇浙和袁于令要晚，可是他对于历史小说的审美特性，却反而不如谢、袁两位认识得清楚。他强调历史小说要“据实指陈”、“真而可考”，仍然把历史小说和历史著作混为一谈，这在理论上是一种倒退。①

但更多的学人仍然沿着传统的道路努力进行《三国演义》与《三国志》的比对，形成虚实成分具体量化的分析。首先是把眼光投向文本叙事材料的来源，以及史实与虚构的辨析上。对此纷纭杂沓的评说自古有之，而真正埋头典章的梳理，却寥无几人。黄霖先生1995年为盛巽昌《三国演义补正本》初版作序时感慨道：

“对于《三国演义》虚实真假问题需要有一个全面、正确的认知。而要获得全面、正确的认知就关系到两个问题：一个是要有科学的观点指导；另一个则是必须对《三国演义》一书的虚实问题作认认真真、确确切切、仔仔细细的梳理和分析。在这里，应该说后者是前者的基础。然而遗憾的是，从明到清几百年间，片面极端地埋怨《三国演义》太实太虚者有之，笼而统之地肯定《三国演义》有虚有实者有之，鸡零狗碎地指摘《三国演义》或虚或实者也有之，就是没有一个人对这部名著的虚实问题真正下一番工夫，作一次全面的调查！”直到二十世纪四十年代后，一些学者比之以前稍具规模地谈及《三国演义》的虚实问题……但总的来说，尚无一书专注于《三国演义》的虚实问题，并加以全面、系统地考究。有之，则当自此《三国演义补正本》始。此后，陆续出版了几部关于《三国演义》

① 叶朗：《中国小说美学》，北京大学出版社1982年版，第124页。

文本虚实的著作，如张国光《三国演义（文史对照插图本）》、许盘清、周文业《〈三国演义〉〈三国志〉对照本》，笔锋直指《三国演义》叙事内容的史实与虚构的问题，都力图从文献学的角度将这一问题梳理得趋于系统化，取得前所未有的研究成果。其实《三国演义》作为历史小说在叙事过程中遇到的一个最基本的问题，就是叙事成分，是史实还是虚构的问题。最终无论是来自史传文学"实"的素材，还是来自俗文学"虚"的素材，都只是为罗贯中主体创造提供了文学的"砖石泥瓦"，丰富了艺术想象力的"场"。所谓"场"，它本是物理学中的一个概念，通常指物质存在的一种基本形式，具有动量、能量和质量，能传递实物间的相互作用，如电场、磁场、引力场等。后来，"场"的概念也被引申到其他学科之中，如"生物场""心理场"。因此，问题的关键就是探讨史实还是虚构的素材是如何统一在艺术想象之"场"的。正如张国光所言：

> 要把对《三国演义》的文艺鉴赏和从史学角度出发分析评论作品的成功与否结合起来。要理解小说作者是如何运用辩证的方法，采用了哪些虚构的情节来增强作品的艺术性，而又能使这些虚构的情节与历史上的真人真事不出现矛盾冲突。这就是说由于作者能把小说的历史真实与艺术真实融为一个有机体，并注入到一个个历史人物形象中，从而使读者能够从思想上进入特定的三国时代氛围，并"尚友古人"，和小说中自己喜爱的人物的苦乐悲欢相共鸣。[①]

《三国演义》经典化的虚实要素与结构方式

《三国演义》经典化的内驱力，主要是由读者与作品主客体两个方面的审美效应构成的。一是作品文本的审美价值；另一是在历史沉浮兴衰中，

① 张国光：《三国演义——文学与历史的辩证统一》，《湖北大学学报（哲学社会科学版）》1997 年第 2 期。

作品文本与社会价值体系的“大本体”之间相互作用的效应。也就是说，只有通过不同的时代读者群的接受和解读，作品潜在的艺术世界才能走向开放，不断绽放、保持鲜活的生命，充满勃勃的生气，为人们喜闻乐见。《三国演义》丰富、博大、壮阔的审美形态，以及历代欣赏者对其价值从不同层面的发掘、解读和扬厉，共同构成了一部经得起岁月长河不断地淘漉的经典，其生命力经久不衰。这就是《三国演义》长达千年酝酿和创作的经典化过程的内驱力。

经典化过程是文人叙事与民间叙事的完美组合

《三国演义》经典化过程中，主客体两个方面的审美效应的关系既不是简单的互应，也不是某一位创作者的天才创造，而是集中了历代无数知名和不知名作者的心血和智慧。许多人所充当的角色是很难分清的，既是欣赏者，又可能是创作者。这样一代又一代地承接交融，共同创造，从而形成了多层次的参与，代表民间话语的有众多的无名氏艺人、创作者，代表文人话语的有戏剧家、小说家、史学家。从酝酿到成书经历了一千多年，创作、欣赏，再创作、再欣赏……循环往复，交叉演进，他们有的从审美视野下功夫，有的从道德伦理角度落笔，有的从俗文化层次着眼，方方面面，各有侧重。这种多层次、多角度的立体交叉演进的每一步，尽管他们审美能力的高低强弱各有不同，其艺术想象和艺术理解的程度也会有精粗深浅之别，但从总的演进趋势上来看，都推进了三国人物形象更生动，三国故事情节更吸引人，从而使一代又一代更广大的欣赏和创作群体对此发生强烈的兴趣。这种经典化的过程富有历史性、民族性和群众性的喜闻乐见，反过来又会转化成巨大的审美理想，激发民间艺术家、小说家、戏剧家为广大群众的需求而奋发创作的内驱力，在前人的艺术成果基础上再创新。创作刺激欣赏，欣赏激发创作，这是一个很复杂的审美创造的理论问题。我们只能简明地指出这一特征，目的是说明演进的结果是逐渐走向高层次，为罗贯中博取百家、最后熔于一炉，创作出这样一部伟大巨著奠定了深厚的基础。文学理论称之为“累积型”的文学创作，古典小说名著《三国演义》《水浒传》《西游记》都是这样。

其创造过程的一个显著特点是，无论是文人叙事，还是民间叙事，在长期的磨合、融合、推进中，都遵循着一个共同的创造规律，即个体的情感、希望、想象、回忆、欢乐、痛苦等内心活动与三国历史人物的生命、社会关系，以及三国时代的文化、历史产生强烈的共鸣，逐渐形成共同的生命体验，化入三国故事的不断演进中，创造着丰富的历史内容和俗文学创作形式的组合，使三国历史故事日臻完善。我们简略地勾勒一下成书与经典化过程具体的形态。魏晋南北朝出现的三国故事和传说纷纭杂沓，唐代歌咏三国的诗章脍炙人口，宋代的“说三分”遍及勾栏瓦肆，到元代又出现了《三国志平话》和成本连套的三国地方戏，使《三国演义》的许多情节和人物粗具规模。元末明初便产生了罗贯中的写定本，正如明代高儒的《百川书志》所说，罗氏创作《三国演义》是“据正史，采小说，证文辞，通好尚……陈叙百年，该括万事”。[①]所谓“据正史”，就是人们习惯称之的“实”；而“采小说”则是俗文学，诸如平话、戏剧之类，当然就是“虚”了。《三国演义》问世后，产生巨大的效应。“嗣是效颦日众，因而有《夏书》《商书》《列国》《两汉》《唐书》《残唐》《南北宋》诸刻，其浩瀚几与正史分签并架。”（可观道人《新列国志叙》）[②]然而，能与《三国演义》的艺术水平相伯仲，几乎是没有的。那么，推究罗贯中摘取历史小说王国中皇冠的成功之道，就不能不放眼《三国演义》经典化过程中双向运行轨迹，看其是如何站在前人的肩膀上进行巨大的艺术创造的。

罗氏本问世以后，经历了漫长的抄本流传阶段，今天我们看到的最早的、完整的版本是嘉靖壬午《三国志演义》。在流传过程中，其内容和形式都有不同程度的变化，有的刊本插增了图像，有的刊本增添了诗文，有

① 朱一玄、刘毓忱编：《三国演义资料汇编》，百花文艺出版社1983年版，第227页。
② 朱一玄、刘毓忱编：《三国演义资料汇编》，百花文艺出版社1983年版，第649页。

的刊本增加了评语，以此扩大传播和影响。同时也出现良莠不齐的现象，一方面由于辗转传抄之误；另一方面坊刻刊行，商业营利，又使文字颇为粗糙。这就为封建文人中的有识之士，对作品进行文本修订和全面评点提供了历史的机遇。其中清代文学家、评点家毛宗岗父子就是最杰出代表，毛本《三国演义》一出，便结束了以往三百多年一切旧本流传的局面，以一种崭新的定本流传后世。毛本《三国演义》诸多功绩中重要的一点，是创造了文本的欣赏价值。

通过上面大略可知《三国演义》经典化过程是在创作主体和欣赏主体交相作用和互相影响的运作中长期演进和成就的。这个创造过程决定了《三国演义》写定本的基本特征外，还存在题材成分的多元性、艺术描写的不平衡性，以及历代人们对其领悟的多义性和解读的复杂性。因此，研究《三国演义》叙事艺术不能不从其经典化过程这一首要的命题开始。

上面所述仅仅描述了《三国演义》创造的一般过程，长期的酝酿和创造过程所产生的丰厚的文化素材，以及粗具规模的情节故事和人物性格只是为罗贯中最后的创造提供了丰厚的基础和历史的机遇，而究竟如何以他的审美理想和表现历史内容的艺术手段，去建造这座艺术的大厦，这才是一种真正意义上的艺术生命复杂的经典化过程。然而像罗贯中这样的古代小说家生前遭受封建统治阶级的贱视，所以他的生平及创造的原始形态，史籍记载微乎其微。只能从发现的几个版本和一些零碎片断的记录中去考索，去探佚[①]；只能从已凝铸的小说叙事结构形态中去探寻，去解读。

《三国演义》叙事成分的虚实

《三国演义》叙事成分的虚实，是历代探寻、研究《三国演义》所关注的重心，也是争论的焦点，传统的研究方法是将《三国演义》与《三国志》比对。当代最新研究成果是周文业、许盘清推出的《〈三国演义〉〈三

① 探佚，即将散失的东西找回来。

国志〉对照本》[①]，由于《三国志》与《三国演义》的体裁不同，他们提出了三条比对的标准：①“移花接木者。两书中叙述相同，仅仅是《三国演义》中说明较细，描述居多，本人假定‘基本属实’，一般定为0.8到0.9。只要字数相差不太多，仅换一个当事者时，将真实程度定为0.5到0.7之间。”②“由于本人已经将《三国志》改成了编年史，可以清楚地看到大量不一致之处，所以选取与《三国演义》最接近的史实。”③“对于裴注中的一切说明均认为是史料，本人不打算考证裴注内容的真假，同时都假定《三国演义》参考了这一部分内容。”比对的结果许盘清先生在前言中说：“《三国演义》与《三国志》的对照工作看起来易如反掌，其实很费事。前后花了一年半时间，因为先要将《三国志》改写为编年史体例，这项工作就非常复杂。”他借助自己的整理本，看到虚构最多的部分是关羽、诸葛亮；与史实差异最大的部分是周瑜；虚构的故事影响最大的有十八个。他说：“本文采取的真实度的标注方法为：如0.95意味着95%的内容录源自于史实，以此类推，0.2则基本为虚构，即与史实相近程度不到20%，这种标明真实度的方法取自于数学。”“将上述120回的真实度相加后得75.8，再除以120回，仅得0.63，即《三国演义》全书只有六分真，准确地说仅有6.3分真，这与章学诚的‘七实三虚’非常接近。”章学诚的“七实三虚”说虽广为流传，但对叙事成分虚实的比例作出基本估计缺少史料定量分析的依据，《〈三国演义〉〈三国志〉对照本》却为“七实三虚”说提供了基本数据的支持。这种传统的量化分析尽管有不尽如人意之处，但毕竟有了全面的量化的描述，摆脱了长期处于感悟式的判断，或者局部的量化分析。《三国演义》与《三国志》的对照结果，诚如许盘清先生所指出的：“到了这一步应该说《三国演义》中的史实一目了然，其实大谬不然，全书排完后才发现史实与小说并不一致的方式很多，但不少地方是真中夹假，一时无法定论。”

① 许盘清、周文业整理：《〈三国演义〉〈三国志〉对照本》，江苏古籍出版社2002年版。

问题的实质是“史实与小说并不一致的方式很多，但不少地方是真中夹假，一时无法定论”。这个问题的提出，本身就很有价值。它触摸到了《三国演义》最基本的叙事法则问题，也就是长期困扰《三国演义》虚实研究的瓶颈之处。因为分析《三国演义》哪部分是实，哪部分是虚，不能仅仅停留在叙事成分的来源上，而要把探索的犁头开掘到叙事方式上。而恰恰叙事方式，既具有小说结构搭建的宏观意义，又是小说情节肌理的具体操作。这才是揭示历史小说叙事艺术的根本。至于“不一致之处”是虚多实少，还是实多虚少，是真是假，是假是真，那都是表现形式问题。

当我们把史籍记载和小说情节总体对照来看，其运用史料进行艺术虚构的处理原则，概括地说，《三国演义》经典化过程的虚实形态有三大特征：

第一，社会生活本身是一个整体，艺术创造也是一个整合过程，即经典化系统工程。即使取自正史的具体局部的素材，也必须重新进行意象组合，体现出小说审美形态的整合性。罗贯中充分挖掘和筛选具有典型性和生动性、富有浓厚文学色彩的史料，重新进行叙事意象的排列组合。尽管给人们的印象和原有的史料相同，但它们不再是原有“死”的素材，一旦组合到小说情节之中，便成为小说叙事结构“活”的有机成分，具有小说艺术系统质的功能，能够产生整体效应。如果在提炼具体史实时，感到缺乏小说情节所具有的细节真实性、丰富性和典型性，无法构成情节发展的曲折多变，罗贯中于是在原有史料构成的张力场的范围之内，进行局部的艺术虚构，但它始终遵循史实提供的历史轨迹去想象、去丰富、去创造。这就是说，它不仅要服从总体艺术构思，而且要服从局部史实的制约，不能任意驰骋想象，但无论是实还是虚，都已形成一个完整的艺术形象，被组合到《三国演义》的艺术系统之中。就其审美意义来讲，实与虚都是不可分割的有机组成部分。

第二，在极其简洁干巴的史实记载基础上的虚构，那简单的史料形成的张力场要比史料丰厚的情况广阔得多，不但需要增添情节，而且需要丰满细节，因而给小说家留有的想象天地很大。俗文学系统提供的虚多实少的素材，必须与正史提供的素材排列组合，统一到完整的意象体系之中，也要体现出小说审美形态的整合性。只要不离开基本事实所辐射的范围，不离开总体艺术构思，那么任何创造和虚构都是合理的，所以给人的印象往往是虚多实少。

这两种情况的共同之处，都是在史料的基础上，服从全书艺术构思和叙事框架的要求而以虚补实，史料排列组合的方式，虚构的张力大小，取决已有史料的多少，虚构的限度是不违背基本史实。这是一条原则。不管素材来源于何处，都是砖瓦木石，只有经过小说家的蓝图设计和精心建造，进入《三国演义》这座雄浑壮丽的艺术宫殿，才能成为有机结构的组成因素。而小说家在处理这些因素时，时时处处都要处理好史实和虚构的关系。我们正是依据对这一关系不同的处理，才分出了以上两种不同的情况。

第三，罗贯中“怎样写”，具体创作过程是一个整体艺术构思的过程。至于选择史料“实”到什么程度，想象又“虚”到什么地步，二者之间排列组合的分寸如何拿捏、把握和提升，是处在一种自觉又非自觉的状态。小说家的创作既是自觉的又是非自觉的。所谓自觉，包括两方面的意义：一是小说家在进入具体创作过程之前是充分自觉的，他有自己的情怀，有自己的创作价值，有自己的社会责任感，有自己的美学追求。二是小说家在创作过程中虽然进入一种非自觉状态，但实际上，积淀于小说家头脑中的理性一直起着潜在的指导作用，它默默地帮助小说家对一些素材进行调节、整合、创新。所谓非自觉性是指小说家在进入性格塑造过程之后，支配他的不再是一些既定的创作目的和美学观念。这些理性观念和原则，都应当化为小说家的灵魂和血肉，化作一种内聚力倾注到创作中去。反过来，当小说家塑造的人物性格具有的美学魅力独立后，便开始牵引着小说家跟着他奔跑。大概小说家罗贯中正是靠这种积淀的理性和非自觉性的感受方式与表现将历史与文学双流合一的。

综上所述，《三国演义》叙事艺术的虚实，不仅决定于叙事成分的组成要素——哪部分是史实，哪部分是虚构，而且更主要的是决定于它的叙事结构方式。它们是怎样被小说家排列组合后实现虚实相生的？当某部分完全是史料排列组合在一块时，是不是就不存在虚实的关系？当史料排列组合半虚半实时，又应当如何认识其虚实关系的变化？在这不同的关系中显示出的特点又是什么？从这些具体的分析中，看出《三国演义》经典化的长期过程中，叙事演进所形成的两种不同的想象力、两种不同的虚构方式，从而造成罗贯中写定本审美形象的统一性、整合性和不平衡性。

《三国演义》史实成分及形态

小说家选材是依据自己的创作意向进行的，探讨罗贯中处理虚实关系，首先应该回溯其创造之初，去追寻、去考证其创作的意向。《三国演义》的全称是《三国志通俗演义》，旧题“晋平阳侯（相）陈寿史传，后学罗本贯中编次”，意思是把陈寿的《三国志》这部历史著作加以通俗的演述，可见罗贯中的创作意向和所依据的史实。而西晋初年陈寿著《三国志》，记载魏文帝黄初元年到晋武帝太康元年（220—280）的历史，是魏、蜀、吴三国鼎立的时期，而不是从三国鼎立的初创时期写起的。那么《三国演义》中黄巾起义到曹魏建立三十多年历史（184—220）依据的是什么？主要来源于《三国志》裴松之注。南朝宋元嘉初年，宋文帝以《三国志》过于简略，命裴松之为之补注。裴松之受命后，广搜资料，精心补注。《三国志》文本为三十六万余字，裴松之注文就达三十二万多字，仅比原著少四万多字。《三国志》的裴注为《三国演义》的艺术创造提供了大量的历史素材。此外还有南朝宋范晔《后汉书》、唐房玄龄《晋书》、宋司马光《资治通鉴》以及魏晋之际笔记小说《世说新语》等。《三国演义》全部故事的基本框架和基本线索、主要人物的主要活动，大体同历史相去不远，是那一特定的历史时代的政治斗争和社会生活的艺术反映。从黄巾起义起到三国归晋止，描写了百年左右的历史，形象地表现了三国时期历史变化、推移、转换的客观进程。最大的特点就是在总体上，即基本框架和整个进程忠实于历史。另一方面是俗文学创作，如大量的“说三分”话本和三国戏，为丰满历史人物的性格和历史事件的细节提供了生动而丰富的素材，最终形成“按鉴演义”的历史小说。

具体表现为：

其一，它所描写的重大史实都是真实的，不仅有明确的时间记载，而且重要人物的语言、书信都取自正史，查有实据。

其二，它虽然对正史上的某些材料搞了张冠李戴的移植，有所取舍，有所夸张，是小说运用史料的艺术需要，是为了强化人物性格的主要特征和人物性格发展脉络的完整统一，但没有背离重要历史人物的主要事迹。

其三，增加了一些细节描写和情节渲染，出神入化，但也没有违背长期史评总的倾向。总之，从这棵古树的枝叶花果上可以看出历史的真实面貌，从这棵古树的主干可以细数历史的年轮。

由此可见“史实”是我们探讨《三国演义》虚实最核心的话题。长期以来，人们把“史实”与史书等同起来。其实这是两个既有联系又有区别的问题，要划清“史实”与史书的区别。史书是历史学家根据过去的各种材料用文字写下来的历史，它体现了人类对自身过去生活的一种认识，对同一组事件的历史叙事可以有多种形式，从而形成多种叙事文本。这就表明，不同的历史学家由于受到各种因素的影响，在历史叙事中会产生虚构性，是不可避免的。其根源是由叙事的自身性质决定的，虚构同叙事与生俱来，因为叙事是一种话语形式，一种说话的方式。而历史叙事属于话语层面，因此既涉及对表达手段的选择，又涉及对修辞手段的运用，这些都是叙事者的自觉所为，所以任何话语模式都存在对历史叙事的虚构性，比如叙事话语中所具有的可以识别的意识形态要素的存在等等。

二十世纪六十年代法国巴尔特和美国怀特等人所发现的虚构在历史叙事中的作用，从根本上打破了历史叙事和文学叙事之间的界限。对历史本身的真实不容置疑的理念动摇了，批评的尴尬首先来自对历史真实标准的不统一和失范。我们知道，历史就是以往发生过的事情和进程。历史著作是按照历史的本来面貌来对它进行研究与阐述。所以，历史学是联结历史客体和历史主体的一个纽带。由于对历史认知和阐释受到主观因素的影响，史书也会在反映历史的真实的程度上出现这样或那样的问题。中国古代史学家历来都认为史传作品是秉笔“实录”，如班固评论《史记》时说：“自刘向、扬雄博极群书，皆称迁有良史之材，服其善序事理，辨而不华，质而不俚，其文直，其事核，不虚美，不隐恶，故谓之实录。”（《汉书·司马迁传》）[①] 史传文学不仅强调历史事实的真实，而且还强调历史的真实。然而，从史传文学早期的著作《左传》开始，就存在着一定程度的虚构。

史传文学的叙事结构为了事件和人物的完整性，也需要虚构。这就是说，在史料素材不足的情况下，可以有虚构、想象的成分，以虚补实。但有一个原则，这虚构、想象的成分，虽非事实之真，却是情理之真，是符合历史真实的。不能脱离历史真实去随意夸张，而要经过史学家的揣度，以理度真，以情度真。也就是我们所说的艺术真实。《左传》《战国策》以及《史记》都是这样的。例如《左传》宣公二年，记述晋灵公失其为君之道，豪侈、昏庸、残暴。有一次厨师没有把熊掌炖熟，晋灵公就将其杀了，并把尸体大解几块，让宫女用簸箕端着从朝廷走过，令群臣惧己。朝臣赵盾对晋灵公荒淫残酷之行，多次进谏。晋灵公不但不改，还派人去暗杀赵盾。“公患之。使鉏麑贼之。晨往，寝门辟矣。盛服将朝，尚早，坐而假寐。麑退，叹而言曰：‘不忘恭敬，民之主也！贼民之主，不忠；弃君之命，不信。有一于此，不如死也。’触槐而死。”[②] 这一段文字记载了鉏麑奉晋灵公之命，晨往刺杀宣子的经过。其中鉏麑的叹而曰，是内心的独白。一般情况下，鉏麑并不会发出声音，只是内心暗暗叹曰。即使发出声音，作为刺客也必然避人耳目。这些话谁能够听得到呢？显然，作者为了塑造一位血肉丰满的忠义之士，虚构了鉏麑的这段话。

至于《战国策》虚构之处，也是每每可见，司马迁就说过：“世言苏秦

① 班固：《汉书》，中华书局 1962 年版，第 2738 页。

② 阮元：《十三经注疏》，中华书局 1980 年版，第 1867 页。

多异，异时事有类之者皆附之苏秦。”（《史记·苏秦列传》[①]）即使司马迁自己，为了事件和人物的完整性，也常常虚构细节。如《史记·外戚世家》记载：“汉王入织室，见薄姬有色，诏内后宫，岁余不得幸。始姬少时，与管夫人、赵子儿相爱，约曰：‘先贵无相忘。’已而管夫人、赵子儿先幸汉王。汉王坐河南宫成皋台，此两美人相与笑薄姬初时约。汉王闻之，问其故，两人具以实告汉王。汉王心惨然，怜薄姬，是日召而幸之。薄姬曰：‘昨暮夜妾梦苍龙据吾腹。’高帝曰：‘此贵征也，吾为女遂成之。’一幸生男，是为代王。”[②]这段高祖和薄姬的私房话，显然是司马迁为逝去的人物虚构的。再如《李斯列传》中，秦始皇在沙丘驾崩，赵高秘不发丧，先与胡亥密谋，后又与李斯密谋，结成左右朝中的势力后，于是诈称秦始皇之诏，立胡亥为太子。这段对话，“天机”不可泄，后人何以知之。因此，钱锺书先生说：

> 上古既无录音之具，又乏速记之方，驷不及舌，而何其口角亲切，如聆謦欬欤？或为密勿之谈，或乃心口相语，属垣烛隐，何所依据？……盖非记言也，乃代言也，如后世小说、剧本中之对话独白也。左氏设身处地，依傍性格身份，假之喉舌，想当然耳。……史家追叙真人实事，每须遥体人情，悬想事势，设身局中，潜心腔内，忖之度之，以揣以摩，庶几入情合理。盖与小说、院本之臆造人物，虚构境地，不尽同而可相通；记言特其一端。[③]

史传文学中存在着虚构的现象，这是不争的事实。这对于理解《三国演义》中的虚实关系有很大的启迪，史籍中的记载也并不完全是史实。

---

① 司马迁：《史记》，中华书局 1959 年版，第 2277 页。

② 司马迁：《史记》，中华书局 1959 年版，第 1971 页。

③ 钱锺书：《管锥编》，中华书局 1979 年版，第 164—166 页。

虚构的性质和功能：再造想象与创造想象

我们知道，虚构基本上分为两种：一种是偏重直观这个心理环节，按照事物本来的样式来描绘生活的虚构；另一种是偏重自由想象，按事物可能有或应该有的样式来真实地描写生活的艺术虚构。这两种虚构，前者主要表现在史传文学中，后者主要表现在俗文学中，这是两种不同的艺术心理力。下面具体分析：

虚构的实质是想象，而史传文学中的想象却受已有史料所蕴含的历史必然性的限制，不能逾越特定的“张力场”。它是史学家对历史规律的一种认识活动，如联想、思考、判断、推理等都属于认识活动。“认识活动要解决主客观之间的矛盾，是由于主观不符合于客观实际，对客观缺乏认识所构成的矛盾。通过认识活动，使主观在一定程度内反映客观，使主观转化为符合客观实际，使客观表现于主观之中。……在这里的矛盾中，客观是主要的、支配的方面，主观是次要的、从属的、受支配的方面，新产生的转化主要是使主观转化为符合客观实际。”[①] 这就是说，史传文学中想象和虚构是史学家认识活动的产物，是受史料揭示的客观性和发展逻辑的制约。其活动图式可概括为：

支配、制约

客观 ————→ 主观

俗文学创作中的艺术想象就不同了。在艺术想象力的“张力场”内表现为另一种力，这就是小说家的审美理想、趣味所凝聚成的艺术追求。这是一种审美的内驱力，在具体的创作中表现为小说家的创作意图、审美需求和艺术构思，这些都属于意向活动。“意向活动要解决的主客观之间的

① 潘菽：《心理学简札（上册）》，人民教育出版社 1984 年版，第 11 页。

矛盾是客观不适合于主观意欲所构成的矛盾。通过主观的意向活动和意向活动向客观过渡的行动，使客观在一定程度内顺从主观，使客观转化为适合主观的意欲，使主观意欲体现于客观之中。……在这里所说的矛盾的解决过程中，主观的意向方面是主要的、支配的方面，客观的事物方面是从属的、被支配的方面。”[①]不难看出，俗文学创作中的想象主观性很强。小说家总是要顽强地自觉地贯彻他的主观意向，表现主观的思想倾向。其活动图式可以概括为：

支配、制约

主观 ———→ 客观

从上面分析可以看出：史传文学系统和俗文学系统中的想象是不同的，前者是客观支配和制约主观，其走向是从客观到主观，要求主观不断地去符合客观，达到历史的真实；而后者是主观意识支配客观，其走向是从主观到客观，达到艺术的真实。

对于史传文学与俗文学的想象、虚构的不同，清代文学家金圣叹早已感悟到了。他说史家的虚是“以文运事”，要在事实基础上“算计出一篇文字来”。这“算计”当中就包括“悬想事势”在内，但不能任意虚构。这样的叙事是“死象之骨”式的还原，“是先有事生成如此如此”，可称之为再造性想象。而小说家的虚是“因文生事”，可以突破历史的框框，可以“顺着笔性去，削高补低都由我”。这样的叙事是“信马由缰”式的虚构，可称之为创造性想象。金圣叹很有见地，从叙事方式的审美角度划清了虚构的不同性质和功能。

这两种想象在《三国演义》的创造过程中是同步进行的，且互相联系，彼此渗透。因为小说家是作为一个整体来构思的，而我们为了从理论上说明问题，才把它们肢解开来，分而述之。再造想象在《三国演义》创作过

① 潘菽：《心理学简札（上册）》，人民教育出版社 1984 年版，第 12 页。

程中的主要表现为：完全“实”的史料组合下和“半实半虚”情况下的审美形象创造。因此，艺术形象既有受史传文学或俗文学系统提供的素材制约的一面，又有小说家主观的“选”“取”“补”“合”等典型化的创造。

从创造想象这一点着眼，在小说家审美理想内化下艺术形象的架构显露了与历史趋势的合拍，传达了社会和人生的底蕴，是小说家追求、开拓的艺术至境，是进行创作最重要的、最有价值的内容。可以说，如果只有再造想象而没有创造想象，那就很难进行真正的艺术创造。再造想象是在参与创造想象中起作用，而创造想象又是在再造想象的帮助下，完成了形象体系整合性的系统工程。

两种不同走向的想象力，最后都统一在罗贯中总体艺术构思和艺术想象力的“张力场”中，正如黑格尔所说的在“虚构与真实之间”的“徘徊”，既不违背主要史实，又满足读者的审美需求，来把握虚构的限度。可以说这是《三国演义》历史真实与艺术真实的统一。

《三国演义》虚实认知过程揭示了历史小说的叙事法则

探究《三国演义》虚实的认知的目的，最终是要揭开历史小说叙事艺术的思维、机制和原理。

《三国演义》成书的叙事过程包括两个方面：

一方面是人物形象建构。作为历史小说中人物形象的叙事成分，有取自史传文学中的素材，有取自俗文学中的素材。当这些进入小说家概括、想象等一系列思维过程的熔铸和营造时，便受到小说家情感、心理机制等主观意向的制约，导致人物形象创构的不同形态，成功的标准就是性格化。因此，人物性格也可以看作诸多个性意象的聚合和整体化，无法分辨其素材来源的实有还是虚构，否则便是割裂人物的整体性格。

另一方面是叙事情节建构，即人物性格与赖以生存的社会环境和生活中冲突的情境，又构成了同步关系，组成一个以某些主要人物为主体的各个阶层的人物相互作用、相互依赖的形象体系，也就是小说叙事情节结构形态。

这两个方面构成了小说经典化的全过程，其中无论在哪一个阶段，都无不存在着虚实关系的建构。因此，论述虚实关系应该从选材、提炼、叙述的不同角度去分析，不能拘泥于史料是否真实去比照、去衡量，然后就得出一个统而概之的结论。选材角度存在于主体（小说家）与客体（创作素材）的关系中，小说家面对社会生活，总要选择某一个领域作为表现对象，并在这个领域中考虑从哪一个角度去选材，其中无不渗透着创作主体的认识因素和情感因素。而实际上人的认识又总受到不同的历史阶段的文化、社会和语境的制约，不可能真正客观地反映社会生活，因而，选材时不可避免地介入主观色彩，这就会表现为“虚”。提炼也有角度，它同样存在于主体（小说家）与客体（题材）的关系中，这种对题材意蕴的开掘且统一在审美意象之中，建构起的意象世界，正如美国著名文艺理论家韦勒克和沃伦所说的，是创作主体“自己的世界”，“人们可以从中看出这一世界和经验世界的部分重合”[①]。所谓“自己的世界”正是“虚”的表现。叙述角度是小说家处理和表达故事情节的一种方式，也存在于主体与客体的关系中，创造主体可以能动地改变现实时空的形式，增大审美时空的容量和自由度，这同样是“虚”的表现。所以说，虚实关系不仅是历史小说首先遇到的问题，还是一切文学艺术创造过程必须解决的问题，因为叙事文本都是在主体认识和处理客体的关系中形成的。

完全“实”的史料组合下的叙事模式

《三国演义》中有大量的细节和情节取自正史，完全“实”的史料被小说家组合到历史小说中，是如何进行审美形象创造的？如曹操的史料，

① ［美］雷·韦勒克、奥·沃伦著，刘象愚等译：《文学理论》，生活·读书·新知三联书店 1984 年版，第 238 页。

诈作中风、许攸问粮、杀伏皇后、以发代首、借王后头等细节，都源于《三国志》及裴注，史料与小说的细节毫无差异。

如《三国演义》第一回写曹操“诈作中风”：

> 操幼时，好游猎，喜歌舞，有权谋，多机变。操有叔父，见操游荡无度，尝怒之，言于曹嵩，嵩责操。操忽心生一计：见叔父来，诈倒于地，作中风之状。叔父惊告嵩，嵩急视之，操故无恙。嵩曰：“叔言汝中风，今已愈乎？”操曰：“儿自来无此病，因失爱于叔父，故见罔耳。”嵩信其言。后叔父但言操过，嵩并不听。因此，操得恣意放荡。

这一段话出自《三国志·魏书·武帝纪》：“太祖少机警，有权数，而任侠放荡，不治行业，故世人未之奇也。”及裴注：“曹瞒传云：太祖少好飞鹰走狗，游荡无度，其叔父数言之于嵩。太祖患之，后逢叔父于路，乃阳败面㖞口；叔父怪而问其故，太祖曰：‘卒中恶风。’叔父以告嵩。嵩惊愕，呼太祖，太祖口貌如故。嵩问曰：‘叔父言汝中风，已差乎？’太祖曰：‘初不中风，但失爱于叔父，故见罔耳。’嵩乃疑焉。自后叔父有所告，嵩终不复信，太祖于是益得肆意矣。”①

类似这样的“实事”，一旦被小说家熔铸在叙事结构之中，死的史料如何“长入”人物性格中，成为有生命的活细胞，这是认识艺术形象虚实关系的核心问题。任何一个伟大的小说家的创造，都不只是取舍和加工已有的素材，而是将各种素材组成一个系统，进行一种整合性的审美创造，如同一个新生命的孕育。

《三国演义》第七十二回“杨修之死”的细节与正史无多殊异，而它发挥的叙事功能，即整合性的审美效应已远非散见的史料可比，很具有说明这一艺术原理的典型意义。

---

① 陈寿：《三国志》，中华书局 1959 年版，第 2 页。

关于杨修，史籍上记载有这样几件事：

（1）“改建园门”

杨德祖为魏武主簿，时作相国门，始构榱桷，魏武自出看，使人题门作“活”字，便去。杨见，即令坏之，既竟，曰：“‘门’中‘活’，‘阔’字。王正嫌门大也。”（《世说新语·捷悟》）[①]

（2）“分食盒酥”

人饷魏武一杯酪，魏武啖少许，盖头上题“合”字以示众，众莫能解。次至杨修，修便啖，曰：“公教人啖一口也，复何疑！”《世说新语·捷悟》）[②]

（3）“梦中杀人”

魏武常云：“我眠中不可妄近，近便斫人，亦不自觉，左右宜深慎此。”后阳眠，所幸一人，窃以被覆之，因便斫杀。自尔每眠，左右莫敢近者。（《世说新语·假谲》）[③]

（4）“绝妙好辞”

魏武尝过曹娥碑下，杨修从。碑背上见题作“黄绢幼妇，外孙齑臼”八字，魏武谓修曰：“解不？”答曰：“解。”魏武曰：“卿未可言，待我思之。”行三十里，魏武乃曰：“吾已得。”

① 徐震堮：《世说新语校笺》，中华书局 1984 年版，第 317 页。
② 徐震堮：《世说新语校笺》，中华书局 1984 年版，第 455 页。
③ 徐震堮：《世说新语校笺》，中华书局 1984 年版，第 455 页。

令修别记所知。修曰："黄绢，色丝也，于字为'绝'；幼妇，少女也，于字为'妙'；外孙，女子也，于字为'好'；齑臼，受辛也，于字为'辞'：所谓'绝妙好辞'也。"魏武亦记之，与修同，乃叹曰："我才不及卿，乃觉三十里。"（《世说新语·捷悟》）[①]

（5）"大簏装绢"

修年二十五，以名公子有才能，为太祖所器。与丁仪兄弟，皆欲以植为嗣。太子患之，以车载废簏，内朝歌长吴质与谋。修以白太祖，未及推验。太子惧，告质，质曰："何患？明日复以簏受绢车内以惑之，修必复重白，重白必推，而无验，则彼受罪矣。"世子从之，修果白，而无人，太祖由是疑焉。（《三国志·魏书·任城陈萧王传》裴注引《世语》）[②]

（6）"教植答教"

修与贾逵、王凌并为主簿，而为植所友。每当就植，虑事有阙，忖度太祖意，豫作答教十余条，敕门下，教出以次答。教裁出，答已入，太祖怪其捷，推问始泄。（《三国志·魏书·任城陈萧王传》裴注引《世语》）[③]

（7）"邺门试才"

太祖遣太子及植各出邺城一门，密敕门不得出，以观其所为。

① 徐震堮：《世说新语校笺》，中华书局 1984 年版，第 318 页。

② 陈寿：《三国志》，中华书局 1959 年版，第 560 页。

③ 陈寿：《三国志》，中华书局 1959 年版，第 560 页。

太子至门，不得出而还。修先戒植："若门不出侯，侯受王命，可斩守者。"植从之。（《三国志·魏书·任城陈萧王传》裴注引《世语》）[1]

（8）"鸡肋事件"

时王欲还，出令曰"鸡肋"，官属不知所谓。主簿杨修便自严装，人惊问修："何以知之？"修曰："夫鸡肋，弃之如可惜，食之无所得，以比汉中，知王欲还也。"（《三国志·魏书·任城陈萧王传》裴注引《九州春秋》）[2]

及操自平汉中，欲因讨刘备而不得进，欲守之又难为功，护军不知进止何依。操于是出教，唯曰"鸡肋"而已。外曹莫能晓，修独曰："夫鸡肋，食之则无所得，弃之则如可惜，公归计决矣。"乃令外白稍严，操于此回师。修之几决，多有此类。修又尝出行，筹操有问外事，乃逆为答记，敕守舍儿："若有令出，依次通之。"既而果然。如是者三，操怪其速，使廉之，知状，于此忌修。且以袁术之甥，虑为后患，遂因事杀之。（《后汉书·杨震列传》）[3]

罗贯中将这些取自《三国志》及裴注、《世说新语》以及《后汉书》中零散的史料，作为细节全部设置在《三国演义》"曹阿瞒兵退斜谷"这一回中。围绕曹操杀行军主簿杨修，错落有致、层次渐进地构成了完整的情节，既展示了杨修性格鲜明的特征——聪明过人、恃才放旷，又烘托了主要人物曹操的典型性格。罗贯中安排每一个细节都在不同的角度、不同

① 陈寿：《三国志》，中华书局 1959 年版，第 560 页。
② 陈寿：《三国志》，中华书局 1959 年版，第 52 页。
③ 范晔：《后汉书》，中华书局 1965 年版，第 1789 页。

的层次、不同的场合上去展现杨修的性格特征。有的是从“改建园门”“分食盒酥”一类的猜字谜生活趣事上表现；有的是在“曹氏立嗣”一类的政治生活中表现；还有的是在“鸡肋事件”一类的军国大事上表现，犹如一束束光线聚在人物最突出的性格特征上。尽管这几个细节各说一类事，但都是作为有机因素“长入”人物性格之中，所以并不会成为散线之珠。特别是在叙事结构的设置上，把“鸡肋事件”作为一个贯穿线索，以“鸡肋事件”杀杨修的结局为开端，将其他细节插叙其中，从生活趣事渐进到政治生活，再进到军国大事，由小到大，层次井然， 纳入一个具体的社会生活环境，展示了曹操与杨修之间矛盾和冲突的渐进。最后，又以“鸡肋事件”之后曹操兵败，“方忆杨修之言，随将修尸收回厚葬，就令班师”（第七十二回）作结。首尾圆合，浑然一体。

“鸡肋事件”是这组素材中最典型的一件，不仅起到了首尾贯串作用，而且对杨修的个性特征揭示得入木三分。蜀魏汉水之战，两军相持日久，魏军进退两难，处于骑虎难下之势。为此曹操焦躁不安，当看到餐食中有“鸡肋”时，不由得触感于怀，随口便定“鸡肋”为口令。杨修从这两个字作口令，立刻敏锐地体察到曹操此时此地复杂的心理，便说：“以今夜号令，便知魏王不日将退兵归也。鸡肋者，食之无肉，弃之有味。今进不能胜，退恐人笑，在此无益，不如早归。来日魏王必班师矣……”（第七十二回）寥寥数语便显示了杨修对军事形势了如指掌，对曹操心理洞若观火，其聪颖超群，跃然纸上。而他平素“恃才放旷”，言行不羁，招人厌恶，这一次终因识破曹操心机，擅自发号，“教随行军士，各收拾行装，准备归程”，被早有“杀修之心”的曹操抓住把柄，令人将其“推出斩之”。因而围绕“鸡肋事件”的其他细节的设置，便成为曹操产生“杀修之心”的起因，以及曹操与杨修矛盾冲突的发展过程，又恰到好处地在现实冲突中显示出潜在的历史因素。“鸡肋事件”只不过是曹操与杨修之间潜在的矛盾冲突爆发的导火线而已。无论是从情节的设置，还是对人物性格的刻画，都体现了一种向心力，紧紧围绕二人之间的矛盾和冲突的轨迹，从各个不同的具体环境描写中，强化了杨修才思敏捷、恃才放旷、轻率忘形的性格特征，以及曹操性格的权变和狡诈。

“鸡肋事件”杀杨修的实质是维护曹操的根本利益。有人说杨修之死是曹操“嫉贤妒能”，非也。曹操对待人才，有时表现为爱才，有时忌才，有时杀才，完全出于维护自己的利益。凡为其所用时，则爱才；凡不为其所用时，则忌才；凡才有所损其利益时，则杀才。杨修露才惹嫉，恃才招恨，最后聪明反被聪明害，只是表面现象。杨修之父杨彪是汉室的元老重臣，名望素高；杨修是才子，又是曹操爱子曹植的好友，因此，杨氏父子颇受曹操的器重。只因杨修之才竟用到干预其家事国事上来，曹操汲取袁绍“废长立幼”以致袁氏兄弟俱败亡的惨痛教训，为巩固曹丕王太子的地位，才不得不剪除“曹植派”的重要人物杨修。至于何时何地、借用何种口实、采用何种手段去处置他，则是偶然的。“大簏装绢”“邺门试才”“教植答教”这三个细节都是直接触及曹操家政的根本大事，杨修死因正在于此，更何况杨修还是曹操政敌袁术的外甥，绝不单纯是什么曹操性格上的嫉贤妒能。“杨修之死”细节的深刻思想内涵正在这里，可见，罗贯中把这些零散史料用活了，其成功的奥妙就在于熔铸杨修性格特征的同时，处处与曹操典型性格的艺术神经相连，牵一发而动全身。正如贺拉斯指出的：

> 最劣等的工匠也会把人像上的指甲、鬈发雕得纤微毕肖，但是作品的总效果却很不成功，因为他不懂得怎样表现整体。[①]

这说明脱离整体艺术形象的孤立的细节是不会取得艺术生命力的。

细节“长入”整体艺术生命之中，还表现为与情节发展脉络的联系上。“杨修之死”只有一千六百多字，它不过是小说家在紧锣密鼓的戎马杀伐的情节之中，穿插一点文人墨客的逸闻逸事来引起读者的回味，但就是这

① 亚里士多德、贺拉斯：《诗学·诗艺》，人民文学出版社 1962 年版，第 138 页。

样一段小插曲，如此一个过场人物，也埋下草蛇灰线、伏脉千里之笔。早在这之前的第六十回描写杨修出场：当川中名士张松笑曰："吾川中无谄佞之人也。"忽然阶下一人大喝："汝川中不会谄佞，吾中原岂有谄佞者乎？"一声大喝，暗示出此人的恃才自负、放旷不羁、自命不凡。接着又以张松之口，点出"此人博学能言，智识过人"，初步点染了杨修的性格特点。对于他超人的聪颖、非凡的才学，到第七十一回又点缀一笔。曹操亲征汉中，途经蔡邕庄，偶见蔡邕在《曹娥碑》手书后的八个大字——"黄绢幼妇，外孙齑臼"，杨修看后能立解其意，而曹操却是"引众出庄。上马行三里[①]，忽省悟"，"众皆叹羡杨修才识之敏"。这些伏笔，渲染的杨修性格，与描写他由于恃才放旷，使曹操对其态度：由"心甚忌之"，到"心恶之"，继而"愈恶之"，再到"大怒"，最后"已有杀修之心"，自然接榫，使人感到水到渠成，瓜熟蒂落，合情合理。

"杨修之死"在《三国演义》的叙事结构中，犹如"巍峨灿烂的巨大的纪念碑"中的"一阑"、"一画础"[②]，精巧工秀，自成格局，而又卯榫相合，肢体难割。可见，即使素材是全部取自正史，一旦进入整个叙事结构之中，也就与人物的群体性格，以及人物与人物之间的关系融为一个有机的结构，从而富有了生命力。而整体艺术构思正是罗贯中在历史事实和艺术虚构统一基础上的升华。因此，驾驭任何史料，都离不开艺术虚构，离不开叙事结构整合性的制约。

"半实半虚"的再造想象的叙事模式

"半实半虚"是《三国演义》虚实关系中的普遍现象。所谓"半实"，由于历史著作的叙事不是有意为了性格塑造和情节提炼，所以实录时的选择，无意筛掉了许多生活细节或原始风韵的东西。这些对历史著作也许是可有可无的，但小说家在进行创造时便感到"半实"的历史素材缺胳膊短

① 《世说新语》中为"三十里"，《三国演义》中改为"三里"。

② 画础，为有雕饰的柱下石墩。

腿，进入小说人物性格结构，缺少这样或那样的性格因素；进入情节结构，缺少典型环境的原始细节。所谓“半虚”，就是不得不在史料的基础上，沿着历史事件发展的必然的逻辑、历史人物性格发展的内在的脉络，展开合理的想象，构思当时历史条件下可能出现的形态，来弥补“半实”的缺憾，自然就创造了“半虚”。正如郭沫若在《历史·史剧·现实》一文中说：“历史的研究是力求其真实而不怕伤乎零碎，愈零碎才愈逼近真实，史剧的创作是注重在构成而务求其完整，愈完整才愈算得是构成。”[①]“半实半虚”一方面指历史著作，实录的历史人物的言语和行动，叙述的历史事件的梗概和脉络，客观上为小说家提供了一定的创作素材。另一方面指历史著作揭示的历史发展过程的必然性和因果关系，对历史人物的评价和对历史经验的总结，又为小说家宏观地把握历史人物的总体风貌和历史进程提供了理性的认识。而这些必须有艺术虚构，才能构成完整的形象世界。当然，这种虚构是再造的想象，而受基本史实“张力场”的制约。至于到底是实多虚少，还是实少虚多，这既要从素材着眼，又要根据小说家整体构思的需要去定。这是罗贯中艺术构思时“半实半虚”的再造想象的叙事模式。

再造想象的虚构方法从理论形态上大致可以归纳为三个方面。

人物性格结构因素的补充、丰满和虚构

人物性格都是由主导性格因素与多侧面、多层次性格因素有机地组合，构成人物性格的丰富性和复杂性。如果一个人物的性格因素相对单纯，或者主导性格因素不够突出，那么这样的人物性格就会苍白，缺乏生气灌注的“活力”。小说家从史料中选取的性格素材大都存在着类似的问题，因此往往需要在“半实”的基础上进行人物性格结构因素的补充、丰满和虚构。尽管小说家在理性上没有如此清醒的认识，但在实践中却是这样成功地去做了。

小说家善于捕捉人物性格中最闪光的因素，往深处、细处开掘，以展

① 郭沫若：《郭沫若论创作》，上海文艺出版社 1983 年版，第 50 页。

现其独特的精神风貌和英雄气质，因此，常在史料的基础上虚构出十分感人的细节。《三国志·蜀书·关张马黄赵传》记载“刮骨疗毒”：

> 羽尝为流矢所中，贯其左臂，后创虽愈，每至阴雨，骨常疼痛，医曰：“矢镞有毒，毒入于骨，当破臂作创，刮骨去毒，然后此患乃除耳。”羽便伸臂令医劈之。时羽适请诸将饮食相对，臂血流离，盈于盘器，而羽割炙引酒，言笑自若。[①]

这段描写中，关羽性格的精神、气质、力量已显现出来了。它确实是展现性格特征的闪光点，利用它把关羽的英雄气概和惊人的忍耐力充分地凸显出来。罗贯中就紧紧抓住这一段史料，极尽渲染烘托之能事，铺陈刮骨疗毒的过程中周围人的心理、情绪来强化关羽言语和行为的力度。他先从神医写起，这位见识深广、经验丰富的名医华佗建议关羽：“当于静处立一标柱，上钉大环，请君侯将臂穿于环中，以绳系之，然后以被蒙其首。”而后，华佗才能“用尖刀割开皮肉，直至于骨，刮去骨上箭毒，用药敷之，以线缝其口，方可无事”。他还不无担心地对关羽说：“但恐君侯惧耳。”而关羽听罢，却爽朗地笑着回答：“如此，容易！何用柱环？”说得干脆、痛快，极有气魄。然而，结果怎样，仍不能不令人揪心。这时，让人看到的是：“公饮数杯酒毕，一面仍与马良弈棋，伸臂令佗割之。佗取尖刀在手，令一小校捧一大盆于臂下接血。佗曰：‘某便下手。君侯勿惊。’公曰：‘任汝医治。吾岂比世间俗子，惧痛者耶！’佗乃下刀，割开皮肉，直至于骨，骨上已青。佗用刀刮骨，悉悉有声。”这时，“帐上帐下见者，皆掩面失色”。可是，“公饮酒食肉，谈笑弈棋，全无痛苦之色”。这样用周围人情绪的紧张、心理的恐惧、目光的集中，衬托出关羽的大将风度，镇定自若。“须臾，血流盈盆。佗刮尽其毒，敷上药，以线缝之”时，关

① 陈寿：《三国志》，中华书局1959年版，第941页。

羽竟“大笑而起，谓众将曰：‘此臂伸舒如故，并无痛矣。’”通过刮骨疗毒的精细描写，把关羽性格因素的刚毅毕显无遗。至此，一位英雄人物非凡的克制力已从纸上凸显出来。最后还用华佗的话来补上一句“某为医一生，未尝见此。君侯真天神也！”。（第七十五回）到这里，经过小说家虚构的细节，把这个人物最能闪光的性格因素，开掘已尽，有力地烘托了关羽的英雄气概、超群出众、无与伦比。

有时小说家还从人物主导性的性格因素出发，对已有的史料进行移花接木、张冠李戴的改造，以展现人物性格结构的丰满。

《三国演义》第二回“怒鞭督邮”：

> 却说张飞饮了数杯闷酒，乘马从馆驿前过，见五六十个老人，皆在门前痛哭。飞问其故。众老人答曰：“督邮逼勒县吏，欲害刘公。我等皆来苦告，不得放入，反遭把门人赶打！”张飞大怒，睁圆环眼，咬碎钢牙，滚鞍下马，径入馆驿，把门人那里阻挡得住。直奔后堂，见督邮正坐厅上，将县吏绑倒在地，飞大喝：“害民贼！认得我么？”督邮未及开言，早被张飞揪住头发，扯出馆驿，直到县前马桩上缚住，攀下柳条，去督邮两腿上着力鞭打，一连打折柳条十数枝……

其实，怒鞭督邮一事原不是张飞，而是刘备所为。据《三国志》裴松之注：刘备做了安喜县尉，不久，就被发遣，“督邮至县，当遣备，备素知之。闻督邮在传舍，备欲求见督邮，督邮称疾不肯见备，备恨之，因还治，将吏卒更诣传舍，突入门，言：‘我被府君密教收督邮。’遂就床缚之，将出到界，自解其绶以系督邮颈，缚之著树，鞭杖百余下，欲杀之。督邮求哀，乃释去之”。（《三国志·蜀书·先主传》）[①] 作者把这件事嫁接在

① 陈寿：《三国志》，中华书局1959年版，第872页。

张飞身上，不但加深了张飞疾恶如仇、暴怒威猛的色彩，也使刘备长厚的性格没有被破坏。显然，这里是小说家再造想象运用了史料的又一种方法。

小说家在《三国演义》中为了突出人物性格的主导因素，采取移花接木手法，在史实素材上虚构的例证还有许多，如草船借箭本来是孙权、周瑜的光荣史，却为突出诸葛亮的智谋，嫁接到他身上了；关羽斩颜良，为曹操解了白马之围，并没有又斩文丑。小说描写他一连斩了河北的两大名将，无非是更加突出关羽的神武；刘、关、张斩黄巾首立功并不见于史传，小说家把《后汉书·皇甫嵩朱俊列传》的记载，改头换面，归之于刘备。这些手法大都遵循着一个原则，即服从整体艺术构思下人物性格结构的审美需求，要么突出人物性格的主导因素，要么丰满各侧面、各层次的非主导性格因素，使主要人物性格结构立体化。为此，当主要人物闪光的事迹史料不足时，小说家就采取移花接木的手法，以虚补实，这是再造想象艺术虚构的一种基本表现形式。

依靠虚构进行“关系出性格”的开掘

每个人物都是在社会现实中生活，他所做的事，也就是言语和行为，是在表现人与人之间的社会联系中展现的。由于每一种社会关系本身都是互不相同的性格的磨合与碰撞，因而，一个人物不仅会从自身中流露出不同的性格侧面，而且，也会从对方折射出其不同的性格特征。这样，随着他与不同的社会关系的联系的展示，或者与同一社会关系的联系在不同时间、不同环境的表现，他的性格结构因素的丰富性和复杂性，就逐渐向我们打开和显示出来。而历史著作往往记载了历史人物社会关系的框架，缺乏生动、丰满的细节，这就给虚构留下了广阔的余地。这是再造想象虚构的又一种方法。以“周瑜打黄盖”为例。

“周瑜打黄盖—— 一个愿打，一个愿挨。”这句歇后语，源于赤壁之战的一个重要情节。据《三国志·吴书·周瑜鲁肃吕蒙传》记载：

瑜部将黄盖曰："今寇众我寡，难与持久。然观操军船舰首尾相接，可烧而走也。"乃取蒙冲斗舰数十艘，实以薪草，膏油灌其中，裹以帷幕，上建牙旗，先书报曹公，欺以欲降。[①]

从史料上看，并没有记载使用过苦肉计。显然，周瑜打黄盖的细节是在史料基础上虚构出来的，并且虚构得异常真实、生动、成功。因为这种虚构不但以历史上真实人物和事件为骨架，而且还十分符合历史生活的情理。《三十六计》关于苦肉计的解语："人不自害，受害必真；假真真假，间以得行。"意思是说，人们一般不会自我伤害，倘若遭受伤害，那么一定是真实情况。人们一般都是按常理推论，这样才能达到以假乱真，使对方信而不疑，离间计得以实现。历史上像这类以行自我伤害之举，取信于敌、再图大计的例子，可以找出许多。曹操深通兵法，是不会轻信降将的。特别是像黄盖这样一个"自随破虏将军（孙坚），纵横东南，已历三世"（第四十六回）的江东老将，更不会很快就取得曹操的信任。罗贯中深知这一点，因此他在真实史料细节不足的情况下，不仅虚构这个苦肉计，而且是设置在复杂交错的社会关系中将计就计的。曹操错杀了水军将领蔡瑁、张允以后，于是谋士荀攸进计曰：

"江东有周瑜、诸葛亮二人用计，急切难破。可差人去东吴诈降，为奸细内应，以通消息，方可图也。"操曰："此言正合吾意。汝料军中谁可行此计？"攸曰："蔡瑁被诛，蔡氏宗族，皆在军中。瑁之族弟蔡中、蔡和现为副将。丞相可以恩结之，差往诈降东吴，必不见疑。"操从之，当夜密唤二人入帐嘱咐曰："汝二人可引些少军士，去东吴诈降。但有动静，使人密报。事成之后，重加封赏。休怀二心！"（第四十六回）

---

① 陈寿：《三国志》，中华书局1959年版，第1262—1263页。

曹操派去的二蔡诈降，立刻被周瑜识破。周瑜对部将甘宁说："此二人不带家小，非真投降，乃曹操使来为奸细者。吾今欲将计就计，教他通报消息。"于是周瑜和黄盖商定好苦肉计。第二天，周瑜会诸将于帐下。在大庭广众之下，黄盖佯以元老自恃，小视周瑜，激怒周瑜，被其"打了五十脊杖"，"打得皮开肉绽，鲜肉迸流，扶归本寨，昏绝几次。动问之人，无不下泪"。（第四十六回）随后，阚泽为黄盖到曹营下降书。二蔡接连两次向曹操密报黄盖欲降，而曹操依然"心中疑惑不定"，聚众谋士商议曰："江左甘宁被周瑜所辱，愿为内应，黄盖受责，令阚泽来纳降，俱未可深信。谁敢直入周瑜寨中，探听实信？"蒋干又自告奋勇，二赴江东。周瑜又一次将计就计，利用蒋干，将庞统引进曹寨，巧施连环计。这段由不同人物性格构成的多重人际关系的虚构情节，一波三折，跌宕起伏。

在阚泽下降书、二蔡密报、蒋干再赴江东，一而再，再而三的证实下，才消除了曹操对黄盖欲降的疑虑，从而展现了曹操对待一件事情，在不同的社会关系中、不同的时空环境下反复验证，而后决断的复杂性格。曹操绝不是一个苦肉计就能上当的，他毕竟是一位身经百战、精通兵法的统帅。小说家如此虚构情节，刻画曹操的性格是令人信服的。除此之外，还对这位横扫群雄、统一北方的胜利者的骄横作了进一步的渲染，合理地揭示了骄兵必败的普遍规律。周瑜这位叱咤风云的英雄，其运筹于帷幄之中，决胜于千里之外的雄才大略，便是在诈降和反诈降、利用和反利用的两帅斗智过程中表现出来的。这是多么精彩的情节！它在曹操和周瑜的脸上都重重地涂上了一道油彩，使人物性格鲜亮而突出，可以说这一笔在原有史料的基础上，在错综复杂的社会关系中塑造人物多质、多元的性格因素，依据"关系出性格"的原则虚构得很成功。

再如脍炙人口的故事"关羽温酒斩华雄"。《三国志·吴书·孙破虏讨逆传》记载："灵帝崩，卓擅朝政，横恣京城。诸州郡并兴义兵，欲以讨卓。坚亦举兵。""合战于阳人，大破卓军，枭其都督华雄等。"[①] 这段

① 陈寿：《三国志》，中华书局1959年版，第1096页。

英雄的业绩本来是孙坚的，却被小说家移到了关羽的身上，突出了关羽的神威，衬托了官渡之战前的曹操不拘一格识人才的眼力。

十八路诸侯联合讨伐董卓，公推袁绍为盟主，长沙太守孙坚为先锋，兵进汜水关。首次交锋，就遇上了劲敌华雄。华雄是董卓的上将，骁勇善战，一上阵就刀劈了诸侯军部将鲍忠，接着孙坚险些丧命。华雄引兵上关，大军压境。在这种窘迫的形势下，袁术的骁将俞涉出阵，只交战不到三个回合，就被华雄斩了。接着又有韩馥上将潘凤出马，去不多时，又被华雄斩了。

一连三员大将死于华雄之手，战场上的鼓声、杀声、喊声，声声震荡着会场，众诸侯的情绪完全被战场上连连失利的消息所震慑。一会儿是“众大惊”，一会儿是“众皆失色”。就在这剑拔弩张的时刻，“阶下一人大呼出曰：‘小将愿往斩华雄头，献于帐下！’”多么神勇的气魄、惊人的豪语，一扫会场怯弱的气氛。众视之，乃是跟随刘备充当马弓手的关羽。他的低下的地位和卑贱的身份，顿时像一块石头投入死水之中，引起腐朽的老军阀和新发家的豪强的争吵和议论。袁术大喝“与我打出”，袁绍怕“被华雄所笑”，只有曹操挺身而出，给予支持，并婉言劝说众诸侯：“此人既出大言，必有勇略，试教出马。如其不胜，责之未迟。”还“教酾热酒一杯，与关公饮了上马。关公曰：‘酒且斟下，某去便来。’出帐提刀，飞身上马。众诸侯听得关外鼓声大振，喊声大举，如天摧地塌，岳撼山崩，众皆失惊”。又一次帐外鼓声和喊声震荡着会场上人们的耳鼓和心弦，众诸侯惊恐不定。关羽未出场前，是敌军的震慑造成的紧张气氛；待出场后，是内部的歧视和争论，又荡回一笔，造成一种怀疑的气氛。此时，又一次在声声震耳的气氛中写他们的惊恐未定。这上下起伏的气氛描写和烘托，积之愈厚，反响愈强，“正欲探听，鸾铃响处，马到中军，云长提华雄之头，掷于地上，其酒尚温”。（第五回）真是神速、威武！斩华雄的实景虽然一笔未写，但从三次气氛和周围人们心理的描写中，已领略到关羽的英风豪气！

这一情节不同于“苦肉计”运用“关系出性格”手法那样明显，它把不同的人际关系放在对待同一件事情上，刻画了袁术狂愚而逞的性格侧面，袁绍犹豫寡决的性格弱点，曹操雄才大略、见识卓绝的性格主导因素；而且又是以略貌取神，瞬息而现，所以“关系出性格”的审美效应是潜在的。

建构性格群体

博采史料，重新组合，在历史的骨架上以小说家再造想象为手段，建构以主要人物为主体的相互衬托、相互作用的性格群体。

赤壁之战是《三国演义》中一场最大规模的战争。以博望坡火攻为前奏，火烧新野、大闹长坂坡作序幕，从第四十二回曹操水陆发兵开始，至第五十回曹操败走华容道，还有三气周瑜作尾声，前前后后共用了18个章回。既体现了三国历史的进程、天下三分格局的形成，又展示了一系列惊心动魄、曲折多变的情节和宏大壮阔、生动有趣的场面，构成了一个完整的叙事单元。在这有一定时间长度又有浩大的空间的叙事单元中，着力刻画了群体人物性格，并以主要人物性格特征作为性格群体营构的艺术焦点，从而使史料和虚构的高度统一进入完美的叙事形式之中。

关于赤壁之战，其人其事在《三国志》人物传记及裴注中都有或详或略的记载。此外，《后汉书》《晋书》《资治通鉴》《通鉴纪事本末》中还有大量的史料。罗贯中以小说的文学形式表现这场著名的战役，势必首先依据上述史料，以此为叙事骨架，然后沿着史料制约的轨迹，展开想象的翅膀，去丰富因史笔严谨简洁而带来的细节的缺枝少叶，或形象的尚欠完整。我们以史实记载去观照小说情节，从总体上来看，这次战争的矛盾线索和斗争焦点，战争双方势力的消长和战略战术的确定，主要人物的历史活动和思想倾向，这三方面都与史实相合。而虚构的成分主要表现在局部的艺术描写上，如战略战术的斗智情节，即反间计、苦肉计、连环计；不违背主要人物基本面貌的一些细节，即舌战群儒、智激周瑜、劫粮之议、玄德犒军、徐庶避祸等；小人物的过场穿插，如蒋干中计、二蔡过江、阚泽下降书等。这“半实”的史实决定了虚构的张力场，而再造想象使虚构在张力场内插上翅膀，将史料丰富为动人的性格和情节。

曹操统一了北方，雄心不已，又挥师南下，轻取荆州。刘备败走当阳，退守夏口。曹军沿江而下，直逼江东，威胁孙权。此时孙权是战还是降？鲁肃向孙权建议与刘备联合，共抗曹操。于是孙权派鲁肃前往。“肃径迎之，到当阳长坂，与备会，宣腾权旨，及陈江东强固，劝备与权并力。”（《三国志·吴书·周瑜鲁肃吕蒙传》）鲁肃的建议正与刘备、诸葛亮联吴抗曹的方针不谋而合，“备甚欢悦”。刘备便让诸葛亮同鲁肃一起去见孙权。诸葛亮针对孙权犹豫的态度，首先从曹、刘、孙三方的形势谈起：

> 海内大乱，将军起兵据有江东，刘豫州亦收众汉南，与曹操并争天下。今操芟夷大难，略已平矣，遂破荆州，威震四海。英雄无所用武，故豫州遁逃至此。将军量力而处之：若能以吴、越之众与中国抗衡，不如早与之绝；若不能当，何不案兵束甲，北面而事之！今将军外托服从之名，而内怀犹豫之计，事急而不断，祸至无日矣！（《三国志·蜀书·诸葛亮传》）[①]

孙权一听，马上反唇相讥道：“苟如君言，刘豫州何不遂事之乎？”诸葛亮乘机将了孙权一军：

> 田横，齐之壮士耳，犹守义不辱，况刘豫州王室之胄，英才盖世，众士慕仰，若水之归海，若事之不济，此乃天也，安能复为之下乎！（《三国志·蜀书·诸葛亮传》）[②]

孙权闻言，勃然变色，激动地说：

> 吾不能举全吴之地，十万之众，受制于人。吾计决矣！非刘

① 陈寿：《三国志》，中华书局 1959 年版，第 1269 页。
② 陈寿：《三国志》，中华书局 1959 年版，第 915 页。

豫州莫可以当曹操者，然豫州新败之后，安能抗此难乎？（《三国志·蜀书·诸葛亮传》）[1]

在两人的对话中，孙权怀疑刘备新败之后能否有力量同自己合作。诸葛亮抓住孙权这一心理，乘机进言：

豫州军虽败于长坂，今战士还者及关羽水军精甲万人，刘琦合江夏战士亦不下万人。曹操之众，远来疲弊，闻追豫州，轻骑一日一夜行三百余里，此所谓“强弩之末，势不能穿鲁缟”者也。故兵法忌之，曰“必蹶上将军”。且北方之人，不习水战；又荆州之民附操者，逼兵势耳，非心服也。今将军诚能命猛将统兵数万，与豫州协规同力，破操军必矣。操军破，必北还，如此则荆、吴之势强，鼎足之形成矣。成败之机，在于今日。（《三国志·蜀书·诸葛亮传》）[2]

孙权听了诸葛亮这番分析，很是高兴。但是降还是战这一矛盾在孙吴内部形成两派声音，并左右着孙权的决策。以张昭为代表的文官，被曹操的势力吓破了胆，主张投降。他们对孙权说：

曹公豺虎也，然托名汉相，挟天子以征四方，动以朝廷为辞，今日拒之，事更不顺。且将军大势，可以拒操者，长江也。今操得荆州，奄有其地，刘表治水军，蒙冲斗舰，乃以千数，操悉浮以沿江，兼有步兵，水陆俱下，此为长江之险，已与我共之矣。而势力众寡，又不可论。愚谓大计不如迎之。（《三国志·吴书·周瑜鲁肃吕蒙传》）[3]

① 陈寿：《三国志》，中华书局1959年版，第915页。
② 陈寿：《三国志》，中华书局1959年版，第915页。
③ 陈寿：《三国志》，中华书局1959年版，第1261页。

但是，这种投降主义论调遭到了以周瑜和鲁肃为代表的主战派的反对。周瑜指出曹军弱点说：

> 今北土既未平安，加马超、韩遂尚在关西，为操后患。且舍鞍马，仗舟楫，与吴越争衡，本非中国所长。又今盛寒，马无藁草，驱中国士众远涉江湖之间，不习水土，必生疾病。此数四者，用兵之患也，而操皆冒行之。将军擒操，宜在今日。瑜请得精兵三万人，进住夏口，保为将军破之。（《三国志·吴书·周瑜鲁肃吕蒙传》）[①]

孙权听了周瑜的分析，与诸葛亮所见略同，心情非常激动。裴注《江表传》记载："权拔刀斫前奏案曰：'诸将吏敢复有言当迎操者，与此案同！'"（《三国志·吴书·周瑜鲁肃吕蒙传》）[②]

小说家根据上述史实，又借鉴了《资治通鉴》"赤壁之战"的叙事结构线索，虚构出了重要的情节：舌战群儒，智激周瑜，劝说孙权。这些情节的一个重大突破和提升就是把诸葛亮放到了历史大变革的舞台的中心位置，作为营造性格群体中所突出的主要人物，塑造了一位封建社会的政治家，以高屋建瓴的气魄，洞悉一切的远见卓识，谙熟斗争艺术的才能，机敏多变的智力，扭转危局，促成孙刘联合，与曹操决一雌雄。围绕着是战还是降这场争论的展开，诸葛亮不仅善于捕捉主要矛盾，打开缺口，而且善于具体对待不同人物。比如舌战群儒，面对问难答辩虽多，但他抓住群儒的心病——惧怕曹操百万雄师，来辨析曹军的弱点。这些话表面是说给群儒的，而实质是借以打动孙权的心，促其向有利的一方转化。从而绾结了一组历史人物，成为衬托历史的大背景。

与诸葛亮这一主要人物相互作用的另一个重要人物是周瑜。孙权能否

① 陈寿：《三国志》，中华书局 1959 年版，第 1261—1262 页。

② 陈寿：《三国志》，中华书局 1959 年版，第 1262 页。

下定决心，很大程度上还取决于周瑜的态度，因而又演化出一场“诸葛亮智激周瑜”的喜剧。情节既跌宕起伏，环环紧扣，又主次分明，线索清楚。孙、刘联合是循着两条线索展开的。一条线索是通过鲁肃与诸葛亮一来一往做工作，促成了孙、刘抗曹联盟的初步形成；另一条线索是东吴内部和、战两派的矛盾。结果形成曹操与孙、刘是敌我矛盾，也是主要矛盾；孙权与刘备是统一战线的内部矛盾，也是次要矛盾。这就是当时的矛盾的线索和斗争的焦点。

赤壁之战，孙、刘两方采取的战术是火攻，其他一切具体战术部署都是服从火攻的。这一点史书上记载得很清楚。但在具体战术的运作上，如何削弱曹军的优势，小说却虚构了不少动人的情节，而且都是事出有因。如小说描写“庞统巧授连环计”：

> 时操军因不服水土，俱生呕吐之疾，多有死者，操正虑此事，忽闻统言，如何不问？统曰：“丞相教练水军之法甚妙，但可惜不全。”操再三请问。统曰：“某有一策，使大小水军，并无疾病，安稳成功。”操大喜，请问妙策。统曰：“大江之中，潮生潮落，风浪不息。北兵不惯乘舟，受此颠播，便生疾病。若以大船小船各皆配搭，或三十为一排，或五十为一排，首尾用铁环连锁，上铺阔板，休言人可渡，马亦可走矣：乘此而行，任他风浪潮水上下，复何惧哉？”曹操下席而谢曰：“非先生良谋，安能破东吴耶！”统曰：“愚浅之见，丞相自裁之。”操即时传令，唤军中铁匠，连夜打造连环大钉，锁住船只。

虚构这个故事的根据就是北兵不服水土，不习水战，多生疾病。庞统正是看到了曹军的弱点给统帅留下心理阴影，才迎合对方，不露声色地授之以计。曹操立马接受庞统的“连环计”，也是想尽快克服自己部队的弱点。再如根据“荆州之民附操者，逼兵势耳，非心服也”，虚构了蒋干中计，导致曹操误杀蔡瑁、张允；根据“马超、韩遂尚在关西，为操后患”，虚构了徐庶避祸。可见，虚构的内容之所以能够被读者接受，是因为它符合历史的可能性，符合人物性格的发展逻辑，符合人物与事件具有内在的统一性，合情合理。

在史实决定虚构的张力场中，罗贯中对结构单元中背景人物的穿插情节作了出色的描绘，其中最为世人所知的是蒋干中计。蒋干这个腐儒，在《三国演义》中着墨不多，然而，却是赤壁之战中不可缺少的过场人物。从裴松之《三国志》注所引的《江表传》等史料来看，蒋干确实与周瑜同乡，以善辩著称，曾被曹操请去说降周瑜也属事实，但并不是在赤壁之战中，更没有盗书一事的记载。罗贯中为了加强双方斗智斗谋的曲折性和复杂性，根据叙事结构的需要，改变了蒋干本来的历史面貌，让他在决战前的关键时刻，充当曹操与孙、刘之间情报信息的传递者。

蒋干自恃才高，毛遂自荐去游说周瑜投降，正好迎合了曹操急于想削弱对方实力的心理。而他过江后，又被周瑜将计就计所利用。周瑜早已预料到曹军不习水战是其短，可是，“三江口初战”，发现曹军设置的水寨，竟“深得水军之妙”，才知曹营水军头领原来是谙熟水战的荆州降将蔡瑁和张允。于是周瑜暗下决心，“吾必设计先除此二人，然后可以破曹”。小说根据曹操和周瑜都极力想削弱对方实力的心理，设置了“反间计”的情节。当蒋干过江，周瑜顺水推舟，要了个“醉酒吐真言”的假象，在帅案上放了一封伪造的蔡瑁、张允的降书，故意留给蒋干一个在周瑜营帐里能够偷看密件、盗走伪信的机会。这假情报，瞒过蒋干容易，但要骗过老谋深算的曹操并非易事。然而事出有因：一则蔡、张是降将，多疑多忌的曹操对他们不会十分放心。二则这两个人在曹操心目中本来就是“谄佞之徒”。如不是眼下水军急用人，早将二人处置了。三则曹操当时就已经疑心蔡、张二人怠慢水军训练，不够效力。这诸种因素促成曹操一看蒋干盗来的书信，勃然大怒，立刻将蔡、张二人处死。但当“献头帐下，操方省悟曰：‘吾中计矣！’”这一情节对表现曹操与孙、刘双方势力的消长起到了重要的作用。以后蒋干再一次过江，引来庞统，诱使曹操钻进了“连环计”。蒋干每一次过江，都起到推动情节发展的作用，待其叙事使命完成后，再没有露面，他是为整个性格群体而配置的必不可少的过场人物。在不违背赤壁之战的历史面貌的前提下，他却成为推动情节、丰富细节颇为成功的虚构人物。

上面分析了两个问题：一组完全“实”的史料组合下再造想象的叙事模式；另一组“半实半虚”的史料组合下再造想象的叙事模式。这两部分讲的都是在史实的基础上开拓的再造想象，进行艺术虚构。再造想象受史实张力场的制约，必须在张力场一定的范围内顺着史实的线索、因果、规律，即史实给小说家铺开的历史轨迹去创造。

下面分析另一个问题，即完全虚构的审美形象创造。

创造想象的叙事模式

从整体艺术构思上审视，创造想象的叙事模式在一定程度上也受史实的制约，但这种制约不是出自本事史实，因为本事史实极其简括，一鳞半爪，几乎给小说家提供不了什么想象依据的历史轨迹，而是受特定时代的历史精神、人物群体性格组成的社会关系的张力的制约，因而虚构的范围很大，能够依据总体艺术构思，沿着小说人物性格发展的内在逻辑、叙事结构发展的脉络去大胆地想象。这种创造想象，要比再造想象自由得多。当然，难度也就相对要大。对此，小说家的虚构，往往直接在史实的触发下发生，很大程度上是借鉴或采用历代俗文学中想象的成果，进行创造而获得成功。只不过不受本事史实的制约罢了。再造想象与创造想象本质是一样的，都是由想象的意象性和认识性所决定的。

创造想象的叙事模式与《三国演义》成书在史传文学系统和俗文学系统中的演进有直接的关系。

三顾茅庐和隆中对策这两个章回，在全书叙事结构中占有重要的地位，然而三顾茅庐的史料根据却十分简单。《三国志·蜀书·诸葛亮传》只有十几个字：

由是先主遂诣亮，凡三往，乃见。①

诸葛亮的《出师表》也只有简洁的回顾：

臣本布衣，躬耕于南阳，苟全性命于乱世，不求闻达于诸侯。先帝不以臣卑鄙，猥自枉屈，三顾臣于草庐之中，咨臣以当世之事，由是感激，遂许先帝以驱驰。②

《资治通鉴·汉纪·献帝建安十二年》除却上述史料转述外，又增添了一段：

备曰："善！"于是与亮情好日密。关羽、张飞不悦，备解之曰："孤之有孔明，犹鱼之有水也。愿诸君勿复言。"羽、飞乃止。③

这件事史籍上虽记载不多，但根据我们今天从唐宋时代诗人对此事的讴歌和赞叹来看，简直不亚于燕昭王求士、千金买马骨、高筑黄金台的故事的流传，是那样拨动历代求才之士的心弦，是那样为后人所津津乐道，有口皆碑！

欣赏者的期待视野中隐含的审美追求是创造想象的内驱力

为了认识这种文化现象，这里摘录几首：

---

① 陈寿：《三国志》，中华书局 1959 年版，第 912 页。

② 陈寿：《三国志》，中华书局 1959 年版，第 920 页。

③ 陈寿：《三国志》，中华书局 1956 年版，第 2075 页。

赤伏起颓运，卧龙得孔明。
当其南阳时，陇亩躬自耕。
鱼水三顾合，风云四海生。
武侯立岷蜀，壮志吞咸京。

——李白《读诸葛武侯传书怀赠长安崔少府叔封昆季》

三顾频烦天下计，两朝开济老臣心。

——杜甫《蜀相》

先主与武侯，相逢云雷际。
感通君臣分，义激鱼水契。

——岑参《先主武侯庙》

先生晦迹卧山林，三顾那逢圣主寻。
鱼到南阳方得水，龙飞天汉便为霖。

——白居易《咏史》

誓将雄略酬三顾，岂惮征蛮七纵劳。

——胡曾《咏史诗 泸水》

玄德苍黄起卧龙，鼎分天下一言中。

——崔道融《过隆中》

世乱英雄百战余，孔明方此乐耕锄。
蜀王不自垂三顾，争得先生出旧庐？

——胡曾《咏史诗 南阳》

鼎分天地日，先主力元微。
鱼水从相得，山河遂有归。

——李中《读蜀志》

孔明方微时，息驾隆中田。
出身感三顾，鱼水相后先。

——曾巩《隆中》

隆中鱼水三分业，江山风云八阵腾。

——陆游《诸葛书台》

上述诗歌在字里行间充盈着无限的崇敬、由衷的钦佩、感人的激情。这也许与“三顾茅庐”和“隆中对策”中人物形象和叙事结构的创造很难说有什么直接的联系，却并不意味着对后来的创作没有意义，因为欣赏者的期待视野中隐含着人们的审美追求、审美趣味。这些潜在的信息，会通过各种媒介和渠道，直接地或间接地转化为刺激小说家为人们喜闻乐见的需求而创作的内驱力。肯定地说，“说三分”的民间艺人如此热衷三国的题材，如此讴歌诸葛亮、拥戴刘备，难道那历代无以数计的欣赏者的审美需要和审美倾向没有激发他们的创作欲望吗？小说家选择什么样的题材，表达什么样的思想倾向，产生什么样的好恶感情，固然取决于自己的世界观和创作方法，但也绝不可忽视审美接受过程中欣赏者的期待、要求、情绪、趣味、理想等的影响。“随风潜入夜，润物细无声。”在小说家心里形成一个潜在的欣赏群体，隐秘地激发小说家按照心中潜在欣赏群体的认识，调整观察视角，开拓想象空间和进行艺术概括。从《三国志平话》到《三国演义》对“三顾茅庐”的创造，在不断的创新中达到那样高的艺术境界，不能不说这是小说家循着欣赏群体审美需求，使自己的作品为更多的欣赏者所接受而进行的呕心沥血的艺术追求！

民间话语是创造想象驰骋的平台

创造想象的因由常常受民间话语的诱发，具体来说《三国演义》在元话本、三国戏的基础上常常展开创造想象，提升了原有的故事情节，推进了经典化的进程。俄罗斯汉学家李福清指出：“‘三顾茅庐’成为后来的《三国演义》中最脍炙人口的情节之一。但它在《评话》以及更早的《三国志》里就已经打下了基础。第一次对它加以铺衍增饰的是《平话》，其次才是《三国演义》。”①

下面对比《三国志平话》与《三国演义》对“三顾茅庐”的创造。

话说中平十三年，春三月，皇叔引三千军同二兄弟，直至南阳邓州武荡山卧龙岗庵前下马，等候庵中人出来。却说诸葛先生，庵中按膝而坐，面如傅粉，唇似涂朱，年未三旬，每日看书。有道童告曰：“庵前有三千军，为首者言是新野太守汉皇叔刘备。”先生不语，叫道童附耳低言，说与道童。

道童出庵，对皇叔言：“俺师父从昨日去江下，有八俊饮会去也。”皇叔不言，自思不得见此人。便令人磨得墨浓，于西墙上写诗一首。诗曰：

独跨青鸾何处游，多应仙子会瀛洲。

寻君不见空归去，野草闲花满地愁。

太守复回新野。至八月，玄德又赴茅庐谒诸葛，庵前下马，令人敲门。卧龙又使道童出言：“俺师父去游山玩水未回。”先主曰：“我思子房逃走圯桥，遇黄石公，三四番进履，得三卷天书。又思徐庶言伏龙胜他万倍，天下如臂使指。”皇叔带酒闷闷，又于西墙题诗一道。诗曰：

---

① ［俄］李福清著，尹锡康、田大畏译：《三国演义与民间文学传统》，上海古籍出版社1997年版，第77页。

秋风初起处，云散暮天低；
雨露凋叶树，频频沙雁飞。
碧天惟一色，征棹又相催；
徒劳二十载，剑甲不离身。
独步新野郡，寒心尚未灰；
知者十余辈，谒见又空归。
我思与关张，桃园结义时；
故乡在万里，云梦隔千山。
志心无立托，伏望英雄攀；
卧龙不相会，区区却又还。

皇叔与众官上马，却还新野。张飞高叫言："哥哥错矣！记得虎关并三出小沛，俺兄关公刺颜良，追文丑，斩蔡阳，袭车胄，当时也无先生来。我与一百斤大刀，却与那先生论么！"皇叔不答。

却说诸葛自言："我乃何人，使太守几回来谒？我观皇叔是帝王之像，两耳垂肩，手垂过膝，又看西墙上写诗，有志之辈。"先生日日常思，前复两遍，今正虑间，道童报曰："皇叔又来也。"诗曰：

世乱英雄百战余，孔明此处乐耕锄。
蜀王若不垂三顾，争得先生出旧庐？

〔三谒诸葛〕话说先主，一年四季，三往茅庐谒卧龙，不得相见。诸葛本是一神仙，自小学业，时至中年，无书不览，达天地之机，神鬼难度之志；呼风唤雨，撒豆成兵，挥剑成河。司马仲达曾道："来不可×，×不可守，困不可围，未知是人也，神也，仙也？"今被徐庶举荐，先主志心不二，复至茅庐。先主并关、张二弟，引众军于庵前下马，亦不敢唤问。须臾，一道童至。先主问曰："师父有无？"道童曰："师父正看文书。"先主并关、张直入道院，至茅庐前施礼。诸葛贪顾其书。张飞怒曰：“我兄是汉朝十七代中山靖王刘胜之后，今折腰茅庵之前，故慢我兄！”云长镇威而喝之。诸葛举目视之，出庵相见。

礼毕，诸葛问曰：“尊重何人也？”玄德曰：“今刘备是汉朝十七代玄孙中山靖王刘胜之后，见新野太守。”诸葛听毕，邀皇叔入庵侍坐。诸葛曰：“非亮过，是道童不来回报。”先主曰：“徐庶举师父善行，兵谋欺姜吕。今四季三往顾，邀师父出茅庐，愿为师长。”诸葛曰：“皇叔灭贼曹操，复兴汉室？”玄德曰：“然。”言：“我闻赵高弄权，董卓挟势；曹操奸雄，献帝懦弱。天下不久各霸者为主。刘备故来请先生出庵伐曹，但得一郡安身处可矣。”诸葛曰：“自桓灵失政，民不聊生，贼臣篡位在金门，使贤人走于山野。呜呼，曹孟德驱兵百万，猛将千员，挟天子之势，诸侯无有不惧者。孙仲谋据于长沙山水之势，国富民骄，父兄三世之余业，其江可敌百万之军。惟有皇叔，兵不满万，将不满百；凭仁义，仗豪杰；皇叔欲兴天下，候日先借荆州为本，后图西川为利。荆楚者，北有大江，南有南蛮，东有吴会，西有巴蜀；又不闻饥民。刘璋为君懦弱，倘兴一鼓之师，指日而得。然后拜关拒益之众，东去剑关，取关西如平地拾芥，百姓何不箪食壶浆以迎？”皇叔得孔明，如鱼得水，休言勇冠，莫说高强，天时、地利、人和，三国各拼一德，以立社稷。玄德遂拜诸葛为军师。诸葛出茅庐，年方二十九岁。①

将上面这段文字与《三国演义》的“三顾茅庐”相对照，尽管两者的文字工拙、情节雅俗悬殊，但《三国志平话》较史籍记载却发生了质的飞跃，已粗具小说情节的基本框架，为罗贯中《三国演义》的艺术创造打下一个良好的基础。这主要表现为：

---

① 《三国志平话》，上海古典文学出版社 1955 年版，第 65—69 页。

其一，《三国志平话》描写的重心是刘备虔诚地三顾茅庐的过程，将史书“由是先主遂诣亮，凡三往，乃见”丰富为三顾茅庐的具体情节。俄罗斯汉学家李福清说：“刘备三顾茅庐很像是总把行动重复三次的民间文学手法。”“张良三会黄石公和刘备三顾诸葛之间的相似处是显而易见的。”①《三国志平话》描写刘备二访诸葛仍未遇时，“先主曰：‘我思子房逃走圯桥，遇黄石公，三四番进履，得三卷天书。’”言外之意，以礼贤下士之心，达求贤若渴之目的，这传统的求才思想是刘备三顾的思想基础。而《三国演义》的重心则改为以诸葛亮为主要人物，作为形象体系焦点，并配之一些必要的背景人物。通过刘备三顾之“眼”，看到清新幽雅的卧龙岗，人杰地灵的风貌；看到诸葛亮超然洒脱的亲朋密友，映衬其不同凡响；看到诸葛亮高眠而吟诗之态，突出其高雅飘逸的隐士风度，极尽“盘马弯弓惜不发”般的渲染、烘托，为诸葛亮的出场做了大量的铺垫。

其二，关、张虽是同刘备一起访谒诸葛亮，但对刘备这种做法不理解，对于比他们年轻的诸葛亮也不了解。因而二访未遇，关、张皆不悦，“张飞高叫言：‘哥哥错矣！记得虎关并三出小沛，俺兄关公刺颜良，追文丑，斩蔡阳，袭车胄，当时也无先生来。我与一百斤大刀，却与那先生论么！’”关、张这种态度在《三国演义》中进一步得到了展示，可见人物性格变化的基本轨迹从《三国志平话》到《三国演义》都是一致的。

《三国演义》诸葛亮典型性格成功的审美特征之一，就在于诸葛亮性格结构中主导性格与非主导性格的向心关系，应该互补，至少也能多元共容。因此，将一切离开这一审美原则的东西尽行删除。如删除了《三国志平话》中“状诸葛亮之多智近妖”的荒诞描写：“诸葛本是一神仙，自小学业，时至中年，无书不览，达天地之机，神鬼难度之志；呼风唤雨，撒豆成兵，挥剑成河”等。《三国演义》中的诸葛亮尽管还笼罩着神秘色彩，但毕竟在分寸的掌握上与《平话》不可同日而语。他已不是驱神弄鬼、仗

① ［俄］李福清著，尹锡康、田大畏译：《三国演义与民间文学传统》，上海古籍出版社 1997 年版，第 77 页。

剑作法的道士，而是封建时代杰出的政治家和军事家，罗贯中使诸葛亮的形象塑造从神仙恢复到人的地位。

诸葛亮“隆中对策”关于天下三分的战略思想、路线和策略，基本取自史书，文字精简了三分之一，文言变为白话，但对规划天下三分之形势，制定占荆州、取西川，然后收复中原的战略蓝图这些基本点，与《三国演义》都是一致的，为《三国演义》“隆中对策”奠定了基调。

其三，改变了《三国志平话》中刘备举笔题诗的形象描写。刘备吟诗的场面在《三国志平话》中“三顾茅庐”的情节中出现两次。一是依据刘备性格发展的逻辑，他不是那种舞文弄墨的人，吟诗违背其性格逻辑。二是魏晋时代还罕见七言诗，刘备吟七言诗不合时代风貌。因此，《三国演义》将这些吟诗的场面都删除了。

《三国志平话》与《三国演义》的相同之处是都通过想象，从史籍上一个简单的记述引发的虚构。不同之处是《三国演义》在《三国志平话》基础上的再创造，是在更大的叙事时空结构中，驱使想象向着艺术的更完美的境界腾飞，追求更真实更典型地刻画人物性格特征，更充分更深刻地开掘作品思想底蕴。像这样在史实的启发下，生发点染的章节在《三国演义》中还有很多，如吕布受馈杀丁原、孙权嫁妹取荆州、曹操败走华容道等，都是十分典型的例证，就不一一列举了。

再造想象与创造想象共生的整体势能下的叙事模式

清代小说评点家金圣叹曾指出：史家是“以文运事”，可称之为再造想象。而小说家是“因文生事”，可称之为创造想象。金圣叹着眼于叙事方式的不同，划清了两种文体区别产生的原因、性质和功能。这种区分只在理论研究有意义，《三国演义》是历史小说，具有两面性，既有小说的品格，又有史传的品格。这就决定它的叙事既有再造性想象，又有创造性想象，而且是同一的。这两个方面构成了小说创造的全过程。那么，究竟再造性想象和创造性想象依据什么原则而创构？二者之间如何统一？既能保持历史基本年轮和风貌，又能展示文学的魅力和风采。这就是我们要讲的二者如何统一在整体势能下的叙事模式。再造想象和创造想象共生的效应，就是创造一种势能、一种潜在的生命力，这就是意象世界的动力源。所谓叙事中的势能，是某些叙事因素“推动着结构线索、单元和要素向某种不得不然的方向运转、展开和律动”[①]。凡成功创建势能的意象世界，就是建构了一个有序的结构形式和生命活动，富有整体性、节奏性、调适性等。有如中国古代的山水画“经营位置”，高深远近，形成一种立体的律动的画面。比如整体性，几乎每一个细节都是从整体上长出的一枝一叶，不管离主干多么远，一呼一吸都保持生命的节奏。

《三国志》对于“迎天子”史实的记述，是以《三国志·魏书·武帝纪》为主，涉及其他人的细节，分别记述在他人的传中。如袁绍集团内部关于“迎大驾”与不“迎大驾”的争论，记载于《后汉书·袁绍刘表列传》和《三国志·魏书·董二袁刘传》中。而《三国演义》则不同，合为一体，“迎天子”意象世界创造了一种势能，潜在地凌驾于曹魏叙事结构之上，形成整体生命形式“向某种不得不然的方向运转、展开和律动”。上升到理论层面就要研究“天子都许”在曹魏叙事结构之中这种势能是如何创建的。

《三国演义》对“天子都许”史实的描写，与《三国志》记载基本相同，但二者的叙事方法不同，《三国志》是散见在各个人物传记之中，而《三国演义》则构成一个完整的叙事结构，整体性的结构并不是零碎的史实相加，而是形成一条潜在的势能，在故事中贯穿、律动和伸展，这就是《三国演义》对《三国志》以再造想象与创造想象完成的。“天子都许”的历史框架及进程主要靠的是再造想象。“天子都许”所形成的势能辐射，即它在不同的时空条件下，不同的人物心理撞击下不断地演化，则主要是依赖创造性想象实现的。虚构并创造了几个典型细节，如展现“天子都许”产生的正面势能效应，使曹操能够“奉天子以令不臣”，有“二虎竞

---

① 杨义：《中国叙事学》，人民出版社1997年版，第76页。

食”“驱虎吞狼”之计；曹操弄权引发的势能反弹，有“许田打围”；势能在叙事结构中延伸的细节，有“徐庶金蝉脱壳”，并与潼关大战自然接榫。这样构成的“天子都许”的故事，既是以实的成分支撑和依托，又是以虚的成分渲染和烘托；既有实的成分，又有虚的成分；是真中有假，假中带真。所以我们可以得出如下认识：

从选材角度来看，小说家面对的社会历史生活，总要选择某一个阶段的历史时空作为表现对象，这就表现为“实”；在这个领域中考虑从哪一个角度去选材，其中无不渗透着创作主体的认识因素和情感因素，一方面人的认识总受到历史、社会和政治的局限，不可能真正客观地反映社会历史生活，另一方面又不可避免地要介入主观色彩，这就表现为“虚”。曹操统一北方是由“打河南”（即平定黄河以南）和“打河北”（即与黄河以北袁绍争雄）两部分组成的，也是天下三分的历史前提。《三国演义》再现曹操统一北方是“实”；而塑造曹操在北方众诸侯中雄姿勃起，成为核心人物性格，则渗透着小说家的主观认识，这就表现为“虚”。当然，这“虚”是包括再造性想象和创造性想象的。

从提炼角度来看，小说家对题材意蕴的开掘且统一在审美意象之中，建构起意象世界。“伟大的小说家们都有一个自己的世界，人们可以从中看出这一世界和经验世界的部分重合，但是从它的自我连贯的可理解性来说它又是一个与经验世界不同的独特的世界。”①“天子都许”是史实，小说家依据这一史实，在《三国演义》曹魏叙事结构中，将“徐庶金蝉脱壳之计”设置在公元208年的赤壁之战，离“天子都许”已经过去十几年，在《三国演义》之中也间隔了三十四个章回，但与“天子都许”势能反弹的情节丝丝入扣，触尾动首。假如把“天子都许”视为史实的结构框架，那么，“二虎竟食”“驱虎吞狼”“许田打围”等细节都是在这史实的结构框架制约下派生出的，正是所谓“自己的世界”，这就表现为“虚”。

① ［美］雷·韦勒克、奥·沃伦著，刘象愚等译：《文学理论》，生活·读书·新知三联书店1984年版，第238页。

从叙述角度来看，小说家处理和表达“自己的世界”的一种方式，也存在于主体与客体的关系中，小说家可以能动地改变现实时空形式，改变顺序，增大或者减少审美时空的容量。比如“豪强争霸”叙事结构单元大大小小的事件，都串联在一个核心人物曹操和他的事业发展壮大的线索上，而且以曹操“挟天子以令诸侯”为叙事视角的制高点，统御这一历史过程的繁复情节和人物的叙事顺序。

所以说，虚实关系不仅是历史小说首先遇到的问题，而且是在选材、提炼、叙述不同的角度，去处理主体认识和客体史实的关系。《三国演义》叙事艺术的审美特性，有它自身孕育、萌生、成型的完整过程，不仅仅决定于它的叙事要素哪部分是史实、哪部分是虚构，而更主要的是决定于它的结构方式。金刚石、石墨都是由碳元素形成的。金刚石是天然产物中最坚硬的物质，石墨却是最软的矿物之一。金刚石和石墨都是碳的单质，为什么它们有这么大的差异呢？这是因为金刚石和石墨里碳原子结构排列的不同，也就是取决于它的结构方式。《三国演义》虚实关系也是如此，“迎天子都许”在曹魏统一北方的叙事中创造性地产生一种势能，构建了曹魏叙事结构的生命形式。

建安元年（196）九月，曹操迎汉献帝刘协都许，《三国演义》以此为历史依据，构建了历史演义小说曹魏的叙事结构，对这一历史阶段的总体框架和历史倾向的描写，与《三国志》记载相去不远。虽然《三国演义》是虚构的笔墨在淋漓酣畅地挥洒，但比《三国志》记载“天子都许”在曹魏统一北方中产生的势能更形象、更集中、更典型，使峥嵘岁月中的曹操形象呼之欲出。具体到《三国演义》描写“天子都许”在曹魏叙事中产生的势能，应包括：一、总揽皇机，展示了曹操性格结构中的本体动能，二、曹魏集团“挟天子以令诸侯”而造就的势能，三、曹操弄权而引起的朝廷内外的反对势力，也就是势能反弹，从而构成了《三国演义》第十回至第三十四回的叙事内容，即曹魏叙事结构，是《三国演义》整体结构的重要组成部分。

第四章

《三国演义》叙事结构形态

《三国演义》叙事结构形态是我们宏观释读、解析《三国演义》整体艺术的理论问题，是叙事艺术的重中之重。《三国演义》叙事结构宏大壮阔、布局严谨、脉络分明，是中国古典小说最伟大的艺术创作。从叙事结构的要素上，章回是结构的基本要素；若干章回形成了结构单元；若干结构单元又组合成《三国演义》整体结构，呈现出壮美的连环形态，建构出一个完美的宏伟的艺术大厦。尽管《三国演义》刻画的人物多达四百多个，描写的时代跨度近一个世纪，事件复杂，情节纷繁，线索纵横，但仍令人感到舒卷自如，张弛有致，大开大合，波澜壮阔，极尽“天上浮云似白衣，斯须改变如苍狗”之妙。因此，我们首先要从长篇小说叙事结构最基本的单位——章回说起。

《三国演义》的章回及结构单元

《三国演义》描写的社会历史生活宏阔壮观，无论从跨越的时间、纵横的地域、活跃的人物和展现的事件哪一方面而论，在中国古典小说中都是无与伦比的。小说家站在俯视一个大动荡、大分化、大改组的历史时代的高度上，善于从时空整体上把“三国必有所自始”“必有所自终”的客观历史进程艺术地再现出来，因此，《三国演义》的叙事结构，就是三国历史时代客观发展规律的审美形态。

章回内涵的意义

章回是中国古典长篇小说最基本的叙事单元，是中国小说史上里程碑的创新。从上面的章节的论述中，读者对章回的形态有了一定的认识，下面从章回的内涵，再审视它对中国古典小说叙事结构的重大作用。

美国学者浦安迪由于与我们所处的文化背景的不同，视觉更敏锐地感受到中国明清小说章回的特质，他指出：

> 我认为，明清奇书文体作为一种16世纪的新兴虚构性叙事文体，与“史”的传统（特别是野史和外史）有着特别深厚而复杂的渊源。理由是多方面的。首先，明清长篇章回小说中有很大的一部分是所谓“演义”体历史小说（historical novel）……可见中国旧称小说为“稗史”并非无根之谈，它一语道破了“历史叙述”（historical narrative）和虚构叙事（fictional narrative）之间的密切关联。①

并在这一认识之上，得出结论：“这种定型的叙事单元（或topos）不仅是历史书，而且也是全部中国叙事文学的惯用单位。”这一“惯用叙事单元”在历史叙事和文学叙事中有什么不同？

首先是整体性。“列传”是史传文学“各国分书，各人分载”的叙事方式，具有相对独立性。《史记》以历史人物为中心的世家、列传，都是以历史人物的活动和运作为半径，有选择地把相关的人物和事件组织在同一圆环之中，从而形成了一个个相对独立的系统。比如《秦始皇本纪》概括了统一六国及建立中央集权制的过程，围绕这一主脉的重要谋臣和统帅的列传，则有王翦、吕不韦、荆轲、李斯、蒙恬等人的列传，这种独自的

① ［美］浦安迪讲演，陈钰整理：《中国叙事学》，北京大学出版社1996年版，第29页。

形式有构思和立意的独特性，而总的脉络，纵向是表现不同历史时期天下大势的基本态势。而章回是长篇小说叙事“总成一篇”有机的一个环节，虽然在形式上具有相对独立的特征，但内在却受到整个叙事结构所具有的原则的制约，体现出整体性、转换性和自身调节性的统一。《三国演义》反映三国形成、鼎立和瓦解的历史进程，即使描写一个特定的阶段的某一章回，有相对独立性，但它们都贯穿在三国鼎立历史时期的这条主线中，是《三国演义》历史进程不可或缺的组成部分，其中任何一个章回或者结构单元都不能像《史记》的《列传》那样独立成章。这就是它的整体性。

其次，《三国演义》章回与章回之间的连接，又是它的转换性的特点。每一个人物的出现、每一个事件的发生，都关涉《三国演义》整体叙事结构的展现，都是贯穿在《三国演义》的主线上。三足鼎立形成以后，曹、刘、孙三家都为着扩张，处心积虑，用尽权谋，争取盟友，孤立对手，力求造成二对一的态势。于是出现了分分合合、时友时敌的这样一种复杂的军事斗争和外交活动的格局。比如孙、刘交恶这一阶段是围绕着“失荆州”这一链条，一环一环地展现的。刘备自立汉中王，曹操怒不可遏，尽倾魏国之师，赴蜀汉与刘备决一雌雄。这时司马懿献策，联吴击蜀，让孙权兴兵取荆州的同时，曹操则发兵打汉中。这个谋略被曹操采纳。可孙权一时拿不定主意，诸葛瑾提出说合关羽之女许配孙权之子，“两家结好，并力破曹”。不料关羽不可一世，盛气凌人：“吾虎女安肯嫁犬子乎！”（第七十三回）一语激怒孙权，恶化了两家关系，导致孙权决心联合曹操，夺取荆州。随后，关羽攻取樊城，水淹七军，捉于禁，杀庞德，威震华夏，吓得曹操差一点迁出许都，以避其锐。这段历史是《三国演义》第七十三、第七十四回的内容。其一，此时刘备势力的发展，冲击和威胁着一分为三的动态平衡的格局，客观上促使孙权向曹操一方靠拢，这使得刘蜀一方处于两面夹击的被动局面之中，这是“失荆州”的主要原因。其二是关羽战略部署的失误，孤军深入，竟还毫无顾忌地“撤荆州大半兵赴樊城听调”，这种顾头露尾的作战部署，造成荆州空虚，为东吴的奇袭留下了空当，也是“失荆州”的一个原因。其三，关羽骄傲自满，目空一切，忘乎所以。吕蒙托病，陆逊谦恭，就是利用了关羽骄狂的心理，使他轻视东吴，放松警惕。孙吴等待时机，发动突然袭击，造成了关羽在荆州的全线崩溃。这段历史是《三国演义》第七十五、第七十六回的内容。

最后是转换性。沿着三足鼎立这条主线，发生了“失荆州”到“还荆州”的历史转换。关羽遇害以后，孙权采用“移祸之计”，把关羽的首级星夜送往曹魏所在的洛阳。企图“明教刘备知是操之所使，必痛恨于操，西蜀之兵，不向吴而向魏”。曹操识破了孙权的计谋，却将关公的首级，刻一香木身躯配之，“以王侯之礼，葬于洛阳南门外”，意在使“刘备知之，必深恨孙权，尽力南征”。这段历史是《三国演义》第七十七回的内容。“移祸之计”不成，孙权为了摆脱魏、蜀的两面夹攻，忍辱负重，在政治和外交上采取了一系列的权变策略。他屈尊下就，向刘备“上表请和”，并作出重大的让步——还荆州，“永结盟好，共灭曹丕，以正篡逆之罪”。这段历史是《三国演义》第八十二回的内容。

“还荆州”没有挽回孙吴与刘蜀的失和。刘备拒绝了孙权的请和，因为他没有意识到“失荆州”是因自身失误而导致失败的，反而一意孤行，举兵伐吴。刘备面对入川以来闪电似的取得的一系列胜利，随之又在群臣拥戴下称帝，变得昏昏然，丧失理智。夷陵战役中，刘备数犯兵家之忌，采取绵亘数百里的战线，首尾不能相顾；于山林处安营，极易遭受火攻，无处藏身。东吴年轻的统帅陆逊在旷日持久的两军相持中，消磨蜀军的锐气后，一把火烧得蜀军一败涂地，演出了一场猇亭悲剧。这段历史是《三国演义》第八十二、第八十三、第八十四回的内容。这不单单是刘蜀的失败。三足鼎立是魏、蜀、吴相互追求平衡的结局，自身具有调节性的统一。夷陵大战，两败俱伤，破坏了三足鼎立的平衡的历史局面，吴蜀两家无论是谁，都不能单独同曹魏相匹敌。孙吴和刘蜀所面临的主要矛盾和威胁都是来自北方——曹魏，这就是夷陵之战后吴蜀再次联盟的客观条件。正如出使吴国的蜀国使臣邓芝对孙权说的：“蜀有山川之险，吴有三江之固。

若二国连和，共为唇齿，进则可以兼吞天下，退则可以鼎足而立。”刘备逝世以后，诸葛亮从当时整个战略全局出发，首先修好吴蜀的关系，促进孙刘再次联盟。这段历史是《三国演义》第八十六回的内容。在蜀军六出祁山的作战过程中，孙吴、刘蜀双方有过联合行动。诸葛亮五出祁山时，孙吴举兵十万攻魏，但无功而返。这种各自为战，兵锋不振，再也没有像赤壁之战那样统一指挥、统一步调的宏伟壮阔的局面和气势了。三国鼎立的历史走向衰败。

结构单元是若干内容相近的章回的组合

《三国演义》是以时空框架为主体建构自己的叙事结构，形成一百二十个章回的故事，既有一定的相对独立性，又形成连接、递进和互为的形态。以三顾茅庐（第三十五回至第三十八回）为例，这个故事是由“一顾茅庐”“二顾茅庐”“三顾茅庐”三个小故事组成的，前后涉及四个章回，也可以把它们视为一个大的章回，称为单元结构。它的相对独立性依旧存在，还在原有的历史链条上，性质一点都没有改变，只是时空结构比单个章回要扩大了。

结构单元的划分

毛宗岗从直觉的体悟出发，明确地指出了罗贯中创造的一百二十回小说整体叙事结构可以概括为“六起六结”，意思是说它由六个可成起讫的大故事组成。故事虽然依时序渐次发生，但又往往平行交叉，首尾重叠，线索复杂。“凡此数段文字，联络交互于其间，或此方起而彼已结，或此未结而彼又起，读之不见其断续之迹，而按之则自有章法之可知也。”（《读三国志法》）[①]我们吸收前人的艺术鉴赏之说“断续之迹”“自有章法”。今天，若把相对独立的阶段性的历史时空中若干个相互关联、相互

① 朱一玄、刘毓忱编：《三国演义资料汇编》，百花文艺出版社 1983 年版，第 298 页。

作用的章回构成的一个整体组合在一起，形成结构单元，更简明更清晰地显现了《三国演义》整体结构的严密的内在逻辑性。

《三国演义》叙事结构是一个有机的统一体，尽管我们将之分割成具有相对独立意义的结构单元，但它们其实是不能单独地分离出去的，因为结构单元与结构单元之间是相互依存的，是遵循若干转换规律而连接起来的艺术生命。一旦离开这个艺术生命，尽管每个结构单元都有自己特定的历史意蕴，但这些结构单元就会失去在整个叙事结构中生成的意义。这种有机性使得每一个结构单元都具有整个叙事结构的系统质，即每个结构单元的故事的发展、变化，都会受到其他结构单元的故事发展、变化的牵制。因此，在一个故事的发生和演进中，一方面可以与以往故事或隐或显地呼应，另一方面又酝酿和生发未来故事的契机。比如“董卓之乱”这一结构单元包括第三回至第九回，三国鼎立的序幕拉开。第四回“废汉帝陈留践位”，写董卓入洛，杀了太后，废了皇帝，另立新君，等于把神圣的皇权打落在地。年少的汉献帝既无文臣，又无武将，成了一个傀儡皇帝。董卓的倒行逆施激起了十八路诸侯的讨伐，第五回便是这段历史形象的写照。各路兵马，浩浩荡荡，军事力量比董卓强得多，但彼此各怀异心，都想借讨伐董卓为名，趁机捞一把。第六回先锋孙坚屯兵汜水关，初战获胜。总督粮草的袁术怕其抢了头功，故意不发粮草，致使其败。董卓见势不妙，挟帝迁都。曹操主张乘势直追，而袁绍却借“诸兵疲困，进恐无益”为由按兵不动。曹操孤军深入，大败而回。孙坚得到传国玉玺，便私自背约，急返江东。为此，袁绍与孙坚剑拔弩张，还密令刘表截击孙坚，遂引起孙坚和刘表的恶战。总之，各路诸侯还没等董卓势败，便纷纷抢夺地盘，各自称霸了。这段历史是《三国演义》第六、第七回的内容。

在序幕中突出了两个主要人物形象，一个是反对董卓废立，横刀长戟出京门的袁绍，被十八路诸侯推为盟主；另一个是谋刺董卓未遂，发矫诏，聚义兵，组联军，讨董卓的曹操。这两个人物的亮相，暗示了北方豪强在混战中形成的两大势力，角逐北方，争雄天下。“董卓之乱”这个结构单元便是以董卓豪强集团的灭绝而告结束，从而转入另一种形式对抗的斗争——曹操统一北方。这是《三国演义》章回、结构单元的内在历史逻辑性。

结构单元划分的理据

将全书整体叙事结构划分为若干结构单元的理据是什么呢？

每一结构单元都是三国形成、鼎立和瓦解的历史进程的一个阶段。

《三国演义》叙事结构形态是由诸多结构单元按照历史发展的顺序，依次连接，其轨迹自然就形成了一条历史逻辑的发展线索。这为每一结构单元反映三国形成、鼎立和瓦解的历史进程的特征，奠定了叙事的根据和规定了基本的内涵，这就是《三国演义》的整体性。离开了整体性，就谈不上阶段性。

若干结构单元依照故事情节的展开而分割成相对独立的人物结构。

刘备转战（第三十九回至第四十二回）、关羽之死（第七十四回至第七十七回）、曹丕篡汉（第七十八回至第八十回）等。结构单元是以人物性格为中心的历史，每个单元都围绕着一个典型人物，既为他们鲜明性格的本体势能有宏大的气场，即典型环境，又都依据一定的社会联系，使人物与人物之间排列得有头有绪，叙述得繁简适宜。如董卓之乱这一结构单元，围绕着重点人物董卓，以及本事件的主要人物吕布、王允、貂蝉，人物结构出现了多层次、多侧面的旋涡风暴，展现了诸路豪强袁绍、袁术、孙坚、曹操以及刘备；武将关羽、张飞、赵云以及华雄；文人谋士李肃、李儒、陈宫、蔡邕、贾诩等，都陆续粉墨登场，而且个性鲜明。这些结构单元都是《三国演义》主线上出现的一个个动人心弦的故事。

若干结构单元都以一个历史事件为中心，具有相对独立性，自成一个小系统。

三国历史进程各个结构单元长短不一，长的含有十几个章回，短的也有三四个章回，都是一个完整的历史事件，是历史进程中一个阶段的有机组成部分，与叙事主线、副线都丝丝相扣。官渡大战（第二十五回至第三十四回）是由十个章回构成的一个结构单元，赤壁大战（第四十三回至第五十回）是由八个章回构成的一个结构单元，夷陵大战（第八十一回至第八十五回）是由五个章回构成的一个结构单元。这三次大战叙事长度虽然不一，但都是沿着叙事主线的脉络发展而展现的，每一次战争都是三国历史进程的一个标志。官渡之战——曹操统一北方，赤壁之战——开创天下三分，夷陵之战——鼎足之势开始瓦解，就像《三国演义》叙事结构的三根大梁。

当然，上面这三个原则并不是对立的，而是互相包容的。官渡、赤壁、夷陵三次大战，既是以历史进程阶段性为根据划分的，同时又是相对独立的人物结构和历史事件。而有的结构单元则只体现单一的划分原则，如三顾茅庐，只着眼于一个相对完整的历史故事，又不是一般的历史故事，也可以称其为历史事件。

《三国演义》全书的章回，眉目清晰，按照相对集中的故事情节这一原则，将若干个章回组合成一个结构单元。这些对整体叙事结构来讲，是一个组合元素；就自身来讲又是一个小系统，包含若干个章回。犹如大故事中套着小故事，九曲连环，环环紧扣。这样《三国演义》全书大体分为十六个结构单元：

1. 董卓之乱（第三回至第九回）
2. 豪强争霸（第十回至第二十四回）
3. 官渡大战（第二十五回至第三十四回）
4. 三顾茅庐（第三十五回至第三十八回）
5. 刘备转战（第三十九回至第四十二回）
6. 赤壁大战（第四十三回至第五十回）
7. 三气周瑜（第五十一回至第五十七回）
8. 刘备取川（第六十回至第六十五回）
9. 争夺汉中（第六十七回至第七十三回）
10. 关羽之死（第七十四回至第七十七回）
11. 曹丕篡汉（第七十八回至第八十回）

12. 夷陵大战（第八十一回至第八十五回）

13. 七擒孟获（第八十七回至第九十回）

14. 六出祁山（第九十一回至第一百零五回）

15. 九伐中原（第一百零八回至第一百一十五回）

16. 曹魏灭蜀（第一百一十六回至第一百一十九回）

需要指出的一点是，尽管有的作品开头或结尾为浓厚的神秘的虚空感所笼罩，但改变不了其结构单元的主体特征。而现代小说则以心理结构营造的意识流、感觉和意绪改变了以时空为主体的叙事结构。中国古典长篇小说的“章回”“结构单元”恰恰是时空框架分割出的最基本的叙事形态，突出了时间艺术以空间结构为中心的特征。

《三国演义》的主线和副线

《三国演义》历史进程中诸多结构单元形成了复式线索的多重运动，其基本内涵仍是两个方面：一是故事情节。长篇小说艺术容量大，故事情节是故事中套着故事，犹如九曲连环，环环紧扣。二是人物性格。群体性格活跃在长达百年的时空环境里，传奇多彩，令人神往。两个方面在《三国演义》的结构单元里交融、互动和搏击，展现龙腾虎跃、八面生辉的壮阔的历史画面。主线贯穿《三国演义》叙事结构整个进程的始终，最能体现影响历史前进方向的主要人物性格、意志和生命体验，囊括了历史进程的各个层面的大分化、大动荡、大改组的形形色色的事件，甚至牵一发而动全身。由于结构线索是整个叙事结构框架的脉络，它的延伸和扩张不仅决定着结构时空的具体规模，而且全书的故事情节、人物性格，也都受主线和多重副线的统御或制约。多重副线层叠交叉又紧紧环绕主线的发展脉络而产生纵向或横向的延伸和扩展，以局部的时空体现了历史的阶段性。主线与多重副线之间的形态，有时是并行发展，有时是相互交叉，有时是若即若离，副线形态的张力主要取决于主线的发展、增量和辐射。多重副线虽处于服从的地位，受主线的主宰，但它的延伸与扩张却为主线的发展、开拓提供了不可缺少的叙事根据。

《三国演义》主线的特征

舒展开《三国演义》百年的历史画卷，不难发现历史时序是沿着这样一条主线：第一回至第三十四回写汉末战乱，曹操扫荡群雄统一北方，为三国鼎立的形成创造了必要前提；第三十五回至第七十三回写三顾茅庐至争夺汉中，天下三分，鼎足局面形成；第七十四回至第一百二十回写关羽之死到东吴灭亡，鼎足之势瓦解，三国归晋。在时空交叉的历史坐标上，叙事主体的控制机制还表现在以突出的几个历史轴心人物的空间活动来体现历史进程的时间性，时间仿佛是以一种潜在的形态存在于一切空间结构的展示中。小说家在表现这一历史时期的客观规律的时候，围绕几个历史轴心人物曹操、刘备、诸葛亮、孙权、司马懿，又形成五个层次的系列人物群体：

汉末的军阀和权臣：董卓、吕布、袁术、袁绍、张绣、公孙瓒、刘表、王允、董承等；

曹魏集团：荀彧、郭嘉、贾诩、夏侯惇、张辽、张郃、徐晃、曹丕等；

刘蜀集团：关羽、张飞、赵云、马超、法正、李严、蒋琬、魏延、姜维、邓芝等；

孙吴集团：孙坚、孙策、周瑜、鲁肃、吕蒙、黄盖、陆逊、诸葛恪等；

司马集团：司马懿、司马师、司马炎、贾允、钟会、邓艾等。

从而构成多层次、多个性、多色彩的人物体系，虽然没有像“纪传体”出现《本纪》《世家》《列传》等明显的形式分界，但却体现了“纪传体”刻画人物个性从“关系出性格”的优势。

依据主体叙事原则，《三国演义》叙事结构主线的形态是：三足鼎立的历史前提——曹操统一北方，魏、蜀、吴三足鼎立形成、发展和衰亡的历史进程，以及影响和推动这一历史进程的历史轴心人物曹操、刘备、孙权、诸葛亮、司马懿和他们的高能政治军事集团。十六个结构单元全部被这条叙事主线贯穿、掌控和囊括。换句话说，结构单元有机地组合在一起的发展轨迹便构成了《三国演义》的叙事形态。

三足鼎立的形成、发展、衰败的主线表现在魏、蜀、吴三方互相角逐，实际上是主线最核心最精彩的时段，是魏、蜀、吴共同创造的一个辉煌的历史阶段。比如三国鼎立的形成时期，即始于第三十五回“三顾茅庐”，止于第七十三回“汉中大战”。这十三年的历史时间在百年三国史中是短的，但空间极为阔大，几乎是半个中国的地域，共写了三十九个章回，包括“三顾茅庐”“刘备转战”“赤壁大战”“三气周瑜”“刘备取川”“争夺汉中”六个结构单元，是主线内涵最丰富，而且延伸和扩张最大的一个历史阶段。既是魏、蜀、吴各自的发展史的鼎盛时期，也是三国历史的主旋律红红火火高扬的时代。三足鼎立形成时期的波澜壮阔的典型环境中再现了曹操、刘备、诸葛亮和孙权几个典型性格以及形形色色的人物性格，一大批栩栩如生的人物形象都在这个时期出场了，如叱咤风云、志吞四海的领袖曹操、刘备、孙权；运筹帷幄之中、决胜千里之外的智囊人物诸葛亮、周瑜、鲁肃；参襄赞助、出谋划策的谋士张昭、庞统、法正等；能征惯战、力敌万人的沙场武将关羽、张飞、赵云、黄忠、马超、张辽、甘宁等；机敏灵变、善于辞令的外交使臣阚泽、张松；自作聪明、弄巧成拙的蒋干等。总之，无论是从蕴含的历史内容，还是从典型人物的塑造来看，都是《三国演义》最成功最精彩的组成部分，也是历代的群众喜闻乐见、有口皆碑的故事篇章。

魏、蜀、吴三方发展线

魏、蜀、吴三方各自的发展史，合则为一条主线，分则构成三条副线。

一是，曹魏政治军事集团与孙、刘争霸。曹操是从第十回开始，逐渐剪除河南诸豪强，与袁绍官渡决战，统一北方，为三足鼎立历史的形成创建了必要的前提。这一历史阶段，是曹操独自打下的基业，和三足鼎立的形成、发展、衰败不交集。而从第三十五回至第一百一十九回，曹魏这条副线与主线联系紧密。

二是，孙权继父兄王业，已历三世，巩固江东，鼎足一方。与曹、刘争霸。孙吴政治军事集团这条线索相对最短小，内涵量也较少。它是从第二十九回孙权“坐镇江东”始至全书结束，历史时空内涵丰富起来。而从第八十五回“夷陵之战”以后，在孙刘交恶的被动局面下，孙权的策略十分灵活，他立即向曹丕“写表称臣”，目的就是争取曹魏，孤立刘备，避免被动，表现出能屈能伸、忍辱负重、顾全大局、不计小利的英雄本色，也是一条延伸和扩张不大的线索交合在主线上，在历史发展的背景上有着不可替代的作用。

三是，刘备在诸葛亮的辅佐下，迅速建立蜀汉政权，实践隆中路线，与曹、孙争霸。刘蜀政治军事集团这条副线虽然是从第一回“桃园结义”起到第一百一十九回“曹魏灭蜀”止，但第三十五回“三顾茅庐”之前延伸和扩张的幅度都很小，仅仅在塑造刘备和关羽、张飞、赵云的典型性格方面有一定的内涵，但对主线的作用不大，直到第三十五回以后实现“隆中决策”，才肩负起艺术主角的使命。

三顾茅庐（第三十五—第三十八回）、刘备转战（第三十九—第四十二回）这两个结构单元放在三足鼎立局面形成之初，是有其深意的。审视全书整个叙事结构，从诸葛亮出山到病逝五丈原都是践行《隆中对》思想的。他活跃在政治军事舞台上二十七年，《三国演义》写了六十九个回目（第三十七—第一百零五回），占全书总回目的五分之三。可以说，小说家叙事的谋篇布局，是以《隆中对》作为概括历史生活的指导思想的。“刘备转战”这个结构单元，写在曹操的武力进逼下，给孙刘联盟提供了一个历史的机遇。刘备集团自赤壁大战到汉中大战，一直是在两方面交互影响下发展的，一面是政治上的孙刘联盟；一面是刘备抢夺地盘，完成鼎足一方的地理均势。这是刘备一生的转折时期，诸葛亮提出了乘刘表病危，夺取荆州为安身之地，刘备却不忍取同宗之地，但实已图谋在心。这与以后“抢荆州”“借荆州”的策略思想和情节发展丝丝入扣，埋下了伏线。

三国鼎立后期的主线

三足鼎立发展到后期，蜀汉是诸葛亮掌权时期，那些开拓三国鼎立局面的老一辈英雄人物曹操、刘备、鲁肃、周瑜、关羽、张飞都已先后谢世。而以诸葛亮为主干缩结三国鼎立的局面，出现一系列脍炙人口的情节，像“失街亭”“空城计”“斩马谡”等故事，成为《三国演义》后三十回最有亮色的叙事内容，也是诸葛亮实践隆中路线的有机组成部分，主要表现在：结束了吴蜀交恶的局面，再次出现吴蜀结盟的态势。但是吴蜀交恶所导致的敌对情绪，双方都没有彻底扭转过来。张昭听说西蜀使节邓芝到来，孙吴如临大敌，气氛十分紧张。两国官员斗口舌，逞机锋，相互嘲讽，只不过没有挑起事端罢了。

“六出祁山”是诸葛亮实践隆中路线的直接体现，在整个叙事结构中都占有重要的地位。其中重点是描写“一出祁山”，几乎占用“六出祁山”描写文字的一半，与官渡大战、夷陵大战描写的篇幅差不多。初师北伐，以破竹之势，破西凉、羌人之兵，活捉夏侯楙，降收姜维，连取南安、天水、安定三郡，获得局部胜利。几乎造成攻取长安，横扫中原，指日可待的态势。然而马谡失街亭，丧失蜀军的咽喉之地，不仅使前功尽弃，而且危及所率领的军队。诸葛亮过去哭周瑜、哭庞统、哭刘备，都是哭别人，而这次挥泪斩马谡却是哭自己，用人之失，悔恨不已。只有对刘蜀事业无限忠诚、对实践隆中路线具有高度责任感的人，才能有如此沉痛的悔恨！诸葛亮北伐，积年无成，原因很多，但和以益州为中心的蜀国财力、人力和军力的有限是分不开的，不论诸葛亮个人的素质与才能如何，也不能不受制于一定的历史客观条件。“九伐中原”已是诸葛亮死后的余韵了，姜维继承诸葛亮“六出祁山”的未竟之志，北伐中原，意图恢复汉室。

《三国演义》另外两条副线

在三足鼎立主线发展的轨迹上，除却魏、蜀、吴三方各自独立的内涵构成的副线之外，还有与主线相辅的既有纵向的延伸，又有横向的扩张的两条副线：

一条是东汉王朝汉献帝衰弱的皇室与挟天子的豪强董卓、曹操和曹丕之间的矛盾、斗争，分为三个阶段。第一个阶段是“董卓之乱”结构单元（第三回至第九回）。第二个阶段是第十四回曹操迁汉献帝都许，一直到第七十八回曹操病逝。第三个阶段是“曹丕篡汉”（第七十八回至第八十回）。这条副线在《三国演义》结构单元的形态上表现出鲜明的历史阶段性，与正史《后汉书》《三国志》的记载毫无二致。所谓“按鉴演义”正在这个意义上，《三国演义》被历代读者视为通俗的历史，从中了解了中国一段特殊的历史时期。

董卓之乱，是东汉末年皇权衰败、宦官与外戚矛盾爆发导致的结果，也是农民起义对统治阶级内部的压力造成的。所以说《三国演义》从公元184年黄巾起义开篇，正说明《三国演义》是在反映历史上的现实时空关系中体现自己的，也就是叙事时空形态不能脱离现实时空形态而存在，是历史进程的必然的描写。可以称之为三足鼎立形成之序幕。

董卓进京，宦官断了种，外戚绝了根，统治阶级内部近百年的宦官与外戚的斗争，演变为掌控汉献帝的豪强董卓与诸豪强之间的矛盾和斗争，他们彼此双方不是赤裸裸地争权夺地，便是借助维护皇权这张“王牌”，图谋私利。汉献帝一直是时序的象征，整个三国鼎立形成时魏、蜀、吴广阔的地域空间、战争空间、人物活动空间以及彼此的交往征伐，都聚焦在建安年间。因而小说中不能不写到他，在风云际会的政治斗争中，汉献帝虽无足轻重，笔墨不多，可延续的时间跨度却很长。从第四回“废汉帝陈留践位”至第八十回“曹丕废帝篡炎刘”，汉献帝一直作为表现历史空间的大动荡、大分化、大改组时序的背景人物存在。从董卓扶持其为帝起就是一个政治傀儡，自永汉元年（189）即位，至建安二十五年（220）逊位，虽大权旁落，但长达三十二年中仍然代表着汉室，对当时正统思想的影响也绝不可低估。

各路诸侯联军与董卓擅权的斗争，王允等代表的东汉皇权的维护者与董卓的斗争，这是董卓之乱（第三回至第九回）结构单元的主线。而其中还派生了豪强之间因利益而展开的混战，这是副线。如袁绍与袁术的斗争，孙坚与刘表的斗争，董卓余党李傕、郭汜与王允代表的东汉皇权的斗争，李傕、郭汜的矛盾和斗争等等。可见，以“董卓之乱”这一历史事件为中心的结构单元蕴含着巨大的思想容量，包容着丰富的社会内容，贯穿着多重复杂的矛盾线索，但基本上都是一种由事件的对抗或事件向对立面转化构成的情节类型。略去浮在历史表层的逸闻趣事、传奇故事，它的深层结构是多元对立的，而且对立关系往往是多重地错综复杂地交织在一起。

“董卓之乱”这个结构单元的意义：

其一，“董卓之乱”揭开了三足鼎立的序幕；其二，豪强混战中，曹魏政治军事集团迅速崛起，与袁绍政治军事集团成为北方两个最大的势力；其三，曹操战败袁绍，统一北方，于是形成了三足鼎立的必要前提。这既是曹魏政治军事集团这条副线的内涵，也是交合在主线上不可分割的一部分。

另一条是曹魏后期，皇权旁落，司马氏权力膨胀，篡魏灭吴，一统天下。司马氏篡魏这条副线始于第一百零六回“司马装病”，止于第一百一十九回“司马禅魏”，是五条副线中历史时空最短的一条。曹魏灭蜀后，小说家大跨度地勾勒了东吴归晋，天下一统，十七年的历史在叙事中匆匆而过。三国归晋的尾声，早在第一百零六回“司马懿诈病赚曹爽”、第一百零七回“魏主政归司马氏”就转入了司马氏这条副线。名义上是曹魏灭蜀，实际上是司马氏当政，左右着曹魏的政局。当时魏主曹奂“名为天子，实不能主张，政皆由司马氏”（第一百一十九回）。不久，“魏吞汉室晋吞曹”，司马炎禅魏。所以说“司马装病”是过渡章回，很自然地从三国征伐的时代转入司马氏掌权三国归晋的时期，而不露痕迹。这一时期情节虽然简略，但对整个叙事结构来说，收到了首尾圆合之效。将汉末晋初近百年间诸多历史人物和历史事件紧密地联系在一起，构成了一个严密的艺术真实的整体风貌。正如小说开篇：“话说天下大势，分久必合，合久必分。”结尾又总结：“自此三国归于晋帝司马炎，为一统之基矣。此所谓‘天下大势，合久必分，分久必合’者也。”

《三国演义》审美形态形成的机制

长篇小说最基本的叙事结构要素是章回。它载负了一个个形象实体，即人物性格和历史事件。形象实体的发展和演变的轨迹构成叙事结构线索，结构线索的延伸与扩张，又形成多方位的结构层面。只有它才能反映《三国演义》叙事结构的总体面貌和特征。这种结构单元、结构线索、结构层面的叙事模式，无论是在中国还是外国文学史上都是一种不仅历史悠久，而且成绩斐然的情节模式。“这样，任何情节中都必然存在两个基本因素：作为实体的故事与使这个故事成为实体的结构，而逻辑性是其中的一个核心。因为正是逻辑使叙事主体将一系列的故事联结起来，构成为一个被称作‘情节’的整体。”而“情节模式的特有魅力来自于其内在的整体性”。①我们把这种从全聚焦视点出发，把握整体叙事模式的方法，称为焦点透视。

焦点透视能够把纷繁复杂的小说意蕴的内在历史逻辑明快地解读出来。无论是对研究者还是读者，它都是不可替代的，为从大处着眼、小处着手研究和分析这部名著提供了可操作的方法。

以上从章回、结构单元、结构线索三个方面将《三国演义》叙事结构的整体系统，进行了直观的展示。《三国演义》的叙事结构是小说家把三国特定的历史生活转换为审美形态的结晶，也是小说家掌握现实世界的一种审美方式。历史社会的现实时空形态表现在小说的叙事结构之中，形成审美时空结构后，是怎样发生时空关系的错位和倾斜的？这就需要研究叙事主体的控制机制。

---

① 徐岱：《小说叙事学》，中国社会科学出版社 1992 年版，第 220—223 页。

审美与现实的时空差——小说家对叙事时空的控制和调度

历史演义小说的审美时空结构具有物质和精神的双重性。一方面，它以现实时空关系为自身的存在方式或表现手段。作为文本叙事形态的《三国演义》是在反映历史上的现实时空关系中体现自己的，也就是叙事时空形态不能脱离现实时空形态而存在。另一方面它又是精神的，现实时空形态在审美活动中展现，是通过小说家对叙事机制的控制而得以实现的。这就是说，现实时空形态和叙事时空形态既有联系又不相同。这就触及了小说叙事的一个核心问题——小说家对叙事时空机制是如何有效地控制和调度的。从现实时空形态转换为叙事时空形态，小说家需要经过一个艺术感知和创造过程，这里渗透着小说家艺术感知的审美特点和主体意识的直接介入。小说家由于受个人的生活经历、文化修养、审美理想、气质才能、创造动机等因素的影响，对现实时空关系感受和理解以后，所建构的审美时空形态，就会同现实时空形态之间存在着距离、错位或倾斜。因此，在艺术表现过程中，现实的时空形态发生了改变，有的地方时空关系强化了，有的地方则弱化了。这就造成了现实与艺术的时空形态差。当然这种强化或弱化都是叙事整体构思的需要，要么是使生活的容量和艺术的涵盖面尽量扩大，要么是使小说情节的凝聚力得到加强。总之，这种艺术上的超越和限制，不仅不会引起读者正常时空观念的混乱，反而进一步增强了审美效应。

《三国演义》叙事结构的基本框架与历史相去不远，但作为小说艺术掌握历史现实的方式有自己的审美形态。小说家对三国历史现实感知和对历史本质理解之后，“把现实世界的各部分加以改变、替换、缩小、扩大，由此造成一个自己的整体，以表达他自己的意图”。[①] 构造出的叙事时空关系，显然，不同于历史现实的时空关系。那么，建构的《三国演义》的叙事结构究竟是什么样的形态？

---

① ［德］莱辛著，张黎译：《汉堡剧评》，上海译文出版社 1981 年版，第 179 页。

当我们把探讨的视野集中到小说叙事结构上的时候，才真正走进了小说的本体，不再顾及人物或情节的外部联系，不再被素材的来源以及虚实程度挡住视线。而将目光集中到这个叙事结构形态上来，进行文本研究。这是一种研究方法的变革，它不再是浅尝辄止的创作谈，抓几个人物形象或细节、情节的例证去证明哪几条写作原理；也不再是大而无当的人物美、情节美，却不懂得美的建构基本方式是什么。因为，实实在在地研究《三国演义》叙事结构的基本要素、组合方式，以及结构形态的特征，这不但对《三国演义》的研究，而且对中国古典小说的研究，都将产生积极的影响。

《三国演义》的历史故事构成了一个体大而严密的结构的整体性。这内在的整体性是由章回与章回、结构单元与结构单元之间的“关系”而显露出来的，“关系”对“意义”的生成归根到底取决于它所聚拢的历史事件的复杂性及蕴含的历史内容的多少，决定了结构线索延伸和扩张的范围和长度。由于结构线索是整个叙事结构框架的脉络，它延伸和扩张的范围不仅决定着结构层面时空的具体规模，而且全书的情节发展、事件安排、人物构成以及整体框架的布局和设置，也都受艺术的主线和多重副线的统御或制约。从这个意义上说，《三国演义》叙事结构的创造，关键就在于结构单元的创造。至于为什么有的结构单元内涵大，有的内涵小？为什么有的叙事副线长，有的叙事副线短？这些都是什么因素制约的？因为它毕竟不是历史人物和历史过程的刻板摹写，而是小说家建造的叙事结构的审美形态，所以，从《三国演义》的审美形态与历史上现实形态的时空差上作进一步探析。

作为“时间艺术”的长篇历史演义小说，其特点主要体现在情节发展的因果关系和逻辑层次上，它是以叙事时间为贯穿主线的。因此，叙事时间形式是情节的。我国古典小说情节，是某一个特定的矛盾冲突的形成、发展和转化的过程。在这个过程中任何一定的时间里，情节的展现都是在特定的环境和具体地点完成的，可以说，叙事空间形式呈现为时代、社会的大环境和具体生活地点的描写。叙事时空形式是小说有机整体的存在形式，如果叙事时间跨度是指单位时间内的历史容量，也可以称为“密度”，那么，叙事时间切点与它所展开的叙事空间成反比。一般来说，叙事时间切点越少，所展示的空间越大，每个点上概括的生活内容就越宽广；相反，叙事时间的切点越多，每个点所概括的生活内容就越狭窄。所以说，在小说叙事结构有限而封闭的自身系统中，时间与空间是矛盾存在的。当小说家将情节的矛盾冲突推向高潮时，紧紧嵌进一瞬间，为人物的性格和命运提供了一个纵横驰骋的空间，这时小说的时空结构就会呈现出惊人的扩展、凝练和集中。因为情节中表现的这一瞬间与整部作品所再现的链条相比，虽然短暂，但载荷的容量却很大。空间结构扩张了，成为具有最大概括力的一瞬。相反，在叙事时间链条上截取的点多，情节的展现和人物的活动的叙事空间相对就受到一定的限制。这是任何一个有才能的艺术家都懂得的规律。依照《三国演义》的叙事时空关系分割一下小说几个历史阶段所表现的历史内容：

（1）序幕（第一回至第九回），从公元 184 年到 192 年，历史跨度为九年，《三国演义》描写了九个章回。

（2）曹操平定北方（第十一回至第三十四回），从公元 192 年到 207 年，历史跨度为十六年，《三国演义》描写了二十四个章回。

（3）三国鼎立的形成（第三十五回至第七十三回），从公元 207 年到 219 年，历史跨度为十三年，《三国演义》描写了三十九个章回。

（4）三国征伐的时代（第七十四回至第一百一十五回），从公元 219 年到 262 年，历史跨度为四十四年，《三国演义》描写了四十二个章回。

（5）尾声（第一百一十六回至第一百二十回），从公元 263 年到 280 年，历史跨度为十八年，《三国演义》描写了五个章回。

很明显地可以看出在相同的单位时间内，小说情节的“密度”是不相同的。“密度”最大的是三国鼎立的形成时代，历史跨度每一年，都描写三个章回；“密度”最小的是尾声，历史跨度每一年只写了一个章回不到三分之一的篇幅。其余的历史时期都在历史跨度一年写一个章回左右。“所以，时间的跨度也是一个功能手段，其实质是决定着故事的密度。一般说来，跨度越大密度可以（而且也必然显得）相对变小；反之，跨度小密度就必须相应提高。而密度的大小同价值生活成正比：越是有意义的生活密度越大，反之就越小。所以，小说家对故事中时间跨度的调度最终影响到文本的价值世界的结构。”[①] 三国鼎立的形成时代在相同单位时间里，小说描写的空间扩张幅度就远远超过其他历史阶段，形成了《三国演义》叙事空间结构的强化部分。曹、刘、孙三条副线与主线共同重合的一个阶段是三国鼎立的形成时期，既是三国各自的发展史，也是三国历史的主旋律。三国都在扩大自己的疆域，希图突破三分天下的地理均势，这就为审美空间领域里扩张范围提供了叙事的根据。因为它比《三国演义》任何一个历史阶段的艺术容量都要大，再现了在矛盾冲突中三国鼎立形成的历史合力，聚合了波翻浪涌的大开大合的情节场面，完成了几十个人物性格及命运的塑造，所以说，它是《三国演义》的艺术创造无与伦比的精华所在。这正是《三国演义》叙事时空与历史上的现实时空形态的差异，也是其叙事结构的审美特点。

视野焦点是小说家对叙事时空控制和调度的根据

时间和空间在小说审美形态中，就有一个小说家如何调整和平衡叙事与现实时空的差别问题。小说家主体意识的介入和渗透，是其对历史生活属于自己的艺术感知。他对历史生活进行反映时，所把握的不是现实时空的全部，而是其心理结构所选择和接纳的那一部分，即审美创造需要的那一部分。在情感意志和价值观念的驱使下，对现实时空关系进行错位、变形和强化等艺术处理，这些都是小说家艺术创造过程中留存在其心理空间的审美意象。如何将它纳入叙事结构形式之中，使“象”与“形”有机统一并定型化，这就不得不借助现实时空予以表现，因此，小说家又得受社会历史生活的制约。这二者是在一个相互选择与同化的过程中完成的。至此，可以说小说家调整和平衡叙事时空与现实时空的差别，一方面是对社会历史生活的认识，另一方面是审美创造的需要。

---

① 徐岱：《小说叙事学》，中国社会科学出版社 1992 年版，第 255 页。

小说家对历史生活的艺术穿透力和表现力，总是与他的视野焦点联系在一起的，这既是他认识问题的出发点，又是其构建叙事结构时的制高点。视野焦点和叙事视角既联系又有区别。视野焦点是把在叙事结构中再现的社会生活作为一个整体，选择一个最佳的透视点，作为固定的叙事视角，去透视一切历史事件的因果和历史人物的关系。因而，才能将三国历史的风云尽收眼底，哪一个时期为重心，魏、蜀、吴三国的哪些人物应在焦距的中心，波澜壮阔的战争画面又应该最突出哪些，于是一切都是以离焦距的远近程度而确定，以特写、近景和远景来显示其时空关系。从把叙事结构作为一个整体从而固定叙事视角的意义上说，视野焦点与叙事视角是相同的。其不同的地方在于，叙事视角是小说家的眼睛，始终处于流动和变化的状态，去捕捉人物灵魂的折光、脉搏的跳动，以及人物活动所展示的各种关系和场景的变化。只有区分这一点，才能把对历史生活的艺术发现与对历史生活的再现的叙述视角区别开来。

从《三国演义》的叙事结构中，不难洞悉到罗贯中把对三国历史的认识凝聚到“隆中决策”，把它作为一个视野焦点，去构建小说的整体叙事结构。诸葛亮《隆中对》概括历史生活的基本思想有三点：

（1）形势分析。在官渡之战后，诸豪强经过混战和吞并，只剩下曹操、孙权、刘表和刘璋几个较大的割据势力，可分为三种类型。第一种是“挟天子以令诸侯”的曹操，占据全国十三州中冀、幽、并、青、兖、徐、豫等州，基本上统一了黄河流域，成为当时北方最强大的势力，这就是诸葛亮说的“此诚不可与争锋”；第二种是孙权称霸江东，又有长江天险作为屏障，国势巩固，“此可用为援而不可图也”；第三种是守境自保，无所作为的荆州的刘表和益州的刘璋。荆、益二州，虽然民殷国富，地理重要，但其主刘表、刘璋“暗弱”而“不能守”，正可取而代之，作为建立霸业的基地。

（2）建立霸业的战略。刘蜀先“跨有荆、益”二州，有自己的基地之后，“西和诸戎，南抚夷越”，稳固后方。同时要“结好孙权”，获得可靠的同盟者，从而形成鼎足之势，三分天下。

（3）复兴汉室的政治目标。一旦时机成熟，则出师荆、益，收复中原，完成复兴汉室的大业。历史的合力决定了历史的进程。历史虽然没有完全按照《隆中对》的蓝图实现，却成为罗贯中构建叙事框架的视野焦点，也就是以再现刘蜀建立霸业的过程为《三国演义》叙事的主体内容，这正是三国鼎足的确立和形成的历史时期。

《三国演义》叙事时空以“隆中决策”为视野焦点，就必然以此作为审美创造需要的准则，倾注着创造者巨大的爱憎情感，灌注着创造者的历史积淀和文化意识，体现着创造者赋予的“意义”。创造者的视野，即他所感知的历史时空关系，瞬间的历史可以铺张在广阔的艺术空间，数年历史跨度也可以在一个瞬间的叙事中完成，完全打破客观历史时间的均匀性。历史的现实时空虽然为叙事时空提供了创造的基础，但审美创造的需要却发挥着叙事主体作用，而不必拘泥于历史的现实时空，直接可以改变着历史的现实时空。《三国演义》第一回桃园结义至第一百零四回诸葛亮病死五丈原的故事，共计五十一年历史，竟用了一百零四个章回。诸葛亮死后的四十七年历史，则只有十六个章回。如果以诸葛亮在三国政治、军事、外交斗争中生活的二十八年为限，即第三十七回至第一百零四回，那么小说就描写了六十八个章回，占全书一半以上。以刘蜀集团的典型人物和历史事件为绾结的叙事单元结构就有三顾茅庐、刘备转战、赤壁大战、三气周瑜、刘备取川、争夺汉中、关羽之死、夷陵之战、七擒孟获、六出祁山、九伐中原，共十一个，占据十六个结构单元的三分之二，几乎涵盖了《三国演义》的绝大部分内容。

其实，历史上的魏、蜀、吴三国之中，蜀国是最弱的一个。据《三国志》对三国史事的记载，《魏书》三十卷，《吴书》二十卷，《蜀书》只有十五卷，仅是《魏书》的二分之一。而在《三国演义》的叙事结构的时空关系中，蜀汉则占据了中心地位，是被强化了的对象，其次是曹魏，再次是孙吴。可见，小说家在《三国演义》叙事结构时空关系的强化上，主要是体现在三足鼎立的形成和发展这一历史进程和与其同步形成的曹、刘、孙三个高能政治军事集团上，而且是以刘蜀集团为重心。这是从宏观上审视《三国演义》叙事形态表现出来的时空差。如果按照客观历史的时间观念去写历史小说，那就不成其为历史小说，而只能是流水账了。因此，可以说《隆中对》不仅是概括历史生活的指导思想，也是建构叙事结构的原则。可以说，整部《三国演义》艺术大厦的叙事结构是以“隆中决策”为视野焦点的：从董卓之乱到官渡之战是《隆中对》形势分析的艺术再现；从三顾茅庐到争夺汉中是小说焦距中心的艺术再现，即三国鼎足而立的艺术特写；从七擒孟获到九伐中原则是复兴汉室的艺术再现。尽管历史发展的轨迹同《隆中对》的蓝图不尽相同，但小说与历史在整体轮廓与基本走向上还是一致的。

时空选择——小说家叙事控制机制下的审美体现

小说的结构方式总是和特定的对象结合在一起。皮亚杰认为：“在把种种结构同它们的来源切断时，人们才可以把结构当作是形式化的本质；当结构不是停留在字面上，也就是把结构重新放进它们的来源中去时，人们才能重新建立起结构与发生构造论即历史构造论之间不可分割的紧密关系，和与主体的种种活动之间的不可分割的紧密关系。”①

小说的叙事结构总是来自表现对象与叙事主体的结合。而叙事主体的情感意识与表现对象蕴含的思想内容相契合的过程，表现出叙事主体在认识和处理客体时的某种创作倾向，并影响着选材角度、提炼角度和叙事角度。因为小说家面对复杂的社会生活，总有一个选择哪个领域的问题，既可以在这方面落笔，也可以在那方面着墨；既可以写光明面，也可以写阴暗面；既可以从正面描写，也可以从反面表现。这种选择就构成了审美与现实的时空错位现象，也最能体现出小说家的主体倾向。《三国演义》以蜀汉为中心选材，和小说家持有的尊刘贬曹的思想倾向是一致的，而且这

① ［瑞士］皮亚杰著，倪连生、王琳译：《结构主义》，商务印书馆1984年版，第103页。

种主体感情处处投影在他所建造的《三国演义》审美时空形态上。

以当阳之战为例。常林炎先生在分析小说这一情节时，直观地指出了审美感受的错位，对我们认识叙事控制下的时空选择很有帮助。他说："当阳之战，本来是刘备吃了败仗，而且败得很惨：失妻撂子，仓皇逃生；从樊城撤退时尚有'三千余军马'；经过景山（位于当阳县）一役'再看手下随行人，只有百余骑'；其损失可谓惨重！有意思的是，作者并没有回避这些失败的事实，可是它给读者的印象，却是：刘备集团的英雄是英勇无敌的，不可战胜的，最后失败的似乎不是刘备，倒有点像是曹操。这就是一个很值得令人玩索的艺术秘密。"他提出的这个秘密，就是叙事学讲的对叙事时空的控制和调度，造成时空的选择，形成审美感受的错位。"作为尊刘贬曹的罗贯中，当然，在主观上他并不愿意他所尊的人物失败，可是刘备兵败当阳，这是史有记载的事实。作为现实主义作家的罗贯中，他又不能在他的作品中隐讳或颠倒这一事实。在'当阳之战'的一段描写里，罗贯中确乎是创造性地处理了这一历史题材。在这次败退中，赵云'抱弱子，保护甘夫人，皆得免难'（《三国志・赵云传》）；张飞'据水断桥，瞋目横矛……敌皆无敢近者，故遂得免'（《三国志・张飞传》），也有记载可考。败，固然是事实；胜，也是事属有因。只是，败是大败，胜乃小利；败是亡命逃生的全面败，胜则是自卫脱险的局部胜。《三国演义》又是一部历史小说，它不能任意捏造历史；可是任何一个作家，不管他采用何种题材——从历史、传说提供出来的还是从现实生活提供出来的，他总是要表现他的立场、观点、爱憎和意愿的，他的笔总是有所倾向的。""他全面概括地、勾勒轮廓式地叙述了刘备走新野、弃樊城、败当阳、奔夏口的大败，交代了历史面貌，而又突出重点，生动具体、极尽夸张地描绘了'赵子龙单骑救主'、'张翼德大闹长坂桥'的大败中的小胜。作者以高度同情的笔调写了大败，又以热烈兴奋的心情写了'小胜'；意到笔随地写了大败，精雕细刻地写了'小胜'；虚写了大败，实写了'小胜'。虚实相生，构成了一幅淡抹浓描相宜的彩色风云图。同时，'大败'不仅仅是贴在'小胜'

后面的背景，而且让‘大败’的情势造成的氛围烘托得‘小胜’更为色彩绚烂，眩人心目，烘托得战斗中刘备部下的虎胆英雄的形象更加神勇无敌，光芒四射。其效果则在读者印象中把‘大败’淹没在‘小胜’之中，好像最后的胜利还是在刘备这一方面。达到了作者尊刘贬曹的创作目的；既使历史事实的脉络清晰可辨，又使关怀正面人物命运的读者‘即喜唱快’。”①

这段分析中指出的淡抹大败，浓描小胜，正是叙事时空形态中被强化和被弱化之别。历史的客观时空形态经过小说家头脑过滤之后，进行一番取舍和改造，认为不必要的时空采取了简化处理，而必要的时空却又被张扬和延伸。这种时空选择就形成了历史时空形态与叙事时空形态的差别，而制约这一差别的根据，正是叙事主体的视野、情感和思想，即叙事控制机制下的审美体现。

当然，造成小说家对时空选择的原因，不完全是哪一位小说家对叙事时空控制和调节下的错位，而是和长期历史形成的审美情感和文化积淀相联系的。《三国演义》这部著作素材来源和创造过程十分复杂，成书过程就长达几百年，是由“世代累积型”向“个人独创型”的演化。罗贯中面对浩繁的俗文学成果，大都是描写蜀汉方面的精彩情节和典型形象，而曹魏方面的东西相对少多了，孙吴的东西则更少，而且还程度不同地缺乏艺术性。尽管罗贯中采用史料去丰富和填补，融为鸿篇巨制，但也很难取得艺术创造的一致性。这样，就导致了曹魏和孙吴有些方面的艺术表现的先天不足。

赤壁大战和夷陵大战都是《三国演义》叙事结构中的主要支柱，是小说家罗贯中重点突出的情节。关于赤壁大战不管是史传文学还是俗文学都留下了丰富的借鉴材料，他可以站在前人的肩膀上去自由地创造。而关于夷陵大战，前人留下的俗文学东西少得可怜，就目前所看到的元杂剧剧目，还没有一部是描写夷陵大战的。《三国志平话》也只写了寥寥几句：

① 霍松林：《中国古典小说六大名著鉴赏辞典》，华岳文艺出版社 1988 年版，第 476 页。

先主引军与吕蒙对阵。吕蒙诈败，先主后赶，过小江，吕蒙复回再战。先主大败，后军杀，西至江口，被吴国元帅陆逊拦杀，先主又败。吴军后赶。帝过江四十里，下一小寨，令人造饭正熟，边岸火起，后有吕蒙杀，西壁火起，前后伏兵拦住，赶先主三昼夜，到白帝城。①

这几句简单到无法再简单的叙述，无论如何不会给罗贯中提供更多的有创造价值的东西。相比之下，史料记载倒翔实一些，《资治通鉴》卷六十九约有一千五百字的描述。《三国演义》夷陵之战的描写基本上是以史实为基础的：第一个阶段蜀军步步进逼，从巫峡到夷陵，接连七百里，直扑东吴。第二个阶段两军相持七个月。东吴主帅陆逊不顾诸将的反对，坚守关隘不许出战。刘备设计屡次诱敌不成，遂移军林木茂密之处驻扎。第三个阶段，吴军发动火攻，蜀军遭到惨败。尽管罗贯中凭借史籍记载，开拓想象完成了夷陵大战的艺术描写，已属难能可贵，但是它的审美效应依然无法同在俗文学中流传几百年，经过千锤百炼、去粗取精而产生的赤壁大战的故事相比。

总之，历史的现实时空与叙事时空形态差的实质，即历史真实与艺术真实的区别。而叙事主体对艺术真实的追求和实现，形成小说审美价值本体的基础。这正是叙事主体发挥叙事控制机制的根本动力。

《三国演义》叙事结构方式

叙事对历史生活的选择和重构，形成了叙事结构的审美形态与历史上的现实形态之间存在的时空差。小说家进而调整和平衡时空差的过程，便是结构形式逐步趋向定型的过程，亦即小说叙事结构的创造过程。十八世纪法国唯物主义哲学家狄德罗指出：“伟大的艺术，在于它能创造一种情

① 《三国志平话》，上海古典文学出版社1955年版。

节，正是在这种情节中，人类生活的关联及其意义才能得以呈现出来。这样，艺术就向我们揭示了人生之谜。”而《三国演义》叙事结构正是以情节为结构中心的艺术形式。

从叙事结构的形式上探讨审美形态与历史上现实形态之间的时空差，无疑像是穿过小说家艺术创造的隧洞，回到小说家创造之初，去体察小说家是如何选取历史生活的某一部分，截取生活长河的某一段，提炼叙事情节，从而使它不再像生活本身那样漫无边际、交相错杂、难以捕捉，而是依据结构线索重新编织“剪不断，理还乱”的生活之网，呈现出叙事布局的秩序。于是，在小说艺术表现的那一部分历史生活，清晰地展现出历史人物之风采、历史事件之风貌。

这一创造过程，最重要的就是叙事结构方式的组合和转换。而且，叙事内容所蕴含的层次的多少、内涵的深厚以及层面的大小，这些性质和特征又直接规定着叙事方式组合和转换的性质和特征。概括地讲，就是主要历史人物的历史活动构成的中心历史事件，为情节结构发展的转折点；中心历史事件所蕴含的丰富的社会内容具有广阔的辐射力，又聚集着诸多事件，从不同的层面和方位围绕中心历史事件，形成一个历史阶段性的整体；在这个历史阶段性的整体中人物性格和历史事件的双向选择互相制约，人物决定事件，事件一旦形成，又反过来制约人物，实现整合与统一。下面分而述之。

主要历史人物的历史活动构成的中心历史事件

苏联文艺理论家波斯彼洛夫认为：“作品中所描写的由人物行为构成的事件在空间和时间上的连贯性就是作品的情节。”[①] 显然，这是对传统的历史悠久的情节模式的概括。它虽然不适合现代派小说的叙事模式，但对分析《三国演义》这样的古典作品还是很适用的。事件是情节的基础，而情节又是由若干事件构成的。如果在整个的情节结构中，诸多事件都有各

① ［苏］格·尼·波斯彼洛夫著，王忠琪等译：《文学原理》，生活·读书·新知三联书店 1985 年版，第 125 页。

自的叙事长度，那么，它们之间是如何组合的，又是如何转换的呢？这是研究以历史事件为情节主体的《三国演义》的叙事结构方式首先遇到的问题。

对于这一点，古代小说评点家金圣叹、毛宗岗、脂砚斋等都曾直观地评述过，并形象地称之为“草蛇灰线”，即指在叙述故事的过程中，往往预先伏下一个线索的头绪，让它藏头露尾、若隐若现。而当故事情节发展到高潮或转折的关键时刻，先前伏下的线索头绪已在不知不觉地发展为对展现故事情节的内蕴起到因果的重要作用，或转折的关键作用，往往令人回味伏笔，不禁暗暗称奇。正如金圣叹所说：草蛇灰线“骤看之，有如无物，及至细寻，其中便有一条线索，拽之通体俱动”（《读第五才子书法》）。[①]毛宗岗说：“《三国》一书，有隔年下种、先时伏着之妙。善圃者投种于地，待时而发；善弈者下一闲着于数十着之前，而其应在数十着之后，文章叙事之法亦犹是已。”“关公斩蔡阳在后卷，而此卷先有蔡阳欲赶关公一段文字；廖化归关公，尚隔十数卷，而此卷先有廖化救二夫人一段文字：皆所谓隔年下种者也。”[②]叙事结构内在的因果联系决定了情节的连贯性，“联络交互于其间，或此方起而彼已结，或此未结而彼又起”，“头绪多端，如一线穿，却不见断续之痕”。[③]概括地说：

第一是整体叙事结构的生命力，表现为截取其故事链中任何一环，既有各自的因果发展脉络，又是属于整体的有机组成部分。犹如山里有山，戏里有戏，大故事中有小故事。

第二是叙事结构的内聚力，使若干人物在这种力量的牵引下，无论是自觉还是无奈，都被历史的浪潮卷入其中，并在矛盾冲突中开拓着各自的生命历程。

叙事结构的生命力和内聚力是一种自我协调的动力，推动着结构单元的一切向着某种不得不然的方向运转、展开和律动。比如赤壁大战这一结

① 朱一玄、刘毓忱编：《水浒传资料汇编》，南开大学出版社 2012 年版，第 223 页。

② 沈伯俊：毛本《三国演义》整理本，中州古籍出版社 1992 年版，第 11 页、第 264 页。

③ 沈伯俊：毛本《三国演义》整理本，中州古籍出版社 1992 年版，第 5 页、第 403 页。

构单元中就有舌战群儒、智激周瑜、蒋干盗书、苦肉计、连环计、借东风、华容道等系列小故事，而每个小故事又都绾结着一批人物，如曹操、诸葛亮、周瑜、鲁肃以及黄盖、蒋干、蔡瑁等。而且情节的演进又为表现人物不同的个性提供了机缘：周瑜的才高气盛，精明细致，志满意得；蒋干儒雅风度，掩饰不住装腔作势的酸腐性格；曹操骄狂上当后，又立即省悟了，省悟了而又不肯认错，还说蔡瑁、张允“怠慢军法”，为奸雄性格添上了传神的一笔。总之，历史事件是情节创造的基石，规定了《三国演义》结构形式的组合和转换的性质。十六个结构单元运行的逻辑轨迹，形成了一条主线五条副线。这些结构线索延伸和扩张的结果，创造出了五个结构层面，即序幕、曹操平定北方、三足鼎立的形成、三国征伐的时代和尾声。如果略去序幕和尾声暂且不论，那么就中间这三个重要阶段叙事层次，都是按照不同层次历史事件逐级地组合起来，成为越来越高级、越来越庞大的叙事结构系统，如下图：

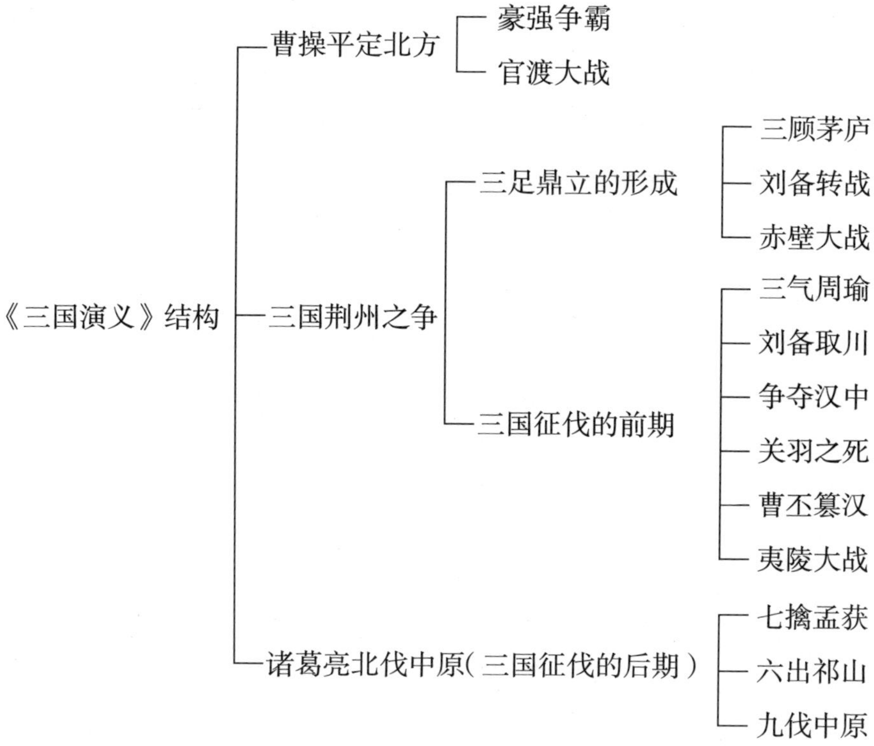

构成三国结构的层次是平定北方、荆州之争和北伐中原。而重心则是荆州之争，能够统领三足鼎立的形成和三国征伐的前期这两个历史阶段，共九个结构单元，五十一个章回，可以说是《三国演义》描写三国时代最大的历史事件，也是三国鼎立的形成和发展的核心。随着荆州归属的演变，推进了一系列情节事件的演进。而且每一次荆州之争都是以主要历史人物构成的历史事件，推动情节的发展。谋取荆州，是孙吴集团的既定方针。孙策年轻有为，迅速崛起，收定江东，立下基业。孙权继位，便“思为恒、文之事”，鲁肃对策：

> 为将军计，惟有鼎足江东，以观天下之衅。今乘北方多务，剿除黄祖，进伐刘表，竟长江所极而据守之，然后建号帝王，以图天下。此高祖之业也。

鲁肃向孙权提出了“吴中对策”，分为近期和远期目标。近期所谓“剿除黄祖，进伐刘表”，便是谋取荆州。后来甘宁为孙权献策，将近期目标作了更具体的分析：

> 今汉祚日危，曹操终必篡窃。南荆之地，操所必争也。刘表无远虑，其子又愚劣，不能承业传基，明公宜早图之，若迟，则操先图之矣。今宜先取黄祖。祖今年老昏迈，务于货利，侵求吏民，人心皆怨，战具不修，军无法律。明公若往攻之，其势必破。既破祖军，鼓行而西，据楚关而图巴、蜀，霸业可定也。

孙权高兴地称道：“此金玉之论也！”建安八年（203）至建安十三年（208），孙权三征黄祖，即《三国演义》第三十八回“战长江孙氏报仇”。破灭黄祖后，孙权驻扎于柴桑，拥兵观变，进窥荆州。而同时，曹操在邺城作玄武池，加紧操练水军，准备南下，夺取荆州。这一消息使得孙权甚为震惊。建安六年（201）投奔刘表的刘备虽加紧练兵，却也深恐不安。建安十三年（208）曹操南征刘表，荆州不战而降。

三国时期的荆州，其北面的南阳郡属今天的河南省南部，南面跨广东，中部包括湖北、湖南省的大部。辖长江，贯湘水，资源丰富，人口密集，经济发达，是兵源和粮源的重要征收地区。地理位置决定其为三国争雄的战略要地，对于刘备来说，“隆中决策”战略目标：“先取荆州为家，后即取西川建基业，以成鼎足之势，然后可图中原也。”（第三十八回）对于孙权来说，先据荆州，后图巴蜀，才能划江而治，然后霸业可成。对于曹操来说，进占荆州，方可一统天下。荆州在三方力量的作用下，相动相克，所有的“人谋”都在相动相克上用尽心机，挑起争端，演出一场场说不尽的“荆州之争”的历史故事。

《三国演义》的五十一个章回都运行在“荆州之争”这条结构线索上，三国最杰出的人才都主动地或被动地卷入“荆州之争”的历史旋涡中，他们或制造、或引发、或推动而产生的大大小小的历史事件都是“荆州之争”相动相克的具体体现。情节是历史事件的重构，而以主要历史人物的历史活动构成的中心历史事件，则是情节结构发展的转折点。

围绕中心历史事件形成一个整体

荆州之争是一个中心历史事件，以它为基础重构的情节，具有三个功能：

第一，荆州之争是叙事结构中最高层次的历史事件，它决定着历史过程中诸多事件的形成、发展的性质和基本走向。赤壁之战后，曹、刘、孙三家共同分割荆州，曹操占据襄阳以北的南郡、江夏郡的一部分和南阳郡；孙权占领南郡和江夏郡的另一部分；刘备占据长江以南的武陵、长沙、零陵和桂阳四郡。荆州三分是三国鼎立的局面形成的缩影，从第三十五回至第五十三回的情节都是这一时期形象的再现。但共同分占荆州的局面只是暂时的，曹、刘、孙三家都处心积虑地想独霸，因而争夺是不可避免的。

第二，荆州之争是处于统领地位的中心历史事件，蕴含着丰富的历史内容。古代战争直接的目的是对一定地域的占领，政治上控制，经济上占有，军事上割据，因此，每一个历史事件都牵涉整个社会的方方面面。荆州之争也具有这样的特征，不单是军事斗争，还是政治斗争、外交斗争，以及经济实力之争、人才实力之争，等等。曹操进逼赤壁之时，周瑜等卓越的将才和谋臣都看到了其经济实力不足。曹操连年发动大规模的军事行动，虽统一了北方，但也造成经济的残破。他只看到已得天下十之七八，并未充分而周密地思考，选择机遇，南下一统。所以周瑜论曹操必败原因之一，是“时值隆冬盛寒，马无藁草”，揭露其后勤供应不继，马乏草料，兵缺衣粮，实乃冒进。虽然写经济这一笔在整个赤壁战争的描写中是很简单的一笔，但却是很有穿透力的一笔。关于这方面，后面还要着重分析。

第三，荆州之争是一个有完整过程的历史事件，其进程的阶段性往往成为历史时代的转折点的标志。在这一个历史过程中，赤壁之战是曹与孙、刘争夺荆州的第一个回合；孙、刘争夺荆州的拉锯战是第二个回合；吕蒙偷袭南郡，擒杀关羽，是争夺荆州的第三个回合；夷陵之战是争夺荆州的第四个回合，也是最后一个回合。小说从第四十三回一直写到第八十五回，再现了荆州之争四个阶段性历史过程的艺术真实。

综观《三国演义》整个叙事情节，北伐中原同荆州之争一样，都是具有三个功能的中心历史事件。北伐中原展示了诸葛亮最后的悲壮的业绩。作为三国鼎立的历史进程中出现的中心历史事件，最集中地体现了历史轴心人物诸葛亮所代表的收复中原的历史意志。因此，小说中诸葛亮的历史意志就直接成为包拢聚合各种事件的中心。例如刘备死后，诸葛亮掌权，开始全面推行和实践隆中路线，成为聚合诸多事件的一条无形的线索，吴蜀修好、七擒孟获、六出祁山，以及姜维继承遗志，九伐中原。这三十回的故事都是对诸葛亮战略思想的生动写照。隆中路线的最终战略目的是收复中原，所以说修好吴蜀，平定孟获，南抚夷越，都是为北伐中原这一直接目的服务的。北伐中原分为诸葛亮六出祁山和姜维九伐中原两个阶段，重心还在诸葛亮的六出祁山，而且集中体现在第一次北伐，即《三国演义》第九十一回“伐中原武侯上表”。因此，《出师表》不仅表达了诸葛亮北伐中原的历史意志，而且蕴含着丰富的社会历史内容。

第一，《出师表》与《隆中对》的思想是一脉相承的，但《隆中对》毕竟是蓝图，刘备为之奋斗了十七年的荆州丧失，使"隆中对策""跨有荆、益，保其岩阻……天下有变，则命一上将将荆州之兵以向宛、洛"的战略计划付诸东流，《出师表》则凝结着历史的经验教训。诸葛亮出师北伐时清醒地看到：中原曹魏的实力强，蜀汉的实力弱，"今天下三分，益州疲弊。此诚危急存亡之秋也！"所恃的是得天独厚的地理条件，以及吴蜀两国的互为犄角之援。如果蜀汉不主动出击，扩大自身的实力，便有可能被曹魏消灭。毛宗岗评点阐释了诸葛亮北伐的基本思想，他说一伐中原，街亭失利。蜀汉朝中有些人认为"但宜安蜀，不宜伐魏"，而"武侯则以为若不伐魏，不能安蜀；我不灭贼，贼必灭我。此不两立之势，非不欲偏安，正恐欲偏安而不能耳"。（第九十二回回评）[①] 明知艰难，但终身以实践隆中路线为己任的诸葛亮却知难而进，正是"盖追先帝之殊遇，欲报之于陛下也"。至于成败，诸葛亮在《后出师表》中说得十分明白："凡事如是，难可逆见。臣鞠躬尽瘁，死而后已，至于成败利钝，非臣之明所能逆睹也。"（第九十七回）这与《三国演义》从"三顾茅庐"至"身死五丈原"的情节相互映照，思想脉络，息息相通。

第二，北伐中原这一中心历史事件，不仅是大规模的军事行动，而且是政治、外交、经济诸方面的综合反映，并且各种矛盾从不同的层面和方位围绕中心历史事件错综复杂地交织在一起，不断地发生转化。后主刘禅从小在宫中长大，懦弱昏庸，喜欢宦官。诸葛亮心里十分清楚，率师出征，放心不下。毛宗岗评点到这写下一段很深刻的感触：

> 武侯外伐而终不免于内顾之忧，……平蛮之后，忧不在于南人，而忧乃在于后主也。……"临表涕泣"……正惟此日国事，实当危急存亡之际；而此日嗣主，方在醉生梦死之中。……而身

① 沈伯俊：毛本《三国演义》整理本，中州古籍出版社 1992 年版，第 983 页。

提重师，万万不可不去而心牵钝物，又万万不能少宽。因而切切开导，勤勤叮咛……今人但知此表为讨贼之义，而不知其为恋主之忠，安得为知武侯者耶？

为此，诸葛亮举忠臣，荐于后主，鼓励他亲贤臣，远小人，励精图治，并在《出师表》中向后主强调三点要略：纳谏、法治、用人。果然不出所料，诸葛亮担忧的事情后来终于发生了。第一百回描写诸葛亮四出祁山，司马懿被斗败。正在蜀汉胜利的关键时刻，司马懿使用反间计，散布诸葛亮功高盖主，必将篡国。后主果然听信谗言，召回诸葛亮，致使前功尽弃。这些情节从深层次表现了敌我之间、前线后方、军事政治、文斗武斗的复杂，矛盾斗争的尖锐。但这一切在《三国演义》结构形态中自如地转换，既呈现出阶段性的特征，又透视出整体性规模。第一百零一回诸葛亮五出祁山，与魏斗智斗勇，难分胜负之时，永安的李严妄奏军情，谎称孙吴兴兵伐蜀，诸葛亮大惊，急令分兵班师。后乃知“李严因军粮不济，怕丞相见罪，故发书取回，却又妄奏天子，遮饰己过”。后主大怒，贬谪李严为庶人。但事情的背后，也透露出蜀汉国小势弱，经济实力无法支撑北伐中原大规模的军事行动。“今者李严之遣书以相欺，亦不过为运粮之有缺。嗟乎！兵之需饷如此，而饷之艰难又如此，然则将如之何哉？故国家兵未足必先足食，食不足无宁去兵。”（第一百零一回回评）[1] 毛宗岗的看法不无道理。六出祁山没有获得成功的主要原因不在经济，但透过军事的背后，经济的因素最后还是起决定性的作用。可见北伐中原是一个中心历史事件，它聚合着大大小小的情节故事，又通过政治、外交、军事、经济各个不同的层面表现出来，从各个不同的方位聚拢起来，形成《三国演义》阶段性的完整的艺术整体。

第三，《出师表》不仅在全书情节脉络的发展上映前照后，而且刻画了自刘备死后的十二年（223—234），诸葛亮为振兴蜀汉而付出的艰辛的

①沈伯俊：毛本《三国演义》整理本，中州古籍出版社1992年版。

努力。他辅佐刘禅做了几件大事：一是与东吴修好，恢复孙刘联盟；二是率军南征，平定诸戎叛乱；三是奖励农耕，发展生产，积聚军资；四是训练军队，以俟大举，恢复中原。这一切，他都一身以任，不避巨细，不辞劳苦。第一百零三回诸葛亮以巾帼女衣、侮辱书信送司马懿，激他出战。司马懿却向使者问讯诸葛亮的寝食之事，从而感叹道："食少事烦，岂能长久？"从敌军统帅的视角披露了诸葛亮事必躬亲，不惮劳累，"受命以来，夙夜忧叹，恐托付不效，以伤先帝之明"。虽点滴小事，却烘托了一代英杰的精神状貌。难怪陆游无限推崇："出师一表真名世，千载谁堪伯仲间！"

从上面的分析，不难看出《出师表》体现了诸葛亮的历史意志，它所蕴含的丰富的社会历史内容具有广阔的辐射力，既能聚合诸多的历史事件，又从不同的层面和方位表现北伐中原这一中心历史事件，形成了三国互相征伐时代诸葛亮掌权整整三十回的完整情节内容。这就是《三国演义》的中心历史事件自成系统的组合和转换的方式。下面，我们进一步分析每一个历史事件中的组合和转换方式。

人物性格和历史事件双向选择

高尔基有一句名言，概括起来就是"情节是性格的历史"。只说了情节和性格同一的一面，而实际上情节模式设置时，"彼此还存在着相龃龉的一面：情节要求的是纵向的挺进，而性格虽并不排斥这种挺进，但要求这种挺进不仅必须以横向的并列为基础，而且其最终指向也必须归结于空间方面的拓展。因为人的性格组成不是一条链，而是一个完整的结构，具有相对的稳态。这样，情节与性格虽然能在一段距离内同步，最终将各奔前程，情节性通过不断追求新奇变异而达到的高度饱和，同性格化所要求的以对现实状态的认同为基础的充分展示难以两全"。[①]《三国演义》叙事结构在这方面取得了成功，在处理一个历史事件的情节结构的组合和转换时，采取的方式基本

① 徐岱：《小说叙事学》，中国社会科学出版社1992年版，第224页。

上是：人物性格作为决定历史事件的内在因素，而历史事件一旦形成其内在的规律和历史运动的惯性，势必又有力地制约和影响人物性格，乃至改变人物的命运，将二者处理为一个双向选择、互相制约、同步向前的过程。

以“关羽之死”的历史事件为例，可以看出小说家对叙事结构设计，既坚持人物性格对事件的主导作用，又重视事件对人物性格的反作用。赤壁之战结束后孙刘双方因分享胜利果实而发生了矛盾冲突。东吴损兵折将，空费钱粮，没有得到一城一池。刘备妙计巧取，却一举而得三城。东吴对此十分气恼，处心积虑地想夺回荆州，第一手是遣鲁肃三次索讨荆州；第二手是“美人计”，借招亲扣留人质，企图交换荆州；第三手是“假途灭虢”之计，乘机夺城。然而，一次次的设谋，一次次的失败，都没有使东吴放弃夺取荆州的图谋，因此，孙刘联盟随时都有因荆州之争而发生破裂的可能。在历史必然性的面前，面临是继续发展还是违背孙刘联盟的选择。巩固还是破坏这一战略方针，无论是对刘备还是孙权，都是政治上的大问题。究竟选择哪一条道路，这就取决于人物性格对历史的抉择和影响了。

鲁肃是维护孙刘联盟大局头脑最清醒的政治家，在建安二十二年（217）他去世之前，孙刘双方基本上没有发生过真正兵戈相见的敌对行动。虽有矛盾和斗争，但还能维持和平相处。继其领兵屯驻陆口者为吕蒙，便日夜伺机夺回荆州。而镇守荆州的主帅关羽却对孙吴这一既定的战略方针认识不够，尽管诸葛亮交割帅印之前，反复叮嘱八字方针——“北拒曹操，东和孙权”。但他目空一切，骄狂自得，以致连连作出有损孙刘联盟的举动。一次是孙权派诸葛瑾为使，索取荆州。刘备答应先交割三郡敷衍诸葛瑾，并让他持信到荆州。关羽以“将在外，君命有所不受”为由拒之，还执剑在手，大声怒斥：“不看军师面上，教你回不得东吴！”（第六十六回）交还三郡刘备并无真意，这不过是刘备和诸葛亮在荆州一事上继续扯皮罢了。关羽却不会要这种扯皮术，他性格刚烈自矜、过分自信，既没有诸葛亮战略清晰的头脑，又没有刘备以柔克刚的权术。又一次诸葛瑾奉孙权之命，为孙权之子与关羽之女联姻，并明确提出“两家结好，并力破曹”。关羽若许亲，可以促进孙刘联盟；如若不许，也可以婉言谢绝。而他骄傲自大，蔑视他人，始则“勃然大怒”，继则辱骂孙权之子是“犬子”，终则威胁诸葛瑾，说“不看汝弟之面，立斩汝首”（第七十三回），将其逐出。这骄狂的举动，拒婚、骂人、侮使，激怒了孙权，终于把盟友推向了对立面。

孙权派人去许昌与曹操相约，曹操派兵旱路取荆州，孙权领兵水路接应，使关羽处于两面受敌的态势下，在战略上他开始一步步被动起来，终于给亡人失地种下了祸根。所以说面对历史的选择，是联合孙权，还是两面对敌？关羽的性格影响了历史选择的方向，导致了孙刘交恶，战争爆发。人物的性格决定着历史事件，即情节的发展，而历史事件一旦形成，即情节自身的因果反过来又制约着人物性格的表现形态和表现方式。荆襄之战初始，关羽水淹七军，胜利的大好形势更使他骄傲自信，不可一世。一心只做着“取了樊城，即当长驱大进，径到许都，剿灭操贼”的美梦，早把东吴的威胁抛在脑后。吕蒙和陆逊就是利用关羽这种盲目自大的心理，一个托病辞职，另一个以谦言卑辞麻痹关羽。一唱一和，默契配合，实乃“卑而骄之”之计。当陆逊接替吕蒙之后，便给关羽修书，称其功高，深自谦抑，并送去东吴的名马、异锦、酒礼等物。关羽当着东吴的使者，便讥笑“仲谋见识短浅，用此孺子为将！”，特别是看了陆逊言卑辞谨的书信，竟仰面大笑，表现出不屑一顾的傲慢神情。这时，他完全解除了对东吴的警惕，毫无顾忌地“撤荆州大半兵赴樊城听调”，在两面受敌的态势下，错误地采取了顾头露尾的军事部署，为后来东吴偷袭荆州留下了空白。果然，当关羽正和曹操派来援救樊城的徐晃鏖战时，东吴吕蒙却暗中“点兵三万，快船八十馀只，选会水者扮作商人，皆穿白衣，在船上摇橹，却将精兵伏于艨艟船中……长驱大进，径取荆州，无人知觉”。（第七十五回）这种“攻其无备，出兵不意”之计，使关羽丧失了荆州。

关羽在荆州，重点是对付北方的曹魏，对盟友孙吴，只是戒备而已。他攻樊城旨在解除襄、樊对荆州的威胁。当吕蒙病笃离任，陆逊外自韬隐，内察形变，自然使关羽对东吴放松戒备，全力以赴攻樊城。尽管这样，他沿江设置逻卒，仍在以防万一。无奈一身难防腹背两面受敌，荆州之失绝非完全大意所致，乃在情理之中。曹魏在襄阳，东吴在阳夏均驻有重兵，相比之下，荆州蜀汉兵力不足。关羽虽骁勇善战，但毕竟年近六旬，何况从荆襄战役开始到走麦城，长达半年的时间里，刘备也没给荆州补充兵力，反而急于称王，大修馆舍，疏于战略全局的一统，对敌、我、友三方的变化，皆茫然无闻。可知问题不完全在于曹魏与孙吴密谋联合行动，而失之于蜀汉最高决策人战略上的疏误。战争是政治，刘备夺得荆、益二州，震惊了曹魏，也引起了孙吴的惊恐。荆襄战役不仅是三方又一次实力的较量，而更重要的则是三足鼎立“相成相克”局势的变化，这是必然的因素。

由此可见，小说情节展示的荆州之争的中心历史事件自身的因果关系，不是人物加故事的图谱，而是千里来龙，预做铺设，一连串因果裂变以后出现的必然的趋向。因此，情节作为小说的要素，它在叙事结构的组合和转换的方式中发挥产生两种功能：一方面要刻画人物性格，因为人物性格不是各个性格侧面的相杂和综合，而是人物性格素质自然而有机地糅合在情节的发展中，进而开拓生命的历程，实现情节和性格一体化；另一方面，情节和性格的一体化的发展呈现在整个情节因果链环中，环环相扣，承上启下，人物性格的发展脉络与情节裂变的线索同步组合、交相变换，而形成人物性格和历史事件的双向选择，互为因果。关羽的性格导致孙刘的交恶，荆州之失又导致关羽之死；关羽之死引起刘备复仇，发动夷陵大战，直至刘备白帝城托孤，孙刘交恶才结束。

中国传统的思维方式——“以三为法”

中国古典小说的叙事结构形式是小说家掌握和表现客观世界的一种手段。它是客观时空形态和主体建构形式的一种吻合，带有强烈的主观色彩，渗透着小说家艺术感知的审美特点和文化意识的直接介入。特别是那些叙事结构艺术中自然流淌的文化意识，正是民族文化传统深层心理的体现。其中“以三为法”就是这样的中国古典小说叙事结构艺术。

“以三为法”叙事结构方式的文化意识

《三国演义》艺术结构的组合和叙事的转换方式深刻地表现了“以三为法”的重要特色。《三国演义》框架结构为一百二十回，从“合久必分”开篇演化为一分为三，最后又以“三分归一统”为结；小说情节结构中出现许多“以三为法”的组合和转换形式。如回目标出的：“桃园豪杰三结义”“三英战吕布”“三让徐州”“关公三约事”“三顾茅庐”“定三分隆中决策”“三求计”“三气周瑜”“取三城”……从中我们不能不看到中国传统文化的意蕴在《三国演义》艺术结构方式上的渗透。凡是民族优秀的文学作品，就是一个民族特定时代的精神生活的记录，是一个民族思想文化发展的过程，因此，在其主题、人物、情节和结构各个层面都能表现出小说家的主观选择和创造印迹。

“以三为法”的哲学观念，要追溯到中国古老的文化典籍《易经》的思想上去，《易经》的核心部分是八卦，象征物理人事的符号，具有普遍的意义。八卦是乾坤两卦所代表的八种天地间的基本物象，不停地相与鼓动变化，而人生长在这个运行不息的天地之间，际遇凶吉，动止纷纭，由是产生了宇宙万物，变幻莫测。所以八卦是三画卦，代表天、地、人三才。《易经·系辞上》：“六爻之动，三极之道也。”天、地、人三极，具体地说，天的作用在“化”，地的作用在“育”，人的作用在“赞”，三者互相为用，即相生、相补、相克，用一个范畴来概括，那就是“参”，从而构成了中国哲学思想的基石。“以三为法”的深刻而重要的哲学内涵——世界一切的创造象征便由此派生而出。从“一”出发——东汉整一的社会——裂变为天下大乱，演化为天下三分，又逐渐趋向三分归“一”——回到了两晋整一的社会。小说概括历史生活，选择从“一”始到“一”结，体现了中国古代的文化观念。许慎《说文解字》第一个字就是一，他说："惟初太始，道立于一，造分天地，化为万物。"一就是整体，就是世界。它不是一个单纯的数字，而是一个哲学概念。《淮南子·天文训》对此作了明确的解释："道始于一；一而不生，故分为阴阳，阴阳合和而万物生，故曰：一生二，二生三，三生万物。"老子《道德经》："道生一，一生二，二生三，三生万物。"社会的发展、变化也是如此，"合久必分，分久必合"，始于"一"而终于"一"。这是否定之否定的历史辩证法，正如列宁指出的："发展似乎是重复以往的阶段，但那是另一种重复，是在更高基础上的重复（'否定的否定'），发展是按所谓螺旋式而不是按直线式进行的……"（《卡尔·马克思》）[①] 所以说，古代的朴素唯物辩证思想也体现在《三国演义》叙事艺术结构的组合方式上。尽管罗贯中原著没有"合久必分""分久必合"这样的字句，是毛宗岗在整理和评点时，从对该书的认识中概括出来的，不过他这一认识是符合原著的实际情况的。

无论是儒家还是道家学说都强化了《易经》"三生万物"观念的传播和运用。同时，也说明《易经》与中国文化的关系。纵观中国思想发展史，中国文化产生重大转折时期是春秋战国时代，诸子蜂起，百家争鸣。尽管彼此对立，相互争辩，但都从不同的角度扩展了中国文化的外延，深化了它的内涵，它们之间共同的文化思想融合到了《易经》。《易经》的成书历时数千年，不仅有一个漫长的历史演变过程，而且内容十分复杂，巫术、哲学、科学、史学等层面都具有，是中国文化现象整合的产物，自觉地顺应了学术思想大融合的趋势，因此，《易经》提出了"天下同归而殊途，一致而百虑"的著名命题。

一卦由六爻组成，爻是从微观的角度反映一个事物的各个部分、一个时代中的各个发展阶段。讲到六个爻位的变化，乾卦用九数来作表示，坤卦用六数来作表示，"九"与"六"这两个数字在《易经》中就具有重要

① 《列宁选集》第二卷，人民出版社 1972 年版，第 584 页。

的哲学意味，加之又是“三”的倍数，于是“三”“六”“九”在传统文化中被格外看重，象征着吉祥和安定。约定俗成地被人们在各个方面使用，形成了“以三为法”的传统观念和方式。在我国上下几千年的历史中，遍及哲学观念、政治制度、传统风俗和文学创作。《白虎通义·封公侯》说王者立“三公，九卿，二十七大夫，八十一元士，以顺天成道”。共计一百二十个官。中国古代建筑也“以三为法”布局，班固《西都赋》说长安城“披三条之广路，立十二之通门”。故宫以三大殿鼎立为中心，加强了帝王的权势。天坛的圜丘坛分为三层，其中栏杆与扇面形石板都是九或九的倍数。中国文化之根不能不归结到《易经》所奠定的文化传统。特别是它合理的内核——“以三为法”，象征世界一切的创造，体现了朴素的唯物辩证思想。

“以三为法”叙事结构方式的审美特征

“以三为法”是审美简化原理在叙事结构中的体现，它所强调的“简化”，不是“成分”的简化，而是“结构特征”的简化，美就在最简化的结构之中。克莱夫·贝尔更直截了当地说：“简化对整个艺术来说都是不可缺少的。没有简化，艺术不可能存在，因为艺术家创造的是有意味的形式，而只有简化才能把有意味的东西从大量无意味的东西中提取出来。”① “以三为法”的叙事方式正是这一原理的体现。

其一，“以三为法”的叙事方式是以数学美的简单性来体现自己“结构特征”的简化美。小说家运用“三”这个有意味的数字去结构或叙事其感知的复杂而丰富的社会生活，正反映了把复杂的千头万绪的社会现象归结到一种有规律的简明的艺术形式当中。追求数学美的一个基本特征——简单性。科学家是通过逻辑的演绎追求数学美的简单性，而文学家则通过艺术的感知和叙事的提炼追求数学美的简单性。三顾茅庐、三打祝家庄、三

① ［英］克莱夫·贝尔：《艺术》，中国文艺联合出版公司 1984 年版，第 149 页。

打白骨精等复杂的社会现象，都用“三”的方式结构。“三”既有多的哲学意味，又有数学简单美的特征。用这种叙事方式概括和表现丰富的大千世界的现象，确实是古代小说家的一种艺术创造。

诸葛亮长期隐居隆中，不攀豪强。一旦出山，便与刘备纵谈天下大势，指出了三分天下的总策略。这看似极为矛盾，实则却是“入世”和“出世”的儒道互补的传统心态，既可以修身、齐家、治国、平天下，又可以啸傲山林、隐匿民间。用则行之，舍则藏之。这不仅是诸葛亮或一代文人的心态，也是整个封建时代中国知识分子的传统心态。对于这样一个复杂的心理结构转化过程的再现，小说家设置了一个三请诸葛亮的叙事结构。一方面表现了刘备求贤若渴，平定天下的雄心之切；另一方面也含蓄地披露了诸葛亮正经历着心理转换的巨大冲击。在一个短时期内，表面很平静，避而不见，高卧不起，实则他在心理风暴的裹挟下，正艰难地从出世的彼岸过渡到入世的此岸，只不过复杂的心理历程都被浓缩到“三请”之中，以给读者留下想象的空间罢了。小说家用“三请”的叙事方式，既简单又深邃，可谓传神之笔。毛宗岗在第三十七回回批中指出：“淡泊宁静之语是孔明一生本领。淡泊，则其人之冷可知。宁静，则其人之闲可知。天下非极闲极冷之人，做不得极忙极热之事。后来博望烧屯以至六出祁山，无数极忙极热文字，皆从极闲极冷中积蓄得来。”[①]这既是对“三请”之中诸葛亮心灵历程的概括，又是对“三请”表现出的社会生活的底蕴的揭示。所以说“以三为法”体现了数学简单美，是以尽可能少的结构形式把复杂的材料组织成有序的整体时，便贯穿了审美简化原理。

其二，“以三为法”的叙事结构方式的对比性，体现“结构特征”的简化美。对比应具有两个条件，第一要有对立，第二要有价值上的均等。显然，这两个条件不单是从形式上讲的，还包括内容。叙事结构方式，不单单是一个形式问题。按照黑格尔的说法：“形式就是内容并且按照其发

① 沈伯俊：毛本《三国演义》整理本，中州古籍出版社1992年版。

展了的规定性来说，形式就是现象的规律。”“内容非它，即形式之转化为内容；形式非它，即内容之转化为形式。”[①]叙事结构正是这样，既是形式，也是内容。

“三气周瑜”这个结构单元就是以对比性体现简化美的极好例证。其对比之一：让周瑜与诸葛亮两个杰出的人才，在对比中展示各自的风采。周瑜是一位文武兼备、风流儒雅的青年将军，在赤壁之战中洞明时势，独排众议，力挽狂澜，又精通韬略，运筹帷幄，决策千里。可他的智谋，总能让诸葛亮看透；他的计谋，又总能让诸葛亮化解，在对比中衬托诸葛亮是一位更加智慧的典型。如果说在“赤壁大战”那个结构单元中，这种对比还是点缀或侧面烘托的话，那么在“三气周瑜”这一结构单元中，则完全是正面对比，而且结果，用旁人的说法：“周郎妙计安天下，赔了夫人又折兵！”用他切身的体会则是：“既生瑜，何生亮！”把两位杰出的人才放在沧海横流的时代，用对比的方式，显示出周瑜的弱点——器量狭小，容易冲动，感情用事，衬托出诸葛亮的大气大度，稳健谨慎，不动声色，效果十分显著。

对比之二：“一气周瑜”是在周瑜没有料到的情况下，他好不容易打败曹仁，满以为南郡到手了。想不到诸葛亮派赵云捷足先登，夺得城池；“二气周瑜”是周瑜不直接出面，让孙权将妹子嫁给刘备，扣住人质，换取荆州，结果弄假成真；“三气周瑜”则是周瑜直接上阵，兵伐西川，结果病死巴丘。这“三气”一次比一次递进，一次又一次失败，总是着鞭在后，弄巧成拙，形成对比。

对比之三：“三气周瑜”“整个单元着重表现智者之间的较量，这是盟友之间在一定限度内的矛盾，与誓不两立的敌对双方血腥厮杀大不相同，所以作者在多数场合都以轻松的笔调展开描写。如写鲁肃几度与诸葛亮交涉，颇有令人捧卷欲笑之妙……‘二气’时诸葛亮命军士高喊‘周郎妙计安天下，赔了夫人又折兵’，‘三气’时刘备军大叫‘活捉周瑜’，也都

---

① ［德］黑格尔著，贺麟译：《小逻辑》，商务印书馆1980年版，第278页。

带有调侃的意味。这种格调，不仅与这一单元的内容合拍，而且夹在赤壁之战与渭南之战之间，也使全书的风格富有变化。”①这是结构单元之间格调与节奏的对比。总之，结构方式的对比，无论对人物性格、情节演变或格调氛围，都会产生“结构特征”的简化美。

其三，“以三为法”的叙事结构方式以层次演进来体现“结构特征”的简化美。依据多样而统一的美学命题，小说主题、题材的统一与情节描写、人物刻画的多样，形成各个部分或不同阶段的渐次演进，犹如在一个乐章中不断地重复主旋律，每一次重复，音调和节奏又不断变化，在给人们新的美感享受时，强化对主旋律的领悟、感受和理解。“六出祁山”和“九伐中原”就是在一个主旋律——北伐中原，层次渐进地表现：公元228—234年诸葛亮对曹魏的北伐征战；公元249—262年姜维对曹魏的北伐征伐。与历史本来的面貌来对照，便知无论是“六出祁山”，还是“九伐中原”都是小说家将表现对象与主体审美思维有机地统一，在情感的倾向、素材的取舍、情节的详略等各个方面，都表现出小说家主观选择的明显痕迹。

据《三国志》所载，从建兴五年（227）至建兴十二年（234）秋，诸葛亮对曹魏一共有五次是征伐，一次是守御。具体如下：

（1）建兴六年（228）春，诸葛亮率军攻祁山，得南安、天水、安定三郡，收大将姜维。然而因马谡失街亭，只得退还汉中。小说从第九十一回“伐中原武侯上表”一直描写到第九十六回“孔明挥泪斩马谡”。共计写了六回。

（2）建兴六年（228）冬，诸葛亮复出散关，围陈仓，魏军坚守不出，蜀军粮尽而还，退兵时计斩魏将王双。小说从第九十七回“讨魏国武侯再上表”写到第九十八回“追汉军王双受诛”。

（3）建兴七年（229）夏，蜀军攻取阴平、武都，大破魏军。因诸葛亮闻张苞身死，悲痛至极，“口吐鲜血，昏绝于地”，病卧床第，不久退

① 沈伯俊：《三国漫谈》，巴蜀书社1995年版，第178页。

兵。小说只写了第九十九回“诸葛亮大破魏兵”。

（4）建兴八年（230）秋，魏曹真、司马懿兴兵伐蜀，来取汉中，诸葛亮大破曹真于祁山之西——斜谷口。司马懿利用反间计，后主刘禅信谗，将诸葛亮召回。此描写在第一百回“汉兵劫寨破曹真　武侯斗阵辱仲达”之中。

（5）建兴九年（231）春二月，诸葛亮出兵围祁山，陇上割麦，补充军粮。魏司马懿、张郃救祁山。夏六月，李严因军粮不济，发书告急，谎称孙吴兴兵犯蜀。诸葛亮班师而还，退兵时射杀了魏国名将张郃。此描写在第一百零一回“出陇上诸葛妆神　奔剑阁张郃中计”。

（6）建兴十二年（234）春二月，复出祁山，用“木牛”“流马”运送粮草，与司马懿对阵渭南。并设计上方谷，火烧司马懿，险些使其丧命。从此魏军坚守营寨，拒不出兵。诸葛亮因积劳成疾，病死五丈原。“六出祁山”从第一百零二回“司马懿占北原渭桥”一直描写到第一百零五回“武侯预伏锦囊计”为止，写了三回半。

从上面史书所载可以看出，建兴八年那次所谓“四伐”，纯属守御，算不上“北伐”。真正“出祁山”只是建兴六年（228）“二伐”和建兴九年的“五伐”这两次。而小说家正是用“六出祁山”，才表现出叙事结构的层次演进，明快概括，而且又以诸葛亮北伐为叙事视角，统御六出祁山复杂而统一的演进的情节，使结构特征体现了简化美。姜维“九伐中原”也是如此，他是唯一继承诸葛亮的遗志的人，竭尽忠诚，始终不渝地“北伐”。毛氏本《三国演义》也算作姜维第九次北伐，除却用“九”与“六”相对应，体现结构特征的美而外，还含有“九死而犹未悔”的意义，表现姜维的坚定志向。总之，以情节为叙事结构中心的小说，其结构方式的转换和组合，一方面来自客观现实生活和人物性格逻辑的制约，因为人们总是要从情节与生活的关联中，审视小说家建造的叙事结构是否表现了历史的轮廓和走向；另一方面文化意识和情感倾向所形成的内聚力，又使小说家自觉不自觉地作出自己的选择，即一种与读者相应的审美期待和传统观念的结构规范。正是二者的结合构成了《三国演义》结构方式的特色。

第五章

轴心人物性格与三足鼎立的形成

——《三国演义》人物性格与社会关系系列之一

人物性格的创造与功能，是叙事研究的基本范畴。在这一领域，人们可以从不同的视角深入人物世界之中探测，几百个鲜活生动人物组合的群体性格，像天上的星星，大大小小，各有各的位置，彼此拉动，又相互制约，运行在属于它自己的轨道上，来去自如，生生灭灭。是他们血与火的奋斗，凝铸的人生经验、时代精神、历史潮流、社会形态……汇成一部三国文化艺术史。

《三国演义》人物叙事，依据在叙事结构中的地位和功能分为三类人物：轴心人物、两翼人物和贯穿人物。

（1）轴心人物。他们的性格结构往往与历史进程的关键事件相重合、相搏击，三国鼎立的时空框架就是由几个这样的轴心人物作为里程碑标示的。曹操、刘备、孙权是轴心人物，诸葛亮也是轴心人物。

（2）两翼人物。辅佐历史轴心人物最重要的人物，是文臣武将，可称为两翼人物。是他们影响着历史轴心人物，也是他们将历史轴心人物的意志，付诸现实。无论是成功，还是失败，反过来又映衬着历史轴心人物的辉煌与暗淡。

（3）贯穿人物。小说家将历史截取一部分，建构自己的叙事结构时，需要穿针引线的过场人物，有的本来在历史上就是这样的过场人物，如张松；有的借历史人物之躯，加以改造成小说人物，如蒋干；有的纯属虚构的人物，如貂蝉。总之，他们这些贯穿人物都是为了小说家建构《三国演义》叙事的需要而服务的。

纵观中国历史，凡改朝换代都会引起社会大变动、大分化、大改组，豪强混战，群雄割据，社会动荡，逐渐一统。这是历史的常例，东汉末年，三足鼎立，却是历史的偶然。它是曹操在战略上失策和孙权、刘备集团的“人谋”所致。曹操、刘备、孙权都是志吞四海的领袖人物，各自网罗了一批人才，从而形成了三个强大的政治军事集团。在互相撞击中形成一个历史的合力，三分天下。这就是三国历史形成的进程。

三国历史本质的再现与《三国演义》轴心人物曹操、刘备、孙权性格的创造是有直接联系的，二者是典型环境与典型性格之间的关系。只有把曹操、刘备、孙权轴心人物的典型性格形成的内驱力揭示得深刻，才能真实而生动地反映三足鼎立历史过程的时代特征、动向和趋势。黑格尔在论述人物性格的丰富性和时空结构多样性的关系时说：性格必须“保持生动性、完满性，使个别人物有余地可以向多方面流露他的性格，适应各种各样的情境，把一种本身发展完满的内心世界的丰富多彩性显现于丰富多彩的表现”[①]。黑格尔指出了人物性格创造的一个规律：各种不同的时空环境，是显示人物不同性格定式、结构形态的引力场。从这一美学高度去剖析曹操、刘备、孙权的性格结构，才能更深刻地认识它所包容的历史内涵。在这个意义上，人物性格结构和《三国演义》叙事结构的重心是一致的。

《三国演义》最核心最精彩的篇章，是在三足鼎立形成过程中，显示了叱咤风云的领袖人物曹操、刘备、孙权的英雄本色。东汉末年，皇权旁落，豪强混战，人才散乱，局势动荡，三教九流择木而栖、择主而事，为什么在流动中逐渐趋向曹操、刘备和孙权这三个政治军事集团？大大小小的豪强首领董卓、吕布、袁术、袁绍、刘璋等为什么又都在群雄角逐中先后败亡，而唯独曹操、刘备、孙权三大集团崛起？曹操、刘备、孙权三大政治军事集团所形成的人才均势对鼎足天下起到了什么重要作用？这些问题不能不首先引

---

① ［德］黑格尔著，朱光潜译：《美学（第一卷）》，商务印书馆1979年版，第364页。

发我们去思考：曹操、刘备、孙权的性格结构与三足鼎立历史形成的关系。

三足鼎立的形成，起于三顾茅庐（207）而止于汉中大战（219），历时达十三年之久，是极其复杂的历史演进过程。正如历史学家翦伯赞所说："三国鼎立的局面之形成，正是豪族在混战中彼此吞灭到最后，再不能吞灭之结果。"① 当时的北方豪强并立，曹操先后击败和收归了陶谦、袁术、吕布、张绣等北方豪强势力，接着集中优势兵力，决战于官渡，从而铲除了北方最大的豪强——袁绍集团，并乘胜北征乌桓，终于完成了统一北方的大业。当时的孙权和刘备虽然都没有独立的力量和曹操相匹敌，但孙刘联盟在赤壁之战中击败了曹操。这场战争不仅阻挡了曹操南下，打破了其一统天下的梦想，而且还导致了天下的三分。究其原因，首先是从人才上已形成曹操、刘备、孙权三个政治军事集团，又促成政治均势，即孙刘联盟共抗曹操的历史格局。赤壁大战是天下三分之始，但最后的确立，还要看最终是否形成三分的地理均势。因为此时的刘备只占有荆州的大部，还不能和北方的曹操、江东的孙权相对抗。直至刘备夺取西川为根据地，汉中大战取胜。此时荆州、东三郡②、汉中构成一道防御曹操、孙权的屏障，使腹心地带益州成为立国之本，三国鼎立的局面才得以确立。三分天下的历史，实质是三方形成了人才均势、政治均势和地理均势，形成三方谁也吞灭不了谁的历史过程。

三分天下的历史进程在《三国演义》中描写了三十九回，即第三十五回至第七十三回。曹操、刘备和孙权的轴心性格正是在三分天下的"人谋"和"攻伐"中展现的，是叙事结构的重心所在。曹操的一生以赤壁大战为界，前期在军事上不断取得胜利，处于主动进攻的态势，因而产生急于统一天下、骄傲轻敌的情绪；后期从赤壁败北至汉中之失，在军事上处于守势，主要采取持久作战，积蓄力量的战略方针。曹操进兵关中，消灭马

---

① 翦伯赞：《董卓之乱与三国鼎立局面之序幕》，《北京大学学报（哲学社会科学版）》1988 年第 2 期。

② 西城、上庸、房陵"在汉中之东，故蜀汉谓之东三郡"，见《华阳国志（卷二·汉中志）》。

超、韩遂之部曲。长驱南郑，平定张鲁之势力，目的是统一关陇，巩固后方，解除后顾之忧，以居高临下的姿态再征伐孙权和刘备。正如刘备所说："今操三分天下已有其二，将欲饮马于沧海，观兵于吴会，何肯守此坐须老乎！"（《资治通鉴·汉纪·献帝建安二十年》）[①]刘备的光辉业绩主要是赤壁大战至汉中大战时期，他顺利取得荆州为根据地，夺西川，取汉中，建立了蜀汉的基业。刘备的前半生东奔西走，所成甚微。虽然有关羽、张飞、赵云这样的"虎将"，但他的政治军事集团人才结构不合理，自从得"伏龙凤雏"相佐，又有"五虎上将"效力，迅速取得西蜀为根据地，才得以从人才、政治、地理三方面与曹操、孙权相抗衡，出现蜀汉政权的"盛世"。孙权在第二十九回继兄业掌大权，开始大有作为。不仅因他得天独厚地占有江东，已历三世，国险民附，而且又有周瑜、鲁肃相辅，赤壁一战，声威大振；吕蒙、陆逊相佐，赢得夷陵之战的全胜。虽比不上曹魏那样谋士如云、战将如林，但他坐守江东，凭借长江天堑，曹操、刘备还是不敢轻视的。赤壁大战之后，也是孙权走向鼎盛的时期。因此，三足鼎立的时代，是创业的时代，是展示曹操、刘备、孙权性格结构光辉的时代。

统一北方战争与曹操的轴心性格

三国鼎立，曹操的实力最强大。东汉末全国有十三州，曹操占有九州之地，实力很强，雄踞北方，虎视天下。

自董卓之乱，曹操陈留起兵，在十几年里，他的政治军事集团越发展越强大。想当年，穷凶极恶的董卓称霸一时；狂愚而逞的袁术妄图"登基"，演出了一场闹剧；武艺高强的吕布聚集一帮人马，割据一方；志大才疏的袁绍也威震北方，名噪一时。然而，这些群雄最终在角逐中被历史的风云席卷而去，北方一统，仅留下雄才大略、赫赫功绩的曹操名垂青史。

---

① 司马光：《资治通鉴》，中华书局 1956 年版，第 2135 页。

曹操的性格结构是由高能核心人才素质与封建政治家权谋品行对应组成的，而且是互补的结构形态。前者可以概括为“雄”，后者可以概括为“奸”。奸雄统一在一起，即雄中有奸，奸中有雄。雄的性格素质在什么情境下占主导地位，奸的性格素质在什么情境下占主导地位，一般来说是由影响其性格构成的历史现实的时空环境的变化而决定的。在宏观时空，宦官集团是东汉末年一切腐朽势力的代表，曹操虽是出身于宦官集团的豪强士族，但他一踏入政界，就反宦官、反专制、反董卓，不仅顺应历史的大潮流，而且展现其高能核心人才素质：高屋建瓴的战略决策意识；广揽人才，扩大政治势力；发挥群体优势，以弱克强，特别是在统一北方的战争中表现得尤为突出，显示出曹操性格的不同凡俗、英明卓识和雄才大略。这就构成了他性格结构“雄”的一面。但这一切毕竟是在具体空间中展示的，也就是不能离开豪强势力你死我活、互相勾结、尔虞我诈的特定的环境。当然，离开宏观时空下的观照，具体时空的现象就不可捉摸。他有时既爱民安民，免除赋税，平定战乱；有时又血洗徐州，妄杀无辜，视民如草芥；有时既爱才如渴，四处访贤，拜为上宾；有时又难容祢衡，忌杀杨修，逼死荀彧；有时既宽宏大量，焚书不问，义释关羽；有时又气量狭窄，狐疑心虚，刚愎自用……在不同的具体时空表现出相反相成的性格素质。这都是受制于特定的具体环境作用和影响，心理的变化折射出外部的环境。即使同一性格素质，由于心理因素所致，也会露出不同的性格表征。这是人物性格个性化的内在根据，是一个人长期的生命体验、民族意识和社会文化诸方面的心理积淀。这方面的表现是更为复杂、更为微妙、更为深刻的领域。无论是宏观时空、具体时空，还是心理空间层次，都不是截然鲜明地划分的，而是互相联系、互相交叉、互相融合的，多变交错的时空决定着人物性格素质的结构形态的丰富性。曹操的奸雄对应性格结构在变化交错的时空下，不断地展示着性格层次交叉与复合的侧面。这些相反相成的性格素质有机合成后的纷繁的色调，形成了曹操丰富多彩的性格世界。

当代学者刘再复论证人物性格的二重组合原理，他说：

> 每个人的性格，就是一个构造独特的世界，都自成一个有机的系统，形成这个系统的各种元素都有自己的排列方式和组合方式。但是，任何一个人，不管性格多么复杂，都是相反两极所构成的。这种正反的两极，从生物的进化角度看，有保留动物原始需求的动物性一极，有超越动物性特征的社会性一极，从而构成所谓“灵与肉”的矛盾；从个人与人类社会总体的关系来看，有适于社会前进要求的肯定性的一极，又有不适应社会前进要求的否定性的一极；从人的伦理角度来看，有善的一极，也有恶的一极；从人的社会实践角度来看，有真的一极，也有假的一极；从人的审美角度来看，有美的一极，也有丑的一极。此外，还可以从其他角度展示悲与喜、刚与柔、粗与细、崇高与滑稽等等的性格两极的矛盾运动。任何性格，任何心理状态，都是上述两极内容按照一定的结构方式进行组合的表现。[①]

人物性格二重组合原理对透视曹操奸雄的性格结构，尤为深刻。我们在侧重叙述他高能核心人才素质一面的同时，也不能忽视其性格包容奸险诈伪的一面。总是雄奸共体，有时是以雄为主，奸在其中；有时是以奸为主，雄在其中。

高屋建瓴的战略决策意识——总揽皇机

曹操性格结构的重要特征，是具有高能核心人才的素质，胸怀全局，目光远大，善于决策。董卓之乱开启了豪强混战的局面，北方就出现了如公孙瓒、袁术、陶谦、吕布、刘表、刘备、曹操和袁绍等地主豪强武装，割据州郡，称霸一方，互相攻伐，扩大势力，分裂天下。其中最有优势的是袁绍，雄冠中原，据冀、青、幽、并四州之地，名噪天下，大有统一天

① 刘再复：《性格组合论》，上海文艺出版社 1987 年版，第 59—60 页。

下之势。而曹操当时虽实力不强，但雄心勃发，满怀克群雄、问周鼎之志，在战略上蔑视诸多豪强。他和刘备青梅煮酒论英雄，吐露了这种情怀：

> 玄德曰："淮南袁术，兵粮足备，可为英雄？"操笑曰："冢中枯骨，吾早晚必擒之！"玄德曰："河北袁绍，四世三公，门多故吏。今虎踞冀州之地，部下能事者极多，可为英雄？"操笑曰："袁绍色厉胆薄，好谋无断，干大事而惜身，见小利而忘命，非英雄也。"玄德曰："有一人名称八俊，威镇九州——刘景升可为英雄？"操曰："刘表虚名无实，非英雄也。"玄德曰："有一人血气方刚，江东领袖——孙伯符乃英雄也？"操曰："孙策藉父之名，非英雄也。"玄德曰："益州刘季玉，可为英雄乎？"操曰："刘璋虽系宗室，乃守户之犬耳，何足为英雄！"玄德曰："如张绣、张鲁、韩遂等辈皆何如？"操鼓掌大笑曰："此等碌碌小人，何足挂齿！"玄德曰："舍此之外，备实不知。"操曰："夫英雄者，胸怀大志，腹有良谋，有包藏宇宙之机，吞吐天地之志者也。"玄德曰："谁能当之？"操以手指玄德，后自指，曰："今天下英雄，惟使君与操耳！"

刘备列举的诸多豪强，曹操均一一否定，不排除英雄气盛、轻蔑敌手这一因素，但从他的话中透出的英雄标准，以及用这个标准衡量人所得出的结论，不难看出他强调的是高能人才所应具有的素质。换句话说，慧眼识才的人，他本身就是人才。所以曹操认为刘备列举的人都不如刘备和他自己，历史实践也证明了曹操的见识卓著。

高能人才素质的表现是多方面的。对于军事统帅来说，首先表现在高屋建瓴的战略意识上。在讨伐董卓的战争中，曹操夺得兖州，建立了军事根据地，再图发展。同时，又不失时机地以勤王名义发兵保驾，控制皇权，"挟天子以令诸侯"。这是他在政治上的高屋建瓴，从此给曹操集团的发展带来了重要的转机。东汉政权虽已如大厦将倾，但汉献帝作为国家最高权力的象征，仍有影响。谁能把皇帝控制在手，谁就有发号施令的主动权。荀彧正是看到这一点，才在建安元年（196）春向曹操进谏，荀彧的见解正合曹操的战略意识，“曹操大喜”，欣然勤王保驾。

正当天子和百官被李傕、郭汜领兵进逼之时，“但见尘头蔽日，金鼓喧天，无限人马来到”，原来是曹操派遣的先锋夏侯惇引上将十员、精兵五万，前来保驾。随后又有曹洪、李典、乐进等上将率步兵前来协助。落难之中的汉献帝感慨道：“曹将军真社稷臣也！”曹操人未到，便已声威大振。于次日曹操亲率大队人马方才到来。这里把曹操的威仪不凡，调度有方，勤王适时，生动地烘托了出来。

然而当时长安丧乱，洛阳残破。皇室百官除在洛阳的粮草资财，难以为继而外，政局不稳，“诸将人殊意异，未必服从。今若留此，恐有不便”。董昭建议曹操：“惟移驾幸许都为上策。”并指出：“夫行非常之事，乃有非常之功：愿将军决计之。”曹操笑道：“此吾之本志也。”荀彧等谋士也都赞成“迎天子都许”，还用“五行说”论证了都许必兴。荀彧说：“汉以火德王，而明公乃土命也。许都属土，到彼必兴。火能生土，土能旺木，正合董昭、王立之言。他日必有兴者。”（第十四回）许县为中原腹地，南窥荆越，北视冀幽，东眺齐鲁，西察二京，地理位置关键，且物资充足。加上许县与曹操的故里谯县相邻，根基牢固。从曹操勤王保驾到“迎天子都许”，历时半年，尽管有谋士进谏适时，但归根到底付诸实施，乃合曹操“本志”也！所谓本志，即总揽皇机，号令天下。建安时期共二十五年，是曹操一生建树最多的时期，仅建安元年这一高招，就显示了曹操超越其他豪强的雄才伟略。

建安元年九月，曹操迎汉献帝刘协迁都许。从此，建安时期二十五个春秋，是曹操统揽朝政、统一北方、奠定基业的发展时期。《三国演义》以此为历史依据，构建了历史小说曹魏的叙事结构。虽然对这一历史阶段的总体框架和历史倾向的描写，与《三国志》记载相去不远，但是，两相比较，显而易见，《三国演义》淋漓酣畅的描写，比《三国志》记载“天子都许”在曹魏统一北方中产生的势能更形象、更集中，也更典型，峥嵘岁月中的曹操形象更加生动传神。

《三国演义》描写“天子都许”在曹魏叙事中产生的势能，是构建曹魏叙事结构不可或缺的重要因素。所谓叙事中的势能，是某些叙事因素“推动着结构线索、单元和要素向某种不得不然的方向运转、展开和律动”。① 具体到《三国演义》描写“天子都许”在曹魏叙事中产生的势能，应包括：总揽皇机，展示了曹操性格结构中的本体动能；曹魏集团“挟天子以令诸侯”而造就的势能；曹操弄权而引起的朝廷内外的反对势力，也就是势能反弹。从而构成了《三国演义》第十回至第三十四回的叙事内容，即曹魏叙事结构，是《三国演义》整体结构的重要组成部分。因此，以“迎天子都许”为基本的历史线索，研究《三国演义》在曹魏统一北方的叙事中，是如何创造性地还原历史曾出现的势能，以及其对构建曹魏叙事结构产生的功能。

《三国演义》的曹魏叙事结构是以曹魏主要人物和中心事件作为结构要素和结构线索的。曹操既是创造三分天下的历史人物，也是构建《三国演义》曹魏叙事结构的核心人物。其中曹操统一北方，包括两大叙事结构单元，即“豪强争霸”（第十回至第二十四回）、“官渡大战”（第二十五回至第三十四回）。这两大叙事结构单元的一个重要因素便是曹操性格的本体动能。历史上英雄人物顺应社会发展潮流，把握机遇，或多或少地推动和创造历史。《三国演义》中的曹操是一个多元性格的人物，这种性格的人物本身所具有的本体动能，不仅是强大的，而且表现也是多方面的。其中曹操成功地总揽皇机，“迎天子都许”，在群雄之中异军突起，是其性格中本体动能的表征之一。他既开拓自己的生命历程，又外射为复杂的结构形态，构成“天子都许”在曹魏叙事中的势能要素。

曹操总揽皇机有一个过程，早在初平三年（192）曹操有了兖州这块根据地，毛玠曾向曹操进言：“宜奉天子以令不臣，修耕植，畜军资，如此

① 杨义：《中国叙事学》，人民出版社 1997 年版，第 76 页。

则霸王之业可成也。”[1]曹操“敬纳其言”，可见其素有此志。

建安元年（196）七月，汉献帝逃出长安，到达古都洛阳，被董卓烧毁的京城变成一片瓦砾。《三国志》记载：“天子入洛阳，宫室烧尽，街陌荒芜，百官披荆棘，依丘墙间。州郡各拥兵自卫，莫有至者。饥穷稍甚，尚书郎以下，自出樵采，或饥死墙壁间。”[2]《三国演义》真实地再现了这一历史背景：“帝入洛阳，见宫室烧尽，街市荒芜，满目皆是蒿草，宫院中只有颓墙坏壁。命杨奉且盖小宫居住。百官朝贺，皆立于荆棘之中。诏改兴平为建安元年。是岁又大荒。洛阳居民，仅有数百家，无可为食，尽出城去剥树皮、掘草根食之。尚书郎以下，皆自出城樵采，多有死于颓墙坏壁之间者。”尽管诸豪强对待这个名存实亡、无依少靠的傀儡皇帝冷漠到了“莫有至者”的境地，但北方最大的豪强袁绍集团和锐意进取的曹操集团都有谋士主张迎天子。汉献帝这个末代皇帝，虽无权无势，然而毕竟是封建王朝统一政权的象征。在“皇权天授”传统天命观的笼罩下，对朝野上下还是具有一定的感召力。事实上谁拥有这个“天子”，谁就拥有“挟天子以令诸侯”之权势。谁能把握这种机遇，就看谁具有本体动能去开拓并驾驭。

当时称霸四方的许多豪强都缺少政治远见，且别说狂愚而逞的袁术，就连威震北方的袁绍也大事糊涂。在这个重要的政治问题上，袁绍就逊色多了。早在曹操迎驾之前，谋士沮授就向袁绍献计：“且今州城粗定，宜迎大驾，安宫邺都，挟天子而令诸侯，畜士马以讨不庭，谁能御之！”袁绍很高兴，但一听谋士郭图、淳于琼持不同意见，袁绍马上放弃了沮授的建议。正如沮授预料的：“今迎朝廷，至义也，又于时宜大计也，若不早图，必有先人者也。夫权不失机，功在速捷，将军其图之！”[3]袁绍好谋无断，失掉了作出正确决策的良机，而曹操却听从谋士荀彧的进谏。《三国演义》描写建安元年春，荀彧向曹操说：

① 《三国志·魏书·毛玠传》，中华书局 1975 年版，第 374 页。

② 《三国志·魏书》，中华书局 1975 年版，第 186 页。

③ 《三国志·袁绍传》裴松之注引《献帝传》，中华书局 1959 年版，第 195 页。

> 昔晋文公纳周襄土，而诸侯服从；汉高祖为义帝发丧，而天下归心。今天子蒙尘，将军诚因此时首倡义兵，奉天子以从众望，不世之略也。若不早图，人将先我而为之矣。（第十四回）

这段话《三国志》也有记载。荀彧的见解正合曹操的战略意识，“曹操大喜”，欣然勤王保驾，取得了政治上的主动权。曹操性格结构这一素质特点在《三国演义》叙事结构产生的意义，主要体现在叙事视角制高点上。曹操统一北方这一板块的两大结构单元“豪强争霸”和“官渡大战”，虽然线索错综，人物众多，大大小小的事件此起彼伏，但都串联在曹操和他的事业上。

《三国演义》删去了史籍上有关曹操“迎天子”的曲折和阻力。《三国志》记载：“太祖将迎天子……乃遣曹洪将兵西迎，卫将军董承与袁术将苌奴据险，洪不得进。”秋七月曹操亲自率兵从颍川到洛阳，又遇杨奉、韩暹的阻挡，几欲刀兵相见。经董昭的斡旋，才得保驾成功。

控制皇权，“挟天子以令诸侯”。曹操名义居一人之下，实际在众诸侯之上，形成政治上的一种居高临下的势能。这有利于曹操集团征伐异己、扩大地盘、发展壮大，从此给曹魏带来了重要的转机。可见，“迎天子”势能的实现，与曹操多构性格的本体势能是分不开的。“只要这种性格是多构的和强大的，它就会以正正反反的内在能量在复杂的情境中开拓自身的生命历程，从而显示出性格的丰富性，以及结构转换和进展的曲折性和多面性。结构内含着性格的能量，性格外射为结构的复杂形态。”[①] 从这个意义上讲，多构性格的本体动能推动整个叙事结构的运转。以“豪强混战”这一单元来说明，当时几乎北方割地称霸的豪强都出现了，如陶谦、张邈、吕布、袁术、刘备、袁绍，以及东汉朝臣故吏马腾、杨奉、董承、杨彪、王子服。他们之间的矛盾和事件接二连三，一波未平，一波又

① 杨义：《中国叙事学》，人民出版社1997年版，第79页。

起。换句话说，谁都想吃掉谁，称霸于世。透过群雄角逐，会发现大大小小的事件和形形色色的人物，都串联在一个核心人物曹操和他的事业发展壮大的线索上。而且以曹操“挟天子以令诸侯”为叙事视角的制高点，统御这一历史过程的繁复情节和人物的叙事顺序。由此而构成《三国演义》“天子都许”在曹魏叙事中产生的势能。令出天子，征伐异己。曹操从军事上对北方群雄采取先近后远、先弱后强、分化瓦解、各个击破的战略方针，灭吕布、败袁术、收张绣、定刘表、破刘备，迅速扩大为唯一能和袁绍抗衡的豪强势力。当然，曹操弄权，不能不遭到以汉献帝为首的权臣故吏的不满和反抗。曹操又不得不“清君侧”，以残酷的手段清除皇上身边的反曹力量。如第二十回“董国舅内阁受诏”、第二十三回“吉太医下毒遭刑”、第二十四回“国贼行凶杀贵妃”。

借助势能，先弱后强、各个击破

势能犹如《孙子兵法》所讲的“转圆石于千仞之山者，势也”。这种外在势能的产生，关键在于“任势”。曹操在建安初期北方的豪强当中，是一个小军阀，还处在强敌环伺之中。当时曹操占据兖、豫二州；北面袁绍占据冀、青、并三州；公孙瓒占据幽州；东面吕布占据徐州；南面袁术占据淮南；张绣占据南阳；孙策据江东；刘表据荆州；刘焉据益州；张鲁据汉中；韩遂、马超据凉州。因此，曹操必须在吃掉一个个对立的豪强势力之中，才能不断壮大自己。靠什么呢？

首先是在政治上利用“天子都许”所造就的势能，坚持先弱后强、各个击破的战略原则，是他统一北方在军事上的成功之处。东汉末年北方诸豪强中，曹操的势力远远不如北方最大的豪强袁绍。袁绍当时已积聚了争天下的优势。首先是政治资本。“袁氏树恩四世，门生故吏遍于天下。”其次，袁绍比公孙瓒、袁术、吕布、刘表等人的智慧和谋略都要高一筹。再次，他聚集了一批人才，文如沮授、审配，武如颜良、文丑。最后，有乌桓贵族部落为外援。由此可见，袁绍在官渡之战前的实力，远非曹操可比。曹操要统一北方，最大的劲敌便是袁绍。

曹操平定北方的第一步就是平定黄河以南，第二步与黄河以北袁绍争雄。《三国演义》第十八回描写曹操征讨张绣时，袁绍欲乘机兴兵，进袭许都，慌得曹操征伐未果而匆匆回军。于是曹操便议论征讨袁绍。谋臣郭嘉建议说："徐州吕布，实心腹大患。今绍北征公孙瓒，我当乘其远出，先取吕布，扫除东南，然后图绍，乃为上计；否则我方攻绍，布必乘虚来犯许都，为害不浅也。"郭嘉为曹操谋划的策略，体现了先弱后强、各个击破这一原则。因为曹操的东边有吕布、刘备为患，南边有刘表、张绣相胁，北边和西边袁绍雄踞，因此，必须由近及远，扫除敌患。曹操听从了郭嘉的谏言，遂议东征吕布。曹操先以汉献帝的名义任命袁绍为大将军，诱其北上，攻打公孙瓒，《三国志》的记载大体相同："嘉又曰：'绍方北击公孙瓒，可因其远征，东取吕布。不先取布，若绍为寇，布为之援，此深害也。'太祖曰：'然。'"（《三国志·魏书·程郭董刘蒋刘传》裴松之注）[1]

曹操还没来得及对吕布动手，建安二年（197）春，袁术称帝。因曹操斩了袁术的使臣，袁术遂发兵进攻许都。曹操转身就拉拢吕布，以汉献帝的诏命任吕布为左将军，一块打袁术。并以汉献帝的诏命任命孙策为骑都尉，领会稽太守，并令他联合吕布，配合进攻袁术，终使袁术因孤军作战而一败涂地。

《三国志》记载的这段历史，为《三国演义》描写"豪强争霸"的叙事内容提供了历史的基本素材。但作为小说的《三国演义》，要以编织故事的叙事方法描写这段历史，为此虚构了两个军事计谋：一个是"二虎竞食"之计，另一个是"驱虎吞狼"之计。这两个计谋，说穿了就是利用汉献帝的诏命，把两个各自独立的豪强集团拴到一块，让他们互相吞并，导致两败俱伤，曹操从中渔利。整个故事都是在"天子都许"造就的位置势能下展开的，比之《三国志》的记载，像有一条潜在的势能贯穿始终。荀

① 陈寿：《三国志》，中华书局1959年版，第432页。

或设计谋略很强调以天子诏命，这正是“挟天子以令诸侯”所产生势能的具体表现。《三国志》并无“二虎竞食”“驱虎吞狼”之计的记载，只简单记述：“备东击术、布袭取下邳，备还归布。布遣备屯小沛。布自称徐州刺史。”（《三国志·魏书·吕布张邈臧洪传》）①《三国演义》在基本史实基础上，依照“天子都许”造就的势能，虚构了“二虎竞食”“驱虎吞狼”之计，很成功地推动了曹魏叙事结构“向某种不得不然的方向运转、展开和律动”。如果把曹操统一北方的过程看作一条链环，那么歼灭每个豪强都是摘除链环上的一个节。灭袁术——趁袁术式微，欲归帝号、玉玺于袁绍，弃淮南投河北之机，消灭了袁术；擒吕布——利用袁绍北征公孙瓒的时机，挥兵东南，攻取下邳，杀了吕布；降张绣——采纳孔融的建议，招降张绣，曹操以天子名义封张绣为扬武将军；定刘表——曹操招降刘表，刘表未明确表态，但他的懦弱而胸无大志，一时不足为害；破刘备——一举击败刘备，逼迫刘备只身投奔袁绍，关羽屈身事曹，张飞落草芒砀山古城。曹操运用软硬两手，分化瓦解，各个击破，扫除了袁术、吕布、张绣、刘备等几股主要势力，步步逼近袁绍集团，为与袁绍决战扫平了道路。这就是曹操“打河南”的战争路线。

小说家的叙事原则，一方面遵循历史客观发展的必然逻辑，这是叙事的根据。另一方面将对客观世界独特的理解表现在完美的叙事形式之中，进行叙事主体的安排和设计。这两方面同步进行，从叙事结构上来体现“统一北方”这一板块的具体安排。

广揽天下人才，发挥群体优势，以弱克强

在封建社会，凡有王霸之志的豪强，如果手下没有一批忠实而智勇双全的人才，那么在群雄逐鹿的竞争中必然走向失败。聚揽人才，扩充实力，被看作事业的根本、竞争胜败的决定因素。在这一点上，曹操诚属最早富

① 陈寿：《三国志》，中华书局 1959 年版，第 222 页。

有清醒头脑的政治家、军事家。历史上的曹操曾经多次下令，公开向天下求贤。他的人才观是在实践需求中确立的，一开始就坚持因能授官、量功而赏的原则。建安八年（203）大破袁谭、袁尚军，进军邺城，曹操颁发了《论吏士行能令》，重申“不官无功之臣，不赏不战之士”的用人标准。从“论功行赏”发展到“唯才是举”的用人原则，形成了曹操的人才思想。赤壁之战败北，曹操痛切感到人才对事业兴衰的重要，哀痛地哭曰：“吾哭郭奉孝耳！若奉孝在，决不使吾有此大失也！”（第五十回）建安十五年（210）春曹操发布《求贤令》：“自古受命及中兴之君，曷尝不得贤人君子与之共治天下者乎！……今天下尚未定，此特求贤之急时也……若必廉士而后可用，则齐桓其何以霸世！……唯才是举，吾得而用之。”（《三国志·魏书·武帝纪》）[①] 建安十九年（214）曹操已六十岁了，亲征马超、韩遂盘踞在陇右一带的残余势力，这年冬曹操发布了《敕有司取士毋废偏短令》。建安二十二年（217）还发布了《举贤勿拘品行令》，一而再，再而三地强调唯才是举。

《三国演义》里虽然没有具体地写曹操的《求贤令》，但却形象地刻画了他的爱才、用才，并与袁绍形成鲜明的对比，以此烘托曹操不仅爱才、求才，而且善于用才，聚拢人才。袁绍的麾下，并不缺乏人才。想当初他不仅有可恃的四世三公的政治资本，而且本人“资貌威容”“折节下士”，具有雄略的气质。在十常侍专权时，他主张谋杀宦官；在董卓擅权时，他被十八路诸侯公推为盟主。数年之间，豪杰之士多归之，门生故吏遍天下。沮授、田丰、审配、逢纪、辛评、辛毗、郭图、许攸等智士为之谋略；颜良、文丑、高览、张郃等勇士为之统军，可谓积聚了许多争天下的优势。然而，官渡一战，袁绍一败涂地，堕入灭顶的深渊。究其原因，固然甚多，但其中重要的一条是不善用人，甚至迫害人才，导致人才流失。不但荀彧、郭嘉、许攸等谋士离他而去，就是效死之士如沮授、田丰等也无所施其能。张郃、高览则因被疑，愤然阵前倒戈。人才流向的弃袁投曹，

① 陈寿：《三国志》，中华书局 1959 年版，第 32 页。

是曹操官渡之战的胜利之本。因而，曹操攻占冀州后，曾在袁绍墓前回忆过当年两人的一段对话：

> 昔日吾与本初共起兵时，本初问吾曰："若事不辑，方面何所可据？"吾问之曰："足下意欲若何？"本初曰："吾南据河，北阻燕、代，兼沙漠之众，南向以争天下，庶可以济乎？"吾答曰："吾任天下之智力，以道御之，无所不可。"……（第三十三回）

从袁曹对话中可见袁绍看重的是地利和兵力，而曹操看重的则是人才和谋略。二者相比，重地轻人的，失人失地；爱人用才的，无往不胜。所以诸葛亮说："曹操势不及袁绍，而竟能克绍者，非惟天时，抑亦人谋也。"（第三十八回）十分准确地概括了人才的智谋在天下争霸中所起的历史作用。

曹操统一北方之后，不仅三分天下有其二，而且天下人才也聚拢最多。据三国史专家张大可《三国史研究》的统计，曹操智囊团就有九十三人之多。其中中坚力量是颍川谋士，以荀彧为领袖人物，他的贡献之一，就是为曹操物色人才，引进人才，选用人才，"前后所举者，命世大才，邦邑则荀攸、钟繇、陈群，海内则司马宣王，及引致当世知名郗虑、华歆、王朗、荀悦、杜袭、辛毗、赵俨之俦，终为卿相，以十数人"（《三国志·魏书·荀彧荀攸贾诩传》裴松之注）[①]。得人才者得天下，曹操能"任天下之智力，以道御之"，是因荀彧"名重天下，莫不以为仪表，海内英隽咸宗焉"。他们对曹魏事业厥功至伟，在许多关键的时刻的运筹之功，充分发挥了他们的智慧和才华，形成中国历史一种特殊的辉煌的地域人文现象。

曹操选拔人才不拘一格。一是听言观行，察能考绩。一次，曹操听说有一位壮士与典韦大战，从辰至午，又战到黄昏，不分胜负，大惊。随后亲自到战场，"见其人威风凛凛，心中暗喜"（第十二回）。于是设计收

① 陈寿：《三国志》，中华书局 1959 年版，第 318 页。

服了许褚。后曹操抚之背曰："子真吾之樊哙也！"曹操移驾许都，途中被徐晃拦截。曹操见徐晃"威风凛凛，暗暗称奇"（第十四回），随命许褚出马与之交锋，两人战了五十余合，不分胜负。曹操爱其才，特意派人说服他归顺。许褚、徐晃后来都成了曹操军中的虎将。二是公开招聘，广开才路。曹操陈留起兵时，"先发矫诏，驰报各道，然后招集义兵，竖起招兵白旗一面，上书'忠义'两字。不数日间，应募之士，如雨骈集"（第五回）。乐进、李典、夏侯惇、夏侯渊、曹仁、曹洪都是那时来的，成为曹氏集团的基本骨干力量。三是访询拜求，网罗高贤。当荀彧推荐了程昱，曹操便派人到乡中寻问。"访得他在山中读书，操拜请之。"（第十回）程昱终于归顺。曹操攻下冀州后，令人遍访冀州贤士。冀州百姓说骑都尉崔琰曾向袁绍献计，袁绍不用，现托病在家。曹操立即召琰为本州别驾从事。崔琰批评曹操"不急存问风俗，救其涂炭，而先计校户籍"。曹操听后，"改容谢之，待为上宾"（第三十三回）。总之，曹操通过不同途径，求贤揽才，壮大人才实力。

像荀彧、许攸、张郃、高览这样杰出的谋臣武将弃袁绍投曹操，说明人才大都有一个共同的特征：总是要寻找机遇，也就是选择最佳的表现和实现自我价值的时机。人才趋动，既能发挥其专长，又能造成催人奋进的激励环境。这种环境的形成，一是要有一批政治信仰相同，追求目标一致，甚至精神气质、思维方式都有共同点的人聚合在一起，形成人才群落；二是人才群落凝聚在一起，并以高能人才为核心，形成众星捧月之势。曹操是豪强混战中涌现出的人中之杰、高能人才，以他为核心，总揽英雄有很大的号召力。何况曹操为夺取天下，不仅爱才、惜才、重才，而且讲求选才、用才、育才之道，因此天下英雄豪杰趋之若鹜。荀彧为曹操先后推荐了十多个杰出的人才。这样，曹操的智囊人物短时间内便济济一堂。官渡之战前，曹操虽然在濮阳攻吕布、宛城战张绣等战役中曾一度失败，但从总体上看，他一直是走上坡路的。这是曹操在人才竞争中不断扩充自己实力的结果，也是其不断走向胜利的一个重要标志。

曹操具有高能人才的素质，还表现在他特别善于发挥群体人才的优势。这是统帅人物最优秀的品格，也是一个集团兴旺发达的重要保证。那些大大小小的豪强集团无一不附有智囊人物，为什么有的不断走向胜利？有的日渐衰败？一个重要的原因是，人主能不能发挥群体的智慧，借用“智囊”决策，选择最佳方案，争取最佳效果。比如吕布身边不乏远见卓识的人物，倘若他善于发挥他人优长，取长补短，集思广益，也不至于失败得那么惨。他刚愎自用，不听劝谏。尽管陈宫胸有韬略，又赤胆忠心，但吕布几次拒纳陈宫的良策，屡屡失误。主帅失误，兵将遭殃。高顺也是一个勇于作战、长于思考的人，他对吕布的弱点看得很清楚，常常规劝吕布说：“凡破家亡国，非无忠臣明智者也，但患不见用耳。将军举动，不肯详思，辄喜言误，误不可数也。”（《三国志·魏书·吕布张邈臧洪传》裴松之注）[①] 吕布是这样，袁绍也是这样，有才而不能用，闻善而不能纳。尽管一时强大，也终究要败亡。而曹操却恰恰相反，《三国演义》中就有十七次描写曹操“聚众谋士商议”，自觉地发挥智囊团的整体功能。

每个豪强集团是一个人才群体结构，它表现为不同年龄、不同素质、不同才能、不同地位的集合体。由于不同的个体智能结构的差异，或情感、利益的不同，即使同一豪强集团的谋士对同一问题也会见解分歧，各执己见。当此关头，就特别需要主帅鼓励大家，群策群力，集思广益，而后利弊相较，从中选优。曹操的多谋善断正表现在这上面。袁绍废嫡立庶，引起袁谭和袁尚兄弟间的互相残杀。谋士郭图献计于袁谭，劝其假降曹操，借以伐掉袁尚，然后反戈，自谋大事。袁谭从之，便遣辛毗赴曹营请降。当时曹操正屯兵西平讨伐刘表，知辛毗来意后，一时定夺不下，便“聚文武计议”。程昱说：“袁谭被袁尚攻击太急，不得已而来降，不可准信。”吕虔、满宠也说：“丞相既引兵至此，安可复舍表而助谭？”这两种意见：一种怀疑，另一种反对，虽然不同，但都是单向思维。前者只从袁谭一方考虑，后者单从扫荡刘表一事着眼，而荀攸则不然，他说：

---

① 陈寿：《三国志》，中华书局 1959 年版，第 228 页。

> 三公之言未善。以愚意度之：天下方有事，而刘表坐保江、汉之间，不敢展足，其无四方之志可知矣。袁氏据四州之地，带甲数十万，若二子和睦，共守成业，天下事未可知也。今乘其兄弟相攻，势穷而投我，我提兵先除袁尚，后观其变，并灭袁谭，天下定矣。此机会不可失也。

荀攸的见解高人一筹。其一，从全局看问题，把刘表和袁氏兄弟对照分析，刘表向来缺乏远见，徘徊观望，不图进取。尽管他处于南北交通要冲之地，可是一次又一次丧失良机，坐以待毙，所以不足为虑。而袁氏兄弟则不然，虽然袁绍已死，但其势力仍然对曹操形成一种威胁，因此，主要矛盾还是袁氏而不是刘表。其二，袁谭降曹，正好分化瓦解袁氏兄弟，以便各个击破，分而攻之。其三，灭掉袁尚，袁谭孤立。即使假降，也不必担心。荀攸对问题的分析精辟而入理，“操大喜”。因为他是对众谋士的多种意见的分析对比后，才感到荀攸之见是上策。假使他没有聚众商议，没有“多谋”的前提，何谈他的“善断”呢？尽管如此，他除了听取内部的意见外，又进一步征询了从敌方来的谋士辛毗的意见，而后作出决策，暂弃刘表，挥戈北上，助谭破尚，冀州遂平。

与曹操相反，袁绍多谋少决。他的帐下虽然谋士成群，智囊云集，但一到决策时，谋士们各抒己见，意见相左，袁绍就没了主意，缺乏决断力。官渡大战前夕，袁绍“聚文武官，商议兴兵伐曹操”。谋士田丰反对，他说：“兵起连年，百姓疲弊，仓廪无积，不可复兴大军。”审配不赞成，他的理由是：“以明公之神武，抚河朔之强盛，兴兵讨曹贼，易如反掌，何必迁延日月？”谋士沮授也反对出兵，谋士郭图又支持征伐。“四人争论未定，绍踌躇不决。”（第二十二回）在人才群体中出现不同的意见是正常的，但关键是要看核心人物的判断和决策。袁绍优柔寡断，不知取舍，正说明他缺乏高能人才的素质，特别是统帅的素质。由于核心人物缺乏决断，不分良莠，所以内部难以形成向心力、凝聚力。从袁绍集团出来的荀彧对这一点了如指掌，他说：“绍兵多而不整。田丰刚而犯上，许攸贪而不智，审配专而无谋，逢纪果而无用：此数人者，势不相容，必生内变。”（第二十二回）郭嘉也有同感，对曹操说：“绍性迟而多疑，其谋士各相妒忌，不足忧也。”（第二十四回）

以谋士郭图为例。正当曹操劫烧乌巢粮草时，“张郃曰：‘某与高览同往救之。’郭图曰：‘不可。曹军劫粮，曹操必然亲往。操既自出，寨必空虚，可纵兵先击曹操之寨，操闻之，必速还。此孙膑“围魏救赵”之计也。’”在两人争论之时，袁绍毫无主见，竟听信了郭图的远水救火之计，一误再误，使袁军落得惨败。“郭图恐张郃、高览回寨证对是非，先于袁绍前谮曰：‘张郃、高览见主公兵败，心中必喜。’绍曰：‘何出此言？’图曰：‘二人素有降曹之意……’绍大怒，遂遣使急召二人归寨问罪。郭图先使人报二人云：‘主公将杀汝矣。’……”（第三十回）逼得张郃、高览不得不降曹。郭图之奸之所以能得逞，在于袁绍不明，有机可乘。仅此一点便可以看出，曹操比袁绍的统帅素质不知高出多少。

上面，我们主要审视了在统一北方的战争中，曹操性格结构中的高能核心人才素质的表现，而且在曹操处于上升时期成为曹操性格结构中起主导作用的性格素质。与这一主导性格素质相伴随的另一面——奸诈处于非主导的地位。主导与非主导的性格素质在性格结构中是互相渗透的。当人物的主导性格素质把张力施与非主导性格素质的时候，这些非主导性格素质也反作用于主导性格素质，形成一种“合力”显现出来。人物的一切思想、情感、习惯、趣味、追求等性格特征，既不是由单一的主导性格素质，也不是由单一的非主导性格素质构成的，二者是经过性格结构的中间环节互相融合、互相联系、互相转化构成一个活生生的有机体。既呈现性格内涵——人物个性鲜明的特征，又呈现性格外延——人物性格在不同层次、不同联系上的多面性，即多面中有主导，复杂中见统一，雄中透奸，智中显诈。这便是曹操复杂的性格结构。

以“杀王垕”这一具体事件分析一下。建安二年（197）春，曹操南征与袁术在寿春对垒，相拒月余。曹兵十七万，日费粮食浩大，眼看粮食将尽，接济不及。管粮官任峻部下的仓官王垕禀报曹操："兵多粮少，当如之何？"曹操说："可将小斛散之，权且救一时之急。"王垕说："兵士倘怨，如何？"曹操说："吾自有策。"王垕依命，以小斛分散。曹操暗中使人到各寨探听，无不嗟怨，皆言丞相欺众。曹操乃密召王垕入曰："吾欲问汝借一物，以压众心，汝必勿吝。"垕曰："丞相欲用何物？"操曰："欲借汝头以示众耳。"垕大惊曰："某实无罪！"操曰："吾亦知汝无罪，但不杀汝，军必变矣。汝死后，汝妻子吾自养之，汝勿虑也。"曹操杀了王垕，并悬头高杆，出榜晓示全军，称王垕克扣军粮，以正军法，于是众怨始解。此举对稳住军心的大局起到了重要的作用。杀王垕这件事，如果是经历过残酷战争的人，便会从当时整个战略全局去审视，曹操能掌握"两利相权从其重，两害相衡趋其轻"的原则，舍弃局部，保住全局，不失统帅的明智。这明智集曹操一身，其雄是奸者之雄，其奸也是雄者之奸，他是政治家。"雄"与"奸"，二者何为主，就要看其动机和效果了。曹操扫灭豪强，统一北方，其历史进步性是主要的，在这大背景下，将杀王垕这个小阴谋，放在曹操性格结构中，当然是雄为主奸为次了。

小说描写曹操雄中透奸的几个细节，都是摄取了其性格发展史上的"特写镜头"。"雄"与"奸"的对应是性格结构中的静态表现，而"雄"与"奸"互相交融，每时每刻的变化呈现出的五色缤纷的多色彩、多侧面，则是动态表现。如"以发代首"表现其以法治军为重，又不失狡诈的变通；"许田打猎"表现其统一天下的雄心，又交织着蔑视皇权的野心；杀董承、董妃、伏完、伏后，为了自己的政权，不惜残忍；逼死荀彧，则看出他维护政治的坚，而连至亲也无情……主导性格素质与非主导性格素质的互相交融，都是在具体时空环境中变化的。正如曹操在统一北方的战争中，其性格结构基本上是以雄为主导性格素质，奸是非主导性格素质。当曹操决心一举平定江南时，因兵不血刃而轻取荆州，被胜利冲昏了头脑，他便幻想着凭借胜利的余威就可以吓倒孙权，错误地估计被他打得一败涂地的刘备将一蹶不振。

因此，他不听劝谏，刚愎自用，竟轻躁东进。急功近利，冒险发动赤壁之战，结果大败而归。从此其性格之奸的成分在向浸润主导性格素质方面发展。

“天子都许”，曹操弄权，镇压反曹势力

“天子都许”在曹魏叙事结构产生的势能，正面效应是曹操打着“奉天子以令不臣”的旗号，在进攻南阳和占领徐州的战争中尝到了好处，战事每每取胜。但随着“打河南”的战略步步实现，曹操志满意得，朝中弄权，欺君罔上。这时“天子都许”在曹魏叙事结构产生的势能开始向相反的方向演化，出现了反弹势能。《三国演义》虚构了一个典型细节“许田打围”，把“天子都许”在曹魏叙事结构产生的势能的正面效应向相反的方向转化，做了公开的暴露。

“许田打围”后，汉献帝回宫后，落泪对伏皇后说：“朕自即位以来，奸雄并起：先受董卓之殃，后遭傕、汜之乱。常人未受之苦，吾与汝当之。后得曹操，以为社稷之臣，不意专国弄权，擅作威福。朕每见之，背若芒刺。今日在围场上，身迎呼贺，无礼已极！早晚必有异谋，吾夫妇不知死所也！”伏皇后曰：“满朝公卿，俱食汉禄，竟无一人能救国难乎？”于是汉献帝“取玉带一条，密赐董承”，内藏血书诏命。诏曰：

> 朕闻人伦之大，父子为先；尊卑之殊，君臣为重。近日操贼弄权，欺压君父；结连党伍，败坏朝纲；敕赏封罚，不由朕主。朕夙夜忧思，恐天下将危。卿乃国之大臣，朕之至戚，当念高帝创业之艰难，纠合忠义两全之烈士，殄灭奸党，复安社稷，祖宗幸甚！破指洒血，书诏付卿，再四慎之，勿负朕意！建安四年春三月诏。

董承密召工部侍郎王子服、长水校尉种辑、议郎吴硕、昭信将军吴子兰、西凉太守马腾和左将军刘备奉诏讨贼。这段历史《三国志》只有简单

的记载："先主未出时，献帝舅车骑将军董承辞受帝衣带中密诏，当诛曹公。……遂与承及长水校尉种辑、将军吴子兰、王子服等同谋。会见使，未发。事觉，承等皆伏诛。"（《三国志·蜀书·先主传》）[①]

由汉献帝的血书诏命，在曹操周围积聚起一股反曹的政治势力。曹操不得不在扫荡群雄的战争间隙，回过头来"清君侧"。反映在《三国演义》第二十回"曹阿瞒许田打围　董国舅内阁受诏"、第二十三回"祢正平裸衣骂贼　吉太医下毒遭刑"、第二十四回"国贼行凶杀贵妃　皇叔败走投袁绍"中。到此，我们再展开"豪强争霸"（第十回至第二十四回）这一叙事画卷，不难发现其叙事结构明显地分为两大单元，前一单元曹操主要是对外与豪强作战；后一单元集中在内部清理异己势力。虽然故事的叙事内容截然不同，但沿着一条动脉自如地律动，即曹操性格本体动能造就总揽皇机，"天子都许"产生的势能，使曹操能够"奉天子以令不臣"。曹操弄权引发的势能反弹，这便是《三国演义》曹魏叙事结构潜在的生命律动。可见，"许田打围"是"天子都许"在曹魏叙事结构中的势能获得整体生命形式的个案，是一种成功的虚构，是一种创造力，"可以补充事实的链条中不足的和还没有发现的环节"[②]。它的使命就是创造小说的审美生命形式，与客观世界相区别，使人们感受到一个无所不在又难以捕捉的艺术世界，充满了情感的奔涌、情绪的弥漫、欲望的冲动、命运的占卜、生死的祈祷……这一切不仅是小说家将情感渗透到客观物象之中，而且是小说家虚构的那个艺术世界获得了审美生命形式。

在曹魏叙事结构产生的势能反弹，犹如草蛇灰线，一直延续到赤壁大战第四十八回："徐庶当晚密使近人去各寨中暗布谣言。次日，寨中三三五五，交头接耳而说。早有探事人报知曹操，说：'军中传言西凉州韩遂、马腾谋反，杀奔许都来。'操大惊，……徐庶进曰：'庶蒙丞相收

① 陈寿：《三国志》，中华书局1959年版，第875页。

② ［苏］高尔基著，孟昌、曹葆华、戈宝权译：《论文学》，人民文学出版社1978年版，第158页。

录，恨无寸功报效。请得三千人马，星夜往散关把住隘口，如有紧急，再行告报。’操喜曰：‘若得元直去，吾无忧矣！……’徐庶辞了曹操，与臧霸便行。此便是庞统救徐庶之计。”《三国演义》虚构的这个细节，就是从整体上把握了“天子都许”在曹魏叙事结构中产生的势能反弹，在曹操心中造成的阴影，长期不散。曹操对“军中谣言”为什么宁肯信其有，而不肯信其无？原因是马腾乃当年和董承奉诏讨贼的重要成员，且割据一方，成为曹操的心头大患。曹操一直想消灭这个劲敌，后来终于爆发了潼关大战，反映在第五十八回“马孟起兴兵雪恨　曹阿瞒割须弃袍”。

“徐庶金蝉脱壳之计”设置在赤壁之战中，与潼关大战自然接榫。此时，离“天子都许”已经相隔十几年，在《三国演义》中也间隔了三十四个章回，但与“天子都许”势能反弹的情节却丝丝入扣，触尾动首。

孙刘联盟的人谋与天下三分

天下三分的形成，始于赤壁大战。其重要的标志，从政治上说就是孙刘联盟。它的基础则是以人才三分的均势。

孙吴是《三国演义》中结构单元最少的历史时空形态，而且孙吴集团在不同的历史阶段所含有的结构单元和叙事成分也不一样，但具有完整性。孙吴割据江东是与曹魏、刘蜀并驾齐驱的三条最重要的叙事结构线索，从第七回“勇挚刚毅，孤微发迹”的孙坚返回江东，另图大事算起，即公元191年，到第一百二十回沉迷酒色、贪酷失德的孙皓亡国，即公元280年，整整九十年的历史，与三分天下的形成、发展和衰败的历史进程相始终。

叙事结构中不同叙事形态的客观基础

《三国演义》中的孙吴集团在初创、鼎足和衰亡不同的历史阶段，所蕴含的历史内容不同，因而叙事结构中含有的结构单元也就不同。换言之，表现孙吴集团创业和衰亡阶段历史时间跨度大，历史空间范围小，所含的结构单元和叙事内容也相对比较少。而孙吴集团三分天下、鼎足江东的历史阶段，历史时间跨度小，历史空间却很大，因而所含有的结构单元和叙事内容相对丰富。总之，历史小说的文学叙事与历史叙事相联系的一面，即历史本来面目为叙事结构的不同叙事形态提供了客观基础。相区别的一面，即小说家在历史本来的客观基础上，进行艺术时空的简化、缩小，这一点在孙吴集团叙事结构上表现得很明显。

孙吴创业阶段

孙吴创业阶段在叙事结构中呈现的形态：时间跨度大，空间范围小，没有形成独立的叙事结构单元，只在似断似连的几个章回作了背景式的叙事。

第一代孙坚孤微发迹。

公元 190 年，《三国演义》第五回写长沙太守孙坚作为讨伐董卓诸侯的一路大军出现。孙坚请缨为前部先锋，杀奔汜水关，初战告捷。因各路诸侯各怀心术，总揽粮草的袁术担心“孙坚乃江东猛虎，若打破洛阳，杀了董卓，正是除狼而得虎也”，借故不发粮草，致使孙坚军中缺粮而内乱，损兵折将，大败而归。《三国演义》第六、第七回写董卓弃洛阳而去，孙坚部先进入洛阳，“救灭宫中余火，屯兵城内，设帐于建章殿基上”。军士发现了丢失在井中的传国玉玺。孙坚获得国宝，决定速回江东，别图大事。讨董联军的盟主袁绍得知此事，令其交出。孙坚矢口否认，为此两人几乎动武，众诸侯劝住，孙坚拔寨撤军。“绍大怒，遂写书一封，差心腹人连夜往荆州，送与刺史刘表，教就路上截住夺之。”刘表受命，劫击孙坚，自此孙坚与刘表结怨。袁术在南阳，“问刘表借粮二十万，表亦不与。术恨之”。袁术利用孙坚与刘表的矛盾，遣书孙坚，讨伐刘表。在这次战争中，孙坚中计，死于岘山，年仅三十七岁。小说叙述孙坚散见在三个章回，这种简略概述的叙事功能，一是埋下了孙吴与刘表的矛盾伏线；二是为孙策开创江东铺叙了历史背景；三是孙坚勇猛刚毅的性格基因遗传在孙策身上，展现了小霸王孙策的神采。

第二代孙策开创江东。

小说隔了八个章回，到《三国演义》第十五回才续上孙吴这条叙事线索。孙策投靠袁术以后，三次立功，袁术三次许诺又自食其言，使得孙策悲感交加。公元195年，孙策以“亡父遗下玉玺，权为质当”，向袁术借兵三千，带领父亲旧部程普、黄盖、韩当、朱治及吕范等将士返回江东。途中周瑜加盟，结为昆仲。又招徕张昭、张纮，组成东吴集团的基本核心力量。孙策败刘繇，收曲阿，占秣陵，取吴郡，夺嘉兴，攻乌程，占会稽，下庐江，初步奠定了江东基业。孙策不同于其父死死抱着传国玉玺，而是聚拢人才，周围有了三国时代一流的将相辅佐，紧紧地沿着聚拢人才、开拓地盘的路线而奋斗，短短的五年，便初步规划和占有了江东之地。孙策开创江东都集中在第十五回，为三分天下铺垫了历史的框架。从大的历史环境来看，这正是曹操扫荡北方群雄，刘备尚未有自己的立足之地之时。历史留下了一个空当，为孙策壮大东吴政治军事集团提供了历史舞台。

第三代孙权执掌江东大权。

又过了十四回，叙事时空结构跳跃到《三国演义》第二十九回。公元200年，孙策被谋杀，英年早逝。临终遗嘱：“内事不决，可问张昭；外事不决，可问周瑜。”东吴并没有因君主的更替，而导致权臣的更替，这就从大局保证了孙吴集团领导核心的稳定性——又把叙事的焦距对准孙权独掌江东。

孙策刚刚逝去，孙权便向周瑜请教如何策守父兄之业。周瑜说：“自古‘得人者昌，失人者亡’。为今之计，须求高明远见之人为辅，然后江东可定也。”早在其父孙坚时，就有程普、黄盖、韩当、祖茂四将英名令人瞩目；到了孙策时，有周瑜、张昭的辅佐，又添了一批虎将如蒋钦、周泰、陈武、太史慈、凌统等；孙权时期，招揽贤才，知人善任，以至“威震江东，深得民心”。周瑜向孙权推荐了鲁肃，鲁肃向孙权推荐了诸葛瑾，张纮又推荐了顾雍。以后“连年以来，你我相荐”，文得阚泽、严峻、薛琮、程秉、朱桓、张温、骆统、吾粲等，武得吕蒙、陆逊、徐盛、潘璋、丁奉等。一时人才荟萃，文武咸集，“共相辅佐，由此江东称得人之盛”。

孙权在选人、用人上一个突出的优点是大胆起用年轻人才，委以重任，放手使用，使东吴始终保持旺盛的战斗力，成为曹操、刘备不可等闲视之的势力。周瑜被孙权任命为都督统管全国兵马时，年仅三十四岁；吕蒙行伍出身，三十一岁就被封为横野中郎将；鲁肃投奔孙权时才二十多岁。资历颇深的张昭对孙权说："肃年少粗疏，未可用。"孙权不仅没采纳他的建议，相反"益贵重之"[①]，把鲁肃留在身边，参与机要。周瑜死后，又让他继任都督。孙权正是依靠一代又一代出类拔萃的年轻英杰，独霸江东。赤壁之战前，孙吴集团在《三国演义》叙事结构中依然是单线发展，独立挺进。但其包容的叙事成分要比孙坚时代深广多了，这主要表现为：（1）孙策组建的东吴上层政治集团为孙权时代准备了核心领导人才；（2）孙策开创的江东基业，为孙吴三分天下奠定了地理均势；（3）孙权时代制定了基本的立国方略，孙权的一生为之而奋斗。

三足鼎立阶段

赤壁之战，鼎足天下，是孙吴最辉煌最重要的历史发展阶段。在《三国演义》叙事结构中孙吴已由独立叙事线索，发展为与曹魏、刘蜀两条叙事结构线索重合，形成时间密度大、空间辽阔的历史格局。

从公元208年《三国演义》第四十三回赤壁战争爆发，到公元223年第八十六回夷陵之战结束，孙刘重新修好，十六年的历史占据四十多个章回，其中孙吴形成了一系列的结构单元和鲁肃吊刘表、舌战群儒、智激周瑜、孙权决策、蒋干中计、三气周瑜、甘宁劫营、偷袭荆州、陆逊挂帅、夷陵大战等脍炙人口的故事，这是孙吴集团事业最壮阔的历史时期。《三国演义》中孙吴的叙事形态已经不是独立挺进的线索，它本身就是三国鼎立历史局面形成和发展的重要组成部分。其历史内蕴表现为：（1）东吴在人才均势和地理均势上已达到了曹、刘、孙三方谁也吞不掉谁的地步。（2）在政治上孙刘联盟、共抗曹操，孙刘双方谁违背这条基本路线都会给自己或对方

① 陈寿：《三国志》，中华书局1959年版，第1269页。

带来不可挽回的损失。（3）荆州是维持曹、刘、孙三方面鼎足而立的支撑点，荆州无论向哪一方倾斜，都会打破这种战略格局的平衡态势。

孙吴衰败阶段

孙吴衰败阶段在《三国演义》叙事结构中呈现的形态，如同创业阶段，时间跨度大，空间范围小，没有独立的结构单元。

从公元223年《三国演义》第八十六回夷陵之战后，孙刘重修旧好，到公元252年第一百零八回孙权之死，中间跳跃了二十多个章回。再到公元280年孙吴灭亡，近三十年的历史只断断续续地展现在四个章回中，孙吴君主更替，朝政混乱，一步步走向败亡。孙权托孤于十岁的太子孙亮，“此时陆逊、诸葛瑾皆亡，一应大小事务，皆归于诸葛恪”。诸葛恪好大喜功，轻率伐魏，失败而归，被皇族势力的野心家孙峻杀死于殿堂，孙峻夺得了孙吴的实权。孙峻暴死，孙綝专断擅权。孙亮与臣下密谋诛杀孙綝，事泄，被废为会稽王。公元258年，孙休为帝，并没有解决皇族势力对君权的挟制，同年十二月，孙休与丁奉密谋，杀死了孙綝。公元264年，孙皓为帝。孙皓在位十七年，其腐朽残暴的统治，大失人心。晋国大臣羊祜镇守边界，取信吴人，孙吴统治离心离德，正如羊祜上表所言：“孙皓之暴，过于刘禅；吴人之困，甚于巴蜀。”孙吴集团衰败的历史过程在《三国演义》叙事结构的设置上，一方面是孙吴集团这条叙事线索延续到衰败阶段，保持了首尾统一，脉络一贯；另一方面，又为西晋灭吴展现了历史背景。

孙吴集团割据江东的初创、鼎立和衰亡三个时期历史本来的面目，为其在《三国演义》叙事结构中呈现不同的叙事形态提供了历史的客观根据。简括其基本走势和特征，可以看出孙吴这条叙事结构线索与三国鼎立形成、发展和衰败的叙事主线的走向是一致的。唯有三分天下有其一的鼎足阶段融于《三国演义》叙事主线之中，是叙事主线所聚合的叙事内容的不可分割的一部分。

孙吴立国是《三国演义》叙事焦点——荆州之争

历史演义小说的文学叙事与历史叙事相联系的一面，最终要落实到叙事主体的笔下。叙事主体对历史生活的认识制约着历史小说叙事结构的构建，集中表现在视野焦点上。视野焦点是把叙事框架中再现的社会生活作为一个整体，选择最佳的透视点，去透视一切历史事件的因果和历史人物的关系。叙事主体对三国历史的艺术穿透力和表现力凝聚到了荆州之争，成为《三国演义》叙事结构的焦点所在。

围绕“荆州之争”这条叙事结构线索，《三国演义》写了四十九个章回，从第三十八回“隆中决策”，到第八十六回“孙、刘重新修好”，曹、刘、孙三方各逞其能，互施其谋，都拼在荆州之争上，形成互相制约、相生相克的叙事形态。孙吴谋荆州由来已久，从孙策有志创业，到孙权鼎足江东，夺取荆州是孙吴立国方略极其重要的组成部分。而曹操和刘备对荆州也都想独自吞食。赤壁之战是曹、刘、孙三方“荆州之争”之一；曹操败北，孙、刘之间抢荆州、借荆州、还荆州是“荆州之争”之二；吕蒙偷袭南郡，擒杀关羽是“荆州之争”之三；夷陵之战是“荆州之争”之四，也是最后之争。

三国鼎立时代最杰出的人才都或主动或被动地卷入“荆州之争”的历史台风的中心之中，人物性格组合、冲撞、摩擦，引发了一个个大大小小的历史事件，都是“荆州之争”的具体体现。荆州之争所包蕴的历史内涵，既指向赤壁之战前的历史运转，又牵动着夷陵之战之后的历史发展，形成了《三国演义》叙事结构的焦点所在。叙事主体对这段历史生活进行反映时，所选择的叙事成分已经经典化了。它不仅含有历史的事实，而且含有在对历史的理解和认知基础上的想象和虚构。因而，“它叙事的每一点都是一个完整的结构中蕴含着特殊意味的一点。它所蕴含的意味、意义和哲学，都最终在结构的完整性中获得说明”。[①] 所以说，孙吴谋取荆州不仅是

① 杨义：《中国叙事学》，人民出版社 1997 年版，第 41 页。

其立国方略，也是三国之争的焦点。

孙权掌权，消灭黄祖，进取荆州，确立建国方略

建安五年（200）四月，正准备北进的孙策遇刺身亡，孙权执掌了江东大权。《三国演义》第二十九回鲁肃向孙权提出了一个规模宏远的立国方略，他对孙权说：

> 肃窃料汉室不可复兴，曹操不可卒除。为将军计，惟有鼎足江东，以观天下之衅。今乘北方多务，剿除黄祖，进伐刘表，竟长江所极而据守之，然后建号帝王，以图天下。此高帝之业也。

鲁肃这段话说了两个方案，一个是竟长江所极，形成南北对峙；另一个是鼎足江东，以观变化。所以当曹操南下荆州，他立刻审时度势，及时向孙权提出孙刘联盟、共抗曹操的正确决策。这和诸葛亮直接规划三分天下的战略决策是相吻合的。鼎足之势的形成，地理均势和政治均势是必要条件，但这两个必要条件又是伴随着曹、刘、孙人才均势而形成的，是“人谋”在军事战争和外交斗争中因势利导而出现的。最早规划天下三分的是鲁肃和诸葛亮。这两位三国时代杰出的人才为东吴和西蜀的战略目标而制定了天下三分的地理均势和政治均势的基本策略，这是孙刘联盟的基础。假设没有这两位杰出的人才，那么“铜雀春深锁二乔”也未可知。

孙权采纳鲁肃的计策，建安八年（203）带兵西伐黄祖，将黄祖水军击败。就在取得胜利之时，境内山越叛乱，他只好撤军。孙权此行虽未达目的，但得到一员猛将——甘宁。他文武双全，颇有战略头脑。《三国演义》第三十八回写他向孙权进献方略曰：

> 今汉祚日危，曹操终必篡窃。南荆之地，操所必争也。刘表无远虑，其子又愚劣，不能承业传基，明公宜早图之，若迟，则

> 操先图之矣。今宜先取黄祖。祖今年老昏迈，务于货利，侵求吏民，人心皆怨，战具不修，军无法律。明公若往攻之，其势必破。既破祖军，鼓行而西，据楚关而图巴、蜀，霸业可定也。

甘宁所言与鲁肃不谋而合。孙权对鲁肃、甘宁的话之所以深表赞同，是因为夺取荆州是孙氏集团反复筹划、志在必得的国策，是孙权建王霸之业的必由之路。建安十三年（208）孙权再次率军西攻黄祖于江夏。这既是一次复仇血战，又是攻取荆州的关键，以黄祖被杀、夏口被屠而结束，荆州东门已被打通，江夏南部为孙吴所占领。

孙刘联盟，共抗曹操，瓜分荆州，实现立国方略

建安十三年（208）七月，曹操结束北方战事，挥师南下。八月，刘表病死。九月曹军到达新野，刘琮不战而降，曹操几乎有席卷整个荆州之势。败于当阳的刘备正在彷徨之际，赴襄阳吊刘表之丧的鲁肃寻找到他，当机立断与刘备联盟，合力抗曹。这与鲁肃划江而治的立国方略虽说有距离，但在曹操大军压境的情况下，却是不得不为之的上策。诸葛亮与鲁肃同来东吴，力促孙刘联盟、共抗曹操。

孙权一开始就处在东吴内部主战派和主降派的激烈论争中，主战者少，主降者多。代表人物张昭说：

> 曹操拥百万之众，借天子之名，以征四方，拒之不顺。且主公大势可以拒操者，长江也。今操既得荆州，长江之险，已与我共之矣，势不可敌。以愚之计，不如纳降，为万安之策。

张昭之论立即受到众谋士的拥赞：“子布之言，正合天意。”而孙权却“沉吟不语”。张昭又劝谏，孙权还是“低头不语”。他两度低头不语，沉吟未决，并不是内心动摇的流露，而是诸人的议论，不合心愿，大失所

望。孙权那不甘屈辱的内心深处正渴望着抗战志士的声音。所以当鲁肃一反众议，表达抗战之意时，孙权就感叹道："诸人议论，大失孤望。子敬开说大计，正与吾见相同。此天以子敬赐我也！……"此话孙权显然对张昭等主降者不满。张昭是孙吴最高统治集团的核心人物。孙策死时，托孤于张昭，"昭率群僚立而辅之。上表汉室，下移属城，中外将校，各令奉职"（《三国志·吴书·张顾诸葛步传》）[①]。其职位和权力相当于丞相。而在赤壁之战这个决定孙吴存亡的时刻，他不是为孙权作长久之策，而是与孙权离心离德。其主降之举不仅失去了孙权对他的信赖和倚重，而且影响了他在孙吴最高权力机构中的地位。赤壁之战后，"权既即尊位，请会百官，归功周瑜。昭举笏欲褒赞功德，未及言，权曰：'如张公之计，今已乞食矣。'昭大惭，伏地流汗"（《三国志·吴书·张顾诸葛步传》）[②]。小说家对孙权在赤壁决策中的刻画，同正史记载，几无二致。这种从历史真实的高度写出人物关系的复杂性，虽然文字不多，却渗透到了人物性格之中。

鲁肃的话敲开了孙权切盼的心扉，孙权从一开始就不是在犹豫抗战，而是在决策过程中思虑如何抗战，后果如何。当诸葛亮假意劝他降曹时，他"不觉勃然变色，拂衣而起，退入后堂"。当知道诸葛亮故意相激时，便倾心相谈："曹操平生所恶者，吕布、刘表、袁绍、袁术、豫州与孤耳，今数雄已灭，独豫州与孤尚存。孤不能以全吴之地，受制于人，吾计决矣。非刘豫州莫与当曹操者，然豫州新败之后，安能抗此难乎？"这里披露出他为什么一直不作出决断，是因为对如何战胜"雄兵百万，上将千员"的曹军，心中无底。所以他同诸葛亮、周瑜谈论的要点就在这里，直到弄清了曹军的致命弱点，他才下定决心。孙权在决策前虽有自己的初步考虑，但还要认真听取正面和反面的各种意见，反复探究，慎之又慎，直到把情况确实弄清，"权矍然起曰：'老贼欲废汉自立久矣，所惧二袁、吕布、刘表与孤耳。今数雄已灭，惟孤尚存。孤与老贼，誓不两立！卿言当伐，甚合

---

① 陈寿：《三国志》，中华书局 1959 年版，第 1220 页。

② 陈寿：《三国志》，中华书局 1959 年版，第 1222 页。

孤意。此天以卿授我也。’瑜曰：‘臣为将军决一血战，万死不辞。只恐将军狐疑不定。’权拔佩剑砍面前奏案一角曰：‘诸官将有再言降操者，与此案同！’言罢，便将此剑赐周瑜，即封瑜为大都督……如文武官将有不听号令者，即以此剑诛之”（第四十四回）。

孙权毅然决然的气度，果敢独断的性格，明智审慎的思维，小说家很有层次地进行皴染，既丰满又富有力度。孙权不像曹操那样机敏，又不像刘备那样隐忍。决策前他静如潜龙，沉稳不露；决策后动如飞龙，兴风作浪。每一次决策都使鼎足一方失重，联刘则曹败，降曹则刘败，仿佛三国鼎立就要看他的态度。孙权的典型性格虽不如曹操、刘备的典型性格具有丰富性、复杂性和多面性，但却很有立体感。尤其是在赤壁大战前后，虽说是孙刘联盟，实际上孙权处于主动的、领导的地位，表现出了一个横空出世、大有作为的政治家的豪放胸襟和战略眼光。

从第四十三回到第五十回，写了一场波澜壮阔的赤壁大战。这场战争以曹军败北而告终，遏制了曹军南下，再也不敢饮马长江，孙权保住了江东的基业。荆州七郡，南阳郡仍在曹操手中；江夏、南郡二郡的北部为曹所占，南部为孙权所有；武陵、长沙、桂阳、零陵四郡已属刘备，有了自己立足之基本。因此说，赤壁之战实质上是魏、蜀、吴三方争夺荆州，最后被三方瓜分。

孙权在江东上游取得了一些地盘，划江而治的目的部分实现。不过，这个屏障是要依靠孙、刘联盟，显然与划江而治的立国方略距离很大，但孙权在曹操的压力下，当时也只好如此。

孙、刘交恶，吕蒙偷袭荆州

刘备从赤壁之战中所得的益处，比孙权所得要多得多。《三国演义》第五十二回写到鲁肃第一次讨荆州时说：“操引百万之众，名下江南，实欲来图皇叔，幸得东吴杀退曹兵，救了皇叔。所有荆州九郡，合当归于东吴。今皇叔用诡计夺占荆襄，使江东空费钱粮军马，而皇叔安受其利，恐于理未顺。”

其后，刘备又迅速取得了益州，跨有荆、益两州。刘备的崛起，令孙吴感到不安。孙权几次索要江陵，想把南郡之地控制到自己手中，都遭到了刘备的婉拒。直到公元215年，曹操夺取了汉中。汉中是巴蜀的门户，对蜀汉构成了直接的威胁，刘备才不得不听从诸葛亮的建议：“今我若分江夏、长沙、桂阳三郡还吴，遣舌辩之士，陈说利害，令吴起兵袭合淝，牵动其势，操必勒兵南向矣。”（第六十七回）最后，孙、刘商定以湘水为界划分疆域。刘备所得，是地瘠民穷的西部，其江陵守军，失去了较可靠的补给基地。孙权获得了长江以南的大片土地，将自己的势力向西推进了一大步，并且对江陵形成了侧后包围，为吕蒙偷袭荆州提供了机会。孙吴集团此时处于“鼎足观变”，从周瑜临终上疏可知他们的心态：“方今曹操在北，疆场未静；刘备寄寓，有似养虎。天下之事，尚未可知。”（第五十七回）所以，孙权再三索讨荆州。特别是鲁肃死后，强悍的吕蒙表面继续“与羽结好”，暗中却在加紧备战。到公元219年，刘备取得汉中，孙权夺取江陵的图谋也进入伺机状态。吕蒙建议：“今云长提兵围樊城，可乘其远出，袭取荆州。”“先取荆州，全据长江，别作良图。”孙权同意吕蒙的建议：“孤本欲取荆州……卿可速为孤图之，孤当随后便起兵也。”（第七十五回）

“荆州诗”的叙事审美形态

曹、刘、孙围绕着荆州的争夺，始于赤壁之战。《三国演义》把赤壁之战至夷陵之战，这十六年的历史整整写了四十九个章回，而且写得波澜壮阔，生动有趣。特别是将孙吴争夺荆州的谋略故事化，使得它成为《三国演义》叙事最成功的篇章，使得这段历史成为中国历史上少有的一段佳话，传播久远，脍炙人口，这是《三国演义》叙事艺术的成功。

从赤壁之战到夷陵之战是孙吴集团在《三国演义》叙事结构中最辉煌最成功的篇章，那么叙事主体是如何将这十六年的历史生活再现为审美形态的呢?

叙事审美所关注的是叙事结构与人物性格结构相撞击、矛盾和统一的生命形式，是对人性及其内在结构的审美把握。孙吴的一批具有独特个性的人物孙权、周瑜、鲁肃与曹操、刘备、诸葛亮相对比、相映衬，叱咤在夺荆州的历史舞台上，他们的心理、欲望、情感和行为，使读者深深地为之感动，甚至与小说的人物一同喜怒哀乐，令人拍案叫绝。这才是叙事审美的真正价值。叙事审美是建筑在意义解读的基础之上，是一种意义的体验、简化和遗忘过程。有时人们已记不清叙事文本的具体内容了，但对人物性格的突出特点，却能用一个词或一句话概括出来。这正是孙吴集团在赤壁大战前后叙事艺术的成功所在。

叙事主体对历史的剪裁、提炼和集中

叙事审美表现对历史现实的剪裁、提炼和集中，把历史素材的毛坯转换为具有简约美的叙事形态，使线索更鲜明、情节更典型、人物更个性化。

叙事主体把刘备集团“隆中决策”的奋斗过程作为建构《三国演义》叙事结构的重心，其中，孙吴从赤壁之战到夷陵之战是与刘蜀互相裹挟在一起的，在孙吴与刘蜀的矛盾冲突方面进行一些历史事实的剪裁。

借荆州是孙吴和刘蜀拉锯式的矛盾冲突的焦点，历史上“借荆州”实际上有两次：一次在周瑜时，另一次在鲁肃时。所谓周瑜借给刘备的荆江南岸四郡，即荆州七郡中的江南四郡，为周瑜从曹操手中所夺，所以周瑜能“分南岸地以给备”。实际上是在赤壁之战中刘备自己所占的。鲁肃时借给刘备的是江北之郡，即南郡。这是周瑜死后，鲁肃代瑜领兵，劝孙权“以荆州借刘备，与共拒曹操，权从之”。《三国志·吴书·周瑜鲁肃吕蒙传》裴注引《汉晋春秋》曰：“吕范劝留备，肃曰：‘不可。将军虽神武命世，然曹公威力实重，初临荆州，恩信未洽，宜以借备，使抚安之。多操之敌，而自为树党，计之上也。’权即从之。”①

小说所写“借荆州”，只是指周瑜在世时那一次，并没有写鲁肃这一次。因为小说文本的审美价值并不在于对历史事实的集结，而在于叙事审美形态的锤炼，能够在矛盾冲突中把展现人物生命活力的叙事形式抓住，

① 陈寿：《三国志》，中华书局1959年版，第1271页。

从而开掘人性，彰显不同的心理层次上的动能和落差，对比不同性格的欲望和行为。于是小说泼墨般展开了孙吴的“三讨荆州”，刘备、诸葛亮的“三气周瑜”的故事。

叙事虚构，把历史故事铺张扬厉得更富有传奇色彩

关于“赤壁之战”的历史记载，主要是在《三国志》相关人物传记，以及裴松之注中，采用司马迁纪传体的历史叙事——互见法，将赤壁之战的整个过程，以及方方面面都叙述到了。司马光采用编年体在《资治通鉴》中将“赤壁之战”集中记述在一篇文字之中，有头有尾，详略得当，给人一个完整的历史印象，也只有三千六百多字。历史著作叙事文本的终极目的是解读意义，所以它只能存在于学者的书架或官府的档案中，而很难广为流传。而《三国演义》则不然，采用“实者虚之”“虚者实之”，创造性地完成一部小说。小说虚构的成分远远多于历史著作提供的素材，因为它始终以历史的现实生活材料来构建自己的审美叙事形态，其创造过程始终离不开活生生的现实生活的原始风貌，并且以自己所选择的、加工的、想象的现实原始风貌再现为叙事艺术作品。这个过程中虚构是一种全方位的本质的创造，只有它才能使叙事形式不仅蕴含深层的意义，而且更重要的是具有审美形态。

《三国演义》赤壁之战的叙事过程，可分为二十四个比较集中的情节和细节：（1）鲁肃过江吊刘表；（2）东吴初次廷议；（3）舌战群儒；（4）孙权决策；（5）智激周瑜；（6）东吴再次廷议；（7）劝降诸葛；（8）劫粮之议；（9）刘备劳军；（10）三江口初战；（11）蒋干中计；（12）草船借箭；（13）二蔡过江；（14）苦肉计；（15）阚泽下书；（16）庞统连环计；（17）徐庶避祸；（18）三江口再战；（19）曹操赋诗；（20）周瑜心病；（21）借东风；（22）火烧赤壁；（23）曹操夜遁；（24）华容道。从素材的来源审视上面的情节和细节，有三种情况：

其一，源于历史记载的事实，如（1）（2）（4）（6）（22），占百分之二十点八。像“孙权决策”，在《三国志・吴书・周瑜鲁肃吕蒙传》

有近五百字的记载，与小说的描写基本一致。

其二，在简单的、零散的历史素材的基础之上生发、扩张生成的，如（7）（8）（9）（10）（11）（14）（23），占百分之二十五。如“蒋干中计”，《三国志·吴书·周瑜鲁肃吕蒙传》中裴注有一段记述：“初，曹公闻瑜年少有美才，谓可游说动也，乃密下扬州，遣九江蒋干往见瑜。”蒋干过江，周瑜劈头便问：“子翼良苦，远涉江湖为曹氏作说客邪？”蒋干否认，于是两人只叙友情，周观军营，宴饮话别，“干还，称瑜雅量高致，非言辞所间”[1]。而《三国演义》在此基础上不仅铺叙了两千多字的“群英会”，还虚构了“盗书”的反间计，以及蒋干第二次过江，为赤壁之战周瑜与曹操斗智，起到了一个过场人物的叙事功能。

其三，全部是虚构的，如（3）（5）（8）（12）（13）（15）（16）（17）（18）（19）（20）（21）（24），占百分之五十四以上。像流传极广，几乎家喻户晓的“草船借箭”“连环计”“借东风”都是虚构的故事。

可见，虚构是《三国演义》叙事艺术的基石，在史料基础上的虚构，把历史故事铺张扬厉得更富有传奇色彩。

《三国演义》叙事审美最成功的特征是叙事结构生命的有机性。它表现为叙事结构审美形态“内化”为人物性格和心理的有机构成，越是将不同人物心理运动层次刻画得细腻，对比得鲜明，形成彼此牵制，而又各自扩张，越能显示他们的欲望、动能和落差，越是能打动人，富有魅力。

围绕“荆州之争”的每一个历史细节，都通过人物的心理回溯到东吴立国方略这条根本的路线上，几代人都为了这一目的而付出了一生的代价。东吴的君主孙权审时度势，雄才大略，又善于权变；周瑜年轻气盛，才貌双全，智勇绝伦；鲁肃战略眼光敏锐，为人处世厚重；程普大将风范，礼贤年少；黄盖为国效命，生死置外；阚泽胆识过人，不辱使命。这一大批人物，组成了东吴的核心集团的人物结构，或依托，或辅佐，或倚重，或效力，总之，东吴集团人物形象大都在沧海横流、矛盾激化的这个时期走

① 陈寿：《三国志》，中华书局1959年版，第1265页。

向性格化。他们之间不同形式的对比，形成的心理上的张力和动能，是其审美形态的最佳体现。在东吴夺荆州这面镜子中，映照出了曹操和刘备两个集团各个层面的不同心理和不同谋略，三足鼎立的形成和最后衰败都是围绕荆州而展开的斗智斗勇，“荆州之争”归根到底是人谋之争。叙事审美化说到底是人性的展示过程，是对人性丰富及其内在结构的审美把握。人们在欣赏“三气周瑜”的叙事情节时，对谁夺得城池并不在意，而津津乐道的是周瑜和诸葛亮的人谋、气度和才情。

在孙刘结盟的过程中，一直存在着矛盾和斗争，集中表现在荆州的归属问题上。荆州是地理均势的要害，对于曹、刘、孙三家来说，都具有十分重要的战略意义。曹操只有夺取荆州，才能逾越长江；孙权得荆州，才能竞长江所有，一统南方；刘备占荆州，更是重要。从鼎足目标来说，这是刘备夺取西川的基地。从图中原目标来看，如果没有荆州，就丧失了进入中原的前进基地，只能偏安于闭锁的益州，守险割据，而复兴汉室的隆中计划也就中道夭折了。因此，曹操兵败赤壁以后，荆州之争就上升为孙、刘之间根本利益的冲突。汉中大战之前，尽管孙刘两家为荆州不断地扯皮，但终究没有发生战争。从东吴这方面讲，这与孙权政治手段的灵活，鲁肃顾全大局、忍辱负重的胸怀是分不开的。从刘蜀这方面讲，是诸葛亮高瞻远瞩的政治眼光和高超的外交手段的直接成果，是刘备外柔内刚的典型性格又一次成功的体现。这些都在不同程度、不同形式上缓和孙刘之间荆州问题的矛盾，特别是鲁肃和诸葛亮也极力维护孙刘联盟的不破裂。再者，孙权在大敌当前，忍痛将荆州借给刘备，这都是非同小可的举止。《三国演义》虽然没有正面刻画孙权对此问题的态度，他虽然不如鲁肃对维护孙刘联盟的战略意识那么强烈，但至少是以大局为重。也可以体味到他的政治气度非凡，表现了一个杰出的政治家的豪迈胸襟和现实精神。

上面简述了东吴集团在《三国演义》中叙事结构的基本形态，概言之：勾勒了东吴集团的三个时期叙事线索、叙事成分、叙事肌理，理出了叙事结构形态的走势和规模，指出从赤壁之战到夷陵之战是东吴最辉煌最壮阔的叙事态势，也是《三国演义》叙事结构中最重要的组成部分。

东吴从赤壁之战到夷陵之战叙事结构的运转、展开和整合的势能产生的动力，全部来自“荆州之争”，是曹、刘、孙三方决策人物性格内在的矛盾所致，是三方各个层面“人谋”交相形成的张力，以及事件对人物性格的反弹，总之，人欲是最大的能量。

东吴集团叙事结构成功的标志是审美形态的构建，孙权、周瑜、鲁肃等一大批人物性格从此屹立在中国古典文学人物的画廊之中。

刘备性格内涵与三足鼎立的最后实现

刘备在赤壁大战前，虽然只有夏口弹丸之地，兵微将寡，但“刘备有英名，关羽张飞皆万人敌”（《三国志·魏书·程郭董刘蒋刘传》）[①]，又有超人的智慧人物诸葛亮的辅佐，所以孙权对诸葛亮说：“非刘豫州莫可以当曹操者。”（《三国志·蜀书·诸葛亮传》）[②]这说明刘备有总揽天下英雄的号召力，人心归服。赵云当年弃公孙瓒而追随刘备，忠贞不贰；徐庶别荆州而入新野；庞统宁肯归隐，也绝不北事曹操。综观刘备、孙权两个政治军事集团的人才群落，已基本上形成与曹操相抗衡的人才均势。

孙、刘联盟的成功使刘备集团走向三分天下

最明确规划天下三分之形的是诸葛亮。他在《隆中对》中精辟地分析了天下大势，指出曹操“已拥百万之众，挟天子以令诸侯，此诚不可与争锋。孙权据有江东，已历三世，国险而民附，此可用为援而不可图也”。接着，简明扼要地指出荆州和益州的战略地位，欲成霸业，应该“北让曹操占天时，南让孙权占地利，……然后可图中原也”（第三十八回）。刘

① 陈寿：《三国志》，中华书局 1959 年版，第 428 页。

② 陈寿：《三国志》，中华书局 1959 年版，第 915 页。

备正是实施了这个战略决策，才有了自己的根据地。于是蜀国依仗重山之固，吴国凭借长江之险，魏国占据中原，天下三分的地理均势出现了。这个地理均势正是“人谋”的结果，换句话说，是孙刘联盟的结果。因此，曹操最忌惮的一招是孙刘联盟。《三国演义》第五十六回，当曹操听到“东吴使华歆表奏刘备为荆州牧，孙权以妹嫁刘备，汉上九郡大半已属备矣”时手脚慌乱，投笔于地。程昱说道：“丞相在万军之中，矢石交攻之际，未尝动心。今闻刘备得了荆州，何故如此失惊？”曹操答：“刘备，人中之龙也，生平未尝得水。今得荆州，是困龙入大海矣。孤安得不动心哉！”

鲁肃为孙权谋划的大计，诸葛亮为刘备规划的战略，这些毕竟是蓝图，而真正坚定并践行孙刘联盟的战略决策，开创魏、蜀、吴鼎足局面的主导者还是孙权。孙权的典型性格在赤壁决战的前夕刻画得生动传神，不愧是一代胸怀大志的英主，连曹操也慨叹：“生子当如孙仲谋！”

对待孙刘联盟，刘备的战略意识远不如孙权。赤壁大战中虽说是孙刘联盟，其实刘备处于被动的地位。当阳之败，刘备只有江夏弹丸之地，此时他外惧孙权降曹，内恐部下背弃自己，基本上是以礼贤下士的风度隐忍地低首下人。他对诸葛亮言听计从，诸葛亮出使东吴，游说联合；刘备对东吴也是极尽迎奉，不敢怠慢。听说周瑜要见他，关羽谏止他不要去，刘备回道：“我今结东吴以共破曹操，周郎欲见我，我若不往，非同盟之意。两相猜忌，事不谐矣。”他不顾生命危险亲自到东吴去犒军。见了周瑜，更是奉承备至，连上座也不敢坐，说：“将军名传天下，备不才，何烦将军重礼？”于是分宾主而坐。临别时又是一番奉承：“备暂告别，即日破敌收功之后，专当叩贺。”（第四十五回）当时，刘备如此低调谦和，实在是势穷力孤不得已而为之。从中可以窥视刘备内刚外柔的性格素质，有超常的隐忍和权变的能力。

当曹操赤壁败北的尘埃未落，刘备就顾不得孙刘联盟的大局，与东吴抢夺南郡。周瑜闻知，和鲁肃一道来告之刘备，东吴取南郡“已在掌中”。刘备笑曰：“胜负不可预定。”俨然以一副霸主的姿态告诫周瑜，微笑中含有不以为意的神色。周瑜心骄气盛，被刘备一激，马上就回答："吾若取不得，那时任从公取。"待周瑜、鲁肃走后，刘备问诸葛亮："却才先生教备如此回答，虽一时说了，展转寻思，于理未然。我今孤穷一身，无置足之地，欲得南郡，权且容身。若先教周瑜取了，城池已属东吴矣，却如何得住？"（第五十一回）一语泄露天机，刘备一心想得南郡，而表面上却做出宽容大度的样子。仁义真诚于外，权术隐含于内，这正是刘备典型性格的核心，只不过在不同的典型环境中的具体表现形态不一样罢了。

诸葛亮关于荆州只说借而不说占，也是从维护孙刘联盟的大局出发的。这正是诸葛亮高超的策略思想和外交手段，借的方式，既能占着荆州，又不把面子扯破，破坏两家的关系。假如采取硬不还的态度，则会导致两家干戈相见；倘若还给孙权荆襄之地，刘备又失去了立足之本。两难之中，只好名借实赖，拖延时间，争取时机，发展西川，夺取汉中。从战略上来说，这的确是棋高一着，是实现诸葛亮"隆中对"开拓性进程的第一步。诸葛亮的战略意识始终都是十分明确的。在庞统中箭身亡之后，他不得不离开荆州入川，临行将守荆州的重任交给关羽。"云长更不推辞，慨然领诺。孔明设宴，交割印绶，云长双手来接。孔明擎着印曰：'这干系都在将军身上。'云长曰：'大丈夫既领重任，除死方休。'孔明见云长说个'死'字，心中不悦，欲待不与，其言已出。孔明曰：'倘曹操引兵来到，当如之何？'云长曰：'分兵拒之。'孔明曰：'若如此，荆州危矣。吾有八个字，将军牢记，可保守荆州。'云长曰：'哪八个字？'孔明曰：'北拒曹操，东和孙权。'云长曰：'军师之言，当铭肺腑。'"（第六十三回）

关羽接印，诸葛亮擎着不授，又语重心长地叮嘱半天。这一外在动作流露出诸葛亮的慎重和忧虑，他越是把守荆州的责任看得非常重大，越是清楚关羽的性格弱点是致命要害，所以把孙刘联盟、北拒曹操的战略方针一再告诫关羽。而关羽对诸葛亮的苦心理解得很不够，恰恰是在这个问题上犯了重大错误，种下败亡的根苗。而刘备和诸葛亮在"抢荆州"到"借荆州”的整个过程中，主臣配合相当默契。这是不是说刘备和诸葛亮在孙刘联盟的战略意识上一致呢？非也。刘备对同宗刘表的荆州不忍夺取，同“三让徐州”一样，真诚地标榜了自己的仁义道德，目的是谋取人心归附，这是刘备内在的性格特征。毛宗岗对这点看得很清楚，他说：“马良请表刘琦为荆州牧，以安众心。可见荆州之人未忘刘表。其从曹操者，迫于势耳。但玄德于刘表托孤之日，而遂自取之，则人心必不附。人心不附，则曹操来迫，而内变必作。故知玄德之迟于取荆州，未为失算矣。”（第五十二回回评）[①]刘备出自深沉的政治谋略目的，不求急功近利，所以在“借荆州”中，同诸葛亮配合相契，步调一致，仿佛刘备和诸葛亮的思维是一致的，其实，是有差别的。这种差别在关羽“失荆州”后，就明显地暴露出来了。

荆州是影响孙吴与刘蜀关系的敏感点，孙权朝思暮想，势在必得；刘备赖着不还，以柔克刚。孙刘之间，明争暗斗，时紧时松。孙权嫁妹，弄巧成拙，一反常态，表奏刘备为荆州牧，妄想挑起曹操与刘备的矛盾，渔人得利。孙权的这套把戏，被曹操识破，并把这个“球”又踢了回来，曹操借表奏周瑜为南郡太守，引起孙权和刘备的厮杀。周瑜战略眼光浅近，只顾孙吴利益，发兵“假途伐虢”，欲取荆州。在周瑜步步紧逼的情况下，诸葛亮施计，使周瑜的举措每每落空。不料，周瑜竟被气死在柴桑。周瑜之死引起东吴将领对诸葛亮的仇视。为了维护孙刘联盟的大局，诸葛亮冒杀身之险，亲自到东吴吊孝。悼词中颂扬了周瑜的人品、才干、风度和功业，悲痛“从此天下，更无知音”。祭毕“伏地大哭，泪如涌泉，哀恸不已。众将相谓曰：‘人尽道公瑾与孔明不睦，今观其祭奠之情，人皆虚言也。’鲁肃见孔明如此悲切，亦为感伤，自思曰：‘孔明自是多情，乃公瑾量窄，自取死耳。’”（第五十七回）诸葛亮吊孝，避免了因周瑜之死而导致孙刘联盟破裂的危险。诸葛亮既联合又斗争的艺术，就是力求以外交的手段来谋取有利的转机，避免孙权和刘备两大集团大规模的军事冲突。

① 沈伯俊：毛本《三国演义》整理本，中州古籍出版社 1992 年版。

自公元210年周瑜死后，孙、刘之间的关系也稳定了，这是三足鼎立能够向前发展的关键。

从建安十二年（207）“隆中决策”起，跨有荆、益二州作为立业基本，刘备心中已隐隐有了这张蓝图。至关羽失荆州之时，据荆已有十年了。刘备居于斯，兴于斯，今新得益州不久，便失荆州，他难以接受这残酷的现实。因此，他不顾大臣们极力谏阻，出兵与孙吴争荆州。结果陆逊敛兵据险，慎重应敌。刘备连营七百里，沿山行军，难以施展，战线很长，形分势散，被陆逊在夷陵火攻得手，一朝溃散。刘备死后，诸葛亮在蜀弱吴孤的形势下，与东吴重新修好。三国鼎立局面又出现了平衡的状态。从公元224年第八十六回诸葛亮掌权至公元263年第一百一十八回刘蜀灭亡，四十年，三十三个章回，转入诸葛亮北伐中原、魏蜀之争。孙吴在《三国演义》叙事结构中也就失去了重心的地位。

刘备隐忍的性格是夺取胜利的内在因素

赤壁大战开创的三足鼎立之形，随着曹、刘、孙三方的角逐，天下三分的局面在发展。周瑜临死时遗书孙权说：“方今曹操在北，疆场未静；刘备寄寓，有似养虎。天下之事，尚未可知。”（第五十七回）这话分明是说曹操统一北方，孙权占据江东，只有刘备未有自己的地盘，借荆州图发展。从赤壁之战到汉中之战短短十年的时间里，刘备从毫无“基本”到全部占有巴、蜀和汉中之地，加上荆州三郡，成就了天下三分的事业，究竟靠的是什么？从外部来看，孙刘联盟是刘备成就西蜀事业的政治前提；从其自身来看，刘备经过几十年政治军事斗争生涯的锻打，练就了一套独特的本领，这就是把伦理道德和政治手段巧妙地结合在一起，聚揽人才，不折不挠，坚定不移地发展事业。从讨黄巾，到战赤壁，刘备先后投奔了几个山头，毫无立足之地。但他“三让徐州”“携民渡江”“不夺刘表”等等，给人们留下了宽容礼让的舆论和印象，这也正是刘备性格结构中的主导性格素质。他处处标榜自己的仁义，如对待同盟者：当曹操为父报仇杀往徐州时，孔融代陶谦向刘备求救，刘备答应向公孙瓒借兵相救。对待落难者：曹操写密信教刘备杀掉吕布，刘备不但未杀，反而还将此事告诉吕布，安慰他说："兄勿忧，刘备誓不为此不义之事。"对待俘虏：当魏延活捉了刘璋的部将泠苞时，刘备毫无辱没加害之意，而是赐予衣服鞍马，令其回城。结果泠苞回去，仍反刘备。当泠苞第二次被俘，刘备责他曰："吾以仁义相待，放汝回去，何敢背我？今次难饶！"杀了泠苞，又烘托了刘备的仁义。诸如此类的例子举不胜举。

仁义是刘备夺取天下的一面旗帜，他用仁义团结内部，分化敌人；用仁义笼络人心，安抚天下；用仁义攻城略地，复兴汉室。对此，刘备自己最清楚。这正是刘备典型性格中的内核，尽管外部的表现变幻不一，但实质无不浸透着儒家崇尚仁义的精神。历史学家黎东方说："我想，这一种不计成败，惟义是视的勇气，是刘备之所以名满四海，叫人民向往，叫读书人归心，叫割据群雄人人愿得与其结盟的一大原因。"①

刘备在赤壁大战以后所取得的成功，很大程度上是他累积半生的经验，更加灵活地把"仁义"作为其政治手段，藏而不露地与诸葛亮同谋巧取。但在孙刘联盟上他始终缺乏战略意识，与孙权争夺南郡之时，曹操抢先取了汉中，给刘备造成了很大的威胁。"却说西川百姓，听知曹操已取东川，料必来取西川，一日之间，数遍惊恐。玄德请军师商议，孔明曰：'亮有一计，曹操自退。'玄德问何计。孔明曰：'曹操分军屯合淝，惧孙权也。今我若分江夏、长沙、桂阳三郡还吴，遣舌辩之士，陈说利害，令吴起兵袭合淝，牵动其势，操必勒兵南向矣。'"（第六十七回）形势所迫，刘备不得已与孙权重新修好，孙刘联盟又出现转机。刘备的失策，既伤了同盟的和气，又为日后关羽失荆州种下了祸根。刘备政治气度狭小的性格弱点，在他当了蜀汉皇帝，自以为是，表现得更为明显。

---

① 黎东方：《黎东方讲史·细说三国》，上海人民出版社 2007 年版，第 5 页。

刘备“借荆州”“取西川”的基本策略是用权谋

功利目的和权谋手段时时与其宽仁信义的伦理道德相矛盾，形成他性格的内在冲突，反过来又投射在他对外交和政事的处理上。

刘备“借荆州”从战略上讲为取西川赢得了大量的时间，为他提供了实现“隆中对”方略的契机。《三国演义》第六十回益州别驾张松原欲献西川图本给曹操，而碰壁之后，有意识地路过荆州回西川，想看看刘备是否像人们传闻的“仁义远播久矣”。他刚到郢州界口，刘备已派赵云“轻装软扮”，带领五百余骑人马等候多时。相见后“军士跪奉酒食”，赵云亲自进敬，“松自思曰：‘人言刘玄德宽仁爱客，今果如此。’”来到荆州界首，天色已晚，而关羽却奉命“洒扫驿庭”，“击鼓相接”，又“排上酒筵”，欢饮夜阑方罢。第二天一早，刘备带领诸葛亮、庞统亲自来接，远远望见张松，便下马等候。这里把刘备礼贤下士，谦恭好客的风度，分为不同层次，渐进深入地加以烘托和渲染。与张松的听闻，相互印证，一下子就攫住了张松的心。他为刘备的“宽仁爱士”所深深感动，便已有意将西川图本献给刘备。正如毛宗岗的批评：“张松暗暗把一西川欲送与曹操，曹操却白白把一西川让与玄德。玄德以谦得之，曹操以骄失之也。”（第六十回回评）①

刘备留张松饮宴三日，却不提川中之事。十里长亭送别，“玄德举酒酌松曰：‘甚荷大夫不外，留叙三日，今日相别，不知何时再得听教。’言罢，潸然泪下。张松自思：‘玄德如此宽仁爱士，安可舍之？不如说之，令取西川。’”刘备先以言钓之，当张松明确地表示让刘备“长驱西指，霸业可成”时，刘备又用一语漾了开去，表达了不忍夺“帝室宗亲”之心。张松听后，更为感动，不仅殷切地分析了益州这块宝地，已在他人觊觎之下，而且再三劝说刘备“今若不取，为他人所取，悔之晚矣”。直到这时，

① 罗贯中著，毛宗岗评：《全图绣像三国演义》，内蒙古人民出版社 1981 年版，第 593 页。

刘备才流露出取川之难的想法。张松亦在此刻，义无反顾地慷慨地献出西川图本，上载“地理行程，远近阔狭，山川险要，府库钱粮”。如果说，刘备三顾茅庐从诸葛亮那里看到的西川挂图，启迪了战略意识，那么今天在张松这里看到的西川图本，则是战术上具体的打仗行军图了。至此，刘备迈开向西川进军坚实的一步。从中更深刻地体味到，刘备把仁义之术玩弄得烂熟，在道德的光环下，不知不觉地开拓进取，既不露痕迹，又名扬天下。

在刘备取西川的整个过程中，都是凭借着仁义而取信于人，既攻城夺地，又广揽人才。他得张松、法正，为其谋划；得严颜、马超，为其效命。严颜掌管巴郡到雒城的所有守御关隘，“凡到之处，尽是严颜所管，都唤出投降。有迟疑未决者，颜曰：‘我尚且投降，何况汝乎？’自是望风归顺，并不曾厮杀一场”。张飞将“于路关隘四十五处，皆出老将严颜之功”告诉刘备，刘备感激地对严颜说：“若非老将军，吾弟安能到此？”说毕，立刻脱下身上黄金锁子甲赐给严颜。严颜深受感动，而后与黄忠一起在葭萌关大败张任，在取汉中时又计夺天荡山，立下了卓著功勋。西川之士李恢曾苦谏刘璋不被采纳。当他投奔刘备时说了一番心里话：“吾闻‘良擒相木而栖，贤臣择主而事。’前谏刘益州者，以尽人臣之心，既不能用，知必败矣。今将军仁德布于蜀中，知事必成，故来归耳。”李恢不仅自己这样认识刘备，还劝说马超：“刘皇叔礼贤下士，吾知其必成，故舍刘璋而归之。”（第六十五回）从李恢的话来看，刘备念念不忘的仁义已取得人心归附之效。

刘备取川之后，孙权便索取荆州。此时吴蜀围绕荆州利益的冲突，已逼得刘备再也不能靠施展名义借、实际赖那一套了。如何在新形势下权变，就取决于战略上的决策和外交上的斡旋，而恰恰在这方面，暴露了刘备性格上的弱点。他用宽仁信义伦理道德处理人际关系是其长，曹操、孙权比不上；而在战略和外交上不达权变则显现出其弱点，他又不如曹操、孙权。《三国演义》没有按照历史的本来面目，真实地刻画刘备与孙权武力争夺长沙、零陵、桂阳三郡的斗争。据《三国志・蜀书・先主传》记载：

二十年，孙权以先主已得益州，使使报欲得荆州。先主曰："须得凉州，当以荆州相与。"权忿之。乃遣吕蒙袭夺长沙、零陵、桂阳三郡。先主引兵五万下公安，令关羽入益阳。是岁，曹公定汉中，张鲁遁走巴西。先主闻之，与权连合，分荆州、江夏、长沙、桂阳东属，南郡、零陵、武陵西属，引军还江州。[①]

刘备本该在取得益州之后，立即北进汉中，他却东向和孙权争江南三郡，争而不得，反被曹操趁机占了汉中。既失去孙刘联盟的信义，又失掉夺取汉中的战机。这是刘备在战略上的一失。刘备不达权变，在战略上的失误，和他对孙刘联盟的战略意义认识不足有关，而且随着刘蜀事业的顺利发展，他对此忽视的程度更加严重。如果理一下蛛丝马迹，可以清楚地看到，刘备发动夷陵之战，公开撕毁孙刘联盟的协定，不是偶然发生的。早在这之前，吴蜀的矛盾冲突已付诸武力，不过《三国演义》略去刘备与孙权争南三郡的历史事实，仿佛"失荆州"都是关羽的重大失误，显然是不公的。据史载，建安十六年（211）至建安二十四年（219）关羽镇守荆州长达九年，是很有功绩的。

其一，关羽镇守荆州，首先尽到了守土之责。因为刘备取川，将主力部队调出荆州，很容易给孙吴和曹魏留下可乘之机。关羽没有给任何人留下谋取的机会。相反，却保证刘备全力取川。

其二，关羽镇守荆州的数年，扩大了自己的实力，吸引了曹魏治下反曹的力量，发展了大好形势，为发动襄樊战争创造了有利的条件。围樊城，击曹仁，降于禁，大有"北向争天下"之势，为全面实践隆中路线创造了极好的历史机遇。

然而，刘备与孙权争南三郡的矛盾，不但已经为关羽埋下了祸根，而且给曹操留下了空隙，乘机用兵汉中。汉中是益州的天然屏障，环山抱水，土地肥美，物产丰富，历来为兵家必争之地。曹操夺得汉中，对刘备

① 陈寿：《三国志》，中华书局 1959 年版，第 883 页。

构成了威胁。在这种形势下，刘备不得不听从诸葛亮建议："若分江夏、长沙、桂阳三郡还吴，遣舌辩之士，陈说利害，令吴起兵袭合淝，牵动其势，操必勒兵南向矣。"小说把南三郡归属东吴描写成是刘备、诸葛亮主动割让的，表现了刘蜀继续巩固孙刘联盟，联吴制曹的战略远见。果然，孙权听说刘备主动提出归还三郡，十分高兴，立即命鲁肃去接收。然后，亲率十万大军"来收合淝"，在曹操背后插上一刀。历史的实践早已证明，无论是开拓疆土，还是防御曹操进攻，刘备都必须和孙权保持联盟，这是大局。在三足鼎立之中，谁能采取灵活的外交，以"两足"对"一足"，谁就可以置对手于两面作战的被动境地。在三国之中，刘备实力最弱，发展最晚，其之所以能迅速确立鼎足之势，是因为坚持了孙刘联盟这一前提。在相当长的时间里，维持了"蜀与魏则有战无和，吴与蜀则和多于战，吴与魏则战多于和"的格局。刘备虽有权谋，但政治气度不如孙权，所以在联盟问题上总是鹬蚌相争，因小失大。

赤壁之战后的十年，刘备政治军事集团得到迅速的发展。（1）建安十三年，占有荆州江南四郡；（2）建安十九年，占据益州；（3）建安二十四年，取汉中，实现了隆中路线，建立了蜀汉政权。这比诸葛亮指出的"益州险塞，沃野千里，天府之土，高祖因之以成帝业"之势还要优越。当年汉王刘邦统一中原，只有一条路线，即"明修栈道，暗度陈仓"。而如今，刘备却可两路出击，荆州北向，秦川东指，只待天下有变，兴复汉室，统一中原，大有可望。刘备已从地理均势有力地强化了政治均势。

从上面的分析，可以看出三足鼎立始于赤壁之战，在此之前曹操力克北方群雄，首先形成三分天下之"一足"。赤壁一战，曹操败北。自此，孙权镇抚山越，以保江东，巩固江北，分占荆州，也完成了鼎立之"一足"。最后在地理均势上完成的是刘备，而且一直是在孙刘联盟前提下实现的。这种战略思想就是"人谋"，就是人才群体发挥的优势。所以说，地理均势和政治均势是伴随着人才均势而出现的，而地理均势又制约着政治均势。

第六章

活跃在三国时期的智囊人物

——《三国演义》人物性格与社会关系系列之二

东汉末年，天下大乱，皇权旁落，豪强割据。各路豪杰为着互相攻伐、争城夺地的需要，都在争夺人才，扩大实力。同时不同阶层的人士也奔走游说，各投其主，逞其才智。在大动荡、大分化、大改组的历史时期里，个体和群体的沉浮升迁，扑朔迷离，瞬息万变。特别是《三国演义》描写了一批性格各异而又深藏文韬武略的谋臣策士，从他们的从政心态、性格素质和发挥的社会功能上，最能透视那个特定的历史时代的政治形态和文化意识。这是《三国演义》人物性格与社会关系描写最深刻的一个组成部分，活生生的性格群体揭示了中国封建知识分子传统的双重人格——既要依附权势，施展抱负，又深受儒学的熏陶，保持人格的独立，在这矛盾、痛楚的人生道路上，追求和表现其自身价值。

《三国演义》描写的谋臣策士，不管他们各自投靠哪一个政治军事集团，为哪一个割据豪强出谋划策，都属于智囊人物系统。因为他们是封建的知识分子，大都信仰儒家学说，推崇经世致用的人生哲学，在封建权力结构中发挥着政治功能，以匡助君主，“治国平天下”。这种社会地位决定智囊系统中的任何一个个体，都必须依从某一个政治势力。依从性是智囊系统人物的一个突出特点，也是中国封建知识分子传统社会角色的必然体现，这是共性的东西。但在豪强各霸一方、争为雄长的混战时期，智囊人物又有“择君”的相对自由。投靠谁？怎样做？这就取决于他们自身的性格素质了。

“臣亦择君”是智囊人物性格素质的集中表现

在生动流传、纷繁复杂的大千世界里，每一个人的性格世界都是由多种多样的性格素质构成的。性格素质的生成，固然同人的某种天赋条件有关，如人的气质、出身、性格、体质等，但从根本上说，还是在广泛的社会活动中形成的。大体分为两种：其一是经过刻苦学习和社会历练，而具有某种优越的才干，在追求和实现自身价值的同时，赢得一定的社会声誉和社会地位。其二是在社会生活中凭借父辈或亲戚朋友的裙带关系，取得了一定的社会地位或政治的、经济的特权。不管是什么性质的社会选择，在阶级社会里，都会直接或间接地影响一个人的性格素质的形成。当然《三国演义》描写的智囊人物也不例外。

一个人的性格素质的形成和表现，是从各个方面体现出来的。长期受儒学影响的中国封建知识分子，莫不把从政看作自己一生最大的抱负。因此，历史文化积淀使他们性格本身具有中国传统文化强烈的政治参与意识。从这个视角出发，我们才有可能捕捉住每个人性格素质中的主导方面。至于每个人究竟走什么样的从政之路，选择什么样的手段去投靠其主，那就要看每个人追求的价值。选择得好，功成名就；选择不好，身败名裂。所以在“择君”上，可以折射出一个人性格素质的高低。

在人治的社会，对于封建政治军事集团附属的智囊人物来说，“择君”是何其重要。只有君臣相济，或者为君所用，才能发挥智囊人物的雄才大略。因而，封建时代的知识分子都十分重视“择君”。周瑜曾引用东汉初年马援对刘秀说过的一段话：“当今之世，非但君择臣，臣亦择君。”其中“君择臣”是不足为奇的，而“臣亦择君”就难能可贵了，安身立命往往在此一举。下面具体分析三类智囊人物。

诸葛亮 鲁肃 程昱

《三国演义》描写的系列智囊人物，我们选择有代表性的一类——诸葛亮、鲁肃、程昱式的人物，他们胸怀全局，不肯轻举，以待天时，选择明君。

诸葛亮

“诸葛一生惟谨慎”，这是诸葛亮性格素质的基本特征。他“择君”、出世都十分谨慎。早年避乱南阳，高卧隆中，不肯轻事平庸之主。这并非执意老死林泉，而是耻于寻事一官半职，追逐功名利禄。假若能逢得明君，便矢志不渝，兼济天下，“自比管仲、乐毅”。正所谓：“凤翱翔于千仞兮，非梧不栖；士伏处于一方兮，非主不依。”这表明了有志于天下的诸葛亮“择君”的态度。

诸葛亮出山辅佐刘备，固然与刘备三顾茅庐知遇之恩分不开，但重要的还是他对天下大势的了然于胸。董卓之乱开启了东汉末年豪强混战，当时北方有公孙瓒、吕布、张绣、刘表、马超、韩遂、袁术、袁绍、曹操、刘备，而曹操连克群雄，最后战胜北方最大的豪强袁绍，统一北方。对此诸葛亮洞若观火，他指出：“自董卓造逆以来，天下豪杰并起。曹操势不及袁绍，而竟能克绍者，非惟天时，抑亦人谋也。”因此，北方曹操“不可与争锋”。江东孙权占有地利，只“可用为援而不可图也”。那么可以争夺的战略目标，只有荆、益二州，且有可能。诸葛亮没有直接评论刘表，但他却说“荆州北据汉、沔，利尽南海，东连吴会，西通巴、蜀，此用武之地，而其主不能守：此殆天所以资将军”，这里蕴含着对刘表非明主的评价。刘表安定荆州十八年，直至病故。他自量其力，以观望和保存实力为上策。他没有逐鹿中原的雄心和实力，也没有号令天下的威望和野心。而在曹操等豪强觊觎荆州之时，“其主不能守”。而“刘璋暗弱，民殷国富，而不知存恤，智能之士，思得明君”（第三十八回）。诸葛亮综观天下，深谋远虑，权衡利弊，为刘备"三分割据纡筹策"如此精辟而中肯，正说明他是通过上层社会大量信息综合分析，来认识现在、预测未来的。诸葛亮能够获得这样大量的社会信息，与他所处的社会关系和生活环境息息相关。隆中十年，即诸葛亮十七岁至二十七岁这期间，正是其人生观形成的重要时期。

家庭和社会上流关系为诸葛亮提供了广泛吸收社会信息的条件。诸葛氏是琅邪的望族，诸葛亮的祖上诸葛丰为汉司隶校尉，见"不奉法度"者，即严惩不贷。他曾上疏汉元帝，表达其"不待时而断奸臣之首，悬于都市，编书其罪"的决心，并痛斥"苟合取容，阿党相为，念私门之利，忘国家之政"的小人之举。他的这种人品和气质，对诸葛氏家族的后人影响至深。

诸葛亮的父亲过早去世，他不得不随其叔父诸葛玄流落荆州，在刘表统治地盘生活了十多年。诸葛玄与刘表是旧交，他家来到荆州后，不仅得到了刘表的礼遇和优待，而且深受当地大族的尊敬，并与他们结成了姻亲关系。习凿齿编撰的《襄阳耆旧记》，记载诸葛亮躬耕地的人文环境与当地名望，如庞德公、蔡瑁、黄承彦、刘表等。"庞德公，襄阳人，居沔水上……诸葛孔明每至公家，独拜公于床下，公殊不令止。""先贤传云：乡里旧语，目诸葛孔明为卧龙、庞士元为凤雏，司马德操为水镜，皆德公之题也。"[①]诸葛亮的大姐嫁给蒯家著名人物蒯祺；其二姐嫁给庞德公之子庞山民；其弟诸葛均娶的是望族的林家之女。诸葛亮的妻子为沔南名士黄承彦的女儿，而黄承彦的妻子与刘表续妻都是蔡瑁之姊。于是，依其妻的亲戚关系，应该说刘表还是诸葛亮的姨父，蔡瑁是诸葛亮的舅父。诸葛亮与蔡瑁构成姻亲关系，与刘表世交之上又增添了一层亲戚的色彩。刘表、蔡瑁均为荆州的一号二号军政长官，诸葛亮与上流社会的关系，直接或间接地获取了全国各地的大量信息。

诸葛亮与他兄弟和上流社会名士庞统、马良、马谡、杨仪、向朗等联

---

① 习凿齿撰，黄惠贤校补：《校补襄阳耆旧记》，中州古籍出版社 1987 年版，第 20—23 页。

系密切，交往频繁，从而能够获取信息，评议时局，这对他洞悉天下事大有裨益。否则诸葛亮隆中对策时，那西川五十四州的挂图从何而来？他怎能如数家珍似的手指挂图，纵谈西川？再者他刚刚同刘、关、张来到了新野，又怎么能立时就向刘备提出他的第一条建议："曹操于冀州作玄武池以练水军，必有侵江南之意。可密令人过江探听虚实"呢？由此可见，在豪强混战之时，诸葛亮虽隐居乡里，却关注天下兴亡。之所以能够定治国兴邦之策，谋三分天下之略，与他的头脑里长期战略信息的积累是分不开的。这便是他超人智慧形成的内在因素。这种性格素质一经和他出山后的政治军事生涯相联系，并且越来越紧密，便自然成为其主导性格素质，养成他凡事总从战略的高度上考虑问题，慎之又慎地决策事情，且贯穿其一生。"择君"不过是诸葛亮政治生涯的一个好的开端罢了。

汉武帝"罢黜百家，独尊儒术"，虽一统天下，影响百代，却在相当一段历史时期并不能思想一律，以至汉末魏晋时期，诸家蜂起，思想十分活跃。诸葛亮出生的琅邪郡是汉代文化教育高度发达的地区之一，两汉经学产生重要的影响，产生过不少名儒。加之他家学渊源，自幼就受过良好的教育。胸怀大志，刻苦学习，又身处汉末动荡的年代，思想上兼有老庄、法墨各派学说融合的因素实为时代使然。再加上他的学习方法，他不做死记硬背、老死章句的书呆子，而是"独观其大略"，着重领会其精神实质，目的在"经世致用"。诸葛亮隐居隆中，观望时变，是养志蓄才、以待明主而择的过程。古代士人"养志不仕"是一种处世方式，而非无志也，欲蓄力而待机遂志也。他在日常生活中，广泛交游，增广见闻。颍川的石广元、博陵的崔州平、汝南的徐庶和孟公威，都是他过从甚密的朋友，切磋学问，激励抱负。他还十分喜好云游，借以勘察山川地理、关梁要塞，了解风俗民情、气候物产等，因而诸葛亮虽未出茅庐，却已知"天下事"。

儒家文化和道家文化是对中国人的精神世界影响最具渗透力的两种文化成分，诸葛亮提出并实践的"淡泊之志"正是这两种文化成分的融合。"淡泊"一词最早出现于《老子·二十章》，谈到修己之道时说："我独泊兮，其未兆。”意思是说独我有恬淡宁静，不炫耀表现自己。其后《庄子·刻意篇》：“无不忘也，无不有也，澹然无极，而众美从之。”“澹然”之意为“淡泊”。传之汉代，扬雄《长杨赋》“且人君以玄默为神，澹泊为德”，劝讽国君应该把沉静无为当作精神信念，把清淡寡欲当作道德风范。再如“旨近老子，淡泊无为，蹈虚守静”（高诱语）的《淮南子·主术训》也宣扬：“是故非淡泊无以明德，非宁静无以致远。”曹植《蝉赋》：“实澹泊而寡欲兮，独怡乐而长吟。”显然与西汉前期统治者采用“黄老之术”，推行“无为而治”的影响是有关系的。直到三国时代，诸葛亮才在《诫子书》里把“澹泊”和立志联系在一起，汲取了老庄和孔孟各家的文化养分。

任何处于“君”位之人，人格魅力都是极其重要的。刘表缺乏这样一种人格的力量，故难以吸引诸葛亮这样的知识分子，而刘备的人格魅力颇负名气。仅曹操的谋士中就有不少人对刘备有很高的评价。如程昱说：“观刘备有雄才而甚得众心。”（《三国志·魏书·武帝纪》）① 郭嘉也说：“备有雄才而甚得众心。”（《三国志·魏书·程郭董刘蒋刘传》裴松之注）② 连曹操本人也说：“夫刘备，人杰也。”（《三国志·魏书·武帝纪》）③ 因此，刘备凭着自己的人格魅力把诸葛亮从隐居十年的隆中请了出来。

鲁肃

鲁肃是三国鼎立时期的重要历史人物，也是《三国演义》刻画的孙吴的股肱之臣，他继周瑜之后，官至都督，总统兵马。

在东吴孙权的阵营中，战略意识最清醒的当数鲁肃。鲁肃由周瑜引荐，投奔了孙权，并为之谋划了重大的战略决策。

夜半，权问肃曰：“方今汉室倾危，四方纷扰。孤承父兄馀

① 陈寿：《三国志》，中华书局 1959 年版，第 4 页。
② 陈寿：《三国志》，中华书局 1959 年版，第 433 页。
③ 陈寿：《三国志》，中华书局 1959 年版，第 18 页。

业，思为桓、文之事，君将何以教我？”肃曰：“昔汉高祖欲尊事义帝而不获者，以项羽为害也。今之曹操可比项羽，将军何由得为桓、文乎？肃窃料汉室不可复兴，曹操不可卒除。为将军计，惟有鼎足江东，以观天下之衅。今乘北方多务，剿除黄祖，进伐刘表，竟长江所极而据守之，然后建号帝王，以图天下。此高帝之业也。”权闻言大喜，披衣起谢。

鲁肃提出的这个战略决策分为：上策是乘北方多务，赶在曹操南下之前，进伐刘表，竟长江所极，形成南北对峙；如若上策不能实现，便退而求其次，鼎足江东。它比诸葛亮《隆中对》提出的天下三分的思想还要早七年，这种惊人的相似不是偶然的巧合，而是英雄所见略同。

鲁肃这种清醒的战略意识，必然导致他“择君”时要投靠一位雄才大略的明君，才能实现自己的政治抱负。小说在这方面没有明确的描写，而据《三国志·吴书·周瑜鲁肃吕蒙传》载：当袁术在寿春（安徽寿县）称帝，听到鲁肃的名声，特任命他为东城（安徽定远县）长，但鲁肃见袁术行事了无纲纪，不足与图大事，辞不奉命。相反，他对孙策的属下周瑜却极力支持：“瑜为居巢长之时，将数百人过临淮，因乏粮，闻鲁肃家有两囷米，各三千斛，因往求助。肃即指一囷相赠，其慷慨如此。”（第二十九回）唐诗人周昙云：

轻财重义见英奇，圣主贤臣是所依。
公瑾窘饥求子敬，一言才起数船归。

鲁肃生活在袁术治下的临淮东城，他听到和见到的各种情况，判断袁术虽然暂时强大，但终难长久，所以他不与袁术合作。投奔孙权固然有周瑜的力荐，但也和他对当时纷争天下的豪强长期观察有直接关系，不然何以当孙权向他问大事时，他便胸有成竹地提出了三分天下的战略决策，为东吴的未来发展，指明了一条正确的途径。

鲁肃的远见卓识涵养他性格突出的一个特点，就是顾全大局。他是一个忠厚稳健的政治家，在孙吴与刘蜀的关系中，鲁肃与诸葛亮交往甚多，每每为了调和周瑜与诸葛亮之间的关系，常常采取平和的方法，不妒贤，不克贤，大度容人，弥合矛盾和冲突。《三国演义》中的周瑜气量褊狭，他一方面出于孙吴方面的利益，另一方面又嫉妒诸葛亮才高强于己，便屡次心生杀害诸葛亮之心。在赤壁大战前，周瑜"暗忖曰：'孔明早已料着吴侯之心，其计画又高我一头，久必为江东之患，不如杀之。'乃令人连夜请鲁肃入帐，言欲杀孔明之事。肃曰：'不可。今操贼未破，先杀贤士，是自去其助也。'"为了平息周瑜的杀心，鲁肃从有利孙吴的大局出发，建议派诸葛瑾以族兄的身份劝诸葛亮归顺江东，周瑜同意。

周瑜听说诸葛瑾游说诸葛亮未有成效，又第二次产生杀害诸葛亮的心思。设计一条计谋，让诸葛亮星夜赶往聚铁山断曹操的粮道，要知道曹操惯用这种手段削弱敌方，岂不是借刀杀人。鲁肃得知周瑜的用意，深为诸葛亮担心。但又不能将实情讲明，只好以话试探，不料诸葛亮竟心知肚明，对鲁肃说："公瑾令吾断粮者，实欲使曹操杀吾耳。"鲁肃连夜告诉周瑜，周瑜"摇首顿足曰：'此人见识胜吾十倍，今不除之，后必为我国之祸！'"（第四十五回）鲁肃再次晓之以理，劝慰周瑜："今用人之际，望以国家为重。且待破曹之后，图之未晚。"（第四十五回）

第三次周瑜欲杀诸葛亮。蒋干中计后，周瑜心中十分得意，便派鲁肃去诸葛亮处，"试以言挑之，看他知也不知"（第四十五回）。诸葛亮没等鲁肃发话试探，先以贺喜为由说破此事，弄得鲁肃"开口不得，把些言语支吾了半晌"。鲁肃回去以后，实说了此事，周瑜大惊，决意杀诸葛亮。"肃劝曰：'若杀孔明，却被曹操笑也。'瑜曰：'吾自有公道斩之，教他死而无怨。'肃曰：'何以公道斩之？'瑜曰：'子敬休问，来日便见。'"这里描写的鲁肃，确实有点"愚"，他不但把握不了周瑜的心机妙算，也看不透诸葛亮的高深城府。周瑜让诸葛亮十日内监造十万支箭，此事难以完成，便可以名正言顺地问罪。不料诸葛亮有自己的谋略，只是让鲁肃私自调拨船只，准备布幔、草人。“至第三日四更时分，孔明密请鲁肃到船中。肃问曰：‘公召我来何意？’孔明曰：‘特请子敬同往取箭。’肃曰：‘何处去取？’孔明曰：‘子敬休问，前去便见。’”（第四十六回）周瑜一个“休问”，诸葛亮一个“休问”，却都瞒着鲁肃。等实现了“草船借箭”这一惊人的创举，“肃方才省悟”。鲁肃忠心事吴，忠厚大度。他不忍周瑜加害诸葛亮，常常在关键时刻暗中保护。由于鲁肃有宽宏的风度和气量，所以他在位时期，孙刘联盟没有大的矛盾冲突，因此，从根本上讲，是有利于孙吴政权的巩固，真可谓“大智若愚”。

鲁肃这一人物性格，既交织在孙权、周瑜、刘备和诸葛亮之间复杂的人际关系中，又辉映出他独特的思想风貌和性格特征。鲁肃的外交活动主要体现在三次索要荆州。早把荆襄看作东吴门户的孙权和周瑜，对刘备、诸葛亮计取荆襄十分恼恨。周瑜要立刻发兵“与刘备、诸葛亮共决雌雄，复夺城池”。鲁肃劝阻了周瑜，主动去见刘备说理。他这一行动的基本出发点是维护孙刘联盟，不让曹操乘隙而入。鲁肃见了刘备称赤壁大战中，东吴“用计策，损兵马，费钱粮”，“杀退曹兵，救了皇叔。所有荆州九郡，合当归于东吴”。诸葛亮先以荆州刘表之子刘琦尚在，刘备“以叔辅侄，而取荆州，有何不可”为由，继而答应刘琦若不在，将荆州还东吴。按理说在豪强混战的年代，占者为王，谁能说荆州一定要归孙权？诸葛亮满可以理直气壮地反驳鲁肃，但他却不这样做，顺口答应了鲁肃的要求，即“若公子不在，须将城池还我东吴”，使“抢荆州”巧妙地过渡到“借荆州”。

不久，刘琦身死。鲁肃第二次索要荆州，诸葛亮据理而论，说得鲁肃先是“缄口无言”，半晌才说：“昔日皇叔当阳受难时，是肃引孔明渡江，见我主公；后来周公瑾要兴兵取荆州，又是肃挡住；至说待公子去世还荆州，又是肃担承：今却不应前言，教鲁肃如何回覆？我主与周公瑾必然见罪。肃死不恨，只恐惹恼东吴，兴动干戈，皇叔亦不能安坐荆州，空为天下耻笑耳。”（第五十四回）鲁肃没有外交辞令，句句都是大实话，晓之以理，动之以情，导之以义，一位既有政治见地又秉性淳厚的人伫立在眼前。他为维护孙刘联盟的大局，忍辱负重，在所不辞，看似老实有余，实则胸怀阔大，修养深厚。于是诸葛亮让刘备写了一纸文书，暂借荆州为基地，待取了西川再还。

在周瑜的怂恿下，孙权又令鲁肃第三次索要荆州。这一次刘备一听鲁肃说明来意，便掩面大哭。本来这是诸葛亮和刘备商量好的计谋，“哭到悲切之处”，诸葛亮出来说道：“益州刘璋是我主人之弟，一般都是汉朝骨肉，若要兴兵去取他城池时，恐被外人唾骂。若要不取，还了荆州，何处安身？若不还时，于尊舅面上又不好看。事实两难，因此泪出痛肠。”（第五十六回）诸葛亮的这几句话果真触着了刘备衷肠，由假哭变为真哭，不免“捶胸顿足，放声大哭”。鲁肃毕竟是个宽厚之人，见刘备如此哀痛，只好回告吴侯，再容刘备几时。至此，我们可以看出，鲁肃三次索还荆州未成，都没有使孙权动武兴兵，鲁肃功不可没焉。

周瑜死后，鲁肃曾向孙权力荐匡世之才庞统。可惜孙权这位一向珍视人才的英主，这次见庞统“浓眉掀鼻，黑面短髯，形容古怪”，心里十分不喜，又见庞统出言不逊，轻视周瑜，便拒而不用。“鲁肃出谓庞统曰：‘非肃不荐足下，奈吴侯不肯用公。公且耐心。’统低头长叹不语。肃曰：‘公莫非无意于吴中乎？’统不答。肃曰：‘公抱匡济之才，何往不利？可实对肃言，将欲何往？’统曰：‘吾欲投曹操去也。’肃曰：‘此明珠暗投矣。可往荆州投刘皇叔，必然重用。’统曰：‘统意实欲如此，前言戏耳。’肃曰：‘某当作书奉荐。公辅玄德，必令孙、刘两家，无相攻击，同力破曹。’”（第五十七回）从鲁肃这段话可以看出，鲁肃爱惜人才，举贤荐能，还和他头脑中的整个战略意图紧密相连，宁肯将人才引荐盟友，也不肯让他落入敌手。和周瑜一心想谋杀诸葛亮相比，其见识不知高出多少。

程昱

曹操阵营的重要谋士程昱，多谋善断，史称“世之奇士”。

第十回曹操在兖州，招贤纳士。“荀彧曰：‘某闻兖州有一贤士，今此人不知何在。’操问是谁，彧曰：‘乃东郡东阿人，姓程，名昱，字仲德。’操曰：‘吾亦闻名久矣。’遂遣人于乡中寻问，访得他在山中读书，操拜请之。”正是这个程昱，早在前一年，兖州刺史刘岱召辟他，他却不愿出任为官。而曹操召辟他，他却欣然应命。临行，同乡友人不解。问他：“前拒后从，如此不同，何也？”程昱笑而不答。其“择君”的标准尽在不言中，而当时曹操在北方的诸豪强当中还没有崭露头角，程昱却认定曹操是一代明主。还向荀彧推荐郭嘉，曹操立刻征聘郭嘉到兖州。郭嘉荐举刘晔。刘晔又荐举二人：满宠、吕虔。他俩引荐毛玠。一时人才荟萃，是曹魏事业步步走向胜利的转折点。

曹操东征徐州时，传令程昱和荀彧共同留守鄄城。东郡是兖州最重要的一个郡，曹操交给陈宫驻守。而陈宫背叛曹操，建议兖州的陈留太守张邈、徐州广陵郡太守张超反曹拥吕。拥戴吕布做了兖州的第二州牧，以东郡的濮阳县为根据地，逐渐扩展到兖州其他郡，与东平、住城、济北等侯国。为了夺取兖州全境，陈宫率军夺取东阿，同时派氾嶷取范城。荀彧得知消息，急忙对程昱说：“今兖州反，唯有此三城。宫等以重兵临之，非有以深结其心，三城必动。君，民之望也，归而说之，殆可！”（《三国志·魏书·程郭董刘蒋刘传》）[①] 当时局势十分危急，荀彧借重程昱在这一带的人望，扼制叛乱的蔓延，稳住三县的阵脚。

程昱到了范城，向县令靳允晓之以大义，曰：“今天下大乱，英雄并起，必有命世，能息天下之乱者，此智者所详择也。得主者昌，失主者亡。陈宫叛迎吕布而百城皆应，似能有为，然以君观之，布何如人哉！夫布，粗中少亲，刚而无礼，匹夫之雄耳。宫等以势假合，不能相君也。兵虽众，终必无成。曹使君智略不世出，殆天所授！君必固范，我守东阿，则田单之功可立也。”（《三国志·魏书·程郭董刘蒋刘传》）[②] 靳允流涕曰：

---

① 陈寿：《三国志》，中华书局 1959 年版，第 426—427 页。

② 陈寿：《三国志》，中华书局 1959 年版，第 427 页。

“不敢有二心。”于是杀掉前来劝降的氾嶷，坚守城池。程昱又至东阿，东阿县令枣祇已率厉吏民，固城坚守。兖州地盘是曹操的根据地，是他不断夺取胜利的保证，程昱、荀彧、枣祇为曹操死守三城，深得曹操的感谢。“太祖还，执昱手曰：‘微子之力，吾无所归矣。’”程昱其功不可没。《三国演义》第十一回对这段历史有简略的叙述。程昱以自己的才智谋略，一生尽心辅佐曹氏父子，功著群僚。

上面，从诸葛亮、鲁肃、程昱“择君”的分析中，可以看出他们有一个共同特点，都是在天下三分未实现之前，即刘备、孙权、曹操尚未雄霸一方之时，毅然事之。这不能不说慧眼如炬，见识卓著。一个谋臣重要的素质便是依据对事物发展的内在规律，或者通过人物思想性格发展的逻辑，去预见未来，并在此基础上超前拿出决策，以奏其功。智囊系统人物这一性格素质越突出，那么就越是杰出的谋臣。如果这一性格素质贯穿其一生，那么，它便上升为主导性格素质，支配和统领一个人的其他性格素质，形成一个人的基本性格特征。生活在社会的不同地位、不同层次、不同领域的人们，其性格特征千姿百态，各不相同，这是由于每个人主导性格素质与非主导性格素质组合后千差万别而致。智囊系统人物的基本性格纷繁迥异，如诸葛亮忠贞谨慎、鲁肃大智若愚、程昱性情刚直，但是他们的主导性格素质有一点却是相同的，这就是永远同其明智超人的政治主见紧密地联系在一起。所以，我们只有从“择君”这一点上透视他们的性格素质，才能看出他们不愧是第一流的智囊人物：择君致仕，善于辅佐君主处理军国大事，能够在变动中把握局势发展的大方向，争取战略上的主动和优势，胸怀全局，目光远大，见识超群，从而做出了一番轰轰烈烈的事业。

荀彧　郭嘉　法正

《三国演义》描写的系列智囊人物，另一类是荀彧、郭嘉、法正式的人物，他们在分析对比中，选择“跳槽”，追寻明主。

荀彧

荀彧少年时代就被称为“王佐才也”。《三国演义》第十回描写：

> 操在兖州，招贤纳士。有叔侄二人来投操，乃颍川颍阴人，姓荀，名彧，字文若，荀绲之子也，旧事袁绍，今弃绍投操。操与语大悦，曰：“此吾之子房也！”遂以为行军司马。其侄荀攸，字公达，海内名士，曾拜黄门侍郎，后弃官归乡，今与其叔同投曹操，操以为行军教授。

小说的描写对历史事实进行了改动。突出了二荀双双投曹，纯粹为了渲染“人贵改图，士贵择主”。而史实记载，荀攸并非与荀彧一块投奔曹操的，荀攸是“彧从子也”，也就是堂侄子。他辈分虽小于荀彧，却长荀彧六岁。何进秉政时，已拜为黄门侍郎，后因董卓而下狱，早已是名气大、资历深的官僚。荀彧推荐他加入曹魏集团是后来的事，但小说与史实相同的一点，则是荀彧弃袁投曹。

《三国演义》描写的颍川贤士奇才，大都聚集在曹魏集团里，形成以颍川士人为骨干的谋士人才群落。超群出众者除二荀外，当数郭嘉。曹操极为器重他，遗憾的是他英年早逝。赤壁败北，曹操在悲痛中思念起逝去的郭嘉，哭道：“吾哭郭奉孝耳？若奉孝在，决不使吾有此大失也！”并捶胸顿足哭曰：“哀哉，奉孝！痛哉，奉孝！惜哉，奉孝！”可见曹操对他评价之高。

一个人的性格素质与社会化是同步发展的，每个人都在生活环境中保持多种社会联系，但古代社会，由于地域交通的阻隔，信息传递受到一定的影响，如果没有深入的了解，很难对某一位豪强作出十分准确的判断。这是导致智能之士“跳槽”的外在原因。董卓之乱揭开豪强混战的序幕，袁绍发难董卓，天下豪强云集响应，因而名噪一时。他不仅凭借四世三公之资历，而且有着诛宦官、抗董卓、横刀长揖出京门之壮举，所以雄冠中原，士多归附。就连比袁绍有才略的曹操，发矫诏讨伐董卓时，还主动提出让袁绍做盟主。荀彧、郭嘉一时委身于袁绍，实不足为怪。荀彧、郭嘉可贵之处，是不以袁绍对他们个人的器重作为判断“择君”的是非标准，而把对人主的认识作为自己选择的前提，这就超乎寻常了。在冀州袁绍把韩馥赶下台，把荀彧奉为上宾。可荀彧经过一段时间的观察，看出袁绍只是布衣之雄，“终不能成大事”，便毅然离开袁绍，投靠了曹操。

当然，“择君”也只在一定的历史时期君臣相始终。一旦功高盖主，或敢于直谏，也会招来杀身之祸。因为像荀彧、郭嘉的性格素质中有一种稳定的成分，即儒学礼仪治天下的观念左右其政治见识，多有令封建统治者最不能容忍的性格——清醒的理性和诤谏传统，他们不以人主的好恶而轻易地改变自己的政治主见。郭嘉英年早逝，无法再说，而荀彧之死却有力地证明了这一点。长史董昭等进奏曹操晋爵为魏公，加九锡。荀彧表示了不同意见。他说：“不可。丞相本兴义兵，匡扶汉室，当秉忠贞之志，守谦退之节。君子爱人以德，不宜如此。”曹操对此深恨之，已有杀其之意。“曹操使人送饮食一盒至，盒上有操亲笔封记，开盒视之，并无一物。彧会其意，遂服毒而亡，年五十岁。”（第六十一回）荀彧二十九岁投奔曹操，共事二十余年，替曹操军国大事出谋划策，亲密无间，两人还结成了儿女亲家。曹操女安阳公主嫁给了荀彧长子荀恽。但荀彧的正统观念随着曹操进逼汉室步骤的加紧，与曹操逐渐产生了思想上的裂痕，最终导致荀彧的个人悲剧。

我们且不论荀彧的正统观念正确与否，仅就其不避亲疏，不虑恩辱，坚持自己的政治主见这一点来说，与其弃袁投曹时的思想基调是一脉相通的，是荀彧主导性格素质在人格上的一种表现。

郭嘉

郭嘉亦是如此，尽管袁绍对其敬重，并给以礼遇，但他看到袁绍不善用人，优柔寡断，绝非统一天下的人主，也离开了袁绍。曹操第二次征讨张绣后，欲讨袁绍，郭嘉详细地论述了对袁绍的认识：

今绍有十败，公有十胜，绍兵虽盛，不足惧也：绍繁礼多仪，公体任自然，此道胜也；绍以逆动，公以顺率，此义胜也；桓、灵以来，政失于宽，绍以宽济，公以猛纠，此治胜也；绍外宽内忌，所任多亲戚，公外简内明，用人惟才，此度胜也；绍多谋少决，公得策辄行，此谋胜也；绍专收名誉，公以至诚待人，此德胜也；绍恤近忽远，公虑无不周，此仁胜也；绍听谗惑乱，公浸润不行，此明胜也；绍是非混淆，公法度严明，此文胜也；绍好为虚势，不知兵要，公以少克众，用兵如神，此武胜也。公有此十胜，于以败绍无难矣。

郭嘉提出的曹操“十胜”、袁绍“十败”的论断，其中不免有褒曹贬袁的成分，但事实证明，郭嘉所言，基本切中袁绍的要害。因此，荀彧说：“郭奉孝十胜十败之说，正与愚见相合。绍兵虽众，何足惧耶！”

仅以用人为例，袁绍用人唯亲，重用的多是自己的亲戚子弟，比如长子袁谭为青州刺史，次子袁熙为幽州刺史，外甥高干为并州刺史，他自己和三子袁尚领冀州。而袁绍这几个儿子并没有真正的才干，连袁绍本人也承认，袁谭“性刚好杀”，袁熙“柔懦难成”，袁绍自以为得意的三子袁尚，更是浅薄、无能和残暴。袁绍死后，袁尚和其母刘夫人竟将袁绍的宠妾，以及其他的亲属都收而杀之。不仅造成袁绍政治军事集团良才勇将的流失，而且袁氏手足之间势不相容，互相残杀，结果袁绍家族一败涂地，袁氏子弟满门皆亡。

相反，曹操用人唯才是举。他广揽人才，不避亲仇，有主动投靠来的，如曹仁、曹洪、夏侯惇、夏侯渊、乐进、李典、荀彧等；有被推荐来的，如程昱、郭嘉、吕虔、毛玠等；有从敌方招降来的，如张辽、徐晃、庞德、臧霸、陈琳等；有发现后专意收来的，如许褚、典韦、蔡琰等。官渡之战时，陈琳为袁绍起草讨曹操檄文，言辞激烈，文采斐然，像一把匕首掷向曹操。当时曹操正头痛，卧病在床，览过檄文，“毛骨悚然，出了一身冷汗，不觉头风顿愈，从床上一跃而起，顾谓曹洪曰：‘此檄何人所作？’洪曰：‘闻是陈琳之笔。’”（第二十二回）后来，陈琳为曹操所俘，左右人都劝曹操杀掉陈琳，而曹操喜其有文才，便留在身边作为从事。曹操唯才是举，并不因为对方忠于旧主或对自己谄媚而模糊选才、用才的标准。汉中的杨松，卖主求荣，献城迎曹操，仍被曹操斩首示众。上面简单地将袁绍与曹操用人作一对比，目的是说明荀彧、郭嘉在弃袁投曹的问题上是有真知灼见的。

许攸虽然也是弃袁投曹的，但他与荀彧、郭嘉是不能相比的。许攸是被袁绍疑为奸细，赶了出来，被逼无奈而投曹操的。试想，许攸若被袁绍重用，那么他可能就不会有“跳槽”之举了。尽管他才如李儒、陈宫之流，也难免在袁绍兵败时成为牺牲品。

法正

法正、张松同荀彧、郭嘉一样，在“择君”上弃暗投明。当张松告诉法正自己欲投刘备后，法正说：“吾料刘璋无能，已有心见刘皇叔久矣。此心相同，又何疑焉？”（第六十回）法正虽早年投靠刘璋，但刘璋才非人雄，不能知人善任，法正在刘璋的麾下难以发挥自己的聪明才智。而那些权势炙手的东川士族人士又鄙薄、诽谤和排挤法正，使他徒有鸿鹄之志，恨世不遇。只有张松是他的好友，志同道合，常感叹刘璋暗弱无能，于是思盼明主。

法正第一次见到刘备便说：“盖闻马逢伯乐而嘶，人遇知己而死。”法正恨蜀主刘璋暗弱无能，思盼明君，后与刘备一见如故，意气相投。法正敬佩刘备的霸主之略和用人之道，刘备器重法正过人的才智。从此，法正为刘备肝脑涂地，屡献奇策。刘备入川以后，他成为权倾内外、地位显赫的谋臣，不仅刘备宠信他，雅爱他，连诸葛亮也“每奇正智术”。这些人在“择君”问题上，并不像诸葛亮、鲁肃、程昱那样“一次性”地选定明君，而是在错综复杂的政治斗争中逐渐识别、分析对比后，才做出正确的选择，弃暗投明。虽然经历了“跳槽”的阶段，但仍不失见识卓绝，表现出他们性格素质中所具有的超群出众的奇才睿智。从此，刘备与法正君臣相济，共创蜀汉大业。

荀彧、郭嘉曾事袁绍，与张松、法正事刘璋的境况还有所不同，前者受器重，后者受压抑。但不管是受器重，还是受压抑，对他们来说，都存在着人主专制下与自身价值实现的矛盾。他们认为现实当中所事的君主，不能为自己施展宏图大志、聪明才智提供政治平台。因此，他们所思盼的明君，就成为眼下所事的君主的参考角色，总是处处时时加以对比。这种参考角色或多或少地带有理想色彩，并影响他们与当下所事君主形成了心理距离，使他们产生重新"择君"的心理动机。然而，具有"择君"动机的人并不都是人才。某些人志大才疏，自视其高，即使"跳槽"也不能改变他们性格素质的低下。相反，某些人重新调整现实的环境后，就有可能一展宏愿，大有作为。这充分说明他们本来性格素质就很高，是人生的准备，只要有机遇，就会得到施展。荀彧在袁绍手下没有什么建树，而在曹操麾下却功勋卓著，曹操曾高度评价他说："天下之定，彧之功也。"郭嘉也是这样，在曹操手下展示出了自己通晓事理、足智多谋的资质。在曹操与北方割据势力的长期战争中，郭嘉屡出奇策，为曹操集团由弱变强，先后击败吕布、灭掉袁绍、平定乌桓，最后统一黄河流域，做出了重大贡献。曹操对他寄予无限的希望。难怪郭嘉死后，曹操如丧考妣地"大哭曰：'奉孝死，乃天丧吾也！'回顾众官曰：'诸君年齿，皆孤等辈，惟奉孝最少，吾欲托以后事。不期中年夭折，使吾心肠崩裂矣！'"（第三十三回）法正在刘璋手下抑郁不得志，投靠刘备以后，以其过人的才干和智慧，为蜀汉政权的建立，立下了汗马功劳，他的地位仅次于诸葛亮。可惜的是，他正值年富力强、大有可为之时却中年病故。

李儒　陈宫　贾诩

《三国演义》描写的系列智囊人物，还有一类是李儒、陈宫、贾诩式的人物，他们投靠非明主，满腹经纶，付之东流。这仅仅是从"择君"这个角度说的。大凡智囊人物都投奔英明之主，即具有雄才大略、远见卓识、刚毅果决、明辨是非、善于用人的高能人物。而李儒事董卓、陈宫事吕布、贾诩前期事李傕、郭汜，都在“择君”这个大方向上犯了错误，导致明珠暗投。他们才华乱施，无功于世，却有罪于天下。从其政治生涯，可以具体地分析一下他们的性格素质。

在一个人的性格世界里存在着形形色色的性格要素。高尔基在《给马·加·西瓦齐夫的信》中说：“人们是形形色色的，没有整个是黑的，也没有整个是白的。好的和坏的在他们身上搅在一起了——这是必须知道和记住的。”① 林语堂分析苏东坡的性格世界包容的性格素质时曾形象地写道：

> 元气淋漓富有生机的人总是不容易理解的。像苏东坡这样的人物，是人间不可无一难能有二的。对这种人的人品个性做解释，一般而论，总是徒劳无功的。在一个多才多艺，生活上多彩多姿的人身上，挑选出他若干使人敬爱的特点，倒是轻而易举。我们未尝不可说，苏东坡是个秉性难改的乐天派，是悲天悯人的道德家，是黎民百姓的好朋友，是散文作家，是新派的画家，是伟大的书法家，是酿酒的实验者，是工程师，是假道学的反对派，是瑜珈术的修炼者，是佛教徒，是士大夫，是皇帝的秘书，是饮酒成癖者，是心肠慈悲的法官，是政治上的坚持己见者，是月下的漫步者，是诗人，是生性诙谐爱开玩笑的人。可是这些也许还不足以勾绘出苏东坡的全貌。②

这段话告诉我们：第一，人的性格有机整体中包容形形色色的性格素质；第二，每一性格素质都和相应的社会生活相联系；第三，在一个时期内某种社会联系特别活跃，相应的性格素质也特别活泛突出。从这些论述

---

① ［苏］高尔基著，曹葆华、渠建明译：《文学书简》，人民文学出版社 1962 年版，第 219 页。

② 林语堂著，宋碧云译：《苏东坡传》，远景出版事业公司 1977 年版，第 6 页。

受到的启示，亦有助于认识人物形象。李儒、陈宫、贾诩三个人性格迥异，在他们每个人身上都包容着各种各样的性格素质，因此导致“择君”问题上虽有共同的错误，但从政心态却不相同。

李儒

东汉末年围绕皇权的操控，外戚与宦官的矛盾和斗争十分激烈，“董卓之乱”正是这一矛盾爆发之结果。此后，东汉的皇权又转移于董卓手中，开启了豪强混战。

董卓是一位性格残忍而野心勃勃的军阀。他进京后，杀了太后，废了皇帝，另立新君，等于把神圣的皇权打落在地，代之以军阀割据，操纵皇权。这些倒行逆施与谋臣李儒关系很大。董卓“私谓李儒曰：‘吾欲废帝立陈留王，何如？’李儒曰：‘今朝廷无主，不就此时行事，迟则有变矣。来日于温明园中召集百官，谕以废立。有不从者斩之，则威权之行，正在今日。’”（第三回）以臣废君，这在封建社会里具有正统观念的人眼里，简直是大逆不道，立马遭到丁原、袁绍等人的反对。但在图谋“挟天子以令天下”的政治家、野心家看来，这不过是篡夺政权的手腕。李儒不仅立即支持董卓，而且从时机、方法和强权之策上为董卓出谋献计，防止夜长梦多，生出变故。“李儒劝卓早定废立之计。”且不说废立一事是否能得到各种政治势力的拥护或认可；且不说如此强暴下的废立，非但达不到预想的政治目的，反倒陷入众叛亲离，孤家寡人的地步。单说李儒投靠在董卓这样一位残暴的军阀的手下，倒行逆施，伤天害理，就意味着自己走向失败，趋向灭亡。

再者，李儒奉董卓之命，逼杀少帝、何后和唐妃，他亲自带武士入宫。帝后相抱而哭，李儒不耐烦地“叱曰：‘相国立等回报，汝等俄延，望谁救耶？’太后大骂：‘董贼逼我母子，皇天不佑！汝等助恶，必当灭族！’儒大怒，双手扯住太后，直撺下楼，叱武士绞死唐妃，以鸩酒灌杀少帝，还报董卓。”（第四回）从李儒的暴虐行径，可以洞悉他虽然是一个封建的知识分子，但完全没有正统观念。他认为统治就是强权。董卓的穷凶极恶，专断朝政，和他的政治见解是相通的。因而，李儒“择君”是为了实现其政治上的需求，和董卓在政治上结为一体，助纣为虐。其性格素质组成既有谋臣的才略，又有暴徒的残忍；既有乱臣的阴谋手段，又有政治家的见识；既接受了封建统治的权术，又因袭封建文人的传统意识。他有时是韬略在胸的朝廷命臣，有时是政治流氓似的小丑，有时是暴虐的武夫；有时炙手可热、权倾百官，有时又无可奈何、仰天长叹。

李儒的性格世界虽没有在小说中有过多的展现，但在董卓之乱这段特殊的政治生活中，其性格素质的表现也够鲜明的。他是智囊系统人物中助纣为虐的典型，下场也是悲惨的。随着董卓之亡，他也被杀。

陈宫

《三国演义》中的陈宫不像历史上的陈宫，他在政治舞台上演出了几场重头戏：捉放曹，濮阳大战，陈宫之死。虽然场面不多，但留给人们的印象很深。原因是在陈宫有机的整体性格中，展示了丰富的性格素质。

第一件事，捉放曹。

《三国演义》中的陈宫是中牟县令，当曹操刺杀董卓不成，潜归家乡时被陈宫捉住。当陈宫问曹操何故取祸时，曹操回答：“吾祖宗世食汉禄，若不思报国，与禽兽何异？吾屈身事卓者，欲乘间图之，为国除害耳。”陈宫深为其所感动，不仅放弃了捉曹邀功请赏的机会，而且毅然弃官，与曹同奔，兴兵讨卓。其深明大义、果敢有为，昭然于世。两人在成皋吕伯奢家借宿，曹操误杀吕伯奢家人后，又故意杀死吕伯奢本人。陈宫大惊，认为曹操此举是“大不义也”。曹操非但没有一丝忏悔之意，反而悍然宣称：“宁教我负天下人，休教天下人负我。”（第四回）陈宫马上判定曹操是“狼心之徒”，遂与之一刀两断，弃曹而走。豁然展现了陈宫善恶分明的正直品格。在如此之短的时间内，陈宫做出了两次截然不同的判断，恰好映射出曹操奸雄的两重性格。

陈宫为什么偏偏以曹操之奸否定了曹操之雄，而不能全面地评价曹操为人处世呢？这就揭示了陈宫主导性格素质在政治上的表现，深受儒家伦理道德思想的影响，既以匡助国君为己任，又以“君子之仁也，行其义也”为准则，把政治和伦理道德紧密地结合在一起，以儒家伦理道德衡量一切，形成思维方式的单一化原则，使他不能全面地认识曹操。其实，儒家的政治道德虽然成为中国传统士大夫最为理想和最为规范的自我角色的认同，但很难在政治生活中实现。陈宫弃曹后所事的吕布难道强于曹操吗？荀彧所事曹操又能君臣善始善终吗？“良禽择木而栖，贤臣择主而事”，不过是带有理想色彩的政治追求和向往罢了。

曹操围下邳城甚急，陈宫为吕布设掎角之计：“将军可以步骑出屯于外，宫将馀众闭守于内。操若攻将军，宫引兵击其背；若来攻城，将军为救于后。不过旬日，操军食尽，可一鼓而破：此乃犄角之势也。”吕布听之，但其妻反对，理由是：“君委全城，捐妻子，孤军远出，倘一旦有变，妾岂得为将军之妻乎？”（第十九回）只是担心丈夫在外，恐内生变。这个故事出自《三国志·魏书·吕布张邈臧洪传》裴松之注引《魏氏春秋》，小说中的陈宫性格世界有一个细节不如《三国志》中披露的更具复杂性。吕妻反对吕布出城作战的理由是：“昔曹氏待公台如赤子，犹舍而来。今将军厚公台不过于曹公，而欲委全城，捐妻子，孤军远出，若一旦有变，妾岂得为将军妻哉！”[①]则是明白地把恐生内变指向陈宫。吕妻担忧的心理，反衬出陈宫性格的反复多变，缺乏坚毅守恒的素质。功利心急切，不免忽左忽右，忽东忽西。从吕妻之言，对认识陈宫的内心世界，多少有所裨益。

第二件事，濮阳大战。

蜀川之士张松历数曹操南征北战中的几次败仗，首先就提到了“濮阳攻吕布之时”。这次战役是陈宫的计谋，他说：“濮阳城中有富户田氏，家僮千百，为一郡之巨室。可令彼密使人往操寨中下书，言‘吕温侯残暴不仁，民心大怨。今欲移兵黎阳，止有高顺在城内。可连夜进兵，我为内

① 陈寿：《三国志》，中华书局 1959 年版，第 228 页。

应'。操若来，诱之入城，四门放火，外设伏兵。曹操虽有经天纬地之才，到此安能得脱也？"（第十二回）果然曹操中计，曹军被杀得四散奔逃，曹操也狼狈不堪地夺路而奔，"手臂须发，尽被烧伤"。陈宫跟随吕布先后与曹操、刘备等多次交战，确实出了不少良计妙策，凡吕布采纳陈宫之计则胜，反之便败。吕布被擒后，陈宫看了吕布一眼，愤愤地说："恨此人不从吾言！若从吾言，未必被擒也。"此话确实道出了真情。

陈宫是一位很有智谋的人，在吕布处于优势的时候，他善于用欺骗和麻痹对方的策略，使对方造成错觉，然后利用这一错觉达到自己的目的，濮阳之战就是一例；在吕布处于被动的时候，他又善于在防御中积极争取主动，力避被动挨打。说到底，这些都是用兵斗法的战术问题，而没有像诸葛亮、鲁肃能够从战略决策上运筹帷幄。战术上取胜是小得，何况"胜败乃是兵家之常事"。战略上取胜才是大得，关系到生死存亡的大事。吕布依仗着有"方天画戟""赤兔马"和"谁敢近我"的匹夫之勇，充其量只能在战术上取胜，而不能改变战略上一步一步地坐失良机，处于被动挨打的局面。陈宫临死也没有意识到这一点，吕布失败固然有不听他良言妙策的失误，但从根本上说，吕布是有勇无谋的势利小人，"择君"事吕布，陈宫从一开始就走错了棋。

第三件事，陈宫之死。

吕布被擒，贪生怕死，再三求降。而陈宫却临危不惧，宁死不屈，舍生取义。曹操"有留恋之意"，借用老母和妻子的存亡来软化他，但他不为所动，回答："吾闻以孝治天下者，不害人之亲；施仁政于天下者，不绝人之祀。老母妻子之存亡，亦在于明公耳。吾身既被擒，请即就戮，并无挂念。"于是"径步下楼，左右牵之不住"。"伸颈就刑。众皆下泪。"（第十九回）好一个刚正不屈的忠义之士！

陈宫临刑的话，依旧对曹操阐述了儒家学说在政治上的主张，施礼治，行仁政。纵观他短暂的一生，可以说他是正统儒家知识分子的代表，用儒家的纲常伦理、仁义道德规范自己的思想行为，修身养性，不仅成为其主导性格素质，而且渗透到他性格世界的各个方面。他的深明大义、善恶分明是以儒家道德为准则的；他的傲然不屈、慷慨就义是以儒家“杀身成仁”“舍身取义”为精神支柱的；他弃曹事吕的选择，也同样是儒家正统观念导致的，只不过明珠暗投、事与愿违罢了。

贾诩

贾诩是三国时代智囊人物中活跃在政治舞台上时间最长的一位谋臣。

他在“择君”问题上经历了三个阶段。第一阶段委身董卓部下，投身非所，用世非时。董卓被杀以后，其部李傕、郭汜、张济、樊稠逃居陕西后，曾派人到长安向王允请求赦免而不得，准备各自逃生。此时，贾诩出谋说：“诸君若弃军单行，则一亭长能缚君矣。不若诱集陕人并本部军马，杀入长安，与董卓报仇。事济，奉朝廷以正天下，若其不胜，走亦未迟。”（第九回）李傕等从其计，发动了一场董卓余党的叛乱，犯长安、杀王允、劫帝后的大混战，造成战火连年，百姓涂炭。

第二阶段贾诩为张绣的谋士。在曹操第一次讨伐张绣时，贾诩就劝张绣投降了曹操。因曹操与其寡婶邹氏同居一事激怒张绣，与曹操翻了脸。贾诩为张绣设谋，先请移屯中军，分为四寨，克期举事。这次杀得曹军大败，典韦和曹操的侄儿阵亡，连曹操本人也伤了右臂，差点丢了性命。次年，曹操第二次征讨张绣，围攻南阳城。曹操本欲从东南角进攻，却故意在西北角积薪增兵。贾诩看出了曹操使用的是“声东击西”的计谋，于是将计就计，又杀败了曹军，使之折兵五万余人。

第三阶段贾诩从曹。袁曹大战前夕，袁绍和曹操都派人来招安张绣。一来当时袁强曹弱，二来张绣与曹操有仇。在这关头，贾诩审时度势，不失时机地劝说张绣归附了曹操。他指出：“从操其便有三：夫曹公奉天子明诏，征伐天下，其宜从一也；绍强盛，我以少从之，必不以我为重，操虽弱，得我必喜，其宜从二也；曹公王霸之志，必释私怨，以明德于四海，其宜从三也。愿将军无疑焉。”（第二十三回）张绣从之，二次降曹，果然得到曹操的以礼相待。

从此，贾诩终生事曹，奇计迭出，为曹魏政权立下了非凡的功勋。

从贾诩走过的三个阶段来看，他不仅有谋略，而且善于随机应变，审时度势，趋利避害。他既不像李儒助贼为虐，丧身乱中；又不像陈宫固守儒家立身安命之说，取义成仁；而是处于乱世，周旋于豪强角逐之中，以智术安身。特别是在劝张绣事曹问题上，他不是孤穷末路不得已而为之，而是选择曹操亟待用人之际，可谓机敏灵活，胸藏韬略。这些性格素质的形成，说到底乃是人的不能休止的、变化万端的社会实践所致。人所处的复杂的社会关系，哪怕变化一点点，都会使人的性格世界中生成新的性格素质，淘汰某些旧的性格素质，总是存在于不断更新的一点点之中。贾诩正是在不断的调整君臣关系中随机应变，越变越聪明。当他第一次见到曹操时，就自知之明地先道出“昔从李傕，得罪天下”，得到了曹操的谅解。可见，他审时度势，趋向明君是逐步确立的。

贾诩虽然也是王佐之才，但他是趋炎附势的小人，随机应变，三易其主。最后还参与了曹丕逼宫禅让、以魏代汉的闹剧。

上面，我们从“臣亦择君”这个角度，透视了三组智囊人物的性格素质。人的性格世界是由多种多样的性格素质构成的，而某一性格素质是什么，是个模糊概念，我们只能就其表现，大体上认识。有机的性格世界是不能随意割裂、择其一端的，因此，我们要从他们追求政治目的的精神层次的高低、追求个人价值实现的大小，以及所走的生活道路和所持的政治主见等方面，来判定智囊人物性格素质的高下和发展的轨迹。

人主与智囊人物制约关系所显示的文化形态

恩格斯在《致斐·拉萨尔》中写道：“主要人物是一定的阶级和倾向的代表，因而也是他们时代的一定思想的代表。”[①] 曹操、刘备、孙权等人

① 《马克思恩格斯选集（第四卷）》，人民出版社 1972 年版，第 343—344 页。

物性格是三国时代人主的象征，在他们身上既体现了盖世英雄平定天下的雄心和理想，又折射了天下豪杰渴慕明君、建功立业的宿志。因此，人主选贤任能的胸怀、眼光和态度，也在很大程度上制约着他们手下智囊人物天赋和才能的发挥。我们知道，中国古代文化的总体流向决定了封建知识分子精神上热衷政治，以见遇于君、见荣于世为终身追求之鹄的。他们往往本着“士为知己者而死”的信念，效命于英主，正如晋朝李兴在《祭诸葛丞相文》中所说：“夫有知己之主，则有竭命之良。”下面，我们从人主和智囊人物的关系去透视这个问题。

周瑜与司马懿的仕途迥异

周瑜和司马懿都是第一流的智囊人物，而且两人年龄相仿。为什么他俩同时生活在一个沧海横流的竞争时代，周瑜年轻得志，三十多岁已是举世瞩目的杰出的统帅，而司马懿却在后半生才进入大建功业的黄金时代呢？周瑜和司马懿除了各自性格素质不同而外，一个重要的原因是人主为他们提供的发挥才智的机遇不同，施展抱负的环境也不同。东吴君主对周瑜相知之深，倚重之切，在三国智囊人物中是不多见的。如第四十五回“群英会”上，周瑜起舞作歌：

> 丈夫处世兮立功名，立功名兮慰平生。
> 慰平生兮吾将醉，吾将醉兮发狂吟！

与这首歌相映生辉的是周瑜对蒋干表明自己心迹的话：“大丈夫处世，遇知己之主，外托君臣之义，内结骨肉之恩，言必行，计必从，祸福共之。假使苏秦、张仪、陆贾、郦生复出，口似悬河，舌如利刃，安能动我心哉！”（第四十五回）其情其言虽是施展计谋的需要，但一个风流儒雅、心忠志坚的青年统帅掩饰不住内心的激情，敞开了心扉，也是真实的。

周瑜一投身天下豪强的竞争中，就受到开创东吴基业的君主孙策的倚重。

《三国演义》描写公元195年孙策召周瑜共创江东大业，随后破横江、进曲阿、守丹阳、占皖城，当时才二十四岁，人皆呼周郎。这段历史记述周瑜与孙吴事业的起因和过程，比较简略，也与史册记载基本相吻合。第十五回描写：“行至历阳，见一军到。当先一人，姿质风流，仪容秀丽，见了孙策，下马便拜。策视其人，乃庐江舒城人，姓周，名瑜，字公瑾。原来孙坚讨董卓之时，移家舒城，瑜与孙策同年，交情甚密，因结为昆仲。策长瑜两月，瑜以兄事策。瑜叔周尚为丹阳太守，今往省亲，到此与策相遇。策见瑜大喜，诉以衷情。瑜曰：‘某愿施犬马之力，共图大事。’策喜曰：‘吾得公瑾，大事谐矣！’”

周瑜辅佐孙权在《三国演义》第二十九回中有详尽的叙事：“且说当时孙权承孙策遗命，掌江东之事。经理未定，人报周瑜自巴丘提兵回吴。权曰：‘公瑾已回，吾无忧矣。’原来周瑜守御巴丘，闻知孙策中箭被伤，因此回来问候。将至吴郡，闻策已亡，故星夜来奔丧。当下周瑜哭拜于孙策灵柩之前。吴太夫人出，以遗嘱之语告瑜。瑜拜伏于地曰：‘敢不效犬马之力，继之以死！’少顷，孙权入。周瑜拜见毕，权曰：‘愿公无忘先兄遗命。’瑜顿首曰：‘愿以肝脑涂地，报知己之恩。’权曰：‘今承父兄之业，将何策以守之？’瑜曰：‘自古“得人者昌，失人者亡”。为今之计，须求高明远见之人为辅，然后江东可定也。’权曰：‘先兄遗言：内事托子布，外事全赖公瑾。’瑜曰：‘子布贤达之士，足当大任。瑜不才，恐负倚托之重，愿荐一人以辅将军。’……瑜曰：‘昔马援对光武云：“当今之世，非但君择臣，臣亦择君。”今吾孙将军亲贤礼士，纳奇录异，世所罕有。足下不须他计，只同我往投东吴为是。’肃从其言，遂同周瑜来见孙权。”

正是由于周瑜受到东吴君主如此赤诚相待，并为他提供了叱咤风云的广阔天地，所以他才能在短暂的一生中，建树丰功伟绩，辅佐孙权，独立江东。

君主与权臣之间的关系一直是封建政治的重要内容，君主对权臣的倚重，往往取决于权臣是否能代表君主的意志，是不是君主意志的执行者。周瑜和张昭都是顾命大臣，为什么张昭逐渐在孙权的心目中失重，而周瑜愈加得到孙权的倚重，其根本原因是周瑜体现了孙权的君主意志，对孙吴政权的稳固和发展发挥了不可替代的作用。如为孙策复仇，征伐黄祖，孙权"命周瑜为大都督，总水陆军兵"。这次战役大获全胜，击杀黄祖，夺得江夏，为图谋荆州打开了道路，从此使孙权独霸江东，威震天下。战赤壁，三分天下是周瑜最光辉的业绩，也是他指挥的著名的一次大战，从此使气焰嚣张的曹操再也不敢窥视长江以南。这年他才三十四岁，却已充分显示了政治上的高瞻远瞩、军事上的雄才大略。孙权与周瑜相识到周瑜英年而逝，相交十一年（200—210）。孙权是十九岁至二十九岁，周瑜是二十六岁至三十六岁。此时正是孙权继承父兄基业，锐意进取，开疆拓土；政治开明，善于听取各种意见；重视人才，敢于破格擢用人才之时。也就是说东吴君主与周瑜建立起肝胆相照、生死不移的关系都处于青年时代，无论是当时的历史客观条件，还是年轻人的性格特点都有利于这种关系的维护。

如果进一步分析小说中周瑜性格素质的弱点，心胸狭窄，不善自制，容易冲动，意气用事，那么我们就会发现这些弱点在复杂的社会人际关系中，最易被他人所利用、所谋算。诸葛亮就看清了他这一弱点，遂有智激周瑜、三气周瑜。毛宗岗在第五十七回批道："周瑜年少，经怒不起，盖其读书、养气之学不及孔明耳。"诸葛亮只是利用了周瑜这一弱点，并没有加害他。倘若有人蓄意谋害，不难想象，轻则被贬，重则连脑袋也保不住。这也说明青年时代的孙权知人善任有过人之处，在三国英主中实无出其右者。

周瑜死时年仅三十六岁，而司马懿开始得到曹魏君主的重用，已进入不惑之年了。早在建安元年（196）司马懿十八岁时，便随其父兄投靠了曹操。他的官职，虽然也不断升迁，但并未受到重用，可他的谋略和才干却已显露出超人之处。建安二十四年（219）刘备进位汉中王后，曹操十分震怒，发誓要消灭刘备，于是当即传令，尽起倾国之兵，赴两川与刘备决一雌雄。这时"一人出班谏曰：'大王不可因一时之怒，亲劳车驾远征。臣有一计，不须张弓只箭，令刘备在蜀自受其祸。待其兵衰力尽，只须一将往征之，便可成功。’操视其人，乃司马懿也。操喜问曰：‘仲达有何高见？’懿曰：‘江东孙权，以妹嫁刘备，而又乘间窃取回去；刘备又据占荆州不还：彼此俱有切齿之恨。今可差一舌辩之士，赍书往说孙权，使兴兵取荆州，刘备必发两川之兵以救荆州。那时大王兴兵去取汉川，令刘备首尾不能相救，势必危矣。’”（第七十三回）司马懿这一具有战略意义的计谋，实质是联吴击蜀，以此与诸葛亮的联吴抗曹的方针相抗衡。利用矛盾，拉住一方，打击一方，保存自己。不然，曹操以倾国之兵，深入蜀地，后方空虚，若孙刘联合，乘虚而入，曹操也会首尾难顾，处于两面受敌。所以，曹操采纳了司马懿的建议。后来关羽之死，蜀汉失荆州。这与司马懿联吴击蜀方针不无关系。以后，司马懿几次进谏奇谋，都被曹操采纳，实践证明了司马懿的才略了得。

曹操在世时，为什么没有大胆地起用司马懿呢？从几个方面可以看出曹操与司马懿群臣之间微妙的关系。“曹操和司马懿处得很久了，对司马懿的才干，有进一步的了解；同时，对他也生出了一种恐惧之心。曹操看出了司马懿有一种‘狼顾’的特征。‘顾’是回头看；‘狼顾’是像狼那样能够身体不动，两肩不动，而头与颈项可以向左右转一百八十度。凡是有这种‘狼顾’的特征的人，曹操知道，心术一定很坏，坏得像狼一样。”[①]曹操对司马懿不放心，还做过一个噩梦，梦见“三马同槽”，预言司马懿、司马师、司马昭父子三人，将曹家天下吃掉。曹操死后八年，马谡曾利用魏国新主曹叡素怀疑忌的性格特点，散布司马懿谋反的流言，挑拨和离间君臣关系，使率魏军抗衡蜀军的统帅司马懿失去魏主的信任。曹叡果然中计，大惊失色，急问群臣。“太尉华歆奏曰：‘司马懿上表乞守雍、凉，正为此也。’先时太祖武皇帝尝谓臣曰：‘司马懿鹰视狼顾，不可付以兵权，久必为国家大祸。’……”（第九十一回）华歆之言，虽不可察，但曹操对司马

① 黎东方：《黎东方讲史·细说三国》，上海人民出版社 2007 年版，第 299 页。

懿的疑心很重，既重才又忌才，始用终弃，这种心理对用人不能没有影响。

曹操本身是统帅，文武兼备。他从封建政治家统治权术出发，手下任用的，要么是谋臣荀彧、郭嘉、贾诩、程昱等，一帮智囊人物；要么是武将夏侯惇、张辽、徐晃、张郃等，很少是文武兼备的人才。而司马懿被人视为“深明韬略，善晓兵机，素有大志”，有才高震主之嫌。再者，从司马懿本身来讲，阴鸷狡诈的性格素质，决定他善于权变，后发制人。这一点也许正是曹操提防和忧虑的原因。从后来司马氏篡魏的事实，也确实证明曹操很有识人的眼力。由于曹操在世时不重用司马懿，所以司马懿的才智和能力在其前半生没有得到施展的机遇。

司马懿跻入曹魏上层，有决断国政大事的权力是曹丕当政的时期。他以半生积累的权变之术，投合曹丕的心理而得到重用。主要表现在三件事上：曹丕禅代汉献帝的紧锣密鼓中，司马懿因翼戴有功，而成为曹丕的心腹大臣。这是其一。刘备死后，曹丕企图趁机讨伐蜀汉。贾诩认为诸葛亮尚在，不可仓促出兵。此时司马懿却“奋然”而出曰：“不乘此时进兵，更待何时？”并设置了五路出兵，四面夹攻，令蜀汉首尾不能救应的计谋。曹丕断然采纳。这五路大军，虽声势吓人，其实没有一路顶用，诸葛亮连丞相府都没有出，便已布置了退敌之策。自然，这五路大军并没有取得任何实际的进展，只不过耍了一下花架子。但因司马懿的进策投合了曹丕一心想做大一统皇帝的心思，所以深得信赖。这是其二。吴蜀通好后，曹丕又急不可耐地发兵伐吴。侍中辛毗建议“养兵屯田十年”，曹丕斥之为“迂腐之论”。司马懿已看出曹丕急于统一中国的心思，便又为曹丕出谋划策。这是其三。这种一而再，再而三地迎合人主的所思所好的做法，于国于君虽然无利，却深得人主信任。所以当曹丕亲率大军出征时，“封司马懿为尚书仆射，留在许昌，凡国政大事，并皆听懿决断”。到曹丕命危，司马懿又被封为托孤顾命辅政大臣，这年他已是四十八岁了。

司马懿建功立业，大展其才是在他的后半生里。曹叡即位以后，他虽然经过了被封、遭贬、复用和提拔几个不平凡阶段，但较曹丕当权时的地位还要显赫。曹叡即位初期，误中马谡的离间计，使司马懿一度遭贬，罢归田宅，这对司马懿是一次沉重的打击。但在诸葛亮兵出祁山，连战连捷，所向披靡，造成关中紧张的局势下，曹叡为抗蜀的需要，不得不起用了司马懿，复司马懿原职，加为平西都督，命起南阳诸路军马，奔赴长安与自己会合。就在司马懿整顿军马欲赴长安时，忽然得知孟达策划谋反的消息。若诸葛亮与孟达相互呼应，诸葛亮兵出祁山，孟达直捣洛阳，魏国的形势就非常险恶了。在这危急的时刻，司马懿当机立断，自作主张，一举平定了这场叛乱，而后再与曹叡长安相会合。“睿大喜曰：‘朕一时不明，误中反间之计，悔之无及。今达造反，非卿等制之，两京休矣！’”（第九十四回）随后赐司马懿“金钺斧一对，后遇机密重事，不必奏闻，便宜行事”。这可以说是司马懿再度出山为魏国立下的第一个战功，同时显示了司马懿确实不愧为有政治家的胆略、军事家的决断，是魏国第一流的老谋深算的智囊人物。司马懿一生的功勋都在对蜀作战上，整个曹魏集团的文臣武将，只有司马懿能够与诸葛亮匹敌。诸葛亮多次兵出祁山，北伐中原，除内部主观上的因素造成失误外，大都受挫于司马懿。因此，司马懿赢得了曹叡的信任，每次司马懿出征，曹叡都授予他军政大权。于是在曹魏后期，司马懿成为左右局势的决策人物。

从司马懿不受重视到其智谋得以施展的不同时期，可以清晰地看到这样一个轨迹：凡人主信任或使用之时，便是臣下发挥才干之机遇；凡人主不信任，甚至猜忌之时，便是其才干受到抑制或毁灭之日。人主与其臣子相离相合的现象，正是人主专制下内部权力分割和平衡的表现。而任何一个智囊人物都无法改变他所隶属的那个人主专制对自己的左右，而且这种左右又集中表现在人主的态度上。人主自身素质的贤明与否，以及特定历史条件下的机遇，对发挥智囊人物的天赋和才智的潜能都有直接的关系。

刘备与诸葛亮的君臣关系

刘备对诸葛亮，始而有鱼水之喻，终而有白帝托孤之词。诸葛亮一篇《隆中对》使刘备茅塞顿开，为他制定了三分天下兴汉室、图中原的战略决策。这是历代流传的佳话。在封建时代里，刘备作为明君，诸葛亮作为贤相，君臣相合。陈寿在《三国志·蜀书·先主传》评之："君臣之至公，古今之盛轨。"诸葛亮所象征的理想人格在人治的社会里无论是对封建帝王，还是对封建臣民，都具有无穷的魅力。封建帝王喜欢像诸葛亮这样的臣子，他不仅具有超人的才干治国治军，而且有"竭股肱之力，效忠贞之节"的完美人格，因此，历代统治者都不遗余力地为诸葛亮加封和造像；封建臣民也十分喜欢诸葛亮这一形象，因为他是民族智慧的化身。由于不同阶层对其尊崇的原因不尽相同，对他企盼的心理也不同。对封建知识分子来说，更多地则表现在企盼明君，建功立业上。李白在《读诸葛武侯传书怀赠长安崔少府叔封昆季》中写道：

赤伏起颓运，卧龙得孔明。
当其南阳时，陇亩躬自耕。
鱼水三顾合，风云四海生。
武侯立岷蜀，壮志吞咸京。
……

杜甫与李白具有同样的情感，在《谒先主庙》中思古伤今，赞美刘备、诸葛亮君臣契合，同时，"卒章显其志"，流露出自己怀才不遇的悲叹：

迟暮堪帷幄，飘零且钓缗。
向来忧国泪，寂寞洒衣巾。

借刘备、诸葛亮这样的明君贤臣相遇相知，吐露个人怀才不遇之胸中块垒，不过是历代诗人的希冀和追求罢了。如果以此认定刘备和诸葛亮历史上就是如此，不免书生气。根据对历史事实的考察，北京大学教授田余庆指出："自从草庐作对以后以至刘备死前，刘备并未以《隆中对》的方略为念，孜孜以求其实现，当然也没有把诸葛亮放在运筹帷幄的地位，大事向他咨询。刘备死后，诸葛亮得其托孤之言，始获特殊地位，此后治蜀、北伐诸事，诸葛亮才得以按照《隆中对》的谋划，择其可行者逐步推行。也许可以这样认为，刘备死后，诸葛亮始得真正尽其才用。"[①]《三国演义》描写刘备与诸葛亮的关系也有不和谐的地方，一定程度上抑制或阻碍了诸葛亮超人才智的发挥。

刘备与诸葛亮君臣相契的核心是价值的认同。刘备三顾茅庐、渴谒谋臣的目的是："汉室倾颓，奸臣窃命，备不量力，欲伸大义于天下，而智术浅短，迄无所就。惟先生开其愚而拯其厄，实为万幸！"（第三十八回）而诸葛亮的"隆中对策"也正是为复兴汉室而提出的方略。共同的政治理想、价值取向，使他们"情好日密"。甚至刘备还"以师礼待之。关、张二人不悦，曰：'孔明年幼，有甚才学？兄长待之太过！又未见他真实效验！'玄德曰：'吾得孔明，犹鱼之得水也。两弟勿复多言。'"（第三十九回）因此，可以这样说，刘备与诸葛亮君臣相谐得如何，很大程度上是取决于刘备胸中是否装着《隆中对》的方略，并为之而坚定地追求与奋斗。刘备生前在三件大事上违背了诸葛亮《隆中对》中所提出的近期方略。

曹操引军南下，刘备败走当阳

《三国志·蜀书·先主传》裴松之注引《江表传》载：

> 孙权遣鲁肃吊刘表二子，并令与备相结。肃未至而曹公已济

---

① 田余庆：《〈隆中对〉再认识》，《历史研究》1989年第5期。

> 汉津。肃故进前，与刘备相遇于当阳。因宣权旨，论天下事势，致殷勤之意。且问备曰：“豫州今欲何至？”备曰：“与苍梧太守吴巨有旧，欲往投之。”肃曰：“孙讨虏聪明仁惠，敬贤礼士，江表英豪，咸归附之，已据有六郡，兵精粮多，足以立事。今为君计，莫若遣腹心使自结于东，崇连和之好，共济世业，而云欲投吴巨，巨是凡人，偏在远郡，行将为人所并，岂足托乎？”备大喜，进住鄂县，即遣诸葛亮随肃诣孙权，结同盟誓。[①]

这段记载很能说明当时刘备胸中没有战略决策，因为鲁肃早于诸葛亮七年前，便为孙权制定了划江而治或三分天下的战略决策，此后又有甘宁提出类同的战略意图，这是当时明智之士的共识，而刘备却没有这样的超前的清醒的战略意识。实际上促成孙刘联盟起决定作用的还是鲁肃、孙权和诸葛亮。罗贯中在小说中没有描写这一细节，就不赘笔了。

赤壁曹操败北，刘备占荆州，取益州，与孙权争夺南三郡

刘备不顾蜀之咽喉汉中还在他人之手，就与孙权争夺南三郡，而曹操却趁此空隙取了汉中，对蜀汉形成一个很大的威胁。为避免两面受敌的被动局势，诸葛亮继续采取联吴抗曹之策，提出割让三郡给孙权。刘备虽然从其计，但这也是不得已而为之，在他的头脑中并没有认识到孙刘联盟基本国策的至关重要。与孙权争夺南三郡是战略上的失策，正如侍中廖立所说：“昔先帝不取汉中，走与吴人争南三郡，卒以三郡与吴人，徒劳役吏士，无益而还。既亡汉中，使夏侯渊、张郃深入于巴，几丧一州。”（《三国志·蜀书·刘彭廖李刘魏杨传》）[②] 廖立所言虽引来罢官之祸，但毕竟切中要害。

刘备没有很好地按“隆中决策”行事，终于酿成失荆州、死关羽的悲剧。公元214年刘备夺取了益州。按照“借荆州”的约定，刘备应把长

① 陈寿：《三国志》，中华书局1959年版，第878—879页。

② 陈寿：《三国志》，中华书局1959年版，第997页。

沙、零陵和桂阳三郡归还东吴。而刘备不践行承诺，孙权很生气，派吕蒙率领三万大军攻打三郡。刘备入川时，带走了一批著名将领张飞、赵云、黄忠、魏延等人以及数万军队。因此，荆州除兵力不足之外，能够协助关羽守荆州的几乎没有名将。而且关羽长年在长江以北守护，以南郡为核心，主要防范曹魏方面，长江以南荆州四郡只是大后方，无须额外派兵把守。而一旦发生意外，关羽就需要从江北调兵前往江南。正因为关羽镇守的荆州五郡地域太过于辽阔，导致从一地到另一地所需的时间非常长，根本就来不及救援。当吕蒙兵临城下时，城中的守将即使抵抗，也等不到关羽的支援，就会破城。傅士仁在关羽镇守荆州时，是关羽的直属部下。关羽对待傅士仁、糜芳的态度非常轻慢，以至于二人都心怀不满，与关羽有隙。建安二十四年（219），关羽北伐襄樊，命傅士仁、糜芳二人供给物资，但二人没有完成任务，关羽便放出话说："若吾得胜回来之日，稍有差池，二罪俱罚！"二人皆恐惧不安。东吴将领吕蒙到南郡，傅士仁、糜芳皆不战而叛迎孙权。郝普本来想抵抗吕蒙，但是没有支援的抵抗是毫无意义的，在吕蒙的欺骗之下，他投降了东吴。一连三郡的失守，关羽北伐襄樊的大好局面遭到破坏，不仅关羽被杀，蜀汉也彻底失去了荆州的郡县。荆州之失，关羽有责，但刘备也有不可推卸之责。刘备夺取汉中以后，没有及时把精锐部队调回，支援关羽，是战略上的一大失策。另外荆州防守，除关羽之外，缺少忠贞效命之士，连糜芳，刘备糜夫人的兄弟，资历深厚，拥有特殊地位的人，也拱手降敌，让很多人难以理解。

夷陵之战破坏了孙刘联盟

刘备举国伐吴，面对这一鲁莽的举动，蜀国的文武大臣纷纷劝谏。赵云谏曰："国贼乃曹操，非孙权也。"又说："汉贼之仇，公也；兄弟之仇，私也。愿以天下为重。"接着诸葛亮带领群臣到刘备操练兵马的校练场苦谏："陛下初登宝位，若欲北讨汉贼，以伸大义于天下，方可亲统六师。若只欲伐吴，命一上将统军伐之可也，何必亲劳圣驾？"（第八十一回）学士秦宓在大军临行前冒死苦谏，刘备大怒，叱武士推出斩之。诸葛亮又上表救秦宓，“先主看毕，掷表于地”。

想当年，刘备兵微将寡，东奔西走，因而思贤若渴，冒着风雪，三顾茅庐，请出了诸葛亮，其爱才之心何等拳拳！然而到了今天，不但拒绝诸葛亮的苦谏，而且还把奏章摔在地上。后来刘备在夷陵林中部营扎寨，马良建议把各营移居之地画成图本，送给诸葛亮征求意见。他竟一意孤行地说：“朕亦颇知兵法，何必又问丞相？”轻慢诸葛亮，君主独裁的思想溢于言表。这就不难看出刘备与诸葛亮并非始终鱼水相谐。刘备夷陵兵败，诸葛亮也委婉地道出了自己的意见不受重视：“法孝直若在，则能制主上，令不东行；就复东行，必不倾危矣。”（《三国志·蜀书·庞统法正传》）[①]言外之意，我诸葛亮也无能为力。实际上，刘备取汉中后，封法正为尚书令，授之以权柄，引之为心腹，法正权大势重有甚于诸葛亮。决计入蜀，伐攻刘璋，是法正、庞统之谋，而在刘备死前，诸葛亮并没有能力，按照胸中的方略去施展抱负。他真正地坚定按照“隆中决策”去决定国家大政方针，那还是刘备托孤以后的事情，如七擒孟获，南抚夷越；六出祁山，北伐中原。遗憾的是当时蜀国元气已丧，只有采取以攻为守之势了。无怪乎杜甫发出“长使英雄泪满襟”的悲凉感慨。

从人主对智囊人物才能发挥的制约关系这一视角，分析了几组人物，从表面上看，仿佛问题焦点落到了人主贤明与否的个人素质问题上，而实际上，即使像鱼水关系的明君刘备与名相诸葛亮之间，也不能摆脱中国封建知识分子与统治者之间相互利用又相互戒备的君臣关系。封建统治者为了维护最高权力，长治久安，他们一面利用封建知识分子从政的热情和治世的才能，一面又用严酷的手段控制他们的思想和行为，绝不允许臣下的权力超越一定的范围，反过来干预和制约君主，更不允许他们因具有独立的人格意志而离经叛道。这样，中国封建知识分子在从政过程中与统治者

① 陈寿：《三国志》，中华书局1959年版，第962页。

总是处于若即若离又不得不依附的两难境地。甚至身居朝廷，整日怵惕不安，伴君如伴虎，蛾眉有人妒，未履朝右，先生戒惧；及至列卿，如履薄冰。为了避免这种潜在的危机给自己带来杀身之祸，历代封建知识分子都奉行孟子的古训："古之人，得志，泽加于民；不得志，修身见于世。穷则独善其身，达则兼善天下。"（《孟子·尽心上》）[①] 这实质上是以儒道互补的形式，寻求心态平衡和精神寄托，得以完善自身。

诸葛亮在刘备三顾茅庐，自己决定出山之时，就"身未升腾思退步"，临行前嘱咐其弟诸葛均说："吾受刘皇叔三顾之恩，不容不出。汝可躬耕于此，勿得荒芜田亩。待我功成之日，即当归隐。"（第三十八回）诸葛亮这微微几语，正是封建文化形态强有力地隐伏在他心中的流露。这种潜意识，即"文化心理的深层结构"，是以儒家思想为基调，儒道相互渗透、相互补充的积淀。诸葛亮虽然没有实现归隐，但他一生的处世没有摆脱这种文化心态。他与刘备的君臣关系在封建时代已属罕见，难能可贵，但刘备对他也不是没有戒心。如刘备临终托孤时"泣曰：'君才十倍曹丕，必能安邦定国，终定大事。若嗣子可辅则辅之，如其不才，君可自为成都之主。'孔明听毕，汗流遍体，手足失措，泣拜于地曰：'臣安敢不竭股肱之力，效忠贞之节，继之以死乎！'言讫，叩头流血。"（第八十五回）

> 因为放不下心才托孤。所托付的人，当然是关系密切，而又资望才具俱高的人。像张昭在吴，足以当之；诸葛亮在蜀，更是没有第二人。孙策、刘备对张昭、诸葛亮都是早已遴选好了的。然而，英雄之主如孙策、刘备，对其最信任的人也就是最疑忌的人，故托付之时，把话当面说透——透底！再没有可以保留的言语了。[②]

陈迩冬先生上面这段话道尽了刘备与诸葛亮的微妙的关系。后代颂扬

① 杨伯峻：《孟子译注》，中华书局1960年版，第304页。

② 陈迩冬：《闲话三分》，浙江人民出版社1986年版，第127页。

刘备与诸葛亮鱼水关系时，都涂上了理想主义的色彩，形成一道亮丽的光环。即诸葛亮是中国封建官僚所仰慕的理想人格，其一生最早也是最完美地凝聚了官僚文化的特征：志在兼济的人生价值和情在独善的人格修养的统一。

中国官僚机器的标准件——儒生，从做官僚的预备期就开始了进身仕途，把人生价值观念建筑在志在兼济天下，奉行儒家从政的信条，并孜孜于漫漫的一生，终生不倦地奔忙仕途。历朝历代千千万万的儒生躬行这一基本的人生模式，尽管人生际遇形形色色，但有两种遭遇是相同的：一是进身坎坷，仕途多难而不得不困顿于书斋或茅舍；二是仕途险恶，为官作宦难以实现儒家政治理想，反而被腐败的黑暗所吞没。无论是哪一种情况，都难以实现兼济天下的人生价值，于是不得不退缩到情在独善的人生修养上，以平复情感的失意和心理的失衡。所以孟子格言："穷则独善其身，达则兼济天下"，便成为历代封建文人所恪守的人生坐标。而诸葛亮的一生却将兼济天下和独善其身完美地体现于一身，达到封建官僚文化所追求的最高境界，这正是历代人们所钦慕的，要表达一种切盼的愿望，一种希求的理想，然而，这只不过在重扬孔子"知其不可为而为之"的旗幡罢了。在重人治不重法治的中国封建社会形成了一整套庞大而完备的文化体系，牢牢地钳制着从政的封建知识分子，使他们自觉不自觉地参与统治阶级内部的权力之争，不得不表现出被扭曲的自身价值和社会价值，而永远被制约着。只不过在这前提下，贤明的人主要比昏庸或暴虐的人主在发挥智囊人物的才能上，给予的自由度更大一些罢了。

智囊人物的性格素质与其才智的发挥

《三国演义》智囊人物在《三国演义》历史进程中发挥作用大小，除却人主对智囊人物的制约而外，还有一个重要的方面，就是其自身性格素质的优长和弱点，也会直接地或潜在地影响才智发挥的程度。

人的性格素质靠向“好”“坏”的两极都是客观存在的，但更多的却是无法用一个标准去衡量。每一个时代、每一个社会的政治制度、伦理道德观念不同，衡量的结果也就不同；即使在同一社会环境下，由于在特定的人际关系下，一个人自身性格素质呈现的形态也不同，有时则是优长，有时则是弱点。正如水和火一样，水和火的不同形态既可以造福人类，也可以危害人类。在一些情况下，水显得很温柔，火显得很暖和；在另一些情况下，水又显得很凶猛，火又显得很残酷。人的性格在本质上具有一贯性、确定性，而在现象上则又具有丰富性、变动性。因而，我们只能在特定的社会关系中，在矛盾冲突的具体环境中，具体去把握智囊人物性格素质的优长或弱点，看其对个体才智发挥的影响。

智囊人物心理相容素质

智囊系统总是以某种结构集聚的，在群体性格中，每个智囊人物能否加强个体的心理相容，不但有助于群体人才优势的发挥，也有利于实现个体人才的自我开发。鲁肃力荐庞统，诸葛亮也力荐庞统，并与刘备作书“言凤雏到日，宜即重用”。因为有他们极力推荐，所以刘备才“拜庞统为副军师中郎将，与孔明共赞方略”。

庞统的性格在心理相容上缺乏大度，用阴暗的心理猜测别人，犯了一个低级的错误，而且喜功好胜，突出自己。庞统随刘备入川至雒城不远，诸葛亮派人送信给刘备：“亮夜算太乙数，今年岁次癸巳，罡星在西方；又观乾象，太白临于雒城之分：主将帅身上多凶少吉。切宜谨慎。”庞统对诸葛亮的话没有重视，还猜忌诸葛亮，产生了邪念，“孔明怕我取了西川，成了功，故意将此书相阻耳”。乃对刘备说：“主公不可疑心，可急进兵。”临近雒城，刘备再一次劝阻庞统，而庞统直言不讳地表达对诸葛亮的猜忌。他说：“主公被孔明所惑矣：彼不欲令统独成大功，故作此言以疑主公之心。”（第六十三回）结果，正是在这次战役中庞统丧生在乱箭之下。

“伏龙、凤雏，两人得一，可安天下。”足见庞统是一位卓绝的智囊之士。他虽有才略，但格局不大，心理相容素质很差。初到刘备麾下，便想建功立业，使龙凤齐名。这种斤斤计较个人得失的潜在思想一遇时机，便头脑发涨，眼睛蒙尘，做出“一失足成千古恨”的傻事，不但丧失了个人才智自我开发的机遇，而且还使智囊群体丧失了一份有生的力量。诸葛亮正是看到了庞统之死是蜀汉之失，才悲痛地大哭曰：“今吾主丧一臂矣！”诸葛亮从力荐庞统，到悲叹庞统夭折，始终都是为着刘蜀的事业，而庞统之死因，是有个人争功名的成分在作祟，以致身败名裂。相形之下，其二人心理素质之差显露无遗。

其实，庞统急功好胜的思想是有其性格的必然性的。他随刘备取川，在重大问题上出过两次计谋。

一是“涪关宴”。在刘备与刘璋相会之前，庞统献计说：“以统之计，莫若来日设宴，请季玉赴席，于壁衣中埋伏刀斧手一百人，主公掷杯为号，就筵上杀之。一拥入成都，刀不出鞘，弓不上弦，可坐而定也。”（第六十回）刘备隐忍的性格是不做这种事情，何况以民为本，刘璋在西蜀经营年深日久，颇有根基，杀了刘璋会失掉西蜀民心。刘备对庞统和法正说道：“刘季玉与吾同宗，不忍取之。”虽然庞统与法正一再劝说刘备，千万不可失此良机，但“玄德只是不从”。

二是“庞统三策”。刘备帮助刘璋抗击张鲁，稳定了西川局势。然而，当刘备向刘璋借兵借粮，扬言返回荆州时，二刘发生矛盾并很快转变为公开的军事对抗。在这种形势下，庞统为刘备献上了上、中、下三策。“只今便选精兵，昼夜兼道径袭成都：此为上计。杨怀、高沛乃蜀中名将，各仗强兵拒守关隘，今主公佯以回荆州为名，二将闻知，必来相送，就送行处，擒而杀之，夺了关隘，先取涪城，然后却向成都：此中计也。退还白帝，连夜回荆州，徐图进取：此为下计。”（第六十二回）按照庞统献三策的本意来讲，他当然主张上策，而刘备却只取了中策。为什么刘备对庞统的上策不大感兴趣呢？其根本原因是急功近利。

庞统这种令汉室宗亲刀兵相见的上策，对刘备的信义、仁德有莫大的影响，不符合刘备把自己开拓进取纳入孔孟“仁义”道德轨道的设计。刘备的政治眼光看得更远，他入川的目的，是把西川作为刘蜀霸业的基地，进而争夺天下，所以他不能杀掉刘璋，恐失去西川的民心，损害明主的形象。刘备这个“明主”要取代刘璋这个“暗主”，不仅要师出有名，而且还要表现出仁义之师的姿态，这样才有利于收服西川的民心。毛宗岗对此看得很透辟，他说：“取蜀者，玄德之心也。然乘刘璋之来迎而袭杀之，以夺其地，不足以服益州之人心，此玄德之所以不欲为也。”（第六十一回回评）[①]“杀刘璋而急取之，则人心不附，而抚之也难；不杀刘璋而缓取之，则人心可服，而享之也固。”（第六十二回回评）[②]在这一点上，庞统对刘备人格和做事的风格的理解远不如诸葛亮，缺乏深谋远虑，这也许是他急功好胜的思想性格所致。

骄狂的性格弱点

祢衡

祢衡自视其高，狂狷傲气，这在封建知识分子中是不乏其人的，《三国演义》中的祢衡就是一个典型。祢衡年少名盛，眼空心大，志高气傲，睥睨天下，且敢于直面指斥当权者，终因才高性狂，招致杀身之祸。他被杀时才二十六岁。

孔融把祢衡推荐给曹操，当曹操向这位年轻人夸赞自己手下的文臣武将时，祢衡却把这些人骂得一钱不值：

---

① 沈伯俊：毛本《三国演义》整理本，中州古籍出版社 1992 年版，第 616 页。

② 沈伯俊：毛本《三国演义》整理本，中州古籍出版社 1992 年版，第 619 页。

此等人物，吾尽识之：荀彧可使吊丧问疾，荀攸可使看坟守墓，程昱可使关门闭户，郭嘉可使白词念赋，张辽可使击鼓鸣金，许褚可使牧牛放马，乐进可使取状读招，李典可使传书送檄，吕虔可使磨刀铸剑，满宠可使饮酒食糟，于禁可使负版筑墙，徐晃可使屠猪杀狗；夏侯惇称为“完体将军”，曹子孝呼为“要钱太守”。其馀皆是衣架、饭囊、酒桶、肉袋耳！

而他却自诩为：天文地理，无一不晓，三教九流，无所不通，上可以致君尧舜，下可以德配孔颜，不可与俗儒庸才共论。这种狂妄的言辞，八面出击，弄得朝中文武人人切齿，个个愤恨。这正是他过人的才识和狂狷的性格极端的表露。《后汉书·文苑列传》载：“少有才辩，而尚气刚傲，好矫时慢物……唯善鲁国孔融及弘农杨修。常称曰：‘大儿孔文举，小儿杨祖德。余子碌碌，莫足数也。’”[①]而像他这样才识和性格的人别说不见容于割据一方的豪强，连世俗人们也不能理解。是封建知识分子中极端的人物，越是知音稀少，越是孤芳自赏、狂傲于人，而自己内心形成一种逆反的心理，总是以过激的言辞和傲然于物的姿态出现，不同凡响，因而被世人称为“狂人”。

《三国演义》正是在史书上记载的基础上，虚构了祢衡在曹操面前的情节，祢衡不以曹操为然，故意贬低其智囊之士。《后汉书·文苑列传》记载：“融既爱衡才，数称述于曹操。操欲见之，而衡素相轻疾，自称狂病，不肯往，而数有恣言。操怀忿，而以其才名，不欲杀之。闻衡善击鼓，乃召为鼓吏，因大会宾客，阅试音节。……”[②]击鼓骂曹，后世盛传。祢衡如此狂妄，曹操哪里能容他。只因顾忌祢衡素有虚名，远近所闻，曹操才没有杀害他，派他为使，明为说降刘表，实为暗中借刀杀人。

祢衡见刘表“虽颂德，实讥讽”。刘表不喜，又送他到江夏太守黄祖

---

① 范晔：《后汉书》，中华书局 1965 年版，第 2652—2653 页。

② 范晔：《后汉书》，中华书局 1965 年版，第 2655 页。

那里，结果被黄祖所杀。我们不否认祢衡确有一些真才实学，连曹操也对杨修说："祢衡文章，播于当今，吾故不忍杀之。"但祢衡狂狷背世，他既不愿做匍匐在皇权脚下的奴才，又不愿做"文死谏"式的封建愚忠，而是想凭借自己的文才去塑造独立的人格，这在专制的社会必然是悲剧。且不说这种举止行为在人治的封建官僚上层不见容，就是在世俗的民间也会被传统势力所扼杀。与传统中国宗法的社会结构形态不能相容的祢衡，非命而死是必然的。至于死于谁手，那倒是有个具体环境。曹操想杀他，但恐"天下必谓我不能容物"，故借刀杀人，足见其阴险奸诈。刘表老奸巨猾，看透了曹操的险恶用心，他说："祢衡数辱曹操，操不杀者，恐失人望，故令作使于我，欲借我手杀之，使我受害贤之名也。吾今遣去见黄祖，使曹操知我有识。"（第二十三回）刘表知道江夏太守黄祖为人性情急躁，故意送祢衡到他那里。狂悖无礼的祢衡又不懂得处世之道，有一次竟当面讥笑黄祖如庙中之神，虽受祭祀，却无灵验。黄祖大怒，祢衡焉有不招杀身之祸呢？

祢衡在《鹦鹉赋》一文中说：鹦鹉的才质可比鸾凤，如今它离群丧侣，万里飘流，俯仰于笼槛之中，心中无限悲伤。祢衡以鹦鹉为题，处处关合自己的身世。从中可体味到其表面是那样的桀骜不驯，而内心却异常的痛苦，是一个在社会黑暗重压下被扭曲的形象。祢衡形象的深刻性，不在于抑曹的思想倾向，而在于透过一个特殊的封建知识分子追求独立人格，揭示了中国封建知识分子双重人格的普遍现象。也许正是这一点，倒被历代才气横溢而又不容于世的文人墨客所赏识。李白从夜郎流放遇赦回来，以沉痛之语，骏快出之《望鹦鹉洲悲祢衡》[①]：

魏帝营八极，蚁观一祢衡。
黄祖斗筲人，杀之受恶名。

① 詹锳：《李白全集校注汇释集评（六）》，百花文艺出版社 1996 年版，第 3208 页。

吴江赋鹦鹉，落笔超群英。
锵锵振金玉，句句欲飞鸣。
鸷鹗啄孤凤，千春伤我情。
五岳起方寸，隐然讵可平？
才高竟何施，寡识冒天刑。
至今芳洲上，兰蕙不忍生。

李白在江夏望鹦鹉洲，触景生情，感怀祢衡这样一个才华“超群英”的人，命运却如此之悲惨，令人痛惜。用诗表达了曹操割据中原，谋事大矣，视祢衡之辈不过如一蚊那么的微小。杀之何难？只是怕留下恶名。他把黄祖之流比作“鸷鹗”，对凶残的权势者表示强烈的憎恨；把祢衡誉为“孤凤”，爱慕、怜惜之情溢于言表。祢衡被这个“斗筲”小器之人杀之。祢衡形象深刻的内蕴更多地在性格群体结构中折射出来，祢衡悲剧也映衬了孔融、杨修等文人的风貌，他们都是才气过人而又以悲剧结局的知识分子，身上都具有性格悲剧的成分，轻狂而不识时务。

许攸

许攸也是一个自视其高、傲慢狂气的形象。他弃袁投曹以后，在官渡大战以及攻占冀州的战争中，为曹操出谋划策，屡立奇功。于是他飘飘然起来，过高地估价了自己所起的作用，仿佛没有他，也就没有曹操战袁绍的胜利，以至忘乎所以，狂气到了极点。

“曹操统领众将入冀州城，将入城门，许攸纵马近前，以鞭指城门而呼操曰：‘阿瞒，汝不得我，安得入此门？’操大笑。众将闻言，俱怀不平。”有一天，“许诸走马入东门，正迎许攸。攸唤褚曰：‘汝等无我，安能出入此门乎？’褚怒曰：‘吾等千生万死，身冒血战，夺得城池，汝安敢夸口！’攸骂曰：‘汝等皆匹夫耳，何足道哉！’褚大怒，拔剑杀攸，提头来见曹操，说许攸如此无礼，‘某杀之矣。’”曹操深责许褚，令厚葬许攸。

许攸之狂气有三个特征。

其一，贪天之功，据为己有。我们知道，像历史上著名的以少胜多的官渡之战，是统帅曹操多谋善断、英明决策、审时度势；曹氏智囊集团出谋划策；曹氏武将冲锋陷阵，浴血拼杀，这一切产生的共生效应，说明曹操集团人才群体结构中，文臣武将都按照统帅的意志，优势互补，因而发挥了群体人才结构的最佳效能。许攸作为曹氏人才群体结构中的一分子，超群地发挥了个人的才智，和他所处的具体生活环境是分不开的。假如他还处在袁绍集团之中，那么他的才智即使再高，也不易发挥出个人才智的效应。所以，任何一个智囊之士都不能离开合理的群体人才结构，否则一事无成。许攸没有认识到这些，把消灭袁氏豪强集团的功劳都归于自己，仿佛自己高于远见卓识的统帅曹操，极其蔑视地直呼曹操为“阿瞒”；仿佛自己高于一切浴血奋战的武将，极其轻狂地称呼虎将许褚为“匹夫”。因而得罪了曹操，惹怒了众将，自取杀身之祸。当他被杀以后，曹操仅是深责杀人者，令厚葬，这不过遮人耳目罢了。

其二，恃功自傲，小人得志。许攸虽智谋过人，可人品却很差。“许攸在冀州时，尝滥受民间财物，且纵令子侄辈多科税，钱粮入己，今已收其子侄下狱矣。”（第三十回）尚且袁绍又不信赖他，弄得他几乎轻生，“欲拔剑自刎”。在走投无路的情况下，被迫弃袁投曹，以后又连连在关键时为曹操出谋，立见成效，于是他便得意忘形，大庭广众之下，公然邀功。许攸其人，不得志则沮丧轻生，得志则张狂骄横，一副小人的嘴脸。见小利而贪，视功名而居，可知其身心修养很差。毛宗岗斥他“骄甚，浅甚”。连儒家基本的人生准则：居功思危，功成身退，都忘得一干二净，焉能不自蹈杀身之祸？

其三，口出狂言，触犯众怒。许攸不仅仅是小人得志，自彰其功，抬高自己，贬人之功，掠人之美，而是狂放至极，目中无人，到了突破君臣伦理的底线。轻则引人妒忌，重则触犯众怒。何况上对一人之下万人之上的丞相，当众不分尊卑，恃功无礼，口出狂言；下对被曹操视为心腹，称为“真忠臣”，连曹氏宗族曹仁都礼让三分的虎将，而许攸竟敢斥之为“汝等皆匹夫耳”。许攸触犯君颜，招惹众怒，取祸之由，在所必然。其实，曹操早有杀其之心，只不过他被许褚所杀，是必然中的偶然罢了。所以毛宗岗批注：“攸之当死不在此时，早在呼阿瞒之时矣。”此话应和了《三国志·魏书·崔琰传》的记载：“初，太祖性忌，有所不堪者，鲁国孔融、南阳许攸、娄圭，皆以恃旧不虔见诛。”不虔，大不敬也。[①]

马谡

马谡是智囊之士，不是军事指挥家，也是一个自负轻狂的典型人物。

《三国演义》第九十五回，当诸葛亮征询诸将谁去守街亭时，马谡自告奋勇。诸葛亮叮嘱他不可轻视，他很自负地说：“某自幼熟读兵书，颇知兵法。”来到街亭，看了地势，马谡骄狂地说：“丞相何故多心也？量此山僻之处，魏兵如何敢来！”于是轻易地作出“山上屯军”的错误决定。王平向他谏道：倘魏军“四面围定，将何策保之”？马谡不假思索地大笑说：“汝真女子之见？兵法云：‘凭高视下，势如破竹。’若魏兵到来，吾教他片甲不回！”王平再谏：“若魏兵断我汲水之道，军士不战自乱矣。”马谡只是不听，还轻蔑地斥责王平：“吾素读兵书，丞相诸事尚问于我，汝奈何相阻耶！”从接受任务到屯军，马谡自恃熟读兵书，轻狂自大，不以为然，而偏偏他在这次战争中碰得头破血流。马谡不听王平劝谏，不一会，“忽然山中居民，成群结队，飞奔而来，报说魏兵已到”。这对马谡的夸夸其谈，按说已是当头一击，但依然没有引起他的警觉。大敌当前，他非但不尊重副将王平，反而嘲弄他“女子之见”，又与他分兵

① 《三国志·魏书·崔琰传卷二》，天津人民出版社 2019 年版，第 332 页。

各自把守。马谡临战触犯大忌，先是拒绝良言相告，继而又将富有实战经验的人推出门外，自己却孤注一掷。假如王平与他一起实战指挥，也许还有转危为安的希望。马谡从骄狂自傲到唯我独尊，目空一切，终于导致丧身辱命。

马谡熟读兵书，深谙战法，在诸葛亮的帐下出谋划策，颇得诸葛亮的赏识。诸葛亮率师南征孟获时，征询他的意见。马谡建议："夫用兵之道：'攻心为上，攻城为下；心战为上，兵战为下。'愿丞相但服其心足矣。"诸葛亮说："幼常足知吾肺腑也！"（第八十七回）诸葛亮准备北伐中原时，所虑者是劲敌司马懿。马谡建议使用反间计。他说："司马懿虽是魏国大臣，曹睿素怀疑忌。何不密遣人往洛阳、邺郡等处，布散流言，道此人欲反；更作司马懿告示天下榜文，遍贴诸处，使曹睿心疑，必然杀此人也。"（第九十一回）果然散布流言蜚语，离间奏效，曹叡将司马懿削职回乡。可见，马谡还不失为一个好参谋。

马谡之长终归是纸上谈兵，出谋划策，而没有亲临战场，实地指挥。也就是说，熟读兵书与真正转化为指挥作战是两码事。马谡的悲剧就在于忽视了这个转化过程。身经百战的刘备对马谡这一点看得很清楚，临终前对诸葛亮遗嘱时，因看到马谡在旁边，便令其退出，"谓孔明曰：'丞相观马谡之才何如？'孔明曰：'此人亦当世之英才也。'先主曰：'不然。朕观此人，言过其实，不可大用。丞相宜深察之。'"（第八十五回）诸葛亮对马谡这个弱点不但没有清醒的认识，而且也没把刘备的提醒放在心上。他"以谡为参军，每引见谈论，自昼达夜"。在这次街亭之役中马谡的弱点终于彻底暴露，他引用《孙子兵法》讲的"投之亡地然后存，陷之死地然后生"。"亡地""死地"本来是大患，但把握好"疾战则存，不疾战则亡"这一战术原则，便能唤起士气，众志成城，奋力死战，转危为安，转败为胜。马谡搬用兵法，却不能抓住取胜的要略，这正是言过其实。

和马谡一起守街亭的裨将王平，行伍出身，有丰富的实战经验，"生长戎旅，手不能书，其所识不过十字"，文化程度很低，但实践出真知，颇有见识。他“口授作书，皆有意理。使人读史、汉诸纪传，听之，备知其大意，往往论说不失其指”（《三国志·蜀书·黄李吕马王张传》）[①]。当马谡街亭屯军作出错误决定时，首先指出其错误的便是王平，而且坚持自己的意见，屯兵于山下。王平不会背诵兵书的条文，但却具有指挥实战的能力，恰恰与马谡形成鲜明的对比。

上面举了三个自负轻狂的人物形象——祢衡、许攸和马谡。从性格表层来看，他们都具有自视其高，自负轻狂的性格因素，但若透视在特定的社会关系中受心理因素的牵制而产生的行为过程，便会发现他们性格结构中不同的性格元素。祢衡轻狂的性格表象下面掩盖的是封建制度下知识分子独立人格不能实现的内心痛苦；许攸狂妄自得的性格表象下是居功自傲，忘乎所以，一派小人得志的神气；马谡自负傲慢的性格表象正好映照出一些知识分子夸夸其谈，忘乎所以的劣根性。总之，他们都不是单一的性格，各自的性格素质结构组合也不同，但折射出的性格弱点，或大或小地潜伏在他们性格生命之中，一旦在社会条件触发下暴露出来，就形成了悲剧的因素。我们不否认这些人的才智，可他们身上的性格弱点阻碍着自身才智的发挥，以及继续成才的道路，终于成为悲剧的祭奠品。

谏诤的传统观念

智囊人物中“文死谏”的形象，不时地跃入读者的眼帘。《三国演义》中有大量谏诤的故事，有文臣谏君主、武将谏主将、子谏父、妻谏夫等，在中国古典小说中，再也难以找出像《三国演义》这样如此丰富的谏诤文化的作品。

在儒家学说和宗法纲常的笼罩下，臣下虽然恪守“君臣父子”的窠臼，但并不全是丧失自己的独立思考，唯唯诺诺。当人主被奸佞欺蒙，宠信谗言，决策偏邪时，果敢之士敢于凛然去死谏、去直陈、去抗衡，体现了儒

① 陈寿：《三国志》，中华书局 1959 年版，第 1050 页。

家的谏诤思想。孟子说“君有过则谏”。甚至因“文死谏”遭到廷杖毙命、掉头身死的可悲下场，也要落个愚忠的名节。刘璋手下的王累没有死在人主的廷杖和铡刀下，却以自己吊在城门上进谏的方式，自杀成仁。这可以说是智囊人物中“文死谏”的典型人物。

刘璋采纳张松之言而迎刘备入川，立即在西川的政界引起了巨大的震动，支持的，反对的，观望的，骑墙的，不一而足。其中反对者，描写了黄权、李恢和王累三个臣子的劝谏。黄权劝谏刘璋遭到拒绝后，“权叩首流血，近前口衔璋衣而谏。璋大怒，扯衣而起。权不放，顿落门牙两个。璋喝左右，推出黄权。权大哭而归”（第六十回）。刘备入成都后，“郡内诸官，皆拜于堂下，惟黄权、刘巴闭门不出”。“玄德亲自登门，请二人出仕。二人感玄德恩礼，乃出。”（第六十五回）黄权不愧为忠正之士。李恢在黄权劝谏后，也是伏阶叩首，进谏：“主公不纳黄公衡忠言，乃欲自就死地耶！”“窃闻‘君有诤臣，父有诤子’。黄公衡忠义之言，必当听从。若容刘备入川，是犹迎虎于门也。”（第六十回）也被刘璋唤左右推出。李恢看到刘璋大势已去，便主动投降了刘备。刘备问他：“向日闻公苦谏刘璋，今何故归我？”李恢答道：“吾闻：‘良禽相木而栖，贤臣择主而事。’前谏刘益州者，以尽人臣之心，既不能用，知必败矣。今将军仁德布于蜀中，知事必成，故来归耳。”（第六十五回）在归顺刘备的态度和行为上，黄权与李恢相比，一个被动，一个主动，但二人的基本思想是一致的。劝谏的目的是恪守君臣之道，尽臣子忠君之心，但还算不得愚忠。

王累愚忠甚于黄权、李恢，则是“死谏”“尸谏”的典型，“累顿首言曰：‘主公今听张松之说，自取其祸。’璋曰：‘不然。吾结好刘玄德，实欲拒张鲁也。’累曰：‘张鲁犯界，乃癣疥之疾；刘备入川，乃心腹之大患。况刘备世之枭雄，先事曹操，便思谋害；后从孙权，便夺荆州。心术如此，安可同处乎？今若召来，西川休矣！’”（第六十回）刘璋不听，将其斥退。王累决心以死相谏，用绳子将自己倒悬城门之上，“一手执谏章，一手仗剑，口称如谏不从，自割断其绳索，撞死于北地”。刘璋教取所执谏章观之。其略曰：

> 益州从事臣王累，泣血恳告：窃闻“良药苦口利于病，忠言逆耳利于行”。昔楚怀王不听屈原之言，会盟于武关，为秦所困。今主公轻离大郡，欲迎刘备于涪城，恐有去路而无回路矣。倘能斩张松于市，绝刘备之约，则蜀中老幼幸甚，主公之基业亦幸甚！

刘璋观毕，大怒曰：“吾与仁人相会，如亲芝兰，汝何数侮于吾耶！”刘璋又一次拒谏，“王累大叫一声，自割断其索，撞死于地”。后人有诗叹曰：

> 倒挂城门捧谏章，拚将一死报刘璋。
> 黄权折齿终降备，矢节何如王累刚！

这段故事有史书根据，见《三国志·蜀书·刘二牧传》，记载“主簿黄权陈其利害，从事广汉王累自倒县于州门以谏，璋一无所纳”[①]。黄权是否“叩首流血”“顿落门牙”，王累是否“撞死于北地”，均与史无证。小说家循着历史的可能，加大虚构的成分。

黄权、李恢、王累与刘璋在个人之间没有什么分歧和冲突，但在维护西川的根本利益上，特别是在如何维护根本利益的方式，即外交和用人等问题上，却发生了矛盾。在这种情况下，耿介忠正之臣都对君主采取进谏的方式进行规劝，有的甚至还采取过激的行为，以“死谏”作最后的尽忠。表面仿佛有人格独立的意志，其实，还是一种依附人格，在君主身上寄托治平的理想。王累这样的形象，在小说中像匆匆的过客，一闪而过，而形

① 陈寿：《三国志》，中华书局1959年版，第868页。

象本身的意义却揭示了封建知识分子的传统品格：在思想上依傍儒家，拘泥经典；在政治上热衷仕途，委身人主。他们的思维空间已经窒息了自我放飞精神，其社会功能只是强化宗法政治的社会结构。反之，宗法政治社会也塑造这种品格的人，即使他们在智囊系统中是庸人，但每一个政治集团都需要，而且离不开这样的人，因为他们最大的特点就是泯灭了人性，成了君主政治的奴性工具。他们身后，大多被视为“忠臣”，名垂青史。

上面，围绕着智囊系统人物的性格素质与社会功能的关系，从三个方面进行了探讨，分析了诸葛亮、周瑜、鲁肃、荀彧、程昱、司马懿、陈宫、李儒、贾诩、庞统、祢衡、许攸、马谡、王累等智囊之士。他们的才略大小不一，生活道路各不相同，性格素质也五光十色，但都是依存于宗法政治社会，依存于某一豪强政治军事集团，程度不同、形式各异地体现出一定的依附性，这是智囊系统人物所具有的共性。即使他们顽强地表现自己的人格，也不可避免地在依附的基础上渗透着官僚政治的制约性，与封建的愚忠或大或小可悲地掺和在一起，从来没有以一种独立社会力量的面貌出现。《三国演义》塑造的智囊系统人物便是中国两千多年封建知识分子由士入仕的缩影。

第七章

《三国演义》经典化叙事重塑的小说人物

——《三国演义》人物性格与社会关系系列之三

《三国演义》这部古典长篇小说有名有姓的人物达一千二百多人，其中塑造了四百多个人物形象。有的在整个叙事结构中起着贯穿和支撑的作用，称为历史轴心人物。如诸葛亮出现在第三十七回至第一百零三回，他像一棵参天大树支撑了全书三国历史进程中军事、内政、外交的叙事框架。有的只在小说描写的某个阶段出现，称为阶段性重要人物。他们不仅本身就是构架结构单元的支撑人物，而且在整个叙事链条上还发挥着承上启下的环节作用。如江东英才周瑜的主要活动在赤壁大战前后；袁绍风云际会在反宦官斗争、反董卓擅权专政和官渡之战中；姜维大将出现在历史舞台上的时候，蜀汉已元气大伤，三国归晋的日子不远了。此外，还有笔墨不多、转瞬即逝的过场人物，像貂蝉、蒋干、杨修、许攸、张松等。无论哪一类人物都是按照一定的社会生活的现实关系和文学创作的艺术法则，组合而成一个多要素、多层次、多属性的有机艺术整体。还可以称其为不同类型的性格结构。

在《三国演义》性格结构中按照人物在不同历史阶段、不同政治集团、不同社会地位，还可以分出许多层面，如曹操、夏侯惇、张辽、徐晃、荀彧、贾诩、曹丕、司马懿等，可以组成曹魏集团的性格结构子系统；具体到某一战役或历史事件，如董卓之乱中的蔡邕、王允、貂蝉、李傕、郭汜等，可以说是亚子系统。不论在性格结构的哪一个层次上，都是《三国演义》性格结构的基本要素，只有当他们置于性格群体结构的有机整体之中，通过与其他人物的多样的社会联系，才能真正显示出属于自己的形象内涵。这就是《三国演义》叙事经典化。简言之，一是构建典型情节，也就是讲好故事。二是在历史人物原型的基础上虚构、变形，重塑文学典型，符合整体叙事结构的需要。

文学典型，必须准确寻找所谓对人物个性、对事件本质起界定作用的历史事实，这就是"历史真实"与"艺术真实"的切点。只有把握这个切点，才能为艺术真实的核心问题"艺术虚构"定位。虚构的性质和功能是多层面的，而历史题材的作品的"艺术虚构"永远不能离开"历史真实"的磁场，由此规定了它的性质。它一头牵着历史人物鲜明的个性，一头又蕴含着社会的普遍性。

《三国演义》叙事重塑的历史人物——周瑜

《三国演义》中的周瑜形象源于历史人物，但同历史人物相同的成分有之，相异的成分也有之。这是人所共知现象，原因是周瑜这个历史人物进入小说家的构思和创作中，被重新塑造后，历史人物形象就发生了"变形"。这是《三国演义》经典化叙事的需要，而且相当成功。其标志是周瑜成为中国古典小说名著中的典型人物。可以说，《三国演义》中的周瑜形象，相对历史人物周瑜产生的影响更为广泛而深远。

历史话语中的周瑜形象

从三国到北宋八百年间的历史话语中周瑜的定位是杰出的军事统帅。周瑜早在《三国志·吴书·周瑜鲁肃吕蒙传》中，已被历史学家陈寿盖棺定论"出众人之表，实奇才也"[1]。受到历代的崇尚、颂扬和褒奖，鹰扬天下。历史人

① 陈寿：《三国志》，中华书局 1959 年版，第 1281 页。

物周瑜是一个著名的政治家、军事家，创造了以少胜多的战争范例。“周瑜的一生，虽然只有短暂的36年，但却是辉煌的一生。他的英名盖世，智慧超群；雄才大略，胆识过人；风流倜傥，英俊潇洒；胸怀宽广，忠君荐贤；佳偶绝配，千古美谈，是历代人们所钦佩、羡慕和吟诵的一代英雄人物！”[①]

历史时空跨过了漫长的八百多年到北宋，苏东坡一曲《念奴娇·赤壁怀古》流芳千古，他对历史人物周瑜的颂扬，不单单是文学创作，而是作为一位北宋政治家的苏东坡对历史人物周瑜的高度评价：

> 大江东去，浪淘尽，千古风流人物。故垒西边，人道是，三国周郎赤壁。乱石穿空，惊涛拍岸，卷起千堆雪。江山如画，一时多少豪杰。　　遥想公瑾当年，小乔初嫁了，雄姿英发。羽扇纶巾，谈笑间，樯橹灰飞烟灭。故国神游，多情应笑我，早生华发。人生如梦，一樽还酹江月。

这首词是苏东坡在宋神宗元丰五年（1082）七月，游赏黄冈城外的赤壁矶时写下的。赤壁战场究竟在何方，向来众说纷纭。苏东坡用“人道是，三国周郎赤壁”，点明传说黄州赤壁是古战场。苏东坡兀立长江岸边，触景生情，看到大江的汹涌奔腾，用“乱石”三句，集中写赤壁景物：陡峭的山崖高插云霄，汹涌的骇浪搏击江岸，滚滚的江流卷起雪浪滔天。随即用“浪淘尽”三个字把大江与千古人物联系起来，创造了一个极为广阔而悠久的时空背景，把读者顿时带进一个奔马轰雷、惊心动魄的奇险境界，使人心胸为之开阔，精神为之振奋！三国是人才辈出的时代：横槊赋诗的曹操，驰马射虎的孙权，隆中定策的诸葛亮，足智多谋的周公瑾……真是“一时多少豪杰”！但在如此众多的英雄人物中，诗人最崇敬的是指挥赤壁大战具有非凡气概的统帅周瑜。请注意，苏东坡没有提到诸葛亮，诸葛

---

① 李卫生：《话说周瑜》，安徽人民出版社2011年版。

亮在赤壁大战中的故事是虚构的。可以想见周瑜在历史长河中给历代人们留下的印象多么深刻。所以下片选择了周瑜英雄业绩的闪光点，几笔就把周瑜写得挺拔超群、靓丽生辉，倾力塑造青年将领周瑜的形象。

据史载，建安三年（198）东吴霸主孙策亲自迎请二十四岁的周瑜，授予他“建威中郎将”的职衔，并勠力攻取了皖城，得江南美女二人，孙策娶大乔，周瑜娶小乔。而后十年周瑜才指挥了赤壁之战。大战之前的紧张时刻，周瑜淡定自若，“雄姿英发，羽扇纶巾”，装束儒雅，风度翩翩，表现出了他胸有成竹，稳操胜券。“谈笑间，樯橹灰飞烟灭”，抓住了水战加火攻的特点。试想，在滚滚奔流的大江之上，一位卓异不凡的青年将军周瑜，谈笑自若地指挥水军，抗御横江而来不可一世的强敌，使对方的万艘舻船，顿时“灰飞烟灭”，这是何等的气势！赤壁之战成就了英雄、事业、美女集于一身的周瑜，令历代多少人钦慕，千古传诵。苏东坡用“小乔初嫁了”一句，从生活细事上烘托周瑜的年轻得志，同时也是在向人们暗示：赢得这次抗曹战争的胜利，方能使东吴保有江东。否则，杜牧《赤壁》诗所假设的东吴败北，“铜雀春深锁二乔”的局面难免出现。

历史记载周瑜彪炳史册的实绩主要有：

其一，追随江东英才孙策，共创东吴基业。

周瑜从年轻就矢志于报效孙吴，《三国志·吴书·周瑜鲁肃吕蒙传》记载：

> 周瑜字公瑾，庐江舒人也。从祖父景，景子忠，皆为汉太尉。父异，洛阳令。瑜长壮有姿貌。初，孙坚兴义兵讨董卓，徙家于舒。坚子策与瑜同年，独相友善，瑜推道南大宅以舍策，升堂拜母，有无通共。瑜从父尚为丹杨太守，瑜往省之。会策将东渡，到历阳，驰书报瑜，瑜将兵迎策。策大喜曰：“吾得卿。谐也。”[①]

① 陈寿：《三国志》，中华书局 1959 年版，第 1259 页。

随后二人共创江东大业，破横江、进曲阿、守丹阳、占皖城，当时才二十四岁，人皆呼周郎。《三国演义》这段历史记述周瑜与孙吴事业的起因和过程，比较简略，也与史册记载基本相吻合。

其二，周瑜辅佐少主孙权。

孙策刚刚死去，孙权继兄业掌大权，便想大有作为。周瑜鼎力辅佐少主孙权。这段历史散见在诸多史书上，如《资治通鉴》卷六十三：

> 周瑜自巴丘将兵赴丧，遂留吴，以中护军与张昭共掌众事。时策虽有会稽、吴郡、丹阳、豫章、庐江、庐陵，然深险之地，犹未尽从，流寓之士，皆以安危去就为意，未有君臣之固，而张昭、周瑜等谓权可与共成大业，遂委心而服事焉。[①]

《资治通鉴》卷六十六：

> 初，瑜见友于孙策，太夫人又使权以兄奉之。是时权位为将军，诸将、宾客为礼尚简，而瑜独先尽敬，便执臣节。[②]

第二十九回：且说当时孙权承孙策遗命，掌江东之事。经理未定，人报周瑜自巴丘提兵回吴。权曰："公瑾已回，吾无忧矣。"原来周瑜守御巴丘，闻知孙策中箭被伤，因此回来问候。将至吴郡，闻策已亡，故星夜来奔丧。当下周瑜哭拜于孙策灵柩之前。吴太夫人出，以遗嘱之语告瑜。瑜拜伏于地曰："敢不效犬马之力，继之以死！"少顷，孙权入。周瑜拜见毕，权曰："愿公无忘先兄遗命。"瑜顿首曰："愿以肝脑涂地，报知己之恩。"权曰："今承父兄之业，将何策以守之？"瑜曰："自古'得人者昌，失人者亡'。为今之计，须求高明远见之人为辅，然后江东可

① 司马光：《资治通鉴》，中华书局 1956 年版，第 2029—2030 页。
② 司马光：《资治通鉴》，中华书局 1956 年版，第 2103 页。

定也。”

其三，周瑜力谏孙权拒曹送质子。

曹操挟天子以令诸侯，令孙权送质子于魏，以便控制东吴。此举遭到周瑜的反对，极力劝阻孙权。《三国志·吴书·周瑜鲁肃吕蒙传》裴松之注引《江表传》曰：

> 曹公新破袁绍，兵威日盛，建安七年，下书责权质任子。权召群臣会议，张昭、秦松等犹豫不能决，权意不欲遣质，乃独将瑜诣母前定议，瑜曰：“昔楚国初封于荆山之侧，不满百里之地，继嗣贤能，广土开境，立基于郢，遂据荆扬，至于南海，传业延祚，九百余年。今将军承父兄余资，兼六郡之众，兵精粮多，将士用命，铸山为铜，煮海为盐，境内富饶，人不思乱，泛舟举帆，朝发夕到，士风劲勇，所向无敌，有何逼迫，而欲送质？质一入，不得不与曹氏相首尾，与相首尾，则命召不得不往，便见制于人也。极不过一侯印，仆从十余人，车数乘，马数匹，岂与南面称孤同哉？不如勿遣，徐观其变。若曹氏能率义以正天下，将军事之未晚。若图为暴乱，兵犹火也，不戢将自焚。将军韬勇抗威，以待天命，何送质之有！”权母曰：“公瑾议是也。公瑾与伯符同年，小一月耳，我视之如子也，汝其兄事之。”遂不送质。①

《三国演义》第三十八回描写，建安七年，曹操趁灭掉袁绍之声威，下令孙权送质子到许昌。

以上选择了几例周瑜面对军国大事所做出的英明抉择，为巩固东吴江山，做出巨大的贡献。这些说明：

第一，从三国至北宋跨过了漫长的八百多年，经历了历代史家的史评史论，周瑜都是依靠自己的英雄业绩永葆了自己的形象，在历史上是永恒

① 陈寿：《三国志》，中华书局1959年版，第1261页。

的。无论是过去，还是现在，其卓越的军事家、政治家的历史定位是不变的，这一点，毋庸置疑。

第二，对照史书的记载，可以看出《三国演义》描写赤壁之战前的周瑜形象与历史人物周瑜切近，罗贯中用简略的笔墨记述孙吴已历三世，周瑜追随孙策，为开创江东立下了汗马功劳；辅佐孙权，成为股肱之臣，扼守军事。没有出现什么“变形”的现象。

周瑜形象“变形”最早的文字是元代的《三国志平话》、元杂剧，但它们的影响并不大。造成其“变形”主要是《三国演义》的影响，而且《三国演义》所描写的历史人物“变形”最严重的是周瑜。所以说，周瑜在历史与文学上的定位是不同的，应当把文学形象的周瑜与历史人物周瑜分开界定。文学形象不能代替历史形象，周瑜形象永远以历史定位为准绳，名流千古，光辉史册。

周瑜形象的“变形”始自赤壁大战

历史人物周瑜的形象在《三国演义》的“变形”，始自赤壁大战，是从描写周瑜心胸狭窄、意气用事入手的。

《三国演义》“赤壁大战”（第四十三回至第五十回）尽管用最详尽的笔墨刻画了周瑜的战略意识、统率才能、军事指挥，但在他与诸葛亮相交过程也暴露了狭隘的阴暗的心理，嫉贤妒能。历史人物周瑜形象在《三国演义》中发生了“变异”。究其原因，是小说家创作的需要，有的人物形象增饰夸张，如诸葛亮、关羽；有的人物形象则被贬低，或变形，如周瑜。

第一，《三国演义》整体叙事框架：蜀汉是重心，其次是曹魏，最后是孙吴。

我们知道：小说家主体意识的介入和渗透，是其对历史生活的艺术感知。他对历史生活进行反映时，所把握的不是现实时空的全部，而是其心理结构所选择和接纳的那一部分，即审美创造需要的那一部分。在情感意志和价值观念的驱使下，对现实时空关系进行错位、变形和强化等艺术处理，这些都是小说家艺术创造过程中留存在其心理空间的审美意象，最终落脚点是小说家对历史生活的艺术穿透力和表现力。

从《三国演义》叙事结构中，不难洞悉到罗贯中把对三国历史的认识凝聚到“隆中决策”，作为一个视野焦点，去构建小说的整体叙事框架。历史虽然没有完全按照《隆中对》的蓝图实现，却成为罗贯中构建《三国演义》叙事框架的视野焦点。必然以此作为审美创造需要的准则，倾注着创造者的情感，灌注着创造者的历史积淀和文化意识，体现着创造者赋予的“意义”。也就是以再现刘蜀建立霸业的过程为《三国演义》叙事的重心，这正是三国鼎足的确立和形成的历史时期。其视野即所感知的时空关系，瞬间的历史可以铺张在广阔的艺术空间，数年历史跨度也可以在一个瞬间的叙事中完成，完全打破客观历史时间的均匀性，而不必拘泥于历史的现实时空。从这个视角审视，周瑜这个历史人物必然受到整部《三国演义》叙事结构的制约，赤壁之战是三国鼎足过程的艺术特写，周瑜作为指挥赤壁之战的统帅，虽然是重点刻画对象，但为了烘托诸葛亮，对周瑜也作了相应的“变异”，使得周瑜形象和历史原貌相去甚远。

第二，《三国演义》设计周瑜形象“变形”，是放在周瑜与诸葛亮的交互关系中。周瑜心胸狭窄、嫉贤妒能，但始终与维护孙吴的基业连在一起，成为其个性特征。

“现实生活中，各种人们的性格，也是在人们的长期的社会实践中，换言之，即在错综复杂的人事关系中形成的。因而，每一性格的特点、层次和深度，也需要在人和人的关系中才能表现出来。这就是关系出性格。”[①]《三国演义》根据《三国志》《资治通鉴》中“赤壁之战”的叙事结构线索，虚构出的重要情节都是把诸葛亮放到历史大变革的舞台的中心位置，塑造了一位封建地主阶级超群的政治家。以他高屋建瓴的气魄，洞悉一切的远见卓识，谙熟斗争艺术的才能，机敏多变的智力，去扭转危局，实现

① 周天：《中国前小说性格描绘史稿》，生活·读书·新知三联书店1990年版，第269页。

孙刘联合。孙吴一方来鼎力维护孙刘联盟，共抗曹操这一决策的代表性人物只有两人，一是鲁肃，二是周瑜，而作为军事统帅的周瑜对孙权的影响更大。对此《三国演义》描写了一系列脍炙人口的故事，如周瑜主战，劝说孙权，团结老将，蒋干盗书，草船借箭，苦肉计，连环计等。从而塑造了一位青年统帅的形象，刚毅果断，明智审慎，气度博大；运筹帷幄，雄才大略，但在发现联盟军的军师诸葛亮的才能高于自己时，又表现出心胸狭小，嫉能害才。

从根本上讲，是有利于孙刘联盟，有利于孙吴政权巩固，真可谓“大智若愚”。周瑜的心胸狭窄、嫉贤妒能始终与维护孙吴的基业连在一起，成为其性格之中的“小我”与“大我”交融的个性特征。

第三，“三气周瑜”是历史人物周瑜“变形”的定型。

荆州之争是《三国演义》的一个中心历史事件，整整五十个章回，都运行在“荆州之争”这条结构线索上，三国最杰出的人才都主动地或被动地卷入“荆州之争”的历史旋涡中，他们或制造，或引发，或推动而产生的大大小小的历史事件都是“荆州之争”相动相克的具体体现。赤壁之战后，曹、刘、孙三家共同分占荆州。曹操败北后，孙、刘争夺荆州的拉锯战开始了。孙权是朝思暮想，势在必夺；刘备是以柔克刚，赖着不还。孙刘之间，明争暗斗，时紧时松。周瑜为夺取荆州，处心积虑地施展计谋，急功近利，气急败坏，他“变形”的性格弱点越来越突出。周瑜的智谋，总能让诸葛亮看透；周瑜的计谋，又总能让诸葛亮化解。周瑜与诸葛亮两个杰出的人才，在对比中不仅各展风采，而且衬托诸葛亮形象高于周瑜，是一位更加智慧的典型。如果说在“赤壁大战”前期，这种对比是点缀或侧面烘托的话，那么在“三气周瑜”这一情节中，则完全是正面展现，是“关系出性格”的经典化，也是历史人物周瑜“变形”的定型。

“一气周瑜。”

《三国演义》第五十一回写曹操赤壁败北的尘埃未落，刘备就与东吴抢夺南郡。周瑜和鲁肃一道来告知刘备，东吴取南郡“已在掌中”。刘备笑曰："胜负不可预定。曹操临归，令曹仁守南郡等处，必有奇计，更兼曹仁勇不可当，但恐都督不能取耳。"周瑜心骄气盛，被刘备略微一激，马上就回答："吾若取不得，那时任从公取。"刘备抓住周瑜一时语失，立即敲定说："子敬、孔明在此为证，都督休悔。"刘备表面上做出宽容大度的样子，蒙蔽了周瑜。周瑜与曹仁鏖战，好不容易打败曹仁，满以为南郡到手了，万万没有料到诸葛亮趁自己与曹仁大战时，派赵云捷足先登，夺得城池。当周瑜兵临城下时，"城头变换大王旗"。"敌楼上一将叫曰：'都督少罪！吾奉军师将令，已取城了。吾乃常山赵子龙也。'"与此同时，诸葛亮还利用曹军的兵符，调离荆州和襄阳的曹军，派张飞和关羽分别智取了荆州和襄阳，气得"周瑜大叫一声，金疮迸裂"。

"二气周瑜。"

公元209年，孙权嫁妹，史称其"进妹固好"，而且是送妹妹到荆州与刘备完婚的。此事既与周瑜无关，也与诸葛亮无涉。直到第二年，刘备才请求孙权把南郡（郡治江陵）借给自己驻扎。对此周瑜坚决反对，他说："刘备以枭雄之姿，而有关羽、张飞熊虎之将，必非久屈为人用者。愚谓大计宜徙备置吴，盛为筑宫室，多其美女玩好，以娱其耳目；分此二人，各置一方，使如瑜者得挟与攻战，大事可定也。今猥割土地以资业之，聚此三人，俱在疆场，恐蛟龙得云雨，终非池中物也！"（《三国志·吴书·周瑜鲁肃吕蒙传》）[①] 历史学家黎东方说："周瑜活着的时候，没有像《三国演义》所说，一心想害死诸葛亮。他对任何人不曾有如此毒辣的存心。但是，他为了忠于孙权，为了要扶持孙权统一中国，的确也把刘备看得很不顺眼，他不想杀刘备，却极想让刘备搬到江东去，用豪华的房舍、漂亮的女子与珍奇的玩物、可爱的犬马，把他软化成一个废物，同时把关、张这两位'熊虎之将'与刘备隔离，各置一方，由他周瑜自己'挟与攻战'。""这个软化刘备，隔离关、张的计划，由于孙夫人个性太强，未能合作，而化成泡影。"[②]

① 陈寿：《三国志》，中华书局1959年版，第1264页。

② 黎东方：《黎东方讲史·细说三国》，上海人民出版社2007年版，第164页。

《三国演义》第五十四、第五十五回却用这些历史素材编织出周瑜的“美人计”。周瑜出谋，让孙权的妹子嫁给刘备，借机将刘备扣住，作为人质，交换荆州，结果弄巧成拙。刘备为了脱离孙权的控制，与孙夫人以“推称江边祭祖，不告而去”。孙权得知，派兵追赶。周瑜恐刘备走脱，先断了江边水路。刘备、孙夫人在旱路被周瑜派将拦截，孙夫人独当一面，几次严词怒斥周瑜派遣的将领，得以让刘备先行。终于，在江边诸葛亮率船接应上刘备。待周瑜派遣的将领赶来，诸葛亮“笑指岸上人言曰：‘吾已算定多时矣。汝等回去传示周郎，教休再使美人局手段。’”刘备一行拽起风帆，尽力往上游驶去，周瑜率水军追赶，刘备一行弃船上岸。周瑜亦率军上岸追赶，被关羽等杀退。“周瑜急急下得船时，岸上军士齐声大叫曰：‘周郎妙计安天下，陪了夫人又折兵！’……瑜自思曰：‘吾计不成，有何面目去见吴侯！’大叫一声，金疮迸裂，倒于船上。”

“三气周瑜。”

《三国演义》第五十六回、第五十七回，周瑜战略眼光浅近，只顾孙吴利益，他上书吴侯，令鲁肃向刘备讨还荆州，未果。鲁肃回见周瑜，具言其事。周瑜为其出谋划策：“吾有一计，使诸葛亮不能出吾算中。子敬便当一行。”“再去荆州对刘备说：孙、刘两家，既结为亲，便是一家。若刘氏不忍去取西川，我东吴起兵去取。取得西川时，以作嫁资，却把荆州交还东吴。”这就是欲取荆州，实施“假途灭虢”之计，被诸葛亮识破后，让刘备虚以应酬，答应鲁肃的请求，诸葛亮还当面表示：“如雄师到日，即当远接犒劳。”鲁肃回复周瑜，周瑜大笑：“原来今番也中了吾计！”随后周瑜部署大军，往荆州而来。“既至城下，并不见动静。瑜勒住马，令军士叫门。”“楼上赵云出曰：‘都督此行，端的为何？’”周瑜回答替刘备取西川。赵云说：“孔明军师已知都督‘假途灭虢’之计，故留赵云在此。”周瑜无奈，勒马便回，只见探马报曰：关羽从江陵，张飞从秭归，黄忠从公安，魏延从孱陵，四路军马杀来，“喊声远近震动百馀里，皆言要捉周瑜。瑜马上大叫一声，箭疮复裂，坠于马下”。结果“三气周瑜”，周瑜竟被气死。

周瑜巴丘临终遗嘱："既生瑜，何生亮！"连叫数声而亡。有诗曰："卧龙南阳睡未醒，又添列曜下舒城。苍天既已生公瑾，尘世何须出孔明！""既生瑜，何生亮！"都是小说家虚构的，虽然给人周瑜气量狭小的印象，但毕竟还没有"把这位出则随'大帝誓师江水绿'，入则有'小乔卸甲晚妆红'的人物丑化。……这个人，对孙氏忠，对朋友直、谅，划策有绝招，风头足，名声好，立动太骤，加上人漂亮，夫人更是美人……那些碌碌之辈，自惭形秽之流，难免不生嫉妒心。就是当时的友方如刘备，敌人如曹操，也说过中伤周瑜的话"[①]。

这"三气周瑜"的故事，即《三国演义》第五十一回至第五十七回，这一叙事单元完全是用周瑜的心胸狭窄陪衬诸葛亮的雄才大略，因此，周瑜形象发生"变形"也主要是在这个时空阶段。周瑜个人气质不是孤立地出现，而是一直裹挟在孙刘争夺这条叙事线索上。对于刘蜀来说，在荆州问题上扯皮，是刘蜀集团的利益和智慧的结晶，外交的成功。对于孙吴来说，周瑜在荆州问题上维护了孙权集团的根本利益。这"三气"一次比一次递进，周瑜一次又一次失败，总是着鞭在后，弄巧成拙。周瑜临死无奈地感叹："既生瑜，何生亮！"把两位杰出的人才放在沧海横流的时代，用对比的方式，显示出周瑜"变形"的弱点：器量狭小，容易冲动，感情用事，衬托出诸葛亮的大气大度，稳健谨慎，不动声色。既联合又斗争的艺术，就是力求以外交的手段来谋取有利的转机，避免孙权和刘备两大集团大规模的军事冲突。自公元210年周瑜死后，在鲁肃与诸葛亮的共同努力下，孙、刘联盟出现了稳定的局面，这是三足鼎立的局面向前发展的平稳时期。

"三气周瑜"整个单元着重表现智者之间的较量，这是盟友之间在一定限度内的矛盾，与势不两立的敌对双方血腥厮杀大不相同，所以作者在多数场合都以轻松的笔调展开描写。如写鲁肃几度与诸葛亮交涉，颇有令

---

① 陈迩冬：《闲话三分》，浙江人民出版社1986年版，第44页。

人捧卷欲笑之妙……“二气”时诸葛亮命军士高喊“周郎妙计安天下，陪了夫人又折兵”，“三气”时刘备军大叫“活捉周瑜”，也都带有调侃的意味。这种格调，不仅与这一单元的内容合拍，而且夹在赤壁之战与渭南之战之间，也使全书的风格富有变化。

历史人物周瑜在《三国演义》“变形”中，被塑造成文学典型。

周瑜形象在传统文化内蕴中的多元化、人性化

周瑜这个历史文化名人在一千八百年的历史长河中所产生的名人效应，在社会的不同层面形成多元化。

一是官方文化。历史学家以及政治人物对周瑜的共识，就是杰出的政治家、军事家。最有代表性的就是《三国志》的作者陈寿，他为周瑜作传，评价周瑜：赤壁之战中“衔命出征，身当矢石，尽节用命，视死如归。故能摧曹操于乌林，走曹仁于郢都，扬国威德，华夏是震”。身负重伤与曹仁争夺南郡，“瑜亲跨马擽陈，会流矢中右肋，疮甚，便还。后仁闻瑜卧未起，勒兵就陈。瑜乃自兴，案行军营，激扬吏士，仁由是遂退”。他“建独断之明出众人之表，实奇才也”。[①] 后代史学家多遵循陈寿之论的定评，唐代颜真卿向唐德宗建议，追封古代名将六十四人，周瑜在其中之列。北宋为古代名将设庙，周瑜亦在其列。还进入《十七史百将传》。元明清代史学家、政治家都肯定周瑜的历史地位。

二是士大夫文人圈。周瑜一表人才，风流倜傥，又“少精意于音乐。虽三爵之后，其有阙误。瑜必知之，知之必顾，故时人谣曰：‘曲有误，周郎顾。’”[②] 也就是说在周瑜身上集中了人生最美好最得意的事情，青年得志，功名、才华、娇妻，集于一身。这正是苏东坡艳羡周瑜的根本之处。苏东坡还特别点出江南美女“小乔”嫁给了周瑜。中国士大夫的生活情

① 陈寿：《三国志》，中华书局 1959 年版，第 1263—1281 页。

② 陈寿：《三国志》，中华书局 1959 年版，第 1265 页。

趣、人性欲望往往在建功立业所掩盖下，心灵深处除了热衷政治，建功立业而外，还流露出人性的欲求，往往以有娇妻美妾为最大的满足。中国的士大夫一向把年轻有为、建功立业、娇妻美妾，看作人生最得意的事情。历史上多少人为此付出了一生的心血和代价，只得其一二，很难三全其美。周瑜不仅做到了，而且是短暂的一生就做到了，如此完美，令多少人可望而不可即。

三是民间文化。元、明、清时代随着城市的繁华和市民阶层的扩大，俗文艺不断蓬勃，杂剧“三国戏”、小说“说三分”应运而生。他们往往以这种文艺形式赏心悦目，以史料为由头，虚构故事，制造喜剧效果，并不严格史料的真实。“三气周瑜”就有这种喜剧的因素更适合民间文化。体现出民间文化的最大特点是人性化的名人效应。三国的名人，有的被神化，比如关羽，被历代统治者抬到至高无上的地步，连芸芸众生也向隅[①]膜拜，求神佛似的。有的被贬低丑化，如曹操，自宋代以降，成了白脸奸臣的典型，直到当代才在“为曹操翻案”声浪中，恢复了平头正脸。即使和周瑜斗智斗勇的诸葛亮，也被脸上贴金，不断神化而近妖，失去了人性。总之，他们的人格系统都是以伦理价值为坐标。而周瑜却不同，不管是政治领域、士大夫阶层，还是世俗阶层对周瑜的认识有什么分歧，说他是杰出的军事家、说他人生得意、说他心胸狭窄，都把他看作一个活生生的人，是一个人应有的素质和心理。这种人性化的名人效应使周瑜的形象千秋常青。这个事实本身就耐人寻味，为什么自古以来名人鼓噪一时的很多，而像周瑜依旧活在人们的心里的却很少，一个根本的原因是人性化的名人效应。

周瑜形象在官方文化、民间文化的共鸣，靠的不仅仅是流播广泛的三国故事、三国戏剧、三国说唱，更重要的是周瑜现象凝缩了千百年中国传统文化的内涵，即官本位的封建社会里人性的欲求总是被社会现实所挤压，良臣贤将永远是君权下的统御的工具。苏东坡的感叹，更反衬周瑜是千古难寻的一个典型。从历史社会现实而论，韩愈所说的“千里马常有，而伯

---

① 向隅，即面对着屋子的一个角落。

乐不常有。故虽有名马，祇辱于奴隶人之手，骈死于槽枥之间，不以千里称也”，是普遍的社会现象。民谣所揭示的“狡兔死，走狗烹；飞鸟尽，良弓藏；敌国破，谋臣亡”也是带有普遍性的历史现象。因此，理想与现实尖锐的冲突在不同阶层不同地位人的心理上的反映，从某种意义上说，更能引发人们的追问。这一直是封建社会和政治的重要内容，乃至在现代社会仍具有不可忽视的意义。人们从政治学、社会学、人才学等各个角度，都可以从周瑜身上读出有意味的东西，正因如此，周瑜形象才流芳千古，家喻户晓，脍炙人口。

貂蝉在《三国演义》整体叙事结构中的功能

长期以来，人们执着一种传统的人物分析法，常常离开人物性格之间有机的整体结构，进行单个人性格分析，不仅很难准确地把握单个人物的性格内涵，而且势必影响对整部作品艺术魅力的开掘，特别是对性格结构偏小的过场人物的研究，偏颇就更为明显了。过场人物在小说家的叙事构思中，其着眼点不仅在过场人物的性格特征上，而且在为全书的叙事结构、发展脉络、主题蕴含等方面发挥的艺术功能上。

学术界对《三国演义》貂蝉这位颇具艺术魅力的过场人物评价意见，多有相左。一种认为她是一个富有自我牺牲精神的人物，是一个值得称道的妇女形象；另一种认为她不过是政治谋略的牺牲品。这两种看法失之偏颇的一个重要原因，是囿于长期以来单一化的文学社会化批评的模式，离开了貂蝉所处的群体性格结构，孤立地把她当作一个观念化的人物来认识。因此，如何认识性格结构中某一人物的整体功能，才是我们分析单个人物性格的关键之所在。《三国演义》人物塑造的成功，不仅是那些主要人物刻画得神采丰腴，有口皆碑，次要人物秉性各异，栩栩如生，而且过场人物也像生命的一个器官一样，虽小却起着不能取代的作用，在整个叙事结构中显示其社会和美学价值。所以，从过场人物这一视角认识《三国演义》人物形象在性格结构中的整体功能具有重要意义。

貂蝉性格结构既有个性特征又有系统质的表现

《三国演义》中的过场人物多数是刻画得极其成功的。如带有传奇色彩的巾帼女性貂蝉，迂腐而自信的蒋干，恃才骄狂、目空一切的祢衡，聪颖过人而又有胆识的西川奇才张松，深明大义而又刚直壮烈的陈宫，聪明反被聪明误的才子杨修等，他们无论是在整个性格结构中，还是在性格子系统中，不仅具有迥异于旁人的独特个性，同时还具有其所属的性格结构的系统质。

何谓系统质？系统质是怎么形成的呢？我们为什么在探讨过场人物发挥整体功能时要首先认识系统质？系统质是人物形象在性格结构系统的全面联系中产生的，是“体系被个人所吸收”之后而形成的。就是说，在一部成功的文学作品的性格结构中，每个人物都以自己独特的思维方式、生活方式造就着自己，表现着自己。这种个性化“活法”越独特，也就越有性格。众多人物的个性化运动的综合，就构成了性格结构的社会化运动。正如恩格斯在 1890 年 9 月 21—22 日致约·布洛赫的信中论述的：

> 历史是这样创造的：最终的结果总是从许多单个的意志的相互冲突中产生出来的，而其中每一个意志，又是由于许多特殊的生活条件，才成为它所成为的那样。这样就有无数互相交错的力量，有无数个力的平行四边形，而由此就产生一个总的结果，即历史事变……①

这种性格结构社会化运动反过来又对性格个性化运动有着制约、影响和决定作用。在性格结构中，众多的人物之间存在着千丝万缕、形形色色的复杂关系。不论是作为外在的强制力量，如政治、法律、领属、暴力等，迫使个性化的人物被迫改变自己的意志和运动方向，纳入社会化的运动轨道中，还是千百年来亿万群众形成的传统习惯势力，即潜意识、潜能力，潜移默化地渗透着、裹挟着个性化人物的思想意识，把社会化运动自觉地

① 《马克思恩格斯选集（第四卷）》，人民出版社 1972 年版，第 478 页。

内化为自己的行为，都程度不同地、形式不同地表现出“体系被个人所吸收”，此即我们所指的系统质。

一种是人物的“单个的意志”，即人物性格的个性化运动；另一种是社会的“总的合力”，即性格结构的社会化运动。两种力量互为冲撞，互为作用，互为转化，形成一种整合运动。

这是极其复杂的，对于不同社会地位、不同文化教养、不同生活经历的人，会呈现出千姿百态的独特形态。具体到人物性格的发展过程中，就会表现为个性化的曲线波动，而这正是小说家苦心捕捉反映一定社会深层本质的人物的独特性格历程。这也是人物形象所表现出的系统质的形成过程。一般来说，主要人物性格的系统质要比过场人物性格的系统质容易捕捉，因为小说家对前者的性格塑造是“泼墨”，极其详尽地展示典型环境中典型性格，而对后者的性格塑造是“点缀”，能够在整个群体性格结构中恰到好处地起到作用就可以了，所以捕捉他们性格中的系统质就比较困难些。

《三国演义》第八回虚构了一个小人物貂蝉。在连环计中灭掉董卓起到了重要的作用，成为脍炙人口的篇章。“貂蝉”二字，原是东汉后宫内一个低级的女官名称，并非人名。小说家借此名字虚构了一个有声有色的故事。流传很广，影响很大。许多人考证貂蝉在三国时代是否实有其人。其实这并不重要，重要的是《三国演义》经典化叙事重塑的这个小说人物十分成功，在貂蝉的身上既有性格，又有时代的折光。

封建社会，妇女不论处在社会的哪个次层，总是作为一种社会生活的附属地位出现。吴蜀荆州之争中的牺牲品孙权之妹孙夫人；吕布和袁术相勾结的“人质”，即以联姻出现的吕布之女；成为曹操官渡之战的战利品之一的袁绍儿媳甄氏……但貂蝉却不同于她们。她非但不是作为附属品泯灭在政治的旋涡之后，相反却是出于己愿，主动要求参与讨伐董卓的斗争中，表现出不同一般妇女的主动性和责任感。

董卓把持朝政，自号尚父，欺上罔下，残杀无辜，涂炭生民，危及汉室，阴谋篡权。朝中许多大臣虽心忧如焚，却无计可施。司徒王允也为此事连日叹息，坐不安席。一日在后花园仰天垂泪，“忽闻有人在牡丹亭畔，长吁短叹。允潜步窥之，乃府中歌妓貂蝉也”。当王允问到情由，她直言答道：“妾蒙大人恩养，训习歌舞，优礼相待，妾虽粉身碎骨，莫报万一。近见大人两眉愁锁，必有国家大事，又不敢问。今晚又见行坐不安，因此长叹。不想为大人窥见。倘有用妾之处，万死不辞！”开口出语，就气度不凡。没有一点脂粉气，倒有一派巾帼英雄的气概，其心中激荡着赴汤蹈火的豪情英气。她从王允的愁眉锁骨之间，看出其心中的隐情，可见其有心计；她能急他人之急，忧他人之忧，以身相助，可见其有肝胆。这种有心计有肝胆的侠义性格形成了貂蝉的个性。

貂蝉的性格

亚里士多德说：“如果明白表示某种抉择，人物就有性格。”但这种人物个性形成的心理机制是什么呢？我们知道，对于这一点开掘得越深邃，越典型，越能显示出人物灵魂深处的真实和社会历史的真实，也就是单个人物形象的“系统质”。貂蝉一出场就向读者显现出她明白的抉择，看到其有性格，但小说家却没有着力刻画这一过场人物的内心世界。我们只能通过小说家对其外在言行举止的描写，间接地领略人物内心世界披露出来的东西，分析其表现出的“系统质”。

人物性格所带有的系统质表现，乃是一种社会心理现象。它的形成及变化都有着自身的规律。一般来说，对个人心理、行为的性质具有决定性影响的乃是社会宏观环境，但表现却要通过微观环境的“三棱镜”来折射。离开微观环境这个中介环节，就无法窥视宏观环境的影响渗透到个人的意识中去。我们先来看一看貂蝉当时所处的宏观社会环境：

东汉末年，皇权旁落，朝廷不是被宦官把持，便是被外戚操纵。在地方的各个地主阶级的武装割据势力反对宦官、外戚擅权专政的斗争中，董卓乘机进京，借保驾之名，行谋篡之实。董卓的倒行逆施，引起了朝野上下的怨怒，直至武装讨伐。如《三国演义》的几处描写：

董卓进京后不久，便废立国君，企图挟天子号令天下。一日大排宴席，遍请公卿。席间董卓提出欲废少帝，首先遭到荆州刺史丁原[①]的反对。董卓于是收买了丁原义子吕布，将其杀害。

董卓废少帝，立陈留王。又遭尚书丁管的怒斥，董卓命武士将其斩之。袁绍反董卓，愤而出走，奔冀州去了。越骑校尉伍孚见董卓残暴，愤恨不平，欲刺杀董卓未遂，被剐致死。曹操行刺董卓又未遂，出奔。

曹操在家乡举义，联络十八路诸侯会盟讨董卓。并公推袁绍为盟主，声势浩大地聚合义兵，共伐逆贼。

上述大大小小反对穷凶极恶的大军阀董卓的斗争，时间之长，地域之广，在东汉末年可以说是较大的政治事件。它对当时朝野上下的波及和影响是极大的，这是宏观的影响。直接作用于貂蝉心理和行为的，还是微观环境，即东汉朝廷的王司徒府。王允尽管面对董卓敢怒不敢言，侧目而视，但他却串联于背后，策划于密室。长期生活在王允府中的貂蝉善于察言观色，又颇有心计，耳濡目染，略有所知。不然，她何能于主人的愁眉锁骨之间洞察出国家大事来呢？貂蝉出于报恩的动机和情感，而主动恳请参与王允诛杀董卓的斗争。这便使她身上也带有了反董卓政治斗争的系统质。

事实上，貂蝉这个过场人物在《三国演义》中只闪现一时，但她同其他人物本质上是一样的，都是个性中蕴含着系统质，统一在一个活生生的人身上，因而才能再现一定历史阶段社会生活中人与人的关系。貂蝉报恩是一种小生产者的观念，即“士为知己者死”。这是封建社会私有制下小农经济的产物，如济困扶危，患难相助，祸福与共。这在劳动人民之间，是有其进步性的。但由于他们之间都是以个人恩怨、个人利益为基础的，因而就很容易被统治阶级所利用，演变为舍身报主的性质。王允见貂蝉“年方二八，色伎俱佳”，不禁惊叹“汉天下却在汝手中矣”，于是，将她先许给吕布，后又献董卓，让她从中挑拨，借吕布之手，杀董卓之头。由此

① 此处荆州乃并州的误写。

可知，貂蝉的报恩思想的本身并不闪光，闪光的是她在除董的连环计中出色地扮演了灭奸的角色，客观效果是正义的；闪光的是她在这复杂的人际关系中展现出了超人的机智和惊人的胆略。她不是依人眼色欢歌卖笑的世俗女子，而是有心计、有个性的侠女。

貂蝉身上带有的系统质，在其内在的艺术生命中跳动着、流贯着，这就是说，一方面以王允为代表的人物结构社会化影响和制约着貂蝉的外在行动和内心活动；另一方面，这种人物结构的社会化还不断地内化为新的有机组成部分，丰富和发展着貂蝉已经形成的个性。这一点，貂蝉在连环计中出色的表演便是有力的证明。

貂蝉的智斗

当王允把貂蝉送进董卓相府以后，如何充当好这个角色，应该做什么，不应该做什么，全靠貂蝉自己把握，但其言行举止无不受着消灭董卓这个使命对此角色的制约，并转化为其个性化的内在动力。她于董卓是作为妾的角色，必须取悦于董卓，欢心于董卓，紧紧抓住董卓，使之迷恋于己，倾心于己；她于吕布是作为情人的角色，必须情系吕布，勾引吕布，紧紧钳住吕布，使之迷恋于己，倾心于己。这样才能将两条色狼拴在一条绳子上，为争女色，互相残害。为达此目的，貂蝉时而缠绵，时而刚烈，不论什么样的面孔都是其性格的表象，而在表象背后，正是她心术的施展。

先看连环计的第一个回合，《三国演义》第八回貂蝉挑动董卓与吕布之间的矛盾冲突。董卓将貂蝉带回相府的第二天清晨，貂蝉在窗下梳头，从窗外池中倒影看见吕布。知他一大早奔来，必为己事，于是她“故蹙双眉，做忧愁不乐之态，复以香罗频拭眼泪”，果然，吕布心领神会，好色之心蠢蠢欲动。过了一会儿，又“偷目窃望”，貂蝉“往来观觑，微露半面，以目送情”，貂蝉的情态使吕布“神魂飘荡”。貂蝉的情态是极有分寸的。她孤胆只身，深入狼窝，靠的只是自己的才智和决断。在对周围的人事关系尚不熟悉，特别是还没有摸准董卓和吕布心理时，举止要适中。既不能显露过分，又不失勾引吕布的机会。王允曾把貂蝉许诺于吕布，吕布心知肚明，所以貂蝉此时“犹抱琵琶半遮面”的情态，能使吕布欲火升腾。

过了月余，一天“吕布入内问安，正值卓睡。貂蝉于床后探半身望布，以手指心，又以手指董卓，挥泪不止。布心如碎”。貂蝉在已取得董卓的欢心和信赖之后，才敢用暗示的手势向吕布表明心迹，对吕布感情的吐露较前明朗得多。貂蝉虽未吐只言片语，而传达的情愫，却撩拨得吕布急不可耐，欲火烧身，心生嫉恨。董卓发现吕布窥视貂蝉，也“大怒，叱布曰：‘汝敢戏吾爱姬耶！’唤左右逐出：‘今后不许入堂！’吕布怒恨而归”。吕布对貂蝉的情欲虽盛，但他也惧怕董卓几分，不敢有公开的举动，只想暗中偷欢。当董卓对吕布“赐于金帛，好言慰之”以后，吕布的贪财之心一时又抑制住了好色之情。貂蝉在这种情况下，不得不向吕布再次展开攻心术，引他就范情网，与董卓反目为仇。

“凤仪亭”这一幕是第二个回合的斗争。貂蝉约吕布到后花园凤仪亭相见，足见貂蝉的心计。后花园是董府的内帏之地，吕布私自闯入，纵使他有千张嘴，一旦被董卓发现，也讲不清。而貂蝉却把主动权握在了自己的手中，正如事发后，当董卓质问她时，她便以后花园被吕布相逼为由，很巧妙地掩饰过去了。从相约的时间来看，貂蝉“良久”而来，故意延宕时间，让董草回府后能够撞见，以便正面激化二人的矛盾。从貂蝉对吕布的情态来看，一反不即不离之态，一见面便向吕布哭诉道：虽遭董卓“淫污”不即死，只因未与将军一诀，“今幸得见”，“愿死于君前，以明妾志”。说着，便要投水自尽。这突如其来的情语如瀑布一般倾泻，为情而殉身的动作似闪电一般地出现，顿时震慑住了吕布。他马上向貂蝉表白衷肠：“我知汝心久矣！”“我今生不能以汝为妻，非英雄也！”转念一想，又恐老贼撞见，便急欲抽身。貂蝉哪里肯放过这样的机会，忙“牵其衣曰：‘君如此惧怕老贼，妾身无见天日之期矣！’”语如刀锋，步步相逼。“妾在深闺，闻将军之名，如雷灌耳，以为当世一人而已，谁想反受他人之制乎！”讥诮之语，吕布闻之，羞愧满面，只好回身搂抱貂蝉，好言慰之，依依难舍。一个陷在情网之中，一个等待杀伐之机。正在此时，董卓入后园，见此情景，勃然大怒，“掷戟刺布”，使矛盾骤然白热化。

第三个回合的斗争是第九回离间董卓与李儒。“大闹凤仪亭”后谋臣李儒闻之，马上赶来向董卓进见。他援引历史之鉴，陈说利害之弊，一番劝说，使董卓冷静下来。其实，董卓也惧怕吕布三分，“深恐小不忍则乱大谋”。于是，同意按李儒之见，将貂蝉送给吕布，以收其心。眼看两牛相斗，就要拼杀，忽然一牛又掉头回去。貂蝉不得不再次在董卓与吕布之间拨弄裂痕，煽起情火，将其赶入角斗场。貂蝉听说董卓将其许给吕布，先是“大惊”，接着“哭曰：‘妾身已事贵人，今忽欲下赐家奴，妾宁死不辱！’遂掣壁间宝剑欲自刎”。吓得董卓“夺剑拥抱曰：‘吾戏汝！’”老贼又落入情网而不能自拔。貂蝉进而“倒于卓怀，掩面大哭曰：‘此必李儒之计也！儒与布交厚，故设此计，却不顾惜太师体面与贱妾性命。妾当生噬其肉！’”她一面假作自刎，表白誓死钟情于董卓，稳住老贼之心；一面又借“不顾惜太师体面”为由，离间董卓与李儒的关系，使后来李儒进言再也不能奏效。真是内帏娇嗔之言胜于庙堂堂皇之举，终于把董卓与吕布推向了决斗场，为王允谋划的“连环计”最后消灭董卓铺设了道路。

从上面三个回合的斗争，可以清楚地看出：

第一，人物性格都是个性与系统质有机的统一。貂蝉身上带有的性格结构的系统质，不是贴在身上的东西，而是貂蝉与王允、董卓、吕布这些人物错综复杂的社会联系中表现出来的，是当时的特定社会环境对人物的心理和行为的影响而内化为人物的有机组成部分，转化为人物个性化举动表现出来的，并流贯在人物的艺术生命之中。

第二，貂蝉身上带有的系统质，是其所属的人物结构社会化赋予她的。那些具有同样系统质的大大小小人物会集一处，有机融合，就形成了《三国演义》叙事的社会现实，即中小士族地主阶级政治集团和非士族人士联合起来，反对大士族地主阶级政治集团的斗争，集中表现在讨伐董卓事件上，这便是当时的社会本质。

第三，仅从一个过场人物貂蝉身上就可以看出，这种带有系统质的人物性格，比之游离于社会化群体人物结构之外孤立的人物性格，其蕴含的生活内容与社会意义要深厚得多。同是一个貂蝉，到了“白门楼吕布殒命”这一回，当时曹操率大军把吕布围在下邳。陈宫建议：吕布在城外打，他在城内守，互相呼应。貂蝉不肯，“将军与妾作主，勿轻身自出”。“布于是终日不出，只同严氏、貂蝉饮酒解闷”，结果城破，吕布被俘，白门楼结束一生。从这件事不但貂蝉闪光的性格一点也看不到，相反却一副十足的平庸气。有人说这不符合貂蝉性格的发展逻辑。其实不然，这时的貂蝉身上已看不到系统质的东西了，这才是关键。当然也不排除小说家后来没有把她设计在典型环境中，对她使用的笔墨很少，也有很大的关系。正是从这个意义上，可以说人物性格带不带有系统质，正是其能不能发挥整体功能的一个重要标志。社会化群体性格结构中的一个过场人物身上表现出来的系统质，可以让我们看到那一社会团体的群情，嗅到那一历史时代的气息，认识那一社会生活的本质。这就是我们为什么首先要认识性格结构中过场人物身上带有系统质的目的。

群体人物性格的有机结构决定过场人物的功能和价值

过场人物在群体人物性格结构中整体功能的发挥，不仅仅取决于它的组成要素——系统质，更重要的是取决于它的组合方式，取决于结构内部各个人物之间的联系方式。也就是对群体人物结构中各个人物之间的不同的安排和组合，可以使结构中的人物发挥的功能大不一样。因此说，群体人物的有机结构是产生整体功能的内在依据。

同是过场人物，由于他们分别处于不同层次的不同的人物结构中，所以，发挥的整体功能的作用也就不尽相同。有的过场人物，能够在自己的个性形态中，折射出主要人物的某些性格特征；有的则在情节发展上或推波助澜，或穿针引线；还有的不仅烘托主要人物的性格特征，而且在情节发展上、叙事脉络的贯穿上都能起到作用。他们虽然是在不同层次、不同结构上，但都能或大或小，或强或弱地在整体功能上发挥作用。如果我们把一个过场人物放到群体人物结构中，考察其所发挥的整体功能的大小，那么，首先应当认识和判断这一过场人物处在何种层次的叙事结构中。抓住结构关系和地位这一内在的依据，才能准确地把握其功能作用。换句话说，群体人物系统的有机结构决定着过场人物发挥整体功能的作用和价值的大小和强弱。

（1）袁绍麾下的谋士田丰和许攸

曹魏集团群体结构和袁绍集团群体结构在《三国演义》整个性格结构中的地位是不同的。《三国演义》全书所反映的社会现实，依照叙事情节划分，袁绍集团和曹魏集团虽同属豪强系列，但袁绍集团只占全书叙事结构的二十七个章回，而曹魏集团则占全书叙事结构的一百多个章回，二者地位是非常悬殊的。袁绍集团只是曹魏集团统一北方的战争中没落的一个军阀集团，而曹魏集团则是三足鼎立的历史推动力量，它们在全书中的地位是大不同的，这就决定了其群体结构中的单个人物对整体功能的作用和价值的不同。同是在官渡之战中出现的两个过场人物许攸和田丰，由于处在两个地位不同的性格结构中，因而发挥的整体功能的作用就大小悬殊甚异。

在群雄逐鹿、军阀混战的北方，袁绍据有四州之地，数十万大军，帐下谋士如云，战将林立，成为北方势力最大的军阀集团。昔日，袁绍身边的荀彧、郭嘉、田丰、许攸、沮授等，都是那个时代有名的谋士，但由于袁绍“外宽内忌”，不能积极采纳他们的良策，致使他们不少人心灰意冷，终于走上了弃袁投曹的道路，如许攸。即使有几个忠心不变的人，到头来也都成了袁绍的刀下鬼，如田丰、沮授。作为过场人物的许攸和田丰的过去都处在一个层次的有机结构，即袁绍集团群体性格结构中。后来，许攸投奔曹操，就改变了自己所处的群体性格结构，所发挥的作用和价值与田丰就大大不同了。

袁绍兴兵伐曹，揭开了官渡之战的序幕。在袁绍集团的谋士中，有的主战，有的反对。谋士田丰曰：“兵起连年，百姓疲弊，仓廪无积，不可复兴大军。”袁绍未采纳反对派意见，执意出兵。由于这次袁绍兴兵讨伐曹操失策，进军不利，只好退军河北。这时曹操乘机举兵征伐刘备，许都兵力空虚。田丰极力劝袁绍再次起兵，攻打曹操。袁绍却以儿子有病，“心中恍惚，恐有不利”为由，拒不采纳田丰的正确建议。为此，急得田丰不禁以杖击地叹曰：“遭此难遇之时，乃以婴儿之病，失此机会！大事去矣，可痛惜哉！”但当曹操击败刘备后，回师许都，袁绍却要出兵。田丰认为形势不利，阻谏袁绍：“前操攻徐州，许都空虚，不及此时进兵。今徐州已破，操兵方锐，未可轻敌。不如以久持之，待其有隙而后可动也。”袁绍未采纳其忠言，田丰又谏。“绍怒曰：‘汝等弄文轻武，使我失大义！’田丰顿首曰：‘若不听臣良言，出师不利。’绍大怒，欲斩之。”经人力劝，乃囚禁田丰于狱中。

袁绍官渡兵败，还军冀州。一次夜宿荒山。袁绍“于帐中闻远远有哭声，遂私往听之。却是败军相聚，诉说丧兄失弟、弃伴亡亲之苦，各各捶胸大哭，皆曰：‘若听田丰之言，我等怎遭此祸！’绍大悔曰：‘吾不听田丰之言，兵败将亡。今回去，有何面目见之耶！’”（第三十一回）第二天，逢纪向袁绍进谗言说：“丰在狱中闻主公兵败，抚掌大笑曰：‘果不出吾之料！’”此话激怒了袁绍，遂生杀田丰之念。《三国演义》第三十一回对“田丰之死”是这样描写的：

> 却说田丰在狱中，一日，狱吏来见丰曰：“与别驾贺喜！”丰曰：“何喜可贺？”狱吏曰：“袁将军大败而回，君必见重矣。”丰笑曰：“吾今死矣！”狱吏问曰：“人皆为君喜，君何言死也？”丰曰：“袁将军外宽而内忌，不念忠诚。若胜而喜，犹能赦我，今战败则羞，吾不望生矣。”狱使未信。忽使者赍剑至，传袁绍命，欲取田丰之首，狱吏方惊。丰曰：“吾固知必死也。”狱吏皆流泪。丰曰：“大丈夫生于天地间，不识其主而事之，是无智也！今日受死，夫何足惜！”乃自刎于狱中。

田丰这个过场人物始终在袁绍集团。从他的言行，特别是死前对袁绍性格弱点“外宽而内忌”的概括，正是田丰在袁绍集团整体功能上显示的作用。田丰说袁绍外宽内忌，这是对袁绍入木三分的认识，如果不是跟随袁绍多年，绝不会有如此深刻的看法。和田丰有相同的看法的，还有曾在袁绍手下的谋士郭嘉，在曹操第二次征讨张绣失败后，就对曹操说过“绍有十败”，其中一败就是“外宽内忌”。小说处处描写袁绍这一性格特征，主要揭示了当时北方最大的豪强，为什么一步一步走向失败，主要表现在三方面。

第一，外宽内忌，必然导致多谋少决，在战略上缺乏决断力，贻误战机。这对袁绍集团的统帅人物来说，是一个致命弱点。田丰在曹操与吕布鹬蚌相争，许都空虚时，极力劝谏袁绍出兵伐曹，而袁绍以儿子有病而拒之；在官渡之战相持阶段，许攸在曹军粮草已尽的情况下，献计派兵掩袭许昌，两路击之，袁绍拒不分兵。每每关键的时刻，由于袁绍多谋少决，往往失掉战机，这是袁绍性格弱点造成的。倘若袁绍把握时机，当机立断，那么，官渡之战谁胜谁败，真可谓“卷土重来未可知”！

第二，外宽内忌，必然会导致不信忠言，不用良才；轻信谗言，宠信小人。袁绍集团中的谋士忠奸俱在，而袁绍又不分良莠，没有主见。当袁绍得知乌巢粮草被劫持的消息时，错误地认为曹操大营必已空虚，决定攻取曹营，而部将张郃、高览极力劝阻，但奸臣郭图为了迎合主子袁绍，也力主“纵兵先击曹操之寨”。事实证明这个决策是错误的，张郃、高览攻打曹营失败，郭图害怕追究自己的责任，便跑到袁绍跟前，诬陷张、高二将“素有降曹之意，今遣击寨，故意不肯用力，以致损折士卒”，最后逼得二人双双投曹。再加上忠谏者田丰、沮授下狱，许攸投曹，袁绍集团人才的流失，使得他在与曹操军事力量对比的天平上失重了。可见，对一个统帅来讲，克敌制胜的关键并不仅仅在于自己如何勇猛过人，谋略超群，而在于集中良谋，使用良才，把握战略时机。袁绍的失策恰恰是在关键时刻不能用人。曹操在袁绍死后平定河北时，曾喟然长叹：“河北义士，何其如此之多也！可惜袁氏不能用！若能用，则吾安能正眼觑此地哉！”得士者昌，失士者亡，袁绍正是按照这个逻辑一步一步地自己走向灭亡的。

第三，外宽内忌，必然导致任人唯亲，搞家族王国，不能发挥群体的人才优势。袁绍有四州之地，自己和幼子袁尚领冀州，长子袁谭领青州，次子袁熙领幽州，外甥高干领并州。待袁绍死后，其子辈为争夺权势互相火并，给曹操造成可乘之机、分而治之的机会，很快这“四世三公”的名门望族就从内部瓦解了。不久，其子都成了刀下鬼。袁绍任人唯亲和曹操唯才是举，形成了鲜明的对照，袁绍代表了大士族没落的阶级意识。

再看过场人物许攸。

许攸是袁绍帐下的谋士，因为家里子侄犯法下狱，不为袁绍所重。反为其主所忌，终于被逼弃袁投曹。在曹操与袁绍官渡大战相持阶段最关键的时刻，他为曹操献策，起到了扭转整个战局的作用。因此说，许攸作为过场人物发挥的整体功能主要在此。《三国演义》第三十回从“许攸问粮”写起。曹操深夜听到许攸从袁绍营中过来，十分高兴，连鞋都来不及穿，“跣足出迎。遥见许攸，抚掌欢笑，携手共入，操先拜于地”。当曹操问许攸有何策略可破袁绍时：

攸曰：“公今军粮尚有几何？”操曰：“可支一年。”攸笑曰：“恐未必。”操曰：“有半年耳。”攸拂袖而起，趋步出帐曰：“吾以诚相投，而公见欺如是，岂吾所望哉！”操挽留曰：“子远勿嗔，尚容实诉，军中粮实可支三月耳。”攸笑曰：“世人皆言孟德奸雄，今果然也。”操亦笑曰：“岂不闻‘兵不厌诈’！”遂附耳低言曰：“军中止有此月之粮。”攸大声曰：“休瞒我！粮已尽矣！”操愕然曰：“何以知之？”攸乃出操与荀彧之书以示之曰：“此书何人所写？”操惊问曰：“何处得之？”攸以获使之事相告。

接着，许攸向曹操献计说：“袁绍军粮辎重，尽积乌巢，今拨淳于琼守把，琼嗜酒无备。公可选精兵，诈称袁将蒋奇领兵到彼护粮，乘间烧其粮草辎重，则绍军不三日将自乱矣。”曹操闻计大喜。许攸刚来投奔，张辽等部将对此都抱怀疑态度，劝曹操“未可轻信”，但丝毫没有动摇曹操采用许攸之计，这正表现了曹操的洞明时局，知己知彼的雄才大略。

许攸建议乌巢劫粮，曹操便马上意识到此举的分量。在两军相持时，采取釜底抽薪的方法，对于扭转战局最见成效，是震动全局的一举，是走活全盘棋的一着。曹操的眼力是来自他对敌我双方要害处的了如指掌。当时两军对峙于官渡，袁绍人多粮足，兵力数倍于曹军，处于明显的优势；而曹军尽管针锋相对，巧妙进行防御，然军粮将尽，士卒疲乏，后方又不安定。面对紧张的形势，曹操不得不忧虑起来。“意欲弃官渡退回许昌，迟疑未决，乃作书遣人赴许昌问荀彧。”荀彧给曹操复信中冷静地分析道：官渡是许都的门户，在曹军“以至弱当至强”的形势下，如果后撤，必为袁绍所乘，一退而不可收拾。“情见势竭，必将有变。此用奇之时，断不可失。”他断定，曹军以劣势兵力阻止敌人数月之久，虽然已经很困难了，但可以肯定，袁绍的情况更困难，相持的局面很快就会发生变化，出奇取胜的良机就要到来。曹操看信后，茅塞顿开，他传令所有的将士“效力死守”。

那么，敌我双方处在对峙的战场上，何处是引起战局转化的关键节点呢？这就看谁有战略眼光了。许攸投曹前，曾经搜得曹操催粮使者的书信，便赶忙见袁绍，并为其献计曰：“曹操屯军官渡，与我相持已久，许昌必空虚。若分一军星夜掩袭许昌，则许昌可拔，而操可擒也。今操粮草已尽，正可乘此机会，两路击之。”袁绍不听，反将许攸斥责：“滥行匹夫！尚有面目于吾前献计耶！汝与曹操有旧，想今亦受他财贿，为他作奸细，啜赚吾军耳！本当斩首，今权且寄头在项！可速退出，今后不许相见！”（第三十回）许攸退出去，羞惭愤恨之情，难以诉说，几欲自尽。在走投无路的境况下投曹，就出现了“许攸问粮”这一生动细节。许攸献计，袁绍拒之，曹操纳之。而且袁绍拒的是自己的臣子，曹操纳的是新降的谋士。相形之下，一里一外，袁、曹二人的战略眼光之差有多么大！同是一个许攸，在袁绍帐下才无所展，到曹操军中却建奇功。这一方面是袁绍没有战略眼光看到许攸献计的要害之处，把曹操的书信这么重要的信息却视而不见。

另一方面是袁绍器量狭小，他斥责许攸，而且知道他“与曹操有旧”，又不防小人突变。而曹操却不然，紧紧地把握住了这个机遇，促成官渡之战的转机。

许攸和田丰这两个过场人物，都是才智出众的谋士，小说家对他们的刻画所费笔墨也差不多，为什么他们各自所显示的整体功能却十分悬殊呢？这正是由于他们所处的群体有机结构的不同而决定的。田丰只在袁绍集团性格结构中运作，其言、其行、其死，只折射出袁绍集团这个统帅人物的外宽内忌，用人不专，刚愎自用，气量褊狭。何况田丰出场时间短，仅在官渡之战中一两次。许攸横跨袁绍集团和曹操集团两个群体结构中，其活动的叙事空间要比田丰大得多，从许攸身上，对比地刻画出袁绍和曹操的不同性格特征，揭示出官渡之战袁败曹胜的要素。在个人器识上，袁绍不能与曹操匹敌。曹操对袁绍的弱点十分清楚，说：“吾知绍之为人，志大而智小，色厉而胆薄，忌克而少威，兵多而分画不明，将骄而政令不一。”又说：“虽有大志，而见事迟。”（《三国志·魏书·武帝纪》）[①]陈寿说：“绍外宽雅，有局度，忧喜不形于色，而内多忌害。”（《三国志·魏书·董二袁刘传》）[②]而曹操雄才大略，慧眼卓识，既能听取他人良策，自己又精通兵法，待战机，出奇兵，以少胜多，取得了中国历史上辉煌的官渡大捷，为扫除群雄，统一北方，开创了曹魏基业的新格局。

另外，许攸和田丰在群体结构中被组合的方式不同，田丰空有才智，无人问津；许攸其智，放射在袁绍和曹魏两个性格结构的势力消长的转折点——官渡之战相持阶段，为曹出奇谋、献奇策、建奇功，这一举手投足，牵动了全局、震动了全局、走活了全局。群体结构中过场人物与其他人物之间联系的方式不同，在叙事结构中排列组合不同，就使其发挥的功能不同。这宛如金刚和石墨，它们虽然都是由碳原子组成，但是由于碳原子的结合方式不同，因而它们的性质也就截然不同。许攸和田丰这两个过场人

① 陈寿：《三国志》，中华书局1959年版，第17—18页。

② 陈寿：《三国志》，中华书局1959年版，第201页。

物发挥作用的大小，不仅取决于他们身上都具有系统质，而且取决于群体结构内部各个要素之间的排列组合。因此说，过场人物越是处在线索复杂，层面交叉，排列合理的群体性格结构之中，其发挥的整体功能也就越大。

（2）过场人物的性格在群体结构中发挥整体功能的表现方式

前面我们从过场人物的自身方面，论述了其在群体性格结构中发挥整体功能的基本因素——系统质；又从过场人物与群体结构之间的关系方面，论述了决定过场人物发挥整体功能的内在根据——群体有机结构中各要素之间的联系和排列组合的方式；之后，需要进一步分析的则是过场人物在群体结构中发挥整体功能的表现方式。

过场人物发挥整体功能的表现方式主要体现在两个范畴。一是叙事客体结构，即不同层次的群体结构之间，以及某一个群体结构里众多人物相互关系的形态；二是叙事主体结构，即小说家蕴含在群体结构之内的生命体验、独到认识和历史评价。凡过场人物的性格内蕴能在这两个范畴内产生撞击和反射，就会丰富文学作品的艺术表现的功能。黑格尔在《美学》第一卷里，通过对生命的有机体和无生命的堆积物的比较，把艺术作品这一特性讲得通俗而清晰：缺乏整体有机联系的石堆里，每块石头保持着自己的纯然独立性。从石堆里拿出一块石头，被拿出的石头性质上仍然是石头，发生变化的只是数量，功能却没有发生变化。有机体则不一样，从马的身体上砍下一条腿，这条腿虽然一时还不会发生外在形态上的巨变，但它已经不会奔跑、腾跃，不再具有生命力和以前具有的各种功能，质和量两个方面都发生了变化。它说明成功的文学作品中跃动着、流贯着内在的艺术生命，它的功能是整体性的。我们从叙事客体结构和叙事主体结构两方面分析，只是理论上便于说明，其实二者是形神统一，不可分离的。

以过场人物西蜀刘璋麾下的谋士张松为例。

先从过场人物张松在《三国演义》第六十回群体结构中发挥整体功能的客体结构方面谈起。当时，盘踞汉中的张鲁，常思侵犯西川。西川之主刘璋“心中大忧，急聚众官商议”。别驾张松自告奋勇，携带“金珠锦绮”

前往许都，欲结连曹操，兴兵打张鲁，以解西川之危。不料曹操傲睨得志，未给其礼遇；而张松也不卑躬谄媚，结果被“乱棒打出”。张松由许都转赴荆州，受到刘备的热情欢迎，破格礼遇，殷勤招待。他终于被刘备的盛情所感动，决心为刘备效命。

> 松辞去，玄德于十里长亭设宴送行。玄德举酒酌松曰：“甚荷大夫不外，留叙三日，今日相别，不知何时再得听教。”言罢，潸然泪下。张松自思：“玄德如此宽仁爱士，安可舍之？不如说之，令取西川。”乃言曰：“松亦思朝暮趋侍，恨未有便耳。松观荆州，东有孙权，常怀虎踞，北有曹操，每欲鲸吞，亦非可久恋之地也。”玄德曰：“故知如此，但未有安迹之所。”松曰：“益州险塞，沃野千里，民殷国富，智能之士，久慕皇叔之德。若起荆襄之众，长驱西指，霸业可成，汉室可兴矣。”玄德曰：“备安敢当此？刘益州亦帝室宗亲，恩泽布蜀中久矣。他人岂可得而动摇乎？”松曰：“某非卖主求荣，今遇明公，不敢不披沥肝胆。刘季玉虽有益州之地，禀性暗弱，不能任贤用能，加之张鲁在北，时思侵犯，人心离散，思得明主。……明公先取西川为基，然后北图汉中，收取中原，匡正天朝，名垂青史，功莫大焉。明公果有取西川之意，松愿施犬马之劳，以为内应。未知钧意若何？”……松于袖中取出一图，递与玄德曰：“松感明公盛德，敢献此图。但看此图，便知蜀中道路矣。”玄德略展视之，上面尽写着地理行程，远近阔狭，山川险要，府库钱粮，一一俱载明白。

“张松献图”之举，对促成三国鼎立的局面起到了不可低估的作用。在《三国演义》的群体结构中，张松既非战功卓著的武将，又非运筹帷幄的大臣，只不过是益州牧刘璋手下的一个别驾而已。从《三国演义》第五十九回张松出场到第六十二回被开刀问斩，其言其行仅散见在三个章回中，连正面描写带穿插交代，也不过千余字，是一个典型的过场人物。但他所展现的艺术功能在《三国演义》的叙事结构中、情节脉络上都是十分重要的。它既可以和第三十八回诸葛亮在隆中为刘备指出的建立霸业、复兴汉室的战略相吻合，又开启了第六十回至第六十五回刘备夺取西川的情节发展，把诸葛亮“隆中对策”的蓝图变为现实。张松在《三国演义》中发挥的整体功能之大，实在是过场人物中不可多得的一个。

诸葛亮在《隆中对》中，为刘备阐述了一整套关于建立霸业、复兴汉室的战略思想和战略方针，构成了《三国演义》描写三国的形成、鼎立的一条叙事结构线索，是诸葛亮自出山到病死五丈原毕生事业的既定路线。《隆中对》对汉末政治军事形势，主要是中原、江东、荆州、益州四个地区政治军事形势的分析。刘备正是按照这张蓝图起步的，当他借得荆州后，思取益州，窥视西川之心已昭然若揭。而益州在当时犹如群狼争食的肥肉，虎视眈眈者不乏其人，曹操已欲取汉中，而后威胁西川；孙权先图谋荆州，西窥巴蜀，竟长江所极，与曹操对峙；张鲁则欲取西川为本，拒曹称王。面对如此的局面，益州之主刘璋却胸无大志，无能偏安。早在曹操与刘备“酒论英雄”时，就说：“刘璋……乃守户之犬耳，何足为英雄？”就连刘璋手下的法正也认为：“益州天府之国，非治乱之主，不可居也。今刘季玉不能用贤，此业不久必属他人。”陈寿对刘璋评价：“璋才非人雄，而据土乱世，负乘致寇，自然之理，其见夺取，非不幸也。”（《三国志·蜀书·刘二牧传》）[①]可见，张松对刘备所讲的刘璋暗弱，不能任贤用能，人心离散，思得明主，并非卖主求荣的借口，而是符合实际的公允之论；是大势所趋，民心所向；是推动历史向前发展、主张变革的明智之举。张松这个过场人物身上折射出了历史潮流的趋向，代表了人才“择明主而事”的流向，对三国鼎立的最后形成有推波助澜之威，虽一发而有千钧之力。

“张松献图”之后，小说铺开了刘备夺取西川的情节：

刘璋请刘备入川，二人相会涪城；

① 陈寿：《三国志》，中华书局 1959 年版，第 870 页。

刘备为刘璋抗击张鲁，刘璋给刘备拨弱兵供粮少，刘备大怒；

刘备斩刘璋的守将杨怀、高沛，取涪关；

庞统在落凤坡殒命，诸葛亮入川，留关羽守荆州；

张飞巧夺巴蜀城；

马超大战葭萌关；

刘备自领益州牧。

整整六回书的情节，占全书对三国鼎立的叙事（第二十二回至第六十五回）的八分之一，占刘备开创自己的基业的叙事（第四十三回至第七十三回）的近五分之一。张松在全书叙事艺术和情节发展上发挥的作用，是从叙事客体结构方面展示其的整体功能。

下面再从叙事主体结构方面进一步分析。

“尊刘贬曹”是《三国演义》一书表现出的基本思想倾向，小说家从人物形象塑造、史料的选取和加工、叙事结构的设置，以及借用诗词进行评价和议论，点点滴滴都能渗透出这种倾向，特别是毛宗岗修改后的版本更加强了这一倾向的色彩。小说家主体意识在作品中的表现，可以称之为叙事主体结构。小说极尽渲染曹、刘对张松的不同态度，入情入理地反映了双方的智谋高下和战略得失，鲜明地显现出“尊刘贬曹”的思想倾向。

张松为使出川，主要是欲结曹操。企图借曹操兴兵战张鲁，以解刘璋之困。张松到达许都，正值曹操刚战胜马超，心骄气盛。曹操一见张松其貌不扬，那种礼贤下士的风度消失得无影无踪。第二天，曹操在西校场点军，盔甲鲜明，衣袍灿烂，金鼓震天，戈矛耀日，旌旗飘荡，人马腾空。曹操故意教张松去看，并盛气凌人地教训道：“吾视天下鼠辈犹草芥耳。大军到处，战无不胜，攻无不取，顺吾者生，逆吾者死。汝知之乎？”其骄横之态，不可一世。张松亦不亢不卑，针锋相对，惹怒曹操，最终将张松乱棒打出。而诸葛亮早在张松到许都就已派人打听张松的动向，当张松由许都转赴荆州，才行至郢州界口，便受到大将赵子龙的热情接待；来到荆州界首馆驿时，关云长又带领人马早已在门前恭候；当他到达荆州城下时，“玄德引着伏龙、凤雏”出城迎接。刘备对待张松与曹操的态度正相反，这使得刚在许都饱受曹操欺辱的张松受宠若惊，感激涕零。

曹操与刘备对张松的态度鲜明对立的描写，和“尊刘贬曹”的基本倾向是一致的，并具体体现在三个方面。

一是道德倾向。尊崇仁爱，贬斥残暴；尊崇忠义，贬斥奸诈。这是传统道德的精华，正反映了千百年来人民的意愿，选择王道人政，而不要霸道苛政。“士亦择君”常常表现出的意向，即使选择一个才略稍次的仁慈之主，也不愿跟从那种虽有雄才大略，却奸诈残忍的暴君。以徐庶、庞统、张松为代表的一批封建文人，都是持这样的道德选择。

二是心理倾向。人心向背往往取决于人们的心理倾向。中国历史上的知识分子，似乎都有点“吃软不吃硬”的怪脾气。你架子摆得愈高，他愈不买你的账；你愈讲价钱，他愈抬高价格。相反，你若敬他一尺，他就会敬你一丈。且人们往往有这样一种心理：求着贵，卖着贱；争之不足，让则有余；争求者难，推托者反能到手。试想假如刘备在荆州城外刚见到张松，第一句话就问如何才能取得西川，或者在酒席宴上，酒刚过三巡，便索要西川地图，那么刘备的形象必然会在张松心中黯然失色，陡然矮小起来，绝不会有“如此宽仁爱士”的好感。有政治眼光的统治者，常常主张“心服”之术，而弃“力服”之策。暴君恰恰不懂得这一点，而刘备则深知此中三昧。

三是历史评价。曹操未能统一天下，在其一生中有两次大的失误。一次是赤壁大战前曹操不待时机成熟，就急进南下，而葬送了大好的统一局势；再者曹操取汉中后，不趁吴蜀争南三郡之机继续进兵蜀中，此为一失。而张松恰恰在这关键的时刻出现在曹操面前，却不能为曹操所用。透视曹操一生的成败，可以看出曹操北定中原后，是其性格转化的一个界定，也是曹操英雄事业的顶点。他从此一步一步走向骄横和暴虐。昔日保持在身上的进取心日益衰退，“傲睨物表，自谓得志，不以天下为念，每日饮宴，无事少出，国政皆在相府商议”。当张松提醒他还有孙权、刘备、张鲁未灭，他大不高兴。当司马懿、刘晔进谏他不要错过取西川的良机，他却说：

“人若不知足，既得陇，复望蜀也。”东晋史学家习凿齿对曹操这一变化有过精辟的论述：“曹操暂自骄伐而天下三分，皆勤之于数十年之内而弃之于俯仰之顷，岂不惜乎！……故能有其富贵，保其功业，隆显当时，传福百世，何骄矜之有哉！君子是以知曹操之不能遂兼天下者也。”（《三国志·蜀书·刘二牧传》裴松之注引《汉晋春秋》）[①]此番评价可谓入木三分。想当年十八路诸侯讨董卓时，二袁因关羽地位低，要将他“乱棒打出”，正是曹操处在新兴的地主阶级军事集团网罗人才之时，他不拘地位高低，出身贵贱，从中调和，才使得关羽温酒斩华雄，有显露才能的机遇。如今还是这个曹操，竟因张松，“容貌丑陋，语言不逊”，而将张松“乱棒打出”，这与当年那个曹操相比，何其不同！

上面分析正是小说家在全书中所表现的认识、倾向和评价这一叙事主体结构，也是小说家一贯的基本思想倾向。张松这一过场人物的出现，能够体现小说家叙事主体的倾向，也就是说他在主体结构上发挥了整体功能。

上面我们从三个方面论述了过场人物在群体结构中的整体功能。任何一部成功的文学作品，它的社会化群体性格结构中的人物都具有整体功能，只不过表现的程度深浅不同，发挥的作用大小不一罢了。我们从过场人物身上分析这种整体功能，无疑就更具有说服力。因为过场人物在全书叙事结构中所处的地位，使得小说家不愿花费更多的笔墨，偏偏着墨不多，却能以点睛之笔而出传神之功效，其言语行动能触到全书的神经网络，牵一而动百。正是在这个意义上，德国诗人海涅在《论浪漫派》中指出：“在一切大作家的作品里面根本无所谓配角，每一个人物在它的地位上都是主角。”[②]小人物整体功能愈优愈大，愈能说明作品的有机结构愈真实，愈合理，愈是一部伟大的作品。这是检验作品的一个尺度，可以从这方面鉴定其艺术的魅力。《三国演义》历经数百年，不同的民族、不同的阶级、不同的时代的人们，都能雅俗共赏，其原因在这里不也可窥见一斑吗？！

---

① 陈寿：《三国志》裴松之注引《汉晋春秋》，中华书局 1959 年版，第 869 页。

② ［德］海涅著，商章孙等译：《海涅散文选》，新文艺出版社 1957 年版，第 59 页。

第八章

《三国演义》的战争叙事艺术

《三国演义》战争叙事的艺术成就，是任何一部中国古典小说都无法与其相伯仲的。尽管《水浒传》有智取生辰纲、三打祝家庄、攻打曾市头等光彩夺目的篇章，但从战争描写的规模以及系统性上与《三国演义》相比还是逊色的，何况那许多刀枪往来，毫无个性的描写，更不乏败笔。至于明清时期出现的《隋唐演义》《西汉通俗演义》《瓦岗寨》《杨家府演义》，尽管也有形式多样、颇为壮观的战争描写，但所取得的叙事艺术成就，远不能与《三国演义》同日而语。所以说，个中翘楚自然非《三国演义》莫属。

当我们掩卷沉思时，仿佛眼前出现硝烟弥漫，刀光剑影、腥风血雨、金戈铁马的古战场：两军对垒，剑拔弩张为之厮杀；运筹帷幄，奇策妙计，迭出不穷。《三国演义》之写战争，奇绝之处每每令人拍案叫绝！不难发现《三国演义》写了大大小小战争一百多场，林林总总武打四百多处，大到千军万马的战争，小到单打独斗的武打，事如网链，盘根错节，彼此联系，相互衔接，波澜起伏，谐调向前。既受历史发展逻辑的制约，毫无来之无由，去之无迹；又层出不穷地展现军事文学的精彩，魅力无穷。恩格斯说："当我们深思熟虑地考察自然界或人类历史或我们自己的精神活动的时候，首先呈现在我们眼前的，是一幅由种种联系和相互作用无穷无尽地交织起来的画面。"①《三国演义》的战争场面依据历史发展的脉络和整

① 《马克思恩格斯选集（第三卷）》，人民出版社 1972 年版，第 60 页。

个叙事结构的设计，既体现了三国历史的进程，又展现了历史人物典型性格的典型环境，充满了历史时代的情绪的战争叙事。

《三国演义》战争叙事的时空结构

《三国演义》战争叙事从形式特征着眼，其组合要素丰富多彩。有单纯型的单打独斗，如马战——三英战吕布，关羽过五关斩六将，赵云单骑救阿斗，甘宁百骑劫魏营；如火战——乌巢烧粮，火烧新野，破曹丕徐盛用火攻，烧藤甲七擒孟获；如水战——曹操冀州决漳河，关羽水淹七军，赵云截江救阿斗。有复合型的战争，如马战、步战、火战、水战互为交叉，攻城略地，马上厮杀，徒步肉搏，火助兵势，水壮军威。既有千军万马兵团作战大规模的全景，又有火攻水淹蔚为壮观场面的特写，色彩纷呈，惊心动魄。这些战争和武打的描写，不管是单纯型的，还是复合型的，从形式上很难看出它们之间本质的、必然的联系。所以，只能作为战争叙事形式的因素，但要分析其本质的必然的内在联系，那么必须研究它们之间的结构性，即在三国形成、确立、发展和瓦解的历史规律中，是按照什么样的秩序、地位和等级互相联系、互相作用在一起的，即战争叙事的时空结构。其特征如下。

第一，战争叙事时空的战略要地。

战争的结构性是依照对三国历史进程的时空阶段而划分，在认清这一审美特点的基础上，解析《三国演义》战争叙事结构，把每次战争或战役对三国历史形成和发展的影响作为视角点，去分析战争系统的结构性。从战略要地来看，主要是荆州、合肥和汉中。

战争对历史的影响有时是直接的，有时是间接的；有的是主要的，有的是次要的；有时是必然的，有时是偶然的，总之不同的联系对历史发展所起的作用是不相同的。直接作用于这一历史客观规律，起到历史发展里程碑的作用，形成历史中心事件，这是最高层次。荆州为三国接壤，且当时三国各占一部分，是三家争夺最激烈的战略要地，如赤壁之战、夷陵之战。其次是局部或外围发生的战争或战役，是从属于历史中心事件的，这又低一个层次。如魏与吴的合肥多次之争，魏与蜀的汉中之战。间接与历史中心事件相联系，或是酝酿和生成中心历史事件契机的战争，或是中心历史事件对未来波及而产生的战役，不管是黑云压城的先兆，还是回光返照的余波，这都是更低一个层次的。如此依照战争叙事结构之间的地位和等级的相互关系，还可以分出若干层次。不论哪个层次，它对上是要素，对下是系统，都具有相对性。

《三国演义》战争由官渡之战、赤壁之战、夷陵之战三次战争构成一条总脉络，沿着总脉络的时空地理推移，又形成不同的阶段。都是沿着叙事结构主线的脉搏跳动而展现的，每一次战争都是三国历史进程的一个重要标志。官渡之战——曹操统一北方；赤壁之战——开创天下三分；夷陵之战——鼎足之势逐渐瓦解。它们不仅像《三国演义》战争叙事结构的三根大梁，支撑着全书宏大的叙事框架，而且以这三次大战为历史进程的轴心，聚拢了一批大大小小的战争或战役，曹操战河南、灭诸侯一系列战争，推进到战河北、官渡之战。赤壁之战后的汉中大战、襄樊战争、偷袭荆州又形成一系列战争。这些都是三大战争各自的子系统。在这些子系统里又分出了许多层次的战争或战役。这表明官渡、赤壁、夷陵三大战争的地位是处于最高的关键的层次。总之，三大战争的存在和层次不同的大大小小的战争有着不可分割的联系，这正是认识《三国演义》战争叙事结构的基本出发点。

官渡、赤壁、夷陵三大战争影响和制约着其他大大小小的战争，反之，正是这些大大小小的战争不断地酿聚、冲撞和升级，才促成了三大战争的总爆发。所以不同层次的战争大多是从量变到质变上展现了战争的起因，发展的曲折和结局的余波，由此而构成了三大战争叙事结构。如果没有曹操灭吕布、败袁术、定张绣、破刘备，即打河南的成功，那么也就没有打河北，也就是袁曹官渡的总决战。如果没有赤壁之战后抢荆州、借荆州、讨荆州、还荆州，也就不会为刘备提供西取蜀川的历史机遇，当然也就不会为夷陵之战埋下祸根。因此说，离开了不同层次的战争叙事的过程，三大战争就会脱离历史丰厚的内涵的内在联系而孤立起来。

总之，战争叙事的层次和性质的区别，主要是时空和规模上的差别，低层次的战争往往是继高一层次战争在局部上的表现，如曹刘汉中大战时，孙权配合刘备进行淝水之战，都是局部的战争叙事。那些枝节上的战役和武打，如“报父仇曹操兴师”“关羽过关斩将”“斩蔡阳关张释疑”等，就不再详说了。

第二，战争叙事结构的审美特点。

历史小说不同于历史教科书，它既有在叙事框架上遵循历史基本轮廓和基本走向的一面，对三国历史发展的客观规律有真实的反映，又有小说家独有的审美感受、主观选择的一面。在描写每一次战争或战役全过程中，其规模的大小、色彩的浓淡又常常和主观情感相联系，以至于历史上的战争规模与小说叙事中的地位有不尽一致的地方。比如说，魏灭蜀、晋吞吴旷日持久的战争在三国史的研究上具有重大意义，但在《三国演义》的战争系统中却不是叙事结构的重心部分，只是为了保持全书叙事结构首尾呼应、完整统一，才进行粗线条的艺术勾勒，因而不能形成大的时空结构叙事。相反，诸如像当阳之战一类的战役在三国史的研究上并不具有重大的意义，而小说家投入的笔墨却又浓又多、有声有色，在《三国演义》战争叙事结构中占有一定的规模。至于说关羽过五关斩六将的描写更是如此。这种史实与叙事的矛盾现象正是《三国演义》战争叙事的审美特点，它既站在历史的巅峰上，透过战争的过程，使人们看到历史的走向；又在战争的场面描写中，刻画时代风云变幻对历史人物心理的冲击及其受到的种种历练，揭开传统道德和人生哲学嬗变的流程。因此说，《三国演义》战争叙事的艺术成就，就在于其博大而深沉的历史意义和审美价值的统一。

第三，战争是“人谋”的选择。

战争是社会现象。三国时代战事纷纭，盘根错节，小说家在展示全景式的战争风云时，以重要历史事件和主要历史人物的性格为叙事脉络，纵横交错地引申联结相关的诸多事件，并由此而层层推进，环环相扣，至于每一次战争的规模、性质和结局，则是三国历史本质在不同层次上的反映而已。但是大大小小的战争都贯穿着“人谋”的选择、实施和成效。官渡之战展现曹操的性格特征，表现了他统一北方的雄才大略，其最大的“人谋”，就是挟天子以令诸侯。围绕荆州的争夺而展开的三国鼎立形成的整个过程，都是围绕着“人谋”，牵涉着曹、刘、孙三方的矛盾和斗争，集合了三国时代许多典型人物在荆州之争上，表现出形形色色“人谋”的惊人智慧和出色行动。对于刘备来说，在荆州问题上扯皮，“三气周瑜”是他和诸葛亮“人谋”智慧的结晶，外交的成功。既获得了利益，又维护了孙刘联盟。“人谋”在三国鼎立的形成和确立上有着不可忽视的作用。在激烈的矛盾冲突中，塑造了诸葛亮、孙权、周瑜、鲁肃等一批英杰，把握历史的选择，“人谋”规划天下三分。夷陵之战围绕荆州之争再现了陆逊的“人谋”，诱使刘备入套，一把火烧得刘备兵败白帝城，预示了三国瓦解的走向已成必然。“人谋”在战争中出其不意，力挽狂澜，在三国历史的形成、确立和发展上，起到了决定历史进程的巨大作用。

总之，战争叙事结构的层次性使我们看到了一个本质现象：三国历史是“分久必合，合久必分”，由乱到治，诸豪强不断排列组合，天下三分逐渐趋向天下一统。

董卓之乱至曹操统一北方——《三国演义》战争时空结构之一（第三回至第三十四回）

战争总是在一定的地域上进行的，它直接的目的是对特定的地域空间的占有与控制，地理时空对于每一个政治军事集团的作战规模和战术运用都有深刻的影响和制约。东汉末年豪族混战和兼并的结果，就是占领更多的领地，特别是经济核心区和有天然屏障的军事要地。曹魏统一北方，其疆域东至大海，西到河西走廊，北抵长城，南逾淮、汉与孙吴的边界接壤。又隔着秦岭和刘蜀相对峙。由于曹魏的疆域辽阔，人口众多，历史积淀深厚，因此，比起孙吴、刘蜀拥有巨大的军事、人才优势。我们把曹魏统一北方的战争归纳为第一个阶段，即董卓之乱至官渡之战的阶段。

在官渡之战叙事之前，如官军征剿黄巾军，十八路诸侯讨董卓，李傕、郭汜反叛混战，以及豪强各派孙坚与刘表、曹操与陶谦、袁术与刘备等之间相互厮杀，又都处在什么样的地位上呢？它们之间呈现一种什么样的联系呢？黄巾军爆发的野火直指东汉朝廷的腐败，这是开启豪强混战的外部原因。其内因则是腐败政权中滋生出的地主阶级武装，尽管他们内部相互争夺，彼此倾轧，但在对待农民起义却聚集起来，一起疯狂地扑向农民起义军。其目的一方面可凭着屠杀农民起义军的“功劳”，换得头顶上的“乌纱帽”，从而获得合法的政治权力；另一方面在战争中招兵买马，扩大实力，攻城略地，在东汉王朝的废墟上建立起一个又一个的豪族政权。并且谁都有席卷天下的野心，不是你吃了我，便是我吃了你。因此，豪族混战，势不能免。

豪族争霸前期——反董卓（第三回至第九回）

历史学家翦伯赞指出：“董卓之乱，是东汉末豪族混乱的前奏曲，也是三国鼎立的局面之序幕。因为在董卓之乱以前，东汉的政权虽然被农民暴动捣成粉碎，但在统治阶级的内部，还保持着一种假统一的外貌。到董卓之乱以后，则统治阶级内部假统一的外貌，也被破坏了。虽然也还有一个名义上的皇帝，但这个所谓皇帝已经好像一个皮球，在豪族手中抛来掷去，成为豪族挟以号令天下的傀儡。”[①] 从这个意义上说，十八路诸侯讨董卓依旧是一场豪族混战。尽管众诸侯打着“扶持正室”的旗号，口头上都讲一套“拯救黎民”的漂亮言辞，慷慨激昂，甚至痛哭流涕，实际上各自

① 翦伯赞：《董卓之乱与三国鼎立局面之序幕》，《北京大学学报（哲学社会科学版）》1988 年第 2 期。

内心都怀着不可告人的目的。袁术害怕先锋孙坚抢了头功，而拒绝发给粮草；孙坚部下清理皇宫废墟，意外得到传国玉玺，孙坚便首先背弃盟约，退回江东，“别图大事”。袁绍向孙坚索取玉玺时，一个赌咒发誓，一个软硬兼施，最后两家摊牌，几乎动武。说穿了，都是在正义的招牌下，扩充实力，以求称王称霸。

东汉末年宦官被杀，外戚殆尽，朝官零落，董卓灭亡后，汉献帝回到洛阳，既无文臣，又无武将，成了一个空头皇帝。董卓给曹操“挟天子以令诸侯”当了清道夫。众豪族在逐鹿中原时互相吞灭，曹操、孙权和刘备都是依靠兼并和得到许多小军阀的归附而逐渐壮大起来的。因此，豪族混战与三国鼎立有着必然的联系，研究三国鼎立的客观规律，不能不先从东汉末年豪族混战说起。

豪族争霸——曹操兼并列强（第十回至第二十四回）

曹操是统一北方，创造三分天下之前提的历史人物，包括两大叙事单元结构，即“豪强争霸”和“官渡大战”。当时北方割地称霸的豪强，如陶谦、张邈、吕布、袁术、刘备、袁绍，以及东汉朝臣故吏马腾、杨奉、董承、杨彪、王子服等。他们之间的矛盾和事件接二连三，一波未平，一波又起。谁都想称霸于世。透过《三国演义》描写群雄角逐，发现大大小小的事件和形形色色的人物，都串联在一个核心人物曹操和他的事业发展壮大的叙事线索上。以曹操“挟天子以令诸侯”为叙事视角制高点，统御这一历史过程的繁复情节和人物的叙事顺序。由此而构成《三国演义》“天子都许”在曹魏叙事中产生的势能。

一写，曹操“打河南”。在政治上“挟天子以令诸侯”，取得了“挟天子”的有利地位，令出天子，征伐异己。官渡决战之前，曹操依据先弱后强、各个吞灭的战略原则，同北方诸侯展开了一系列的战争：（1）曹操联合刘备，破徐州，灭吕布；（2）曹操乘袁术式微，以天子明诏遣刘备督军，派兵灭了袁术；（3）曹操与张绣两次交战，宛城战役、南阳战役虽没有战胜张绣，但后来却招安了张绣，扩大了自己的实力；（4）曹操再破徐州，刘备只身投奔袁绍，关羽屈身事曹操，张飞落难芒砀山古城。这几次战役，扫除了袁术、吕布、张绣、刘备几股主要豪强势力，为曹操对袁绍的最后决战扫平了道路，积蓄了力量。

二写，曹操“打河北”，即官渡之战（第二十五回至第三十四回）。

三写，曹操弄权，遭到拥汉献帝的朝臣权吏的反抗。曹操以“清君侧”的残酷手段，清除皇上身边的反曹力量。如第二十回“董国舅内阁受诏”、第二十三回“吉太医下毒遭刑”、第二十四回“国贼行凶杀贵妃”。

曹操成功地总揽皇机，“迎天子都许”，在群雄之中异军突起，是其性格中的本体动能，既开拓自己历史豪杰的生命历程，又外射为统一北方复杂的战争形态。

官渡之战（第二十五回至第三十四回）

建安五年（200）二月官渡大战开始，《三国演义》从第三十回写起的，而序幕却是从第十八回揭开，并逐次演进的，直到第三十三回定辽东结束。袁绍与曹操大战的前期是官渡之战，后期是曹操破冀州、定辽东。这是小说描写曹操统一北方最后的历史过程。

曹操以兖州为立足之基，来对抗势达冀、青、幽、并四州之土的袁绍。曹操取胜之道，就是在战略上始终坚持先近后远，先弱后强，分化瓦解，各个击破的方针，兼并吞食诸豪强，发展和扩大自己的势力范围，一步步向袁曹决战的方向挺进。因此，可以说豪族战争在战略上为官渡之战做了必要的铺垫。

“官渡大战”这一结构单元又分为三个叙事层次：白马之战、乌巢劫粮、官渡劫寨。

白马之战：袁曹双方一开战，袁绍名将颜良，骁勇无比，连斩曹军二将，致使曹军十分被动。曹操不得已请出暂寄身曹营的关羽。关羽斩颜良，诛文丑，扭转了战局。白马之战对袁绍来说虽然折了二员大将十几万兵力，但是并未伤元气。对曹操来说却大振军威，造成了双方在官渡相持的局面。

乌巢劫粮：两军对峙数月之久，曹军粮草不继，军力渐乏。在这节骨眼上，袁绍手下的谋士许攸投奔曹操，并献上了劫乌巢、烧粮草的计谋，被曹操采纳。曹操乌巢劫粮的成功使战争发生了根本性的转变。曹胜袁败，已见分晓。

官渡劫寨：曹操乘袁军惶惑不安之际，又采纳许攸的计谋，迅速进兵。首先兵分三路，夜袭袁寨，致使袁军损失大半。接着扬言兵分两路，一路攻邺城，一路取黎阳，曹操虚张声势，意在分敌。造成袁绍的错误判断，分兵去救，使袁军的"拳头"变成张开的"五指"，削弱了决战的力量。而他自己则把军队凝聚成出击的"拳头"，集中八路大军，一齐进击袁军，袁绍大败，逃遁而去。

白马之战、乌巢劫粮、官渡劫寨三个战役，节节取胜，为曹操扫平袁绍、统一北方奠定了基础。官渡之战是曹操一生最得意的一件大事，他以很少的兵力对抗袁绍的大军，打了一百多天，终于获胜。这是中国战争史上以少胜多战绩的辉煌篇章。

这一结构单元还穿插了两个富有象征意义的章回：第二十八回"会古城主臣聚义"，展示了刘备政治军事集团的聚合；第二十九回"碧眼儿坐领江东"，展示了孙权政治军事集团的勃兴。而这两个政治军事集团的出现将和曹操政治军事集团三分天下，都聚集在三国鼎立形成的主线上。

赤壁之战前后——《三国演义》战争时空结构之二（第三十九回至第五十七回）

魏蜀吴三方，无论哪一方发动战争，都要考虑自己和另外两方的关系，这是三足鼎立典型的特征。三家的焦点是争夺荆州，于是爆发了赤壁之战。

三国时期的荆州，包括今天的湖北、湖南等省的一些地区，辖长江南北二十多个郡，地理位置极其重要。荆州的经济重心为两湖平原，即今湖北的江汉平原和湖南的洞庭湖平原。两湖平原地势低平，河湖密布，因而土壤肥沃，物产丰饶，资源丰富，人口密集，经济发达，是兵源和粮源的重要基地。刘备之所以在赤壁之战后，迅速崛起，鼎足一方，与占有荆州这一要地有关，而诸葛亮规划的方略首先是占据地理条件优越的荆、益二州，荆州“北据汉沔，利尽南海，东连吴会，西通巴蜀”，水陆交通便利，北向宛、洛，与汉中可以对曹魏形成钳形攻势。东可以顺江而下，直捣东吴。其对于刘蜀政权的生存和发展至关重要。其实三方都想吞掉这块肥肉，每当孙权与刘备矛盾激化时，也有曹操参与。当曹操与刘备作战时，也有孙权参与，这一切都是共时性的。

曹操战胜袁绍，一统北方，雄心勃勃，挥军南下，饮马长江，直逼荆州，问鼎天下。赤壁之战的硝烟燃起，新野和当阳两场战争既是曹操破徐州、败刘备的继续，又是曹操挥师南下，决战赤壁前的序幕，客观上为孙权、刘备的联合提供了历史的选择。赤壁之战如果以第三十九回诸葛亮博望坡火攻为前奏，至第五十七回周瑜之死为尾声的话，那么在这期间的战争有：赤壁之战的序幕——新野之战和当阳之战；赤壁之战的全过程；赤壁之战的尾声——抢荆州、占襄阳。

新野之战（第三十九回至第四十回）

刘备驻军在新野，从建安五年（200）到建安十三年（208），整整九年之久。《三国志》中《先主传》《诸葛亮传》记载刘备在新野的史实，《三国演义》以此为依托，在八个章回中记述了刘备的故事。（1）刘备投奔刘表，使之屯新野。（2）新野徐庶遇刘备。（3）刘、关、张三顾茅庐。（4）博望坡火攻。（5）火烧新野，携民渡江。（6）阿斗在新野出世。

刘备在东奔西走，毫无立锥之地的情景下，投靠刘表。想当初，刘备也许并没有意识到荆州是战略要地，更没有想到由此进而蜀汉立国之策，但客观上他是最早把手伸向荆州，成为他一生事业的转折点。刘备驻扎新野，有了立足之地。借重历史的机遇，东山再起，进行战略的转移。可以说刘备在荆州八年具有战略意义，清朝乾隆新野县知县徐金位在《新野县志》中说："帝纂承汉统，虽在西蜀，而得诸葛于新野，则帝业肇于此矣。"

刘备在新野做了几件大事，具有战略的价值。

第一，刘备集团为什么屡屡失败，根本原因是其人才结构不合理，缺乏智囊人才，为其制定战略规划。直到刘备得徐庶，并请诸葛亮出山，辅佐自己，才扭转了败局。诸葛亮《隆中对》为刘备指明了建国的大政方针，是刘备在新野最大的政治收获。

第二，刘备驻扎新野，距离许都仅有三百余里。曹魏有战略压力，刘备、刘表同样也有战略压力。因此，加强军备对于刘备来说，刻不容缓。小说描写曹军报告："今刘备屯兵新野，招军买马，积草储粮，其志不小，不可不早图之。"蜀汉的军事实力得力于关羽在新野创立水军，被诸葛亮誉为"精甲"，"别遣关羽乘船数百艘，使会江陵"（《三国志·蜀书·先主传》）[①]。诸葛亮在争取孙权时说："豫州军虽败于长坂，今战士还者及关羽水军精甲万人。"（《三国志·蜀书·诸葛亮传》）[②]

第三，建安十三年九月曹操派大将夏侯惇直接向荆州扑来。诸葛亮率众从容迎敌，设计博望坡火攻。新野火战，显示诸葛亮"初出茅庐第一功"，让关羽、张飞等信服诸葛亮，极大加强了刘备集团的内部团结，提高了战斗力和自信心。这是《三国演义》虚构成分，其实新野之战时诸葛亮还未出山呢。刘备终究挡不住曹军压顶似的进逼而败走。曹操以胜利之师掌控了襄阳、当阳、江陵，以及整个南郡。

当阳之战（第四十一回至第四十二回）

当阳一战曹操打败刘备，占据江陵，坚定地长驱东进，向东吴宣战。刘备长坂坡失败后，只好斜趋汉津，与关羽水军相合，到达夏口。形势迫使刘备派诸葛亮出使东吴结盟，共抗曹操。这是赤壁大战的序曲。

① 陈寿：《三国志》，中华书局 1959 年版，第 877 页。

② 陈寿：《三国志》，中华书局 1959 年版，第 915 页。

《三国演义》第四十一回描写“襄阳既定，荀攸进言曰：‘江陵乃荆襄重地，钱粮极广。刘备若据此地，急难动摇。’操曰：‘孤岂忘之！’”随即命大军追赶刘备，于当阳两军相遇，小说描写“刘玄德携民渡江 赵子龙单骑救主”，赵云在百万军中怀抱阿斗，血染征衣，简直是战神，英雄无比。第四十二回写张翼德大闹长坂坡，三声大喝，使长坂坡河水倒流，吓退百万曹军。整个长坂坡大战，赵云和张飞英雄盖世，成为《三国演义》脍炙人口的动人的篇章。

赤壁之战（第四十三回至第五十回）

荆州之争的起点是赤壁之战。

曹操率大军进攻荆州，时刘表新丧，刘琮不战而降。在这种形势下，刘备要想以自己的力量抗击曹操，无异于以卵击石。如果曹操占领荆州以后，乘胜顺流而下，水陆并进，孙权也自身难保。形势的逼迫给孙权、刘备提供了历史的选择，只有联盟，共抗曹操。这便是最大的政治。赤壁之战全过程小说描写了一系列脍炙人口的故事，如智激周瑜，劝说孙权，舌战群儒，蒋干盗书，草船借箭，苦肉计，连环计，借东风，临江宴，以及华容道。总之，赤壁大战曹操惨败。天下出现了三分雏形，但这种局面能否确立和发展，关键在于刘备集团能否占据地盘，与北方的曹操、江东的孙权相抗衡。因为地理均势制约着政治均势，而且是政治均势的前提条件。随之刘备的一切外交活动都必须服从于这种政治的需要，于是，在三国的历史上就出现了这样的局面：当曹操对吴、蜀的威胁严重时，孙刘就联盟抗曹；当曹操对孙刘的威胁减弱时，孙刘之间就展开了争夺荆州的内卷。

赤壁之战的尾声（第五十回至第五十七回）

赤壁一战打破了曹操一统天下的梦想，同时也为东吴的发展和刘备的坐大提供了历史机遇。客观地说，曹操、刘备、孙权都是赢家，真正的输家是刘表父子。曹操损失的基本是在荆州收编的刘表的水军，并没有伤及元气，而且战后依然具有明显的优势。曹操拥有襄阳、樊城，确保自己地盘的南阳、许昌的稳定。刘备趁着曹操赤壁败北，在赤壁乌林之战的前后，乘周瑜与曹仁苦战的时机，"智取"了荆州的四个郡，即零陵、桂阳、武陵、长沙，占领荆州的大部分地区，作为自己安身立命的基业。孙权只获得一个半郡，即江夏与半个南郡。孙权认为自己在赤壁之战中是主力，刘备却占了大便宜，双方在荆州问题上开始扯皮，明争暗斗起来，是《三国演义》第五十一回至第五十七回"抢荆州""借荆州""讨荆州"，写出扣人心弦的"三气周瑜"故事。

荆州成为魏蜀吴三家相互争夺的焦点。曹操听说刘备夺取荆州的消息，竟"手慌脚乱，投笔于地"，由此可见，荆州对于魏蜀吴三国都是要害之处。

刘备取蜀川、夺汉中——《三国演义》战争时空结构之三（第六十二回至第七十三回）

在赤壁之战之后与夷陵之战之间，还有三次大战，即曹操平定关西、刘备西取蜀川、曹刘汉中大战。

曹操平定关西的韩遂和马超（第五十八回至第五十九回）

曹操谋杀马腾之后，又趁周瑜新死之际，决意南征。正在此时，《三国演义》第五十七回描写，探马报曰："刘备调练军马，收拾器械，将欲取川。"曹操闻听大惊，举棋不定：此时若进取孙权，就会给刘备留下扩张势力的空子，"若刘备收川，则羽翼成矣"，将来难以图之；如果讨伐刘备，又失去攻打孙权的好时机。这时谋士陈群献计说："今刘备、孙权结为唇齿，若刘备欲取西川，丞相可命上将提兵，会合淝之众，径取江南，则孙权必求救于刘备。备意在西川，必无心救权。"（第五十八回）曹操听了这个主意大喜，于是起兵三十万，趁刘备取川之机，把进攻的矛头直指江南。

面对曹军压境的咄咄逼人的攻势，孙权惊慌失措，立即命鲁肃派人前往荆州告急。诸葛亮对刘备说："也不消动江南之兵，也不必动荆州之兵，自使曹操不敢正觑东南。"诸葛亮洞悉当时群雄争霸的战略态势，早已看透曹操的致命弱点，即关西的韩遂和马超是曹操的腹背之患，所以他胸有成竹地教刘备修书一封给马超，叫其报杀父之仇。果然，马超亲率二十万大军浩浩荡荡杀向关内，连下长安、潼关二城，慌得曹操赶忙掉转头来对付马超，爆发了一场关中大战。遂解除了东吴的危难。

在这场战争中，曹操与马超潼关交战，割须弃袍，狼狈不堪，但后来采取反间计，挑起马超和韩遂的猜忌，使其互相残杀，终于把马超击败了，取得了平定关西这场战争的胜利。正如事后曹操所言："关中边远，若群贼各依险阻，征之非一二年不可平复。今皆来聚一处，其众虽多，人心不一，易于离间，一举可灭，吾故喜也。"（第五十九回）

刘备西取蜀川（第六十二回至第六十五回）

刘备取西川和曹操战马超，小说叙事是并行发展的。刘备智取涪关，力攻雒城，降收益州，顺利夺得西川。

刘备西取蜀川，由占涪关、攻雒城和围益州三部分组成，是实践隆中路线的第二步棋，是三分天下的地理均势。从此刘备结束了一生东奔西走的转战，有了自己的根据地。在取西川的整个过程中，刘备始终围绕建立蜀汉政权而审时度势，理智地考虑各种方案的利弊得失，既考虑军事胜利，又考虑政治影响；既不忽视速度，又不忘记效果。所以，在取西川的战争进程中，对刘备的性格刻画得很有特色。

刘备名曰"借荆州"，实则是占荆州，因而围绕荆州之争孙刘之间时刻都有矛盾被激化的可能。建安十六年（211）刘备向益州进军，引起了孙权的忧虑和担心，如鲠在喉，孙刘的矛盾更趋紧张。而这时鲁肃继任周瑜之任，始终以孙刘联盟为大局，维持着双方的关系。而当建安十九年（214）

刘备夺得益州，孙权同刘备翻脸，动手夺回荆州的三个郡，长沙、桂阳的官吏望风投降，零陵太守郝普不投降，刘备闻讯，派关羽前往湖南，和鲁肃、吕蒙对敌。这就是《三国演义》第六十六回中“单刀赴会”的来源。

曹操乘胜进军汉中，平定了张鲁。这时曹操既要解西顾之忧，又得进窥巴蜀。汉中是西川的门户，曹操占据汉中，直接威胁刘备。

刘备怕两面受敌，不得不亡羊补牢，重修孙刘联盟，形成二对一的格局，才能与曹操争夺汉中。于是，主动向孙权让步，情愿将长沙、零陵、桂阳三郡让给孙权，只是要求以南郡作为条件，于是，孙刘双方言归于好。

孙权大喜，痛快地答应与刘备和解，因为孙权等人明白，如果曹操趁势夺取汉中，进取益州，那将意味着什么。不久，孙权就亲率十万大军，立即配合刘备，从曹操背后插上一刀，进攻合肥。

曹操、孙权合肥之争（第六十七回至第六十八回）

合肥是孙权与曹操势在必得之地。合肥北通淮河，南达长江，是“淮右襟喉，江南唇齿”的战略要地。它对孙权和曹操都极为重要。如曹军进逼，上起柴桑（今江西九江），下至建业（今江苏南京）的长江，一旦与孙权隔江对峙，孙权柴桑以西的江北部队面临险恶形势。反之，如孙权夺得合肥，曹军淮河地区则无宁日。赤壁之战以后，孙权与曹操在淮南争夺合肥展开了大规模的角逐。

建安二十年（215）刘备为和曹操争夺汉中，不得不向孙权示好，重新以湘水为界，让出荆州三郡。不等孙刘新签的盟约墨迹干透，孙权在八月就挥师十万进攻合肥。曹军将领张辽率八百勇士，以逸待劳，不等东吴军队立足站稳，突然发起冲击，初战就使东吴主将陈武阵亡，董袭溺水。孙权与曹操在濡须相拒月余，不能取胜，围攻合肥底气不足，最后只得撤军。《三国演义》第六十七回“张辽威震逍遥津”、第六十八回“甘宁百骑劫魏营”描写的就是这次战争。

刘备与曹操争夺汉中（第七十回至第七十三回）

曹操平定了关西马超、韩遂以后，乘胜又一举向汉中张鲁征伐，直捣其老巢——南郡，取得了汉中之战的胜利。

汉中地处秦岭以南，巴山以北，在关中的正南，中间横着一道秦岭。从汉中北出秦岭，兵下秦川可夺取关中，自古以来就是兵家必争之地。反之，从汉中南下，直指剑阁，威胁益州，是古代中原入蜀的必经之地。建安十六年（211），益州牧刘璋迎刘备入蜀对抗张鲁，汉中就卷入三国战争之中。

曹操取汉中以后，刘备大惊。对刘备集团来说，汉中是益州之咽喉，“若无汉中，则无蜀矣！”能否夺取汉中是能否立国巴蜀的头等大事，因而刘备拼力和曹操争夺汉中。老将黄忠刀劈夏侯渊于定军山，取得了争夺汉中战役的关键性胜利。曹操被迫亲率大军增援，又被骁将赵云大败于汉水之滨，曹操攻守无策，只得退军。

想当初，曹操率先行动，亲率大军征伐张鲁，攻取汉中。此时，刘备与孙权两家正在公安一带对峙，让曹操占先。刘备得益州，不立即北进汉中，而东向和孙权争江南三郡，既失去孙刘联盟的信义，又失掉夺取汉中的战机。这是刘备在战略上的一失。诸葛亮从大局出发，提出割让荆州的南三郡与东吴，继续争取孙刘联盟，保持合作。孙权配合刘备，与曹操进行了一场“肥水之战”。这才使刘备腾出手来，从曹操的手中又夺得汉中，虽费尽力气，但终于保住了益州的门户——汉中。至此，刘备全部占有巴、蜀、汉中之地，加上荆州三郡，可以说是“跨有荆益”，实现了隆中“天下三分”的规划。

刘备从赤壁大战到汉中大战期间围绕荆州，一直是两手交替地展开军事和外交的斗争，一手维护孙刘联盟，另一手抢夺地盘；一方面谋求政治均势，另一方面谋求地理均势，二者相辅相成。正是在这个意义上，三国鼎立的形成，始于赤壁大战，而止于汉中之战。《三国演义》的叙事结构恰恰是以此为重心。如果说荆州是圆心，曹、刘、孙则是三条辐线，延伸扩张，交错缠绕，分化组合，既把重大的政治军事斗争写得惊心动魄，又把“横槊赋诗”“文姬归汉”等抒情性画面写得情趣横生；既把三国帝王、豪强的思想性格、谋略情欲刻画得细致入微，又把文人学士、医师巫汉的才华和技艺勾勒得宛然可见。小说家把三国鼎立的特定历史时代的真实风貌，凝缩在六个结构单元的典型情节中，可见其概括历史真实的艺术才华，巧夺天工。

襄樊战争、夷陵之战——《三国演义》战争时空结构之四（第七十四回至第八十四回）

刘备与孙权讲和，以湘水为界中分荆州，归还南三郡，孙刘第二次荆州之争才暂告结束。但实际问题并没有解决，孙权从总体战略考虑，必须全部占有荆州，以解除西蜀的威胁。为此，孙权又利用关羽北伐之机，爆发了吴蜀荆州之争——荆襄战争，结果关羽死、荆州失。刘备不能吞下这个苦果，于是发动了又一次更大的吴蜀荆州之争——夷陵之战。从关羽北伐开始至刘备败走白帝城为止。主要包括襄樊战争和夷陵战争两部分。

襄樊战争（第七十四回至第七十七回）

荆州七个郡——南阳、南郡、江夏、武陵、长沙、桂阳和零陵，治所在江陵城。赤壁之战后，刘备所谓“借荆州”，实际上把孙权所占的南郡南部地域和治所江陵城（古荆州城）借给了刘备，并非整个荆州。同时刘备还有江夏、零陵、武陵、长沙和桂阳。荆州南郡的北部还在曹操手中。汉中大战中，刘备割荆州三郡江夏、长沙、桂阳还吴，是依湘水为界平分了荆州，刘备只剩下武陵和零陵两郡与南郡的南部。这对于刘蜀集团来说，实践隆中路线提出的占荆襄、出宛洛的条件是不具备了。何况当时襄阳、樊城等重镇尚在曹操一方。所以当曹操欲结连孙权取荆州的消息传入蜀中，诸葛亮与刘备商议后，立即令关羽起兵取樊城。

襄樊战争初期，关羽水淹七军，斩庞德，虏于禁，曹仁欲遁，曹操也欲迁都避其锐，形势一派大好。可刘备集团没有及时将汉中战场胜利之师投入襄樊战场，集中优势兵力，乘势扩大战果，延误战机，给曹操留下时间，调整军力，派徐晃撤离汉中战场，急出秦川，救樊城。也给孙权留下空子，派吕蒙偷袭了荆州城。徐晃出其前，吕蒙蹑其后，关羽首尾受敌，力孤势单，陷入绝境。遣马良、伊籍日夜兼程向成都求援，已是远水救不了近火；派廖化求救上庸刘封、孟达，竟遭拒绝，关羽焉能不败！所以，襄樊战争既是赤壁战争以后围绕荆州之争的余韵，又是导致夷陵战争在荆州之争上最后的摊牌。

襄樊之战的失败原因，和主帅关羽性格中的悲剧因素有直接的关系。陈寿在《三国志》中评论关羽“刚而自矜”，《三国演义》也刻画他“轻贤傲士，刚而自矜”性格特征。马超归降刘蜀之后，关羽听说马超“武艺过人”，便“要入川来与孟起比试高低”。后又听说黄忠亦被封为五虎上将，便大怒，说：“黄忠何等之人，与吾同列？大丈夫终不与老兵同列！”其傲慢之情溢于言表。面对关羽的人性弱点，众人不是晓之大义，帮其克制盲目的高傲自大，目中无人，而是采取“捧”的做法，诸葛亮听说关羽要和马超比武，写信给他说：“当与翼德并驱争先，犹未及美髯公之绝伦超群也。”关羽看罢，“自绰其髯笑曰：‘孔明知我心也。’将书遍示宾客”。

襄樊战争是汉中争夺战结束的当年七月打响的，结束于十二月关羽之死。又埋下了夷陵战争之因，夷陵战争是继襄樊战争吕蒙偷袭荆州，吴蜀再次争夺荆州的最后一个回合，终于以吴胜蜀败，荆州归吴而结束。一旦失去荆州，刘蜀就被限制在长江三峡以西的巴蜀一隅，只有守之余地而无攻之优势。所以关羽失荆州，给刘蜀大业带来了不可估量的损失。

夷陵之战（第八十一回至第八十四回）

夷陵之战的叙事无论是结构规模，还是人物刻画，都远不如赤壁之战和官渡之战写得那样波澜壮阔，云霞满纸，栩栩如生，展现三国历史精英人物的风采。但作为全书整体叙事框架的一根顶梁柱，与史实基本相符，展现了一出悲壮哀婉的历史悲剧。小说尽管在许多局部细节描写上，烘托关兴、张苞两位小将，其勇其义其忠不减父辈当年，用蜀军的“小胜”冲淡汹汹而来、大败而归的悲剧气氛，但夷陵之战叙事引发的沉思，终究让人意识到这是蜀汉兴亡史上的转折点，“创业未半，中道崩殂”。

夷陵之战历时一年之久，经过了三个阶段：蜀军进攻，吴蜀相持，吴军反击。

公元 221 年 7 月，刘备率师伐吴，蜀将先锋部队“自出川以来，所到之处，望风而降，兵不血刃，直到宜都”。东吴避其锐，退却“五六百里”。蜀军进攻阶段，趑趄颠簸在崇山峻岭之中，“先主自猇亭布列军马，直至川口，接连七百里，前后四十营寨，昼则旌旗蔽日，夜则火光耀天”。陆逊采取了诱敌深入，以逸待劳，集中优势兵力，后发制人的谋略。对蜀军的挑衅辱骂不予理睬，对自己部下将士的怨愤嘲笑，忍辱负重，坚持防守，吴蜀对峙，长达半年之久。直到公元 222 年 5 月，刘备为避暑气，将部队扎营于林木阴密之处，准备过夏到秋，并力进兵。陆逊抓住这个极好的战机，一把火烧得刘备惨败。

在夷陵之战中刘备失败的原因，从战略上讲，违背了孙刘联盟的基本国策。刘备伐吴，孙权两次派人求和，并将张飞首级及仇人送回，答应“欲还荆州，送回夫人，永结盟好”。刘备都不答应。此时的刘备刚愎自用、一意孤行。伐吴之初，赵云、诸葛亮、秦宓等苦谏不从；当东吴拜青年将领陆逊为大都督，马良告知刘备：陆逊“深有谋略，前袭荆州者，皆此人之诡计也”，“陆逊之才，不亚周郎，未可轻敌也”。刘备却骄狂地说：“朕用兵老矣，岂反不如一黄口孺子耶！”当扎营林木茂密之处，马良又提出：

“将各营移居之地，画成图本，问于丞相”时，刘备竟轻蔑地回答：“朕亦颇知兵法，何必又问丞相？”正是由于“骄”字占满了刘备的头脑，战术上又犯了致命的错误，连曹丕听说后都仰面笑曰：“刘备将败矣！”并指出：“刘玄德不晓兵法：岂有连营七百里，而可以拒敌者乎？包原隰险阻屯兵者，此兵法之大忌也。”

夷陵之败，孙权得到荆州的全部，扼控了西川的大门。从此，刘备失去了出川东进的战略要地。

诸葛亮北伐、三国归晋——《三国演义》战争时空结构之五（第八十七回至第一百一十九回）

夷陵之战之后，出现过几次较大的战争，如七擒孟获、六出祁山、九伐中原、曹魏灭蜀、西晋灭吴。

七擒孟获（第八十七回至第九十回）

夷陵之战失败，刘备病死，刘禅新立。元气大伤，正值百废待举之际，南中发生叛乱。南中地域在今四川西南和云南、贵州的广大地区，包括益州、牂牁、越隽、永昌四郡，居住着叟、青羌、僚、濮等少数民族。南中四郡占刘蜀国土的三分之二，山川险要，物产丰富。因东汉末年朝廷的残暴统治，矛盾十分尖锐。其中三郡牂牁太守朱褒、越隽郡太守高定、建宁太守雍闿结连蛮王孟获大举反叛。公元225年诸葛亮一面派邓芝出使东吴，修复联盟，一面亲自率大军平定南中。《三国演义》第八十七回“征南寇丞相大兴师”起至第九十回“烧藤甲七擒孟获”，写了四个章回“南抚夷越”的战事。其中最有名的故事是“七擒孟获”。诸葛亮对少数民族采取“和抚”的政策，对于孟获“攻心为上”，采取七擒七纵，直到孟获心服口服，“垂泪言曰：‘七擒七纵，自古未尝有也。吾虽化外之人，颇知礼义，直如此无羞耻乎？’遂同兄弟妻子宗党人等，皆匍匐跪于帐下，肉袒谢罪曰：‘丞相天威，南人不复反矣！’”

“南抚夷越”是早在十八年前“隆中对”制定的国策，又是直接为诸葛亮北伐中原服务的，使刘蜀有了一个安定的大后方。

六出祁山（第九十一回至第一百零九回）

刘备死后，蜀汉失去往日的勃勃生机，内外格局都发生了重大变化。为了生存和发展，执掌大权的诸葛亮不得不调整战略部署，制定兵出陇右、北伐中原的部署，有步骤地实施隆中之策。诸葛亮北伐，蜀汉和曹魏都为秦岭山脉所阻，对于进攻的一方蜀军更加不利。而诸葛亮六出祁山，北伐中原，都是把汉中作为大后方，驻扎军队，输送粮草。

公元226年开始第一次北伐，诸葛亮向后主刘禅上《出师表》：“今南方已定，甲兵已足，当奖帅三军，北定中原，庶竭驽钝，攘除奸凶，兴复汉室，还于旧都。”这是《三国演义》第九十一回“伐中原武侯上表”至第九十六回“孔明挥泪斩马谡”的叙事内容。蜀军出师，取魏之南安、天水、安定三城，因猝失街亭，导致蜀军溃败，诸葛亮率师退回汉中，三城得而复失。其中“失街亭”“空城计”“斩马谡”等出色战争场面的描写，与官渡之战、夷陵之战，几乎相匹敌。诸葛亮一出祁山最大的收获是收复曹魏降将姜维，并培养成为他的后继之人，成为蜀汉的砥柱。姜维是羌族人，生于天水。自他归蜀到公元264年被杀，为蜀汉效力三十多年，对蜀汉政权功不可没。

同年冬，诸葛亮二次北伐。蜀军围攻陈仓，久攻不下，粮尽而返。这是第九十七回“讨魏国武侯再上表”至第九十八回“追汉军王双受诛”的叙事内容。

第三次伐魏是公元229年春，孙权称帝，为黄龙元年。刘禅按照诸葛亮的建议“赍礼物入吴作贺，乞遣陆逊兴师伐魏”。诸葛亮率蜀军夺得陈仓，又连取武都、阴平二郡。这是第九十八回“袭陈仓武侯取胜”至第九十九回“诸葛亮大破魏兵”的叙事内容。

第四次伐魏，公元231年春2月诸葛亮再出祁山。因司马懿坚壁不战，双方相持数月。其中只交战一次，蜀军大胜。张苞伤重而亡，诸葛亮痛失爱将致病。蜀军粮草殆尽而退。这是第一百回“武侯斗阵辱仲达”的叙事内容。

第五次伐魏是同年五月，魏延、张嶷、陈式、杜琼四将，引兵二万，出箕谷而进。诸葛亮自领精兵日夜兼程而行，复出祁山。无功而返。退军中，设计射杀了曹魏名将张郃。这是第一百零一回“奔剑阁张郃中计”的叙事内容。

第六次伐魏是公元234年。诸葛亮率军抵五丈原，与魏军隔渭河而对峙，司马懿不与交战，诸葛亮被迫派士卒屯田，做长久计。诸葛亮病逝五丈原，按照诸葛亮生前的部署退军。这是第一百零二回“诸葛亮造木牛流马”至第一百零四回“见木像魏都督丧胆”的叙事内容。

六出祁山，以弱抗强，在战略上形成了与曹魏打消耗战，只起了“以攻为守”的作用，没有“兴复汉室”的效果和历史意义。甚至在连年征战，师劳民疲，国力不济这个意义上，还加速了蜀汉的败亡，这当然非诸葛亮始料所及的。

九伐中原（第一百零七回至第一百一十四回）

《三国演义》第一百零七回“姜维兵败牛头山”至第一百一十五回“托屯田姜维避祸”描写姜维九伐中原。小说家说姜维九伐中原，其实这只是在继承诸葛亮的遗志笼统讲的，而实际姜维九次用兵都不在中原。而在天水以西的陇西、南安两郡，不再以祁山为重点作战地带。

诸葛亮屡出祁山的意图是经过该地夺取天水，进而控制陇右，获取兵源、马匹、粮草等各种资源，增强国力，改善以弱敌强的局面。进而逼近关中重镇长安，出潼关，争强中原。诸葛亮认为这是正道。从地理位置上看，蜀汉如能控制陇右，便能在曹魏的包围圈上撕开一个口子。

姜维以曹魏雍州的西南边陲为主攻方向，其目的是断凉州之道，切断河西走廊与陇西黄土高原的联系，进而割据凉州。因为地域偏远，人口稀疏，曹魏驻军较少，防御力量要比关中和陇西薄弱。诸葛亮死后蜀汉国势渐衰，对曹魏发动进攻只得避实就虚。在蒋琬、费祎执政的近二十年里（234—253），常以保境安民为宗旨，不愿向曹魏大举进攻。尤其是费祎对北伐明显缺乏热情，他对姜维等说："吾等不如丞相亦已远矣，丞相犹不能定中夏，况吾等乎！"

曹魏灭蜀（第一百一十六回至第一百一十八回）

诸葛亮去世以后，后主刘禅主政，内政方面宦官黄皓专权与大将军姜维不和，姜维屯垦陇中沓中，以防卫曹魏来犯。

魏景元四年（263），司马昭大举伐蜀，分兵三路，第一路，邓艾率三万军把姜维牵制在沓中。第二路，诸葛绪带三万军打祁山。第三路，钟会带十几万军翻越秦岭，进攻汉中。钟会占领汉中，姜维甩掉邓艾，挥师东下，与张翼共守剑阁。不料邓艾竟然由阴平直接翻山，穿过七百里的无人之境，经江油到达涪县（绵阳），长驱直入，到达成都。曹魏兵临城下，蜀国主昏臣弱，国力不济，后主投降。

西晋灭吴（第一百一十九回至第一百二十回）

小说家选择一个视角，通过晋镇守襄阳都督羊祜的个性、人品、功绩和口碑的一些细节，展示了吴国的政治大背景。吴国孙皓即位，荒淫无度，残暴日甚，国无宁日，民不聊生。羊祜于吴建衡元年（269）上奏皇帝司马炎，请求伐吴。而司马炎听信贾充等之谏，放弃了有利时机，而过了十年光景，到羊祜告老还乡之时，司马炎和羊祜议论伐吴之策，羊祜已不能提兵往伐，便推荐杜预代之。晋太康元年（280）镇南大将军杜预挥师出征，势如破竹，"一片降旗出石头"，晋灭吴，天下一统。

曹魏灭蜀，西晋灭吴，尽管它们在历史的发展上占据重要地位，但在《三国演义》整个叙事上，只起到了一个大跨度、粗线条勾勒历史背景的功能，完成叙事结构整体性的使命，将"三国必有所自始""必有所自终"

的客观历史进程的规律再现出来。

小说家叙事视角下的战争叙事

《三国演义》战争叙事结构的不同层次的艺术再现，基本上反映了历史真实的流程。而且，这不同层次战争的相互影响、相互作用、逐渐演进，形成战争叙事结构要素的不断重新组合，不同的战争结构形态的更替演进。因此，战争叙事结构要素的性质、组合方式应包括：（1）小说家的叙事视角与战争叙事结构的关系；（2）战争叙事结构要素的联系与组合；（3）战争叙事结构要素审美性质的差异与统一。

小说家的叙事视角与战争叙事结构的关系

《三国演义》战争叙事的独特之处，是采用全知叙事视角，这就决定了小说家描写战争运用全方位的叙事。所谓“全方位”，有以下三个特征。

整体的全方位的观照。小说家不仅仅在一个视角上进行观察、提炼和表现波澜壮阔的历史生活，而是从多方位、多层面、多角度进行整体的艺术表现。甚至把战争进程的每一个阶段、每一个层次的方方面面都加以叙述。这一切都是在叙事结构整体性的观照下进行的，透视战争结构的各个要素，即政治、外交、经济等因素联系和组合，以及在战争中表现出各不相同的作用。战争结构的要素不同，排列组合的方式也不同，可以使战争叙事的功能大不一样。

突破历史时空的限制。根据叙事构思的总体选择自己所需要的那一部分，进行调节和控制，把要突出表现的扩张，进行叙事上的铺张扬厉；把不需要着重表现的缩小，甚至屏蔽。也就是对历史流程进行有选择的分割后，再安排被分割之后的空间与空间怎样过渡、转换和组合，完全突破历史时空的限制。从而形成浓淡相衬、时徐时疾、巨细得体、变幻多姿、弛张交乘、跌宕有致的结构布局和叙事节奏。

透视小说人物内心世界。对战争方方面面予以叙述的同时，还进入小说人物的内心世界，去披露他们的心计和情欲。特别是三国的外交，总是配合军事斗争，成功地使"人谋"规划鼎足三分变成现实。所以小说家描写战争过程，详于战前的谋略策划、军事准备，巧妙地运用外交斗争的策略、方法和手段，达到增强实力与敌方抗争。略于阵前"白刃交兮宝刀折"的厮杀过程。

总之，小说家是一位全知叙事者，他站在叙事空间的制高点上，俯视整个叙事空间里里外外各个层面，来调节和控制小说的情节和人物，使读者对于同一历史时空结构中同时出现的几个场面和人物，能够按照小说家"花开两朵，各表一枝"的叙事方法去欣赏。

> 从某种意义上说，叙事的时间是一种线性时间，而故事发生的时间则是立体的。在故事中，几个事件可以同时发生，但是话语则必须把它们一件一件地叙述出来；一个复杂的形象就被投射到一条直线上。（兹韦坦·托多罗夫《叙事作为话语》）①

综观《三国演义》战争叙事结构，伴随着三国鼎立的形成、确立、发展向前延伸，都是按照战争事件发生、发展和结局的自然时序构架的。所以说在时间线索上全知叙事视角并不能同时叙述不同的时空场面，重要的是对同一时空场面的分割和转换。小说家如何根据自己叙事的需要，如何切割空间场面，如何调配人物联系不同的空间场面进行转换，如何通过特定的空间场面展示人物的性格和思想，有效地从总体进行控制与调度整体效应，主要表现为：战争场面的分割、转换、扩展和延伸。

---

① 《美学文艺学方法论》，文化艺术出版社 1985 年版。

战争场面的分割和转换

小说家如何设计人物，按照矛盾冲突对抗力的大小强弱，决定人物行动尺度的长短，调配他们到各个空间场面转换。这的确是叙事上的一个难题。战争时空场面层出不穷，大到敌我友三方，小到某一处的方方面面，而且越是场面时空宏大，越是难以掌控层次分明的叙事。但不管场面的复杂到什么程度，要条分缕析地叙述，最主要的也就是叙事主体对时空场面的分割与转换。

第一，时空跨度很大的场面的分割与转换。

《三国演义》赤壁之战是一个时空跨度很大的战场场面，小说家不能单靠视觉、特写、镜头这些技术手段切割与转换场面，罗贯中巧妙地选择了小说人物的运动，往复、穿插在各个大的场面上，完成赤壁之战场面的分割和转换。诸葛亮和周瑜作为组合和调节诸多矛盾的两个中心人物担负了这一艺术使命，形成平行对比式的结构动力方式。小说家俯视的赤壁之战，是在三个宏大的各自独立的时空场面调度，自如地进行战争场面的转换的。

一个是败走江夏的刘备。小说家既不能完全超越故事时间，也不能单纯重复故事时间。这种历史真实与艺术真实的互相制约性构成了叙事中时间机制，其实质是对故事时间的有效控制与调度。他采用特写镜头极力张扬刘备的“小胜”，在败军之际还念念不忘爱民如子，拥民数万，日行十余里，却被曹军赶上。当阳大战，赵云杀入重围，如入无人之境，斩将杀敌，大显神威。张飞伫立桥上，横刀立马，吓退曹军百万之众，英名如雷贯耳，但刘备兵力少，还是败走江夏。

危难时刻刘备接受了鲁肃的主张，孙刘联盟，共抗曹操。于是派诸葛亮出使东吴，随着诸葛亮自然转换另一个时空场面至江东孙权的帐下。诸葛亮在孙权、鲁肃、周瑜之间展开了一系列生动有趣的故事，又把江东切割成舌战群儒，劝说孙权，智激周瑜，孙权决计抗曹等不同的色彩纷呈的小的时空场面。

无论是刘备和孙权两个大的时空场面，还是小的场面，几乎都是随着中心人物诸葛亮活动，朝着一个方向聚合，促使孙刘联盟、共抗曹操方向运转，展现出一系列战前的故事，如同水到渠成，精彩绝伦，显示了小说家无与伦比的叙事天才，在系列故事中塑造一批杰出的历史人物形象，如孙权的刚毅果断，明智审慎，气度博大；周瑜的运筹帷幄，雄才大略，心胸狭小；诸葛亮的高瞻远瞩，智谋超人，胸怀宽阔；鲁肃的卓识远见，弘毅宽厚，忍辱负重；曹操的刚愎狐疑，骄傲自满，败而不馁；还有黄盖的赤诚，蒋干的愚笨，庞统的智慧等。在次要矛盾中，写了孙权内部主战派和主降派的矛盾，主战派中青年将领周瑜和老将军程普的矛盾，同盟联军内部周瑜和诸葛亮的矛盾等。

在孙吴和曹魏两大场面链接的是一个小人物——蒋干。除了上面两个大的时空场面，再一个时空场面是在曹魏的船舰上。取得一统北方的曹操，乘胜挥师南下，破荆州，战江陵，志满意得，小说家极力渲染曹操的骄傲情绪，临江宴赋诗，其骄狂之态已溢于言表。小说家采取对照的手法，带领读者走进曹操与周瑜双方各自的心理世界，看到他们如何绞尽脑汁，计谋迭出，为的是削弱对方的实力。曹操派蒋干两次出使东吴，在孙权和曹操两个空间场面往复地转换，如同连本大戏，一幕一幕地上演，周瑜成功地利用蒋干，带去假情报，曹操盛怒之下杀了水军将领蔡瑁和张允，大大削弱了曹军的实力。接着在曹操的时空场面上，切割了精彩的小场面，有黄盖的苦肉计，阚泽的诈降书，庞统的巧授连环计，使得小说人物黄盖、阚泽、庞统在同一事件，由两个角度去切入，递增了小说叙述的现场感，透视了曹魏和孙吴的战略和战术。因而产生峰回路转的运动美感，创造出一种抓人的阅读的强劲力量。

当诸葛亮在江东协助周瑜完成了赤壁交战前一系列的谋划的筹措，借得东风，离开东吴，回到夏口，又恢复了刘备阵营的时空场面。诸葛亮立即调遣军队，在曹军败逃的道路上处处截击。出现曹军溃败的狼狈样子的一个个令人捧腹大笑的场面，曹操溃逃过程的三次大笑、华容道关羽义释曹操，演绎出传颂千古的故事。

整个赤壁大战的场面的连续不断推进故事的演进，就是靠小说家对时空场面的切割、调控和转换而完成的。这样，不仅能扩大小说反映历史生活的深广度，而且形成人物矛盾多个对立面的相互渗透勾连，相互转化的社会关系。于是人物性格的多侧面，便会在人物不同的关系中及相联系的空间场面中呈现出来，使人物性格层次丰富，整体丰满。其中周瑜的形象最典型，在指挥对曹魏的作战中，表现出雄才大略、指挥有方、精明强干和智勇双全；在同诸葛亮的合作共事中显露出不能容人、气量狭窄和嫉贤妒能；在对待老将军程普的言行中，又表现了礼贤长者、雅量高志和年轻有为。

上面是宏大的空间结构的转换。正如鲁德才先生所概括的："中国小说的空间，如同戏曲的舞台体现，讲究通过人物的行动或人物主观世界的感受来描写客观世界。甚至可以说它以人物的'自我'为中心，空间场面随人走，行动的感觉和空间意识并存，空间场面环境或大或小，或详或略，场面转换和转换幅度，完全由人物行动的流程来决定。……这样，运动就成了构图的要素，而当人物运动的时候，空间本身也就替换或变更。"[①]这种回环相续、人物连缀场面的转换，不仅使整个情节形成峰回路转的运动感，而且产生了一个个悬念。

第二，时空短暂的场面的分割和转换。

《三国演义》"空城计"是一个时空短暂的精彩场面，看一看同一时空场面是如何转换的。小说家设置诸葛亮和司马懿两人的性格互相咬合，彼此映照所形成的心理的落差和内在张力，连接和贯穿场面的转移，是另一种艺术手段。

诸葛亮初次北伐，兵出祁山，以破竹之势，连取南安、天水、安定三郡，好一派胜利之势，就在蜀军威震关中之际，形势急转直下。魏主曹叡为了抗蜀的急需，不得不重新起用司马懿，令其率诸路兵马赴长安会合。

① 鲁德才：《中国古代小说艺术论》，百花文艺出版社1987年版，第173页。

这段情节是分三个时空场面展现的。

第一个时空场面，司马懿忽然得知孟达策划谋反的消息。这是诸葛亮在整个战局上实现分兵伐魏的战略，蜀军进击关中，孟达直捣洛阳，魏国的形势就非常险恶了。司马懿意识到这是关乎全局的大事，当机立断，不赴长安会合，直取孟达，把诸葛亮准备好的内外夹攻的一支重要力量铲除了。司马懿这一着棋很厉害，从战略上控制了诸葛亮向前推进的步伐。接着，司马懿又投下震动全局的一个棋子，出奇兵，夺街亭。企图卡住汉中咽喉之地，不仅使诸葛亮夺得的陇西一带不能安守，而且退军之时也会受到阻击。

第二个时空场面，诸葛亮全局在胸，对司马懿的战略意识看得很清楚。他及时调整兵力，连连派出三路人马，一派主动请战的马谡守街亭，又以平生谨慎的王平辅之；二派高翔屯兵于街亭之左；三派魏延引兵于街亭之右。两军统帅不谋而合地掷兵力于街亭，司马懿进兵有方，诸葛亮部署得当，真是棋逢对手，将遇良才。

第三个时空场面，偏偏街亭马谡失守，整个战局突发重大的倾斜。诸葛亮在无可挽回的颓败局势下，为保存实力，只好安排退军。令关兴、张苞各引三千军投武功山小路埋伏，张冀引兵修理剑阁，姜维、马岱率军断后。就连身边的五千兵，还分出一半去搬运粮草，仅剩下一班文官和两千五百兵士留在西城。

小说家在情节中设置的这三个场面，环环紧扣，层层推进，以欲扬先抑的艺术手法，将诸葛亮推向矛盾冲突的顶端，使其心理上承受一而再，再而三的冲击，要打，打不得；要守，又守不住。蜀军人心惶惶。就在此时，场面转换到司马懿率军兵临城下。

刘蜀军中场面，“众官听得这个消息，尽皆失色。孔明登城望之，果然尘土冲天，魏兵分两路望西城县杀来”。而诸葛亮的心理素质超人之处，便是在危难之际，挽狂澜于既倒，扭败亡于安危。他从容不迫，“传令，教：‘……大开四门，每一门用二十军士，扮作百姓，洒扫街道。如魏兵到时，不可擅动，吾自有计。’孔明乃披鹤氅，戴纶巾，引二小童携琴一张，于城上敌楼前，凭栏而坐，焚香操琴”（第九十五回）。抛出平生不曾弄险的一着“险棋”——空城计。

魏军的场面，面对诸葛亮神态安详地端坐城楼，焚香操琴。魏军大惑不解。前哨人马“见了如此模样，皆不敢进，急报与司马懿”。司马懿“看毕大疑”，便下令军队“望北山路而退”。其子司马昭则认为：“莫非诸葛亮无军，故作此态？父亲何故便退兵？”不同的三种心态却有一个相同点——疑惑。但前哨疑而不进，司马懿疑而退军，都是对诸葛亮使用的计谋看不透，望而生疑，疑而畏之。只有司马昭的疑是对诸葛亮设置“空城计”的本身产生了怀疑。当时倘若主帅易位，司马昭指挥魏军，那么诸葛亮玩弄的这一手恐怕就束手就擒了。可见诸葛亮只是对付司马懿的，他深知司马懿的思想性格和思维方式。“孔明见魏军远去，抚掌而笑。众官无不骇然，乃问孔明曰：‘司马懿乃魏之名将，今统十五万精兵到此，见了丞相，便速退去，何也？’孔明曰：‘此人料吾生平谨慎，必不弄险。见如此模样，疑有伏兵，所以退去。吾非行险，盖因不得已而用之……’”（第九十五回）

在同一时空之下，分别展现曹魏和刘蜀两个敌对的场面，不时地切换，把人物性格、心理活动表露得很清晰，既有历史经验，又有现实境况，极大地增强了小说叙事最小时间单位蕴含最大内涵的张力。使读者感受到：诸葛亮可谓“知己知彼”，司马懿也是“知己知彼”。他也深知诸葛亮用兵之法，以及其平素谨慎必不弄险的性格。这种看法，早在“空城计”之前，小说就埋下了伏笔。司马懿曾对张郃说：“诸葛亮平生谨慎，未敢造次行事。若是吾用兵，先从子午谷径取长安，早得多时矣。他非无谋，但怕有失，不肯弄险。”（第九十五回）因而，他看到诸葛亮空城抚琴，便认定此中有诈，并非弄险，对司马昭说：“亮平生谨慎，不曾弄险。今大开城门，必有埋伏。我兵若进，中其计也。汝辈岂知？宜速退。”小说还有几笔点染了他这一心理过程，开始听到前哨报告，司马懿“笑而不信”，“笑”流露出他的自信，他不相信诸葛亮会“弄险”。及至亲自看到眼前的事实，又生出疑惑，但依据“不曾弄险”的逻辑，推论出“今大开城门，必有埋伏”。这种看法形成了一种定式思维，只顺着诸葛亮“平生不曾弄险”的一个方向去思考，没有考虑到在特殊的境遇下，事情发生突变，“不得已而用之”的偶然性。拘于定式思维，于是出现负面反应，做出错误的判断，失掉了战机。

司马懿退军的场面还隐含着一个复杂政治背景下的深层心态。司马懿是曹魏的三朝元老，可曹操在世之时，对他并不信任。后因拥戴曹丕有功，曹丕临终时，把后事托付于大将军曹真、陈群和司马懿，这时司马懿才以显赫的身份进入曹魏政权的最高层。没料到曹叡掌权之初，中离间之计，把司马懿削职回乡。虽然这次重新被起用，但官场上的风云变幻，前番的政治打击，却在他的心底留下了阴影，使本来谨慎多疑的司马懿更加狐疑。即使他当初心里曾闪念过对诸葛亮“空城计”的怀疑，但与其冒险而为之，不如采取万无一失的退军为上。这样即便无功，但也无过。何况这次重新挂帅，克孟达，夺街亭，扭转败局，转危为安，已立下了大功。权衡利弊，采取了保守的做法。在伴君如伴虎的封建官场，老谋深算的司马懿总要处处给自己留有后路。只不过这种深层心态对司马懿的思维和行为的制约，没有明显的刻画，含而不露地隐伏在小说情节的场面之中罢了。

诸葛亮“空城计”的场面，并不完全在于虚以却敌。“却说司马懿望武功山小路而走。忽然山坡后喊杀连天，鼓声震地。懿回顾二子曰：‘吾若不走，必中诸葛亮之计矣。’”只见张苞率兵杀来，“魏兵皆弃甲抛戈而走。行不到一程，山谷中喊声震地，鼓角喧天”，又见关兴带兵杀到。“山谷应声，不知蜀兵多少，更兼魏军心疑，不敢久停，只得尽弃辎重而去。”“司马懿见山谷中皆有蜀兵，不敢出大路，遂回街亭。”（第九十五回）这退兵的具体部署与“空城计”相得益彰，实实虚虚，真真假假，使得司马懿不仅不敢复向西城杀去，而且一路被蜀兵声东击西弄得狼狈不堪。至此，小说家把场面调度得淋漓尽致，尽显诸葛亮善于用兵，料敌如神，还不尽意，又在“蜀兵尽回汉中”以后，补写了一个颇有蕴意场面的小镜头：

> 懿引一军复到西城，因问遗下居民及山僻隐者，皆言孔明止有二千五百军在城中，又无武将，只有几个文官，别无埋伏。武功山小民告曰："关兴、张苞，只各有三千军，转山呐喊，鼓噪惊追，又无别军，并不敢厮杀。"懿悔之不及，仰天叹曰："吾不如孔明也！"

这位自叹不如诸葛亮的司马懿，却是一位身经百战的魏军统帅，几与诸葛亮相匹敌。在克孟达，夺街亭，扭转战局，连连逼追蜀军的境况下，却面对诸葛亮的从容不迫，安然退军，终于发出"吾不如孔明" 的哀叹，烘托出诸葛亮的大智大勇。

场面的扩展和延伸

小说家控制和调度场面的扩展和延伸，其实是叙述节奏、情绪节奏的外化。节奏的艺术创造可以产生独特而强烈的美感效果。

场面的扩展和延伸，体现作品的起伏感、韵律感、运动感，它绝非位置的改变，而是时空的延续，向前推移的曲线波动。其意蕴往往不重视人物的结局，而是关注于场面片段所能发散的一种机趣、一种奔突的情绪、一种潜移默化的人生感悟。如"火烧赤壁"战争场面的展现，小说家把镜头对准曹操的败逃，且战且走，时困时脱，让读者巡视了战场败逃的各个角落，领略了这次鏖战进程的始末。

水上——"二十只火船，撞入水寨，曹寨中船只一时尽着，又被铁环锁住，无处逃避。隔江炮响，四下火船齐到，但见三江面上，火逐风飞，一派通红，漫天彻地。"曹操被救上岸，黄盖"手提利刃，高声大叫：'曹贼休走！黄盖在此！'操叫苦连声"（第四十九回）。

岸上——被救登岸后置身"火林"，正待逃命，"火光"中杀出吕蒙，曹操在张辽的保护下才得以逃脱。

山谷里——又拥出凌统一军，前后掩杀，“曹操肝胆皆裂”，忽然徐晃赶来救护，又使曹操夺路而走。走到乌林西——“回望火光渐远，操心方定”，“操见树木丛杂，山川险峻，乃于马上仰面大笑不止。诸将问曰：‘丞相何故大笑？’操曰：‘吾不笑别人，单笑周瑜无谋，诸葛亮少智。若是吾用兵之时，预先在这里伏下一军，如之奈何？’”（第五十回）曹操在败军之际狼狈逃走，为什么“见树木丛杂，山川险峻，乃于马上仰面大笑不止”？此时曹操心理极为复杂，他毕竟是身经百战的军事家、战略家，尽管战败，也是兵家之常事。他不会因此一蹶不振，而作为统帅每时每刻头脑都是战略思维，研究敌我双方战术的运用，因此“见树木丛杂，山川险峻”，而没有“预先在这里伏下一军”乃大笑不止。结果突然鼓声响处，火烟竞起，山腰里又杀出赵云，徐晃、张郃双双奋力敌赵云，曹操得脱，又折了不少人马。

行至葫芦口——人困马饥，埋锅造饭，“操坐于疏林之下，仰面大笑。众官问曰：‘适来丞相笑周瑜、诸葛亮，引惹出赵子龙来，又折了许多人马，如今为何又笑？’操曰：‘吾笑诸葛亮、周瑜毕竟智谋不足。若是我用兵时，就这个去处，也埋伏一彪军马，以逸待劳，我等纵然脱得性命，也不免重伤矣。彼见不到此，我是以笑之。’”（第五十回）曹操第二次大笑，除却其战略思维而外，还有一种在众将面前掩饰刚才大笑的失误，他不认输，这正是曹操的性格特征——奸雄，既狡诈又不服输，百折不挠，顽强不屈。结果正笑周瑜、诸葛亮无谋，张飞一声大叫，截住去路，吓得曹操“弃甲上马”，乘乱脱逃，走到远离赤壁。

接近荆州的华容道——“人皆饥倒，马尽困乏。焦头烂额者扶策而行，中箭着枪者勉强而走。”前面遇到泥泞道路，泥陷马蹄，不能前进。曹操令军士担土搬草，填塞道路。饿乏倒地，死者无数。过了险峻，道路稍平，曹操回顾只有三百骑。“操在马上扬鞭大笑。众将曰：‘丞相何又大笑？’操曰：‘人皆言周瑜、诸葛亮足智多谋，以吾观之，到底是无能之辈。若使此处伏一旅之师，吾等皆束手受缚矣。’”（第五十回）此时曹军已远离赤壁，曹操估计已脱离危险，这是其一。此时“人皆饥倒，马尽困乏”，众人士气低落，而曹操一反常态，“在马上扬鞭大笑”，沧海横流方显英雄本色，这是其二。曹操第三次嘲笑诸葛亮、周瑜是无能之辈，是他认为这里绝不会再出现敌军了，再一次在众将面前掩饰刚才大笑的失误，大有虎死不倒之威。结果话音刚落，“一声炮响”，关羽手提青龙刀，坐跨赤兔马，截住去路，“操军见了，亡魂丧胆，面面相觑”。曹操靠低声下气、晓之“大丈夫以信义为重”，动之以情，疏通旧情才放开一马。至此，小说家把整个火烧赤壁的焦距都调到了曹操身上，以他败逃的几个富有戏剧性的场面，艺术地概括了这场战役的实际进程，所有的空间场面都能体现全知叙事视觉的艺术处理。特别是曹操三个场面的三次大笑，是典型的场面的扩展和延伸，场面片段所发散的一种令人捧腹的谐趣、一种贬曹的情绪、一种潜人生的感悟。

上面讲到的战争场面的转换和扩展、延伸，即空间结构的分割与组合，是整部《三国演义》叙事结构方式的共同特点。之所以把它放到战争叙事结构一节中来阐述，就是因为战争中始终是敌、我、友三方的对立与联合的交错，叙事的空间结构方式在这里显得更为突出和重要。

战争叙事结构要素的联系与组合

小说展现的叙事时空、场面取决于人物行动的转换和制约，那么小说中人物的行动是由谁调节呢？这正是小说家叙事所担负的艺术使命。战争叙事结构要素的联系与组合是揭示战争整体动态过程的总动力，“结构要运转、展开和整合，没有内蕴的能量或动力，是不可想象的。以中国叙事结构思维融合物理学术语而加以变通，由此引导出的势能概念，是可以从内在、外在和变异各个角度对结构运转中的能量，进行动力学的解读的。解读的结果，可以从三个方面理解结构的内蕴的能量或动力：本体势能（内在），位置势能（外在），变异势能（内在和外在结合而生变异）”[1]。赤壁之战无论是在大的时空转换，还是小的场面转换，都不是单一的，而是人物性格本体势能与复杂多变的外在形势的多层面的交叉、撞击，又反作用于不同的层面，构成新一个层面的本体势能与外在势能的交叉和撞击，总之，结构的内蕴动力是多元的。

战争叙事结构要素的联系与组合不单纯是军事，而与政治、外交、经济、人才等因素相互联系，形成各种因素相互影响、渗透、制约的错综复杂的整体动态过程。它自始至终都表现为各种要素的联系和组合后而形成的一种合力，而对合力能够起一定作用的则是人的意志，即“人谋”。而“人谋”有一定的限度，不是可以任意设计的，时时要受到政治、经济、地理这些必然因素的制约。概括地说，战争叙事结构的要素分为两类：一是作为社会客体的“物”，即经济和地理等因素；二是作为社会主体的人，即“人谋”形成的政治因素、外交因素和人才因素等。前者起主导作用，后者具有相对独立性。

粮草在“人谋”下的作用

物的因素和人的因素在《三国演义》结合，最重要的体现是人驾驭物的本体势能，尤其在曹操、诸葛亮这些高能人才身上最为突出。物的因素在《三国演义》战争中出现最多的是粮草，与此相关的还有“屯田”“军需”“秋成”“大荒”等，显然，军队也“以食为天”。粮草是《三国演义》战争中须臾不可离的军需，它的短缺直接关乎着军队的存亡和战争的胜负，是一个制约全局性的大问题。因此，凡举大事者都非常重视囤积粮草。

一、豪强称霸，第八回写董卓有异志，大量囤积粮草，以备不虞。“离长安城二百五十里，别筑郿坞……仓库屯积二十年粮食。”第十七回“袁

① 杨义：《中国叙事学》，人民出版社1997年版，第77页。

术在淮南，地广粮多，又有孙策所质玉玺，遂思僭称帝号”。第十四回董昭为曹操迁都摆出的理由：“明告大臣，以京师无粮，欲车驾幸许都，近鲁阳，转运粮食，庶无欠缺悬隔之忧。”此类简述在《三国演义》中随处可见，可知图王称霸者都把广积粮作为自己的资本。

二、决策大事，以粮为本。三国纷争，以智斗为主。粮草作为战争中的重要军需，却常常牵动着战争的全局。第三十回袁绍和曹操在官渡形成对峙局面，达半年之久，经八、九两月，曹军军力渐乏，粮草不继，曹操一度欲弃官渡回许昌。此时粮草成为这场战争胜负的命脉。曹军的催粮使者落到袁绍谋士许攸的手中，许攸据此向袁绍献出一条妙计，乘当下曹军粮草已尽，许昌空虚，分兵袭取许昌，而后南北夹击，一举灭曹，而袁绍却拒纳良策。许攸弃袁投曹，还是在粮草上大做文章，向曹操献上劫乌巢、烧粮草的计谋，被曹操采纳。偷袭乌巢之夜，“火焰四起，烟迷太空”，袁军全部粮草被“尽行烧绝”。消息传到前方，袁军顿时人心浮动，内部上下慌乱，发生分裂。

三、战争中解决粮食的策略和战略。一切成熟的卓越的古代军事家、政治家都十分重视这个关乎战争全局的大事。远道运输粮草，弊端很多，容易给敌方造成断粮、劫粮的可乘之机且不说，单就前方作战，后方就要有数倍于前方的人力运输和保卫，代价是极其大的。曹操深知“兵马未到，粮草先行”，他最善于用劫粮、烧粮、断粮的战术致敌败亡，所以在赤壁战争中，周瑜别有用心地教诸葛亮夜往聚铁山断曹操粮道。诸葛亮识破周瑜的奸计，对鲁肃说：“公瑾令吾断粮者，实欲使曹操杀吾耳。……操贼多谋，他平生惯断人粮道，今如何不以重兵提备？”（第四十五回）仅从曹操运用粮战，一手断敌粮、保己粮；一手屯田积粮，可见其文韬武略。

诸葛亮六出祁山作战，都把粮草看作胜败攸关的重要问题，它反映了古代战争史上的一个重要特点。孙子兵法讲粮草来源有两种方法，一是“千里馈粮”。诸葛亮出祁山伐中原创木牛之法，《三国演义》第一百零二回写“诸葛亮造木牛流马”，运输粮草。《三国志·蜀书·诸葛亮传》载：

“（建兴）九年（公元231年），亮复出祁山，以木牛运，粮尽退军。”诸葛亮二出祁山，因粮不济，虽胜而不能持久，不得不退军。当诸葛亮教军拔寨退军时，杨仪大惑不解，曰：“今已大胜，挫尽魏兵锐气，何故反欲收军？”诸葛亮曰：“吾兵无粮，利在急战。今彼坚守不出，吾受其病矣。彼今虽暂时兵败，中原必有添益，若以轻骑袭吾粮道，那时要归不能。……”（第九十八回）第九十八回诸葛亮五出祁山，蜀军又胜魏军。但因李严筹粮不济，妄奏军情，致蜀军回师，无功而返。诸葛亮北伐中原不利的因素，就是粮草受困，无能为力。

二是“因粮于敌”。《孙子兵法》中讲：“国之贫于师者远输，远输则百姓贫。”意思是说，国家因用兵而导致的贫困，远道运输是一个重要原因。因此，孙子提出一个战略观点：“取用于国，因粮于敌。”武器装备由国内供给，粮草供给在敌国就地解决，这是一个很有价值的战略思想。诸葛亮六出祁山就有四次选在春季陇上粮熟草壮之时，施展计谋，“因粮于敌”。关于诸葛亮北伐中原率军割陇上小麦一事，《三国演义》有绘声绘色的描绘，在《资治通鉴·魏纪四》也有记载：“亮分兵留攻祁山，自逆懿于上邽。郭淮、费曜等徼亮，亮破之，因大芟刈其麦，与懿遇于上邽之东。懿敛军依险，兵不得交，亮引还。”①

毛宗岗评点《三国演义》时曾对粮食在战争中的重大作用发了一通感慨：

> 君子读书至此，而叹粮之为累大也。民以食为天，兵亦以食为天。武侯割陇上之麦，迫于无粮耳。司马懿之不战，亦曰粮尽而彼自退耳；郭淮之请断剑阁，又曰截其粮道，则彼自乱耳。前者苟安之被责而兴谤，不过以解粮之过期；今者李严之遣书以相欺，亦不过为运粮之有缺。嗟乎！兵之需饷如此，而饷之艰难又

① 司马光：《资治通鉴》，中华书局1956年版，第2267页。

如此，然则将如之何哉？故国家兵未足必先足食，食不足无宁去兵。（第一百零一回回评）①

毛宗岗看到了粮食乃立国之本，治军之本，无粮不稳。战争应以此为前提，这是对的，但在战争叙事结构的诸因素中，“人”的因素，表现在政治、外交、人才等方面对经济的反作用也是不容忽视的。“袁术在淮南，地广粮多，又有孙策所质玉玺，遂思僭称帝号。”结果一败涂地。董卓筑坞，“仓库屯积二十年粮食”却死无葬身之地。公孙瓒在易京，“积粟三十万以自守”，却被袁绍所灭。因此，他说：

瓒之亡也，积粟三十万；术之亡也，剩麦三十斛。粮多亦亡，粮少亦亡，何也？曰：二人之无谋等也。无谋等，则粮之多少无异也。（第二十一回回评）②

这里讲的“谋”是“人”的因，也就是高能人才的本体势能的表现，在政治、外交、人才等方面对战争中经济因素的反作用。曹操粮食匮乏，因得许攸一人才，而作出正确的决策，一举扭转了对峙的战局。西蜀刘璋、汉中张鲁都是民殷国富，沃野千里，粮草丰足，却被刘备和曹操先后吞掉。所以说，粮食的多寡对战争的胜负是有很大的制约因素，但不能用简单的经济决定论去剪裁一切社会现象。

民俗造势在战争中的作用

战争叙事结构要素第一位是政治，靠的是文武相济，文的手段最主要是靠舆论的导向为政治造势，为战争助力。豪强纷争都打出匡扶汉室，拯救百姓的漂亮旗号，这种鼓动人心的舆论直接服务于战争。正如《孙子兵

① 沈伯俊：毛本《三国演义》整理本，中州古籍出版社 1992 年版，第 1026 页。

② 沈伯俊：毛本《三国演义》整理本，中州古籍出版社 1992 年版，第 203 页。

法·计篇》上说："道者，令民与上同意也，故可以与之死，可以与之生，而不畏危。"所谓道，就是政治、道义，是要使民众与国君的意愿一致，同心同德。因此，战前对外的政治宣传，大造舆论；对内的政治动员，鼓动人心。这都是用舆论取信于民的必要手段。舆论的形式多种多样，其中谶纬、占卜和解梦等，无论是在上流社会还是民间世俗，都有根深蒂固的深厚基础，因此，这种艺术描写在《三国演义》中自始至终流贯着。

第一，占卜在《三国演义》中是命运预测的手段。

占卜比谶纬内容更庞杂，形式更繁多，诸如星命、相术、拆字、起课、风水等。流播也更广泛，并且有深厚的群众接受的心理基础。从历史记载可以看出，占卜在殷周时代属于官方的一项严肃的制度，大多是遇到军国大事，有专门从事卜筮的官吏进行正规的庄重的占卜。到了汉代，占卜遍布市井山野。《三国演义》在两个章回中刻画了管辂这位民间占卜家的形象，并一连讲了管辂占卜的系列故事，使我们从中领略了那个时代的民俗、思辨和哲理。

管辂掌握"八卦幽微""六爻玄奥"进行占卜，这是中国特有的一种文化现象。《周易》是古人卜筮活动发展到了高度阶段而产生的，它的卦象中已蕴含了思辨，富有了哲理。尽管带有东方神秘主义色彩，但六十四卦的原始意象却代表了中华民族文化的积淀。其中有形而上的东西，也有形而下的东西。毛氏本保留管辂占卜的几个故事都是属于形而下的东西。被毛宗岗删掉的一个细节，还保留在嘉靖本《三国演义》卷之十四《曹操试神卜管辂》[①]一节中，曹操与管辂论《周易·乾卦》则是形而上的内容。《周易·乾卦》云："云从龙，风从虎。"曹操把"龙、虎"与"风、云"割裂来认识，他说：

龙动则景云起，虎啸则谷风至，所以为火星者龙，参星者虎。火

① 罗贯中：《三国志通俗演义》，上海古籍出版社 1980 年版，第 665 页。

出则云应，参出则风到，此乃阴阳之感化，非龙虎之所致也。

管辂指出曹操认识的偏颇：

夫论难当先审其本，然后求其理，理失则机谬，机谬则荣辱之主。

当曹操又说：

夫龙之在渊，不过一井之底；虎之悲啸，不过百步之中，形气浅弱，所通者近，何能兴云而驰东风？

管辂用精深的话语概括了“云从龙，风从虎”的辩证关系，他说：

王上岂不见阴阳燧在掌握之中？形不出手，乃上引太阳之火，下引太阴之水，嘘吸之间，烟景以集。苟精气相感，悬象应乎二燧；苟不相感，则如二女同居，志不相得。自然之道，无有远近也。

管辂这段对话深刻的含义说明：英雄的内在素质和风云际会的外在机遇互相交感，彼此追求，云跟着龙而聚散，风跟着虎在动，这说明一切事物，各自循它类同的性质而相聚的道理。这些对话和论述都有别于占卜之术，是《周易》形而上的哲理。《周易》在其发展、流传的整个过程中，形而上和形而下的东西都交汇在一起。这是中国文化雅俗相杂的一个显著特征。管辂被誉为“神人”，正是因为他运用《周易》，具有能卜善占、知机通玄的才能，小说根据《三国志》其本传勾勒他许多料事如神的故事。

从中国哲学思想的发展观之，谶纬、占卜都体现了“天人感应”的观念，“上天”有主宰一切、自然界变化和人世间祸福吉凶的无限权威和绝对意志，而且总是以征兆警示人们。《三国演义》整部书都贯穿这一思想，“纷纷世事无穷尽，天数茫茫不可逃”。自然，谶纬、占卜都是代“天”言事了。

第二，圆梦在《三国演义》中是代天而言。

圆梦占卜活动在古人的生活中经常出现，《正字通》说：“占梦以决吉凶，曰圆梦。”《三国演义》在这方面的描写也很多。我国殷墟发掘出的数万计的甲骨文碎片，又称“卜辞”，大都是卜筮之官的作品。从中，可见占梦也是神秘文化的重要组成部分。

梦象的征兆基本上分为凶吉两大类。吉梦无非是福禄祥和，举凡财运亨通，科举中第，福寿延年，比比皆是。但《三国演义》中的吉梦却不流于凡俗，它紧紧和“君权神授”的思想相照应。大都以上天的物象，如日、月，和神圣的动物，如龙、凤，来与做梦人的身世、地位和前途相联系，显示出帝王之兆的祥瑞和贵不可言的崇拜。这是一个特点。如遭十常侍的劫持，少帝和陈留王流落在北邙山之畔，庄主崔毅“是夜梦两红日坠于庄后，惊觉，披衣出户，四下观望，见庄后草堆上红光冲天”（第三回）。“甘夫人尝夜梦仰吞北斗，因而怀孕”，乃生阿斗刘禅。吴国太生孙策、孙权时分别梦见月和日，皆是帝王之兆。这个素材出自《搜神记》：“孙坚夫人吴氏，孕而梦月入怀，已而生策。及权在孕，又梦日入怀。以告坚曰：‘妾昔怀策，梦月入怀；今又梦日，何也？’坚曰：‘日月者，阴阳之精，极贵之象。吾子孙其兴乎？’”龙是华夏的图腾，并在两千多年的封建帝制，成为帝王特有的象征。皇上是真龙天子，皇子皇孙可以称为龙子龙孙。凤与龙一样也是虚构的神物，并且是吉祥的象征。只有德政清明，才能招致凤凰翔集。因此，曹丕手下群臣逼迫汉献帝禅让时，其中就编造了帝王祥和的景象：“自魏王即位以来，麒麟降生，凤凰来仪，黄龙出现，嘉禾蔚生，甘露下降。此是上天示瑞，魏当代汉之象也。”（第八十回）

《三国演义》中描写梦象更多的则是凶兆，这与群雄争权夺势，伺机问鼎的斗争相联系，为人物的命运和生活道路做铺垫。如马超梦见“身卧雪地，群虎来咬”，应和了其父马腾和其弟马休被曹操杀害；关羽“假寐于帐中。忽见一猪，其大如牛，浑身黑色，奔入帐中，径咬云长之足”。预示了关羽败走麦城，被害身亡；曹操“忽一夜梦三马同槽而食”，为司马氏篡魏埋下伏笔。其中邓艾做梦，小说做了详细的描述，《三国志·魏书·王毋丘诸葛邓钟传》载：

> 初，艾当伐蜀，梦坐山上而有流水，以问殄虏护军爰邵。邵曰：“按易卦，山上有水曰《蹇》。《蹇》繇曰：‘《蹇》利西南，不利东北。’孔子曰：‘《蹇》利西南，往有功也；不利东北，其道穷也。’往必克蜀，殆不还乎！”艾怃然不乐。①

从这段描述可知，有正史可稽；占卜不虚饰，有好则说好，有坏则说坏；与人物命运和结局的走向大致相吻合。这不是小说家的艺术虚构，是当占卜与人物所处的特定环境，以及人物的独特心理分析相一致，能够有一定的预测性，这就为历史记录占卜的准确性找到了合理的成分。尽管占卜大多是虚妄之说，但也不排除其中有一些带有合理的因素，而能使预测灵验。不然，为什么占梦能够在中国这块古老的土地上，具有如此悠久而深厚的文化传统和民俗习惯。占梦者有的是民间的，也有的是官方的，《三国演义》中记叙了一位民间占卜家管辂，一位占卜官赵直，还有一些不以占卜为专职，但也能掐会算的文人谋士。他们的运作丰富和发展了占梦的理论及风俗。以至在中国社会的政治、哲学、艺术、文学以及民俗文化等方面无不烙着它的斑斑印痕。仅占梦术就有易卦法、五行法、测字法、物象法、反说法等，上面邓艾一例便是采用易卦法。

《三国演义》到处散见着谶纬、占卜和圆梦这一神秘文化的东西，无论你从哪一个视角扫视这部名著，都会感到它浑身上下散发着一种思辨意味，流贯着一种哲学意识，那就是“天人合一”。“天人感应”的哲学观

---

① 陈寿：《三国志》，中华书局1959年版，第781页。

念像一个巨大的神经之网，无处不渗透。无论分析人物性格、诗词内涵、情节结构哪一方面，都会触到这张神经之网。中国传统文化的核心是“天人合一”“天人感应”的整体思维，《周易》是这一思维的浓缩形式。它既蕴含着“一阴一阳谓之道”的朴素辩证法和“五行”物质第一性的朴素唯物观，又包容在卜筮巫术的外壳下，用形而上学象数去窥探神的意旨的低级的思维模式之中，形成一种哲学思维与卜筮巫术奇妙的组合，再现社会的文化结构和原始形态。因为在它的背后隐藏的是大动荡、大分化、大组合时代各种社会层次的不同心态再现，是形形色色的期待、欲望、阴谋心理的展露，是不同阶层人的精神世界与心理活动。

第三，檄文是旗帜鲜明的舆论造势。

舆论除却带有神秘色彩的谶纬、占卜、圆梦等外，还有公开的宣扬，到处标榜，也是一种公开的直接的舆论。例如，刘备时时处处标榜自己是“汉室之胄”，声言要“上报国家，下安黎庶”；诸葛亮六出祁山，都是以“征伐逆贼，恢复汉室”为己任，以号召天下。就连曹操也每每以“奉天子明诏，出兵讨逆”。曹操发矫诏兴义师讨董卓，首先以檄文遍及诸侯，布告天下：（1）历数董贼的滔天之罪，“欺天罔地，灭国弑君；秽乱宫禁，残害生灵；狼戾不仁”。（2）打出“奉天子密诏”的旗号，出师有名，兴义兵，举义师。（3）讨董卓的目的是“扶持王室，拯救黎民”。言简意赅的檄文，对发起强大的政治攻势，招揽人马，收买人心起到了很好的作用。这一切是不流血的战争，却直接为流血的战争服务，而流血的战争最后的归宿却是不流血的战争——政治。

在《三国演义》诸多檄文中，最有名的是陈琳为袁绍起草的檄文，“绍览檄大喜，即命使将此檄遍行州郡，并于各处关津隘口张挂。檄文传至许都，时曹操方患头风，卧病在床。左右将此檄传进，操见之，毛骨悚然，出了一身冷汗，不觉头风顿愈，从床上一跃而起，顾谓曹洪曰：‘此檄何人所作？’”（第二十二回）此檄文笔犀利，连曹操都为之震惊。

上面论述了战争叙事结构某一要素，如司空见惯的“粮草”，是实的。

屡用屡爽的“舆论”，是虚的。无论是实的，还是虚的，透视它在合力中的作用，自始至终都表现为各种要素的联系和组合后而形成的一种合力，而对合力能够起一定作用的则是人的意志，即“人谋”。这是战争叙事的根本，只有“人谋”，才能把各种要素的联系与组合成为一个合力。战争是一个社会系统，战争胜负最终取决于一个合力。这个合力则是在政治、外交、经济、军事，人才等诸多因素的互相联系、互相渗透、互相作用下形成的，而合力的形成过程就是战争系统诸要素结构方式组合的过程。所以《三国演义》每场战争的形式都各有特点，如官渡、赤壁、夷陵三大战役，虽都是采取以火攻为主的战略战术，但因豪强临势变通，各逞其能，官渡之战是烧粮草，火烧在平原；赤壁之战是烧战船，火烧在水上；夷陵之战是烧营寨，火烧在丘陵。依托了地理条件，“物”的客观因素与“人”的主观因素结合得巧妙绝伦。其结构要素组合千变万化，方式多种多样，最终形成一个合力，决定胜负。而不单纯是军事，而与政治、外交、经济、人才等因素相互联系，形成各种因素相互影响、渗透、制约的错综复杂的整体动态过程。这都是“人谋”的表现。从叙事结构中肢解出任何一个因素，孤立地看待，都会产生片面性。

战争叙事结构要素审美性质的差异与统一

《三国演义》战争叙事艺术不仅能表现出战争场面的规模和气势，而且还表现出意境的优美和情趣，于紧张之中见轻快，于严肃之中见幽默，于激烈之中见诗情。毛宗岗在第八回，十八路诸侯讨董卓失利后，国贼未除，内讧迭起，兵戈相见之时，王允献貂蝉，巧施美人计这一章回批道：

> 前卷方叙龙争虎斗，此卷忽写燕语莺声。温柔旖旎，真如铙吹之后，忽听玉箫；疾雷之余，忽见好月。[1]

① 沈伯俊：毛本《三国演义》整理本，中州古籍出版社1992年版，第69页。

毛宗岗批注《三国演义》时，对这样的叙事艺术方法多有评赞。如刘备马跃檀溪，死里逃生，惊魂未定，忽逢隐贤优雅的地方，他在此处批道：

> 玄德于波翻浪滚之后，忽闻童子吹笛，先生鼓琴；于电走风驰之后，忽见石案香清，松轩茶熟。正在心惊胆战，俄而气定神闲。真如过弱水而访蓬莱，脱苦海而游阆苑，恍疑身在神仙境界矣！①

毛宗岗对《三国演义》出现的这些“闲笔”的审美形态做了点评，然而却缺乏对战争叙事艺术的审美特点的研究。这才是问题的实质，即从战争叙事结构要素的审美性质的差异与统一上探讨，才能把握战争叙事艺术审美形态的特质。

战争叙事结构是一个有机的整体，把军事冲突之外的政治、外交等要素视为这个有机整体的必然因素，似乎没有异议。但若把有些因素，如金鼓齐鸣、万马奔腾、杀伐紧张的长坂大战中“刘备摔子”；新野之战硝烟未散，转而展现卧龙岗秀丽景致，山雅水清；赤壁战场，剑拔弩张，严阵以待之时，插入一段抒情的画面，天气晴朗，风平浪静；兵出潼关，攻取汉中的行军途中，曹操与杨修谈笑猜测“曹娥碑”字谜等，都视为战争叙事的有机要素，似乎有人就不以为然了。如何看待这些“闲笔”，它们是否符合战争叙事艺术的审美特点？显然涉及一个什么样的批评意识。

认识和评判《三国演义》战争叙事艺术固然要从战争本身构成因素的社会属性出发，不否定军事、政治、外交活动的描写是战争叙事结构必然要素。但是我们不能忘记小说的战争叙事艺术，不能只就社会价值、历史价值、伦理价值去评判，而还应当注意其审美价值。如果将战争叙事的审美价值肢解开来，单纯从社会属性上去挖掘历史的文化的意蕴，就等于抹杀了历史演义小说的特质。

《三国演义》战争叙事结构具有社会属性和审美属性两个方面，是一

① 沈伯俊：毛本《三国演义》整理本，中州古籍出版社 1992 年版，第 353 页。

个有机的整体。二者之所以能够融合统一，在于二者间存在着一种深层的内在联系。战争叙事中显现的社会属性是一种历史文化积淀，并表现和渗透在战争全过程的方方面面，军事、外交、政治这些叙事当然能使人俯视时代的画卷，但一块秦砖汉瓦也同样展示出时代的风貌。因此，审美效应不完全在叙事内容的性质，而在叙事内蕴的深刻程度。战争中发生的逸闻逸事、风土人情、谈天说地等“闲笔”，与整个战争叙事结构有着潜在的联系，应纳入统一的叙事整体之中。虽然“闲笔”的性质不像政治、外交、经济等因素，能够直观地看到它们对战争的影响，但对创造战争的审美价值来说，它不是游离于作品审美性质的外在掺杂物，而是构成作品审美性质的一木一石，也是战争审美性质的必然因素之一。

那么，为什么总是有意或无意地将战争过程中的“闲笔”，不视为战争叙事审美性质的必然因素呢？这里有一个认识和审美的错位问题。小说家写战争，是一个审美创造活动，它离不开构成战争的基本社会属性的因素，像军事、政治、外交等，且以这些为基础。但小说家与历史学家的根本区别，就在于小说家不是着力描写战争的过程、性质、战略和战术，而是通过战争的叙事刻画历史的典型环境，塑造历史人物的性格，烘托历史的舆情，渲染时代的激情。如果把眼光仅仅局限在表现战争社会属性的那一部分，那么就忽略了战争叙事结构有机组织的“闲笔”那一部分。而恰恰是格斗杀伐之后的谈天论道、逸闻逸事等宁静平和的描写，使战争本身更有其独特的审美价值。台风的中心是宁静的，而这宁静却是一个博大丰富的内涵造就的。它的周围是巨大的旋涡，猛烈的冲击，高速的运动，而中心的宁静正是这力的创造，力的凝聚，力的巨大。假如说写台风，忘记写台风中心那宁静的一笔，显然是不完美的。以赤壁之战中曹操“横槊赋诗”为例。

两军对垒赤壁，大战一触即发，在紧张危急的时刻，小说第四十八回穿插了曹操赋诗的情节。

天色向晚，东山月上，皎皎如同白日。长江一带，如横素练。

操坐大船之上，左右侍御者数百人，皆锦衣绣袄，荷戈执戟。文武众官，各依次而坐。操见南屏山色如画，东视柴桑之境，西观夏口之江，南望樊山，北觑乌林，四顾空阔，心中欢喜……乃取槊立于船头上，以酒奠于江中，满饮三爵，横槊谓诸将曰："我持此槊，破黄巾、擒吕布、灭袁术、收袁绍，深入塞北，直抵辽东，纵横天下，颇不负大丈夫之志也！今对此景，甚有慷慨。吾当作歌，汝等和之。"

与火光冲天、血肉横飞的赤壁大战的壮阔场面相比，与精英人物施展谋略，彼消此长、顿时骤变的运筹相比，这段宁静秀丽、诗情画意的描写，确实算不得什么。看似"闲笔"，可有可无，其实不然。它无论是对大战本身，还是对刻画曹操典型性格，都有极其重要的作用，是战争叙事结构不可缺少的要素。

首先，曹操戎马一生，延揽人才，开创霸业，为的是统一天下。而眼前这场赤壁之战，对实现他的雄心举足轻重。曹操想到自己年过半百，一种紧迫感油然而生，《短歌行》一开篇就倾吐了他这种情怀："对酒当歌，人生几何？譬如朝露，去日苦多。"曹操从起兵到官渡取胜，尽管挫折很多，但总的来说是他一生中的上升阶段。这和他招揽人才、扩充实力是分不开的，所以《短歌行》一诗集中反映了他建功立业、求贤若渴的抱负。同时也在慨叹人生短暂中流露出及时行乐的感伤。"吾今年五十四岁矣，如得江南，窃有所喜。昔日乔公与吾至契，吾知其二女皆有国色。后不料为孙策、周瑜所娶。吾今新构铜雀台于漳水之上，如得江南，当娶二乔，置之台上，以娱暮年，吾愿足矣！"这段露骨的表白，与统一天下的雄心壮志，构成曹操典型性格的多侧面。曹操赋诗的情节，所披露的曹操的情怀和思绪，与其半生戎马生涯的人生体验息息相连、笔笔相关。

其次，欢乐的晚宴却以刺死刘馥而匆匆地不欢而散。问题不在于曹操杀死一个属下，而在于这一笔揭示了此时此刻的曹操，因官渡的胜利而头脑发热、骄矜十足。刘馥一句进言，便勃然大怒，杀之为快。这个细节与赤壁大战整个过程中，曹操错杀水军将领蔡瑁、张允；误中黄盖苦肉计，阚泽的诈降书；错误采用庞统的连环计等一系列军事谋略上的失误一样，从不同的视角折射出曹操骄矜的性格是导致赤壁败北的重要原因。自古以来，骄兵必败。官渡大战之前曹操步步取胜的根本原因是战略上采取了分化瓦解、各个击破的原则，总能使自己的军队保持高度的应变能力，用武力剪灭了一个又一个豪强，显示了曹军的活力和发展的内在潜力。但在赤壁大战中"曹操暂自骄伐""勤之于数十年之内"的战略原则，"而弃之于俯仰之倾"。号称百万大军，战船连成一体而丧失了应变能力，无法抵御火攻而惨遭失败。"临江宴"这一"闲笔"悲剧色彩成为整个赤壁战争败北的征兆。

最后，诸葛亮为促成孙刘联盟，共抗曹操，曾经在智激周瑜的时候，讲述过曹操虎视江南，实为二乔的事情。气得周瑜勃然大怒，指北而骂，与曹贼势不两立。这是第四十四回的情节。过了四回，小说家又借"曹操赋诗"场面，让曹操亲口说出"如得江南，当娶二乔，置之台上，以娱暮年"，情感的脉动在叙事结构脉络的流贯。

以上说明了曹操"横槊赋诗"这样的"闲笔"，在战争叙事结构中是有机的因素，有独特的审美价值。战争叙事结构中任何因素，当被重新组合在一起的时候，形成了一个具有新质的叙事结构，就不能用原有因素的性质来认识它。正如水是氢、氧原子化合而成的，水作为一个系统具有氢和氧所没有的新质，但同时水也不再具有氢和氧独立的化学性质，如氢可燃烧，氧可助燃。同样，《三国演义》战争叙事结构是一个有机的整体，并不否认组合因素之间的审美性质的差异。格斗杀伐之事，紧张激烈；谈天论道之趣，宁静淡泊；龙斗虎争之时，激越高亢；燕语莺歌之处，缓慢舒畅。但这些因素对于战争叙事结构造成的审美感受的差异如何，不是我们讨论的重点，重点则是它们之间组合后产生什么新质，形成一种什么样的新的整体的审美结构形态，"比如，叙事的冷热相济，壮美和优美的连接，结构的均衡、对称等等，一个重要的考虑，就是要适应欣赏者的美感心理的特点”[①]。所谓“欣赏者的美感心理的特点”，说得再透辟点，就是欣赏者从小说中往往能感觉出一种节奏感、一种运动感、一种生命感。

节奏是连续运动的原则，是人类生命、社会生活乃至大自然中的一种生命意识。人的生理机制最为显然的节奏体现为一呼一吸，周而复始，连续不断；综观万事万物，花开花落，云起霞飞，潮涨汐退，无不体现出各自节奏性的运动形态。节奏构成小说的审美生命，从而将叙事结构中林林总总的因素，无论是外在的语言节奏、章法节奏，还是内在的叙事节奏、意蕴节奏，都凝聚在一起，成为鲜活的有机的艺术作品。这正是《三国演义》战争叙事结构的审美追求，因为社会生活在本质上是有规律的运动，小说的审美创造也是有规律地感受与传达生活的本身，使读者感受《三国演义》战争叙事这种律动，并将其看作小说叙事结构的艺术、小说审美的生命。

节奏构成了小说叙事结构的审美生命，所以英国小说家福斯特强调指出：“人在小说中有广阔的活动余地。他们对小说家说：‘如果阁下愿意，满可以把我们重新创造，但我们务必进去。’而小说家也有为难之处，正如我们见到的情况那样：既要让他们横冲直撞，同时又要他们有所成就。小说家该怎么办呢？他不能寻求别的帮助，只有借助于类似节奏的东西。”[②]节奏在小说创造中，若能自然而匠心地构建，不仅能使小说产生一种鲜明而生动的运动轨迹，而且能将真实的历史感、抒情的诗美、奇险动人的情节组织到一起，产生独特而强烈的美感效应。因而，福斯特又指出：

> 在本人看来，节奏在小说中的作用是：它不象图象那样永远摆着让人观看，而是通过起伏不定的美感令读者心中充满惊奇，新颖和希望。[③]

---

① 叶朗：《中国小说美学》，北京大学出版社 1982 年版，第 152 页。

② ［英］爱·摩·福斯特著，苏炳文译：《小说面面观》，花城出版社 1984 年版，第 148—149 页。

③ ［英］爱·摩·福斯特著，苏炳文译：《小说面面观》，花城出版社 1984 年版，第 148—149 页。

这种美感效应，正是战争叙事结构中军事、政治、外交等因素同那些宁静而优美的“闲笔”组合到一起产生出的新质。正是我们论述《三国演义》战争叙事结构因素所要说明的问题。离开对这一新质的认识，单纯地强调叙事结构中任何某一方面的因素，都没有进入高境界进行对话。因为单纯强调某一方面，就会使人感到呼吸不畅，有一种张弛不济的窒息感、僵硬感。

《三国演义》战争叙事结构因素的审美性质的意义，并不局限于它自身，战争是构成《三国演义》全书的主旋律。可以这样说，战争叙事结构的审美特质也是全书的审美特质。因为《三国演义》审美特质是由其战争叙事结构要素的差异和组合决定的，并成为审美价值的中心要素。这中心要素控制着非中心要素，使非中心要素的一切活动都协调在所规定的范围内，从而形成三国历史客观规律的运动。这便是战争叙事结构审美性质决定《三国演义》全书审美性质的依据。

历史情绪是《三国演义》战争叙事的审美价值

《三国演义》充分汲取了《左传》《史记》等史传文学战争叙事的成功经验，而又有所丰富，有所推进，有所创新。这已是学术界一般的说法。但在《三国演义》战争叙事结构性的分析中，我们领略到的却不仅仅是这些。过去只在叙事方法上看到了继承与创新的关系，却没有透过叙事看到史传文学与历史小说在叙事思维上的截然不同。《三国演义》战争叙事的追求和目的，并不在于达到什么“秉笔实录”的目的，而在于以渲染奇情壮彩的历史情绪构成历史小说艺术魅力。

史传文学写战争，之所以不把笔墨停留在单纯的实力和武艺的较量上，而着力刻画双方指挥作战的主观能动性的运用和发挥上，时有“闲笔”逸出，以捕捉历史人物的心态和时代的氛围，其目的在改变《春秋》“微言大义”式的表现手法，采用形象的文学手段“点染”，来达到忠于“实录”的精神。虽然叙事方法有所不同，但与《春秋》以来史家的传统和宗旨却是一脉相承的。《三国演义》则不然，其总体追求和艺术取向，是向人们展示战争世界生动和丰富的过程中，渲染历史的情绪，回荡生命的脉动，传递意识的折射，摄人魂魄，忘乎其中。

战争叙事场面壮阔处大开大合，细密处又纤微毕现，几乎触及了战争的各个角落、各色人等和各种现象。奇谋奥略层见叠出，人情物态栩栩如生，特别是那些为史家所遗漏、所不屑的历史情绪，令读者体味到这些琐碎的历史细节，曾是历史因果、是非关系的鲜明注脚，曾以无言的巨大“内趋力”，推动和影响了历史的进程和历史的选择。这些历史细节、历史情绪，对于史学家来说，摘录一二，不过是为其战争事件的实录作一些必要的点染，但更多的则被史学家舍弃了。而小说家却不然，尽力捕捉这些历史的折光，对于缺少的历史细节，还要去虚构，总是力求逼真地再现历史上那或幽冷，或热烈，或短暂，或持久，而今却灰飞烟灭的战争中激荡起的历史情绪和历史细节，目的就是让读者重新徜徉在曾经是活脱脱的血与火的激情之中，流连于历史小说的艺术魅力之中。这才是《三国演义》战争叙事在审美价值上的独特贡献。

史传文学战争中历史情绪的“点染”及其作用

《左传》十分擅长描写战争，其中记载的大大小小的军事行动有三百八十多起，发生在当时的许多著名的大战役，都是通过《左传》周详而生动的描写才流传下来，成为我国军事历史上的著名战例。如晋楚“城濮之战”、晋秦“崤之战”、齐晋“鞌之战”等，都记述了战争的全过程，具体而生动。特别是不把战争叙事仅仅看作刀光剑影的一种搏斗，而是看成极其复杂的一种社会现象，着眼于决定战争胜负各种因素的分析，如政治背景，战争性质，人心向背，战争准备，外交策略，战术运用，等等，表现了历史学家卓越的眼光。以“城濮之战”为例，直接描写战争的文字不到三分之一，而抓住战争中的主要矛盾，即晋国和楚国争霸的关键，是“尚德”还是“尚力”，从决策定计，选用将帅，以至政治、道义、战术上的优劣长短，作了详尽的描述，从而揭示了交战双方的胜负的整个过程，处处都渗透着必然的因素。这些优长是《左传》的战争叙事的特色，已为人所共知。

实录性的史传文学的叙事结构受一定的局限，必须是真人真事；再则所记述的都是有关国家兴亡大事，而不是琐碎的生活细节，或情绪现象。但这只是一般而言，需要指出的是，《左传》战争叙事中时有“闲笔”逸出，将历史人物行为的折光和情绪点染出来，从而在纤细的生活现象上喻示了历史深邃的内涵。这是从微观的角度为宏观的创造补缀，相映成趣，起到一目尽传精神的作用。

如“城濮之战”爆发之前，先点染了楚将子玉的两个小细节：一个细节是子玉练兵。“终日而毕，鞭七人，贯三人耳。”[①] 一整天练兵结束，他一共鞭打七个人，用箭射穿了三个人的耳朵。一些昏庸的老臣，认为子玉治兵严格，前去向推荐子玉为将的人祝贺。而有人却不以为然，反而认为：子玉这个人刚愎无礼，他根本没有治民带兵的才干。

另一个细节是子玉遇黄河神：

> 初，楚子玉自为琼弁玉缨，未之服也。先战，梦河神谓己曰：“畀余，余赐女孟诸之麋。”弗致也。大心与子西使荣黄谏，弗听。荣季曰：“死而利国，犹或为之，况琼玉乎？是粪土也。而可以济师，将何爱焉？”弗听。出告二子曰：“非神败令尹，令尹其不勤民，实自败也。”[②]

以前，楚国令尹子玉曾经自己做了一顶美玉缀饰的皮帽子，还没有戴

① 《十三经注疏·春秋左传正义》，北京大学出版社 1999 年版，第 435 页。

② 《十三经注疏·春秋左传正义》，北京大学出版社 1999 年版，第 452—453 页。

过。城濮之战前，他梦见黄河神对自己说："你把帽子给我，我就赐给你孟诸周围的这块宋国地盘。"子玉不给。其子成大心和子西让荣黄去劝说，子玉不听。荣黄说："牺牲生命而对国家有利，尚且也要去做，何况是一顶玉饰皮帽呢？玉饰皮帽，不过是粪土而已，但却可以有益于军队的征战，还有什么可吝惜的呢？"子玉不听。荣黄出来告诉成大心和子西说："不是黄河神要子玉失败，子玉不爱护百姓，实在是自取失败。"

这两个刻画楚国主帅子玉的细节，一个是说明其刚愎骄狂，滥杀乱罚，不得军心；另一个是说明其不恤百姓，贪财忘义，不得民心。不仅与晋文公生义爱才、治军严明形成对比，而且暗示了楚国兵败的主观原因。这些吉光片羽似的点缀，更客观形象地叙述了晋楚城濮之战的性质，这大概是历史学家的本意。但它在叙事方法上所开启的意义，即对历史情绪的"点染"，对丰富史传文学，以及历史小说的借鉴有着不应忽视的潜在的重大意义。

《史记》记述战争常常与历史人物的性格塑造融为一体。在刻画人物性格复杂性和多面性的基础上，挖掘人物性格的社会本质，展示人物的社会关系。例如，项羽是一位乘势而起、一往无前、摧毁暴政的英雄，对他八年的战争生涯，只抓住三个典型事件。一是巨鹿之战，写他叱咤风云，勇冠三军；二是鸿门宴，写他豪爽、无谋和轻敌；三是垓下之围，写他慷慨突围，不肯屈辱偷生。这位在八年之间骤起骤灭的悲剧英雄人物，胜于巨鹿之战，败于垓下之围，既大跨度地记述了秦末战争中反秦举义、汉楚争霸历史演变的关键过程，又刻画了项羽性格的主要特征及其变化。但作者并没有忘记用寥寥数笔，描绘英雄人物表现出的情绪形态，使整个叙事结构更具有了荡气回肠的节奏感，产生出急剧凝重而又舒徐婉约的审美效应。请看：

项王军壁垓下，兵少食尽，汉军及诸侯兵围之数重。夜闻汉军四面皆楚歌，项王乃大惊曰："汉皆已得楚乎？是何楚人之多也！"项王则夜起，饮帐中。有美人名虞，常幸从；骏马名骓，常骑之。于是项王乃悲歌慷慨，自为诗曰：

力拔山兮气盖世，时不利兮骓不逝。
骓不逝兮可奈何！虞兮虞兮奈若何！

歌数阕，美人和之。项王泣数行下。左右皆泣，莫能仰视。（《史记·项羽本纪》）[①]

《项羽本纪》记述垓下之围紧张、激烈、悲壮的氛围中，项羽伴着虞美人醉饮悲歌，此情此景，烘托出一位英雄盖世却又无力回天的西楚霸王的无奈心境。对这一段情绪形态的刻画，钱锺书先生讲了一段发人深省的话：

“项王乃悲歌慷慨。……美人和之。”按周亮工《尺牍新钞》三集卷二释道盛《与某》：“余独谓垓下是何等时，虞姬死而子弟散，匹马逃亡，身迷大泽，亦何暇更作歌诗！即有作，亦谁闻之而谁记之欤？吾谓此数语者，无论事之有无，应是太史公‘笔补造化’，代为传神。”语虽过当，而引李贺“笔补造化”句，则颇窥“伟其事”“详其迹”之理，故取之。[②]

所谓“笔补造化”，正是叙事的审美创造，而且创造的这一笔情绪形态的场面，竟成为千古绝唱！

《史记》的叙事方式为记叙历史事件和刻画人物性格提供了一个开放式的选择，常常在大开大合之处，宕开一笔，于纤微细小之处，创造了一个在典型环境中自由地展示历史情绪和人物情态的场面和氛围。譬如《陈

① 司马迁：《史记》，中华书局1959年版，第333页。
② 钱锺书：《管锥编》，中华书局1996年版，第278页。

涉世家》：

陈涉少时，尝与人佣耕，辍耕之垄上，怅恨久之，曰："苟富贵，无相忘。"庸者笑而应曰："若为庸耕，何富贵也？"陈涉太息曰："嗟呼，燕雀安知鸿鹄之志哉！"（《史记·陈涉世家》）①

这里只用了两三句对话就表现了陈胜青年时代与众不同，与他一起佣耕的胸无大志的伙伴，当时不相信他的话，认为他是想入非非，因而置之一笑，反诘道："若为庸耕，何富贵也？"而陈胜对于这种不理解，并不失望，一针见血地指出："燕雀安知鸿鹄之志哉！"这句与众不同的个性化的言语，流露出的远大志向和高亢的情绪，与他后来成为中国历史上第一位农民起义领袖的地位和性格是契合的。陈胜称了王，他的伙伴又去看望他，当看到陈胜今非昔比，便惊奇地叫道："夥颐！涉之为王沉沉者！"没想到陈胜果然为王，好阔气呀！这句话十分典型地表露了这位俗人的惊讶和羡慕。

再如，秦始皇出游会稽，项羽与其叔父项梁一块观望，项羽对项梁说："彼可取而代也！"惊世超俗之语脱口而出，显示了项羽气盖山河，不可一世的气质。刘邦因服徭役去咸阳，看到秦始皇出行，声势显赫，气派非凡，便喟然叹息道："嗟夫，大丈夫当如此也！"项羽和刘邦这些随口而出的话语，都带有鲜明的个性情调，虽然是不经意之语，却时时与沧海横流方显英雄本色相贯通。所举这些个性化的言语，是特定历史时代的折光，是对秦末战争造就的一代伟人精神气质的披露。陈胜、项羽、刘邦皆为一代雄杰，他们随口唾出之语，皆兀兀不凡，又绝不雷同。陈胜的名言，具有强烈反抗天命的意识，又开了中国封建社会农民起义的先声；项羽的豪语，道出了心雄万夫、目空一切的心理，何其粗豪坦荡，活脱逼真；刘邦

① 司马迁：《史记》，中华书局 1959 年版，第 1949 页。

的羡叹，则是老于世故、企求显达心理的表白。

《史记》还常常借人民群众的歌谣谚语来表达历史的情绪，人民的心声，社会的倾向，再现古人的心态、风貌、绰影。从这些口耳相传的民间韵语中便能感到所蕴含的情感、情绪及其变化与历史驱动的潜在而重大的关系。《史记》十分重视这类散金碎玉般史料的价值，在《曹相国世家》中引用民歌曰："萧何为法，覯若画一；曹参代之，守而弗失。载其清净，民以宁一。"反映了当时百姓对"萧规曹随"，对奉行与民养息政策的拥护，表达了人民对此的肯定和颂扬。在《魏其武安侯列传》中引颍川儿歌："颍水清，灌氏宁。颍水浊，灌氏族。"反映了灌夫将军"宗族宾客为权利，横行颍川"，鱼肉人民，百姓对他们的不满和仇视。《外戚世家》中的民谣："生男无喜，生女无怒，独不见卫子夫霸天下！"表达了人民对豪族统治下的黑暗现实的无比痛恨。《佞幸列传》中引"力田不如逢年，善仕不如遇合"，概括了社会风气的腐败，鲜明对比了正直能干之士处境困顿，阿谀逢迎之徒飞黄腾达。这些概括精当、理至情深的谣谚在《史记》中随处可见。

《史记》对历史情绪的"点染"，虽然比《左传》有长足的发展，但毕竟只是一种叙事手法，还没有形成一种整体的艺术追求，即把历代分分合合，治治乱乱，"兴，百姓苦；亡，百姓苦"，形成一种可视性规律的时代情绪，表达为一种来自历史深处、传向久远的历史情绪而大笔书写！

《三国演义》战争叙事历史情绪的渲染和审美效应

《三国演义》的独特贡献，对史传文学战争叙事艺术的弘扬不再株守于某一历史事件，而是侧重于历史情绪的整体性的渲染。虽没有突破传统情节小说叙事的约束，把情节线索、时间顺序及人物性格作为小说的叙事结构方式，但已借助情节与情节之间组合的张力，把主体情感意识与历史内容相契合。这一特征的明显标志便是战争叙事不完全依照历史过程的因果关系来表现，而是依照小说家的主体情感意识作为中心控制，在不改变历史基本轮廓和基本流向的前提下，控制和协调历史事件和历史人物，使不同层次的战争叙事在空间和时间上相互交叉又严格有序地展示和演进，构成了一部伟大的历史悲剧。

对历史悲剧凝重的沉思和冷峻的激情的表述

小说家描写每一次战争或战役的全过程，其规模的大小、色彩的浓淡常常和主观情感相联系，形成战争在历史上的规模与小说中叙事的地位不尽一致。掩卷沉思，我们不能不惊奇小说家的天才，他把“尊刘贬曹”的主观情感意识与魏胜蜀败三国归晋的历史如此对立的叙事内容，竟巧妙地熔铸成为一部伟大的作品。其奥秘正在叙事结构的控制和调配上，而如何进行控制和调配则体现了小说家的视野、情感和认识。

罗贯中在历史基本轮廓和基本走向的大趋势下，淡化了历史演进的实际过程，偏偏去着重写他的情感所偏重的刘备、关羽、张飞以及诸葛亮的悲剧：不遗余力地刻画桃园三义士英勇盖世、忠贞不移、坚强不屈的美德，同时，又揭示关羽身上逐渐滋长起来的居功自傲、刚愎自用的缺点，落得一个悲剧的下场；张飞疾恶如仇，暴躁寡恩，招致杀身之祸；刘备一意孤行，白帝托孤；诸葛亮鞠躬尽瘁，支撑危局，七擒孟获，六出祁山，但终究“出师未捷身先死”。罗贯中用历史小说为读者提供了一个新的视野，使人感悟“意蕴的空间”：把刘备集团作为仁义之师来寄托自己的道德理想，而把曹操集团作为恶德的渊薮，于是两种伦理道德观念、两种人格力量的冲突与对抗，形成了悲剧的冲突，激起了后人多么强烈地对人物命运的沉思啊！这正是小说家视野、情感和认识的所在，不单是在写历史，而是在写悲剧，在渲染历史悲剧的情绪！正是这种悲剧的叙事结构使《三国演义》获得了生命力，获得了内聚力。“所谓内聚力，就是艺术家把他的作品作为一个整体来构思的时候，所激起的那种兴奋感的完全实现。”[①] 从

① ［英］克莱夫·贝尔著，马钟元、周金环译：《艺术》，中国文联出版社 2015 年版，第 158 页。

这里，我们找到小说家调配战争历史地位与叙事结构层次地位倒错现象的根据，也就是小说家的情感意识与表现对象蕴含的历史内容的契合和联系。只有在两者联系过程中，才能操纵作品的神经和灵魂。

这一出出的悲剧不仅是对个人命运的关注和思考，其深刻性还在：诸葛亮虽是我们民族智慧的化身，但他却无力改变“忽喇喇似大厦将倾”的蜀汉王朝；曹操奸雄一世，到头来不能阻挡他所开创的曹魏天下“再受禅依样画葫芦”，不得不拱手交给了另一个奸雄司马氏。可见，历史不只是英雄的历史，英雄人物只能在沧海横流中抽刀断水，击波斩浪，却不能改变大江东去的流向。正如马克思所指出的：

> 封建的生产也有两个对抗的因素，人们称为封建主义的好的方面和坏的方面，可是，却没想到结果总是坏的方面压倒好的方面。正是坏的方面引起斗争，产生形成历史的运动。（《政治经济学的形而上学》）①

对于这个历史的逻辑，《三国演义》用形象去描绘了，但小说家由于时代的局限却不能理解，于是只能去天命论那里寻找答案：“魏吞汉室晋吞曹，天运循环不可逃”，“纷纷世事无穷尽，天数茫茫不可逃”。而这贫瘠的天命论，却不可能平衡历史悲剧掀起的冷峻的激情，于是只能让悲愤中长啸低叹的情绪，弥漫在人们的心头，飘向久远。

社会心理倾向的焦点聚合

战争叙事结构各个层次所反映的社会心理倾向都朝向一个情绪焦点聚合，表达的社会舆论、民众情绪和民心向背，构成了历史悲剧的组成部分。

战争掀起的社会舆论、民众情绪，是时代敏感的神经，是历史巨变潜

① 《马克思恩格斯选集（第一卷）》，人民出版社 1972 年版，第 118 页。

在的社会背景。譬如董卓的倒行逆施，引起朝野上下的愤怒，九州各地的声讨。小说家从四面八方写来：讨伐董卓，反对暴政。

从社会满目疮痍的现状写来："帝入洛阳，见宫室烧尽，街市荒芜，满目皆是蒿草，宫院中只有颓墙坏壁……是岁又大荒，洛阳居民，仅有数百家，无可为食，尽出城去剥树皮、掘草根食之。尚书郎以下，皆自出城樵采，多有死于颓墙坏壁之间者。汉末气运之衰，无甚于此。"（第十四回）董卓之乱给京城造成了巨大的破坏，到处弥漫着悲凉破败的气氛。

从公卿百官普遍的心理写来："王允设宴后堂，公卿皆至。酒行数巡，王允忽然掩面大哭。……允曰：'……董卓欺主弄权，社稷旦夕难保。想高皇诛秦灭楚，奄有天下，谁想传到今日，乃丧于董卓之手！此吾所以哭也。'于是众官皆哭。"曹操大声说道："操虽不才，愿即断董卓头，悬之都门，以谢天下。"（第四回）

从灵符巫术等民俗写来：董卓被杀之前，怪异频出。"次日，正行间，忽然狂风骤起，昏雾蔽天。卓问肃曰：'此何祥也？'肃曰：'主公登龙位，必有红光紫雾，以壮天威耳。'卓又喜而不疑。……"（第九回）反董卓群情弥漫，董卓大祸临头。

从民众的憎恶感情写来："卓尸肥胖，看尸军士以火置其脐中为灯，膏流满地。百姓过者，莫不手掷其头，足践其尸。"（第九回）小说这段描写，史料也有记载，反映了"董卓之奸凶，为天下所毒"的情绪，人怒，天也怒。

从人怒天怒必遭报应写来：董卓部将李傕、郭汜为董卓安葬。"下令追寻董卓尸首，获得些零碎皮骨，以香木雕成形体，安凑停当，大设祭祀，用王者衣冠棺椁，选择吉日，迁葬郿坞。临葬之期，天降大雷雨，平地水深数尺，霹雳震开其棺，尸首提出棺外。李傕候晴再葬，是夜又复如是。三次改葬，皆不能葬，零皮碎骨，悉为雷火消灭。天之怒卓，可谓甚矣！"（第十回）

从朝廷到民间，从现实到上天，各个层次都把愤怒的情绪、诅咒的言语、反抗的行为汇聚到一个焦点上——反对穷凶极恶的董卓。这是典型的历史情绪，它所表现的历史内涵不仅仅是反对一个董卓，因为封建君权专制不除，董卓第二还会再生。正如恩格斯所说：

> 在黑格尔那里，恶是历史发展的动力借以表现出来的形式。这里有双重的意思，一方面，每一种新的进步都必然表现为对某一神圣事物的亵渎，表现为对陈旧的、日渐衰亡的、但为习惯所崇奉的秩序的叛逆，另一方面，自从阶级对立产生以来，正是人的恶劣的情欲——贪欲和权势欲成了历史发展的杠杆。（《路德维希·费尔巴哈和德国古典哲学的终结》）①

所以，反暴政的历史情绪便成为这部伟大历史悲剧精神的组成部分，体现出主体叙事意识。小说家正是以历史情绪作为控制小说叙事结构的中心，由控制中心所辐射到各个画面的情感，构成了一种深层次的情感意蕴网络，演奏出一场场雄壮的历史悲剧，体现出一种历史悲壮的精神。这种审美效果，是叙事结构各个层次渲染和聚合的历史情绪起到的作用。

汉末谶纬谣谚是社会思潮的缩影

《三国演义》战争叙事结构中点缀的汉末谶纬谣谚，真实地再现了社会的阶级矛盾和进步的社会理想，是社会思潮的历史缩影。

谶语，自古就是预示人间吉凶祸福的隐语，多数都是采用歌谣谚语形式流传于世。早在先秦已有史可稽，大都涉及政治的兴衰治乱。到了西汉，用儒家的经义来解释谶语，纬中有谶，谶中有纬，二者合流，才发展成为一种社会思潮。兴起于西汉哀、平之世，而盛行于东汉之际，红极一时，达到登峰造极的地步。《三国演义》对谶纬的再现，正是那个时期的历史

①《马克思恩格斯选集（第四卷）》，人民出版社 1972 年版，第 233 页。

不可或缺的缩影。

谶纬在东汉末年成为各种政治势力的政治工具。这与当时政治危机，各派政治势力矛盾和斗争极端尖锐有密切的联系，甚至农民起义也借助于这种形式。《三国演义》开篇写黄巾起义时"讹言"："苍天已死，黄天当立；岁在甲子，天下大吉。"从一个侧面反映了东汉末年外戚干政、宦官篡权、乱自上作、官逼民反的社会现实。再如董卓进京，擅自废立，倒行逆施，引起朝野上下的愤怒，九州各地的声讨。小说从四面八方写来，讨伐董卓，反对暴政。其中也没有放过对谶纬的描写，董卓被杀之前，一次上朝，从郿坞往长安而来。行不到三十里，所乘之车，折轮断辔，已有灾难之兆。

> 是夜有十数小儿于郊外作歌，风吹歌声入帐。歌曰："千里草，何青青！十日上，不得生！"歌声悲切。卓问李肃曰："童谣主何吉凶？"肃曰："亦只是言刘氏灭、董氏兴之意。"次日侵晨，董卓摆列仪从入朝，忽见一道人，青袍白巾，手执长竿，上缚布一丈，两头各书一"口"字。卓问肃曰："此道人何意？"肃曰："乃心恙之人也。"（第九回）

大祸临头，怪事迭起。"千里草"是"董"字、"十日上"是"卓"字的拆字。长竿缚书，各书一"口"字，是"吕"字的象征，隐喻董卓将死在吕布之手。

《三国演义》真实地再现的谶纬，大都有史可稽。如预示董卓的将亡，"千里草，何青青！十日上，不得生！"出自《后汉书·五行志》。百姓反对孙皓迁都："宁饮建业水，不食武昌鱼；宁还建业死，不止武昌居！"出自《三国志·吴书·潘濬陆凯传》。孔明死后的木像吓跑了司马懿，谣曰："死诸葛能走生仲达。"出自《三国志·蜀书·诸葛亮传》。这些谶纬的背后都有复杂的历史现象，当它们点缀在小说情节中，便如高山流水，自然倾出；就像云容雾态，因风离合，浓重了神秘的氛围，渲染了历史的情绪。同时，又像一块块化石镶嵌在这部历史小说之中，凡理解的视野触及它们的时候，便会诱发出对那个时代的社会思潮和人民情绪的崛起与衰落的思考。

谶纬是一种特殊的政治隐语，它避开了艰深的理论，用浅显易懂、易于成诵的谶语，向一般群众宣示舆论，富有煽动性和神秘的色彩。其背后为政治家、阴谋家、野心家篡夺政权、改朝换代制造口实，发难于人。《三国演义》描写了曹丕篡汉的三部曲：假借天意；大闹逼宫；效古禅让。凡是问鼎者都必然把自己称王称帝说成上承天意，如许芝对汉献帝大讲观天象，应图谶：

> 夜观乾象，见炎汉气数已终，陛下帝星隐匿不明；魏国乾象，极天际地，言之难尽。更兼上应图谶，其谶曰："鬼在边，委相连；当代汉，无可言。言在东，午在西；两日并光上下移。"以此论之，陛下可早禅位。"鬼在边"，"委相连"，是"魏"字也；"言在东，午在西"，乃"许"字也；"两日并光上下移"，乃"昌"字也。此是魏在许昌应受汉禅也。

二十多年前曹操与众谋士商议迎汉献帝迁都于许昌，荀彧曰："汉以火德王，而明公乃土命也。许都属土，到彼必兴。火能生土，土能旺木……他日必有兴者。"（第十四回）在《三国演义》的情节中，从不同的视角反复宣示汉朝属火德，至东汉末衰败。如徐庶唱歌词："天地反覆兮，火欲殂。"孟公威作歌："吾皇提剑清寰海，创业垂基四百载；桓灵季业火德衰，奸臣贼子调鼎鼐。"直到汉献帝禅让时也违心地降诏说："然今仰瞻天象，俯察民心，炎精之数既终，行运在乎曹氏。"这一思想流贯在整部书中，并揭示中国封建时代天命观的一个重要理论基石是"五行"说。顾颉刚在《古史辨自序》中曾指出："五行，是中国人的思想律，是中国人对于宇宙系统的信仰；二千余年来，它有极强固的势力。”

从中国思想史的渊源观之，谶语体现了天人感应的哲学思想。董仲舒说：

> 天地之物，有不常之变者，谓之异。小者谓之灾。灾常先至，而异乃随之。灾者，天之谴也；异者，天之威也。谴之而不知，乃畏之以威。……凡灾异之本，尽生于国家之失。国家之失，乃始萌芽，而天出灾害以谴告之。谴告之而不知变，乃见怪异以惊骇之。惊骇之尚不知畏恐，其殃咎乃至。（《春秋繁露·必仁且知》）①

这里的“天”是主宰一切自然界变化和人世祸福吉凶的无限权威和自由意志，并以对人的惩罚来体现。虽然是泛神论唯心主义的说教，但其中隐含的历史的情绪、人民的心声却是神秘色彩包裹的真理的颗粒。

《三国演义》第六十九回描写曹操的晚年思想偏于保守，他请东汉末年著名的占卜家管辂卜天下之事。“辂卜曰：‘三八纵横，黄猪遇虎；定军之南，伤折一股。’又令卜传祚修短之数。辂卜曰：‘狮子宫中，以安神位；王道鼎新，子孙极贵。’操问其详。辂曰：‘茫茫天数，不可预知，待后自验。’”管辂说的这两段谶语都是以占卜形式出现的先见之明。前一段谶语是两年后应验的。刘备与曹操汉中大战，黄忠智夺定军山，刀劈夏侯渊。“操闻渊死，放声大哭，方悟管辂所言：‘三八纵横’，乃建安二十四年也；‘黄猪遇虎’，乃岁在己亥正月也；‘定军之南’，乃定军山之南也；‘伤折一股’，乃渊与操有兄弟之亲情也。”（第七十一回）后一段谶语是三年后曹操死后才应验的。曹操死于洛阳，按星相学划分洛阳一带称狮子宫，在这里立了曹操的“神位”。曹操死后，曹丕立即篡夺了皇位，自命魏文帝，尊曹操为魏武帝，所以说“王道鼎新，子孙极贵”。

---

① 任继愈：《中国哲学史》，人民出版社 1963 年版，第 71 页。

可见以占卜形式出现的谶纬就更增加了神学色彩。

至于说黄巾军农民起义借用宗教的形式，正好说明董仲舒“天人感应”的思想观念已成为大一统封建帝国的主流思想。“因此，当时任何社会运动和政治运动都不得采取神学的形式；对于完全受宗教影响的群众的感情说来，要掀起巨大的风暴，就必须让群众的切身利益披上宗教的外衣出现。”（《路德维希·费尔巴哈和德国古典哲学的终结》）[①]恩格斯的话指明了人民革命的内容与形式矛盾统一的原因，因而不能简单地把谶纬全部斥为封建迷信，它是一种思潮，弥漫在社会各个角落；是一种情绪，洗白了人们的头脑；是一种意识，潜在地自发地聚拢民心民意，真实地再现当时的社会思潮和历史情绪。

经学对皇权批评的一时高涨

战争犹如火山爆发，掀翻了历史坚硬的层面——上层建筑和意识形态。东汉末年，随着皇权对外戚和宦官的日益依赖，经学对皇权的批评一时高涨。

清流对外戚和宦官的斗争就越来越激烈，这种矛盾和斗争终于酿成“党锢之祸”。儒家知识分子地位虽大大地衰退，但他们依旧采用经学传统——以《诗经》当谏书，以《春秋》当一王之法，为政治斗争服务。《三国演义》在战争叙事中很巧妙地勾勒了几个儒学知识分子，烘托出作为一种特定社会政治力量的儒生的境况和人格的异化。东汉儒学大师郑玄，遭受“党锢之祸”十四年。“后因十常侍之乱，弃官归田，居于徐州。”他与宦官势力不合流，但却与士族代表袁绍“三世通家”。刘备向袁绍借救兵，特意同“陈登亲至郑玄家中，求其作书”。在这中间小说家宕开一笔，从侧面映衬了郑玄的儒学大师的风采和气度。

① 《马克思恩格斯选集（第四卷）》，人民出版社 1972 年版，第 251 页。

玄家中侍婢俱通《毛诗》。一婢尝忤玄意，玄命长跪阶前。一婢戏谓之曰："胡为乎泥中？"此婢应声曰："薄言往诉，逢彼之怒"其风雅如此。

又如，刘备死后，孙刘重新联盟，两国官员互相往来，在外交的场合上，互逞辩才，其中秦宓难倒张温，便是一例。张温入蜀，诸葛亮设宴相待。

正饮酒间，忽一人乘醉而入，昂然长揖，入席就座。温怪之，乃问孔明曰："此何人也？"孔明答曰："姓秦，名宓，字子敕，现为益州学士。"温笑曰："名称学士，未知胸中曾'学事'否？"宓正色而言曰："蜀中三尺小童，尚皆就学，何况于我？"温曰："且说公何所学？"宓对曰："上至天文，下至地理，三教九流，诸子百家，无所不通；古今兴废，圣贤经传，无所不览。"温笑曰："公既出大言，请即以天为问，天有头乎？"宓曰："有头。"温曰："头在何方？"宓曰："在西方。《诗》云：'乃眷西顾。'以此推之，头在西方也。"温又问："天有耳乎？"宓答曰："天处高而听卑。《诗》云：'鹤鸣九皋，声闻于天。'无耳何能听？"温又问："天有足乎？"宓曰："有足。《诗》云：'天步艰难。'无足何能步？"……

秦宓对张温的傲慢和讥笑，反唇相讥，言必称《诗经》，引以为证。这场相互讥嘲，谁占上风本身无多大意义，但从秦宓对《诗经》的烂熟于胸，出口即是，张温闻听《诗经》，便无言以对，足见当时儒士对《诗经》的顶礼膜拜，把儒家经典视为立身处世的根本。虽然汉初"独尊儒术"的盛景到了东汉分崩离析，但儒学传统依旧化入知识分子的人格之中。《三国演义》叙事中勾勒的这几笔，便将世态世风凸显出来了。

上面，我们从四个方面把《三国演义》战争叙事渲染的历史情绪抽出来加以探析，是想在极纤细的历史生活现象中，把握和喻示人情世态与历史驱动的内在因果关系。尽管这样做像从饱经沧桑忧患的老人额头上的皱纹，推断其幸福与不幸、欢乐与悲哀、甜蜜与苦涩，使如此一个复杂和跌宕的心灵历程，显得过于简单，但是为了把握一个时代的特征和历史发展的规律，去剖析与这个时代发生联系的一两个典型细节，一两次历史情绪，或许能洞悉相类似的千百次现象，为历史作一个注脚。

渲染历史情绪是《三国演义》审美价值的独特贡献

历史上，民众的情绪就像气流，不断地凝聚，又不断地变幻。试问，哪一种民众的情绪不具有深沉而珍贵的历史内涵？这些具体可感的历史情绪，是一个特定时代政治生活的折光，是人们心理和情感方式的表现。如果小说家从现实生活中“发现”了它，并且将它表现在作品中，还抑制不住自己的激情，那么就会成为引起读者心灵颤动的要素。从一定意义上讲，哪里有情绪，哪里就有魅力。情绪表现是小说打动人心，获得艺术感染力的一个内在因素。

情绪作为叙事表现的重要因素，有自己特殊的品格。恩格斯指出过：

> 在社会历史领域内进行活动的，全是具有意识的、经过思虑或凭激情行动的、追求某种目的的人，这许多按不同方向活动的愿望及其对外部世界的各种各样影响所产生的结果，就是历史。……愿望是由激情或思虑来决定的。而直接决定激情或思虑的杠杆是各种各样的。有的可能是外界的事物，有的可能是精神方面的动机，如功名心，“对真理和正义的热忱”、个人的憎恶，或者甚至是各种纯粹个人的怪癖。（《路德维希·费尔巴哈和德国古

典哲学的终结》）[①]

这段话引发我们思考：（1）社会意识是有结构层次的，诸如情绪、情感、需要、愿望、信仰、风俗习惯、道德风尚和审美情趣等。虽然是低层次，但也属于社会文化心理，只不过以朴素、粗糙的形式出现罢了。（2）由于民众的情绪是对社会存在零散、肤浅的反映，而不是系统、深刻的反映。因此，它在特定的历史时代、特定的民众精神生活中自发形成，是不定型、不稳定、较活跃的层次。（3）情绪、心态尽管是各种各样，但基本上是正负两种作用力，正向侧重于积极健康；负向倾斜僵化落后。从上面三方面来看，可以知道，“历史情绪”这个词，其实内涵和外延更接近小说叙事艺术的表现，一种生命的体验。符合情绪的品格：起伏波动、肤浅粗糙、朦胧无序。

历史情绪这种品格造成了叙事艺术表现的难度，很多地方只可意会却难以言传，就是说只能心灵体验，而难以用理性去把握，“有时给一种很平常的未经表述的情感命名都需要不凡的才气”[②]。在运用各种艺术语言传达和再现人类的情绪、体验、情感方面，文学艺术家表现了其他社会科学家望尘莫及的能力。“能够意识到自己情感活动的微妙过程并能准确地加以语词化是一种不可多得的才华，具有这种才华，就能道别人不能意会，或只能意会不能言传的情感，就是艺术家。”[③]文学艺术的这种优势，使小说家在历史情绪的表述上纵情发挥叙事主体性。

史学家只能将难描难画的情绪、心态在自己的著作中的局部地方“点染”：或是从动荡、变革的社会时代的歌谣，推论当时民间不满的情绪，

① 《马克思恩格斯选集（第四卷）》，人民出版社1972年版，第243—244页。

② 孙绍振：《论实践主体性、精神主体性和审美主体性》，《文学评论》1987年第1期。

③ 孙绍振：《论实践主体性、精神主体性和审美主体性》，《文学评论》1987年第1期。

从而找到社会动乱的诱因；或是从檄文、诏书和奏折中的只言片语去揣摩当时朝廷中的气氛；或是从诗文孑遗中去想象古人的心态和风貌的绰影；或是根据只鳞片羽的素材去勾勒一代人物的行迹和情态。总之，竭力用理性的东西去切割丰富而感性的社会现象，综合分析后，加以条理化、系统化，成为从不同层次、不同方位被简化、被分解的历史内容。这一点从《左传》《史记》的战争叙事中就可以清楚地看到。而小说家在《三国演义》这部历史小说中，对战争的复杂社会现象的再现，是以历史情绪的或明或暗或强或弱的潜流的涌动和起伏为契机，构成小说悲壮强悍的节奏，将战争的直接因素——政治、外交、军事、经济各个历史生活的片段组合为一个有机的整体，因而大大深化了历史情绪、悲剧意识的社会内涵。把非理性的具有社会历史内容的东西转化为有意味的审美形式，这是在整体审美观照中被创造出来，被丰富和深刻化的，使我们从瞬息变化、起伏波动、肤浅粗糙和朦胧无序的情绪、心态中，领略了三国时代的伦理、民俗、传统以及社会舆论。然而，它既不像出土文物那样冰冷，也不像史书典籍那样呆滞，而是置身其中，“观山则情满青山，观海则情溢于海”。

这一贡献就历史演义小说自身来讲，主要体现在审美的功能上。小说家立足于渲染历史精神、历史情绪上，既取材于史又不囿于史，开拓了虚实相生建构历史演义小说审美生命形式的创作规律。对此最早感悟的是弘治甲寅年间的庸愚子（蒋大器），他在《三国志通俗演义序》中说：罗贯中既要“考诸国史”，又要“留心损益”，“其间亦未免一二过与不及”。将此在理论上推进的代表人物是明嘉靖年间的熊大木，他在《大宋中兴通俗演义序》中明确指出：“质是而论之，则史书小说有不同者”，即指“稗官野史实记正史之未备”。主张历史小说既要以“本传行状之实迹，按《通鉴纲目》而取义”，又要“用广发挥”，使其有“野史之余意”。至明末清初袁于令在《隋史遗文》中明确提出“正史—传信—贵真”，“逸史—传奇—贵幻”的审美追求，划清了史传与小说的界限。围绕历史演义小说的创作实践和理论之争，对这一问题的看法，越来越趋于辩证。到了近代，金丰提出了“实者虚之，虚者实之”这一富有整合性意味的命题。他在《说岳全传序》中说：“苟事事皆虚，则过于诞妄，而无以服考古之心；事事皆实，则失于平庸，而无以动一时之听。”因此必须“实者虚之，虚者实之”，使小说的艺术魅力达到“娓娓乎有令人听之而忘倦”之效应。

金丰的这种见解既传达出历史演义小说的审美趣味，又投合了当时社会的审美心态。不管历史上封建文人对《三国演义》是褒是贬，但都不能否认文坛上的一个“轰动效应”，《三国演义》大纛一树，效颦之作纷纷，“其浩瀚几与正史分笺并架”。这不能不说《三国演义》作为审美领域新的文学品类，是适应时代审美需求和大众审美趣味的滥觞。与这种审美趣味相适应的历史演义小说在叙事结构上的明显特点是：小说家为渲染历史情绪和历史精神的需要，审美时空结构与历史上现实时空结构出现差异，经小说家的取舍和改造后，不必要的时间和空间被浓缩和简化，而必要的时间和空间却被拉长或延伸了。于是浓重的情绪氛围弥漫篇章，强烈的情绪节奏贯穿全书，积淀于中国人心理深层的崇尚忠义、仁德，憎恶奸诈、邪恶的价值取向拨动人们的心灵，令人荡气回肠，扼腕慨叹！

应当指出：不是任何渲染历史情绪、历史精神的内容都具有叙事作用和审美价值，只有当历史情绪、历史精神获得生命力，并成为制约作品的神经和灵魂的时候，才能产生叙事结构作用和审美价值。为什么那么多历朝历代的演义小说在艺术价值和思想深度上都后来者居“下”，恐怕这方面的不足是一个重要原因。文学作品的情绪世界，越来越被当代作家所看重，因为通过人物个性的塑造，情节的编织，深度的开掘，虽然有助于打动人心，但这些因素都并没有穷尽小说艺术魅力的全部内涵。好的历史小说自有一种打动人心的要素，这个要素不是别的，正是整部作品生命力所透出的历史情绪！

《三国演义》再现的历史时代，是一个变革动荡的“合久必分”，“分久必合”的伟大时代，它集中地、天才地表现在战争叙事艺术上。我们今天欣赏它，不只是历史的回忆，还有一种至今人们仍然可以理喻的生活氛围、思想观念和情感方式的延续。我们中华民族，无论是过去、现在还是未来，都是生活在万古江河不废流的同一个绵长的历史时空中，这一时空是物质的、运动的，是中华民族情绪的依托。研究、欣赏它都有不可忽视的社会价值和审美价值，正像普列汉诺夫所指出的：

> 要了解一个特殊国家的科学思想史或艺术思想史，只熟悉它的经济是不够的，一个人必须知道如何从经济进而研究社会心理，对于社会心理若没有精细的研究和了解，思想体系的历史的唯物主义解释根本就不可能。[①]

有位学者说："现代人整天龟缩在高层钢筋混凝土制成的'火柴盒'里，走在人们比肩接踵的柏油马路上，呼吸着被污染的混浊空气，听各种机器的嘈杂轰鸣……；于是有一天，在你的内心深处会突然涌起一股奇怪的情绪，一缕乡愁猛地袭来，你恨不得马上一口气跑到荒野僻静处，在荷花池塘边坐下，光着脚，躺在绿地上，闻泥土的气息，听蛙叫一片，看第一颗星星闪耀在天边，发誓要去寻找生命的根，渴望着返璞归真……这种情绪，就是寻找家园的冲动，就是本来意义上的哲学活动。"[②] 当你读完上面这段通俗的表述，也许觉得与三国历史离得太远，但仔细品味，从中又悟到点什么，是否体会到作者用了这么多笔墨，想说的就是《三国演义》为什么能够拨动一代又一代读者的心弦，满足一代又一代读者审美的需求。也许你对它丰厚历史层面的意蕴朦朦胧胧，说不出其所以然，可偏偏为大家所喜爱。其中的艺术魅力，能离开作品渲染的历史情绪吗？如果有的话，那正是其审美价值。

---

① 《普列汉诺夫哲学著作选集（第三卷）》，生活·读书·新知三联书店 1974 年版，第 272 页。

② 赵鑫珊：《科学·艺术·哲学断想》，生活·读书·新知三联书店 1985 年版，第 5 页。

第九章

《三国演义》诗词叙事功能

小说中运用诗词，虽滥觞于魏晋笔记小说，而唐传奇、宋话本又有所发展，但真正成为中国古典小说艺术成就中不可或缺的叙事内容，当首推《三国演义》。自这部开山之作起，无论是明代小说《水浒传》《西游记》《金瓶梅》等，还是清代小说《红楼梦》《歧路灯》《镜花缘》等，都把运用诗词作为一种创作手法。尽管在演进过程中，出现过精华与糟粕相杂的篇章，但已经逐渐为人民群众所喜闻乐见，并具有了鲜明的民族特色。

《三国演义》含有大量的诗词，按其叙事功能大体分为两种类型：一是诗词作为小说人物或情节中的有机成分，二是小说人物性格发展或情节演进的内在动力因素。情节化的诗词约占全书诗词的十分之一。虽说数量不多，但从审美角度来看，它却代表了这一艺术表现手法的发展方向，是《三国演义》诗词的精华所在。除此之外是在小说中大量出现的论赞诗，作为叙事者的议论，它担负的艺术使命是以全知叙事者的视角，对历史人物和重大事件或抒发爱憎感情，或表达政治倾向，或衡量道德是非，从而形成一种独特的叙事批评。《三国演义》诗词大部分属于后者，仅毛氏本就有一百八十首左右。

《三国演义》诗词在小说中的叙事功能

古代小说家如此苦诣孤心地在小说中运用诗词，到底在艺术上有一种什么样的追求呢？在小说中用华美的诗章借以装潢和炫耀，以显示个人才华的不乏其人；在小说中调动诗词为人物或景物铺排和修饰，费尽心血而事倍功半的也大有人在。正因为这一艺术手法在浩瀚的中国古典小说的丛林中的表现，优劣并举，良莠齐生，所以长期以来障蔽了许多研究者的耳目，而不曾问津，甚至瑕瑜不分，一概视如敝屣。从《三国演义》诗词中探索这一艺术手法的规律和特质，这才是目的。

《三国演义》情节化诗词在叙事结构中所发挥的艺术功能，可以划分为两类：一是塑造人物性格的要素；二是设置推动情节发展的要素。

《三国演义》情节化诗词成为塑造人物性格的要素

《毛诗序》：“诗者，志之所之也。”诗所表现的是诗人的思想情感，“情动于中而形于言”。揭示了诗的意象源于“情动于中”，诗的艺术形式是“形于言”。这是诗的特质。小说家正是看到了这一点，把它巧妙地运用到小说之中，用诗来表现人物的心声，披露人物的内心世界。任何人物形象都有互相联系的两个方面，一是它外在的形象本身，二是它内在的本质特征。对前者的追求是形似，对后者的追求是神似。不满足于单纯形貌的描写，而要求有统其形的东西，这就涉及由形似到神似的追求。因为仅仅用勾勒原有表征的方法来揭示事物的内涵，用生活外在的面貌来表现生活的内在规律，未必完全奏效，而运用诗词却可以揭示人物内蕴的精神特征，进一步展示人物性格独特的精神风貌。不管诗词艺术表现方式有什么变换，只要在展示人物性格独特的精神面貌上起到作用，那就是追求神似。不但发挥了诗词艺术的优长，而且也为小说中用诗词刻画人物开拓了发挥独特作用的艺术领域。

《三国演义》第七十九回生动地描写了一场“兄逼弟曹植赋诗”的丑剧。《三国志》及裴注对此虽没有记载，但曹丕当了皇帝曾迫害曹植却有案可稽。“文帝即王位，诛丁仪、丁廙并其男口。植与诸侯并就国。黄初二年，监国谒者灌均希指，奏‘植醉酒悖慢，劫胁使者’。有司请治罪，帝以太后故，贬爵安乡侯。”（《三国志·魏书·任城陈萧王传》）[1]小说家根据这个史实，又吸收后世民间传说的素材，创造了这一动人的情节。

曹操死后，曹丕即位。为了防范兄弟谋篡，先是削夺其弟曹彰的兵权，接着遣使问罪逼死其弟曹熊。不久，曹丕又以“醉酒悖慢”罪名，令许褚带领三千虎卫军，火速至临淄擒其弟曹植及其亲信丁仪、丁廙兄弟，斩了二丁，又要处罚曹植。小说描写相国华歆迎合曹丕的阴暗心理，为其出谋：“人皆言子建出口成章，臣未深信。主上可召人，以才试之。若不能，即杀之；若果能，则贬之，以绝天下文人之口。”这阴险的计谋立刻被曹丕采纳，遂召曹植入见，对他说：“吾今限汝行七步吟诗一首。”随即指着一幅水墨斗牛图说：“即以此画为题。诗中不许犯着‘二牛斗墙下，一牛坠井死’字样。”曹植果然行走七步，其诗已成：

两肉齐道行，头上带凹骨。
相遇块山下，欻起相搪突。
二敌不俱刚，一肉卧土窟。
非是力不如，盛气不泄毕。

曹丕及群臣皆惊。丕又曰：“七步成章，吾犹以为迟。汝能应声而作诗一首否？”植曰：“愿即命题。”丕曰：“吾与汝乃兄弟也。以此为题。亦不许犯着‘兄弟’字样。”植略不思索，即口占一首曰：

煮豆燃豆萁，豆在釜中泣。
本是同根生，相煎何太急！

① 陈寿：《三国志》，中华书局 1959 年版，第 561 页。

曹丕闻之，潸然泪下。其母卞氏，从殿后出曰："兄何逼弟之甚耶？"丕慌忙离坐告曰："国法不可废耳。"于是贬曹植为安乡侯。

幸得卞氏干涉，曹植才免一死。曹丕在诏书中还将这种恶行说成自己的宽容："植，朕之同母弟，朕于天下无所不容，而况植乎！骨肉之亲，舍而不诛。"这话多么可笑，可气！七步诗千百年来，脍炙人口，遍及妇孺，广及僻壤，有口皆碑。但是，流传的七步诗，不是"赋斗牛图"，而众口一词地把即口作的"煮豆燃豆萁"视为七步诗。即使读过《三国演义》的人，也不甚记得前一首诗，而约定俗成地称后者为七步诗，甚至专家学者撰文亦是这样称之。于是，我们不禁会问，为什么"煮豆燃豆萁"被称为七步诗，为什么人们如此喜爱这首诗？

小说家罗贯中写入情节中的这两首诗，只有后者是有出处的。最早见于南朝刘义庆《世说新语·文学》：

文帝（曹丕）尝令东阿王（曹植）七步中作诗，不成者行大法。应声便为诗曰："煮豆持作羹，漉菽以为汁。萁在釜下燃，豆在釜中泣。本自同根生，相煎何太急！"帝深有惭色。[1]

这是七步诗最早的出处，所不同的是此诗为六句。到唐朝李善为《文选》中南朝梁任昉《齐竟陵文宣王行状》一文作注，"《世说》曰：魏文帝令陈思王七步成诗，诗曰：萁在灶下燃，豆在釜中泣。本是同根生，相煎何太急。"[2] 注文中七步诗是四句，文字略有出入。这两首四句的七步诗在宋朝之前，世上已有流传。宋朝《漫叟诗话》曾评论说："曹子建《七步》诗世传'煮豆燃豆萁，豆在釜中泣。'一本云：'萁在釜中燃，豆在

① 徐震堮：《世说新语校笺》，中华书局1984年版，第134页。

② 萧统编，李善注：《文选》，中华书局1977年版，第826页。

釜中泣。’其工拙浅深，必有以辨之者。”[①]话虽未言明，但工拙之别显而易见。就上面所说的三种七步诗来看，六句的不如四句的设喻鲜明、寓意深刻、语句明快、简短易记，而四句的又以世传的最为工秀，朗朗上口。可见小说家选用的是最好的一首。

在《三国演义》叙事结构中，当小说和诗词熔铸成为一个完整的有机的艺术整体时，诗词成为曝光人物内心世界最为有力的一笔。七步诗是极好的例证，它生动映衬了曹丕的阴险狠毒，刻画了曹植的聪敏绝伦，再现了两人直接对立下的不同言行和情绪，表现出人物在特定的环境下的心理状态，有力地突出了曹丕和曹植的形象。曹操在世时，曹植曾一度受到曹操的宠爱，一些才子如杨修、丁仪、丁廙都是拥戴他的。

> 廙尝从容谓太祖曰：“临菑侯天性仁孝，发于自然，而聪明智达，其殆庶几。至于博学渊识，文章绝伦。当今天下之贤才君子，不问少长，皆愿从其游而为之死，实天所以钟福于大魏，而永授无穷之祚也。”欲以劝动太祖。太祖答曰：“植，吾爱之，安能若卿言！吾欲立之为嗣，何如？”廙曰：“……今发明达之命，吐永安之言，可谓上应天命，下合人心，得之于须臾，垂之于万世者也。廙不避斧钺之诛，敢不尽言！”太祖深纳之。（《三国志·魏书·任城陈萧王传》裴注引《文士传》）[②]

曹植的受宠却被曹丕嫉恨，可他俩的父王在世，曹丕也无可奈何，当时他俩毕竟只是兄弟关系。

但当曹丕即位后，二人的政治地位骤然变化。他们之间除了兄弟关系外，更重要的还是君臣关系。封建社会皇室的兄弟关系非但不能使他们君臣之间更加亲密，相反，过去曹丕那种担心曹植继位之忧，嫉妒曹植才华

① 许钦承：《千古名句诗话辞典》，中州古籍出版社1989年版，第340页。

② 陈寿：《三国志》，中华书局1959年版，第562页。

之恨，甚至防范曹植谋篡之戒，都一股脑儿地涌上来。这复杂的阴暗心理便成为他杀曹植的动因。居于人主之位的曹丕大权在握，想杀一个阶下人，易如反掌。但在接连谋杀两个兄弟的情况下，他遭到母亲卞氏的干预，而不便肆意而为，才不得不借作诗之名，行杀人之实。这对杀人狂曹丕来说，也够枉费心机的了。从全书整个人物结构的设计来看，小说家集中几个典型细节，着力刻画刚刚上台的曹丕的性格内涵，用浓墨重彩使之亮相，而且亮相的焦点则是突出他帝王欲之切，谋篡心之急，占有欲之强。曹操一生挟天子以令诸侯，为所欲为，却不敢公开篡弑。而曹丕一上台就急不可耐地逼汉献帝禅让，公开篡夺皇位。曹操当年一心想杀文人祢衡，但深恐落下不容名士的口实，只好借他人之手杀人。曹丕杀曹植则亲自出马，既不顾及手足之情，又不顾及杀才子之恶谥。如果说曹操其奸是阴险而狡诈，那么曹丕其奸是凶狠而急切，尚未老辣。

兄弟二人，一个在上，一个在下；一个是皇帝，一个是囚徒。在这极富有造型表现力的场面中，时间之短，境遇之危，都超乎寻常而不可想象。曹丕诗题一出，曹植出口成章，其才思敏捷，其胆略不凡，其猝然临之而不惊，使“满座皆惊”。曹植不愧为一代文坛骄子，当时他不仅以诗自救，而且诗传千古。毛氏评说这首诗的效果：“能发兄弟之悲”，“能解同气之怨”，“能陨他人之泪”（第七十九回回评）[①]。所谓“能发兄弟之悲”，指诗句“煮豆燃豆萁”，以豆子和豆秸的关系比喻兄弟关系，喻体精当而通俗。用豆秸燃火去煮豆子，不正是祸起萧墙，手足相残的真实写照，能不悲乎？所谓“能解同气之怨”，是说“豆在釜中泣”，准确地写出了曹植当时的境遇和心情，由王子一下子跌落到囹圄之地，身陷孤危，性命难保，无限悲怆。一个“泣”字浸透曹植心中流淌着的带血的泪，迸发出同气之怨的愤懑。所谓“能陨他人之泪”，是指曹丕闻诗，“潸然泪下”。

这位杀妻、逼弟、篡位之君，何以听到一首小诗而落泪呢？这并不意味

① 沈伯俊：毛本《三国演义》整理本，中州古籍出版社 1992 年版，第 797 页。

着曹丕良心的发现，只说明他由占有狂而发展到杀人狂，也不能改变其本质的虚弱。“本是同根生，相煎何太急”一联，像一柄短剑一样刺中曹丕的心理弱点，诛杀胞弟的借口太理亏了，手段太刻薄了！区区一首小诗像一把解剖刀，使曹丕丑恶的内心暴露于大庭广众之下。也像一盏聚光灯，照亮了曹植在危难的环境下发挥高超的斗争艺术的风采。古往今来，文人墨客的名篇佳作常常招来嫉妒，甚至杀身之祸。而曹植这首诗能在杀身之危中“是以救死”“是以动人”，这不能不使它流芳千古、历代赞叹。

七步诗的细节不仅起到了刻画人物性格的艺术功能，而且深刻地揭示了性格背后的社会内容。在封建时代，皇室内“兄逼弟”或“弟逼兄”，甚至“子逼父”“母杀子”的事情，比比皆是，何止曹氏？《三国演义》中就有袁绍、袁术两兄弟为争夺权位而大动干戈；袁绍的儿子袁谭、袁尚为争夺继承权，反目为仇；孙权的少子孙亮被其同宗侄子孙綝所杀……同根相煎，骨肉相残，这是封建时代家天下的必然产物。然而这种充满血腥味的权力之争，有时却常常掩盖在温情脉脉的面纱之下，淹没在骨肉情长的缠绵之中。七步诗的情节显示了这一特色，在温文尔雅的吟诗场面后面充满了刀光剑影的杀机；在平平淡淡的文字描写中，曹丕和曹植的性格相互咬合着，搏击着。矛盾冲突的表现方式是含蓄的，张力是内向的。这个特点的形成正好说明《三国演义》运用诗词的成功。它调动读者的联想，激发读者寻幽探胜的欲望。千百年来文人墨客的厅堂、市民俚夫的屋脚，津津乐道地传说着七步诗。

再如《三国演义》第一百一十四回曹髦所作的《潜龙诗》，也是一个成功地刻画人物内心世界的例证。这首诗在小说情节中从一个焦点出发，向各个方面辐射出去，在某个特定的政治斗争背景下，衬托出人物各自独特的心理活动和性格特点，构成一个典型的情节。司马昭掌大权，欲伐蜀，与中护军贾充商议：

充曰：“未可伐也。天子方疑主公，若一旦轻出，内难必作矣。旧年黄龙两见于宁陵井中，群臣表贺，以为祥瑞，天子曰：‘非祥瑞也。龙者君象，乃上不在天，下不在田，屈于井中，是幽困之兆也。’遂作《潜龙诗》一首。诗中之意，明明道着主公。其诗曰：

‘伤哉龙受困，不能跃深渊。
上不飞天汉，下不见于田。
蟠居于井底，鳅鳝舞其前。
藏牙伏爪甲，嗟我亦同然！’”

司马昭闻之大怒，对贾充说：“此人欲效曹芳也！若不早图，彼必害我。”俗话说：“司马昭之心，路人皆知。”天子曹髦深受司马氏淫威的挟摄，既愤恨又无奈，《潜龙诗》形象地表现了他“幽困之兆”；司马昭篡位弑君之心早有，只恨无谋篡之借口，当一听《潜龙诗》便七窍生烟，恨不能立诛曹髦，其篡弑之心跃然纸上。贾充体察主子司马昭的野心，乘君臣之隙，进谗言，邀功赏，一副奸人佞臣的嘴脸暴露无遗。曹髦、司马昭、贾充的心理和活动都围绕这首小诗表现出来了，构成弑篡阴谋的典型情节。它出现在曹魏大权旁落，司马氏篡位之心已久的情况下，这样，《潜龙诗》所给人的就不单单是诗本身的含义，而是开拓了更深广的意蕴，形象地反映了三国时期君臣权力特殊的政治斗争。

情节化诗词构成推动情节发展的要素

我国古典小说最讲究叙事结构时空布局的“章法”，最擅长展示艺术辩证法：疏密相间、浓淡相对、时徐时疾，巨细得体、变幻多姿、张弛交乘、跌宕有致。构成丰富的叙事成分的排列和组合，以及贯穿结构的线索与网结。《三国演义》情节化诗词正是在这种布局中发挥了其独特的作用，主要表现在三个方面。

利用诗词含蓄的特征，将其设置在“富于包孕的片刻”

“富于包孕的片刻”是18世纪法国的文艺理论家莱辛在《拉奥孔》中提出的。以后，黑格尔等人对这个很有价值的主张作了论述和发挥。原话是针对绘画讲的，但这个主张所体现出的艺术辩证法对文学艺术的其他门类也是相通的。钱锺书先生论述这一问题时曾说：

> “一幅画只能画出故事的一场情景，所以莱辛认为画家应当挑选整个‘动作’里最耐寻味和想象的那‘片刻’，千万别画故事‘顶点’的情景，因为一达顶点，情事的演展已到尽头，不能再‘生发’了；那个‘片刻’仿佛女人‘怀着身孕’，它包含从前种种，蕴蓄以后种种。”“李公麟对于富有包孕的片刻很有体会，只要看宋人关于他另一幅画《贤已图》的描写；岳珂《桯史》卷二：‘博者五六人，方据一局投进。盆中五皆卢，而一犹旋转不已；一人俯盆疾呼，旁观者皆变色起立’（参看《二十年目睹之怪现状》第四五回里的白话改编）。避免‘顶点’，让观者揣摹结局，这一切都由那颗旋转未定的骰子和那个俯盆狂喊的赌客体现出来。”“莱辛讲‘富于包孕的片刻’，虽然是专为造型艺术说法，但无意中也为文字艺术提供了一个有用的概念。‘务头’、‘急处’、‘关子’往往正是莱辛、席勒、黑格尔所理解的‘富于包孕的片刻’。”（《读拉奥孔》）①

每一个叙事动态过程的片刻，都或多或少地蕴含着某种意义。当然有的蕴含量大，具有丰富的社会内容；有的蕴含量小，只有一般的生活内容。因此，小说家应当选取蕴含量大的一刹那，即“富有包孕的片刻”来设置情节。其中诗词含蓄性强，具有内在的张力。它常常以短短几句，折射出

① 钱锺书：《旧文四篇》，上海古籍出版社1979年版，第40—48页。

来的情感力量，便能使人感受和体验到诗中之“人”一时的感情境界乃至整个心灵世界的态势，特别是那富有象征意象的诗章。从而可以看出诗词在小说叙事情节中的文字之精练，而展现人的感情世界之丰富，恰好强化了“富有包孕的片刻”的独特功能。即它意象的一部分特征得到充分的展示，形成最单纯最浓烈的意象。“浓绿万枝红一点，动人春色不须多。”这一点“红”，便超越了自身。“象外之象”是“见点红而知嫣红姹紫正无限在”。总之，诗词的意象能将哲理与具象融为一体，能通过某一侧面或突出某一个层次，表现整体和剖视内核，那么它在小说叙事中就具有独特的艺术功能。以第三十四回蔡瑁设计“题反诗”为例来说明。

刘备无立足之基，投奔了荆州刘表。因立荆州嗣主一事，刘备的参与引起刘表夫人蔡氏的不满和嫉恨，于是他被卷入了刘表集团内部权力之争的旋涡中。一次，刘备酒后失言，蔡夫人怀疑他“有吞并荆州之意”，便密召其弟蔡瑁，商议杀掉他。刘备得知消息，星夜奔走。待蔡瑁领军到刘备的馆舍时，刘备已去远了。

> 瑁悔恨无及，乃写诗一首于壁间，径入见表曰：“刘备有反叛之意，题反诗于壁上，不辞而去矣。”表不信，亲诣馆舍观之，果有诗四句。诗曰：
>
> 数年徒守困，空对旧山川。
>
> 龙岂池中物，乘雷欲上天！
>
> 刘表见诗大怒，拔剑言曰：“誓杀此无义之徒！”行数步，猛省曰：“吾与玄德相处许多时，不曾见他作诗，此必外人离间之计也。”

这首小诗在此处真是传神之笔，将一个军阀集团内部权力之争的复杂关系很巧妙地设置在题反诗的情节中，而且还妙在能从一点向三方面折射过去，映现出刘备、刘表、蔡瑁三人此时此地的心理动因。对刘备来说，诗不是他写的，诗意却暗含他的霸业之心，切合他的身份、抱负以及当时寄人篱下的境遇，因而点染和衬托了刘备的形象。对刘表来说，他之所以见诗后大怒，是因为前日酒席上问起刘备与曹操青梅煮酒论英雄一事，“玄德乘着酒兴，失口答曰：‘备若有基本，天下碌碌之辈，诚不足虑也。’”刘表听了，口虽不言，却心怀不乐。今日之事又触发了他先时内心的不满，所以见诗后大怒。接着刘表转念一想，恐是离间计，疑虑在心，这又十分契合他忠厚迂弱、优柔寡断的性格特征。对蔡瑁来说，此人能够捕捉住刘备语失在刘表心中荡起的微波，并乘机利用这潜在心理的变化，当机立断，题诗于壁，乘隙而入，挑拨离间，以求一逞，充分表现了他卑鄙、险恶和狡诈的性格。再者“蔡瑁不奉刘表之命，便欲点军杀玄德，想见蔡瑁之横，蔡夫人之专，而刘表之弱”（第三十四回回评）[①]。同时，还为刘备仓皇而逃、“马跃檀溪”的叙事做了铺垫，拉动了情节的扩展。

这首小诗为什么能强化“富于包孕的片刻”，发挥独特的作用呢？首先这首小诗影射了特定环境下刘表集团的人物关系网。因为中国古典小说善于在社会联系中塑造人物性格，所以准确地揭示特定环境下的人物关系，把握主要人物和次要人物各自的心理活动和性格特征，就能深刻地表现特定环境下的社会内容。即使刻画次要人物性格的某一特点时，也能从其身上折射出主要人物的某些独特的东西，从而进一步皴染主要人物的性格特征。蔡瑁写反诗的动机，是因他戒惧刘备吞并荆州而产生了谋害之心。其内心活动曲折地映衬出对刘备的认识，在蔡瑁的眼中刘备是蓄大志、成大事的豪强，若不早下手，荆州必为他所取。事实上，刘备暂且投靠刘表，犹如龙游浅水、虎落平阳，虽未能如意地施展其平生抱负，但也未减灭其王霸之心。因此说，蔡瑁、刘表与刘备发生联系的一言一语、一举一动，并不是普通的社会关系，而是特定环境下错综复杂的矛盾交织成的人物关系网。不管是谁，只要触及这张网上，牵一发而动全身，产生“关系出性

---

① 沈伯俊：毛本《三国演义》整理本，中州古籍出版社 1992 年版，第 347 页。

格”的审美效应。

“关系出性格”尤其应放到人物之间内在冲突的交叉点上加以表现，才能波及叙事结构的深层。犹如漩涡中的水流，于瞬间展现各种力量的消长变化。如果只将蔡瑁作小诗孤立地局限于他如何设计害人上，那就只能表现他一个人的性格和心理，也仅仅是在情节的一个层面上有所表现。相反，安排在由立荆州嗣主而产生的矛盾冲突的背景下，就将情节中多头线索、多个层面缩结到一个扣上，就会产生辐射性的作用，就会同时在几个层次或多个侧面上，深刻地展现刘备的雄心、刘表的私心、蔡瑁的奸心背后复杂的社会内容。

人物在内心世界里寓意藏情的东西让人只可意会不可言传。刘备酒后失言是内心写照的真言，而蔡瑁陷害刘备所作的反诗则是假的，真言和假诗二者事实上虽没有任何联系，但二者之间精神上却有触通之处。这首小诗的含蓄性在展示刘备独特的精神风貌上起到了离形得似的作用。这正是小说家设计题反诗出神入化之处。

利用诗词抒情言志的特征，为典型人物的出场进行烘托和铺垫

《三国演义》典型人物的出场渲染之最、烘托之烈、过程之长莫过诸葛亮出山了。在全书占了两回半、长达万余字的篇幅，并且插入章回的诗歌数量在全书也是最多的。以第三十七回“三顾茅庐”为例，嘉靖本和李卓吾评本都含有诗歌九首，毛氏本保留诗歌七首，是删节最少的一回，也是留存最多的一回。这些诗歌都担负着一种艺术使命，渲染和烘托诸葛亮的出场。

小说家对诸葛亮的出场花费这么多的笔墨是有深意的。人物出场的艺术处理，首先关系到人物性格的表现，及其在整个叙事结构中的地位。《三国演义》全书叙事内容以蜀汉为主，而对蜀汉的描写又突出了一个重心——指挥军事、内政和外交的诸葛亮。从第三十八回“定三分隆中决策”至第一百零四回“陨大星汉丞相归天”，竟用了近七十个章回的篇幅，成为全书的重心部分。“隆中对”是全部三国故事的关键，刘备一生的事业由此

转机，三分天下也由此发端。所以“多笔”描绘诸葛亮出场，其目的是“一用”，即显示诸葛亮的地位非同一般，这是受整部书的艺术构思所制约、所决定的。犹如舞台上突出某个人的亮相，从舞台的上下、左右、前后各个侧面、各个角度设计灯光，并将光束聚焦，即照射在人的面部或是显要的部位上，以增强其亮相的艺术效果。

为了简明叙述，我们把渲染和烘托诸葛亮出场的两回半篇幅的诗词分作三个层次来分析。第一层次是从刘备败于曹操，又遭蔡瑁的谋害，逃难之途巧遇司马徽后才落笔。刘备招揽人才的意识，与曹操相比颇为迟钝。经逐鹿中原，一再失败之后，司马徽的一席话才使他从梦中惊醒。司马徽还引用了一首民谣：

八九年间始欲衰，
至十三年无孑遗。
到头天命有所归，
泥中蟠龙向天飞。

进而解释道：“此谣始于建安初：建安八年，刘景升丧却前妻，便生家乱，此所谓‘始欲衰’也；‘无孑遗’者，不久则景升将逝，文武零落无孑遗矣；‘天命有归’，‘龙向天飞’，盖应在将军也。”并且指出：“今天下之奇才，尽在于此，公当往求之。”“伏龙、凤雏，两人得一，可安天下。”说到这里司马徽便收住了，留下了一个悬念，为诸葛亮出山埋下了草蛇灰线的伏笔。诸葛亮作为一个非凡的人才，成为历史舞台主角，其才是外在因素和内在因素成功地统一而实现的。常言说时势造英雄，诸葛亮出山的第一笔便是从时势写起。中原逐鹿、豪杰竞雄的时代，刘备虎视权柄，四处奔走，渴求贤才，无疑为隐居人才施展平生抱负提供了历史的机遇。那么，谁能跻身于人才之列呢？因而第二笔紧接着写“徐庶走马荐诸葛”，把诸葛亮这个似隐似显的人物推了出来。

司马徽的话在刘备心中一直是一个问号。一天刘备“忽见市上一人，葛巾布袍，皂绦乌履，长歌而来”。歌曰：

天地反覆兮，火欲殂；
大厦将崩兮，一木难扶。
山谷有贤兮，欲投明主；
明主求贤兮，却不知吾。

刘备闻歌，暗思：“此人莫非水镜所言伏龙、凤雏乎？”下马拜见，原来是徐庶。打这以后徐庶相助刘备运筹帷幄，破阵取城，克敌制胜，使刘备不仅在认识上体会到谋臣的重要，而且在实践中也尝到了军中有谋臣的甜头。突然笔锋一转，写曹操用计骗走了徐庶，于是缺少谋臣的问题更迫在眉睫。在这种情势下，徐庶点破了卧龙其人：“此人乃琅琊阳都人，复姓诸葛，名亮，字孔明，乃汉司隶校尉诸葛丰之后。其父名珪，字子贡，为泰山郡丞，早卒……亮与弟诸葛均躬耕于南阳。尝好为《梁父吟》。所居之地有一冈，名卧龙冈，因自号为‘卧龙先生’。”这一笔只点透诸葛亮的身世，言犹未尽，徐庶便匆匆而别。这种叙事的设置，造成一种“文势”。内蕴能量的蓄积，形成结构的动力，一旦爆发，势不可当。

第二层次，写时势和机遇都是人才成功的外在因素，决定因素还要看一个人的内在素质。“司马徽再荐名士”，对诸葛亮的才干作了高度的评价，明确地向刘、关、张估价了诸葛亮“其才不可量也”，把他比作“兴周八百年之姜子牙，旺汉四百年之张子房”，辅弼君王的社稷之臣。在如此铺垫和烘托下再写三顾茅庐，便如行云流水，舒纡从容。

“三访”的情节设计，处处皴染诸葛亮，而又一再延宕他的亮相，从各个不同角度落笔，多层次多侧面地反复渲染，使诸葛亮的典型性格在特定的情势和环境氛围中更加突出，更加鲜明，更加丰满。毛宗岗把这一艺术手法概括为“都作数层出落”。当代学者叶朗认为，是指“《三国演义》

在描绘一个人的肖像的时候，有时采取了一种化静为动，层层渲染的方法。这个方法和莱辛所说的荷马的方法很相似。就是不去静止地描绘一个人的肖像，而是通过旁人的观察，旁人的反应，一层一层地出落，一层一层地加重渲染。好比画家画一张画，不是全部上好颜色再拿出来，而是当着观众的面再上颜色，先上一层，再上一层，由淡到浓，层层加重渲染。这样的一张画，给予观众的印象就不是平面的、呆板的，而是多层次的、生动的了”①。

一访，玄德同关羽、张飞，并从人等来隆中，遥望山畔数人，荷锄耕于田间，而作歌曰：

苍天如圆盖，陆地似棋局；
世人黑白分，往来争荣辱；
荣者自安安，辱者定碌碌。
南阳有隐居，高眠卧不足！

玄德闻歌，勒马唤农夫问曰："此歌何人所作？"答曰："乃卧龙先生所作也。"一访虽未遇到诸葛亮，但透过农夫吟唱的这首歌词，可以看出他高洁洒脱、闲适自得的品格。这和刘、关、张看到的隆中景色——"山不高而秀雅，水不深而澄清，地不广而平坦，林不大而茂盛，猿鹤相亲，松篁交翠"，相映成趣，是贤者隐居之地。

二访，将近茅庐，忽闻路旁酒店中有人作歌。玄德驻马听之。其歌曰：

壮士功名尚未成，
呜呼久不遇阳春！
君不见：东海老叟辞荆榛，

① 叶朗：《中国小说美学》，北京大学出版社1982年版，第138—139页。

后车遂与文王亲；
八百诸侯不期会，
白鱼入舟涉孟津；
牧野一战血流杵，
鹰扬伟烈冠武臣。
又不见：高阳酒徒起草中，
长揖芒砀“隆準公”；
高谈王霸惊人耳，
辍洗延坐钦英风；
东下齐城七十二，
天下无人有继踪。
二人功迹尚如此，
至今谁肯论英雄？

歌罢，又有一人击桌而歌。其歌曰：

吾皇提剑清寰海，
创业垂基四百载；
桓灵季业火德衰，
奸臣贼子调鼎鼐。
青蛇飞下御座傍，
又见妖虹降玉堂；
群盗四方如蚁聚，
奸雄百辈皆鹰扬。
吾侪长啸空拍手，
闷来村店饮村酒；
独善其身尽日安，

何须千古名不朽！

二人歌罢，拊掌大笑。待刘备上前打问，才知是诸葛亮的两位好友石广元、孟公威。司马徽曾介绍诸葛亮与崔、石、孟、徐四人为密友，石和孟的对歌，表达了他们对治乱兴亡评议的基本态度，流露出身怀王佐之才又无用武之地的怅恨情怀。特别是歌词中提到的吕望和郦生二人，其经历和地位都与管仲、乐毅相匹配。而诸葛亮又常常自比管、乐，其志岂不显露无遗！

刘备辞别二人，奔卧龙岗而来，被童子引进大门，只见门上大书一副对联："淡泊以明志，宁静而致远。"刘备正看着，忽闻吟咏之声，乃立于门侧窥之，见草堂之上，一少年拥炉抱膝，歌曰：

凤翱翔于千仞兮，非梧不栖；
士伏处于一方兮，非主不依。
乐躬耕于陇亩兮，吾爱吾庐；
聊寄傲于琴书兮，以待天时。

原来唱歌的是诸葛亮的弟弟。从密友到亲弟，一层递进一层，其歌无不曲折地映衬出诸葛亮大贤大智、非同流俗的性格；胸怀韬略、明于治乱的非凡才干；以待天时、兼济天下的远大抱负。可谓身居茅庐，胸怀天下，躬耕陇亩，志在四方，是鲲鹏搏击前的敛翼，是蛟龙腾飞前的屈身。

第三层次写"隆中对"，诸葛亮气概不凡的亮相。他以高屋建瓴的气势、纵横捭阖的谈吐，概括了天下的形势，分析了未来三分天下发展的可能性和必然性，并为刘备夺天下制定了联吴抗曹的战略总方针。其言透辟明晰，入木三分，令人不可置疑，由衷地钦佩，一位具有非凡的政治家才能的年轻的社稷之臣凸现在读者眼前。如果说前两个层次铺垫和设置的情境，只是为了诸葛亮不同凡响的亮相而外射的复杂形态，映衬其性格结构的多姿多彩，那么这第三个层次就是其性格本体在各种侧面的情境中开拓自身生命历程的开始。二者正好说明，结构内含着性格的能量，性格结构的多构和强大，便会外射为结构的复杂形态。叙事结构的“文势”形成，来自性格本体的势能。

利用诗词情景交融的特征，增强小说环境描写的氛围和情调

赤壁之战是《三国演义》描写的三大战役之一，从第四十三回“诸葛亮舌战群儒”到第五十回“关云长义释曹操”，前后达八个章回。在两军对峙、剑拔弩张、严阵以待之时，小说家却插入了一段诗情画意的场面，与刀光剑影、战火纷飞的情调和氛围大相径庭，形成浓淡相衬、变幻多姿的叙事格局。如第四十八回“宴长江曹操赋诗”。

时建安十三年冬十一月十五日，天气晴朗，平风静浪。操令：“置酒设乐于大船之上，吾今夕欲会诸将。”天色向晚，东山月上，皎皎如同白日。长江一带，如横素练。操坐大船之上，左右侍御者数百人，皆锦衣绣袄，荷戈执戟。文武众官，各依次而坐。操见南屏山色如画，东视柴桑之境，西观夏口之江，南望樊山，北觑乌林，四顾空阔，心中欢喜……

曹操正谈笑间，忽闻鸦声望南飞鸣而去。操问曰：“此鸦缘何夜鸣？”左右答曰：“鸦见月明，疑是天晓，故离树而鸣也。”操又大笑。时操已醉，乃取槊立于船头上，以酒奠于江中，满饮三爵，横槊谓诸将曰：“我持此槊，破黄巾、擒吕布、灭袁术、收袁绍，深入塞北，直抵辽东，纵横天下，颇不负大丈夫之志也！今对此景，甚有慷慨。吾当作歌，汝等和之。”歌曰：

对酒当歌，人生几何？
譬如朝露，去日苦多。
慨当以慷，忧思难忘；
何以解忧，惟有杜康。

青青子衿，悠悠我心；
但为君故，沉吟至今。
呦呦鹿鸣，食野之苹；
我有嘉宾，鼓瑟吹笙。
皎皎如月，何时可辍？
忧从中来，不可断绝！
越陌度阡，枉用相存；
契阔谈宴，心念旧恩。
月明星稀，乌鹊南飞；
绕树三匝，无枝可依。
山不厌高，水不厌深；
周公吐哺，天下归心。

曹操横槊赋诗这一情节的意境，显然是受了苏东坡《赤壁赋》和明传奇《草庐记》的影响。《草庐记》第二十九折：曹操宴请蒋干时，帐下一侍儿吹玉笛助兴，曹操用“舳舻千里，旌旗蔽空”夸饰其军容雄伟壮大，并乘兴吟诗一首：

豹隐云迷见数峰，和弦声断曲方终。
江城五月梅花落，一夜西风玉笛中。

明传奇创造的这个空间场面——宴请、赋诗，虽然与小说的描写相距甚大，但为小说的再创造奠定了基本的情节骨架。这里只比较一下两首诗的功能。明传奇中曹操赋的诗，只是浓重了情节的意境，显示了“将军本色是诗人”的风采，但对曹操本人性格的刻画无大补益。而《三国演义》选用的《短歌行》，却恰到好处。一是用历史人物曹操的诗作去刻画小说曹操人物性格，更增强了历史真实与艺术真实的统一。二是诗的意蕴十分吻合情节中曹操的内心世界，赤壁之战前，曹操横扫群雄，统一北方，“固一世之雄也”。这和他招揽人才、扩充实力是分不开的，与《短歌行》吐露的建功立业、求贤若渴的心曲是合拍的。但毕竟是五十三岁的人了，又不自觉地在诗中吐露人生短促，忧思统一天下的壮志未酬。他希望群贤毕至，帮助他实现天下一统。横槊赋诗这一情节设置在赤壁之战前夕，既符合曹操的性格和心理，又与典型环境水乳交融。三是建安时代诗人之作多是五言诗，明传奇选用的七绝，不大符合时代的风貌。

《三国演义》诗词的演化形态

《三国演义》诗词在历代不同的版本中含有的数量不等。其中嘉靖本有三百四十四首，与毛氏本基本相同的有一百四十首。李卓吾评本含有四百零九首，与毛氏本基本相同的有一百六十八首。清代毛宗岗修订《三国演义》时，将叠床架屋、俚鄙可笑的诗词尽皆删除，除保留原有诗词一百六十八首外，又从唐宋名篇等选取三十七首，增添到小说之中，共有二百零五首诗词。

中华人民共和国成立后整理出版的普及本《三国演义》是以毛氏本为底本，依旧保留原有诗词。这些诗词在《三国演义》整部书中具有重要的作用，像章回中的“文眼”一样，涵盖了近百个历史人物的思想性格，数十次历史事件的史评史论；包容了丰富的历史文化知识，如儒道释思想的交融、军事谋略的展示、历史地理的沿革、俗谚口碑的流传、传统道德的张扬以及占卜神怪鬼文化；表现了小说家的艺术构思，运用诗词的艺术手法：刻画人物性格、推动情节发展、构建叙事视觉等。这一首首韵语犹如一块块化石，当揭开其鲜活而灵动的内容后，仿佛置身五光十色、绚丽多彩的艺术之宫，别有洞天。钱锺书先生说：

> 倒是诗、词、笔记里，小说、戏曲里，乃至谣谚和训诂里，往往无意中三言两语，说出了益人神智的精湛见解，含蕴着很新鲜的艺术理论，值得我们重视和表彰。也许有人说，这些鸡零狗碎的小东西不成气候，而且只是孤立的、自发的见解，够不上系统的、自觉的理论。不过，正因为零星琐碎的东西易被忽视和遗忘，就愈需要收拾和爱惜；自发的简单见解正是自觉的周密理论的根本。（《读拉奥孔》）①

《三国演义》诗词很像钱先生指出的这类现象。长期以来，《三国演义》诗词少有人问津，固然与这部名著曾遭到冷漠的社会背景有关，但更多的则是来自学术界的轻视，当代读者群欣赏情趣的变异，使得我们对这一问题的认识和研究，尚处在拓荒的境地。毛宗岗修订《三国演义》之前，《三国演义》不同版本含有诗词究竟是一个什么状况？到底窜入有多少周静轩的诗歌？毛宗岗究竟是以哪一个版本作为底本进行诗词增删的？仅从删除和增添诗词这一项工程而言，他遵循的叙事原则是什么？为什么有些学者说《三国演义》诗词远不如《红楼梦》诗词，道理何在？这些问题，笔笔都涉及诗词与《三国演义》叙事的整体构思和布局。

周静轩诗在《三国演义》不同版本的演变

长期以来学术界关于周静轩诗在《三国演义》不同版本的数量及其意义的探求，都是作为一个研究视角，来窥探《三国演义》版本演变的形态。

最早提出周静轩诗与《三国演义》版本的关系的学者，是著名文学家郑振铎先生。二十世纪二三十年代，由于嘉靖本《三国演义》的发现，震动了当时的学术界，郑振铎先生发表《三国志演义的演化》和《嘉靖本〈三国志演义〉的发现》等文，对《三国演义》不同版本作了多方面的考辨，

① 钱锺书：《旧文四篇》，上海古籍出版社 1979 年版，第 26 页。

他说："周静轩的诗，乃是嘉靖以后人所羼入者。在嘉靖本上，什么都有，特别是诗词，与诸本完全相同，独独是没有周静轩的诗。我起初还疑心嘉靖本的刻者，也许是一位毛宗岗的同志，他觉得静轩的诗实在不大高明，所以把他们刊落了。然而经过仔细考察之后，便知道这一个猜测是不对的。""嘉靖本中称谓'史官'、'后人'的诗，实在未见得比静轩的诗高明了多少。……而独独将周静轩的诗全部刊落了，这实在是说不过去的一句话。所以，在这一点上，我们便已可知道周静轩的诗乃是嘉靖本刻者所不及见，更是罗贯中原本所不能有的了。""据今所知，周静轩诗的羼入《三国志通俗演义》，似始于万历十九年的周曰校刊本。"①

而后对此问题研究有代表性的观点是英国学者魏安，他在 1996 年出版的《三国演义版本考》中，把《三国演义》不同版本分为两大系统，分别在明中叶刊行，AB 系统均为官本或江南本，其读者多来自士大夫阶层；CD 系统均为闽本，其读者多来自小市民阶层。AB 系统代表性版本，A 支有嘉靖本；B 支有夏振宇刊本、周曰校刊本、李卓吾评本、毛宗岗评本。CD 系统代表性版本，C 支有叶逢春本、双峰堂刊本；D 支有黄正甫刊本。他认为："CD 系统最重要的特点是引用很多题为'静轩先生'或者'静轩周先生'所写的诗。""独有 A 支全无一首静轩诗是什么原因呢？……我认为后一种假设是正确的，即 B 支的静轩诗是转引自一个 CD 系统的本子，……最早收有周静轩诗现存《三国演义》版本是嘉靖二十七年（1548）刊行的叶逢春本，周静轩的诗似乎应该是弘治末到嘉靖初（约 1500—1530）被引入 CD 系统的祖本的。"②

陈国军先生 1995 年以来发表《谫论周静轩》《〈残唐五代史演义传〉非罗贯中所作》等多篇论文，对周静轩诗在《三国志传》本中的形成进行了深入的研究，他认为："周静轩于明弘治、正德年间颇负盛名，其原因有两点：一是所著《续编资治通鉴纲目》一书，'进奏上庙'，由礼部刊

① 《郑振铎文集（第五卷）》，人民文学出版社 1988 年版。

② ［英］魏安：《〈三国演义〉版本考》，上海古籍出版社 1996 年版。

行天下；二是正德四年，因荐举同宦官刘瑾斗争。因此万历《余杭县志》称周静轩‘不独以艺文见重’。周静轩的诗文、史著被广为引用，似找到了它的社会因素。”“周静轩诗被历史小说，如《三国志传》《残唐》引用的另外一个鲜为人知的原因，则是周静轩与余氏家族有着一定的关系。……他的咏史诗也是由余象斗于万历二十年将其窜入《三国志传》的。……《三国志传》刊印于万历二十一年，为最早窜入周静轩诗歌的小说。”①

总之，许多中外学者都很关注周静轩诗与《三国演义》的版本关系问题，日本学者上田望比较系统地考察了现存的《三国演义》版本，将其分为七个群类，其中分类的根据有一条便是周静轩诗。那么，学者们为什么要把周静轩诗作为判断《三国演义》版本演化形态的证据呢？周静轩诗在《三国演义》版本形态中究竟有什么价值？

《三国演义》不同版本存有周静轩诗的情况

从检索和梳理《三国演义》不同版本存有周静轩诗的情况来看，发现产生上述不同见解的主要原因，表现在三个方面。

第一，有的版本根本没有标明周静轩诗的作者，于是造成有的学者的误解。如嘉靖本、毛本《三国演义》始终没有出现周静轩的字样，而的确存有周静轩诗。以嘉靖本十四首周静轩诗为例，如：

第二十七则	血流芒砀白蛇亡
第五十一则	誓把功勋建
第五十二则	月缺不改光
第五十六则	当时手足似瓜分
第五十六则	玄德关张离散后

① 陈国军：《〈残唐五代史演义传〉非罗贯中所作》，《明清小说研究》1999年第1期。

第六十一则	昨朝沮授军中失
第九十四则	赤壁鏖兵用火攻
第一百五十三则	当年父子镇荆襄
第一百六十七则	坐帐谈兵按六韬
第一百九十三则	匹马单枪敢独行
第一百九十三则	一马能将万骑冲
第二百零九则	诸葛先明识魏延
第二百二十七则	司马当年命贾充
第二百三十四则	后主昏迷汉祚颠

由此观之，郑振铎先生和英国学者魏安可能就以这个现象，误以为嘉靖本《三国演义》没有出现周静轩的诗。因此，郑振铎先生认为“周静轩诗的羼入《三国志通俗演义》，似始于万历十九年的周曰校刊本”的推论也是不准确的。

第二，《三国演义》版本系列存在着复杂性，有的版本存有周静轩诗，而并不全部标明作者是周静轩，其中少量的周静轩诗却没有标明，极易造成学者的失误。如张志和先生说：“笔者就国家图书馆所藏黄正甫刊本、汤宾尹校正本和嘉靖壬午本中周静轩诗的使用情况作了详尽的统计和对勘，统计的结果是：黄正甫刊本中有周静轩诗63首。”[①] 而与另外其他版本比对后，可知黄正甫刊本中有周静轩诗八十一首，其中未标明诗作者是周静轩的有十五首。

下面再以周曰校刊本没有标明作者是周静轩的十四首诗为例说明：

第二十七则	血流芒砀白蛇亡
第五十一则	誓把功勋建

① 张志和：《由周静轩诗看〈三国演义〉的版本演变》，《河南师范大学学报（哲学社会科学版）》2000年第6期。

第五十二则	月缺不改光
第五十六则	当时手足似瓜分
第六十一则	昨朝沮授军中失
第九十四则	赤壁鏖兵用火攻
第一百五十三则	当年父子镇荆襄
第一百六十七则	坐帐谈兵按六韬
第一百九十三则	匹马单枪敢独行
第一百九十三则	一马能将万骑冲
第二百零九则	诸葛先明识魏延
第二百二十七则	司马当年命贾充
第二百二十九则	大胆姜维妙算长
第二百三十四则	后主昏迷汉祚颠

这十四首周静轩的诗，都是从其他版本查对的。经过几个不同版本相互对照，根据目前所掌握的材料来看，《三国演义》不同版本存有周静轩诗在八十首左右。如李卓吾评本存有周静轩诗八十三首，是最多的版本之一，而有些版本个别“则”中无诗，于是缺少一两首诗。如周曰校刊本有八十三首；黄正甫刊本有八十一首。

第三，《三国演义》有的版本缺页，造成缺页部分无法统计是否有周静轩的诗。如叶逢春本现有周静轩诗五十三首，但其缺卷的部分，第四十九则至第七十二则；第二百一十七则至第二百四十则，恰好缺少李卓吾评本存有的周静轩诗三十四首。假如加上这一部分，这样算来叶逢春本也应有八十多首，与李卓吾评本存有的周静轩诗大致相同。

就目前掌握的材料，经过梳理和分析，可以取得如下共识。

第一，嘉靖本《三国演义》应为最早窜入周静轩诗的版本。

第二，《三国演义》不同版本的两大系统，即AB系统和CD系统除嘉靖本而外，存有周静轩诗都在七十首左右，并不只是在《三国志传》系统中大量存在。英国学者魏安说："CD 系统最重要的特点是引用很多题为'静轩先生'或者'静轩周先生'所写的诗。"显然是不成立的。

第三，大量窜入周静轩诗的《三国演义》版本，从目前文献来看，应是嘉靖二十七年（1548）刊行的叶逢春本。因为它是最接近嘉靖壬午（1522）《三国演义》的一个本子了。但缺少直接的证据，还需进一步考证。

周静轩诗在《三国演义》大量出现的意义

《三国演义》版本里周静轩诗这一现象，从叙事者批评的视角来审视，说明明代文人对小说"按鉴演义"参与意识的强化。

咏史诗形成一种小说家的独特的叙事批评

咏史诗进入历史小说，发端于嘉靖本《三国演义》。嘉靖本中引用魏、晋、唐、宋、明诸多诗人的诗歌，沟通了雅文学士大夫诗歌与俗文学演义小说的联系，把咏史诗，即直接截取史传上的人物、事件作为题材而赋诗，歌咏之、叹美之、感慨之，表现在演义小说人物命运或事件演进的紧要处，构成了小说叙事文本的"视点"。以全知叙事者的视角，对历史人物和重大事件或抒发爱憎感情，或表达政治倾向，或衡量道德是非，从而形成一种小说家的独特的叙事批评。

这种叙事批评总的来说与小说叙事文本的基本倾向是一致的。但这并不等于咏史诗与历史小说文本对历史人物和重大事件抒发爱憎感情的程度、色彩就完全相同。因为咏史诗进入历史小说所构成了小说叙事文本的"视点"，除了作者而外，还有"后人"，甚至是多个"后人"，他们把参与意识不断地渗透到小说叙事文本之中，而且"后人"强烈的参与意识，都要通过这一"视点"自觉地表达出来。透过周静轩诗在《三国演义》版本里的现象，就可以清楚地看到"三级跳"式的"后人"的参与。嘉靖本《三国演义》含有的周静轩诗中，没有一首是贬斥曹操的，而后来出现含有七十多首周静轩诗的《三国演义》版本，其中就有十首诗是贬斥、咒骂曹操的，色彩之浓，情感之烈，形成了鲜明的道德评价。所以说，咏史诗作为小说叙事文本的“视点”的选择，都是由“后人”主观意识，希望传达给读者，如何更好地理解故事所传达出的信息、意义和价值。到了毛宗岗修订《三国演义》诗词时更能充分证明这一点，他从七十多首周静轩诗中删节掉四十多首，却将十首贬斥、咒骂曹操的诗都保留了，占据毛本《三国演义》含有周静轩诗的三分之一。无疑是和他尊刘贬曹的意识、立场相联系的，并将其强化到《三国演义》文本之中，借助故事中的叙述者实现与读者、听众的交流，影响舆论导向。由此可见，研究的视野盯在周静轩诗在《三国演义》不同版本的数量上，意义未见其有多大，而真正的意义则在“后人”是如何利用周静轩诗在《三国演义》不同版本所表达的参与意识。

书坊借周静轩其诗在当代的社会声誉

周静轩诗大量出现在《三国演义》不同版本中，正是《三国演义》流布和繁荣的时期。明代福建建阳书坊是生产《三国志传》系列的基地，也是明代传世最多的《三国演义》版本的基地，其中一个重要的特点，几乎所有的版本都有大量的周静轩诗。正如陈国军先生在《周静轩生平及其对通俗历史小说创作的影响》一文中所说：“各本《三国演义》将周静轩等人的咏史诗采纳于小说文本之中，是嘉靖时期书坊主创编、出版历史小说的共同模式，也是他们增攀小说身价、介入小说创编，从而大牟其利的基本手法。”[①]没有书坊主的介入，市场无法繁荣；有他们大牟其利的活动，又造成版本的混乱。可见，繁荣与混乱并存。欧阳健先生在《〈三国演义〉版本研究的观念、思路和方法》中对此有简明的概述：

> “繁本”“简本”是古代小说最典型性的版本形态，《水浒

① 何永康：《首届明代文学国际研讨会论文集》，南京师范大学出版社2004年版，第91页。

> 传》《三国演义》《西游记》《金云翘传》等畅销作品，都有这方面的问题。明代福建建阳书坊，是生产通俗小说简本的基地。简本的特点：一、本子较小，纸张粗劣；二、刻印马虎，错漏甚多；三、删改原著，节缩纸版；四、上图下文，吸引读者。《水浒传》简本是这样，《三国志传》简本也是这样。……余象斗本《音释补遗按鉴演义全像批评三国志传》上端《三国辨》亦坦然承认："坊间所梓《三国》，何止数十家矣。全像者，止刘、郑、熊、黄四姓。宗文堂人物丑陋，字亦差讹，久不行矣。种德堂其书板欠陋，字亦不好。仁和堂纸板虽新，内则人名、诗词去其一分。惟爱日堂者，其板虽无差讹，士子观之乐然。今板已朦，不便其览矣。本堂以诸名公批评、圈点，校证无差，人物、字画各无省陋，以便海内士子览之。下顾者可认双峰堂为记。"无异于承认余氏双峰堂连同双峰堂、种德堂、仁和堂、爱日堂等书坊所梓的《三国》，都是以全像、批评、圈点、校证招徕读者的本子，"人名、诗词去其一分"，尤其表明它们是删节繁本而来的，充分证明胡应麟所说"为闽中坊贾刊落，止录事实，中间游词馀韵，神情寄寓处，一概删之"、周工亮所说"建阳书坊所刻诸书，节缩纸版，求其易售，诸书多被刊落"，都是完全的事实。[①]

这里引了这么一大段话，目的是想说明正是在这种社会背景里，才出现《三国志传》诸本中的大量的周静轩诗。书坊主人借周静轩其人其诗在当代的社会声誉，将其诗羼入《三国志通俗演义》之中，他们很少考虑其诗在《三国演义》叙事结构中的功能。而我们评价周静轩诗在《三国演义》版本的现象，不仅分析这一现象产生的社会条件，而且更看重其诗在《三国演义》叙事结构中的优劣得失。周静轩诗与其他咏史诗叠床架屋，交错

① 何永康：《首届明代文学国际研讨会论文集》，南京师范大学出版社2004年版，第67—68页。

重合，致使《三国演义》非情节的因素太多，在一定程度上破坏了叙事艺术的完整性和审美性。这早已是人所共知的事实。

周静轩诗在毛氏本《三国演义》中的最后的演化

从明代嘉靖元年（1522）至顺治元年（1644）的一百多年，《三国演义》版本甚多，仅现存的明代刊本就有大约三十种，清代刊本七十余种，繁荣与混乱并存的局面，终于为毛宗岗修订《三国演义》所结束。

毛宗岗对周静轩诗大量羼入《三国演义》之中，颇有微词，他说：

> 叙事之中，夹带诗词，本是文章极妙处。而俗本每至“后人有诗叹曰”，便处处是周静轩先生，而其诗又甚俚鄙可笑，今此编悉取唐宋名人作以实之，与俗本大不相同。

他虽如此说，但修订时删节掉四十多首，还保留了三十首，不过将周静轩的名字也一并抹去了。毛宗岗这样处理的动机，我们不得而知，可从他无奈的选择中，还可以推测一二，这就是周静轩诗通俗，很受下里巴人的欢迎。通俗的诗歌不一定是最好的，而是广为传播的必要前提。因为当时小说的听众大都是不识字、没文化的社会底层民众。所以说，话语通俗方能传远。唐代诗人胡曾、周昙等的诗歌艺术性不高，故为历代诗论家所贬抑，但因其浅俗易懂，能做训蒙读物的素材，多被通俗演义小说所吸收。也许这正是毛宗岗最后保留了三十首周静轩的诗，不得不为之的选择。另外，这也是沟通雅文学士大夫诗歌与俗文学演义小说联系的桥梁，雅俗共赏。

毛氏本咏史诗、论赞诗是《三国演义》叙事批评的审美形式

《三国演义》诗词大部分属于作为叙事主体的议论，担负的艺术使命是以全知叙事者的视角，对历史人物和重大事件或抒发爱憎感情，或表达政治倾向，或衡量道德是非，从而形成一种独特的叙事批评，这是《三国演义》诗词的特点。毛氏本以论赞诗作为叙事批评的范式流传开来，独霸天下三百年。可见，毛宗岗建构的历史小说的叙事批评不仅有着自己的审美理念，而且是《三国演义》的叙事结构的重要组成部分。《三国演义》诗词在小说中大量出现的是咏史诗、论赞诗，仅毛氏本就有一百八十首左右。它们担负的艺术使命是小说家以全知叙事者的身份，对小说中的人物和事件进行议论或赞叹，直接抒发爱憎感情，表达政治倾向、伦理观念和道德准则。这是小说家与小说评点家共同赋予作品的叙事主体批评。

《三国演义》咏史诗、论赞诗产生的原因及审美形式

毛宗岗修订《三国演义》始终是从叙事结构的整体性着眼，首先他把史评和论赞诗视为一个整体，既看到二者的共性——小说家的叙事批评，又看到二者的差别——形式不同。因此，在修订《三国演义》时，毛宗岗毫不吝惜地将《论》《赞》《评》砍削。但这并不是简单的删节，而是将史评的内容融入论赞诗之中，用诗词丰富的意象、深远的意境，博大的意蕴来表达叙事主体的史评倾向。小说家以全知全能的外视角的身份讲述故事，对小说中的全部情节、事件、人物都了如指掌。因为像《三国演义》如此宏大而绵长的叙事时空结构，历史人物众多，情节线索复杂，场面转换频繁，只有用全知全能的外视角才有可能把三国历史演进的各个局部有机地组织起来。这就说明生活容量、社会内涵、人际关系复杂而深广的形态，决定了小说家以高视点、长焦距来包容和铺叙创作内容，而外视角的叙事

方式是最适合其内容表达的需要。因此，作为外视角叙事人的小说家能够不时地插入诗词对历史人物、历史事件进行评论。这就是毛宗岗增留大量咏史诗、论赞诗的叙事根据。

《三国演义》几乎囊括了咏史诗的基本类型。咏史诗是从借鉴辞赋而逐渐走出自己的一条路来。贾谊的《吊屈原赋》、司马相如的《哀二世赋》开启了咏史抒怀的表现方式。既是史学家又是辞赋家的班固将这种表现方式尝试在五言诗中，其《咏史》诗虽被钟嵘评为“质木无文”，但到底是咏史诗的发轫之作。从班固至东晋灭亡，目前存在的咏史诗总共也不过二十首。魏晋时代已对咏史诗的不同类型向前掘进，而真正使咏史诗走向繁荣，还属唐朝。留存至今的有唐朝诗人二百一十三人写了一千四百四十多首咏史诗。特别是中晚唐诗人：周昙一百九十五首，胡曾一百五十首，孙元晏七十五首，汪遵六十一首。到了明代嘉靖年间，高儒《百川书志·史部》独辟《咏史》一类，以录咏史之作，就有《雪湖咏史录》《咏史继续》《止庵观感诗》《通史补遗》《香台集》等，可见，历代不仅锤炼了咏史诗的审美特质，而且为历史小说的创作提供了丰富的采撷之源。中晚唐诗人大量写咏史诗。宋诗喜欢议论，咏史诗、论赞诗并驾齐驱。明诗整体在中国诗史上就大为逊色，《三国演义》诗词中有些水平不高，这和明诗大有关系。

作为通俗小说选用诗词，首要考虑的是通俗易懂。在小说人物命运的生死关头，或是事件成败的关键时刻，加进一些诗词进行评赞，和听众的心理相撞击，与听众的感情相交流，正是“话须通俗方传远，语必关风始动人”。通俗的诗艺术性高当然好，问题是难以两全。唐代胡曾诗主观色彩不强，颇冷漠客观。《四库全书总目提要》就批评胡曾的咏史诗：“其诗兴寄颇浅，格调亦卑。惟其追述兴亡，意存劝戒，为大旨不悖于风人之旨耳。”其诗在晚唐算不得上乘之作，只因一是“通俗”，韵律流畅。二是形象而概括地描写了史事，比起史传原文，易诵易记。三是“关风”，即风化问题，所以在民间广为流传，从唐末五代便被作为儿童教材，至元代与《千字文》《蒙求》合刻一书，成为训蒙课本，普及于乡间。大概正是这个原因，古代历史小说很喜欢引用胡曾的诗，嘉靖本《三国演义》借用胡曾的诗就有十二首。到毛宗岗修订《三国演义》时，还保留四首。这一现象为我们透露了一个信息，通俗是古典小说选取诗词的一个极为重要的因素，因为演义小说大都经过话本讲说的漫长的成书时期，走向案头文学是后期的事情了。这就是长期以来学术界一些学者认为《三国演义》诗词艺术水平不高的缘由。尽管毛宗岗批评周静轩的诗“俚鄙可笑”，但他修订《三国演义》时，还是保留了周静轩三十首诗。可见，论赞诗的通俗在叙事批评中的地位。

《三国演义》咏史诗的类型

《三国演义》咏史诗一般分为三种类型：史传型、吊古型和感怀型。《三国演义》论赞诗大部分是咏史诗，而且三种形式都具备。

史传型咏史诗一般指以檃栝史实为主、咏怀为辅，进而达到史实和议论相统一。史实部分常常采用赋的手法，或是以历史事件的时间为线索，结构诗章，详略展示；或是就历史人物的一生，择其大端，铺叙开来。总之，触发咏史的缘由，或读史所见，或灯下忆想，都是在历史长河中寻觅到的，存在着时间距离，即今古之别。如《南阳卧龙有大志》《三国归晋》，以及《王允之死》《袁绍之死》《刘表之死》等对六十多位历史人物一生的追叙和咏叹。

吊古型咏史诗，大都是诗人投向“人道是，三国周郎赤壁”似的自然山水，或是目击到“故垒萧萧芦荻秋”似的历史陈迹，叙史实，抒己怀。它与史传型咏史诗的区别在于，诗人站在象征历史遗迹之地，穿过历史，寻找历史上曾出现的现实景象。从现实和历史两个时间交合的空间点，走进历史，把握历史，评叙历史。它改变了史传型单纯时间线索的结构方式，形成了时空交叉的结构方式。由于历史距离感淡化了，给读者的情绪感染更浓厚。如《祢衡之死》《赞管宁》《孙氏殉夫》等。

感怀型咏史诗不同于前两者的特点是，重新剪辑历史的时空，“搅碎古今巨细，入其兴会”（王夫之《明诗评选》），以诗人的思维和立意统摄史实，需要的拿来，不需要的弃之，史实的逻辑性在这里不再重要。感怀的哲思和情趣，可能与史实逻辑相合，也可能是逆向思维，得出与史实相反的结论。总之，诗人把剪辑过的历史现象与感怀的哲思凝结到一个细节，或者一幅图画之中，形成散点透视的结构方式。如《赤壁》《刘郎浦口号》《凭吊羊祜》。

《三国演义》论赞诗是叙事主体批评意识

第一，毛宗岗修订《三国演义》最为突出的主体倾向，乃是强化尊刘贬曹的政治倾向，自然也浸润到论赞诗中。刘蜀集团的人物和事件的诗词有八十四首，其数目之多，与《三国演义》叙事结构的设置和政治思想的倾向是分不开的。除了对后主这位亡国之君的昏庸无能有两首讽刺诗而外，其余都是赞美之词。以刘备和曹操的论赞诗作对比分析。嘉靖本和李卓吾评本中仅有一首对刘备有贬义的诗。如第十六回写袁术一面派大将纪灵起兵进攻刘备，一面又结好吕布。在袁军压境下，刘备修书向吕布求援。吕布搞了一个“辕门射戟”的把戏，劝和两家罢兵，为刘备解了难。而当白门楼吕布成为曹操的阶下囚，他希冀座上客刘备为他向曹操求情时，刘备不但不应，反而提醒曹操他是“三姓家奴”，反复无常，将其杀掉。因而小说家插入了一首议论诗：

吕布当年解备危，万军谁敢效公威？
早知“大耳”全无信，悔向辕门射戟时。

这首讽刺“大耳”刘备无信义的诗，毛宗岗大概认为有损刘备的形象，将其删掉了。相反，嘉靖本和李卓吾评本也只有一首对曹操赞扬的诗，如第三十回官渡一战，曹操败袁绍，搜得一批自己部属私通袁绍的书信。他不但不追查，反而当众全部烧毁。这是地主阶级政治家曹操为稳定军心，加强自己内部的凝聚力，集中力量，最后消灭袁绍残余势力的英明之举。有诗为赞：

尽把私书火内焚，宽洪大度播恩深。
曹公原有高光志，赢得山河付子孙。

毛宗岗不但将这首诗删除了，而且还在回批中说这是曹操的奸雄之术："光武焚书以安反侧，是恕之于人心既定之后；曹操焚书以靖群疑，是忍之于人心未定之时。一则有度量，一则有权谋。其事同，而其所以用心不同也。帝王有帝王气象，奸雄有奸雄心事，真是好看。"可见，毛宗岗尊刘贬曹的思想倾向是十分鲜明的，因此，经他修订后的毛氏本《三国演义》的论赞诗，更加强化了尊刘贬曹的政治思想倾向。

毛氏本含有对刘备的赞美诗十二首，从诗的蕴意来看，主要表现在五个方面。

①爱民。刘备新野失败后，携民渡江。有诗赞曰：

临难仁心存百姓，登舟挥泪动三军。
至今凭吊襄江口，父老犹然忆使君。

②爱贤。刘备三顾茅庐，思贤若渴。有诗单道刘备风雪访诸葛亮。诗曰：

一天风雪访贤良，不遇空回意感伤。
冻合溪桥山石滑，寒侵鞍马路途长。
当头片片梨花落，扑面纷纷柳絮狂。
回首停鞭遥望处，烂银堆满卧龙冈。

③有义。赵云长坂坡舍身救阿斗，刘备当众掷子于地说：“为汝这孺子，几损我一员大将！”有诗曰：

曹操军中飞虎出，赵云怀内小龙眠。
无由抚慰忠臣意，故把亲儿掷马前。

④有为。刘备东奔西走，无立足之基，然统一天下的壮志未减。有诗赞曰：

曹公屈指从头数，天下英雄独使君。
髀肉复生犹感叹，争教寰宇不三分？

⑤有智。曹操与刘备青梅煮酒论英雄之后，刘备巧妙脱离了曹操的控制。毛氏本新增此诗赞曰：

束兵秣马去匆匆，心念天言衣带中。
撞破铁笼逃虎豹，顿开金锁走蛟龙。

毛氏本含有贬斥曹操的诗十一首，其中有三首是毛宗岗修订时增添的。如曹操败于马超，割须弃袍，狼狈逃跑。有诗曰：

潼关战败望风逃，孟德怆惶脱锦袍。
剑割髭髯应丧胆，马超声价盖天高。

第二，历史学家评判历史的视野，更多考虑的是对历史进程的作用和意义，而较少顾及具体的道德评判。历史小说家主体意识越强烈，发现道德是非的眼光越敏锐。《三国演义》诗词中倾注议论成分最多的就是道德评价。除却尊刘贬曹的论赞诗外，鼓吹忠义道德伦理观的论赞诗也随处可见，据不完全的统计，有三十五首之多。主要有以下几个方面。

①忠于汉室，反对权奸。

赞王允：英气连霄汉，忠诚贯斗牛。

赞董承：忠贞千古在，成败复谁论。

赞马腾、马休：父子齐芳烈，忠贞著一门。

明快的语句，直接的颂赞而外，特别值得注意的还有就人物一生的行为评述，隐含对其忠贞的评价。如“荀彧之死”。荀彧有王佐之才，追随曹操二十多年，立下了不可磨灭的功勋。随着曹操日渐骄横跋扈，荀彧与曹操在思想上出现了潜在的裂痕。主要是荀彧维护汉室为正统的举止为曹操所不容。董昭等上表请曹操进魏公，加九锡。荀彧反对：“不可。丞相本兴义兵，匡扶汉室，当秉忠贞之志，守谦退之节。君子爱人以德，不宜如此。”引起曹操的忌恨，借送空食盒，暗示其自尽。“彧会其意，遂服毒而亡。”荀彧之死，从表面看确实死于曹操的不容，但深层次更多的则是长期的思想矛盾和内心的困惑无法解脱，只好以死了之。一方面他跟随曹操已经这么多年，地位很高，与曹操又是儿女亲家。一言以蔽之，已经陷得很深，没有任何退路。另一方面，他“汉统”的思想根深蒂固，无法认同曹操目无汉室，诛董贵人，弑伏皇后。曹操愈是逼宫加剧，荀彧愈是内心矛盾，不能自拔。于是走向了自绝而亡。这一点，毛宗岗不但没有看到，反而依旧非难荀彧之死：“盖彧之失在从操之初，而欲盖之以晚节，毋乃为识者所笑？”而正是这种不理解，更衬托了荀彧对“忠于汉室”正统观念的维护。

文若才华天下闻，可怜失足在权门。

后人休把留侯比，临没无颜见汉君。

②各为其主，忠贞不贰。

赞关羽：忠义慨然冲宇宙，英雄从此震江山。

赞审配：临亡犹北面，降者尽羞惭。

赞王累：倒挂城门捧谏章，拚将一死报刘璋。

凡是小说人物在生死关头抉择的时刻，表现出忠贞或者奸邪，为了突出伦理纲常观念，弘扬道德情操，都有诗加以评判。如第五十七回小人苗泽为谋得其姐夫黄奎的一个妾，将其姐夫黄奎与马腾父子反曹一事告密。曹操将马腾父子以及黄奎一家老小并斩于市。苗泽告操曰："不愿加赏，只求李春香为妻。"操笑曰："你为了一妇人，害了你姐夫一家，留此不义之人何用！"也将其杀了。有诗曰：

苗泽因私害荩臣，春香未得反伤身。

奸雄亦不相宽恕，枉自图谋作小人。

③义字当头，行为准则。

赞刘、关、张：桃园一日兄和弟，俎豆千秋帝与王。

赞陈宫：生死无二志，丈夫何壮哉！

赞许家三客：许客三人能死义，杀身豫让未为奇。

④女中豪杰，殉身取义。

赞徐庶母亲：贤哉徐母，流芳千古。

赞糜夫人：拚将一死存刘嗣，勇决还亏女丈夫。

赞徐氏为夫报仇：庸臣从贼忠臣死，不及东吴女丈夫。

第三，"天人合一"的观念在诗词中多处流露，而且明示天命不可违，人的行为和历史的运作都受制于天命。如小说的结尾描写三国归晋，作了总结性的评述："纷纷事世无穷尽，天数茫茫不可逃。"诸葛亮六出祁山，设计上方谷烧死司马懿父子，结果天降大雨，使司马氏绝处逢生。"谷口风狂烈焰飘，何期骤雨降青霄"，表达了一种"谋事在人，成事在天"的无奈。司马炎禅魏，又评论道："魏吞汉室晋吞曹，天运循环不可逃。"

"天人合一"的思想产生于汉代。这是儒家和道家思想互相对立、互为冲撞的产物。先秦儒家强调“人为”、道家崇尚“自然”，这种对抗的格局在汉代为“天人合一”的思想相统一，找到了二者互补的思想和理论基础。人与天共同遵循着一种运行准则。用董仲舒的话说：“天人之际，合而为一，同而通理。”“圣者法天，贤者法圣，此其大数也，得大数而治，失大数而乱。”整部《三国演义》描写治乱都遵循这一思想。它既修正了道家“无为而治”、崇尚“自然”的极端的一面，又纠正了儒家“人为”没有客观的规范和依托，使“自然”与“人为”都纳入了天人共同遵循的一种运作准则之中，从而使儒道互补建立在“天人合一”的理论基石上向前发展。

“天人合一”，既是哲学观，又是中国传统宗法文化孕育的一种特殊现象。“君权神授”，皇帝上为皇天之子，下为黎民之父。他主宰着社会，统治着一切。因而凡帝王的头上总罩着一束光环，受到神的庇佑。这种宗法文化也渗透在诗词中，自然地流淌，如咏刘备马跃檀溪：

马蹄踏碎青玻璃，天风响处金鞭挥。
耳畔但闻千骑走，波中忽见双龙飞。
西川独霸真英主，坐下龙驹两相遇。
……

再如“赵云救阿斗”。阿斗为龙子龙孙，头上都罩着光环。此时阿斗虽为困龙，但仍有上天护佑。因而赵云还“因得显神威”。其诗曰：

红光罩体困龙飞，征马冲开长坂围。
四十二年真命主，将军因得显神威。

上面归纳的这三类论赞诗，代表了《三国演义》论赞诗的主要内容。小说家的审美意识中积淀的传统伦理观念和道德准则，因此特别重视小说的社会作用，也就是“不害于风化，不谬于圣贤，不戾于诗书经史”。他们通过评点小说人物形象的社会内涵，以诗的形式，明确地阐释美与丑、善与恶，彰显人生哲理或道德教训的明鉴，不能不说是这类论赞诗的一个显著的特点。

古代小说家以自己独特的思维方式，在中国传统文化背景下，找到了一个带有民族特色的艺术表现手法，在创作实践中运用、丰富和发展，从而形成了中国古典小说运用诗词创作的民族特色。论赞诗的实质是古代小说家采取全知叙事的一种方式，借此可自由表达自己的批评意识。愈是伟大的作家，愈是对生活具有深刻的理解，从而在作品中愈是闪耀着思想的光辉，其议论愈是不可缺少的哲理。因此，好的议论可以增强作品的思想和艺术性。然而这种形式怎样运用才能恰到好处，才是问题的关键。我们以诸葛亮病死五丈原时，插入的杜甫一诗为例。

丞相祠堂何处寻，锦官城外柏森森。
映阶碧草自春色，隔叶黄鹂空好音。
三顾频烦天下计，两朝开济老臣心。
出师未捷身先死，长使英雄泪满襟！

此诗是《三国志平话》《三国演义》嘉靖本、《三国演义》李卓吾评本、《三国演义》毛氏本共同选取的一首论赞诗。从平话到毛氏本经历了几百年，小说中论赞诗变化很大，为什么从小说家罗贯中到评点家毛宗岗都保留了这首诗呢？我认为重要的一点是这首诗感情之深，概括之强，为小说的议论大大增色。“三顾”与小说三顾茅庐、“两朝”与辅佐刘氏父子开创基业的整个叙事框架相呼应，把武侯一生的才德、抱负和功业，凝练成一联诗，既典型又概括，且字字浸泪，行行蘸血。“出师未捷身先死，长使英雄泪满襟”警策地写出了历代人民，包括为正义的事业战斗不幸赍志而殁的英雄，对武侯的追念和景仰，与小说情节流露出来的倾向和感情十分吻合。像这样的论赞诗，既发挥了诗歌的优长，又强化了小说思想内蕴的深度。

总而言之，论赞诗应当在小说情节的节骨眼处，人物处于生死的关头，或是事件成败的关键时刻，大加评赞，与听众的感情相交流，和听众的心理相撞击。从社会一般的传统的善恶观出发，用精练的诗句，“秤评天下浅和深”，以打动和感染市井听众，收到“慷慨者逆声而击节，酝藉者见密而高蹈，浮慧者观绮而跃心，爱奇者闻诡而惊听”[①]之艺术效果。犹如黑夜中划过的一颗流星，虽然一瞬即逝，但其闪耀的明亮之光，使人感奋。

自《三国演义》开创了以论赞诗作为叙事批评的审美范式，在明清长篇小说的创作中产生了巨大的影响，成为后人效法和继承的模式。但有些模仿的效果优劣参半，没有像毛宗岗从叙事结构的整体出发，有意识地安排和设计。如历史演义小说《说岳全传》《隋唐演义》《封神演义》《七侠五义》等，都在小说文本中不同程度地安插大量的诗词，虽然基本上形成了雅俗共赏的范式，但存在不同程度的模式化。尽管如此，从历史演义小说发展史来看，创造主体在小说文本中对诗词的重视和应用，是文人直接参与历史演义小说创作的标志。毛宗岗可以说是一个代表，他参与了明初由世代累积型的集体创作向个人创作的转化。中外文学史证明：小说的勃兴离不开大众传播与知识阶层之间的双向互动，毛宗岗对《三国演义》诗词修订的成功正是如此。

① 刘勰：《文心雕龙·知音》，见范文澜注：《文心雕龙》，人民文学出版社 1958 年版，第 714 页。

参考文献

［1］［宋］范晔撰，［唐］李贤等注：《后汉书》，中华书局 1965 年版。

［2］［晋］陈寿撰，［宋］裴松之注：《三国志》，中华书局 1959 年版。

［3］［清］杭世骏撰：《三国志补注》，《丛书集成》本，商务印书馆民国二十六年版。

［4］［清］赵一清撰：《稿本三国志注补》，书目文献出版社，据北京图书馆藏手稿影印，1991 年版。

［5］卢弼著：《三国志集解》，中华书局，据古籍出版社排印本影印，1982 年版。

［6］吕思勉著：《三国史话》，《文化社丛书》本，开明书店民国三十三年版。

［7］［唐］房玄龄等撰：《晋书》，中华书局 1974 年版。

［8］［宋］司马光编著，［元］胡三省注：《资治通鉴》，中华书局 1956 年版。

［9］陈登原著：《国史旧闻》第一分册，三联书店 1958 年版，第三分册，中华书局 1980 年版。

［10］［宋］王溥撰：《唐会要》，中华书局 1955 年版。

［11］［晋］常璩撰，刘琳校注：《华阳国志校注》，巴蜀书社 1984

年版。

［12］程毅中、程有庆校点：《新编五代史平话》，《中国话本大系》之《宣和遗事》等两种本，江苏古籍出版社 1993 年版。

［13］陈翔华校点：《三国志平话》，《元刻讲史平话集》本，北京图书馆出版社 1999 年版。

［14］《三分事略》，《元刻讲史平话集》本，北京图书馆出版社 1999 年版。

［15］［明］罗贯中著：《三国志通俗演义》，人民文学出版社 1975 年影印。

［16］陈翔华主编：《三国志演义古版丛刊五种》，中华全国图书馆文献缩微复制中心，1995 年影印（内收汤宾尹校本《通俗三国志传》、乔山堂本《三国志传》、六卷本《三国志》等五种）。

［17］《鲁迅小说史大略》《鲁迅研究风书》本，陕西人民出版社，据最早油印本《小说史大略》排印。

［18］鲁迅著：《中国小说史略》，人民文学出版社 1968 年版。

［19］谭正璧著：《中国小说发达史》，光明书局民国二十四年版。

［20］胡适著：《中国章回小说考证》，大连实业印书馆 1943 年版。

［21］郑振铎著：《中国俗文学史》，上海书店 1984 年版，据商务印书馆 1988 年版影印。

［22］郑振铎著：《中国文学研究》，作家出版社 1957 年版。

［23］郑振铎著：《郑振铎古典文学论文集》，上海古籍出版社 1984 年版。

［24］陈翔华著：《三国志演义纵论》，《文史哲大系》本，台湾文津出版社 2006 年版。

［25］叶朗著：《中国小说美学》，《文艺美学丛书》本，北京大学出版社 1982 年版。

［26］李正学著：《毛宗岗小说批评研究》，中国社会科学出版社

2010 年版。

［27］《三国演义研究集》，四川省社会科学院出版社 1983 年版。

［28］谭洛非、沈伯俊等编：《〈三国演义〉与中国文化》，巴蜀书社 1991 年版。

［29］［韩］金文京著：《三国志演义の世界》，东方书店 1993 年版。

［30］［俄］李福清著：《三国演义与民间文学传统》，《海外汉学丛书》本，上海古籍出版社 1997 年版。

［31］孔另境编：《中国小说史料》，中华书局 1959 年版。

［32］朱一玄、刘毓忱编：《三国演义资料汇编》，百花文艺出版社 1983 年版。

［33］［英］魏安著：《三国演义版本考》，上海古籍出版社 1996 年版。

［34］［日］中川谕著：《三国志演义版本研究》，上海古籍出版社 2010 年版。

跋

书稿杀青，掩卷而思，自己研究《三国演义》已四十多年了，一直盼着出版一本自己系统研究《三国演义》的著作，贡献社会，以飨读者。这本《名家讲名著：〈三国演义〉》一书，只就《三国演义》文本而言，细细道来。

1992年7月我出版了《三国演义艺术欣赏》（中国国际广播出版社），1995年3月出版了《三国演义诗词鉴赏》（北京出版社），特别是2000年7月出版了《三国演义叙事艺术》（新华出版社）一书，当时收到很多好评。明清小说专家、江苏省社会科学院文学所所长、著名评论家陈辽先生著文指出，这部书“不只抓住叙事学的要义，而且解构了叙事学，从《三国演义》的叙事艺术出发，整合成《三国演义》的叙事学，着重揭示了《三国演义》的艺术性。这在《三国演义》研究中，的确是做了一桩前所未有的真有开拓意义的工作。尤其难得的，这部著作不像某些借用西方新方法研究中国文学的著作那样，佶屈聱牙，晦涩难懂，而是说理透亮，语言晓畅，具有相当的可读性”①。著名《三国演义》专家、中国《三国演义》学会常务副会长兼秘书长、四川省社会科学院文学所所长、教授沈伯俊著文：《三国》叙事学研究的开拓之作，指出“《三国演义叙事艺术》一书角度新颖，富于创见，达到了较高的学术水平。可以肯定地说，在《三国演义》

① 《天津日报》2000年9月2日。

研究史上，本书将会占有一席之地”①。南京师范大学资深教授、《文史资料》主编李灵年先生写专论，高度评价此书，他说：

> 新时期以来，《三国演义》的研究虽然有长足的发展，呈现出繁荣局面，但就整体而言，多停留在一个研究平面上，真正从《三国演义》文本的整体艺术构架上进行研究的论著并不多见。这种状况，如何有所突破，是研究界普遍关注的问题。胡明先生说：“大凡一种学术事业的进步与发展，其核心是思想、思维的进步与发展，是观念形态、价值判断的进步与发展。”胡先生的意见切中要害。与其他古典文学研究领域一样，要想推进《三国演义》的深入研究，更上一层楼，关键在于观念形态的更新，在于研究角度和研究方法的更新。在这一点上，郑铁生教授作出了较大成绩。他在认真审视了我国《三国演义》研究的历史与现状之后，清醒地认识到社会学文学研究方法的缺陷，毅然选择了西方叙事学理论的批评意识和批评方法，力求立足于中国叙事思维和文化传统的基础之上，努力构建中国叙事学的理论体系，以求得《三国演义》研究的开拓与创新。他的专著《三国演义叙事艺术》（新华出版社2000年8月版），便是为建构中国小说叙事学理论框架的成功尝试。②

新华社北京2000年7月25日电，以“国内第一部《三国演义》叙事学专著出版发行”为题，发表电讯文稿，指出：“这本被国内‘三国’研究权威人士称之为‘议论风发，新见迭出’的33万字的专著，具有较高的学术水平。作者是国内知名‘三国’学者之一……。《三国演义叙事艺术》

① 沈伯俊：《〈三国〉叙事学研究的开拓之作评〈三国演义叙事艺术〉》，《明清小说研究》2001年第2期。

② 《明清小说研究》2004年第2期。

将为《三国演义》乃至中国古典文学的研究和中国叙事学的构建做出独特的贡献。”电讯稿先后被国内外几十家报刊转载。从此，自信心满满的我一直在《三国演义》学术领地耕耘，写下几十篇学术论文，并于2018年5月在中州古籍出版社出版《三国论稿》。这次在原著的基础上做了大的修订、增补、重写。今年春节后，每日清晨即起，至晚方休，整整进行了两个多月的修改，总算有了一个大致的规模。搁置一个月后，在纸质的文稿上再次斟酌、细改、润色，推出《名家讲名著：〈三国演义〉》。

《名家讲名著：〈三国演义〉》着重谈了文本，还留下一个遗憾，就是《三国演义》成书的创作过程关于史实与虚构这一重大的课题。它不仅是《三国演义》的创作理论问题，也是一切历史小说的理论问题，甚至可以说是凡涉及虚构的文学艺术的基本理论问题。这是一个相当大的理论范畴，诸如文人话语与民间话语对虚构的丰富和发展，文本日臻经典化的阶段过程的创作规律和特征。除此之外，还有《三国演义》的版本问题。这些问题我在二十二年前《三国演义叙事艺术》中都有所涉猎，但缺乏系统的理论构建和严密的论证。这都将放在以后有机遇出书再说了。

郑铁生

2022年3月30日于三亚